Anja Zimmer

Ein Paradies, gebaut auf Sand

Das Leben der Herzogin Elisabeth zu Sachsen

Teil II

Roman

Erste Auflage.

Gedruckt in Deutschland
www.straussbuch.net

Umschlagbild: Schloss Rochlitz, Sachsen
siehe www.schloss-rochlitz.de

Umschlagfoto: Frank Glabian
Bildbearbeitung: Ralf Neitzert, Anja Zimmer
Satz und Layout: Anja Zimmer

Print-ISBN: 978-3-937013-11-4
Ebook-ISBN: 978-3-937013-21-3
PDF-ISBN: 978-3-937013-20-6

WWW.FRAUENZIMMER-VERLAG.DE

Inhalt

Hinweis:

Auf der Webseite des Frauenzimmer Verlags
(www.Frauenzimmer-Verlag.de) finden Sie Bilder der Schauplätze,
weitere Informationen zur Recherche und Hintergründe.
Außerdem ist eine englische Version des ersten Bandes
als Ebook erhältlich unter dem Titel: „Wisdom In Our Hearts".

Auch die deutsche Version ist als Ebook erhältlich.

Herzogin Elisabeth zu Sachsen; Reisebild im Hospital Schmalkalden.
Abdruck mit freundlicher Genehmigung des Schlösserlandes Thüringen.

Für meine Großeltern

Emilie und Otto

Frieda und Emil

Die Zapfenburg - heute Sababurg genannt - im Reinhardswald bei Kassel.

Mai 1537, auf der Zapfenburg[1] bei Kassel

Landgraf Philipp von Hessen erwartete Besuch, der ebenso hoch wie lästig war. Sein Schwiegervater, Herzog Georg von Sachsen, hatte sich mit seinem Hofstaat angedroht, und Philipp hatte seinen abgrundtiefen Groll, den er gegen den Alten hegte, hinuntergeschluckt und ihn auf die Zapfenburg eingeladen. Vom Turmfester aus versuchte Philipp den Herzog zu erspähen, doch keine ferne Staubwolke, keine aufflatternden Krähen kündigten die Reisenden an. Der Landgraf ließ seinen Blick über den Wald schweifen, hier und dort leuchtete ein wilder Kirschbaum weiß aus dem zarten Frühlingsgrün der Buchen hervor. Die Burg war der ideale Ausgangspunkt für Jagden aller Art. So hoffte der Landgraf einerseits, seinem Schwiegervater bei der Jagd aus dem Weg gehen zu können, andererseits fürchtete er, der Alte könnte ihm seine Lieblingsbeschäftigung vergällen.

Eine Jagd der ganz besonderen Art veranstaltete Herzog Georg gerade in Sachsen: Philipps Schwester Elisabeth, die im März ihren Witwensitz in Rochlitz bezogen hatte, wollte dort selbstverständlich die Reformation einführen. Schließlich war sie wie Philipp selbst seit langem protestantisch, doch dies war dem katholischen Herzog von jeher ein Dorn im Auge gewesen. Unendliche Jahre hatten sie zugebracht im Kampf, sich gegenseitig zu überzeugen, dass ihre Lehre die allein seligmachende sei, aber wo so sture Köpfe aufeinander prallten, konnte es keinen Frieden geben.

Gerüchten zufolge beabsichtigte Herzog Georg, die Inquisition nach Rochlitz zu schicken, wie er es vor Jahren schon einmal getan hatte - offensichtlich wollte er um jeden Preis verhindern, dass das beschauliche Rochlitz der Reformation anheim fiel. Wenn sich diese Gerüchte bestätigten, dann wollte Philipp nicht zögern, seiner Schwester beizustehen, mitsamt all seinen verfügbaren Söldnern, denn noch eisiger konnte das Klima zwischen ihm und seinem Schwiegervater kaum werden. Zu viel war in den vergangenen Jahren zwischen ihnen geschehen.

„Und - sehen Sie meinen Vater schon?“ Christine war leise hinter ihn getreten und hatte ihm eine Hand auf die Schulter gelegt, doch Philipp entzog

1 Zapfenburg: die heutige Sababurg am Reinhardswald, auch Dornröschenschloss genannt.

sich ihr unwillig.
„Ich weiß, Herr, Sie sind nicht erpicht darauf, meinen Vater zu sehen, aber bedenken Sie, er ist ein gebrochener Mann. Mein Bruder Friedrich und ich sind die letzten, die ihm von zehn Kindern geblieben sind. Dass auch noch sein Thronfolger Johann sterben musste, hat ihn vollends zerbrochen. Nun gibt es nur noch Friedrich, der in seiner ganz eigenen Welt lebt, den er nicht verheiraten kann und der erst recht nicht zur Regierung taugt. Bitte, seien Sie nachsichtig mit dem alten Mann."
„Wie kann ich mit einem Mann nachsichtig sein, der selbst keine Nachsicht kennt? Soll ich zusehen, wie er das Glück meiner Schwester zerstört? Er bringt Elisabeth in Gefahr - nicht zum ersten Mal! Bedenken Sie, er wollte sie einmauern lassen! Meine Schwester! Seine eigene Schwiegertochter!"[2]
Christine sah mit Sorge, dass Philipp sich jetzt schon in Rage redete. Wie sollte das nur werden, wenn Herzog Georg erst hier war?
„Wird Moritz denn auch mitkommen?" versuchte sie die Gedanken ihres Ehemannes nun auf ein angenehmeres Thema zu lenken.
„Ja, unser kleiner Cousin wird sicher auch dabei sein. Wie alt ist er jetzt? Dreizehn? Vierzehn?"
„Er ist am 21. März sechzehn Jahre alt geworden. Wir haben ihn lange nicht gesehen, er wird sich sehr verändert haben."
„Habt Ihr den Großvater schon gesehen?" Die zehnjährige Agnes war mit ihrer Schwester Anna und dem kleinen Bruder Wilhelm ebenfalls im Turm erschienen. Die Eltern wechselten einen kurzen Blick. „Ah, Sie wissen schon, dass Ihr Großvater, seine Gnaden Herzog Georg, kommt?"
„Natürlich wissen wir das. Ihr redet ja seit Tagen von nichts anderem", verkündete der vierjährige Wilhelm, worauf Christine kurz und heftig die Luft einzog. Hoffentlich hatten die Kinder nicht zu viel mitbekommen.
„Ja, und wir werden auf die Jagd gehen, und ich werde mit Moritz das Kämpfen üben. Das habe ich ihm versprochen, als er nicht viel älter war als Sie, mein Kleiner!"
Philipp hatte seinen ältesten Sohn auf den Arm genommen und wirbelte mit

2 Philipps Schwester Elisabeth war mit Christines Bruder Johann, dem sächsischen Thronfolger, verheiratet. Geschwister hatten also Geschwister geheiratet und hatten daher dieselben Schwiegereltern.

ihm durch das Turmzimmer. „Dabei dürft ihr alle zusehen."
„Ich mag dabei nicht zusehen. Das ist mir zu laut und zu wild!" sagte Agnes.
„Ich mag auch nicht beim Kämpfen zusehen", echote nun natürlich auch Anna und drückte ihre Puppe an sich.
„Das sollten Sie aber, liebe Agnes, denn es wäre sehr unhöflich, dem Turnier fernzubleiben. Außerdem werden Sie in wenigen Jahren einen Ritter heiraten; da ist es ratsam, sich schon einmal an den Anblick zu gewöhnen", sagte Philipp. Dass er diesen Ritter bereits in Braunschweig ausgesucht hatte, verriet er seiner Tochter jedoch nicht.

Es dauerte keine zwei Stunden mehr und der Besuch war in Sicht. Ein langer Zug aus Pferden, Wagen und Fußsoldaten kam den steilen Berg herauf. Die Peitschen knallten, als die Pferde die ungewöhnliche Steigung kaum bewältigten, Soldaten sprangen herzu, schoben einige der Wagen von hinten an, und schließlich standen alle wohlbehalten und erschöpft im Innenhof der Burg.
Auf der Treppe stand die fürstliche Familie zum Empfang bereit: Landgraf Philipp, seine Gemahlin Christine, dann die Kinder, aufgereiht nach Alter: Agnes, Anna, Wilhelm und schließlich die Amme, die die einjährige Barbara auf dem Arm hielt. Christines Hofdamen hielten sich im Hintergrund.
Vom Pferd stieg nicht der stolze Herzog Georg, der in einigen Schlachten seine Armee befehligt hatte, sondern ein Greis, der sich vergeblich bemühte, seine Hinfälligkeit zu verbergen. Christine eilte ihm entgegen, als er mit der Hilfe Moritzens und eines Priesters auf dem Pflaster des Schlosshofes stand.
„Vater!" Christine hatte ihn lange nicht gesehen und war nun erschrocken bei seinem Anblick. Moritz reichte ihm seinen Stock, auf den er die Last seiner Jahre stützte. Christine wollte ihrem Vater den Arm reichen, doch da ergriff der alte Herzog mit der anderen Hand den Arm seines Priester und ließ sich von ihm die Treppe hinaufführen, dicht gefolgt von Moritz und Christine. Bei diesem Anblick verfinsterte sich Philipps Gesicht bereits erheblich, und Christine begrub die Hoffnung auf friedliche Tage.
„Euer Gnaden!" Philipp reichte seinem Schwiegervater die Hand, wobei

er feststellte, dass der Händedruck des Alten noch immer kräftig war. Sein Bart reichte ihm mittlerweile bis über die Brust.
Dann fiel sein Blick auf die Enkelkinder, die gehorsam knicksten und sich verneigten, wie Christine es ihnen beigebracht hatte. Mit großen Augen schauten sie ihren Großvater und den Priester an. Letzterer übte sich in stoischem Schweigen, grüßte niemanden und wurde geflissentlich übersehen.
„Und wie ich höre, haben Sie auch einem weiteren Sohn das Leben geschenkt?"
„Ja, Vater", erwiderte Christine. „Der kleine Ludwig ist mit seiner Amme in Kassel geblieben, aber ich wollte es mir nicht nehmen lassen, Euch zu treffen."
„Braves Mädchen!" sagte der Alte, was wohl die höchste Auszeichnung war, die er einer Frau zuteil werden ließ.
„Herzog Moritz, seid uns willkommen. Wir freuen uns sehr, Euch zu sehen". Landgraf Philipp nahm seinen jungen Cousin in Augenschein. Moritz war in der Zwischenzeit zwar deutlich gewachsen, aber hatte an Kraft offenbar kaum zugenommen, denn er war schlaksig und schien nicht genau zu wissen, was er mit seinen langen Gliedmaßen anfangen sollte. Seine Haut war sehr hell - Philipp schloss daraus, dass er mit dem alten Herzog mehr Zeit als ihm lieb war in der Schreibstube verbracht hatte, um sich in eine gewissenhafte Verwaltung einzuarbeiten. Rötliches Haar fiel ihm lockig über die Schultern und bildete wenig Kontrast zu seiner Haut und den hellblauen Augen, die sehr kühl auf die Welt zu blicken schienen. Oder war es Verträumtheit? Nun - Philipp wollte seine Aufmerksamkeit schon fesseln!
„Der Wald quillt nur so über von Wild. Ich hoffe, Ihr werdet mir helfen, ein paar Hirsche zu schießen", sagte er mit einem Zwinkern, was Moritzens Augen tatsächlich aufleuchten ließ. Sicher war er auch stolz, dass der Landgraf ihn mit „Ihr" angesprochen hatte, anstatt ihn zu siezen, wie man es mit Kindern und niedrigen Dienern tat; wie es aber auch zwischen Eheleuten üblich war.
„Ich danke Euer Gnaden für die freundliche Einladung und werde mein Bestes geben."
Philipp lächelte, denn offensichtlich sah Moritz in ihm noch immer ein gro-

ßes Vorbild, wie damals vor vielen Jahren bei einer Hochzeit in Torgau, als er dem Kleinen versprechen musste, ihn zum Ritter auszubilden und ihm das Kämpfen beizubringen. Aus dem kleinen Jungen war nun ein Jüngling geworden, doch sein brennender Eifer und seine Bewunderung für Philipp waren geblieben.

„Nun kommt alle herein. Ihr seid sicher müde und hungrig von der langen Reise. Wo seid Ihr heute früh aufgebrochen?“ fragte Christine, indem sie mit einer Geste die beiden Herzöge mit ihren Leibdienern ins Innere des Schlosses bat. Unterdessen schafften die Knechte das Gepäck der Herren über einen Seiteneingang ins Schloss; anschließend würden sie sich ihre Schlafplätze im Gesindehaus und in den Marställen suchen.

„Ein prächtiges Jagdschloss habt Ihr, das muss ich Euch lassen!“ sagte der Alte, indem er sich mit Hilfe seines Stockes ein wenig aufrichtete und sich in der Eingangshalle umschaute.

„Ja, wir haben das Schloss wieder aufgebaut und mit allem Komfort ausgestattet, den unsere Handwerker zu bieten haben. Im Winter wärt Ihr sicher begeistert von den Kaminöfen - kalt sind sie immerhin eine Augenweide.“ Philipp war sichtlich stolz auf sein Schloss.

„Vater, bitte hier entlang. Ich bringe Euch selbst in Eure Gemächer. Dann könnt Ihr für einen Augenblick ausruhen; dort steht auch eine Kleinigkeit zur Stärkung, bevor wir um vier Uhr alle zusammenkommen und im großen Saal gemeinsam speisen.“

Es war noch früh am Abend, als Philipp und Christine allein am Feuer saßen. Christines Hofdamen und auch Philipps Diener hatten bereits die Erlaubnis erhalten, sich zurückzuziehen, die Amme hatte die Kinder längst ins Bett gebracht, sogar Agnes war gehorsam aufgestanden und der Amme gefolgt, auch wenn sie ganz offensichtlich gerne noch länger bei den Erwachsenen geblieben wäre und sich mit ihren elf Jahren nicht mehr zu den Kindern zählte. Auch Moritz, der alte Herzog und der Priester hatten sich bald zurückgezogen - schließlich war die Reise anstrengend genug gewesen. Vorsichtig beobachtete Christine ihren Gemahl, der mit verbissenem Gesicht ins Feuer starrte. Der Abend war kühl, Philipps Stimmung dagegen

hitziger denn je.
„Es ist doch sehr schön, dass Moritz hier ist. Ich bin sicher, Sie werden morgen bei der Jagd viel Freude mit dem Jungen haben."
„Auf den Priester hätte ich allerdings verzichten können. Wie kann er es wagen, uns einen katholischen Priester ins Haus zu bringen? Dass er auch noch geglaubt hat, ich würde erlauben, dass dieser Mann an meiner Tafel das Tischgebet spricht! Er hat immer wieder davon gesprochen, dass er die Kinderschuhe ausgetan hätte, wenn wir ihm vorsichtige Ratschläge erteilen wollten, aber er kann nicht erkennen, dass wir auch nicht mehr in Kinderschuhen gehen. - Danke, dass Sie die Wogen geglättet haben, Herrin", sagte Philipp dann etwas ruhiger. Tatsächlich hatte Christine dafür gesorgt, dass kein Streit ausgebrochen war, und so hatte man das Mahl eingenommen, ohne das leidige Thema der Religion auch nur zu streifen.
Glücklicherweise hatte sich auch der Priester zurückgehalten, sodass eine Stimmung herrschte, als stehe mitten auf der Tafel ein riesiger Hirsch, den keiner übersehen kann, den aber trotzdem niemand mit einem einzigen Wort erwähnt. Selbst der Narr war in eine Ecke verbannt worden und hatte geschwiegen.
„Ach, Herr, es ist doch kaum noch etwas übrig von meinem Vater, was zu bekämpfen sich lohnen würde."
„Er hat noch immer Räte bei sich, die ihm altgläubigen Unsinn einblasen und ihn aufhetzen gegen meine Schwester. Er soll nicht wagen, sie zu bedrängen."
„Wie sollte er sie denn bedrängen? Er ist der letzte Fürst in Sachsen, der noch katholisch ist. Er weiß genau, was er sich erlauben kann und was nicht. - Was man von Ihnen, lieber Gemahl, nicht behaupten kann", fügte Christine in Gedanken hinzu, als Philipp sich wortlos erhob und davonging. Sie wusste nur zu gut, wo er hinwollte, denn noch am kommenden Morgen würde er nach Schenke riechen, nach Wein und Bier und liederlichen Frauen.

Kurz darauf hörte sie die Hufe seines Pferdes auf dem Pflaster und hoffte inständig, dass ihr Vater es nicht bemerkt hatte und keine Fragen stellen würde, doch der alte Herzog hatte am Fenster gestanden und gesehen, wie

sein Schwiegersohn davongeritten war. Herzog Georg lehnte jegliche Hilfe ab und machte sich allein auf den Weg zu seiner Tochter - und er hatte einige Fragen!
Sie hörte seine Schritte und das tap tap seines Stockes schon auf der Treppe. Mit einer fahrigen Geste rieb sie ihr Gesicht und fühlte dabei, dass sich Tränen hervorgestohlen hatten. Nein, ihr Vater sollte nichts merken!

„Christine!“ Ein gebückter, schwarzer Schatten stand in der Tür.
„Vater! Ich dachte, Ihr schlaft schon längst. Seid Ihr denn nicht vollkommen erschöpft von der langen Reise?“ Christine hatte sich erhoben und war ihm entgegengegangen, um ihn zu dem Stuhl zu führen, den Philipp eben verlassen hatte.
„Ach, mein Kind, der Schlaf flieht mich. Im Alter muss man nicht mehr so viel schlafen - ganz so als wüsste der Leib, dass er in der Gruft noch genug schlafen kann.“
„Vater, bitte sprecht nicht so! Ich bin so glücklich, Euch zu sehen und endlich wieder einmal bei mir zu haben.“ Mit einem Seufzer ließ er sich in den Lehnstuhl fallen und stützte seine Hände auf den Stock, den er vor sich hingestellt hatte. Im Schein des Feuers konnte Christine erkennen, wie sehr auch die Hände ihres Vaters gealtert waren.
„Diese Freude teilt Ihr Gemahl nicht. - Und sagen Sie mir jetzt bitte nicht, dass er nur nicht zeigen kann, wie sehr er sich freut!“ sagte der Alte, als Christine schon zu einem leisen Widerspruch angesetzt hatte. „Ich mache mir Sorgen, mein Kind.“
„Vater, ich bitte Euch, Ihr müsst Euch wirklich keine Sorgen machen, nur weil wir lutherisch sind. Wir haben unser Seelenheil nicht verspielt und Ihr müsst uns nicht retten.“ Am Klang ihrer Stimme konnte man eindeutig erkennen, dass sie diesen Satz ihrem Vater beileibe nicht zum ersten Mal sagte.
„Das sind meine geringsten Sorgen, Kind. Ich sorge mich um Ihre Gesundheit. Der Lebenswandel Ihres Gemahls ist kein Geheimnis. Wahrscheinlich hat er die Franzosenkrankheit“, knurrte der Alte verächtlich.
„Ja, Vater, ich weiß das alles…“
„ Ist er denn in Behandlung?“

„Nun ja, er hat einen Leibarzt, aber er konnte ihm bisher nicht wirklich helfen.“
„Ich will nicht, dass er Sie ansteckt! Das sind meine Sorgen. Warum hat er nicht *eine* Mätresse - oder meinetwegen auch zwei oder drei - wie jeder anständige Fürst? Wieso muss er sich immer wieder in jeder Stadt, in der ein Reichstag stattfindet, mit jeder Hure vergnügen, die ihm über den Weg läuft? Was ist mit dem Personal, mit der Dienerschaft? Die lässt er ja auch nicht in Frieden. Ich kann Ihnen nicht sagen, wie sehr ich es bereue, diesem Mann meine Tochter gegeben zu haben.“
„Vater, Ihr quält mich!“ flüsterte Christine, doch der Alte hatte sie nicht gehört und fuhr fort: „Meine Lieblingstochter! Sie waren immer meine Lieblingstochter.“
„Ach, Vater!“ Christine legte ihre Hand auf die Hände ihres Vaters. „Das sind auch meine Sorgen. Ich habe auch Angst, dass er mich ansteckt. Nun ist ja wieder ein Sohn geboren - da wird er mich vorerst verschonen.“
„Wenn er Sie ansteckt, dann wir er sich nicht nur vor mir verantworten müssen, sondern auch vor Gott. - Ist es wahr, dass er schon seit Jahren nicht mehr beim Abendmahl war?“
Christine sah ihren Vater nicht an, als sie kaum merklich nickte.
„Wegen seiner Hurerei?“ Herzog Georg meinte es gut, wenn es auch nicht gerade einfühlsam war, wie er nun seinen Stock auf den Boden aufstieß. Wieder gelang Christine nur ein Nicken.
„Du liebe Güte! Da lob ich es mir doch, katholisch zu sein. Man geht beichten, und die Welt ist wieder in Ordnung, aber ihr Lutheraner habt immer gleich den Weltuntergang.“
„Vater, bitte, lasst uns nicht streiten!“
„Ich streite doch gar nicht. Ich sage nur, was ich denke, und ich frage nach den Dingen, die ich gerne wissen möchte. Das kann man einem alten Mann nicht verdenken. Und Philipps Schwester Elisabeth? Wie steht es mit ihr? Sie will auf ihrem Witwensitz in Rochlitz die Reformation einführen, damit alle die Predigten auf deutsch hören und womöglich die Bibel auf deutsch lesen.“
„Aber Vater, es ist doch nicht verwerflich, wenn man den Menschen in ihrer

Sprache das Wort Gottes verkündet. Sie sollen es doch verstehen."
„Sind Sie sicher, dass jeder es verstehen wird? Ich halte es nicht für richtig, wenn jeder Narr die Bibel lesen und sich seinen eigenen Reim darauf machen kann. Aber dem werde ich einen Riegel vorschieben, denn wohin das führt, haben Wir in den Bauernkriegen gesehen."

Längst war Philipp in der Schenke angelangt, in der man ihn sehnsüchtig erwartet hatte, seit die landgräfliche Reisegesellschaft vor Tagen gesichtet worden war. Drei Frauen, die Christine nicht einmal mit einer Beißzange angefasst hätte, kümmerten sich in einem Gemach von höchst mangelhafter Sauberkeit dergestalt untertänigst um ihren Landesherrn, dass diesem die Sinne vergingen. Das Bier tat ein Übriges, um den Fürsten vollends seines Verstandes zu berauben. Ein flackerndes Talglicht warf die Schatten der Huren an die Wand, wo sie sich für den betrunkenen Philipp in riesige, schwarze Dämonen verwandelten, die ihre zottigen Mähnen schüttelten und ihre Schlünde aufrissen, um ihn zu verschlingen. In seinen Ohren klirrte ihr Geschrei und Gestöhne. Entsetzt starrte er an die Wand, wo die gräulichen Bestien nun, umringt von immer höher lodernden Flammen, reihum aus dem heiligen Abendmahlskelch tranken, so gierig, dass ihnen der heilige Wein, das Blut Christi, über die Gesichter und Brüste lief. Entweiht und besudelt war der Kelch, auf ewig verloren für ihn, den armen Sünder, der in der Hölle schmoren würde. Er hob die Hände, um ihnen Einhalt zu gebieten, aber in rasender Wollust setzten sie ihm nur noch ärger zu, bis er sich ergeben wollte, um die brennende Hitze in seinen Lenden zu stillen, die ihn niemals zur Ruhe kommen ließ. Wieder ließen sie den Kelch kreisen und drückten ihn auch Philipp an die Lippen. Nun hatte er Gemeinschaft mit diesen Kreaturen! Oh, welche Pein! Sie würden ihn in die unterste Hölle entführen, auf ewig würde er brennen, in einem Feuer, gegen das die Glut in seinen Lenden sicherlich nur ein laues Lüftchen war. In namenlosem Schmerz schrie Philipp auf, schlug die Hände vors Gesicht und brach schluchzend auf dem schmutzigen Bett zusammen.
„Um Himmels Willen, was hat er denn?" fragte eine der Damen ängstlich ihre Kolleginnen, und wischte sich mit dem Handrücken nicht nur Bier-

schaum vom Mund. Mit panisch aufgerissenen Augen starrte sie ihren Fürsten an, der vor Schmerz offenbar nicht mehr bei sich war.
„Hast du ihn etwa gebissen?“ schrie die zweite.
„Nein! Natürlich nicht!“
„Wenn du den Fürsten seiner Manneskraft beraubt hast, sehen wir im besten Fall nie wieder Tageslicht. Wir sollten abhauen, bevor der Wirt kommt. Sicher hat er das Schreien seiner Gnaden gehört.“
„Der Wirt wird einen Teufel tun, die Lustschreie seiner Gnaden zu unterbrechen. Lass mal sehen!“ sagte die dritte und nahm die Kerze vom Tisch. Gemeinsam neigten sich diese drei Spitzenkönnerinnen über die Leibesmitte des Landgrafen, um den kleinen Philipp zu inspizieren.
„Du liebe Güte! Wie sieht das denn aus? So viele kleine Knubbel und Dellen. Du hast ihn *doch* gebissen! Na warte! Dich werd ich…“ knurrte die zweite und holte aus.
„Ich hab nix gemacht, das war schon. Ich schwör!“ rief die erste mit der ganzen Empörung fälschlich angeklagter Unschuld, während Philipp sich nunmehr leise wimmernd und um Gnade flehend auf dem Bett wälzte.
„Auf dem Scheiterhaufen werden wir landen, alle drei!“ Und schon war die erste aus dem Fenster, dicht gefolgt von der zweiten, die ebenfalls nicht auf dem Scheiterhaufen landen wollte.
Die dritte sah den beiden nach, die eilig im Wald verschwanden und zuckte nur mit den Schultern. Es war nicht ihre Sache, wenn diese beiden Hühner zum ersten Mal beim Landgrafen waren. Sie selbst wusste, was folgen würde: Der Fürst würde bald wieder zu sich kommen, einen Becher Bier in einem Zug austrinken und dann würde es weitergehen. Niemand würde sie anklagen und in den Kerker werfen, sondern der Fürst würde sie am nächsten Morgen reichlich belohnen.
Und so geschah es tatsächlich.

Dadurch erschien Philipp begreiflicherweise nicht zum Morgenimbiss. Christine saß da mit versteinertem Gesicht, Herzog Georg hatte sich geweigert, überhaupt zum Essen zu erscheinen. Als Philipp endlich auf der Burg ankam, nahm er nicht den Umweg über die privaten Gemächer, um sei-

ne Familie zu begrüßen, sondern ließ sich gleich sein Jagdgewehr bringen. Auch Moritz ließ er holen und ihm ein besonders schönes Pferd satteln. Der Junge strahlte ihn glücklich an, als er aufsaß, denn er hatte wohl nicht damit gerechnet, gleich am ersten Tag mit dem Landgrafen zur Jagd auszureiten.
„Heute jagen wir und wenn Ihr wollt, können wir uns morgen im Zweikampf üben. Das hatte ich Euch schließlich versprochen, damals in Torgau."
„Danke, Euer Gnaden. Das ist überaus freundlich von Euch. Dass Ihr Euch daran erinnert!"
Nun wusste Moritz, dass Tage voller Abenteuer und Jagdlust vor ihm lagen - an der Seite des von ihm so hoch verehrten Landgrafen. Wie gerne würde er bei ihm seine Ausbildung fortsetzen, doch er wusste, dass die Mutter andere Pläne mit ihm hatte, die sie ihm bald zu Hause in Freiberg mitteilen würde.

Freiberg, im Juni 1537

Im Schloss zu Freiberg führte Herzogin Katharina zu Sachsen ein ebenso strenges wie freudloses Regiment. Als jüngste Tochter des Herzogs zu Mecklenburg hatte sie von jeher erlebt, dass man sich behaupten musste, wollte man nicht untergehen. Ihr Vater hatte gegen aufständische Untertanen gekämpft, ihre älteste Schwester Dorothea wehrte sich als Äbtissin hartnäckig gegen die Reformation; ihrer Schwester Anna war es gelungen, sich nach dem Tod ihres Gemahls Wilhelm von Hessen gegen die Ritterschaft zu behaupten, die mit der Witwe keineswegs ritterlich umgesprungen war. Nur Sophie, die schon als Kind so brav und sittsam gewesen war, hatte die Geburt ihres ersten Kindes, des jetzigen Kurfürsten Johann Friedrich, der in Torgau residierte, nicht überlebt.
Anno 1512 war sie als fünfundzwanzigjährige Schönheit in das beschauliche, von Festgelagen, Lustbarkeiten und Jagdgesellschaften geprägte Leben des damals neununddreißigjährigen Hagestolzes eingebrochen und hatte gründlich Ordnung geschaffen. Herzog Heinrich hatte damals zunächst mit Belustigung das Treiben seiner hübschen, jungen Frau beobachtet, die sein gemütliches, aber wenig repräsentatives Schloss von innen nach außen ge-

wendet hatte. Als sie das oberste zuunterst kehrte, hatte er noch versucht einzuschreiten, doch hatte er bald vor so viel jungendlichem Eifer kapitulieren müssen. Katharina war ausgesprochen ambitioniert und keineswegs gewillt, das Dasein einer unbedeutenden Provinzfürstin zu führen, doch ihr Handlungsspielraum war begrenzt. Glücklicherweise bekam sie Kinder. Mit den Töchtern Sibylla, Aemilia und Sidonia war zumindest ein Anfang gemacht - Töchter konnte man immerhin verheiraten, um Verbindungen mit wichtigen Familien zu knüpfen, die nützlich sein konnten. 1521 kam Moritz zur Welt. Der Stammhalter. Endlich! Zur Sicherheit gebar Herzogin Katharina außerdem einen Severin und einen August. Mit drei Töchtern und drei Söhnen sollte sich doch einiges bewerkstelligen lassen, indem man für jedes einzelne Kind einen geeigneten Lebensplan erstellte.

Leider war durch den reichen Kindersegen das Geld knapp geworden und so musste Herzog Heinrich notgedrungen bei seinem Bruder Georg in Dresden vorsprechen, um eine Aufstockung der Finanzausstattung auszuhandeln. Herzog Georg verwies auf längst ausgehandelte Verträge und lehnte die Bitte seines Bruders ab, erklärte sich aber immerhin bereit, für die Ausbildung seiner Freiberger Neffen zu sorgen. Für Severin und Moritz hatte er gut-katholische Höfe gewählt, an die die beiden Knaben geschickt worden waren. Severin war nach wenigen Monaten am Hofe König Ferdinands, des Bruders Kaiser Karls V., in Innsbruck an einem Fieber gestorben. Moritz hatte ein Jahr in Halle bei Erzbischof Albrecht verbracht; dann hatte auch ihn ein Fieber gepackt und er hatte nach Hause zurückkehren müssen. Kaum genesen, hatte ihn die Mutter nach Dresden geschickt, wo er die letzten drei Jahre unter den Fittichen seines Onkels selbst verbracht hatte. Herzog Georg hatte den jungen Moritz lieb gewonnen, ihm alles beigebracht, was ein zukünftiger Landesherr über eine gewissenhafte und sparsame Verwaltung wissen musste und überdies noch Ausschau gehalten nach einer geeigneten katholischen Heiratskandidatin.

Dies alles hatte der gute Herzog Georg nicht ohne Grund getan, denn als streng gläubiger Katholik war es für ihn nur naheliegend, seine beiden Neffen an katholische Höfe zu vermitteln und zu hoffen, dass eine katholische Ehefrau den verbliebenen Neffen im rechten Glauben hielt. Seit 1529 bot

Herzogin Katharina ihrem Schwager Gründe zu ernsthafter Sorge: Katharina hatte sich die lutherische Krankheit eingefangen und war auf dem besten Wege, ihren Gemahl damit anzustecken. Es hieß, dass Herzog Heinrich seit Neujahr einem gewissen Herrn Jacob Schenk erlaubte, sonntags im Dom zu predigen, weil die über dreitausend Zuhörer, die alle den Schüler Martin Luthers hören wollten, nicht in die kleine Schlosskapelle passten.

Herzog Moritz von Sachsen stand nun mit gesenktem Haupt vor seiner Mutter Katharina und beantwortete gehorsam alle ihre Fragen. Es hätte eine behagliche Familienszene sein können: Vater und Mutter hatten es sich in Sesseln bequem gemacht, im Schoß der Mutter lag ein Stickrahmen, der Vater nippte ab und zu an einem Weinkelch; doch verriet die Haltung des Jünglings selbst einem unbedarften Betrachter, dass diese Eltern sich nicht einfach nur von ihrem Sohn berichten ließen, wie es denn in Dresden gewesen sei. Moritz hatte seine Schultern nach oben gezogen, seine Knie waren ganz leicht gebeugt, wobei er von einem Bein aufs andere trat. Seine Augen lagen bemüht fest auf dem Gesicht seiner Mutter, doch huschten sie immer wieder hinüber zum Vater, als wolle er sich dessen Gunst und Hilfe vergewissern.
Obwohl seine Mutter während des ganzen Gespräches durchaus wohlwollend genickt und nur ganz selten ihre Oberlippe in ordentliche Falten gelegt hatte, spürte Moritz, wie seine Hände heiß und feucht wurden. So unauffällig wie möglich versuchte er, sie an seiner Hose abzuwischen.
„Was tun Sie da?“ fragte die Mutter, deren Augen nichts entging.
„Vergebt mir, Frau Mutter, ich dachte, es seien Falten in meiner Hose und ich wollte auf keinen Fall unordentlich vor Euch stehen.“ Nun stand auch Schweiß auf seiner Stirne. Mit einer fahrigen Bewegung nahm er die Hände auf den Rücken.
Nachdem die Mutter überprüft hatte, dass Moritz ausreichend in Verwaltungsdingen ausgebildet worden war, fühlte sie ihrem ältesten Sohn etwas genauer auf den Zahn: „Hat Herzog Georg darauf bestanden, dass Sie mit in den katholischen Gottesdienst kommen und dass Sie das Abendmahl in altgläubiger Weise empfangen?“

„Das hat er, Frau Mutter. Ich habe zwar versucht, mit ihm darüber zu reden, ihm die Dinge zu erklären, die Ihr mir erklärt habt, aber er…“
„Sie wollten Herzog Georg reformieren? Wohl nur, um dann triumphierend sagen zu können, dass Sie etwas erreicht haben, was nicht einmal Martin Luther selbst erreicht hat!“ rief Herzogin Katharina aus in einer Mischung aus Ärger und Amüsement. „Sie sind ein unverbesserlicher Narr! Ein Narr, wie ich es Ihnen schon seit Jahren sage. Unverbesserlich!“ Sie schüttelte den Kopf, nahm ihren Stickrahmen, ließ ihn aber sogleich wieder sinken und schaute ihren Gemahl an, der betreten aus dem Fenster schaute. „Nun sagen Sie doch etwas, Herr! Er wollte Herzog Georg reformieren!“ Wenn Moritz ihr erzählt hätte, er wolle die Sonne vom Himmel holen, hätte sie kaum anders reagieren können.
„Nein, Frau Mutter, Ihr irrt“, erwiderte Moritz und biss sich sofort auf die Lippen, aber es war zu spät.
„Ich irre?“ sämtliche Falten in ihrem Gesicht vertieften sich, besonders die tiefen Furchen um ihre Lippen. „Ein Narr! Aber das sagte ich ja bereits.“ Sie musterte ihn spöttisch. „Und? Möchten Sie mich jetzt um Vergebung bitten?“
„Mutter, ich bitte Sie um Vergebung, Ihr hattet natürlich recht.“ Moritz klang zutiefst zerknirscht, sogar Tränen schwangen in seiner geflehten Bitte um Vergebung mit. Wie gut, dass er die Hände bereits auf dem Rücken hatte, denn so konnte er ganz unauffällig die Finger kreuzen.
„Natürlich hatte ich Recht. - Heiratspläne? Hat Herzog Georg mit Ihnen über irgendwelche Heiratspläne gesprochen?“ Und zu ihrem Gemahl gewandt sagte sie: „Es würde mich nicht wundern, wenn der Alte versuchte, unseren Sohn mit einer Katholikin zu verbinden, damit Sachsens Zukunft katholisch ist. Aber da hat er die Rechnung ohne mich gemacht.“
„Frau Mutter, seine Gnaden, Herzog Georg würde niemals erlauben, dass ich gegen meine Eltern anders handle, denn als Euer gehorsamer Sohn.“ Die letzten beiden Worte sprach Moritz mit einem gewissen Nachdruck.
„Sie wissen, dass für uns nur eine Verbindung mit einer lutherischen Braut in Frage kommt!“ Zum Zeichen seines bedingungslosen Gehorsams verneigte er sich besonders tief.

„Es ist damit zu rechnen, dass Herzog Georg seinen blöden Sohn Friedrich noch verheiratet und auf den Thron setzt, damit das Herzogtum Sachsen altgläubig bleibt. Wenn ihm das tatsächlich gelänge, wäre Ihre Erbschaft zunichte gemacht. Um das Erbe zu sichern, ist Ihr Vater nun dem Schmalkaldischen Bund beigetreten - Sie wissen, dem Bündnis der lutherischen Fürsten. Kurfürst Johann Friedrich verlangt aber nun, dass wir uns vollkommen von Herzog Georg distanzieren; deshalb sollen Sie als Unterpfand an den Hof zu Torgau gehen und dort weiter ausgebildet werden[3]. Haben Sie das alles verstanden?"

„Ja, Mutter."

„Es ist gut, mein Junge. Sie dürfen gehen." Moritz verneigte sich noch tiefer und ging erleichtert davon.

Vor der Tür traf er auf Sidonie, die jüngste seiner drei großen Schwestern. Sie war neunzehn Jahre alt und noch immer unverheiratet, was ihrer Mutter ein Dorn im Auge war, doch Sidonie nahm es gelassen. Sie und die älteste Schwester wussten, dass sie wenig Mitgift hatten, die Fürstensöhne wussten es auch, und nur wegen ihrer hübschen Gesichter würde sie kaum jemand nehmen.

„Na, kleiner Bruder? Hast du es überlebt?" flüsterte sie, dann nahm sie ihn an der Hand und zog ihn mit sich. „Ich hab in der Küche dein Lieblingsessen bestellt."

Auf ihrem Weg dorthin lief ihnen der kleine Bruder August über den Weg, der ängstlich zusammenzuckte, als Moritz laut seinen Namen rief.

„He, mein Kleiner, hab ich dich erschreckt?" Moritz nahm den Jungen auf die Arme, wofür dieser mit seinen zehn Jahren eigentlich schon zu groß war, aber Moritz wollte und musste beweisen, dass er kräftig geworden war und den kleinen Kerl tragen konnte. August ließ es geschehen, denn umarmt wurde er zu selten. Die Schwestern hatten alle ihre eigenen Probleme und die Mutter tat es ohnehin niemals; sie hielt sogar die Erzieher an, das Kind mit Strenge zu erziehen, was bei dem äußerlich und innerlich weichen Kind vollkommen fehl am Platze war. August schaute seinen großen Bruder aus ängstlichen Augen an.

3 Siehe zu Moritz u. a.: Herrmann, Johannes; Moritz von Sachsen (1521 - 1553) Landes-, Reichs- und Friedensfürst. Beucha 2003.

„Nein, August, Sie müssen uns jetzt alleine lassen. Gehen Sie!“ sagte Sidonie, als Moritz ihn wieder auf die Erde stellte. Der Junge trollte sich augenblicklich.
„Aber er hätte doch bei uns bleiben können.“
„Nein! Er könnte reden, und du weißt, was passiert, wenn die Mutter erfährt, dass wir in der Küche genascht haben.“
„Er war nicht besonders gesprächig, er hätte doch…“
„Was er nicht weiß, kann er auch nicht der Mutter berichten. Du kannst dir kaum vorstellen, wie gehorsam er ist“, schimpfte Sidonie, schaute aber gleich darauf ängstlich um sich.
„Gehorsam!“ Moritz spuckte das Wort aus, als habe es ihm den Mund zerstochen.
Als die Geschwister in einer kleinen Nebenkammer der Küche saßen und sich den heimischen Wein schmecken ließen, wurde Moritz wieder ruhiger. Er betrachtete seine Hand, die nun nicht mehr zitterte, als sei sie ihm ganz fremd. Eine der Mägde kam mit Tellern, auf denen sie kaltes Hühnchen mit frischen Kräutern angerichtet hatte. Auf ihrem hochroten Gesicht stand ganz deutlich die Furcht, die Herzogin könnte herausfinden, dass sie die jungen Herrschaften außerhalb der Essenszeiten bewirtet hatte, und der Zorn der Herrin war berüchtigt. Auch Messer legte sie den Geschwistern auf den Tisch, die Moritz gleich wieder beiseite schob.
„Wir brauchen doch keine Messer - ich denke, das Huhn ist schon tot!“
„Ein Scherz? Von Dir?“ Sidonie lachte ungläubig und schaute ihren kleinen Bruder belustigt an.
„Das hat Elisabeth mal gesagt. Ich dachte mir, dass dir das auch gefällt.“ Moritz grinste sogar.
„Die Zeit in Dresden hat Dir gut getan, wie ich sehe. Wie…“
„Nein, bitte, erzähl mir zuerst wie es Aemilia geht.“
„Wie soll es einer jungen Frau gehen, die mit einem steinalten Mann verheiratet ist? Das dritte Kind ist unterwegs. Glücklicherweise hat sie bisher Töchter geboren. Wenn sie ihrem Gemahl Söhne geschenkt hätte, dann hätten die heiratswilligen Herren bei Sibylla und mir Schlange gestanden, und irgendein Greis mit genügend Talern in seinen Truhen und Verbindungen zu

den wichtigsten Fürstenhöfen wäre sicher dabei gewesen." Sidonie drehte gedankenverloren den Kelch in ihrer Hand, dann fuhr sie fort: „Aemilia beklagt sich nicht. Ihr Gemahl ist in den letzen Monaten sehr zusammengefallen, dann wird das wohl ihre letzte Schwangerschaft sein. Sie kümmert sich um ihren Mann, wie eine Frau sich um ihren Großvater kümmern könnte." Als wolle sie die Sorgen um ihre Schwester verbannen, straffte sie sich plötzlich, beugte sich leicht über den Tisch und sagte: „Aber nun erzähl! Wie war es in Dresden?"

„Soll ich dir jetzt die ganzen letzten drei Jahre schildern?"

„So viel Zeit wird uns die Frau Mutter wohl kaum lassen. Wir können schon froh sein, wenn sie uns hier nicht erwischt; hattest du denn eine schöne Zeit?"

„Ja", sagte Moritz leise und nickte. „Ich hatte eine schöne Zeit, meistens zumindest. Herzog Georg war sehr freundlich zu mir, ich schätze ihn sehr - wenn ich ihn auch nicht so sehr verehre wie Landgraf Philipp von Hessen. Seine Schwester Elisabeth war in Dresden wie eine Mutter für mich. Sie war..." Moritzens Augen huschten über die Regale, auf denen der Koch Krüge mit allerlei Zutaten aufbewahrte, als suche er nach einem Wort „... liebevoll. Ja, sie war liebevoll", sagte er langsam und nachdenklich. „Bei ihr hatte ich das Gefühl, gesehen zu werden. Weißt du was ich meine?"

Nein, Sidonie sah nicht so aus, als wisse sie, was ihr kleiner Bruder meinte, aber sie nickte ein wenig und stopfte sich noch etwas Fleisch in den Mund, während Moritz eingehend die Frühlingskräuter zu untersuchen schien.

„Weißt du, Sidonie, Elisabeth hat im Januar ihren Gemahl verloren. Das hat mir sehr leid getan. Das war für sie ein schrecklicher Schlag - zumal sie keinen Sohn hat. Ich hatte oft das Gefühl, dass sie sich einen Sohn wie mich wünscht. Ich hab ihr mal als kleiner Junge eine Schleife geschenkt. Die bewahrt sie noch immer auf. Sie hat sie sogar mitgenommen, als sie im März auf ihr Wittum nach Rochlitz gezogen ist." Man konnte an seinem verwirrten Lachen deutlich hören, dass Frauen für ihn vollkommen fremde, sonderbare Wesen waren und er wenig Hoffnung hatte, sie jemals zu verstehen.

„Bei Herzog Georg habe ich sehr viel gelernt. Ihm liegt vor allem die Ordnung in allen Dingen am Herzen. Er schickt seine Räte in die Klöster, damit sie dort nach dem rechten sehen und seine maßvollen Reformen umsetzen. Er ist der Ansicht, dass es Reformen geben muss, aber von oben und nicht von unten. Reformen müssen in geregelten Bahnen verlaufen und vom Fürsten angeordnet und kontrolliert werden. Deswegen ist er auch gegen das Luthertum. Er bemüht sich selbst um Reformen, aber er verabscheut Aufruhr und Unruhen, wie Luther sie ausgelöst hat."

„Lass das nicht die Mutter hören!"

„Nein, ganz sicher nicht - auch wenn sie selbst mich zu ihm geschickt hat, damit ich bei ihm lerne. Aber du weißt doch, dass mir diese Religionssdinge nicht wichtig sind. Ich habe mich in den altgläubigen Tagesablauf in Dresden eingefügt, aber Herzog Georg hat mich niemals zu religiösen Dingen befragt, geschweige denn bedrängt, mich zum alten Glauben zu bekennen. Was mich nur ärgert, ist, dass ich bei ihm unbedingt Latein lernen soll. Ich sehe ja ein, dass ich mich mit dem Verwaltungswesen eines Staates auseinandersetzen muss, aber was soll ich mit Latein? Weißt du, Sidonie, Herzog Georg hat in Sachsen ein dreistufiges Verwaltungssystem eingeführt." Nun sprach Moritz ganz eifrig, denn er wollte seiner Schwester zeigen, was er gelernt hatte: „Ihm als Fürsten unterstehen direkt der Hofrat und die Räte, die immer am Hof anwesend sind. Darunter stehen die Landkreise, deren Beamte den Räten Rechenschaft ablegen. Den Landkreisen wiederum unterstehen die Ämter, das sind einzelne Ortschaften. Man muss sich treue Beamte heranziehen und alles kontrollieren, damit man nicht zum Narren gehalten wird."

Sidonie schaute aus dem Fenster und stöhnte.

„Gut, gut, ich erzähle dir kein langweiliges Verwaltungszeug mehr. - Im Mai war ich mit Herzog Georg in Hessen bei Landgraf Philipp auf einem Jagdschloss. In meinem ganzen Leben hatte ich noch nicht solche Freude wie bei der Jagd mit diesem Mann. Wenn ich doch nur so reiten und schießen und kämpfen könnte wie dieser Mann! Du solltest sehen, wie alle Menschen, die ihm begegnen, ihn respektieren und zu ihm aufschauen. Ich wollte, ich könnte bei ihm meine Ausbildung fortsetzen, aber die Frau Mutter wird mich bald nach Torgau schicken zu Kurfürst Johann Friedrich. Lange wird sie mich hier nicht bleiben lassen. Aber was kann ich bei dem Kurfürsten

anderes lernen als das Essen und Trinken? Sein Lieblingsspruch ist: ‚Ich geh lieber auf die Jagd - da kann ich hinterher wenigstens essen, was ich geschossen habe!' Das geziemt sich doch nicht für einen Fürsten! Er braucht eine kleine Treppe, die ihm seine Diener hinstellen müssen, damit er auf sein Pferd kommt. Mir tut jeder Gaul leid, auf den er sich setzt. Landgraf Philipp dagegen ist mit einem Schwung im Sattel - so elegant, das solltest du sehen!"
„Und - hat Landgraf Philipp dich auch *gesehen*?" fragte Sidonie spöttisch.
„Was grinst du so?" rief Moritz ärgerlich. „Ich dachte, du freust dich wirklich, mich nach drei Jahren wiederzusehen. Aber für dich bin ich auch nichts weiter als der Narr, der ich für unsere Mutter bin."
Moritz erhob sich so heftig, dass der Schemel umfiel und stürmte hinaus.
„Moritz, komm zurück. So hab ich das nicht gemeint", rief sie ihm noch hinterher, doch er war schon fort. „Narr!" murmelte sie und aß auch seine Portion auf.

Rochlitz, im Juli 1537

Die sommerliche Hitze hatte Herzogin Elisabeths Hofdamen ins Innere des Schlosses getrieben, wo es noch immer angenehm kühl war. Während Elisabeth in ihrer Schreibstube saß, um ihrem Bruder die letzten Neuigkeiten mitzuteilen, widmete man sich in der Hofstube verschiedenen Handarbeiten, Gertrud spielte leise Töne auf der Laute, und die Närrin hatte sich unbemerkt die Bibel stibitzt, saß quer in Elisabeths hohem Lehnstuhl und ließ die Beine baumeln. Hie und da blickte Gertrud auf, wenn die Närrin leise vor sich hingluckste, aber als sie in schallendes Gelächter ausbrach, schreckte auch die Hofmeisterin Anna von der Saale[4] auf und schaute sie an.
„Närrin, was liest du da?" fragte sie, empört über so viel Heiterkeit.
„Ihr werdet es kaum glauben, werte Hofmeisterin, aber ich lese die Bibel",

4 Zu dem Namen von der Saale habe ich in der Literatur verschiedene Schreibweisen gefunden. Die vorliegende Schreibweise geht zurück auf Schwennicke, Detlev: Europäische Stammtafeln, Neue Folge. Vittorio Klostermann, Frankfurt am Main 1999. In diesem Zusammenhang möchte ich dem Adelsarchiv in Marburg sehr herzlich danken. (A.Z.)

erwiderte sie, noch immer lachend.
„Und was steht so Lustiges in der Bibel?" Anna von der Saales Stimme wurde streng.
„Das Hohelied Salomos. Da beschreibt einer seine Angebetete... Also, wenn man das alles wörtlich nimmt und sich diese Frau bildlich vorstellt..."
„Was dann?" Anna von der Saales Strenge bekam einen leicht bedrohlichen Unterton, der von der Närrin jedoch geflissentlich überhört wurde.
„Hier heißt es: Deine Lippen sind wie eine scharlachfarbene Schnur. Das lass ich mir ja noch gefallen, aber es heißt auch: Deine Zähne sind wie eine Herde geschorener Schafe, die aus der Schwemme kommen. Donnerwetter! Das nenn' ich mal ein gesundes Gebiss! Aber es kommt noch besser: Deine Brüste sind wie zwei junge Zwillinge von Rehkitzen, die unter den Rosenbüschen weiden. Wenn ich nicht völlig daneben liege, haben Rehkitze ein Fell. Hat seine Geliebte also Haare auf der Brust? Und dieses Rosengestrüpp - hängt das auch an der Frau dran?"
Hier wagte Margarete, die fünfzehnjährige Tochter der Hofmeisterin, zu kichern, doch es genügte ein einziger Blick ihrer Mutter und sie beugte sich gleich wieder tief über ihre Handarbeit. Die Närrin fuhr fort: „Von deinen Lippen, meine Braut, träufelt Honigseim. Sabbern tut sie also auch! Und weiter heißt es: Deine Nase ist wie der Turm auf dem Libanon, der nach Damaskus sieht. Stellt Euch doch mal diesen riesigen Zinken vor! Ich bin gespannt, was noch alles kommt! Was sagst du dazu, Elfriede?"
Elfriede war der Narrenstab, ein kleines Konterfei seiner Besitzerin, das einen ebensolchen Kragen mit kleinen Glöckchen trug wie die Närrin selbst. Die Närrin ließ nun Elfriede empor schnellen und mit schnarrender Stimme sagen: „Was soll ich dazu sagen? Bin ich doch ebenso gespannt wie ihr alle! Aber, ihr werten Jungfern," rief Elfriede aus und schaute sich herausfordernd um, „wir sollten uns aufs Äußerste gefasst machen. Wahrscheinlich thront auf dieser riesigen Nase eine Warze, hoch wie der Berg Sinai und auf der Warze stehen die Haare so groß und fest wie die Zedern des Libanon!"
„Närrin!" Anna von der Saale erhob sich.
„Elfriede!" rief die Närrin empört und hielt ihren Narrenstab auf Armeslänge von sich. „Werte Hofmeisterin, ich hab doch gar nichts gemacht! Elfrie-

de war's!“ Damit zeigte sie auf ihren Narrenstab, was der Hofmeisterin wie immer die letzten Reserven an Geduld abnötigte.
„Ach!“ schnarrte Elfriede. „Immer bin ich's gewesen, wenn du dich mit deinem großen Mundwerk um Kopf und Kragen redest.“ Als Anna von der Saale vor dem Lehnstuhl stand, hielt die Närrin die Bibel wie einen Schild vor sich.
„Gib mir die Bibel!“
Doch die Närrin sank noch tiefer und rief mit einer Fistelstimme, die sie für größte Gefahren reserviert hatte: „Herr, siehe, meine Feinde lagern sich um mich und wollen mich bedrängen. Sei du mir ein Schild gegen meine Widersacher! Psalm 185, Vers 17a.“
Die Hofmeisterin ließ sich nicht beeindrucken und versuchte, der Närrin die Bibel gewaltsam abzunehmen. Es gab ein hässliches Geräusch von zerreißendem Papier, worauf Hofmeisterin und Närrin betroffen schauten. Die Närrin fasste sich als erste wieder: „Seht Ihr, Frau Hofmeisterin, da habt Ihr nun die Bibel zerrissen. Wenn Ihr dafür mal nicht in die Hölle kommt!“
„Das wird die Herrin erfahren!“ rief die Hofmeisterin zornbebend.
„Wetten, ich sag's ihr eher?“ Und damit schlängelte sich die Närrin geschickt vom Lehnstuhl und rannte die Treppe hinauf. Die Hofdamen hörten nur noch ihr Schreien: „Herrin! Herrin, die Hofmeisterin wird in die Hölle kommen! Wahrscheinlich steht der Teufel schon vor der Tür! Schnell die Zugbrücke hochgezogen! Alles hört auf mein Kommando!“ Dies veranlasste Carlotta, eine kleine Königsspanieldame, aus ihrem Körbchen aufzuschrecken und laut bellend der Närrin zu folgen, während die beiden Kater Paul und Karl sich hinter der nächsten Truhe in Sicherheit brachten.
Als Margarete von der Saale erbleichend um das Schicksal ihrer Mutter fürchtete, schüttelte Gertrud den Kopf und machte dabei ein Gesicht, das eindeutig besagte, dass man mit dem Leibhaftigen so bald nicht zu rechnen habe und spielte weiter auf der Laute.
Indessen war die Närrin in der herzoglichen Schreibstube angekommen, wo Elisabeth am geöffneten Fenster saß und gerade ihren Brief versiegelte.
„Was? Närrin, was redest du da?“ Herzogin Elisabeth wandte sich zu ihrer Närrin um, die vollkommen aufgelöst in der Schreibstube stand.

„Aaahhh, da kommt er schon, der Leibhaftige, hoch zu Ross auf einem schwarzen Hengst!“ rief die Närrin, als sie einen Blick aus dem geöffneten Fenster warf, das einen weiten Ausblick über das Tal, die Zugbrücke und den Schlossweg bot, doch dann fasste sie sich, legte der Hofmeisterin, die keuchend ihre matronenhafte Statur die Treppe heraufgewuchtet hatte, eine Hand auf die Schulter und sagte ganz ernst: „Werte Frau Hofmeisterin, es war mir immer eine besondere Ehre, Euch… *beinahe* zum Lachen zu bringen!“

„Närrin, das ist nicht der Leibhaftige, sondern der Bote des Herzogs von Sachsen. Jetzt schweig bitte für einen Augenblick und lass mich einen klaren Gedanken fassen.“

„Ach, tatsächlich? Ein Bote des Herzogs? Und ich hab mich schon gewundert, warum der Leibhaftige ein Wams mit dem herzoglichen Wappen trägt.“

Es dauerte nicht lange und Elisabeth saß wieder in Ruhe mit dem Brief in ihrer Schreibstube. Carlotta hatte sich auch wieder beruhigt und lag auf ihrem Kissen unter Elisabeths Schreibtisch. Die Schale mit Himbeeren, die Gertrud für Elisabeth hingestellt hatte, war noch unberührt. Herzog Georgs Bote hatte seinen Auftrag erfüllt und durfte sich in der Küche stärken; Närrin und Hofmeisterin hatten wieder einmal einen sehr fragilen Frieden geschlossen, und Gertrud saß still bei ihrer Herrin, die leise murmelnd den Brief des Herzogs überflog, wobei sie ab und an missbilligend mit der Zunge schnalzte.

„Was schreibt er denn?“ fragte Gertrud, als Elisabeth leise knurrte.

„Der Brief fängt recht harmlos an. Da gibt er mir noch Ratschläge, dass ich die Forellen, die die Bauern für mich fangen, jemandem geben soll, der sich aufs Braten versteht, damit die Bauern sie nicht verderben.

Dann bedankt er sich für mein Mitgefühl bezüglich seiner Krankheiten. Er hat die Arzneien aber nicht genommen, weil er schon krank ist, sondern zur Vorbeugung. Da schreibt er: *Diese Praktiken sollen mir ein langes Leben tun. Ich will mit Gottes Willen damit verfahren, wie es mir die Gevatterin Herzogin Katharina tut. Je mehr ich hoffe, dass sie stirbt, desto länger lebt sie. Denn ich*

achte mich und meinesgleichen nicht so sehr verdient um Gott, dass ER immer tue, was wir gerne sehen. Die mich bei lebendem Leibe beerben wollen, die verlängern mir nur mein Leben, so lange es Gott gefällt.
Das ist wohl ein Wink mit dem Zaunpfahl. Mir gegenüber hat er freundliche Worte gewählt, aber ich habe den Eindruck, die Tinte ist vergiftet. Ich mag meine Tante Kathrine zwar auch nicht besonders, aber den Tod würde ich ihr denn doch nicht wünschen. Sie ist lutherisch - da kennt sein Hass kein Maß. Und da er genau weiß, dass ich auch lutherisch bin und hier die Reformation einführen will, wird er mir wohl mindestens die Pest an den Hals wünschen. Aber jetzt pass auf, jetzt schreibt er über die Verzeichnisse, die ich ihn gebeten habe, mir zu schicken: *Wenn ich Euer Lieben die Verzeichnisse, in denen all Eure Wittumsgüter aufgelistet sind, zuschickte, würde ich Euer Lieben nur damit unnötig belasten, denn wenn Euer Lieben nicht einen gründlichen, mündlichen Bericht dazu hat, der Euer Lieben alles erklärt, so könnten Euer Lieben doch rein gar nichts damit anfangen. Wenn aber Euer Bruder, mein freundlicher, lieber Sohn, einen Bericht davon haben will, so will ich ihm gerne einen schicken, der ihm von allem einen Bericht geben soll.*
Wieso spricht er mich überhaupt noch mit *Euer Lieben* an? Da kann er doch gleich *Euer Hasilein* schreiben. Als könnte ich nicht lesen! Und mein Bruder ist wohl kaum sein freundlicher, lieber Sohn, denn er ist nicht nur lutherisch, sondern hat mit der martinischen Pest, wie mein lieber Herr Schwiegervater die Reformation zu nennen beliebt, mich und seine Gemahlin Christine angesteckt. Und sie war immer die Lieblingstochter des alten Herzogs, wie er mir mehrfach versichert hat, daher hat ihn das wahrscheinlich besonders schwer angegangen.
In meinem letzten Brief habe ich gewagt, Zweifel anzumelden, ob die Idee, Herzog Friedrich, - der zwar ein sehr lieber, netter Kerl ist, und der ganz passabel erscheint, solange er nur den Mund hält, wie mein Herr Schwiegervater selbst zugegeben hat, - nun, ob es eine gute Idee ist, diesen Friedrich zum Regenten zu küren."
„Was? Friedrich den Blöden?" Gertrud war fassungslos.
„Das ist zwar nicht freundlich, aber leider die Wahrheit. Dazu schreibt der

alte Herzog jetzt..." Sie überflog die Zeilen murmelnd und sagte dann laut: „Ach, ich fasse diesen ganzen Sermon zusammen, denn seine gedrechselten Sätze sind unerträglich. Er wundert sich doch tatsächlich, dass man unwirsch geworden ist darüber, dass er seinen eigenen Sohn als seinen Nachfolger vorgeschlagen hat. Das will er vor Gott und der Welt verantworten. Wenn die Landschaft und die Vertreter der Stände schon einen neuen Herrn zu wählen hätten, dann könnten sie auch seinen Sohn wählen. Ihm hat er zehn Regenten von der Landschaft und den Ständen zugeordnet."

Elisabeth schaute auf. „Ich denke, diese zehn Mitregenten würden alles schön unter sich aufteilen. Friedrich hat keinerlei Autorität. Was stellt der Alte sich vor? Dass diese Mitregenten lauter selbstlose Menschen sind, die ausschließlich das Wohl Sachsens und Friedrichs im Blick haben? Aber dazu schreibt Herzog Georg:

Denn ich hab zu meiner Zeit mehr Könige und Fürsten von Land und Leuten sehen kommen, die nach ihrem Haupt regiert haben, als die, die mit dem Rat ihrer getreuen Untertanen regiert haben.

Wenn ich keinen Sohn gehabt hätte und ich gewusst hätte, dass den Leuten der Luther sehr am Herzen liegt, so hätte es mir leid getan, da ich mein Land und meine Leute, die mir treu geblieben sind, niemandem lieber gönne als dem, der der christlichen Kirche und der Kaiserlichen Majestät treu geblieben ist. Sollte es anders geschehen, täte es mir sehr leid.

„Was für ein Blödsinn, von der christlichen Kirche zu reden, wenn er ausschließlich die katholische Kirche meint; als wären wir Protestanten Heiden."

Wenn Euer Lieben Hauptmann zu mir kommt, so will ich ihn gerne anhören. Er wird mich vor Johannis noch hier in Dresden antreffen. All dies wollte ich Euer Lieben nicht vorenthalten, denn ich bin Euer Lieben in väterlichem Willen zugeneigt.

Gegeben eilends am Donnerstag, den 14. Juni 1537.

Euer Lieben Brief habe ich vertilgt.[5]

5 Vertilgt: hier ist gemeint „vernichtet". Elisabeth hat vielen ihrer Briefe die Bitte hinzugefügt, der Empfänger möge den Brief vernichten. Glücklicherweise sind nicht alle Adressaten dieser Bitte nachgekommen.

Mich dauert niemand mehr als mein Bruder Heinrich und seine Kinder, die man zu ihrem besten wohl auf andere Wege geführt hätte.[6]
„Den letzten Satz konnte er sich nicht verkneifen. Das kann er einfach nicht verwinden, dass sein eigener Bruder auf lutherischen Pfaden wandelt."
„Hoffentlich hört er wenigstens den Hauptmann gnädig an, denn Eure Bitten werden ihm sicher nicht behagen - schließlich sind sie mit Geld verbunden", sagte Gertrud und schob sich noch eine Himbeere in den Mund.
„Aber die Tür der Küche und die Tür zu der Wendeltreppe im Hof waren vollkommen baufällig - da hätte jeder hereinkommen können. Mein Schloss muss doch in einem guten Zustand sein! Außerdem müssen hier und dort die Dächer ausgebessert werden. Auf den ersten Blick haben wir das gar nicht gesehen, als wir eingezogen sind, aber nun, bei genauerem Hinsehen fällt es auf, dass einige Jahre nichts getan wurde. Ausgerechnet ein so schludriger Amtmann wie dieser Ernst von Spohr war für mein Wittum zuständig! Ich darf gar nicht darüber nachdenken, was dieser Mann mir alles veruntreut hat. Er soll mir nicht noch einmal in die Finger fallen!"[7]
Gertrud hielt ihrer Herrin die Schale mit den Himbeeren hin, doch Elisabeth nahm sie gar nicht wahr.
„Ich will, dass Rochlitz aufblüht. Ich will, dass noch viel mehr Hofdamen an meinen Hof kommen, ich will Feste feiern, zu denen ich den Kurfürsten und meinen Bruder einlade. Turniere sollen auf dem Marktplatz abgehalten werden und wir wollen tanzen. - Und ganz nebenbei will ich auch noch die Reformation einführen", fügte sie scherzhaft hinzu und nahm sich jetzt doch eine Himbeere.
„Ich habe Herzog Georg schon um neue Prediger gebeten. Auf diesem Ohr ist er taub, aber wenn ich diese Sache selbst in die Hand nehme und eigenhändig Prediger einstelle, werden sie ihm nicht recht sein. Immerhin hat mir mein Bruder schon unseren Prediger Johann Schütz aus Kassel geschickt. Er soll bald das Evangelium in der Stadtkirche predigen."

---

6 Brandenburg, Erich (Hrsg.): Politische Korrespondenz des Herzogs und Kurfürsten Moritz von Sachsen. Erster Band (bis zum Ende des Jahres 1543); Berlin 1982. Dokument Nr. 10, S. 12 ff. Im folgenden werden diese Bände PKMS genannt.
7 Werl, Elisabeth: Aus dem Jahrzehnt der Herzogin Elisabeth; in: Bernstein, Albert (Hrsg.) Buch der Landschaft Rochlitz, Rochlitz 1936, S. 171 ff.

„Und was machen wir mit unserem guten alten Pfarrer Georg Thierbach? Freiwillig wird er seine Kanzel nicht hergeben für einen Grünschnabel, der die martinische Pest in Rochlitz verbreiten will."
„Herzog Georg könnte das nicht besser gesagt haben, Gertrud. Ich denke, wir werden Pfarrer Thierbach nach seiner etwa zweihundertjährigen Amtszeit in einen wohlverdienten, ruhigen, bequemen Lebensabend schicken können."
„Was ist mit Doctor Luther selbst? Er wäre sicher gerne bereit, Euch zu unterstützen."
„Das mag sein, aber erstens will ich Herzog Georg nicht brüskieren, denn gerade ihm hat Luther in vielen Schriften zugesetzt. Außerdem ist Doctor Luther auch nur ein Mensch und nicht Gott. Wenn er wie ein Evangelist schreibt, lob ich ihn, aber wo er schilt wie ein altes Weib, halte ich nichts von ihm."[8]

So geschah es denn, dass der hessische Prediger Johann Schütz am elften September Anno 1537 zum ersten Mal öffentlich in der Petrikirche das Evangelium predigte. Dies ging reibungslos und mit der gebührenden Feierlichkeit vonstatten. Fortan mussten die Rochlitzer Lutheraner nicht mehr ins kursächsische Colditz pilgern, das immerhin drei Wegestunden zu Fuß entfernt war, sondern konnten in ihrer Rochlitzer Petrikirche die lutherische Predigt hören.
Für Elisabeth war es eine innige Freude, endlich die Predigt in deutscher Sprache zu hören und danach das Abendmahl in beiderlei Gestalt zu empfangen - ohne Angst, entdeckt und bestraft zu werden. Zum ersten Mal fühlte sie sich tatsächlich eins mit Jesus, als säße sie an seiner Tafel wie eine geliebte Schwester und nicht wie ein Stiefkind, dem man die besten Dinge vorenthält.

Es war in etwa zu dieser Zeit, dass hier und dort im Schloss einige bauliche Arbeiten verrichtet wurden. So wurde auch die Amtsstube mit einem neu-

8 Wörtlich: „yst er doch auch ein mensch vnd nich got. Wo ewangelyst schribet, da lob ich yn, aber wo schelt wey ein alt wib, holt ich nichts von ym." Herzogin Elisabeth an Kurfürst Johann Friedrich, Brief vom 22. Januar 1535. Siehe Werl, Elisabeth, 1937.

en Putz versehen. Meister Alfons, ein guter Handwerker aus Rochlitz, hatte sich sehr geehrt gefühlt, als die Herzogin ihm diesen Auftrag erteilt hatte. Nun hatte sich der Meister mitsamt seinem Gesellen Hans ins Schloss verfügt, hatte sämtliche Materialien und Arbeitswerkzeuge mitgeführt, ausgebreitet und war höchst selbst dabei, feine Wandmalereien nachzumalen, die mit der Zeit verblasst waren. Seinen Gesellen hatte er derweil beauftragt, den Putz in der Amtsstube zu erneuern.
„Meister, ich glaube, ich habe die Kelle vergessen!" rief Hans ins Nebenzimmer. Meister Alfons knurrte einen Fluch. Wieso hatte er diesen Kerl überhaupt als Gesellen behalten? Er war der Patensohn seiner Frau, und diese hatte so viele gute Worte für ihn eingelegt, dass er nicht anders gekonnt hatte. Seine Mutter war zur allgemeinen Belustigung so überaus stolz auf ihren Sohn, dass sie immer wieder ihrer Verwunderung über seine Kenntnisse und Fertigkeiten Ausdruck verlieh.
„Ich muss mich wundern über meinen gescheiten Hans!" konnte sie morgens beim Bäcker sagen und abends beim Fleischer. Meister Alfons konnte darüber nur stöhnen. Er hielt den Jungen für ebenso faul wie dumm und war überzeugt, dass er sich Schätze im Himmel hortete, da er diesen Tölpel täglich ertrug.
„Die Kelle ist in dem anderen Eimer", erwiderte er. „Ich habe sie natürlich mitgenommen."
Im Laufe der nächsten viertel Stunde fehlten noch mancherlei Dinge, bis Meister Alfons richtig wütend wurde. Er ballte die Faust und hätte den Kerl am liebsten geohrfeigt, doch beherrschte er sich. Seine Frau würde ihn tagelang schelten, wenn er ihrem Liebling zu nahe trat. Endlich hatte Hans alles beisammen, was er brauchte und machte sich an die Arbeit. Meister Alfons hörte das gleichmäßige Streichen der Kelle auf dem Putz. Gerade, als er erleichtert aufatmen wollte, setzte das Streichen aus. Der Meister ahnte Schlimmes. Und tatsächlich, nach einigen Augenblicken ertönte wieder ein „Meister!" aus der Amtsstube. Der Meister betete um Fassung. Was mochte denn jetzt schon wieder sein?
„Meister, kommt und seht, das müsst Ihr Euch anschauen!" Hans klang aufgeregt, als habe er etwas Außergewöhnliches entdeckt. „Meister, wirklich,

das müsst Ihr gesehen haben!"
„Hier sind Bilder. Die kann ich doch nicht überputzen. Vielleicht sind sie wichtig und wertvoll? Da war ein Künstler am Werk!"
Meister Alfons seufzte. Er konnte sich nicht erinnern, in der Amtsstube die Werke eines Künstlers gesehen zu haben, es sei denn, Hans putzte oben an der Wand, wo tatsächlich Wandmalereien den ganzen Raum umsäumten. Na warte, wenn er diese Malereien ruinierte...
„Wo?" fragte der Meister nur sehr kurz und ungehalten, als Hans in einem der Fenster stand und aufgeregt auf eine völlig weiße Wand zeigte.
„Hier, Meister! Wenn Ihr Euch so stellt, dass das Licht schräg auf die Wand fällt, könnt Ihr sehen, dass jemand Figuren in den Putz geritzt hat. Hier sind Häuser und Zelte, Ritter beim Turnier und sogar ein nackter König."
Meister Alfons schaute, kniff die Augen zusammen und schaute wieder, dann sah er tatsächlich die Kritzeleien, die jemand mit einem kleinen Holzstöckchen in den Putz geritzt haben musste. Zweifellos ein Kind, denn die Zeichnungen entbehrten nach Ansicht des Meisters jeglichen künstlerischen Wertes. Lächerliche Strichmännchen mit dürren Beinen und ein Ritter mit einem Geweih auf dem Helm. Ein Turm, eine Kanone, ein Fachwerkhaus, das nicht vollendet war, ein vollkommen verkorkstes Pferd und dergleichen Unsinn mehr.
Als der Blick des Meisters bei dem nackten König angekommen war, platzte ihm endgültig der Kragen: Hans bekam seine Ohrfeige.
„Bilder! Ja!" schrie ihn der Meister an. „Du glaubst doch nicht im Ernst, dass sich für diese Kritzeleien wirklich jemand interessiert. Da waren Kinder am Werk oder Narren wie du!"
„Aber wer weiß denn schon, wie die Menschen in vielen Jahren über diese Bilder denken!" greinte Hans und rieb sich seine Wange.
„Wie viel hundert Jahre sollen denn vergehen, bis es Menschen gibt, die sich für das Gekritzel interessieren? Wer weiß schon, ob das Schloss in fünfhundert Jahren noch steht. Und selbst wenn es dann noch steht, wird wahrscheinlich der Putz von den Wänden gebröckelt sein, weil es durch die Dächer regnet. Aber wir werden jetzt unsere Arbeit ordentlich machen und diesen Unfug überputzen!" Und leise fügte er hinzu: „Ein nackter Kö-

nig! Lass das bloß niemanden sehen, sonst sehen wir nie mehr Tageslicht. Ich glaube, von allen Zeichnungen ist diese die schlimmste. Aufruhr könnte man dem Schmierfink unterstellen. Ich möchte gar nicht wissen, welcher Galgenvogel hier am Werk war. Das wird niemand lustig finden. Niemals! Und den nackten König, den putzt du zu aller erst zu!"[9]

Ende Oktober kam ein Brief von Herzog Moritz aus Torgau, den Gertrud ihrer Herrin in die Schreibstube brachte. Der Ofen war schon früh angefeuert worden und füllt die Stube mit behaglicher Wärme, während der Wind draußen an den Bäumen zerrte. Das Wasser der Mulde schimmerte tiefschwarz unter dem grauen Himmel.

Euer Lieben,
seit vier Monaten bin ich nun schon in Torgau und fühle mich doch recht wohl. Mein Hofmeister hier ist der Erbmarschall Hans Löser; außer mir unterrichtet er noch Herzog Johann Ernst, den Stiefbruder des Kurfürsten, Herzog Ernst von Braunschweig-Lüneburg und Wolfgang II., Graf von Barby. Mit allen verstehe ich mich sehr gut. Der Erbmarschall ist zwar schon recht alt, aber wir Jungen haben großen Respekt vor ihm, weil er einerseits sehr streng, andererseits aber auch sehr gut zu uns ist. Manchmal lachen wir sogar miteinander.
Der Kurfürst selbst kümmert sich wenig um uns. Nicht einmal an der Tafel haben wir Gelegenheit, mit ihm zu sprechen, denn wir sitzen alle sehr weit weg von ihm.

„Aber wie kann der Kurfürst ausgerechnet Herzog Moritz so gering achten, dass er ihn ganz unten an die Tafel setzt?" rief Elisabeth ärgerlich.
„Da will er ihm wohl klarmachen, dass er gar nicht auf den sächsischen Thron zu spekulieren braucht", sagte Gertrud, was Elisabeth keineswegs besänftigte.

---

9 Hier sollte der (erfundene) Meister Alfons Unrecht haben. Als man bei der Renovierung des Schlosses auf die Putzritzzeichnungen stieß, führte man diese auf Kurfürst Friedrich den Weisen zurück, der als Kind auf Schloss Rochlitz unterrichtet worden war. Natürlich war man hocherfreut, und der nackte König ziert heute sogar T-Shirts.

„Ich kenne doch meinen Moritz! Sicher geht er zu jeder Mahlzeit zähneknirschend. Natürlich sieht er sich als Thronfolger im Herzogtum Sachsen, denn schließlich ist Herzog Georg 66 Jahre alt und Herzog Heinrich zählt ganze 64 Jahre. Es ist doch eine Frage der Zeit, wann Moritz die Regierung antritt. Glaubt der Kurfürst denn wirklich, er könnte Moritz so klein halten, dass er seinen Einfluss auf sein Gebiet ausdehnen könnte? Er soll mir meinen Moritz nicht unterschätzen!"
Elisabeths Tonfall und Miene gaben Gertrud einen Stich. Aus Elisabeth sprach eindeutig Mutterstolz. In ihrer gemeinsamen Dresdener Zeit hatte sich zwischen den beiden ein enges Vertauensverhältnis entwickelt. Elisabeth liebte den Jungen wie einen Sohn und verfolgte seine Laufbahn mit dem Interesse und dem Stolz einer Mutter. Der kindliche Brief des Jungen zeigte, dass er in ihr auch wesentlich mehr sah als eine wesentlich ältere Cousine. Offensichtlich fand er bei Elisabeth die Liebe und Anerkennung, die er bei seiner Mutter so schmerzlich vermisste.
„Was schreibt er denn außerdem?" fragte Gertrud.
Das Schloss ist noch immer eine große Baustelle.
„Du liebe Güte! Wird das denn jemals fertig?"
In dem weitläufigen Schlosshof kann man mittlerweile einen schönen Erker bewundern und einen Wendelstein. Das ist eine Wendeltreppe, die sich zwischen dünnen Säulen außen am Schloss empor windet. Euer Lieben müssen sich das einmal ansehen. Außerdem gibt es eine Reitspindel, eine Wendeltreppe für Pferde. In dem dicksten Turm kann der Kurfürst auf seinem Pferd bis ins oberste Stockwerk des Schlosses reiten. Als der Kurfürst guter Laune war, hat er uns alle in das oberste Gemach des Turmes eingeladen. Wir mussten hinter seinem Pferd hergehen, das große Mühe hatte, ihn nach oben zu tragen. Das Pferd tat uns allen herzlich leid. Im obersten Turmzimmer gibt es einen großen Tisch, auf dem wie von Geisterhand - so sagte der Kurfürst - der Wein aus seinem Keller erscheint. Wir wussten es aber schon besser: In der Mitte der Reitspindel gibt es einen Flaschenzug, der den obersten Raum mit dem Weinkeller verbindet. Das haben wir schon herausgefunden, denn wir kennen jeden Winkel des Schlosses.
Aus Wittenberg ist gerade Cranach hier mit seiner gesamten Werkstatt, um das

Innere des Schlosses auszumalen. Ich kann nicht umhin, die Pracht zu bewundern.[10]"
„Da wird er sich wohl auch ein schöneres Schloss bauen lassen, wenn er an der Regierung ist. Und ich werde alles daransetzen, dass meinem Jungen niemand in seine Regentschaft hineinpfuscht", schloss Elisabeth und erhob sich, um in ihrem Frauenzimmer nach dem rechten zu sehen.

Dort spielte Luisa auf der Flöte, während Walburga die Laute schlug und dazu sang. Die beiden übten bereits das Adventslied *Nun komm, der Heiden Heiland*. Elisabeth und Gertrud setzten sich leise zu den Hofdamen, um die beiden Musikantinnen nicht zu stören, die noch etwas unsicher waren. Auch die Närrin hörte eine Weile ganz still zu, doch bei dem Reim *fuhr hinunter zu der Höll/ und wieder zu Gottes Stuhl* konnte sie nicht mehr an sich halten.
„Seid ihr sicher, dass das so heißt? Steht das wirklich da? Hat Luther wirklich *Höll* auf *Stuhl* gereimt?"
Walburga schaute auf die Noten, in den Text und nickte.
„Also, die Reformierungsnummer hat der gute alte Luther schon ganz gut drauf, aber das Reimen muss er wohl noch üben. Oder in der dritten Strophe: *Sein Lauf kam vom Vater her/ und kehrt wieder zum Vater*. Da müsste man eigentlich so was wie *Vatähr* singen, damit es sich richtig auf *her* reimt."
„Es ist wohl kaum an einer Närrin, den großen Reformator zu kritisieren", fauchte die Hofmeisterin, die Elisabeths Eintreten nicht bemerkt hatte, denn sonst wäre sie längst nicht so giftig gewesen.
„Ich weiß nicht, ob ich es schon erwähnt habe, aber ich bin hier der einzig vernünftige Mensch in diesem ganzen Mysterienspiel. Und reimen kann ich auch."
„Dann lass doch mal hören, ob du es besser kannst als Doktor Luther", befahl die Hofmeisterin. Elisabeth lächelte amüsiert und war gespannt, was die Närrin wohl zu bieten hatte. Wie auf der Suche nach Inspiration trat sie ans Fenster, von wo aus sie eine Gänseschar erblickte. Nach kurzem Nachdenken deklamierte sie:

---

10 In diesem fiktiven Brief habe ich die wichtigsten Gegebenheiten aus Moritzens Anfangszeit in Torgau zusammengefasst. (A.Z.)

„Die Martinsgans Auguste
war schlauer, denn sie wusste,
das mit dem Gemäste
überlässte
besser mal den andern
und gehst wandern."

Die Hofmeisterin stöhnte gequält auf, doch die Närrin kannte kein Erbarmen.

„Das sah nun Götz, der Ganter,
ein flüchtiger Bekannter
und sprach...[11]"

„Aus! Närrin! Schweig!" Doch da lachten schon alle Hofdamen und mit ihnen Elisabeth.

„Wenn Sie selbst reimen und Lieder dichten wollen, so werde ich mich sehr darüber freuen. Vielleicht sollten wir ein Liederbuch zusammenstellen und Herrn Doktor Luther nach Wittenberg schicken. Nur die Martinsgans sollten wir weglassen, denn die ist doch zu altgläubig."

„Gute Idee, Herrin!" lobte die Närrin. „Ein Buch mit so schönen Reimen würde der Herr Reformator nicht hinkriegen; genauso wenig wie ein Buch mit dem Titel: Christentum - jetzt auch für Frauen!" sagte sie triumphierend und warf sich dabei in die Brust.

Der lutherische Friede in Rochlitz währte leider nicht lange: Am Morgen des sechsten November 1537 erhielt der Bürgermeister von Rochlitz, Paul Zebicker, ein Schreiben Herzog Georgs, das ihn in einigen Aufruhr versetzte. Er warf sich seinen Mantel um die Schultern, denn der November machte seinem Ruf alle Ehre, und wagte sich hinaus in den eisigen Nieselregen, um zu dem Ratsherrn Christoph Leubnitz zu eilen. Praktischerweise war der Ratsherr Christoph Leubnitz auch ein Gastwirt, so dass Paul Zebicker sich auf einen heißen Würzwein freuen konnte.

Dorothea Leubnitz, die Herrin des Hauses, empfing ihn: „ Guten Morgen, Herr Bürgermeister! So früh schon in Amtsgeschäften unterwegs? Ihr wollt

11 abgedruckt mit freundlicher Genehmigung von Frank Glabian.

sicher meinen Mann sprechen. Setzt Euch doch hier an den Kamin, ich will ihn gleich holen." Und zu ihrer Magd gewandt sagte sie: „Liese, bring dem Herrn Bürgermeister einen heißen Wein."
Kurz darauf erschien Ratsherr Christoph Leubnitz und setzte sich zu seinem Bürgermeister. „Liese! Mir auch einen heißen Wein!" rief er noch über die Schulter, dann schaute er in das ernste Gesicht Zebickers.
„Was ist passiert?"
„Hier! Lest das!" sagte Zebicker und schob ihm den Brief hin, den er glücklicherweise trocken hier her gebracht hatte. Während Leubnitz las, wurde auch seine Miene immer ernster, schließlich schaute er den Bürgermeister an.
„Wir sollten uns schnell versammeln und beraten. - Liese, sag dem Friedhelm Bescheid, dass er alle Ratsherren herbestellt!" Liese, die gerade den heißen Wein gebracht hatte, nickte und ging. Kurz darauf hörte man das Geklapper von Friedhelms Holzschuhen, was nur von seinem Fluchen übertönt wurde. Wahrscheinlich hatte er es sich mit einer Winterarbeit in der Küche gemütlich gemacht und war keineswegs begeistert, von seinem Herrn in den Regen geschickt zu werden.
Bald waren die Ratsherren in der Stube versammelt. Einige hatten noch gezetert, dass man ihnen einen Gang durch dieses schlechte Wetter zumutete und gaben lautstark ihrer Hoffnung Ausdruck, dass der Grund dafür sich lohnen solle, doch als sie die ernsten Gesichter Zebickers und Leubnitzens sahen, ahnten sie schon, dass man sie nicht zum Spaß gerufen hatte. Um die Gemüter etwas zu beruhigen, half Wirtin Dorothea den Herren aus ihren nassen Mänteln und hieß sie Platz nehmen, worauf sie ein großes Tablett mit dampfenden Bechern brachte.
„Heute früh kam ein Schreiben Herzog Georgs", begann der Bürgermeister und schaute in die Runde, wobei er das besagte Schriftstück hoch hielt. „Den ganzen Sermon erspare ich euch; er schreibt: *Wenn Ihr mitsamt Eurem Rat und den Bürgern von Rochlitz wagen solltet, dem Befehl der jungen Herzogin Elisabeth zu folgen und martinisch zu werden, dann werden Wir Uns dermaßen erzeigen, dass Unser Missfallen scheinbarlich gespürt werden soll. Wenn die Herzogin von ihrem Leibgut wieder abgelöst wird, werdet Ihr wieder*

Uns den Eid zu leisten haben. Daran wollen Wir Euch mit allem Nachdruck erinnern.[12]

Und so fort. So schreibt der Herzog. Wie sollen wir entscheiden? Welche Antwort sollen wir dem Herzog geben?" fragte Zebicker die Männer, während er mit großer Sorgfalt den Brief faltete. „Wir wissen nicht, wie lange die Herzogin uns noch regiert. Sie könnte sich wieder verheiraten oder sterben, auch wenn sie noch jung ist, und dann müssen wir dem Herzog Rede und Antwort stehen."

„Richtig!" rief Menzel. „Außerdem darf ich euch alle daran erinnern, wie groß die Angst und Aufregung war, als Herzog Georg vor zehn Jahren tatsächlich die Inquisition nach Rochlitz beordert hat. Höchst selbst ist er damals hier aufgetaucht und hat ein strenges Strafgericht gehalten über alle, die martinisch werden wollten. Nur seinen gnädigen Räten haben wir es zu verdanken, dass die Sache glimpflich abgelaufen ist und hier in Rochlitz keine Scheiterhaufen gelodert haben. Ich glaube kaum, dass er sich noch einmal von seinen Räten besänftigen lassen wird. Deshalb sollten wir vorsichtig sein und einlenken."

„Einlenken? Wir haben unserer Herzogin einen Treueeid geschworen. Hast du das schon vergessen? Da gibt es nichts einzulenken gegenüber Herzog Georg. Du kannst nicht beiden treu sein. Und außerdem will ich mein Seelenheil nicht aufs Spiel setzen und altgläubig sein!" rief Prinius und schaute sich beifallheischend um. Viele nickten.

„Und du kleines Menschlein weißt, welches die richtige Religion ist?" fragte Menzel herausfordernd. „Woher willst du das denn wissen?"

Doch Prinius wurde einer Antwort enthoben, denn gerade sah man eine Gruppe von sehr nassen Männern, die man trotz ihres bejammernswerten Zustandes als Bürgermeister und Ratsherren von Geithain identifizieren konnte, über den Marktplatz in Richtung Schloss laufen.

„He, das sind doch die Geithainer!" Schon hatte jemand das Fenster aufgestoßen und die Männer hereingerufen.

„Wir sind auf dem Weg zum Schloss", sagte der Bürgermeister von Geithain, dem das Wasser von der breiten Hutkrempe tropfte. „Wir haben einen

12 Siehe Werl, Elisabeth; 1936, S. 172ff

Brief von Herzog Georg bekommen, in dem er…"
„Ja, den haben wir auch bekommen. Lasst sehen!"
Man verglich die Briefe, sie lauteten exakt gleich.
„Dann los! Auf zum Schloss!" Als die Ratsherren mit beiden Bürgermeistern gerade aus der Tür der Gaststube traten, sahen sie Ambrosius Heinichen, den Bürgermeister von Mittweida, mit einigen seiner Ratsherren heraneilen.
„Aha, den Brief gab es gleich drei Mal. Lasst uns auf die Mittweidaer warten", schlug Zebicker vor.
„Ein Bote aus Dresden kam heute früh…", keuchte Bürgermeister Heinichen, als er mit seinen Räten bei den Männern angekommen war, doch als er die Geithainer erblickte, konnte er sich schon denken, dass es keiner weiteren Erklärung bedurfte. Gemeinsam gingen sie nun hinauf zum Schloss, um ihre Herzogin um Rat zu fragen.

Hofmarschall Heinrich von Bünau, ein schlanker Mann in seinen besten Jahren, war einigermaßen überrascht, als er die stattliche Anzahl von Männern sah, die die Straße zum Schloss heraufkam. Gerade wollte er dies seiner Herrin melden, Elisabeth hatte die Männer jedoch ebenfalls bemerkt und bereits Befehl gegeben, sie sofort vorzulassen. Sie ahnte schon, was hinter diesem Besuch steckte.
„Gott zum Gruß, Euer Gnaden!" sagten die Männer, während sie noch ihre nassen Hüte abnahmen und sich tief vor der Herzogin verneigten. Die meisten hatten das Schloss noch niemals von innen gesehen und schauten sich neugierig um, wurden aber von ihren Kameraden mit den Ellbogen angestoßen, denn es war zutiefst unhöflich, nicht der Herzogin die gesamte Aufmerksamkeit zu widmen.
„Was führt Euch zu mir?" fragte Elisabeth, da sah sie schon die Briefe in den Händen der Bürgermeister, die man ihr diensteifrig reichte. Paul Zebicker hub an zu erklären, doch Elisabeth hörte nicht zu, sondern überflog hastig die Zeilen des Dresdener Kanzleibeamten, dessen Handschrift sie so gut kannte. Zum Entsetzen der Herren zerknüllte sie den Brief und gab ihn an einen Diener weiter mit den Worten: „Hier! Zum Feueranmachen! - Oder

nein, warte! Gebt mir auch die anderen Briefe. Ich will sie weiterleiten an den Kurfürsten und den Landgrafen, damit sie mit eigenen Augen sehen können, was der alte Herzog treibt."

„Euer Gnaden!" wagte Zebicker vorsichtig einzuwenden, aber Elisabeth hörte noch immer nicht, sondern rief: „Wie kann er es wagen? Mir meine Leute abspenstig zu machen! Immer wieder habe ich ihn gebeten, mir Prediger zu schicken, die die Wahrheit ohne Aufruhr und Sturm verkündigen sollen. Und nun dreht er mir jedes Wort im Munde herum. Er tut, als wolle ich unerhörte Neuerungen einführen! Bünau, was sagt Ihr dazu?" Doch was Hofmarschall Bünau dazu sagte, wollte Elisabeth offensichtlich gar nicht hören, denn sie wetterte ohne Pause weiter: „Wie kann es denn eine unerhörte Neuerung darstellen, wenn ich will, dass man das uralte Evangelium unverfälscht predigt? Und es ist auch keineswegs eine Neuerung, wenn ich möchte, dass man das Abendmahl so nimmt, wie Christus es gelehrt hat. Ich weiß zwar nicht, wie lange es her ist, dass man den Menschen verboten hat, den Wein beim Abendmahl zu trinken, aber das war damals eine Neuerung, die an Unsinnigkeit kaum zu überbieten war. Wahrscheinlich hat man den Gläubigen den Wein verboten, damit die Kirche nicht so viel Geld für Wein ausgeben muss. Wenn Brot teurer wäre als Wein, hätte man sicher das Brot verboten. Ich will nur, dass alles so ist, wie es sich ursprünglich gehört und wie Christus es gelehrt hat. Soll ich dem alten Herrn vielleicht eine Bibel zukommen lassen und ihm die Stelle anstreichen, damit er es selbst nachlesen kann?

Und was für eine Unverfrorenheit, meine Untertanen zu bedrohen! In meinem Wittumsvertrag wurde mir das Amt und die Herrschaft in Rochlitz zugesichert - und zwar bedingungslos. Er verstößt gegen seinen eigenen Vertrag, wenn er mir nun in mein Regiment[13] hineinredet. Mische ich mich etwa in seine Angelegenheiten? Ich wüsste auch schon, was er mir dann antworten würde: nämlich, dass er die Kinderschuhe schon lange ausgetan hat. Diese alte Leier! Aber mir redet er nicht nur hinein, sondern bedroht sogar mich und meine Untertanen. Bünau, was sagt Ihr dazu?" Bünau holte Luft, doch noch immer war seine Meinung nicht wirklich gefragt, denn

13 Regiment ist hier nicht militärisch zu verstehen, sondern bedeutete damals Regierungstätigkeit im weitesten Sinne. (A.Z.)

Elisabeth wandte sich nun an die Männer: „Es ist nicht nötig, dass Ihr diese Briefe beantwortet. Der Löwe kann zwar noch immer gut brüllen, hat aber keine Zähne mehr - seid also unbesorgt!"
Betretenes Schweigen war die Folge, hier und dort räusperten sich die Männer, Husten und Niesen war zu hören.
„Euer Gnaden, wir haben wirklich sehr große Sorgen, dass Herzog Georg noch einmal mit der Inquisition kommen könnte, wie er das vor zehn Jahren schon einmal getan hat", gab Zebicker zu bedenken.
„Er hat WAS?" Elisabeths Zorn steigerte sich von einem Höhepunkt zum nächsten. Nur mühsam beherrschte sie sich, als die Männer ihr von dem strengen Gericht erzählten, das der alte Herzog vor zehn Jahren in Rochlitz abgehalten hatte und nach dem man gezwungenermaßen wieder zum alten Glauben zurückgekehrt war.[14] Nun endlich atmete Elisabeth einmal tief durch. „Wenn Ihr meint, Ihr solltet ihm antworten, dann schreibt ihm folgendes: „Ich gedächte, niemanden vom Glauben noch zum Glauben zu bringen, denn ein jeder sei vor sich selbst Rechnung und Antwort zu geben schuldig. Wer nicht in Gottes Namen zu unserem Herrgott gelangen will, der soll in des Teufels Namen dahinfahren. Das schreibt ihm. Von mir hat niemand etwas zu befürchten. Wer martinisch sein will, soll es sein. Ich werde aber auch niemanden bedrängen, der lieber dem alten Glauben anhängen will."

Die Männer zogen wieder ab, hinaus in den Novemberregen, der inzwischen sehr heftig geworden war. Elisabeth schaute ihnen nach. Sie taten ihr leid, wie sie durch den Regen stapften, die Köpfe tief eingezogen, als erwarteten sie nicht nur schweren Hagel, sondern jeden Augenblick auch Herzog Georgs Schwert.
„Ach", knurrte sie mit einer wegwerfenden Handbewegung, „sein Schwert ist stumpf geworden. Ich will ihm gleich schreiben, dass er es nicht wagen soll..." Sie ging nach oben in ihre Schreibstube und setzte sich an ihr Pult, erhob sich jedoch wieder, um ihre Hände am Kamin zu wärmen, damit sie die Feder überhaupt halten konnte. Gerade formulierte sie im Kopf einen

14 Dieser Vorfall wird in einem Fenstern der Rochlitzer Kunigundenkirche dargestellt.

geharnischten Brief, als Hofmarschall Bünau anklopfte.
„Euer Gnaden, darf ich eintreten?"
„Bünau! Ja, bitte, kommt herein. Ich will ihm gleich schreiben. Diese Unverfrorenheit!"
„Es ist in der Tat unglaublich. Die Menschen hatten Angst, das konnte man in ihren Gesichtern deutlich erkennen. Ich denke, der Kurfürst und Landgraf Philipp sollten sofort davon erfahren. Wenn Ihr jetzt gleich einen Brief an den Kurfürsten schreibt, könnte ein Bote noch heute losreiten und morgen Abend sicher in Torgau sein."
„Ihr fürchtet, wenn ich jetzt gleich im frischen Zorn einen Brief an den alten Herzog schreibe, könnte das dazu führen, dass er meine Untertanen noch mehr bedrängt. Ja, Ihr habt recht; ich sollte eine Nacht darüber schlafen und ihm morgen früh schreiben. Aber dem Kurfürsten will ich meinen Ärger in klaren Worten mitteilen!"
„Das ist sicher das Beste. Ich will Euch gleich jemanden schicken mit Feuerholz, Wein und einem warmen Schultertuch."
Elisabeth schaute ihn an; er sah tatsächlich etwas besorgt aus. Erst jetzt spürte sie selber, dass sie fror. Dankbar nickte sie und setzte sich nun sehr viel ruhiger an ihr Schreibpult.

Die Nachricht vom bedrohlichen Brief des Herzogs hatte sich wie ein Lauffeuer verbreitet, und nicht alle waren in der Lage, den Drohungen die gebührend geringe Bedeutung beizumessen, wie Herzogin Elisabeth. Schon am Nachmittag war die Stimmung in der Leubnitz'schen Gaststube hitziger denn je. In der aus Bierdunst, Essensduft und Schweiß wabernden Luft redeten sich die Rochlitzer Bürger die Köpfe heiß. Vor allem diejenigen, die nicht dem Rat angehörten und gar nicht genau wussten, worum es eigentlich ging, taten lautstark wohlfeile Meinungen kund. Selbstverständlich hatte Ratsherr Leubnitz seinen aufgeregten Gästen erklärt, dass niemand sich zu sorgen brauche, da man unter dem Schutz der Herzogin stehe, aber so leicht war der Kaufmann Ammetsberger nicht zu überzeugen: „Was sollen wir tun, wenn Herzog Georg hier anrückt? Er ist weitaus mächtiger als unser kleines Rochlitz. Er könnte unsere Stadt zerstört haben, noch ehe die

Herzogin einen Brief an den Kurfürsten zu Ende geschrieben hat." Er blickte mit ernstem Gesicht in die Runde, die aus Bürgern, Ratsherren und den Geithainer und Mittweidaer Amtskollegen bestand. Sie merkten nicht, dass mittlerweile die Gespräche in der Gaststube fast ausnahmslos verstummt waren, nur an einem der Nachbartische wurde noch Karten gespielt. Die Menschen lauschten angestrengt auf das, was am Stammtisch des Gastwirtes gesprochen wurde. „Wir würden alles verlieren."

„Du hast doch nur Angst um deine kostbaren Tuche", erwiderte Hannes Saeman, der reichste Bauer der Stadt. „So weit wird es gar nicht erst kommen, denn Herzog Georg ist kein junger Heißsporn. Die Herzogin hat hier endlich die Reformation eingeführt, wie wir alle es schon seit langer Zeit gefordert haben, und sie hat zu viele mächtige Männer hinter sich stehen, als dass Herzog Georg eine ernsthafte Bedrohung sein könnte."

„Ach? Wir *alle* haben die Reformation gefordert? Das wäre mir neu." Ratsherr Menzel war einer der wenigen, die im Rat noch ihre Stimme gegen die Reformation erhoben. „Die Reformation ist Menschenwerk, wir werden uns aber im Himmel verantworten müssen für das, was wir getan haben. Wer kann uns denn garantieren, dass die Reformation das Richtige ist? Der Doktor aus Wittenberg? Woher will der das wissen?

Die katholische Kirche steht seit über eintausend Jahren; und dann kommt ein kleiner dicker Mönch aus Wittenberg und sagt, dass das, was der Papst in den letzten eintausend Jahren gemacht hat, falsch ist und dass er selbst - er, der kleine Mönch! (hier schüttelte Menzel seinen hoch erhobenen Zeigefinger) - nun der Welt sagt, wie es richtig ist? Ich sage Euch, dem Kerl hat der Teufel den Verstand aus dem Kopf geblasen, und ich will nicht mit Euch in der Hölle brennen! Ich bleibe katholisch!" Und als wolle er seine Rede zur endgültigen Wahrheit erklären, nahm er mit großer Geste seinen Becher.

„Das, was ein Papst vor tausend Jahren gemacht hat, das hat nicht das Geringste mehr mit dem zu tun, was der Papst heute tut. Papst Paul III. ist ein Sünder, wie er im Buche steht. Als junger Mann hat er seine Schwester Giulia mit Papst Alexander verkuppelt, damit sie ihm in dessen Bett den Weg bereitet für seine eigene Karriere. Nennst du das etwa gottgefällig?"

„Das ist wahr! Wir hoffen auf die Reformation", pflichtete ein Geithainer Ratsherr seinem Amtskollegen bei. „Der Lebenswandel unseres Pfarrers Sperling lässt einiges zu wünschen übrig. Die martinischen Pfarrer dürfen heiraten - das wäre auch das Beste für unseren. Vielleicht kehrt dann endlich Ruhe ein im Pfarrhaus."
„Da sichst du's! Die römische Unmoral steckt auch die kleinsten Gemeinden an. Der Fisch stinkt immer vom Kopf! Luther war selbst in Rom und hat mit eigenen Augen gesehen, zu was die Kirche verkommen ist. Der Vatikan ist ein Hurenhaus, und wüssten wir nur einen winzigen Bruchteil von dem, was dort passiert, würden wir schamrot werden." Der hitzige Ratsherr Prinius schlug mit der flachen Hand auf den Tisch und stierte seinem Ratskollegen Menzel hasserfüllt ins Gesicht.
„Was willst du, Prinius? Vielleicht mich als Ketzer verbrennen? Was macht dich dann besser als den Papst?" fragte Menzel kühl, worauf Prinius nicht einging, sondern sich zurücklehnte und die Arme verschränkte.
„Du würdest gut brennen, dürr wie du bist", sagte Dorothea, indem sie Menzel in den mageren Oberarm kniff. „Also? Wer will noch Bier?" Die Männer lachten schallend, und Christoph Leubnitz zwinkerte seiner Frau zu, die immer im richtigen Moment kam. „Werdet nur alle protestantisch! Dann braucht ihr euer Geld nicht mehr für Ablassbriefe auszugeben, sondern könnt euch immer Bier kaufen." Ja, geschäftstüchtig war sie, die gute Dorothea Leubnitz.
„Ich hab fast all mein Geld in Ablassbriefen angelegt. Meine Eltern, meine Großeltern - Gott hab sie selig! - sogar schon für mich und mein Weib hab ich Ablassbriefe gekauft, damit wir nicht in der Hölle brennen müssen. Das *muss* doch richtig sein! Ich habe doch dafür *bezahlt*!", beharrte Menzel.
„Tja, mein lieber Menzel, deine Lieben brennen ohnehin nicht in der Hölle, weil Gott ein gnädiger Gott ist, wie Doctor Luther sagt. Mit deinem Geld hast du päpstliche Huren bezahlt. Die Briefe kannst du dir in den Schornstein hängen!"
„Aber es muss doch etwas dran sein! All mein Geld, all meine Ersparnisse... Vom Munde haben wir uns das Ablassgeld abgespart, damit die Eltern keine Höllenqualen mehr leiden müssen...", Menzels Stimme klang weinerlich.

„Ach, Menzel, du hast es gut gemeint, und *das* wird Gott sehen, ganz gleich, ob du nun katholisch oder lutherisch bist. Hier, dein Bier geht aufs Haus!" Und ein gutes Herz hatte sie auch, die Dorothea.

Ein gemeinsamer Brief wurde verfasst, mit dem von der Herzogin angeratenen Wortlaut, und von allen drei Bürgermeistern mitsamt ihren anwesenden Ratsherren unterzeichnet. Ein Bote brachte am darauffolgenden Morgen den Brief nach Dresden. Seine Rückkehr wurde ängstlich erwartet, doch er konnte nichts Besonderes berichten. Man hatte seinen Brief in der Kanzlei entgegengenommen, worauf er schleunigst das Weite gesucht hatte. Weiter hörte man nichts aus Dresden, und so ging man in Rochlitz zur lutherischen Tagesordnung über.

*

„Ende Januar wird Landgraf Philipp mich besuchen. So schreibt er in seinem letzten Brief. Ich denke, ich werde ihm zu Ehren ein Turnier veranstalten. Was meint Ihr, Hofmarschall?"
Hofmarschall Heinrich von Bünau verneigte sich lächelnd, denn ausnahmsweise legte die Herzogin wohl tatsächlich Wert auf seine Meinung. „Das ist eine sehr gute Idee, Euer Gnaden." Er schaute Elisabeth an, die in einem Lehnstuhl am Kamin saß und nur scheinbar gedankenverloren aus dem Fenster schaute. Ihr Blick lag konzentriert auf der verschneiten Aue, durch die die Mulde tiefschwarz mäanderte. Der November hatte schon viel Schnee gebracht, doch die Ernte in diesem Jahr war gut gewesen. Niemand brauchte sich vor dem Winter zu fürchten, wie Elisabeth befriedigt festgestellt hatte.
„Ich will höfisches Leben hier in Rochlitz. Mein Hof soll prächtig sein - aber nicht verschwenderisch, da seid ohne Sorge. - Ich habe genau gehört, dass Ihr bei dem Wort *prächtig* geschluckt habt. Zehn Jungfrauen haben wir mittlerweile bereits bei uns, eine Zwergin und eine Närrin. Gut - bei der Närrin weiß ich manchmal nicht, ob sie zu meinem Vergnügen da ist oder ich zu ihrem; aber eine Närrin gehört dazu, und da sie sich gar so gut mit

Gertrud versteht, kann ich ihr niemals böse sein. - Wir können schon mithalten mit den großen Höfen."
„Mit einem Turnier könntet Ihr allen Euren Widersachern zeigen, wie sicher Ihr Euch hier in Rochlitz fühlt, wie stark und unabhängig Ihr seid. Ja, ein Turnier ist wie geschaffen, Eure Stellung in Sachsen weiter zu festigen. Wann soll es stattfinden?"
„Ich denke, Ende Januar ist ein guter Termin. Bis dahin sollten alle wichtigen Fürsten in der Lage sein, hier zu erscheinen."

Elisabeths Jungfrauen waren hinunter in die Schlossvorstadt zum Badehaus gepilgert, wo Mägde schon zwei Bottiche mit heißem Wasser vorbereitet hatten. Die Öfen waren angeschürt, Leinentücher lagen ebenso bereit wie duftende Seifen und kleine Erfrischungen. Jede der Damen hatte ihr eigenes Päckchen unter dem Arm, bestehend aus frischer Wäsche und persönlichen Kleinigkeiten, die bei der Schönheitspflege unerlässlich waren. Elisabeth selbst beteiligte sich nicht daran, sondern badete in einem Zuber, der eigens in der Stube im Schloss für sie aufgestellt wurde.
Sie halfen sich gegenseitig, die Schnüre der Gewänder zu lösen, Mägde legten die feinen Kleider sorgfältig weg, damit sie nicht nass wurden, denn im Baderaum sah man kaum die Hand vor Augen, so dicht war der Dampf. In die Zuber passten immer nur zwei Hofdamen, so klein und zierlich sie auch fast alle waren. Die Hofmeisterin badete immer als erste und hatte den Zuber für sich allein. Danach bestimmte sie, wer als nächste dran war.
„Huhh, das ist kalt", bibberte Walburga und schlug die Arme um ihre nackten Schultern.
„Dann steigt schnell ins warme Wasser. Schaut, hier sind sogar Rosenblätter drin", sagte die Hofmeisterin.
„Oh, darf ich wirklich zuerst? Ich danke Euch!"
„Nein, natürlich dürft Ihr nicht zuerst. Zuerst komme ich." Damit stieg sie in den Bottich, aus dem allzu viel heißes Wasser auf den kalten Steinboden schwappte. Die Mägde schauten sich ärgerlich an, denn es hatte sie viel Mühe gekostet, das Wasser zu schleppen, über dem Feuer heiß zu machen und dann in die Bottiche zu kippen. Was da nun auf dem Boden schwamm,

waren mindestens drei Eimer.
Aber Margarete nahm Walburga am Arm. „Schaut, Ihr könnt mit mir zusammen in den anderen Zuber. Wir sind beide klein und haben genug Platz."
Gemeinsam ließen sich die beiden in dem heißen Wasser nieder, worauf Mägde ihnen die Schultern und die Rücken wuschen. Gertrud und die Närrin hofften, als nächste dran zu sein, denn es war nicht angenehm, zum Schluss im beinahe kalten, schmutzigen Wasser zu sitzen.
Die anderen ließen sich von den Bademägden bei kleinen Wehwehchen helfen.
„Ich habe nie Pickel, aber wenn ich mal einen habe, dann so ein riesiges Ding auf der Nase", jammerte Mechthild.
„Du liebe Güte, du hast recht. Das Ding ist mindestens so groß wie ein böhmischer Gulden", sagte die Närrin. „Ich kann dir da helfen. Warte, ich werde..." Schon war sie auf dem Weg zu Mechthild, doch die wehrte ab: „Nein, das macht die Bademagd. - Magd! Du kannst das gut. Und wehe du tust mir weh!"
Die Magd sah nicht so aus, als habe sie allzu großes Vertrauen in ihre eigenen Fähigkeiten.
„Elfriede könnte dich betäuben. Du wirst gar nichts spüren", schlug die Närrin vor und holte schon mit ihrem Narrenstab aus, doch Mechthild wollte sich darauf nicht einlassen. Während die beiden sich noch stritten, machte sich die Magd schnell aus dem Staub. Sollte sich doch eine andere an der hofdämlichen Nase verlustieren. Die anderen fingen schon an zu lachen.
„Wenn Ihr über mich lacht, dann sage ich Euch nicht, was ich weiß!" sagte Mechthild und verschränkte die Arme.
Gertrud, die Närrin und die Zwergin schauten sich an. Wie lange würde es wohl dauern, bis eine so dumm war, Mechthild zu fragen? - Keinen Augenblick! Walburga platzte vor Neugierde, aber Mechthild ließ sich noch eine Weile bitten, bevor sie schließlich begann: „Ich habe gehört, dass die Herrin hier in Rochlitz ein Turnier veranstalten will." Gertrud hätte nicht gedacht, dass diese Nachricht die Hofdamen in derartige Aufregung versetzen könnte. Selbst im Zuber von Walburga und der braven Margarete brodelte das Wasser. Selbstverständlich blickte Hofmeisterin Anna von der Saale missbil-

ligend auf die aufgeregten Damen, die sich auch nach einer viertel Stunde nicht beruhigt hatten. Gertrud, die Zwergin und die Närrin hatten sich feixend auf einer Bank niedergelassen und genossen das Schauspiel, wie alle wild durcheinander gackerten, lachten und in die Hände klatschten.
„Ich habe schon mehr als ein Turnier erlebt und ich kann Euch sagen, Mädchen, es ist sa-gen-haft!“ fuhr Mechthild fort, die alles schon einmal erlebt hatte, ganz gleich worauf die Sprache kam. Diese Auskunft ließ nun eine erwartungsvolle Ruhe einkehren. Selbst die Mägde horchten auf und traten mit ihren Holzschuhen ganz leise auf.
„Aber das Kämpfen ist doch sehr gefährlich“, befürchtete Walburga.
„Dummchen! Das Kämpfen ist doch ganz egal. Abends wird getanzt, und du solltest dich wundern, wie zierlich die Ritter, die sich am Morgen noch eisengewandet die Köpfe eingeschlagen haben, sich abends betragen können, wie gut sie tanzen, wir aufmerksam sie dir jeden Wunsch von den Augen ablesen. Sei es, dass du noch etwas Wein möchtest oder frische Luft benötigst… Und wenn alles gut geht, bittet er dich am Ende des Abends um deinen Ärmel, damit er ihn am nächsten Turniertag über seine Lanze streifen kann. Hach!“ rief sie und seufzte. „Ihr glaubt gar nicht, wie stolz man einärmelig auf einer Tribüne sitzen kann. - Und wenn er sich schon öffentlich mit deinem Ärmel gezeigt hat und siegreich war im Turnier, dann ist sein Kniefall, verbunden mit der Frage aller Fragen auch nicht mehr fern.“
Die Jungfrauen seufzten und schmachteten Mechthild an, die versonnen zur Decke schaute. In diese andächtige Stille hinein fiel die Frage der Närrin: „Aber bei dir ist doch irgendwas schief gelaufen, denn sonst wärst du jetzt die Frau eines Ritters und nicht die Hofdame unserer Herzogin.“
„Du musst diesen Schmerz nicht aufwühlen“, greinte Mechthild. „Meine Familie war dagegen. Wir hatten uns ewige Treue geschworen, doch dann fiel er.“ Mechthild hatte ihre Hand an die Schläfe gelegt. „Ich kann nur hoffen, dass es Euch besser geht als mir und Ihr vielleicht von einem tapferen Ritter als Braut heimgeführt werdet.“
„Ich wäre mir nicht so sicher, dass das wirklich erstrebenswert ist“, warf die Närrin ein. „Ein Ritter - groß und stattlich, mit starken Armen und breiten Schultern, ein Held und Krieger durch und durch“, stöhnte sie. „Er ist

bestimmt so heldenhaft und kriegerisch, dass selbst in dem dichten Fell auf seiner mächtigen Brust grausame Schlachten zwischen Läusen und Flöhen toben." Schlagartig brach ihr Stöhnen ab, als sie ganz ernst fortfuhr: „Ich glaube nicht, dass wir alle genau wissen wollen, wie ein solcher Held riecht. Vor allem hier und da. Außerdem!" fügte sie hinzu, wobei sie mit ihrem angespitzten Zeigefinger die Luft zerstach, „wäre noch die Frage zu klären, ob dieser Held bereit ist, dir deine zarten Füßchen zu kneten, wenn dich dein monatliches Unwohlsein überkommt." Empörtes Geschnatter war die Folge.

„Wenn ich auch etwas sagen dürfte!" rief nun die Hofmeisterin, worauf schlagartige Ruhe herrschte. „Wir veranstalten das Turnier zu Ehren des Landgrafen von Hessen, der uns im Januar besuchen wird; außerdem feiern wir mit dem Turnier die Einführung der Reformation. Das alles hat rein politische Gründe, und die Herrin und ich wünschen keinerlei Aufsehen aus dem Kreis der Hofdamen. Aber wenn tatsächlich ein Ritter um eine von Euch werben sollte, dann wird das in der vorgeschriebenen, sittsamen Weise geschehen. Ihr wisst, Sittsamkeit ist das oberste Gebot."

„Ach, Frau Hofmeisterin, wir lernen so gerne von Euch! Vollkommen vorgeschrieben und unerträglich sittsam! Da werde ich ein Auge drauf haben", versicherte die Närrin.

„Ich kann dir kaum sagen, wie sehr mich das beruhigt, Närrin!" giftete die Hofmeisterin und erhob sich aus der Wanne, wobei sie absichtlich viel Wasser auf den Boden schwappen ließ. Als eine der Bademägde ihr ein riesiges Tuch hinhielt, damit sie sich hineinhüllen konnte, winkte sie den nächsten beiden Mädchen, die schon frierend bereitstanden. Eine andere Magd kam mit einem dampfenden Eimer und füllte den Zuber wenigstens etwas wieder auf und zwinkerte den beiden zu, die sich nun ins Wasser gleiten ließen.

„Mechthild, bis Januar musst du deinen Pickel irgendwie losgeworden sein," erinnerte die Närrin.

„Wir sollten dich nutzloses Scheusal bis zum Januar losgeworden sein, sonst blamieren wir uns völlig."

Mechthild zeterte noch weiter, aber die Närrin hörte gar nicht mehr hin, sondern flüsterte Gertrud zu: „Ist die Herrin tatsächlich so sehr auf Sitt-

samkeit bedacht oder sagt das die Hofmeisterin nur so? Hat die Herrin denn wirklich Angst um ihren guten Ruf?"
„Ja, das hat sie. Und das hat seinen Grund".
„Erzählt, Gertrud!" Eingehüllt in ein Leinentuch kam die Hofmeisterin näher, die natürlich beim Flüstern der Närrin die Ohren aufgestellt hatte. Sie war mit einemmal ganz freundlich. Dies erschien Gertrud befremdlich, doch in der Überzeugung, ihrer Herrin nicht zu schaden, begann sie vom Hofleben in Dresden zu berichten: von üblen Intrigen, die man gegen Elisabeth gesponnen hatte wegen ihres martinischen Glaubens. Als alles nichts half, versuchte man sogar, sie des Ehebruchs zu überführen, scheute nicht einmal vor Gewalt gegen ihre Dienerinnen und Diener zurück, nur damit diese falsches Zeugnis ablegen sollten, doch Elisabeth konnte sich schließlich von all dem Schmutz rein waschen.
„Einmal kam sogar einer der Höflinge - ich will hier keine Namen nennen - und gestand meiner Herrin in glühenden Worten seine Liebe. Er wolle ihr ganz verschwiegen zu einem Kind verhelfen. Ich stand im Nebenzimmer und habe alles mit angehört. Es war so widerlich. Er hat ihr sogar eine goldene Kette und Geld versprochen, wenn sie ihn nur erhören wolle. Aber meine Herrin wusste natürlich, dass man sie nur in eine Falle locken wollte, denn hätte man tatsächlich die Kette bei ihr gefunden, hätte man sie sicher eingemauert."
„Und was hat sie ihm geantwortet?" Die Hofmeisterin zitterte sogar leicht vor Aufregung.
„Ich scheiß auf Eure goldene Kette![15] Das hat sie ihm geantwortet."
„Nein!"
„Doch! So wahr ich hier sitze."

Die Einladungen waren verschickt, man erwartete bereits die ersten Antworten, da wurde die lutherische Ruhe in Rochlitz gestört: Neben Johann Schütz wurden auch Elisabeths neue Pfarrer, die in Mittweida und Geithain das Evangelium predigten, vom Meißner Bischof vor den Offizial nach Zschillen bestellt, um sich vor ihm zu verantworten. Selbstverständlich

15 Diesen Vorfall habe ich von André Thieme mündlich erfahren. Elisabeth hat ihn in einem Brief an Philipp geschildert.

verbot Elisabeth ihnen dort zu erscheinen, was die Bevölkerung in Aufruhr versetzte. Als Elisabeth immer abenteuerlichere Gerüchte über ihre Vorhaben und Befehle zu Ohren kamen, fühlte sie sich genötigt, alles noch einmal schriftlich festzuhalten und verlesen zu lassen: Den Priestern war ab sofort die Ehe erlaubt, ebenso das Austeilen des Abendmahls in beiderlei Gestalt. Jedem Bürger, jeder Bürgerin war es erlaubt, das Abendmahl auf lutherische Weise zu empfangen. Damit war eine Befragung verbunden, bei der alle, ob Mann oder Frau, offenlegen sollten, aus welchen Gründen sie lutherisch oder katholisch das Abendmahl empfangen wollten. Dies wurde am zweiten Dezember 1537[16] verlautbart und in der Leubnitz'schen Gaststube aufs lebhafteste erörtert, denn wenn man nur lutherisch sein wollte, weil man sich von ebenfalls lutherischen Händlern und Handwerkern Vorteile versprach, dann galt das nicht. Man kam zu dem Fazit, dass es gar nicht so einfach sei, dem Befehl der Herzogin zu folgen, der darin bestand, dass ein jeder nach seinem eigenen Willen und Gewissen entscheiden solle.
Als besonders spitzfindig und geschäftstüchtig erwies sich der lutherische Schmied, der einem altgläubigen Bürger das doppelte Geld für das Beschlagen eines Pferdes abknöpfen wollte. Es gab Streit, denn der Mann weigerte sich natürlich und ging mit seiner Beschwerde zu Bürgermeister Paul Zebicker. „Was soll denn das?“ fragte Zebicker und riss dabei Mund und Augen auf. „Der Gaul ist doch nicht katholisch, sondern nur sein Herr. Mit deinen lutherischen Hufeisen wird er wohl kaum von sich aus zur katholischen Messe traben. Grundsätzlich müssen für alle gleiche Preise gelten. Der Schneider darf nicht mehr verlangen für einen Rock, nur weil der Träger altgläubig ist. Und jetzt geh und lass mich zufrieden mit solchem Unsinn!“
Die letzten Wogen wurden geglättet von dem Superintendenten Antonius Musa, der am 10. Dezember desselben Jahres seinen Dienst in Rochlitz antrat, und der von so stattlicher Statur war, dass die Närrin behauptete, er habe bereits ganz allein die Neue Welt christianisiert. Antonius Musa erhielt von Elisabeth für sich und seine kleine Familie ein Haus in Rochlitz und versah seinen Dienst dergestalt gewissenhaft, dass niemand mehr die Reformation infrage stellte - oder sich vor Herzog Georg fürchtete.

16 siehe Werl, Elisabeth; 1936, S. 174.

Kurz vor Weihnachten kam eine weitere Hofdame an, die von ihren Eltern abgeliefert wurde, weil diese mit ihr rein gar nichts anzufangen wussten. Für die jüngste von sieben Schwestern war so gut wie keine Mitgift mehr vorhanden; da die Familie protestantisch war, kam auch das Kloster nicht infrage. So waren die Eltern sehr erleichtert, die jüngste Tochter bei Herzogin Elisabeth unterzubringen, die dafür bekannt war, dass sie gerne Ehen vermittelte und ihren Hofdamen reiche Aussteuern stiftete.
So kam es, dass Sophia, ein schüchternes, allzu schmächtiges Mädchen von siebzehn Jahren, eines Morgens in der Herzoginnenstube stand und leise einen guten Morgen wünschte.
„Das ist Sophia, eine neue Hofdame. Ich möchte, dass ihr sie mit aller Freundlichkeit aufnehmt."
Damit verließ Elisabeth ihr Frauenzimmer wieder, denn sie hatte noch Vorbereitungen für das Turnier zu treffen. Gleich erhob sich Hofmeisterin Anna von der Saale und kam auf das Mädchen zu, das scheu die Augen niederschlug und einen etwas linkischen Knicks machte.
„Na, Sie wurden wohl aus Mitleid hier aufgenommen. Ja, die Herrin hat ein weiches Herz", sagte die Hofmeisterin spöttisch, wobei sie mit Daumen und Zeigefinger Sophias Kinn anhob, was unter den Hofdamen Tuscheln und Augenrollen hervorrief. Die Närrin brachte es auf den Punkt: „Seid Ihr etwa ärgerlich, Frau Hofmeisterin, dass Sophia deutlich hübscher ist als Eure kleine Margarete?"
„Närrin, ich habe dich nicht gefragt!" entgegnete die Hofmeisterin scharf.
„Das ist mir doch völlig gleich, ob Ihr mich fragt oder nicht." Und zu Gertrud gewandt sagte sie: „Kommst du mit? Wir könnten der Neuen das Schloss zeigen."
Gertrud erhob sich und legte den Stickrahmen beiseite, um der Närrin zu folgen, was äußerst missbilligend von der Hofmeisterin registriert wurde, doch Gertrud kümmerte das wenig. Auch die Zwergin folgte den Mädchen.
„Natürlich! Die Zwergin muss auch gleich hinterher", giftete die Hofmeisterin. „Alle Randerscheinungen dieses Hofes halten zusammen. Sophia, ich werde Sie im Auge behalten!"
„Am Rande der Hofgesellschaft ist einfach viel mehr Platz, werte Hofmeis-

terin." Damit schloss die Närrin die Tür.
„Ach, die üwwerzwerch Seije steht wieder schepp im Geschirr!"
„Das war hessisch", erklärte Gertrud, als sie Sophias große Augen sah. „Was die Närrin meinte ist: Die werte Frau Hofmeisterin ist heute wieder etwas übellaunig. Eine Seije ist ein Sieb und manchmal stehen Pferde schepp - also schief - in ihrem Geschirr und sind dann unleidlich."
Sophias Augen wurden keineswegs kleiner. „Und was bedeutet üwwerzwerch?"
„Das hast du schon ganz gut ausgesprochen. Das gelingt nicht jedem auf Anhieb", sagte die Närrin voller Anerkennung. „Üwwerzwerch lässt sich nur schwer übersetzen. Es ist eine Mischung aus Launenhaftigkeit, Grantigkeit und Dummheit. So ist sie öfters, die Alte. Also halt dich an uns, Sophia, dann wirst du hier keinen Ärger kriegen!"
„Aber die Hofmeisterin ist doch sehr streng", wandte Sophia ein, die der Versicherung der Närrin keineswegs traute. Offenbar wusste sie nicht, ob es wirklich gut für sie war, von der Närrin mitgezogen zu werden, anstatt sich brav der Hofmeisterin unterzuordnen.
„Die Herrin selbst ist viel weniger streng, nicht wahr, Gertrud? Du wirst schon sehen. Einer der hofmeisterlichen Lieblingssprüche ist übrigens" - und hier drückte sie ihr Kinn auf die Brust und hob ihren Zeigefinger - „Zur elften Stunde muss das Unterkleid kalt am Haken hängen. Aber das sehen wir alle nicht so eng, am wenigsten die Herrin. Die Hofmeisterin schläft außerdem in der Stube hinter dem Frauenzimmer, und wir schlafen mit der Herrin hier in diesem Raum. - Und nun beginnen wir: Das Frauenzimmer mit dem schönen Vorhangfenster hast du nun schon gesehen. Hier ist das Schlafzimmer. Im Himmelbett schläft natürlich die Herzogin; die Hofmeisterin und die meisten der Jungfrauen schlafen in dem Raum hinter der Herzoginnenstube, wir schlafen in den Betten, die man unter dem Himmelbett hervorziehen kann. Die sind auch ganz bequem. Gertrud und die Närrin schlafen immer in einem Bett. Bisher wollte mit mir noch niemand ein Bett teilen", sagte die Zwergin. „Mein Name ist übrigens Luisa."
„Dann ist bei dir wohl noch ein Schlafplatz frei? Wenn es dir nichts ausmacht, würde ich..."

„Sicher! Du bist dünn und ich bin klein. Wir werden es schon bequem haben.“

„Wann muss man denn hier aufstehen?“

„Der Tag beginnt, wenn die Sonne aufgeht.“ Sophia konnte ihren Schrecken nicht verbergen, doch dann fuhr die Närrin fort: „Das gilt aber nur für die Bediensteten. Keine Sorge, den frühen Vogel hat die Herrin gleich am ersten Tag mit der Armbrust erlegt. Sie ist der Meinung, dass man im eigenen Bett allemal besser schläft als auf einer harten Kirchenbank. Also dürfen wir die Sache etwas langsamer angehen und müssen erst um zehn beim Morgenimbiss sein. Aber schaut! Die Tür zur Schreibstube ist offen. Die Herrin ist sicher drunten bei den Amtmännern. Da können wir einen kurzen Blick hineinwerfen.“

Ehrfürchtig betraten die Mädchen nun das Allerheiligste ihrer Herrin. Sophia war begeistert von dem kleinen Raum, der von einem Kaminofen angenehm beheizt wurde. Ganz vorn am Fenster stand der Schreibtisch, auf dem Pergamente, Federn und Tintenfass ordentlich angeordnet waren. Eine blaue Schleife und eine Vase mit Veilchen durchbrachen diese zweckmäßige Ordnung.

„Was hat es mit dieser blauen Schleife auf sich?“

„Diese Schleife hat Herzog Moritz ihr geschenkt, als er noch ein ganz kleiner Junge war“, erzählte Gertrud. „Die Herrin hat mir die Geschichte oft erzählt. Bei einer Hochzeit in Torgau hat sie den Kleinen zu Bett gebracht und ihm eine Geschichte von dem Drachentöter erzählt, der die Prinzessin rettet. Natürlich wollte die Prinzessin ihren Retter heiraten, aber er wollte noch für eine Weile durch die Welt ziehen. Das hat ein übler Verräter ausgenutzt und die Prinzessin gezwungen, bei ihren Eltern zu behaupten, er habe den Drachen getötet. Aber natürlich geht die Geschichte gut aus. Der Verräter wird bestraft und die Prinzessin heiratet den Richtigen. Am nächsten Tag wurde Elisabeth von dem kleinen Moritz ganz heldenhaft gerettet; die Herrin wollte ein Unterpfand der Liebe und Treue von ihrem kleinen Helden haben, da hat er ihr diese Schleife von seinem Gewand geschenkt.“

„Und die Veilchen dort?“ Sophia zeigte auf eine winzige Blumenvase, in der ein paar Veilchen standen.

„Veilchen hat die Herrin immer auf ihrem Schreibtisch. Im Frühjahr frische, zu allen anderen Zeiten getrocknete. In dem Medaillon, das sie um den Hals trägt, sind Veilchen; aus dem Liederbuch und der Bibel fallen einem ständig Veilchen entgegen. - Das muss wohl eine alte Liebesgeschichte sein“, vermutete Gertrud.
„Lasst uns lieber gehen. Ich höre Schritte“, flüsterte Luisa. Tatsächlich kam Elisabeth die Wendeltreppe herauf; als sie im Vorzimmer stand, zeigte man der Neuen gerade die dort aufbewahrten Bücher und Musikinstrumente.
„Ah, Schlossführung! Zeigt Sophia aber nicht die finstere Jupe, sondern nur die lichte! Übrigens kommen morgen die Schneiderinnen. Ich will, dass ihr alle anständig ausseht. Die verdorbenen Rocksäume müssen alle abgeschnitten werden. Ihr bekommt neue Stoffe und schöne Borten.“
„Danke, Euer Gnaden!“ sagte Sophia und verneigte sich tief, während die anderen schon jubelten.
Elisabeth ging schmunzelnd weiter in ihr Frauenzimmer, wo die Hofmeisterin sie gleich darüber aufklärte, dass Sophia schon aufsässig genug war, sich mit Gertrud, der Närrin und der Zwergin abzugeben. Für solcherlei Beschwerden hatte Elisabeth nur ein mildes Lächeln. Manchmal fragte sie sich, ob es nicht ein Fehler gewesen sei, diese Frau zu ihrer Hofmeisterin zu machen. Sie war die älteste Hofdame, da war dies nahe liegend, aber vielleicht konnte man ihre Tochter Margarete verheiraten? Dann würde sie ihrer Tochter sicher folgen wollen - aber ob man das der armen Margarete wünschen sollte? Das Mädchen, das so offensichtlich unter seiner sehr strengen Mutter litt, tat ihr manchmal herzlich leid. Mit einem Seufzer setzte sich Elisabeth zu Margarete und lobte ausdrücklich ihre Stickarbeit, worüber das Mädchen tief errötete und sich stammelnd bedankte.

„Gertrud, was hat die Herrin gemeint mit ‚finsterer Jupe'? Und warum sollen wir nur die lichte sehen?“ fragte Sophia.
„Finstere und lichte Jupe nennt man die beiden Türme. Die Mauern sind so dick, dass sie schützen wie Jupen, also Joppen[17]. In der lichten Jupe gibt es oben Fenster, so dass das Licht bis auf den Grund des Turmes fallen kann.“

---

17 Joppen: Jacken

„Und die finstere Jupe hat ihren Namen weil sie keine Fenster hat?“ vermutete Sophia.
„Richtig, aber dafür gibt es dort das Angstloch.“
„Nein, das möchte ich wirklich nicht sehen. Sitzt da im Moment jemand drin?“
„Nein. Das heißt, ich weiß es nicht. Als wir hier ankamen, war es leer. Ganz furchtbar schaurig ist das. Ein schwarzer Abgrund, aus dem es fürchterlich stinkt. Es muss auch sehr tief sein, denn das Seil, an dem man die Menschen dort hinunterlässt, ist sehr lang.“
„Nein, dann gehen wir dort lieber nicht hin. - Wohin führt diese kleine Tür?“
„Das ist nur ein schmaler Gang, in dem die Öffnung für den Ofen im Zimmer der Herrin ist. Ein Zimmer ist nicht dahinter. Kommt! Die Schlossführung geht unten weiter.“
Gemeinsam nahmen sie die großen Stufen der steinernen Wendeltreppe nach unten.
„Hier unten ist die große Hofstube, in der wir immer gemeinsam essen.“
„So eine große Tafel!“ rief Sophia aus.
„Ja, immerhin essen hier alle gemeinsam. Die Herzogin, die Hofdamen, alle Dienerinnen, Diener, der Hofmarschall, die beiden Sekretäre, die Mägde, Knechte, der Koch, der Stallmeister und sogar die Stallburschen. Da braucht man schon Platz. - Keine Sorge, bei der Herzogin am Tisch benehmen sie sich alle - sogar ich!“ fügte die Närrin hinzu, als Sophia wieder große Augen machte.
„Die Tage beginnen sehr früh“, begann nun Gertrud zu erklären. Um sieben Uhr gibt es hier den Morgentrunk, der aus Suppe und Bier besteht. Gegen zehn Uhr gibt es dann eine große Mahlzeit, die für uns die erste des Tages ist, bei der wir Brei, Brot, Käse oder Suppe essen.“
„Ein bisschen Grünzeug ist auch immer dabei, je nach Jahreszeit“, warf Luisa ein.
„Um vier Uhr nachmittags gibt es eine warme Mahlzeit. Gemüse, Fleisch und Fisch, Obst. Frau Gundel backt auch ganz wunderbare süße Pfannkuchen, süßes Brot und Kuchen. Die Küche werden wir dir auch zeigen.“
„Die Küche? Wir gehen in die Küche?“ Sophia konnte ihre Verwunderung

kaum verbergen, denn die Küche war für gewöhnlich nicht der Ort, an dem sich die Hofdamen aufhielten.
„Natürlich haben wir eine Küche. Das Essen fällt ja schließlich nicht vom Himmel", sagte die Närrin, ohne darauf einzugehen, dass Sophia keineswegs überrascht war, dass es eine Küche *gab*, sondern es eher befremdlich fand, an diesen Ort zu *gehen*. Aber ein Besuch dort lohnte sich, wie die Närrin versicherte. Also durchquerten sie den Hof, einige Vorratsräume und kamen schließlich in die Küche, die von einem riesigen Rauchabzug beinahe vollständig eingenommen wurde. Darunter befand sich ein niedriges, aber weitläufiges Podest aus Steinen. Ein Feuer, das direkt hinten an der Wand brannte und niemals ausgehen durfte, sorgte nicht nur dafür, dass die Luft in dem Kamin warm blieb und so einen guten Rauchabzug bot, sondern lieferte auch Glut für die verschiedenen Feuerstellen, die auf dem Herd geschürt wurden. Sophia blickte sich um, denn in der Küche wurde gerade die warme Nachmittagsmahlzeit vorbereitet. Da saßen Mägde, die Hühner rupften, Gemüse schnippelten, der Koch stellte gerade ein riesiges Dreibein auf, hängte eine Pfanne daran und schlug einen großen Löffel Schmalz hinein, das zischend schmolz. Dann goss er eine große Schüssel aufgeschlagener Eier dazu.
„Da muss doch sicher was probiert werden!" meinte die Närrin und hatte schon ihren Löffel vom Gürtel genommen.
„Finger weg! Da muss gar nichts probiert werden; und raus aus meiner Küche!" rief der Koch, der die Mädchen jetzt erst bemerkte. „Ich will nicht dran schuld sein, wenn Eure Kleider verdorben sind!"
Wenige Augenblicke später standen die vier ganz oben in der lichten Jupe und schauten hinunter auf die verschachtelte Dachlandschaft des Schlosses mit unzähligen Türmchen, Erkern, Vorsprüngen und Gauben. Jeder Anbau hatte seine eigene Dachform und Höhe, woran man gut erkennen konnte, wie das Schloss im Laufe der Zeit gewachsen war.[18]
„Ist das nicht herrlich? Dieser gleißende Schnee so weit das Auge reicht! Dort drüben auf der anderen Seite der Mulde liegt das kleine Dorf Zaßnitz; und hier direkt zwischen dem Schloss und der Stadt liegt die Schlossvor-

18 Heutzutage ist die Dachlandschaft des Rochlitzer Schlosses „eingeebnet".

stadt. Dort sind die Pferdeställe, das Badehaus, Amtshäuser und die Wohnungen der Amtleute und Bediensteten. Sie können nicht alle im Schloss wohnen, auch wenn es sehr groß ist."

„Mir ist kalt. Sollten wir nicht lieber zurück ins Haus gehen?" Sophia schlotterte, denn durch die offenen Fensterluken pfiff ein eisiger Wind.

„Ja, im Haus haben wir noch das Beste zu zeigen. Kommt!"

Über der Hofstube gab es eine weitere Etage, deren Korridor zum Hof hin zeigte und von dem zur anderen Seite einige schöne Gemächer lagen, von denen eines als Esszimmer für kleine Gesellschaften genutzt wurde, andere, die im Moment nicht beheizt waren, hielten bequeme Möbel bereit und würden im Sommer wieder bewohnbar sein.

Darüber gab es einen Saal, der ebenso groß war wie gesamte darunterliegende Etage. Trotz des fahlen Winterlichts erschien er dank der großen Vorhangfenster hell und einladend, denn die Wände, Decken und Säulen waren über und über mit Blumenranken bemalt, noch schöner als in der Hofstube. Auf der einen Seite blickte man in den Hof, auf der anderen Seite des Saales blickten die Fenster hinunter auf die Landstraße.

„Hier ist der Tanzsaal[19]. Ich denke, wir werden hier noch viele schöne Feste feiern."

„Ja, beim Turnier werden wir auch tanzen. Zum Glück ist es nicht mehr lange hin."

„Das ist wirklich schön hier!" staunte Sophia. „Einen so großen Tanzsaal haben meine Eltern nicht."

„Ach? Du denkst, das hier ist schon das Beste, was das Schloss zu bieten hat? Dann warte mal ab."

Stolz wie eine Hausherrin schritt die Närrin voran und öffnete eine weitere Tür: „Darf ich bitten, meine Damen! Die Fürstenstube!"

Sophia gingen die Augen über, denn die Fürstenstube verdiente ihren Namen zu recht. Große Bogenfenster, die mit filigranen Steinmetzarbeiten geschmückt waren, ließen das Tageslicht hereinströmen, die Wände waren

19 Zu Elisabeths Zeit war die Aufteilung der Etagen wie hier beschrieben. Heute hat die Etage direkt über der Hofstube keine unterteilenden Wände, im Gegensatz zur darüberliegenden Etage. Von der Aufteilung des ersten Stocks zeugen noch Reste der Wände mit Wandmalereien.

noch prächtiger bemalt als im Tanzsaal und ein riesiger Ofen, der weit ins Zimmer hineinragte, spendete behagliche Wärme.
„Hier werden wir heute Abend wieder sitzen. Die Herrin liebt diesen Raum, nicht zuletzt wegen des großen Ofens. In dieser Fürstenstube wurden übrigens die beiden jungen Fürsten Ernst und Albrecht unterrichtet, auf die die Trennung der Wettiner in Albertiner und Ernestiner zurückgeht. Aber das ist schon lange her."
„Ich hör die Essensglocke! Los! Wer zuerst unten ist!"
Dieses Wettrennen gewann die Närrin.

Das Weihnachtsfest, an dem Elisabeth all ihre Hofdamen und Bediensteten mit Neujahrsgeschenken[20] bedachte, wurde gebührend gefeiert, und bald darauf begann man schon mit den letzten Vorbereitungen für das Turnier. Viele Fürsten und Ritter hatten bereits zugesagt, Philipp würde selbstverständlich kommen, auch wenn ihm eine Verletzung am Oberschenkel, die er sich bei der Jagd zugezogen hatte, das Reisen beschwerlich machte. Selbst am Turnier wollte er teilnehmen, wie er seiner Schwester versichert hatte. Nur der Kurfürst, dessen Glanz deutlich auf das kleine Rochlitz übergegangen wäre, musste leider absagen, da er anderweitig unterwegs war. Hofmarschall Bünau gab jedoch zu bedenken, dass es wohl besser war, den Kurfürsten nicht hier in Rochlitz zu haben, bis die Sache mit Herzog Georg und dem Bischof zu Meißen ausgestanden wäre. Die einbestellten Pfarrer waren nämlich noch immer nicht in Zschillen erschienen, wie der Meißner Bischof es gefordert hatte, und Elisabeth war nicht gewillt, ihre Pfarrer dorthin zu lassen. Schließlich könnte der Herzog es als Affront auffassen, dass Elisabeth den Kurfürsten einlud und dann seine Zahlungen einstellen. Elisabeth nahm sich vor, den Kurfürsten heimlich im Frühjahr einzuladen. Herzog Georg war zwar eingeladen, doch Elisabeth war erleichtert, als er eine Absage schickte. Das Reisen um diese Jahreszeit tat seinen alten Knochen nicht mehr gut, von einer Teilnahme am Turnier ganz zu schweigen.

20 Elisabeth feierte den Jahreswechsel an Weihnachten. Siehe Werl, Elisabeth: Elisabeth, Herzogin zu Sachsen, die Schwester Landgraf Philipps von Hessen. Eine deutsche evangelische Frau der Reformationszeit. I. Jugend in Hessen und Ehezeit am sächsischen Hof zu Dresden. Inaugural - Dissertation, Weida in Thüringen 1937.

In den letzten Wochen vor dem Turnier war ganz Rochlitz in heller Aufregung. Überall wurde gefegt, aufgeräumt, geschlachtet, gebraut und gebacken was das Zeug hielt. Auf dem Marktplatz wurde mit Sand ein Turnierplatz aufgeschüttet und Barrikaden aufgestellt[21].
Die Anwohner, die von ihren Fenstern aus einen freien Blick auf das Geschehen hatten, schätzten sich glücklich - nicht allein wegen des Blickes, sondern wegen des Geldes, das ein Vermieten der Fensterplätze einbringen würde. Von diesen Fensterplätzen konnte man bereits beobachten, wie die verstärkte Stadtwache in ihre Aufgaben eingewiesen wurde, denn sie sollte während des gesamten Turniers in der Stadt für Ruhe und Ordnung zu sorgen.

„Philipp!“ rief Elisabeth glücklich und ging mit ausgebreiteten Armen ihrem Bruder entgegen, der sich etwas mühsam aus dem Sattel aufs Pflaster schwang. „Ich bin so glücklich, dich endlich einmal hier zu haben. Ich kann dir gar nicht sagen, was ich alles getan, geändert und erreicht habe, seit wir uns das letzte Mal gesehen haben. - Christine! Lass dich umarmen! Auf dich hatte ich mich ganz besonders gefreut.“
„Aber nun kommt alle herein, damit ihr euch nicht erkältet.“
Als Bedienstete den Gästen ihre Mäntel und Hüte abnahmen, tollte Carlotta die Treppe herunter.
„He, die kleine Dame hat sich bei dir gut eingelebt. Ich dachte mir, dass ein kleiner Königsspaniel genau der richtige Hund für dich ist - da du nun wie eine Königin regierst“, sagte Philipp mit einem Zwinkern, indem er Carlotta auf den Arm nahm.
„Es gibt noch mehr Tiere in meinem Haushalt: dort drüben die beiden Kater, die so schön faul vor dem Kamin dösen. Der rote heißt Paul und der schwarze heißt Karl.“
„Aber Moment - Paul und Karl? Du hast die Kater Paul und Karl genannt? Sag mir jetzt bitte nicht, dass du sie benannt hast nach...“
„Doch, Philipp, hab ich. Papst Paul III. und Kaiser Karl V. liegen schnurrend

21 Dieses und weitere Details zu Turnieren siehe Zotz, Thomas: Adel, Bürgertum und Turniere in deutschen Städten. S. 450 ff. In: Josef Fleckenstein (Hrsg.), Das ritterliche Turnier im Mittelalter. Göttingen 1985.

auf meinen Kissen. Anfangs haben sie sich nicht so gut vertragen, aber der Stallmeister hat die beiden kastriert. Seither haben sie ihre Kämpfe eingestellt - aber das nur mal als kleiner Vorschlag nebenbei ... Kommt, es gibt etwas Leckeres. Die lange Reise hat euch alle sicher hungrig gemacht."

Am Abend, als die meisten Frauen sich schon längst zurückgezogen hatten, saßen Elisabeth und Philipp noch am Kamin in der Hofstube.
„Mit Honig und Gewürzen schmeckt der Meißner Wein ganz gut, muss ich sagen. Sonst ist er etwas sauer."
„Trocken sagt der Kenner!"
„Wie dem auch sei; ich bin glücklich, dass ich mir keinerlei Sorgen um dich machen muss, große Schwester."
„Herzog Georg wird es kaum wagen, mich tatsächlich anzugreifen. Schließlich weiß er, dass ich einen Bruder habe, der den schmalkaldischen Bund gegründet hat."
„Ich denke, du solltest diesem Bund ebenfalls beitreten. Wusstest du, dass Herzog Heinrich und Moritz auch schon Mitglieder sind? Dies darf aber nicht Herzog Georg zu Ohren kommen, denn dann könnte er die 13.000 Gulden, die er seinem Bruder jährlich zahlt, kürzen, wenn nicht gar einbehalten."
„Dann sollte ich meinen Beitritt auch nicht an die große Glocke hängen. Hier und da bin ich noch auf den Alten angewiesen. Aber kann ich denn die Forderungen erfüllen, die der Bund an mich hat? Ich habe keine Heeresmacht, mit der ich den Bündnispartnern zur Seite stehen könnte. Die Hilfe wäre sehr einseitig."
„Das lass nur meine Sorge sein. Als Gründungsmitglied werde ich dich schon hineinbringen, auch ohne dass du dich in einer Rüstung in den Sattel schwingen musst."
„Dann bin ich beruhigt!" Elisabeth lächelte bei dieser Vorstellung. Sie in Rüstung! Nein, auf keinen Fall! Da war ihr die Feder als Waffe lieber.

Die Damen waren am nächsten Morgen früh auf, damit sie sich für das Turnier gebührend herrichten konnten. Vor allem Mechthild hoffte, einen ihrer

Ärmel loszuwerden und lockerte vorsorglich schon die Schnürung.
Elisabeth und ihr gesamtes Frauenzimmer hatten auf der Tribüne Platz genommen; die Damen glichen einem Blumenstrauß, so bunt leuchteten ihre wollenen Mäntel und Pelze. Es hatte in der Nacht frisch geschneit, doch nun war der Himmel aufgerissen. Elisabeth nahm es als gutes Zeichen. Sie schaute sich um: Der Marktplatz wurde gesäumt von den Zelten der Ritter, vor denen sie ihre Wappen aufgepflanzt hatten, die dazugehörigen Männer saßen bereits auf ihren gerüsteten Streitrössern, die aus den Nüstern dampften wie Drachen. Sie schienen kaum zu bändigen zu sein, denn sie tänzelten und stampften im Schnee, sodass der darunter aufgeschüttete Sand zum Vorschein kam. Überall drängten sich die Rochlitzer Bürgerinnen und Bürger, jedes Fenster, das einen Blick auf den Marktplatz bot, quoll über mit Menschen. Die frisch rekrutierten Stadtwachen hatten alle Hände voll zu tun, die Menge vom Turnierplatz fern zu halten, so dicht standen die Leute und so vehement drängten immer mehr Menschen auf den Platz.
Elisabeth atmete tief die kalte, sonnige Winterluft ein und ließ sie ganz langsam wieder ausströmen. Sie war glücklich. Hier in Rochlitz war sie zum ersten Mal seit sehr langer Zeit richtig glücklich und zufrieden. Sie fühlte sich angekommen wie in einer Heimat, denn in der kurzen Zeit hatte sie die Rochlitzer als freundliche, ehrliche Menschen erlebt, die mit geradem Rücken durch die Welt gingen. Ja, den Rochlitzern hatte sie es zu verdanken, dass sie hier so glücklich sein konnte. Die Menschen hier hatten nur darauf gewartet, dass sie die Reformation einführte. Und Elisabeth hatte eine tiefe mütterliche Verbundenheit gespürt, als sie die Menschen vor Herzog Georgs Drohungen beschützen konnte.
Fanfaren geboten Ruhe, worauf Elisabeth das Turnier eröffnete. Dann trat der Herold in die Mitte des Platzes, begrüßte ehrerbietig Elisabeth und ihren Hofstaat, nicht ohne darauf hinzuweisen, dass Zwischenrufe, Schreien und Winken mit Gefängnis bestraft wurden. Also war absolute Ruhe zu bewahren.
„Für mich ist das kein Problem, aber ob Elfriede das schaffen wird, wage ich zu bezweifeln!“ gab die Närrin kund.
„Ihr werdet alle beide Ruhe geben, sonst lass ich dich in deinem neuen roten

Rock beerdigen!“ erwiderte Elisabeth.
„Unsere neue Sophia hat noch nie ein richtiges Turnier gesehen, da muss ich ihr doch alles erklären, Herrin!“
„Warum werden denn überhaupt Turniere abgehalten?“ fragte Sophia leise.
„Die Jungs spielen einfach zu gerne Krieg. Und wenn sie gerade keinen echten vom Zaun brechen können, dann spielen sie eben“, erklärte die Närrin. „Und du glaubst nicht, wie einfallsreich sie sind, wenn es darum geht, neue Waffen und Rüstungen zu erfinden. Einer erfindet eine neue Waffe, die die alten Rüstungen durchschlägt. Also erfindet man auch wieder neue Rüstungen, die gegen die neuen Waffen schützen. Gegen die neuen Rüstungen müssen dann wieder neue Waffen her. Mittlerweile haben sie Kanonen erfunden, gegen die ein Mann sich nicht rüsten kann. Jetzt werden die Türme dicker gebaut. Das wird lediglich zur Folge haben, dass man größere Kanonen erfinden wird. Es ist ein ewiger Wettlauf; wenn sie doch nur einmal den Frieden erfinden könnten, dann würden sie sehr viel Geld sparen. Mit dem ersparten Geld könnten sie Schulen, Straßen, Krankenhäuser bauen, aber wo kämen wir denn da hin? Das würde ja voraussetzen, dass alle Beteiligten Vernunft annehmen, und das wird so bald nicht geschehen.“
„Das Turnier geht los!“ unterbrach Elisabeth die Ausführungen ihrer Närrin. Und tatsächlich begann das Turnier: Es wurde eingeleitet mit einem scharfen Rennen und Stechen, aus dem Philipp siegreich hervorging. Elisabeth und Christine jubelten.
„Ja, schaut Euch den hessischen Landgrafen an!“ forderte die Närrin die Damen auf. „Man weiß gar nicht, welches von den beiden Riesendingern die Schamkapsel und welches die Lanze ist.“
„Närrin! Wo schaust du nur wieder hin!“ zischte die Hofmeisterin empört, doch Elisabeth musste selbst lachen über das überdeutliche Modebewusstsein ihres Bruders.
„Um Himmels Willen, werte Hofmeisterin, ich hab da gar nicht hingeschaut, ich hab das nur gesehen.“ Und zu Sophia gewandt flüsterte sie: „Weißt du, diese Schamkapseln, die die Herren so prunkvoll zwischen ihren Beinen tragen, sollen zeigen, wie viel Kraft einer hat. In Wirklichkeit machen die Herren aus der Not eine Tugend, denn in diesen Schamkapseln können sie

ihr bestes Stück, an dem die Franzosenkrankheit nagt, schön mit vielen Heilkräutern gespickt und in saubere Leinenbänder gewickelt, unterbringen. Je größer die Kapsel, desto mehr Leinwand und Heilkräuter stecken drin - und desto jämmerlicher ist der Zustand der Möhre. Soviel ist sicher!"
Beim nächsten Durchgang wurde Philipp von einem kursächsischen Adligen aus dem Sattel gehoben und landete etwas unsanft.
„Siehst du, Sophia, alles nur Angeberei!"
Schon wurde die nächste Runde eingeläutet: der Zweikampf.
„Schau, Sophia! Der Herold steht mit seinen Grießwarten um die beiden Ritter herum, um genau zu beobachten, ob auch alles mit rechten Dingen zugeht. Da bin ich jetzt wirklich gespannt, denn hier trifft ein hoher Ritter aus Kursachsen auf Graf Lichtenhain, einen kleinen Adligen aus unserer Umgebung, der ziemlich beliebt ist."
„Was sind denn Grießwarte?"
„Das sind die Männer, die dem Herold helfen. Sie haben gemeinsam mit ihm ein Auge darauf, dass der Kampf gerecht zugeht. Notfalls können sie mit ihren langen Stangen zwei Kämpfer trennen."
Und tatsächlich entschied der Herold mehr zugunsten des kursächsischen Ritters, obwohl Graf Lichtenhain wendiger und besser gekämpft hatte. Trotz des strengen Ruhegebots erhob sich ein unwilliges Murmeln in der Menge.
„Siehst du, was sage ich! Der Herold ist parteiisch! Was meinst du Elfriede?"
„Das war eine krasse Fehlentscheidung!" schnarrte Elfriede und schrie dann aus Leibeskräften: „Herold, wir wissen, wo dein Wagen steht!"
„Was willst du denn mit seinem Wagen?" fragte Gertrud mit hochgezogenen Brauen. „Hat der überhaupt einen?" Auch die anderen schauten die Närrin etwas irritiert an. Der Herold, dem man ansah, dass er am liebsten eigenhändig die Todesstrafe an der Närrin vollstrecken würde, beschränkte sich auf einen sehr finsteren Blick, denn die Närrin unterstand direkt der Herzogin - da konnte er sich nicht einmischen. Dann ließ er seinen Blick über die Menge schweifen, denn manchen gelang es nicht, ihr Lachen zu unterdrücken.
„Elfriede!" rief Elisabeth. „Was soll denn dieser Unsinn? - Du liebe Güte, ich rede mit einem Holzkopf! - Närrin, du trägst dein Totenhemd."

Der Tanzsaal schien an diesem Abend zu bersten vor lauter schön gekleideter Damen und frisch gewaschener Ritter. Mechthild war auf dem besten Wege, einen Ärmel loszuwerden, und ging dabei etwas weiter, als die Schicklichkeit es zuließ, doch davon abgesehen konnte Elisabeths Frauenzimmer sich sehen lassen: bei den Tänzen schwangen die frisch angesetzten Rocksäume wunderbar weit, Walburga lief nur einmal in die falsche Richtung, sogar die Närrin reihte sich in die Contredance-Reihen ein und benahm sich ganz so, als sei ihr nichts wichtiger als Würde und Ansehen. Dies hielt jedoch nicht lange an. Als sie wenige Augenblicke später mit einem Becher Wein am Rande der Tanzfläche stand, und Philipp sich ihr mit eindeutigen Absichten näherte, klopfte sie mit dem Stiel ihres Narrenstabes herzhaft auf Philipps Schamkapsel und sagte im Tonfall eines alten Beichtvaters: „Ich kenne dein Problem, mein Hase! Das Ding klingt noch hohler als dein Gewissen." Darauf suchte sie rasch das Weite, denn der Herr Landgraf liebte es nicht, wenn man sich über den Zustand des kleinen Landgrafen lustig machte.
Philipp ertränkte seinen Ärger und amüsierte sich ungeniert mit einer kursächsischen Hofdame; seine Gemahlin Christine sah scheinbar mühelos darüber hinweg. Tatsächlich war es überraschend zu sehen, wie gut sich die Raufbolde nun betragen konnten. Hier und dort sah man leichte Blessuren, einen Kratzer im Gesicht oder am Ohr, sonst wies rein gar nichts darauf hin, dass diese Männer, die sich nun überaus höflich verneigten und ihre Partnerinnen zum Tanz führten, sich am Vormittag wüst geprügelt hatten.
Hofmarschall Heinrich von Bünau stand an der Tür des Tanzsaales und wusste nicht recht, ob er es wagen durfte, sich unter diese Menschen zu mischen. In der Schreibstube, bei beratenden Gesprächen, fühlte er sich sicher, doch hier, angesichts der ausgelassenen Fröhlichkeit, verließ den stillen Mann sein Mut. So viele lachende Tänzerinnen und Tänzer, Gaukler, die mittlerweile nicht nur mit Bällen, sondern auch mit nicht ganz leeren Weinkelchen jonglierten, was die umstehenden Damen aufkreischen ließ; Musikanten, die immer wildere Melodien spielten, Gesichter, die von Wein und Tanz erhitzt und verschwitzt waren. Da sah er plötzlich Elisabeth zwischen all den Menschen auf sich zukommen.
„Bünau! Wie schön, dass Ihr hier seid. Ich hatte schon befürchtet, Ihr hättet

Euch in der Schreibstube vergraben. Kommt! Ich hoffe, Ihr tanzt die Chapeloise! - Musikanten! Die Chapeloise!" rief sie laut und klatschte in die Hände. Sogleich wurde Platz geschaffen und Tanzpaare fanden sich im Kreis um die Mittelsäule zusammen. Bünau schaute seine Herrin verwundert aus den Augenwinkeln an, die seine Verwunderung gar nicht zu bemerken schien, sondern seine Hand wie selbstverständlich festhielt. Wie glücklich sie ihn anstrahlte. Die lebhaften Tanzschritte brachten sie einander näher, entfernten sie wieder voneinander, dann rückten alle Damen im Kreis vor und hielten einen neuen Tanzpartner an der Hand. Bünau konnte nicht anders, als Elisabeths Rücken anzustarren. Sie trug ein Kleid aus grüner Seide mit breiten Silberborten. Zwischen der Schnürung im Rücken blitzte weiß ihr Unterkleid hervor. Der Tanz dauerte lange, immer weiter entfernten sie sich voneinander, doch immer hatte er Elisabeth im Blick, so sehr, dass Walburga ihn energisch an der Hand nahm und in die richtige Bahn lenkte, als die Reihe an sie kam. Doch irgendwann war Elisabeth hinter ihm, endlich auch wieder neben ihm und drückte seine Hand. Glücklich wollte er diese Runde mit ihr weitertanzen, doch da endete die Musik und alle klatschten in die Hände. Elisabeth lachte und strahlte.
„Ist es nicht ein wundervolles Fest, Bünau?"
„In der Tat, Euer Gnaden, es ist ein…", weiter kam er nicht, denn Elisabeth rief: „Und nun eine Gavotte! Philipp, du musst mit mir die Gavotte tanzen!" Elisabeths Augen suchten den Raum nach ihrem Bruder ab, da fiel ihr Blick auf die Närrin, die mit einem großen Weinbecher am Rand des Saales stand.
„Närrin, was hast du denn vor?"
„Euer Gnaden, ich werd mir jetzt sämtlicher Lichter ausblasen und mir dann einen strammen Kerl suchen."
„Lass deine Lichter lieber an wenn du suchst. Vielleicht findest du dann mal einen, der nicht mittendrin *Erster!* schreit."
Für einen Moment war die Närrin sprachlos. Sie wollte ihrer Herrin etwas erwidert, brachte lediglich ein Stottern zustande und konnte schließlich nur noch der fröhlichen Elisabeth hinterher schauen, die sich mit ihrem Bruder längst in die Tanzenden eingereiht hatte. War etwas mit dem Wein nicht in Ordnung, den die Herrin heute reichte?

Der nächste Tag brachte wieder strahlenden Sonnenschein. Gegen Mittag war es sogar so warm, dass die Damen auf der Tribüne kaum fröstelten. Walburga trug einen Ehrenkranz, denn sie war am Abend zuvor zur schönsten Hofdame gekürt worden, was Mechthild sichtbar grämte; außerdem saß sie mit beiden Ärmeln auf der Tribüne, was ihre Laune keineswegs hob. Nun preschten vier Ritter aus ihren Zelten heraus, zerbrachen ihre Lanzen aneinander, dann hallten die Schläge der Schwerter hell zwischen den Häusern wider. Auch hier war Philipp der Beste.

„Ich glaube, Christine, der Turnierdank wird deinem Gemahl zuteil."

„Bei fast allen Turnieren, die der Landgraf bestreitet, ist es üblich, dass er den Turnierdank davonträgt."

„Ich habe einen sehr schönen, kostbaren Kelch ausgesucht, den wird er sicher an dich weiterreichen."

„An mich? Wohl kaum! Es ist schließlich üblich, dass der Ritter den Turnierdank an seine Herzensdame weiterreicht. In seinem Herzen bin ganz sicher nicht ich."

Christine bemühte sich redlich, die Verbitterung aus ihrer Stimme herauszuhalten. Es gelang ihr nicht.

Elisabeth atmete tief durch und wandte sich wieder dem Turnierplatz zu. Sie war glücklich, sie war endlich am Ziel ihres Lebens angelangt: Sie hatte einen Hofstaat, feierte ein prächtiges Turnier und blickte einer guten, langen und sicheren Zeit in Rochlitz entgegen. Alles in ihrem Leben war nun schön und leicht; sie weigerte sich, Christines Schwermut zu teilen.

Nun wurden die inneren Barrikaden fortgeschafft und jeweils sieben Ritter stellten sich an den schmalen Seiten des Platzes auf. Der Herold gab das Zeichen zum Start, dann ritten sie gegeneinander an. Die gepanzerten Männer hoben ihre Lanzen, neigten sich tief über die Leiber ihrer Pferde, denen sie die Sporen gaben. Die Hufschläge der schweren Tiere ließen den Boden erzittern. Immer schneller rasten Mensch und Tier aufeinander zu, gleich musste es zum Zusammenprall kommen.

Lanzen trafen auf Schilde und zersplitterten, doch im selben Moment schrie ein Pferd laut auf. Wahrhaftig, es schrie! Und es stürzte in eine rasend schnell sich ausbreitende Pfütze seines eigenen Blutes. Eine Lanze hatte das

Pferd in die Brust getroffen, so tief und unglücklich, dass das Blut aus der Wunde schoss. Das Pferd lag am Boden, schlug mit seinen Hufen aus und schrie so erbärmlich, dass nicht nur die zart besaitete Gertrud in Tränen ausbrach. Die Ritter zügelten ihre unruhigen Tiere, sprangen ab und übergaben sie ihren herbeieilenden Knappen. Dann eilten sie zu ihrem Kameraden, der neben seinem verwundeten Pferd kniete. Sein Knappe hatte den Hals des Tieres umschlugen und weinte. Jemand zog ihn fort und barg sein Gesicht, denn nun blieb dem Ritter nichts anders übrig, als eine grauenhafte Pflicht zu erfüllen. Er nahm sein Schwert und schlitzte den Hals des Pferdes auf. Noch grauenhafter als das Schreien des Pferdes war sein Röcheln und schließlich die Stille, die sich bleiern über den Marktplatz legte.

Das Turnier hatte ein Ende gefunden, wie Elisabeth es sich ganz und gar nicht erhofft hatte. Noch immer klang ihr das jämmerliche Wiehern des Pferdes im Ohr, noch immer hatte sie die Bilder seiner blutigen Brust vor Augen.

„Bünau? Habe ich zu viel gewollt? War es zu viel, ein Turnier zu veranstalten im kleinen Rochlitz? Ich wollte doch nur etwas Glanz in meinem kleinen Rochlitz haben; zeigen, dass es uns hier gut geht, dass wir eigenständig sind und Macht haben; doch das ist schrecklich fehlgeschlagen."

„Euer Gnaden, es war ein Unfall, wie es ihrer viele gibt. Es ist niemandes Schuld. Auf den Schlachtfeldern sterben die Pferde zu hunderten auf diese Weise."

„Man wird es gleich überall berichten und als Gottesurteil auslegen; als ein böses Omen dafür, dass ich gegen den Widerstand des Herzogs und der Bischöfe die Reformation eingeführt habe."

„Ihr gebt noch immer zu viel auf das Geschwätz der Menschen."

„Ihr habt gut reden, Bünau. Ihr seid ein Mann, der nur mir Rechenschaft schuldig ist über seine Arbeit. Ich bin eine Herzogin und wünsche mir als solche den Respekt meiner Standesgenossen. Gerade weil ich als Frau meinen eigenen Kopf habe und durchsetze, was ich für richtig halte, muss das, was daraus entsteht, perfekt sein. Da dürfen solche Dinge nicht passieren. Ich denke, einem Mann verzeiht man eher als einer Frau, egal was er tut.

Von Ehemännern erwartet man geradezu, dass sie untreu sind und ihre Geliebten haben. Ein treuer Gatte ist eher Gegenstand von bösem Geschwätz als einer, der jedem Rock hinterher jagt. Aber wehe eine Ehefrau ist untreu; dann wird sie eingemauert oder geköpft. Beispiele haben wir dafür zur Genüge. Auch in dieser Hinsicht bin ich auf meinen guten Ruf bedacht, denn schließlich will ich nicht für immer eine Witwe bleiben. Ich bin noch jung und könnte vielleicht sogar noch…" Elisabeth wagte nicht den Satz zu beenden. Zu schmerzhaft war der Wunsch nach einem Kind. Bünau blickte zu Boden und biss sich auf die Lippen.

Ende April schrieb Elisabeth den folgenden Brief an Kurfürst Johann Friedrich, um die Einladung zu wiederholen:

Herzlieber Bruder und Vetter,

ich übersende Euer Lieben einen Brief meines Bruders, betreffend meiner Streitigkeiten mit Herzog Georg und dem Bischof von Meißen, die meine Pfarrer nach Zschillen einbestellt haben, um sie dort zu maßregeln. Dass Euer Lieben mich besuchen wollen, muss also geheim bleiben; Euer Lieben muss daher mit wenig Leuten kommen. Ich will Euer Lieben besonders freundlich bitten, dass Euer Lieben Herzog Moritz und Herzog Ernst mitbringen, damit sie tanzen helfen. Ich hatte nämlich Herzog Moritz versprochen, dass ich Euer Lieben bitten werde, ihm eine Reise zu mir zu erlauben.

Ich will noch einige andere Gäste aus der Umgegend einladen. Und wenn Euer Lieben genug vom Tanzen hat, wollen wir Schach spielen, das ich sehr gut kann, wie Euer Lieben weiß. Wir essen, was Euer Lieben gefällt und wollen guter Dinge sein. Ich freu mich sehr darauf, Euer Lieben einmal in meinem Haus zu haben. Aber falls ich mich für eine Wirtin närrisch anstelle, muss Euer Lieben damit vorlieb nehmen. Es ist für mich eine Ehre, dass Euer Lieben zu mir kommt - Herzog Georg - wenn er es denn wüsste - würde sich vor Zorn in die Hosen --. Ich bitt Euer Lieben freundlich, mir mein närrisches Schreiben nicht zu verargen. Ich weiß ja, dass ich es mit Euer Lieben nicht verderben kann.

Auch will ich Euer Lieben nicht verbergen, dass mir meine Hofmeisterin schreibt, dass sie in Dresden gewesen ist und dass sie gehört hat, Herzog Georg wolle sich

diesen Sommer rot kleiden, zur Feier der Verlobung seines Sohnes Friedrich. Der junge Herzog sei verlobt und an Pfingsten solle es öffentlich gemacht werden. Sie hat aber nicht erfahren können, wer die Braut sei. Eine Edelfrau aus Dresden sagte, es sei nicht die Tochter Herzog Heinrichs zu Braunschweig, denn es sei angeblich eine, die nicht deutsch könne.
Ich sagte: „Das ist gut, so wird sie keinen deutschen Narren erziehen." Ich habe Sorge, wenn sie im Bett zusammenkommen, werden sie es welsch machen; Euer Lieben versteht mich wohl. Herzog Friedrich weiß doch gar nicht, wo er damit hin soll. Aus anderen Quellen habe ich noch mehr Gerüchte über die Verlobung gehört. Jemand sagte mir, Friedrich sei noch immer so verrückt wie früher. Man sage ihm immer, dass er nicht reden solle, denn wenn er schweigt, merkt man es ihm so bald nicht an. Er ist zwar ein geborener Fürst, aber ein großer Narr und ein lahmer Mensch. Eine Braut wird mit ihm ihre Schwierigkeiten haben und ihre Familie, die sie dem Narren zur Frau gibt, sündigt fürwahr.
Es geht das Gerücht, dass es die Herzogin von Melant sein soll.
Datum am Tag Walpurgis Anno 1538.
PS: Herzallerliebster Vetter und Bruder,
Jetzt, da ich den Brief zumachen will, schreibt unsere Tante, die Herzogin zu Freiberg, dass sie bis Montag bei mir sein wird. Derhalben bitt ich Euer Lieben ganz freundlich, Euer Lieben wolle mir ein Reh schießen lassen und mir bis Sonntag schicken. Ich weiß sonst nicht in der Eile, woher ich eines nehmen könnte. Solches will ich freundlich vergleichen und wünsche hiermit Euer Lieben eine selige gute Nacht.[22]

22 PKMS 1, Dokument Nr. 14, S. 16.

Der Eingang zur Hofstube auf Schloss Rochlitz

Gotha im Mai 1538

Mit der Morgendämmerung brach für Anna und Friedel Gutmann ein großer Tag an. Noch größer war der Tag allerdings für ihre älteste Tochter Anni, denn sie war heute Braut und wurde mit Hans Büttner aus Dresden vermählt, der im vorigen Jahr als Wandergeselle im Hause Gutmann eingekehrt war. Anna kuschelte sich noch für einen Moment in Friedels Arm.
„Weißt du noch, als wir damals geheiratet haben?"
„Natürlich! Wie könnte ich das jemals vergessen?" erwiderte Friedel, denn die alte Geschichte war ein kleines Ritual zwischen ihnen. So lange hatten sie warten müssen, bis Landgräfin Anna von Hessen höchst selbst ihnen die Erlaubnis erteilt hatte, zu heiraten. Noch einmal erzählten sie sich ihre Geschichten, wie Friedel hatte weiterziehen müssen auf seiner Wanderschaft und wie schmerzlich Anna ihn vermisst hatte.
„Ich bin so froh, dass die beiden es heute leichter haben. Sie mussten nur ihre eigene Ungeduld bezähmen - und das war schon schwierig genug. Wenn ich denke, wie oft Anni gejammert hat, dass die Zeit so elend langsam dahin kriecht, bis ihr Hans endlich wieder auf der Schwelle stand. Dreiundzwanzig Jahre ist sie alt - ein gutes Alter zum Heiraten. Wir waren schon etwas über der Zeit, nun sind wir schon alte Leute, grau, zahnlos und sehr dankbar, dass wir die Hochzeit unserer Ältesten noch erleben dürfen. Wenn unsere kleine Frieda mit ihren siebzehn Jahren auch bald jemanden findet, dann könnten wir auch ihre Hochzeit noch erleben."
Da waren trippelnde Schritte auf dem Dielenboden zu hören und gleich wurde die Tür aufgerissen.
„Ihr seid ja noch im Bett! Mama! Ich heirate heute! Ich will halbwegs anständig aussehen!" rief Anni empört.
„Anni, die Trauung ist in sieben Stunden. Bis dahin könnte ich aus einer Kröte eine Prinzessin machen. Ich bin gleich da. Geh schon mal runter!"
„Du siehst auch in deinem Nachthemd wunderschön aus, und wenn Hans dich nicht so heiraten will, wie du genau jetzt aussiehst, dann hat er dich gar nicht verdient", sagte Friedel.

„Papa!“ Annis Empörung erfuhr eine deutliche Steigerung, wobei sie die Augen verdrehte und die Tür hinter sich schloss.
„Fällt es dir sehr schwer, deine Tochter gehen zu lassen?“ fragte Anna. Friedel seufzte. „Mir wäre es lieber gewesen, sie hätte jemanden hier in Gotha gefunden. Dresden ist weit; mehr als eine Woche ist man unterwegs. So oft werden wir sie nicht besuchen können. Wir sind hier evangelisch, aber Hans ist katholisch. Das könnte Schwierigkeiten geben, wenn Anni mit ihm nach Dresden zieht. Da mach ich mir schon Sorgen.“
„Ach, Friedel, Hans ist Anni zuliebe evangelisch geworden. Er wird seinen Glauben und unsere Anni schon verteidigen gegen seine Eltern. Und wer weiß - vielleicht werden sie ja auch evangelisch “, versuchte Anna die Sorgen ihres Mannes zu zerstreuen, doch Friedel hatte Bedenken: „Das sind wahrhaftig fromme Wünsche. Herzog Georg soll sehr streng sein, vor allem, was die Religion betrifft. Die martinischen Wandergesellen, die bei uns waren, machen alle einen großen Bogen um Dresden, weil es für sie dort keine Arbeit gibt. Kein Dresdner Meister will das Risiko eingehen und einen martinischen Gesellen in der Werkstatt haben. Vielleicht muss Anni dort katholisch sein. Wenn es gar nicht geht, muss Anni eben wieder nach Hause kommen.“
„Davon wollen wir doch gar nicht erst anfangen! Ich denke, es wird alles gut gehen. Anni ist ein so liebes Mädchen und für den Fall, dass seine Eltern doch skeptisch sind, werden sie sicher überzeugt sein von seiner guten Wahl, wenn sie unsere Tochter crst einmal sehen. Ich finde es sehr schade, dass sie nicht kommen konnten, aber die beiden sind gesundheitlich auch nicht mehr auf der Höhe, wie Hans sagte. Aber nun muss ich mich wohl erheben, damit Anni in sieben Stunden ‚halbwegs anständig’ aussieht.“
Sie schauderte, als sie ihre alten Beine unter der Decke hervor schob und ihre Füße auf den kalten Boden setzte. Sie tastete mit ihren Füßen nach den Schuhen, mit den Händen nach dem Stock; als sie beides gefunden hatte, erhob sie sich mit einem Seufzer. Es war kalt und finster, vor den lederbespannten Fenstern waren die Läden noch geschlossen.
Sie warf sich ihren Umhang um die Schultern und ging mit leicht unsicheren Schritten in die Küche, wo Anni gemeinsam mit ihrer jüngeren Schwes-

ter Frieda schon das Feuer schürte. Auf dem gemauerten Herd glomm noch ein wenig Glut, die Frieda vorsichtig anblies und mit Sägespänen fütterte. Bald loderte es auf und ließ den Kupferkessel, die beiden Krüge und Teller, die Anna auf einem Bord ausgestellt hatte und die ihr ganzer Hausfrauenstolz waren, aufblitzen.

„Guten Morgen, Mama! Wir sind beide schon lange wach, aber die anderen schlafen alle noch. Sollen wir Haferbrei zum Frühstück machen?"

„Ja, tut das. Schön, dass ich mich auf euch verlassen kann."

„Auf mich kannst du dich doch auch verlassen", sagte Friedel, der schon fertig angekleidet in der Tür stand. „Ich geh und weck die Jungs."

Der Bräutigam hatte in der Werkstatt geschlafen, war aber schon in seinem Sonntagsstaat, als Friedel kam.

„Na, Junge, aufgeregt?" Zur Antwort nickte Hans nur und versuchte, seine braunen Haare zu bändigen, die nach einer offensichtlich unruhigen Nacht in alle Richtungen standen. „Wird schon!" sagte Friedel und kam näher, um ein paar Sägespäne von Hans' Schultern zu klopfen. „Komm dann gleich in die Küche. Wir warten auf dich mit dem Frühstück."

Als Friedel sich an den großen Tisch setzte, saß dort schon Reinhard Schreuer, der Sohn seines verstorbenen Schwagers. Der Junge war elf Jahre alt - nicht mehr lange und er würde ihm richtig zur Hand gehen können in der Schreinerwerkstatt. Was er schon gut konnte, waren kleine Intarsienarbeiten. Die waren sehr fein, doch brauchte man eine gewisse Kraft in den Fingern, um das Messer zu halten - eine gute Vorbereitung für den Beruf, bei der der Junge sich nicht die Knochen kaputt machte.

„Reinhard, gut geschlafen?" fragte Friedel und wuschelte ihm durch die Haare.

„Mensch, Papa, ich hatte mich schon gekämmt!" rief Reinhard ärgerlich und versuchte mit den Händen, seine Haare wieder zu glätten.

„Zur Feier des Tages? - Wen willst du eigentlich mal heiraten?"

„Mal sehen", erwiderte Reinhard sehr beiläufig, während er die Holzschalen für den Haferbrei verteilte. „Vielleicht die Sybille von gegenüber oder die Katharina, das weiß ich noch nicht."

„Ich dachte, du wolltest mich heiraten!" fragte nun Frieda mit gespielter

Enttäuschung, als sie den Grapen[23] mit dem Brei auf den Tisch stellte.
„Du hast doch schon den… na, wie heißt er denn noch gleich, dieser Mann mit dem du nach der Kirche so lange gesprochen hast."
„Reinhard!" Frieda schnalzte ärgerlich mit der Zunge.
„Ach?" sagten Friedel, Anna und Anni wie aus einem Mund. „Wer war das denn? Das hatten wir gar nicht bemerkt."
„Das war… äh, ja, also… Ach, guten Morgen Albert! Hast du gut geschlafen?"
Alle lachten und Albert schaute etwas verschlafen und sehr verwundert in die Runde. „Was ist denn los? Hab ich was Komisches gemacht?"
„Nein, nein, komm und setz dich", sagte Anna. „Du hast gerade Frieda gerettet - aber darauf werden wir später zurückkommen. Was ist mit deiner Frau und den Kindern? Kommen sie auch gleich?"
„Ich glaube, Hilda braucht noch eine Weile. Die Kinder haben beide schlecht geschlafen letzte Nacht."
Friedels verstorbener Bruder hatte ihm nicht nur die Werkstatt hinterlassen, sondern auch Albert, über den Anna und Friedel sehr glücklich waren. Stolz waren sie beide auf ihren Stiefsohn, denn Albert hatte von seiner Wanderschaft vielerlei Kenntnisse mitgebracht, die ihnen jetzt allen zugute kamen. Außerdem hatte er gut geheiratet; seine Hilda war nicht nur ausgesprochen gutmütig und fröhlich, sondern hatte auch einen bescheidenen Reichtum mit ins Haus gebracht, der einen Anbau ans Haus ermöglicht hatte. Friedel und Anna selbst hatten auch zwei Söhne gehabt, doch waren sie schon gestorben, bevor sie entwöhnt gewesen waren. Albert und der kleine Reinhard waren nun wie Söhne für die beiden.
Schließlich waren alle um den Tisch versammelt, Anna und Friedel mit all ihren Kindern, Stiefkindern, Kindeskindern und Schwiegerkindern. Anni und Hans hatten nur Augen füreinander und konnten kaum essen, weil sie sich immer wieder fest die Hände drückten.
Auch Hilda war mit den Kindern erschienen, die noch etwas quengelten, aber mit Haferbrei bald ruhiggestellt waren.

23 Grapen: Ein irdener Topf mit rundem Boden und drei Beinen. „Der Kochtopf der Zeit", siehe Meller, Harald (Hrsg.): Fundsache Luther, Archäologen auf den Spuren des Reformators, Halle 2009, S. 172, Abb. C 15.

„Heute früh braucht ihr Euch noch nicht so satt zu essen am Brei. Nach der Kirche gibt es etwas richtig Gutes!" kündigte Anna an, die schon seit Tagen das Hochzeitsessen vorbereitete und außerdem in der Verwandtschaft allerlei Essens-Aufträge verteilt hatte. Da klopfte es an der Tür.
„Das ist Joseph. Ich mach auf!" schrie Reinhard und sprang so eilig auf, dass sein Schemel umfiel und Annas Stock mitriß. Tatsächlich stand vor der Tür der kleine Nachbarsjunge Joseph, der nach dem langen Winter noch magerer und blasser erschien als ohnehin.
„Komm rein! Wir haben heute früh Brei und später gibt es noch was richtig Gutes, hat meine Mama gesagt." Und zu Anna gewandt: „Darf Joseph auch von dem richtig Guten mitessen?"
„Darf er. Aber jetzt macht schnell die Tür zu. Der Wind bläst die Asche vom Herd. Und heb mir bitte meinen Stock auf. - Danke!"
Reinhard rückte auf seinem Schemel etwas zur Seite, damit auch Joseph mit der Hälfte seines schmächtigen Hinterteils Platz fand, dann schob er ihm seinc Schale hin und bot ihm auch von dem Dünnbier an, das Anni in die hölzernen Becher geschenkt hatte.
„Guten Morgen!" sagte Joseph leise und mit sehr rauer Stimme.
„Du liebe Güte, Kleiner! Hast du die ganze Nacht Schnaps getrunken?" fragte Friedel.
„Nein, Herr Gutmann. Ich trinke niemals Schnaps. Die Frau hat meine Bettdecke entzweigeschnitten und an ihre Zwillinge verteilt."
Friedel und Anna sahen sich ungläubig an. *Die Frau* nannte Joseph seine Stiefmutter, die ihm streng verboten hatte, sie mit *Mutter* anzusprechen. Joseph war immer wieder glücklich, dass er dafür - genau wie Reinhard - alle Frauen des Hauses Gutmann mit *Mama* ansprechen durfte. Es machte wenig Sinn, die Nachbarin darauf anzusprechen, denn sie war so sehr überzeugt davon, dass sie dem Jungen eine gute Mutter war, dass der Hinweis, der Junge bräuchte vielleicht eine Bettdecke, nur zu weiteren Schlägen geführt hätte.
„Das mit dem Schnaps war nur ein Scherz, Joseph. Frieda, kannst du den Kleinen verarzten? Hast du noch von dem Hustensaft?" sagte Friedel, der sehr wohl gehört hatte, dass Reinhard über die Nachbarin wieder einmal

Wörter zischte, die er nicht von seinen Eltern gelernt hatte.
„Ja, hab ich. Aber komm mal her, Joseph, du bekommst noch einen ordentlichen Löffel Honig in deinen Brei. Der wird deinem Hals gut tun."
„Danke, Frieda!" krächzte er und löffelte brav die Schale leer, so sauber, dass man nicht mehr das kleinste Fitzelchen Brei darin hätte finden können. Natürlich wollten Hildas Kinder nun auch Honig, den sie gleich bekamen und mit Wonne aßen.
Mit einem nachdenklichen Lächeln schaute Anna in die Runde. So viele Gesichter, die ihr alle lieb und wert waren, die sie an Menschen erinnerten, die sie noch immer vermisste. Reinhard hatte vor einigen Jahren, als die Pest in Gotha gewütet hatte, seine Eltern verloren - Annas Bruder und Schwägerin-, Joseph hatte damals seine Mutter verloren. Obwohl sein Vater wieder geheiratet hatte, zog Joseph es vor, im Hause der Gutmanns zu sein, denn seine Stiefmutter liebte ihn nicht, was sein Vater nicht sah oder nicht sehen wollte. Anna und Friedel hatten neben ihren Töchtern also eine ganze Sammlung von Stiefsöhnen, zu denen auch Johannes Schreuer gehörte, Reinhards älterer Bruder, der in eine Schreinerei eingeheiratet hatte, nur wenige Straßen entfernt. Auch er würde spätestens zur Trauung erscheinen und anschließend mit ihnen feiern.
Frieda kümmerte sich nach dem Frühstück um das schmutzige Geschirr, Hilda traf die letzten Vorbereitungen für das festliche Essen, das in der guten Stube des Anbaus stattfinden sollte und in dem Friedel und Hans am Vortag schon Tische, Bänke und Stühle aufgestellt hatten, von denen sie sich einige in der Nachbarschaft geliehen hatten. Und endlich wurde Annis Ungeduld gestillt, denn Anna zog sich mit ihr zurück, um sie als Braut herzurichten. Vorher sagte sie noch zu Reinhard und Joseph: „Und ihr beiden würdet mir am meisten helfen, wenn ihr einfach nach draußen zum Spielen geht und nichts anstellt!"
„Als würden wir überhaupt jemals was anstellen, Mama!"
„Genau deshalb sage ich es, mein lieber Reinhard", erwiderte Anna und küsste ihn auf die Stirn, wobei sie sich gar nicht mehr allzu weit hinunterbeugen musste. „Und macht euch nicht schmutzig!"

Stunden später - mittlerweile hatten alle ihre Festtagskleider angelegt - trat Anni mit ihrer stolzen Mutter in die Stube. Sie trug ein Kleid aus grüner Wolle, unter dessen angenestelten Ärmeln ein weißes Unterkleid hervorblitzte. Den viereckigen Ausschnitt und die Kanten der Ärmel hatte Frieda mit Blumenmustern und kleinen Knochenperlchen bestickt. Den Rocksaum zierte sogar eine breite Borte, für die Anna lange gespart hatte. Auf dem Kopf trug Anni einen Kranz aus Frühlingsblumen, den Frieda schon in aller Frühe heimlich gewunden hatte.

Hans war sprachlos und vergaß sogar, seiner Braut den Blumenstrauß zu geben. Da sagte Friedel: „Du bist genau so schön wie deine Mutter!“ Da hielt sich Anna beim Lachen die Hand vor den Mund, um ihre gelichteten Zahnreihen zu verbergen.

Am anderen Morgen erwachte Anni, als bereits die Sonne schien und war im allerersten Augenblick überrascht, dass nun Hans neben ihr schlief und nicht Frieda. In Gedanken ließ sie den gestrigen Tag noch einmal an sich vorüberziehen. Die Trauung in der Kirche, die Feier in der vollen Stube, zu der man alle Verwandten geladen hatte und die nicht nur Geschenke, sondern auch köstliche Beiträge zur Tafel mitgebracht hatten. Der Tanz, der die ganze Nacht gedauert hatte und dann die Stunden allein mit Hans... Sie hätte niemals gedacht, solche Glückseligkeit empfinden zu können.

Den Tag verbrachten sie damit, den Wagen zu packen, mit dem Hans aus Dresden gekommen war und auf dem nun der Brautschatz untergebracht werden musste. Friedel und Albert hatten ihr sogar eine Truhe gebaut, die ausgesprochen aufwändig gearbeitet war: Eichenholz mit Schnitzereien, bei den Einlegearbeiten hatte Reinhard geholfen. Die drei hatten ihr am Vorabend so stolz ihre Überraschung präsentiert, dass sie hatte weinen müssen. In dieser Truhe fanden etliche Leinentücher und Wäschestücke Platz, zwischen denen Anna sogar zwei getöpferte Teller und einen kupfernen Kessel gut verwahrt hatte. Ihre Tochter sollte schließlich nicht wie eine Bettlerin daherkommen. Und dann musste sie doch weinen, denn ihr war klar, dass sie Anni wahrscheinlich niemals wiedersehen würde. Anni würde sich in Dresden hoffentlich gut einleben und hätte gar keine Zeit, den weiten Weg nach Gotha noch einmal zu machen. Und sie selbst und Friedel? Die Last ihrer über fünfzig Jahre spürten sie beide oft sehr schmerzlich und sahen gelassen ihrem Ende entgegen. Wenn sie nur noch so lange lebten, dass sie Reinhard und Joseph gut versorgt wussten... Die Jungs standen auch da und winkten und lachten. Erst da sah Anna, dass die ganze Familie und auch die Nachbarschaft sie umringte, um Anni zu verabschieden. Friedel musste sich an seinem Stock aufrichten, als er den beiden hinterher winkte, die mit ihrem Wagen die Straße hinunter ratterten und bald hinter der nächsten Kreuzung verschwunden waren.

„Du musst nicht weinen, Anni", sagte Hans, als Anni aufhörte, mit ihrem Brautstrauß zu winken und geradeaus schaute, wo ihr neues Leben lag. „Wir können sie besuchen, wenn du willst."
„Ja, Hans, das können wir." Sie wischte sich die letzten Tränen ab. War es nicht töricht zu weinen? Immerhin saß sie mit ihrem Hans auf dem Kutschbock eines Wagens, der ihren Brautschatz trug und sie fuhr mit ihm nach Dresden - in die große und schöne Residenzstadt, wo der Herzog Hof hielt, wo es ein großes Schloss gab. Sie lehnte sich an seine Schulter und schaute auf in sein bärtiges Gesicht, aus dem seine lächelnden Augen blitzten. Ja, er lächelte, aber dennoch hatte Anni das Gefühl, als bedrücke ihn etwas, denn in seinem Blick lag auch etwas Sorgenvolles.
„Machst du dir Sorgen wegen der Religion? Weil wir jetzt evangelisch sind und das in Dresden verboten ist?"
„Ein wenig schon."
„Aber wie werden deine Eltern dazu stehen? Sind sie vielleicht auch schon heimlich evangelisch?"
„Das nicht, aber mein Vater wird uns schon verstehen."
„Und deine Mutter?" Langsam beschlich Anni ein ungutes Gefühl.
„Meine Mutter wird schon damit zurechtkommen." Das war alles, was Hans sagte, dann schwieg er zu diesem Thema.
Schon bald hatten sie Gotha hinter sich gelassen und acht Tage später näherten sie sich der Residenzstadt. Obwohl man Dresden noch längst nicht sah, konnte Anni ahnen, dass die Stadt nicht mehr fern war, denn immer dich-

ter wurde der Verkehr auf der Landstraße. Viele Wagen und Karren waren unterwegs, Kaufleute, Bauern, die ihr Vieh zum Markt trieben; ein Quacksalber bot auch hier schon lautstark seine Dienste feil und auch die Hübschlerinnen waren auf Kundenfang aus. Mit Erleichterung sah Anni, dass Hans sie keines Blickes würdigte. Und schließlich lag Dresden vor ihnen mit all seinen Türmen, der Stadtmauer; und auch das Schloss war schon von weitem zu erkennen. „Und? Gefällt es dir?"
„Ja, es ist sehr schön", flüsterte Anni. „So groß und so viele Fenster! Ein herrliches Schloss!"
„Mein Vater kennt jemanden, der darin gearbeitet hat. Vor wenigen Jahren haben sie ein neues Haus dazugebaut. Der junge Herzog sollte dort einziehen mit seiner Frau, aber dann ist er gestorben und sie ist auf ihren Witwensitz gezogen."
„Wie schrecklich! Da wohn ich doch lieber in einem kleinen Haus und hab es gut mit dir. - Und du bist ganz sicher, dass deine Eltern mich lieben werden?" fragte sie dann doch etwas bange.
„Natürlich werden sie dich lieben. Die werden Augen machen!" Dabei unterdrückte er einen Seufzer und hoffte, dass alles gut werden würde.

Tatsächlich machte Hansens Mutter große Augen, als ihr Sohn mit einer Ehefrau kam, denn darauf war sie keineswegs gefasst. Die alte Frau stemmte die Arme in die Hüften, was Anni nicht besonders einladend vorkam. Außerdem erfreute sie sich bester Gesundheit - Hans hatte also gelogen, als er behauptet hatte, seine Eltern seien zu krank, um zur Hochzeit zu kommen. Das fing gut an!
„Guten Tag, Mutter!" sagte Hans mit unsicherer Stimme.
„Wer ist das?" fragte die Mutter scharf, als Hans seiner Frau vom Wagen half.
„Das ist Anni, meine Ehefrau", erwiderte er in einem Tonfall, der Anni keineswegs davon überzeugte, dass ihr Ehemann hinter ihr stand. Vielmehr klang er um Verständnis und Zustimmung flehend.
„Guten Tag, ich bin Anni." Sie streckte ihrer Schwiegermutter die Hand entgegen, doch diese verschränkte ihre dicken, roten Arme und fuhr ihren Sohn an: „Wir hatten schon jemanden für dich ausgesucht. Du weißt ganz

genau, dass du die Rosalind heiraten solltest. Was willst du denn mit so einer dürren, bleichen Gans? Schick sie gleich wieder nach Hause!"
„Können wir drinnen weiterreden? Oder dürfen wir nicht rein?"
„Dann kommt in Gottes Namen rein - die Nachbarn werden schon früh genug von unserem Unglück erfahren!"
Damit ging sie in das kleine Haus. Hans folgte ihr, doch Anni stand auf der Straße, umkrampfte ihren Brautstrauß und versuchte vergeblich, ihre Tränen zurückzuhalten.
„Komm, Anni, du wirst sehen..."
„Hans, ich hab schon genug gesehen, um mit deiner Mutter einer Meinung zu sein: Es ist das Beste, wenn du mich gleich wieder zurückbringst."
„Nein, Liebes, ich bitte dich. Komm rein. Es wird schon alles gut werden. Sie muss sich erst an dich gewöhnen."
Er nahm sie am Arm und zog sie mit sich ins Haus, wo Anni in die Düsternis blinzelte. Wie bei ihrer Mutter zu Hause gab es auch hier einen gemauerten Herd mit einem Rauchabzug, einen Tisch, Bänke und Schemel, auf Regalen standen hölzerne Becher und Schüsselchen. Eine Katze lag auf der Bank und reckte ihren Kopf nach den Ankömmlingen, hielt diese aber für uninteressant und schlief weiter.
„Setz dich!" sagte Hans leise, worauf Anni sich auf der vorderen Kante der Bank niederließ. Ihren Brautstrauß hielt sie noch immer fest umklammert.
„Wo seid ihr getraut worden?"
„In Gotha, Annis Heimatstadt."
„Von einem katholischen Priester, hoffe ich! Man hört immer wieder von der lutherischen Reformation." Die Mutter ließ keinen Zweifel an ihrer schlechten Meinung über den neuen Glauben.
Bei diesen Worten schaute Anni alarmiert auf, was ihrer Schwiegermutter nicht entging, denn sie durchbohrte Anni und Hans darauf hin mit ihrem Blick: „Seid ihr etwa protestantisch?"
Das Schweigen der beiden wusste sie richtig zu deuten, denn sie sprang auf und polterte los:
„Protestantisch! Mein eigener Sohn! Und so kommst du mir hier ins Haus? Du wagst es? Weißt du denn nicht, dass Dresden katholisch ist? Dass der

Herzog diesen Luther verabscheut und ihn bekämpft? Ich könnte dich in den Kerker bringen und deine Braut auf den Scheiterhaufen! Meinen Sohn hat sie behext! Diese Hexe!"
„Mutter, schweig!" zischte Hans, doch die Mutter ließ sich nicht beruhigen. Mit energischen Schritten ging sie in der Küche auf und ab. „Da lässt man sich doch nicht einlullen! Und wir hatten schon ein gutes, katholisches Mädchen für dich ausgesucht! Hast dich wohl in ihre hübsche Gosche verguckt? Aber die Sorte kenne ich. Warte nur ab; wenn du hungrig aus der Werkstatt kommst, wird sie dir zuckersüß sagen ‚gekocht hab ich nichts, aber schau mal, wie schön ich hier liege!' - Joppe!" schrie sie dann plötzlich, woraufhin schwere Schritte zu hören waren. Anni schaute zitternd zu der Tür, wo sicher gleich der Vater erscheinen würde. In der Tür erschien ein Mann, dem man ansah, dass er in seiner Jugend die gleiche stattliche Statur seines Sohnes gehabt hatte; seine Kleidung war mit Sägemehl bedeckt. Während er sich in der Küche umschaute, wischte er seine schaufelgroßen Hände an der Schürze ab.
„Weib, was machst du für ein Geschrei?"
„Da schau! Sieh dir das an; unser Herr Sohn hat eine Ehefrau mitgebracht!" Das Wort *Ehefrau* betonte sie in einer Weise, als habe Hans ihr die Pest ins Haus geholt.
Da kam der Mann mit großen Schritten auf sie zu, Anni wurde immer kleiner und hätte sich am liebsten verkrochen, doch der Mann strahlte übers ganze Gesicht, schüttelte ihre Hände und rief: „Da hast du dir aber eine hübsche Frau ausgesucht. So ein liebes Mädchen. Herzlich willkommen, mein Kind! Wie heißt du denn?"
„Anni."
„Ein schöner Name. Hans, herzlichen Glückwunsch! Dann solltest du jetzt mal eine Werkstatt für euch beide zurechtmachen." Er grinste und stieß seinen Sohn in die Seite.
„Sie ist protestantisch und unter meinem Dach wir nichts gewerkstattet!" giftete die Alte. „Ich werde sie anzeigen, dann kann sie auf dem Scheiterhaufen brennen!"
„Weib, schweig! Nichts dergleichen wirst du tun. Wenn du die Hexenjäger

holst, was glaubst du wohl, wen die mitnehmen? Das junge Engelchen hier oder die keifende alte Hexe? Setz dich da hin und sei still! Kein Wort mehr will ich von dir hören!“ Und zu Anni gewandt: „Komm, setz du dich auch wieder hin. Hans!“

Gemeinsam saßen sie nun am Tisch; Anni konnte kaum fassen, welche Wendung die Sache nun genommen hatte und starrte ihren Schwiegervater ungläubig an.

„Ihr beiden seid also protestantisch getraut?“ Es war keine Frage, sondern eine ruhige Feststellung, doch die beiden nickten.

„Hans, du weißt, dass das hier in Dresden verboten ist. Ihr werdet also noch einmal heiraten, hier in unserer Kreuzkirche, dann wird keiner etwas sagen können. Und ihr beiden werdet sonntags brav in die Kirche gehen, wie es sich für gute Katholiken gehört. Dann ist alles gut.“

„Aber ihre Seele ist schwarz. Sie wird in die Hölle kommen, wenn sie als Protestantin einfach so wieder in die gute katholische Kirche geht.“

„Das muss keiner erfahren. Du wirst schweigen!“ gebot er seiner Frau sehr eindringlich. „Mir ist sie recht als Schwiegertochter, ganz egal ob sie katholisch oder protestantisch ist. Hast du nie zugehört, wenn die Wandergesellen erzählen? Es gibt auch Gegenden, in denen Katholiken und Protestanten friedlich zusammenleben, wo sogar die Juden ihre Rechte haben. Das sind immer die Gegenden, in denen alles blüht, wo es allen Menschen besonders gut geht. Herzog Georg ist der letzte Fürst weit und breit, der noch so streng katholisch ist, und er schleicht wohl schon wie ein Schatten hin zur Gruft.“

„Er hat einen Sohn. Der wird ihm auf dem Thron nachfolgen. Und wenn Herzog Friedrich Nachkommen hat, dann wird der gute katholische Glaube so schnell nicht aussterben“, hielt die Alte dagegen.

„Ach, Weib! Wenn Herzog Georg tot ist, glaubst du wirklich, dass man Herzog Friedrich, den man den Blöden nennt, auf den Thron setzen wird? Herzog Georgs lutherischer Bruder Heinrich, der in Freiberg residiert, wird die Regierung übernehmen. Es könnte nicht mehr lange dauern; schon bald könnten wir mit Protestanten friedlich Tür an Tür wohnen. Wenn dir das nicht recht ist, musst du in den Süden auswandern.“

„Ich werde nicht mit Protestanten friedlich Tür an Tür wohnen!"
„Hätte mich auch gewundert, denn du hältst nicht einmal mit den katholischen Nachbarn Frieden."
„Bist du etwa schon selbst ein Protestant?" höhnte die Schwiegermutter nun.
„Ich bin Katholik, ebenso wie unser Herzog. Aber ich sehe, dass unser Sohn sich ein Mädchen ausgesucht hat, das ihm gefällt. Was soll er denn mit deiner Rosalind, der dummen Gänselies? Die mag er doch gar nicht!" und zu Hans gewandt: „So! Und ich helf dir erst den Wagen abladen und dann die Werkstatt bauen."
Anni erhob sich ebenfalls, um mit den Männern nach draußen zu gehen. Mit ihrer Schwiegermutter wollte sie nicht allein in der Küche bleiben. Als sie zurückkam, beladen mit den Schätzen ihrer Aussteuer, hoffend, damit ihre Schwiegermutter für sich gewinnen zu können, sah sie, dass ihr Brautstrauß im Ascheeimer lag.

Marburg, Juli 1538

Elisabeth war so unauffällig wie möglich mit einem kleinen Hofstaat angereist. Nur Gertrud, Sophia und die Närrin begleiteten sie, denn ihre Mission in Hessen war geheim. Da man sie nicht mitgenommen hatte, war die Hofmeisterin derweil beleidigt nach Dresden abgereist und hatte ihre Tochter Margarete mitgenommen.
Die vier Frauen wurden begleitet von einer kleinen Eskorte, und natürlich war auch Hofmarschall Heinrich von Bünau zur Stelle. Ihn hatte Elisabeth in ihre Pläne eingeweiht: Sie wollte dem schmalkaldischen Bund beitreten. Philipp hatte schon alles vorbereitet, die Verträge mussten nur noch unterschrieben werden.
Elisabeth sollte alle Unterstützung erhalten, war jedoch selbst nicht verpflichtet, Soldaten zu stellen. Darüber war sie sehr glücklich, denn sie hätte ihre Rochlitzer Bürger um keinen Preis hergeben wollen.
Es war schon Abend, als Elisabeth mit Philipp in einer der tiefen Fensterni-

schen saß. Sie hatten die Fenster geöffnet und genossen einen klaren Blick auf Marburg und die Lahn, die in der milden Abendsonne wie eine gleißende Schlange zwischen den Bergen lag. Auf Elisabeths Schoß war die kleine Barbara eingeschlafen. Den ganzen Tag hatte Elisabeth mit ihr verbracht, mit ihr gespielt, ihr im Garten Schmetterlinge und Libellen gezeigt und sie dabei immer wieder an sich gedrückt und geküsst. Einmal hatte einer der Jagdhunde angefangen zu bellen und das Kind fürchterlich erschreckt. Sofort hatte Elisabeth sie auf ihren Arm genommen und überglücklich gespürt, wie das Kind die kleinen Ärmchen um ihren Nacken geschlungen und sich fest an sie gedrückt hatte. Die Amme war gekommen und wollte sie ihr abnehmen, doch Elisabeth hatte es sich nicht nehmen lassen, die Kleine selbst zu trösten. Nun war sie während der Geschichte, die Elisabeth ihr erzählt hatte, eingeschlafen. Die kleinen Nasenflügel bebten ganz sachte im Atem, dann und wann räkelte sie sich im Schlaf, um sich noch enger an Elisabeth zu schmiegen.
Philipp bemerkte den versonnenen Blick seiner Schwester.
„Du wärst eine gute Mutter geworden!“ flüsterte er.
„Ich hoffe sehr, noch eine gute Mutter zu werden. Ich habe die Hoffnung auf einen Gemahl und Kinder keineswegs aufgegeben.“ Und tonlos fügte sie hinzu: „Das wäre für mich das allergrößte Glück. Ein Kind, ein eigenes Kind!“ Philipp sah, dass sie mit den Tränen kämpfte und wollte sich schon zu ihr setzen, doch da schaute sie ihn lachend und mit Tränen in den Augen zugleich an. „Ich könnte Barbara für eine Weile mit nach Rochlitz nehmen und bei mir erziehen. Philipp, das würde mich unendlich glücklich machen, Barbara jeden Tag um mich zu haben, zuzusehen, wie sie wächst und gedeiht, wie sie lernt. Ich hätte ihr so viel zu geben, das weißt du!“
„Ja, Elisabeth das weiß ich. Sie ist zwar noch sehr klein und üblicherweise schickt man die Kinder erst an fremde Höfe, wenn sie die Grundlagen einer Schulbildung bereits haben, aber wenn dein Herz so sehr daran hängt, dann sollst du sie gleich mitnehmen.“
„Und Christine wird einverstanden sein?“
„Selbstverständlich. Sie wird nichts dagegen haben. - Ah, da kommt sie!“
Christine betrat den Saal, gefolgt von der Amme.

„Barbara muss jetzt schlafen. Die Amme wird sie zu Bett bringen." Schon war die Amme bei Elisabeth, um ihr das Kind aus den Armen zu nehmen. Barbara erwachte und weinte, wurde aber von der Amme schnell davongetragen und getröstet; schon als die beiden auf der Treppe waren, hatte die Kleine sich beruhigt. Elisabeths Arme fühlten sich plötzlich leer und kalt an, wo vorher das Kind gelegen hatte.

„Sie ist wahrhaftig ein kleiner Engel. Ich beneide dich, Christine!"

„Ja, sie ist wirklich ein Gottesgeschenk. Wir hätten sie auch Dorothea nennen können. Mit ihren zwei Jahren wickelt sie alle um den Finger; vor allem ihren Vater!"

„Das ist nicht wahr!" widersprach Philipp, allerdings wenig überzeugend. „Ich bin zu allen meinen Kindern gleich streng. Sie müssen wissen, wem sie zu gehorchen haben. - Übrigens: Elisabeth wird Barbara mit nach Rochlitz nehmen, um sie für eine Weile dort zu erziehen."

„Das ist sehr freundlich von dir, Elisabeth. In ein paar Jahren wird sie so weit sein, dass wir ihr eine gute Erziehung an einem anderen Fürstenhof nur wünschen können, aber ich glaube, ich werde mich auch in ein paar Jahren noch schwer genug von ihr trennen."

„Sie wird das Kind nicht erst in ein paar Jahren mitnehmen, sondern in ein paar Tagen, wenn sie abreist", stellte Philipp klar.

„Aber wieso denn das? Das macht in diesem Alter doch gar keinen Sinn!"

„Wer hat hier nach dem Sinn zu fragen, wenn ich etwas bestimme? Barbara wird die nächsten Jahre in Rochlitz verbringen. Ich wünsche es!"

Christine schaute ungläubig von Philipp zu Elisabeth, deren Miene sie nicht deuten konnte.

„Aber ich hätte solche Angst um sie. Eine so lange Reise! Wer kann schon wissen, wie das Wetter in der langen Zeit umschlägt? Das ist doch viel zu gefährlich!"

„Christine, ich werde das Kind hüten wie mein eigenes. Es wird ihr an nichts fehlen. Ihre Amme wird mitkommen und sie mit allem versorgen was sie benötigt, und ich will sie erziehen. Glaub mir, dass ich das mit sehr viel Liebe tun werde!"

„Elisabeth, du bist keine Mutter, du weißt nicht, wie das ist, ein Kind in so

jungen Jahren in die Fremde zu entlassen und voller Sorgen nicht schlafen zu können. - Mein Vater wird damit auch nicht einverstanden sein“, wagte Christine einen letzten zaghaften Einwand.
„Er hat andere Probleme. Sein Thronfolger ist tot und sein letzter, blöder Sohn taugt nicht zur Regierung. Und da wollen Sie ihn mit Ihren Puppensorgen belästigen?“
Christine hob ihre gefalteten Hände mit einer so schmerzlichen Geste, dass Elisabeth sich nur noch abwenden konnte.
„Sie werden gleich die entsprechenden Anordnungen treffen!“ befahl Philipp, worauf Christine sich kurz verneigte und ging. Philipp brodelte noch immer, als er sich wieder zu Elisabeth umwandte, die die ganze Szene mit gemischten Gefühlen beobachtet hatte.
„Immer diese ewigen Debatten, diese Widerworte! Wie sehr ich das hasse!“
„Sie macht sich Sorgen um das Kind, da kann ich sie schon verstehen, aber ich werde wirklich ganz vorbildlich für die Kleine sorgen und immer wieder schreiben, wie es ihr geht. Ich fände es eher befremdlich, wenn sie gar nichts gesagt hätte.“
„So ein Aufhebens zu machen wegen eines Mädchens! Sie hätte mir mehr Söhne schenken sollen. Unter den sechs Kindern, die sie schon zur Welt gebracht hat, sind drei Mädchen und ausgerechnet einer meiner Söhne musste sterben. Wilhelm ist ein sehr kräftiger kleiner Kerl mit seinen beinahe sechs Jahren und Ludwig wird bald sein erstes Jahr überstanden haben. Ich hoffe, die beiden werden das Mannesalter erreichen.“
„Immerhin hat sie Kinder geboren. So wie du gerade sprichst, so denken alle. Da kann ich mir ausmalen, was man über mich denkt - eine Frau, die nicht einmal ein einziges Kind zustande gebracht hat.“
„Elisabeth!“ lenkte Philipp nun sanft ein und hob begütigend die Hände.
„Nein, Philipp! Es ist so. Ich bin nichts wert vor den Augen der Welt. Ich weiß, dass ich meinen Stand und mein Glück dir verdanke. Du allein hast mir erstritten, was mir zustand, und was mir Herzog Georgs Räte niemals aus freien Stücken gegeben hätten. Christine hat nun keinen Bruder mehr, der für sie streiten könnte. Auf Friedrich braucht sie nicht zu zählen und von ihrem Vater kann sie auch keine Hilfe mehr erwarten, weil er wirklich ganz

andere Sorgen hat, wie du sagst. Christine ist allein."
„Sie hat mich!"
„Hat sie dich wirklich? Deine ewigen Weibergeschichten verletzen sie nicht nur, sondern machen ihr auch Angst. Sie hat Angst, dass du sie anstecken wirst mit der Franzosenkrankheit. Außerdem - Männer, die diese Krankheit haben, können keine gesunden Kinder mehr zeugen."
Elisabeth sah, wie Philipp sich wand. Das Thema war ihm mehr als unangenehm, aber sie fuhr gnadenlos fort: „Wann warst du zum letzten Mal beim Abendmahl?"
Erschöpft stützte Philipp seine Unterarme auf die Beine. Elisabeth konnte nur an seinen zuckenden Schultern sehen, dass er weinte. Vorsichtig berührte sie seinen Kopf.
„Ich weiß es gar nicht mehr, Elisabeth, ich weiß es nicht mehr. Ich kann mich nicht erinnern, wann ich zum letzten Mal die Vergebung des Herrn erfahren habe." Elisabeth erschrak, als Philipp ihr sein schmerzzerquältes Gesicht entgegen hob. „Ich weiß, ich lebe in Sünde. Fortwährend breche ich das siebente Gebot. Ich nehme mir immer wieder vor, mich zu zügeln, die Ehe nicht zu brechen, aber dann erliege ich immer und immer wieder der Schwachheit meines Fleisches. Bei Paulus steht an so vielen Stellen, dass ein Ehebrecher nicht das Himmelreich ererben wird. Bei Christine kann ich mich der Hurerei nicht erwehren, und so werde ich denn in die ewige Verdammnis fallen, wenn ich sterbe. Es ist zum Verzweifeln. Die Lust springt mich an wie ein wildes Tier, das tief in meinen Eingeweiden wühlt und nicht eher Ruhe gibt, bis ich ihm gebe, was es verlangt. Ich weiß, das ist mehr als üblich in diesen Zeiten; schließlich haben auch die katholischen Kirchenmänner alle ihre Geliebten. Aber ich als evangelischer Fürst! Sollte ich nicht ein Vorbild sein für alle meine Untertanen? Ich habe Hessen evangelisch gemacht, lasse von meinen Kanzeln das Wort Gottes predigen und trete seine Gebote doch ständig mit Füßen. Ich kann nicht zum Abendmahl gehen, weil ich genau weiß, dass die nächste Hure, die mir direkt nach dem Gottesdienst über den Weg läuft, wieder mir gehören wird."
„Aber du hast eine Frau! Wieso tobst du dich nicht mit ihr aus?"
Philipp stieß nur verächtlich die Luft durch die Zähne. „Christine!" knurrte

er mit einer wegwerfenden Handbewegung. „Sie ist hässlich, unfreundlich und riecht übel. Zu ihr habe ich nie Brunftlichkeit empfunden.[24] Sie spricht mich nicht an. Ich liebe sie nicht - natürlich nicht; aber ich begehre sie auch nicht. Ich teile mit ihr das Lager, weil ich muss. Das war von Anfang an so. Schon kurz nach unserer Vermählung war ich so enttäuscht von ihr, dass ich mich wieder mit den Huren vergnügt habe. Sie ist so... brav und bieder, so zum Sterben langweilig. Wenn ich zu ihr ins Bett steige, dann nur in vollkommener Finsternis, damit ich in Gedanken im Hurenhaus sein kann, sonst kann ich gar nicht."
Immer lauter hatte er gesprochen, immer verzweifelter war es aus ihm herausgebrochen. Als er in Elisabeths entsetztes Gesicht schaute, fügte er leise hinzu: „Verzeih mir Schwester, diese Dinge sind nicht für Frauenohren gedacht."
„Ihr Männer haltet uns Frauen entweder für Heilige oder Huren. Dazwischen scheint es für euch nichts zu geben. Das ist ein Fehler, kleiner Bruder!"
Philipp schaute sie prüfend an, doch ihr felines Lächeln wich unter seinem Blick augenblicklich einer kühlen Contenance, wobei sie mit dem Veilchenmedaillon spielte, das sie seit Jahren an einer Kette um den Hals trug. „Was wirst du tun? Das kann so nicht weitergehen! Irgendwann musst du wieder zum Abendmahl gehen. Auf Gottes Vergebung können wir alle nicht verzichten."
„Du warst doch auch lange nicht beim Abendmahl, als man dir in Dresden so schrecklich zugesetzt hat."
„Stimmt, aber mittlerweile gehe ich wieder. Schließlich kann ich das Abendmahl in Rochlitz in beiderlei Gestalt empfangen. - Also! Was hast du vor?"
„Wenn ich das nur wüsste, Elisabeth!" Philipp hob in einer Geste verzweifelter Ohnmacht die Hände. „Ich muss eine Lösung finden, mit der ich mein Fleisch befriede und zugleich meine Seele rette. Du kannst dir die Höllenqualen nicht vorstellen, die ich durchleide, weil ich fortwährend in der Sünde lebe und mich immer weiter entferne von Gott und seiner Vergebung. Immer wieder nehme ich mir vor, keusch zu leben, mich nur auf meine

24 Siehe dazu: Rockwell, William Walker; Die Doppelehe des Landgrafen Philipp von Hessen. Leipzig 1903, S. 5

Gemahlin zu beschränken, aber sie treibt mich einfach zur Weißglut. Schon allein wie sie mich ansieht, mit ihren klugen, braunen Augen; so keusch und überlegen. Sie ist über das Fleisch erhaben. Sie lässt alles über sich ergehen, ohne nur die geringste Lust zu verspüren. Und dann schaut sie mich so überlegen an, als wolle sie mir sagen: ‚Ich bin stärker als du, denn ich gebiete meinem Fleisch und nicht umgekehrt!' Das ärgert mich und macht mich rasend. Ich weiß ja genau, dass sie recht hat!" Er brach in Tränen aus. „Es gibt so viele Fürsten, die ihre Mätressen haben und sich keinen Deut darum scheren, ob sie mit einem reinen Herzen zum Abendmahl gehen oder nicht. Sie brechen die Ehe, gehen morgens zum Abendmahl und abends zu ihrer Mätresse. Ich kann das nicht. Ich kann es einfach nicht; aber mein Fleisch ist einfach zu schwach, mein Trieb viel zu gebieterisch, als dass ich auf die Huren verzichten könnte." Langsam beruhigte er sich.

„Glaubst du denn nicht an einen gnädigen Gott? Du solltest beten um Mäßigung, und ich will auch für dich beten."

„Elisabeth, du hast keine Ahnung, wie es in mir aussieht!" sagte er tonlos und starrte sie aus Augen an, die auf Erlösung nicht zu hoffen wagten.

„Mein Gott, Philipp! Ich wusste nicht, dass es so schlimm um dich steht. Ich würde dir gerne helfen, aber ich weiß nicht wie…" Sie schaute ihren kleinen Bruder hilflos an.

„Heinrich VIII. hat sich von seiner ersten Frau scheiden lassen…" Er warf Elisabeth einen vorsichtigen Blick zu, sah aber sofort, dass Elisabeth eine verbale Armee in Stellung brachte und gnadenlos feuern würde, sollte er sich nicht augenblicklich ergeben.

„Und? War das die Lösung? Die nächste Frau hat er köpfen lassen. Beides war wohl eher kein Ruhmesblatt! Nein, keine Scheidung! Philipp, wie kannst du an so etwas nur denken? Ich glaube, spätestens dann wird Herzog Georg dein Land mit Heeresmacht heimsuchen. Er ist zwar alt und hinfällig, aber in diesem Fall würde er sich zu seinem Pferd tragen lassen."

Philipp schaute sie schuldbewusst an.

„Du hast doch nicht etwa schon einen haarsträubenden Plan?"

„Nein, nein!" sagte er, doch er wich ihrem Blick aus.

Hätte Elisabeth nur Philipps Bibel angeschaut, dann wäre ihr sofort sein

Plan klar gewesen, denn er hatte mehrfach Stellen angestrichen und mit seinen eigenen Kommentaren versehen, in denen von den Ehefrauen der biblischen Vorväter die Rede war. Die alttestamentlichen Herren hatten mehrere Ehefrauen und waren gottgefällige, fromme Männer. Wieso sollte das heutzutage nicht auch möglich sein? Es war noch nicht lange her, da hatte Philipp die Halsgerichtsordnung Kaiser Karls V. mit unterzeichnet, in der Bigamie mit dem Tode bestraft wurde. Aber der Kaiser war ohnehin katholisch und Philipp hoffte auf einen starken Verbündeten auf seiner Seite: Dr. Martin Luther.

Dresden, November 1538

Herzog Friedrich von Sachsen, ein Mann von vierunddreißig Jahren, stand am Fenster seines Gemachs und schaute hinunter in den Zwinger, wo sein Vater eine Reihe von Soldaten abschritt. Friedrichs Hände krampften sich umeinander, seine Fingernägel bohrten sich in die Haut. Er wollte nicht zuschauen, wie sein Vater mit den Soldaten sprach, Befehle erteilte; er wollte nicht hören, wie die Offiziere Befehle brüllten, die bis zu ihm heraufdrangen. Friedrich sah, wie der Wind den Mantel seines Vaters bauschte und dieser nicht einmal wankte, obwohl Friedrich selbst vor dem kalten Luftzug, der durch das Fenster zu ihm hereindrang, schauderte. Er versuchte seinen Blick abzuwenden, doch wie in einem teuflischen Zwang starrte er immer weiter hinunter in den Zwinger, in dem die Soldaten nun kehrt machten, um in die Kasematten zurückzumarschieren. Die Kasematten. Allein die Erinnerung an diese engen, finsteren, stickigen Gänge bereitete Friedrich eine geradezu körperliche Pein. Wie grauenhaft war es gewesen, als sein Vater ihn vor Jahren dorthin zitiert hatte, um ihn vor den Augen seiner Soldaten zu maßregeln.
An diesem Tag war etwas in ihm zerbrochen und er hatte sich nur noch in sich selbst zurückgezogen. An Festlichkeiten hatte er seither nur teilgenommen, wenn seine Schwägerin Elisabeth ihm beigestanden hatte. Schon als Kind hatte er seinen strengen Vater, dem er niemals genügte, gefürchtet.

Doch nun, als Erwachsener, war die Angst vor seinem Vater und der Welt übermächtig geworden.

Friedrich war von jeher ein stiller Mensch gewesen. Schon als Kind hatte er sich kaum an den Spielen seiner überlebenden Geschwister beteiligt, sondern ihnen nur stumm und mit großen Augen zugeschaut, als nehme es ihn wunder, dass ein Teil seiner Geschwister nicht in kleinen Särgen in der Familiengruft ruhte, sondern unter den Augen zahlreicher Wärterinnen und Lehrer im Schloss lebte. Von neun Geschwistern war ihm heute nur seine Schwester Christine geblieben, die im fernen Hessen verheiratet war. Als kleiner Junge hatte er mit ansehen müssen, wie seine jüngste Schwester Margaretha gestorben war, wie man den kleinen Sarg, der den zweijährigen Leib der Schwester barg, in der Familiengruft zu fünf anderen kleinen Särgen gestellt hatte.

Jahre später war seine Schwester Magdalene im Kindbett gestorben. Er hatte sie vor ihrem Tod lange nicht gesehen, so dass ihr Tod für ihn fast unwirklich war, doch nur zwei Wochen später war seine Mutter gestorben, von deren Leichnam man ihn mit Gewalt hatte entfernen müssen. Da war ihm nur noch sein Bruder Johann geblieben und dessen Gemahlin Elisabeth, die letzten beiden, von denen er sich Verständnis und Unterstützung erhoffen durfte.

Er hatte Elisabeth immer bewundert für ihre Stärke und ihren Lebensmut, mit dem sie scheinbar so mühelos die Anfeindungen und Intrigen am Hof ertrug. Johann war der Thronfolger; in seinem Schatten fühlte Friedrich sich wohl, denn so blieb ihm selbst die Aufmerksamkeit des Vaters erspart. Alles, was Friedrich sich erhofft hatte, war ein stilles Leben am Hofe seines Bruders, der ihn niemals mit Pflichten behelligen würde, doch dann war auch Johann gestorben, und Elisabeth war auf ihren Witwensitz nach Rochlitz gezogen. Damit hatte Friedrich nicht nur die letzten Menschen verloren, die Verständnis für ihn aufbrachten, sondern nun war er ins Blickfeld seines Vaters gerückt, aus dem er sich in den letzten Jahren immer weggeduckt hatte.

Friedrich zuckte zusammen, als der Blick seines Vaters ihn traf. Nur kurz schaute Herzog Georg hinauf zum Fenster seines Sohnes, doch dies löste die eisige Spannung, mit der Friedrich am Fenster stand, und endlich gelang es ihm, sich abzuwenden. Mühsam ging er hinüber zu seinem Bett, um vielleicht für eine Weile in den Schlaf zu flüchten, doch der Schlaf floh ihn. Immer und immer wieder wälzten sich seine Gedanken im Kopf umher; wie Mühlräder kreisten sie, knirschend und ächzend, und zermalmten Friedrichs Gedanken schließlich zu Klarheit: Johann, von dem der Vater sich einen Thronerben erhofft hatte, war tot. Sein Vater sah also einer kinderlosen Zukunft entgegen. Die Herrschaft über das Herzogtum Sachsen würde unweigerlich an seinen Onkel Herzog Heinrich fallen, der in Freiberg wohnte. Onkel Heinrich und Tante Katharina waren aber lutherisch, und Herzog Georg würde alles tun, um sein Land, sein Lebenswerk, nicht an einen lutherischen Herrscher fallen zu lassen, selbst wenn dieser Herrscher sein eigener Bruder war. Also blieb allein er, Friedrich, übrig, um dies zu verhindern. Dann waren also die Gerüchte wahr und hatten tatsächlich ihn selbst betroffen, die er mit einem Ohr aufgeschnappt hatte: Er selbst sollte regieren, und als regierender Fürst würde er eine Gemahlin an seiner Seite haben müssen. Und einen Namen hatte man auch schon genannt: Elisabeth von Mansfeld-Vorderort. Dies war sicher die Frau, die sein Vater schon für ihn ausgesucht hatte. Elisabeth - der Name fiel tief in Friedrichs aufgewühlte Seele. Ob sie wohl seiner Schwägerin glich, die er immer wieder dafür bewundert hatte, wie frei und ungezwungen sie mit seinem Vater umging? Ja, seine Schwägerin hatte er zuweilen unverwandt aus den Augenwinkeln beobachtet, wenn sie mit seinem Vater gesprochen und sogar gelacht hatte. Einen Löwenbändiger hätte er nicht mehr bewundern können.

Kurz darauf stand Friedrich vor seinem Vater.
„Mein Herr Vater, Ihr wolltet mich sprechen?“ stammelte er.
„Ja, Friedrich. Setzen Sie sich.“
Friedrich setzte sich auf die vordere Kante eines Sessels und schaute seinen Vater an.
„Friedrich, Sie wissen, für wen Wir dieses Haus, in dem wir hier gerade sitzen, gebaut hatten. Es war für Ihren Bruder Johann und Ihre Schwägerin Elisabeth bestimmt. Die Räume tragen die Handschrift Ihrer Schwägerin,

und Wir denken, dass eine Frau in diesen Räumen hier alles nach ihrem Geschmack vorfinden wird."
Der Herzog machte eine Pause und schaute seinen Sohn an, dessen Blick über die Wandmalereien, die Gobelins, die kostbaren Schnitzereien huschte. „Wir haben Uns mit den Räten besprochen und sind übereingekommen, dass es das Beste für das Land ist, wenn Sie Uns auf dem Thron folgen." (Tatsächlich hatten die Räte sich heftig geweigert, die Erbhuldigung einem Mann zu leisten, der nicht seine Sinne beisammen hatte. Herzog Georg hatte den Räten Zugeständnisse machen und Befugnisse einräumen müssen, damit sie seinem aberwitzigen Plan, seinen sonderbaren Sohn auf den sächsischen Thron zu heben, zugestimmt hatten.)
Als Friedrich schwieg und ihn nur aus großen, sehr ängstlichen Augen anstarrte, fuhr der Herzog fort: „Sie werden natürlich von den Räten unterstützt. Sie müssten sich keinerlei Sorgen um die Regierungsgeschäfte machen." Am Klang der Stimme seines Vaters konnte Friedrich erkennen, dass dieser selbst sich schon jetzt die allergrößten Sorgen machte. Noch nie hatte Friedrich seinen Vater so fahrig gesehen; sein Blick war geradezu flehend, als er sagte: „Eine Gemahlin haben wir auch schon für Sie gefunden - ein gutes, katholisches Mädchen. Sie werden sie im Januar heiraten. Wichtig ist nur, dass Sie einen Sohn und Erben mit Ihrer Gemahlin zeugen, damit die katholische Linie in Sachsen nicht ausstirbt. An Ihnen allein hängt der Fortbestand der wahren Religion hier in Unserem Land. Wir bitten Sie innigst, Uns nicht zu enttäuschen."
„Ja, mein Herr Vater", stammelte Friedrich. „Ganz, wie Ihr befehlt."

Ende Januar kam die Braut mit ihren Eltern und einem kleinen Hofstaat. Elisabeth, die bereits dreiundzwanzig Jahre alt war und damit nicht mehr zu den ganz jungen Damen zählte, war eine Tochter des Grafen Ernst II. von Mansfeld-Vorderort und dessen zweiter Frau Gräfin Dorothea zu Solms-Lich.
Die Eltern waren froh, ihre Tochter so gut verheiraten zu können und wollten nichts auf das Gerede geben, dass Friedrich blöde sei.
Elisabeth stand etwas verloren im Dresdner Schlosshof und schaute hinauf

zu der Fassade, die einen Totentanz zeigte. Der graue Januar machte dieses Bild nicht freundlicher.
„Mutter!" flüsterte Elisabeth fröstelnd, „Schaut Euch das an! Wollt Ihr mich wirklich mit einem Mann verheiraten, der sich einen Totentanz an sein Haus gemalt hat?"
„Kind, das ist eine Steinmetzarbeit und sie war sicher sehr teuer", stellte die Mutter fest. „Vorsicht mit den Truhen dort!" ermahnte sie gleich darauf die Diener, die das umfangreiche Gepäck von den vielen Wagen abluden.
„Nun lassen Sie uns erst einmal hineingehen. Ich bin sicher, der junge Herzog wird Ihnen gefallen", sagte nun der Vater, der seiner Tochter auf der Fahrt immer wieder gut zugeredet hatte.
„Der junge Herzog ist schon über dreißig und nicht bei Verstand. Ich kann mir nicht vorstellen, was mir an diesem Mann gefallen soll."
„Die Bräutigame stehen keineswegs Schlange vor unserer Tür, also schweigen Sie! Und bedenken Sie gefälligst, dass Ihre Kinder einmal die Herzöge von Sachsen sein werden; dafür kann man doch mit einem natürlichen Narren das Lager teilen", schnitt die alte Gräfin ihrer Tochter das Wort ab. „Hier kommt Ihr zukünftiger Gemahl."
Herzog Georg und Herzog Friedrich traten vor das Schloss, um ihre Gäste zu empfangen.
Nun kam seine Braut, Elisabeth! Friedrich schwitzte trotz der Kälte. Er wusste nicht, wohin mit seinen Händen und schielte immer wieder hinüber zu seinem Vater, der leider auch sehr wenig Ruhe ausstrahlte. Elisabeth war hübsch, wie Friedrich auf den ersten Blick feststellte, auch wenn sie so ganz anders aussah als seine Schwägerin Elisabeth. Unter der großen Kapuze aus grünem Samt lugten braune Haare hervor. Der dunkle Samt ließ ihre Haut noch heller erscheinen, und in ihren hellen Augen schienen sogar Tränen zu schimmern. Sie wollte ihn nicht! Im Stillen hatte er sich schon davor gefürchtet, dass seine Braut gleichgültig und abweisend sein könnte. Er wusste nur zu gut, welchen Beinamen man ihm gegeben hatte: Friedrich der Blöde hieß er überall. Allein seine Schwägerin hatte immer hinter seine Blödigkeit geschaut und tiefste Trauer und Verzweiflung gesehen. Ob diese Elisabeth auch dazu bereit wäre?

Diese Frage beantwortete sich bereits an der abendlichen Tafel: Die Braut saß stumm und steif auf ihrem Stuhl und beantwortete die Fragen ihres zukünftigen Schwiegervaters äußerst einsilbig. Ihre Mutter dagegen war sehr gesprächig, lobte die kostbaren Möbel, das wunderschöne, böhmische Glas, den zarten Braten so über alle Maßen, dass man hätte meinen können, sie selbst wohne in einer baufälligen Kate, und versuchte auch immer wieder, ihrer Tochter eine zustimmende Bemerkung oder ein Lächeln abzuringen, doch vergeblich. Keinen Bissen brachte diese hinunter, sondern drehte nur gedankenverloren den böhmischen Kelch in ihrer Hand, in dem sich die Lichter unzähliger Kerzen spiegelten. In Mansfeld-Vorderort lebte man auch nicht schlecht, aber das Schloss zu Dresden war um einiges prächtiger. Nur kurz war ihr Blick über die sicher unbezahlbar teuren Seidenvorhänge geglitten, hatten den modernen Kaminofen gestreift und waren schließlich am bleichen Gesicht ihres Bräutigams hängen geblieben, der sie schon seit geraumer Zeit unverwandt anstarrte. Die Träne, die sich unter ihren gesenkten Lidern hervor stahl, entging ihm nicht, denn laut rief er aus: „Sie weint! Sie will mich nicht!“ Er sprang dergestalt heftig auf, dass sein Stuhl umfiel und rannte hinaus. Auf dem Flur hörte man noch seine verhallenden Schritte, die langsamer wurden und schließlich in ein schreckliches Weinen übergingen.
„Euer Gnaden wissen sicher, dass alle jungen Mädchen vor der Hochzeit weinen“, sprach die alte Gräfin mit gekünstelter Leichtigkeit, warf aber gleich darauf ihrer Tochter einen giftig-mahnenden Blick zu.
Wie dem auch sei - die Eltern regelten diesen kleinen Zwischenfall unter sich, und so fand zum festgelegten Termin die Hochzeit im engsten Kreise statt: Als sich am Abend des 27. Januar anno 1539 die Türen hinter dem Brautpaar geschlossen hatten, standen die Eltern der Braut, Herzog Georg und die Räte mit besorgten Mienen davor. Rat Carlowitz endlich wagte zu formulieren, was allen Räten auf den Lippen lag: „Vergebt mir meine Frage, Euer Gnaden, aber weiß der junge Herzog denn überhaupt, was er zu tun hat?“
Herzog Georg richtete sich an seinem Stock ein wenig auf und ließ wissen: „Wir haben unserem Herrn Sohn die entsprechenden Befehle gegeben. Er

wird Uns sicher gehorsam sein."
Carlowitz hob die Brauen und die Fersen. Unruhig wippte er auf seinen Füßen auf und nieder, wobei sein Blick hinüber zu Kanzler Pistoris glitt, dessen Miene beredt genug war: die Versicherung des Herzogs beruhigte auch ihn keineswegs. Genau wie Carlowitz dachte er sicher an den Weinkrampf, den der junge Herzog kürzlich in den Kasematten bekommen hatte - vor den Soldaten. Wie sollten diese Männer ihm jemals gehorsam sein, geschweige denn zu ihm aufschauen? Carlowitz hatte die größten Bedenken bezüglich der Regierung eines Blöden. Ein Mann, der nicht einmal annähernd gesellschaftliche Verpflichtungen wahrnehmen konnte, dem es bereits unsagbar schwer fiel, den Mund aufzumachen, wenn mehr als zwei Menschen ihm zuhörten - wie sollte der ein Land regieren? Auf das Herzogtum Sachsen kamen unsichere Zeiten zu, wenn Herzog Georg das Zeitliche segnete. Dass der Blöde nicht auch noch zu blöd war, einen Sohn zu zeugen, war die einzige Hoffnung für Sachsen. Eine Interimsregentschaft der Räte, die den Thronfolger erzogen, konnte man verkraften; doch falls Friedrich keinen Sohn zeugen sollte, sah es schlimm aus für das Land.
Die Herren warteten auf die hörbaren Zeichen, dass die Befehle seiner Gnaden auch ausgeführt würden. Sie warteten lange, doch alles, was schließlich aus dem Zimmer drang, war Weinen - von Friedrich und Elisabeth. Hier sah sich die alte Gräfin gezwungen, aufs Energischste einzuschreiten.
Das machte die Sache nicht besser.

Die Erbhuldigung für den künftigen Regenten Herzog Friedrich von Sachsen war für den 26. Februar angesetzt. Schon seit Tagen herrschte Aufruhr in der Stadt, denn zur Erbhuldigung wurden viele Menschen erwartet, die alle in der Stadt wohnen und essen wollten. Die Vertreter der Städte, Stände und der Ritterschaft reisten an, um ihrem zukünftigen Herrscher zu huldigen und ihr Treueversprechen, das sie einst Herzog Georg gegeben hatten, nun auf ihren neuen Herrn zu übertragen. Im Schloss hatte man eigens den großen Saal hergerichtet; zwei prächtige Sessel wurden aufgestellt, auf denen Friedrich und Herzog Georg sitzen sollten; Wappen und Fahnen aller wichtigen Familien schmückten die Wände, auch die Kreuzkirche, in der

der anschließende Huldigungsgottesdienst stattfinden sollte, war festlich geschmückt und nur die bravsten Ministranten waren zugegen, deren Gewänder frisch gewaschen waren. Die Huldigung sollte Friedrich um drei Uhr entgegennehmen. Ab zwei Uhr füllte sich der große Saal bereits mit Rittern, Vertretern der Stände, mit Bürgermeistern und Ratsherren der Städte und natürlich auch mit Herzog Georgs eigenen Räten, denen ihre Zweifel am Sinn dieses Aktes überdeutlich im Gesicht geschrieben standen. Auch die sächsischen Städter tuschelten bange und wollten nicht so recht glauben, dass ihr alter Herzog, der immer für stabile Verhältnisse gestanden hatte, ihnen seinen blöden Sohn aufbürden wollte.
Es wurde drei. Friedrich erschien nicht. Als er auch um viertel nach drei nicht erschienen war, wuchs das Tuscheln zu einem unwilligen Geraune an. Herzog Georg hatte bereits auf einem der beiden Sessel Platz genommen, zu seiner Seite standen die Räte.
„Euer Gnaden, sollen wir nicht nach Friedrich sehen? Ich bin mir nicht sicher, ob es ausreicht, dass er seinen Leibdiener bei sich hat. Er muss jetzt erscheinen, sonst…“ Carlowitz wagte nicht, seinen Satz zu beenden.
„Sonst was?“ giftete Herzog Georg. „Geht sonst die Welt unter? Unser Sohn wird jeden Moment erscheinen. Dafür stehe ich ein!“
Da öffnete sich endlich die Tür und Herzog Georg atmete auf. Nun endlich würde Friedrich erscheinen, um die Erbhuldigung entgegenzunehmen. Der Alte stützte sich auf seinen Stock und richtete sich in seinem Sessel ein wenig auf, wobei er einen Blick über die Reihen der Zweifler schweifen ließ. Das Reden verstummte, alle schauten zur Tür, um ihren zukünftigen Herzog zu begrüßen, viele waren schon auf die Knie gesunken - doch statt Friedrich trat dessen Leibdiener in den Saal. Sein Gesicht war verzerrt zu einer Maske des Entsetzens. Mit weit aufgerissenen Augen schaute er in die vielen Gesichter, die ihm entgegenblickten, aus seinem schiefen Mund drang nur ein Stammeln. Zunächst war es nur ein Flüstern, doch dann wurden seine Worte immer lauter, bis er endlich verzweifelt schrie: „Er ist tot! Mein junger Herr ist tot!“

Rochlitz, 28. Februar 1539

Herzlieber, junger Vetter Moritz,

Wir müssen Euch mitteilen, dass Euer lieber Vetter, Herzog Friedrich zu Sachsen, in Gott verschieden und verstorben ist. Wir wollen daher Euer Lieben daran erinnern, dass wir Euch zuvor gesagt haben, Sie sollten nur Gott vertrauen und sein Wort lieb haben, dann wird sich für Euer Lieben alles zum Besten wenden, ganz gleich, ob man Herzog Friedrich ein Weib geben würde. Deswegen wolle Euer Lieben nochmals Gott und sein Wort vor Augen haben, beim Evangelium bleiben und sich keineswegs zu etwas überreden lassen, und nur denen folgen, die Euer Lieben Sachen gerne gut sehen; zudem jetzt sich auch nicht zu sehr freuen, damit unser Herrgott Euer Lieben keine Trauer schicke.
Datum Rochlitz freitags nach Invocavit anno 1539.

PS: Ich will Euer Lieben nicht verbergen, dass ich zur Fastnacht bei Euer Lieben Vater und Frau Mutter gewesen bin. Dort hatte ich die Gelegenheit, vertraulich mit Euren Eltern zu sprechen. Meinem Vorschlag, Euch mit Philipps Tochter Agnes zu verheiraten, waren sie keineswegs abgeneigt. Sie sagten mir, ich solle meinem Bruder schreiben, wenn Euer Lieben die Tochter meines Bruders gefalle, so sollte er sie Euch geben. Nun schaue Euer Lieben erst einmal auf Eurer Rückreise von Frankfurt die Tochter an. Wenn sie Euch gefällt, so sagt es mir, dann will ich Euch dabei helfen. Auf Eurer Rückreise könnt Ihr sie wohl zu sehen kriegen.
Euer Lieben zerreißt und verbrennt den Brief.[25]

Darauf antwortete Moritz aus Frankfurt wie folgt:

Ich habe Euer Lieben Brief erhalten und bin ganz fröhlich über Euren Vorschlag bezüglich Landgraf Philipps Tochter. Ich zweifle auch nicht daran, dass Euer

---

25 Siehe PKMS 1, Dokument Nr. 24, S. 28

Lieben in all meinen Angelegenheiten nur das Beste für mich wollen. Wenn es nun dazu kommt, dass ich mich verheiraten soll, will ich dankbar an Euer Lieben denken. Ich will Gott treulich bitten, dass alles nach seinem Willen geschehen soll, wie er es vorgesehen hat, wie es auch mir zu Heil und Wohlergehen gereichen soll[26].
Die lutherische Sache geht hier auf dem Reichstag gut voran; allerdings musste Landgraf Philipp vorzeitig abreisen, da ihn ein Leiden plagte. Das bedauerte niemand so sehr wie ich, und ich hoffe sehr, dass er bald genesen wird und ich vielleicht noch ein paar Lehrjahre bei ihm verbringen darf.
Datum, Frankfurt, Donnerstag nach Reminiscere Anno Domini 1539

Diesen Brief las Elisabeth mit gemischten Gefühlen. Sie machte sich Sorgen um Philipp; sollte er wirklich die Franzosenkrankheit haben, wie manche munkelten? Andererseits war Elisabeth erleichtert und glücklich, dass ihr vor einigen Jahren gehegter Wunsch, Agnes und Moritz zu verheiraten, nun greifbar nah war. Weshalb sollte Moritz auch die Witwe des Blöden heiraten wollen, wenn eine Heiratskandidatin wie Agnes auf dem Markt war - die Tochter des von ihm so sehr bewunderten Landgrafen Philipp? Mit Sicherheit war Moritz überglücklich, sich durch eine Heirat mit Agnes noch enger an Philipp zu binden, ihn sogar Vater nennen zu dürfen; zumal sein eigener Vater ihn kaum zu beeindrucken vermochte.

*

Friedrich wurde in der Fürstenkapelle des Meißner Doms bestattet, nahe bei seinem Bruder Johann. Der Weihrauch lag wie dichter Nebel um das Grab herum, und Herzogin Elisabeth, die aus Rochlitz angereist war, stand für eine Weile im stummen Gebet am Grab ihres Mannes Johann. Dann trat sie leise auf Herzog Georg zu. „Es tut mir leid, mein Herr Vater!" flüsterte sie, als sie seine Hand drückte.
„Danke, mein Kind. Wir danken Ihnen. Wir müssen noch so viel tun..."
Der Blick des alten Herzogs huschte wie auf einer verzweifelten Suche zwi-

26 Siehe PKMS 1, Dokument Nr. 25, S. 29.

schen den beiden Gräbern seiner letzten Söhne hin und her. „So viel zu tun...“, sagte er noch einmal. Elisabeth hatte nicht das Gefühl, dass er sie wahrnahm. „Wenn ich Euch irgendwie helfen kann...“, versuchte sie ihn zu trösten, wusste aber, dass es für diesen Mann keine Hilfe gab. Nur mühsam hatte Elisabeth bei ihrer Ankunft herausfinden können, was passiert war: Friedrichs Leibdiener hatte seinen Herrn tot aufgefunden - kurz vor der Erbhuldigung. Der Diener hatte immer wieder beteuert, nur kurz im Nebenraum gewesen zu sein, um noch ein Wams für seinen Herrn zu holen, da habe Friedrich tot auf der Erde gelegen. Überall machten die wildesten Gerüchte die Runde.

„Wir müssen noch so viel tun...“, sagte der Alte noch einmal. Elisabeth war erschüttert, als sie in sein Gesicht sah. Seine Augen lagen tief in den Höhlen und blickten nicht mehr auf diese Welt. So hohlwangig und ausgezehrt hatte sie ihren Schwiegervater noch niemals gesehen.

„Ist Euch denn...“, begann sie, doch das *wohl* kam ihr nicht mehr über die Lippen. Absurd, diesen Mann nach seinem Wohlergehen zu fragen.

„Wir müssen noch dafür sorgen, dass Unsere gute, katholische Schwiegertochter wieder heiratet. Einen guten, katholischen Mann. Wir werden sie mit Herzog Moritz verheiraten, dann wird in Sachsen die wahre Religion nicht aussterben. Herzog Moritz ist ein guter, gehorsamer Junge, der Uns nicht enttäuschen wird; schließlich haben Wir ihn jahrelang erzogen. Wir müssen bald handeln, denn der Junge ist in Torgau bei seinem Vetter und hat dort wohl auch Umgang mit Luther selbst. Wir sind froh, dass er den Weg von Torgau nicht gescheut hat und heute hier ist.“ Seine Hände krampften sich dabei um seinen Stock, seine Kiefer hatte er fest aufeinander gebissen. Für diesen Mann bedeutete es eine unglaubliche Anstrengung, aufrecht zu stehen. Was für ein aberwitziger Gedanke! Die Witwe Friedrichs mit Herzog Moritz zu verheiraten, ausgerechnet, um den katholischen Glauben für Sachsen zu sichern! Elisabeth beschloss, dazu keine weiteren Worte zu verlieren und sah sich verstohlen um.

„Da sehen Sie nur!“ stieß der Alte bitter hervor und deutete mit dem Kinn in Richtung Herzog Heinrich, Katharina und Moritz, die man zwischen den Weihrauchschwaden schemenhaft erkennen konnte. „Da stehen sie schon und warten, die beiden alten Wölfe - ausgerechnet neben Unserer Grabkapelle, wo schon Unsere Gemahlin ruht. Da stehen sie; ganz so, als wollten sie Uns den Weg weisen, aber Wir wollen noch so lange leben, dass Herzog Moritz mit seiner katholischen Frau an die Regierung kommt. Wir werden das Land nicht Unserem fehlgeleiteten Herrn Bruder und seinem Feldwebel überlassen." Mit *Feldwebel* war wohl Tante Katharina gemeint.

Elisabeth wollte ihm etwas entgegnen; sie hatte schon Luft geholt und ihre Hand beschwichtigend auf seinen Arm gelegt, aber dann hielt sie doch inne. Herzog Georg blickte starr geradeaus und hätte ohnehin nicht mehr gehört, was sie sagte, denn er murmelte immer wieder vor sich hin: „Noch so viel zu tun... so viel..."

Erschüttert wandte Elisabeth sich ab. Herzog Georg hatte nun seine Gemahlin und alle seine Kinder bis auf seine Tochter Christine zu Grabe getragen. Christine war weit fort in Hessen. Er war allein. Zerbrochen.

Rochlitz, im März 1539

Die kleine Barbara hatte sich schnell eingelebt auf Schloss Rochlitz und im Sturm das Herz sämtlicher Hofdamen erobert, deren Zahl mittlerweile auf ganze fünfzehn angewachsen war. Barbara hatte ihre Mutter kaum vermisst - schließlich war ihre Amme mitgekommen, die sich ohnehin seit jeher um sie gekümmert hatte. Außerdem gab es in Rochlitz viel zu sehen und zu entdecken, und mit drei Jahren war man immer auf Entdeckungsreise. Es war nie zu überhören, wenn fünfzehn Hofdamen, eine Närrin, eine Zwergin, eine Herzogin und eine Dreijährige im mittleren Stockwerk Fangen und Verstecken spielten. Die Räume, in denen man allerlei Dinge untergestellt hatte, die man nicht immer benötigte, boten genügend Verstecke, aus denen Barbara plötzlich hervorschnellen konnte, brüllend wie ein Löwe. Wenn die Hofdamen dann spitz aufkreischten, dass die Butzenscheiben zu zerspringen drohten, bekam Barbara Schluckauf vor lauter Lachen.

Die Hofmeisterin pflegte sich nicht an derartigem Unsinn zu beteiligen und war der Ansicht, man müsse ein Kind doch mit Strenge erziehen. Die

Närrin sah es mit äußerstem Missfallen, wenn die Hofmeisterin - in scheinbar unbeobachteten Momenten - dem Kind die Puppe abnahm und sie ihm hoch über den Kopf hielt. Barbara sprang nach ihrer Puppe und reckte die Ärmchen, und erst, wenn die Kleine weinte, war die Hofmeisterin bereit, ihr die Puppe wiederzugeben. Darüber ärgerte sich die Närrin. Sie ärgerte sich darüber so sehr, dass sie in einem ruhigen Augenblick Barbara beiseite nahm und ihr Dinge erzählte, die die Kleine in Staunen versetzten. Als wieder einmal Elisabeth und die Hofdamen anderweitig beschäftigt waren und man der Hofmeisterin die Aufsicht über das Kind übertragen hatte, saßen die Närrin und Luisa auf der Lauer. Wieder einmal nahm die Alte der Kleinen das Spielzeug ab - diesmal war es ein kleines Hündchen, geschnitzt aus Holz - und hielt es der Kleinen vor die Nase, doch wenn das Kind danach griff, hob sie es hoch, sodass Barbara ihr Spielzeug nicht erreichen konnte. So ging es eine Weile, und die Närrin dachte schon, Barbara hätte ihre Lehren vergessen, doch dann schaute sie sich suchend um, fand einen Korb mit Feuerholz und lief mit einem Holzscheit auf die Hofmeisterin zu.
„Was willst du denn mit dem Holz, meine Kleine?“ fragte die Alte zuckersüß. Doch Barbara sagte nichts, sondern zog dergestalt an den Röcken der Hofmeisterin, dass sie mit dem Holzscheit schwungvoll das Schienbein der Alten erreichen konnte und schlug zu. Die Hofmeisterin schrie laut auf, ließ den Hund fallen, um sich ihr Schienbein halten zu können.
„Na, warte, du kleiner Teufelsbraten!“ knurrte sie, sah aber, dass nun die Närrin und die Zwergin feixend aus einer Fensternische hervorlugten.
„Das hast du gut gemacht, Barbara, mein Goldkind! Du hast viel gelernt von mir!“ sagte die Närrin und nahm das Kind auf ihre Arme. „Komm, wir wollen nach draußen gehen.“ Und zur Hofmeisterin gewandt bemerkte sie noch: „Keine Sorge, werte Frau Hofmeisterin, die Splitter eitern sicher ganz langsam und sauber raus.“ Dann gingen die beiden Frauen mit dem Kind hinaus.

Dresden, Anfang Mai 1539

Es war ein warmer Tag im Mai, als der lutherische Herzog Heinrich von Sachsen mit seinem Gefolge ins bis dahin streng katholische Dresden als neuer Herrscher einzog. Herzog Georg war seinem letzten Sohn vor wenigen Wochen ins Grab gefolgt, ohne dass er Moritz mit seiner verwitweten Schwiegertochter hätte verheiraten können, denn Herzog Heinrich hatte dies - auf Anraten seiner Gemahlin - strikt abgelehnt. Weshalb auch hätte man Moritz mit dieser Witwe verheiraten sollen, die einige Jahre älter war als er? Außerdem war ihm der sächsische Thron ohnehin sicher, denn schon bei Friedrichs Beerdigung war offensichtlich gewesen, dass es nur eine Frage von wenigen Monaten sein konnte, wann Herzog Georg das Zeitliche segnen würde.

An den Straßen, auf den Brücken, in den Fenstern der Stadt standen überall die Menschen dicht an dicht, um ihren neuen Herrscher zu begrüßen. Die Wachen hatten größte Mühe, eine breite Gasse freizumachen, durch die der Zug kommen sollte. Hunde kläfften und balgten sich, Taschendiebe machten das Geschäft ihres Lebens; einer wurde erwischt und bahnte sich schlagend und tretend seinen Weg durch die Menge, konnte aber doch nicht entkommen. Reiche Bürger betrachteten von den Fenstern ihrer steinernen Häuser aus das bunte Geschehen, wobei die Bürgerinnen vor allem hofften, einen Blick auf das Kleid der neuen Herzogin werfen zu können, von der es hieß, sie kleide sich gerne mit einigem Aufwand.

Auch Anni und Hans Büttner hatten sich in das dichte Gedränge am Neumarkt gestürzt, um einen Blick auf den neuen Herzog und dessen Familie zu erhaschen.

„Anni, komm, hier ist noch ein Platz frei auf der Treppenstufe. Da kannst du besser sehen.“ Hans zog seine junge Frau durchs Gedränge und hob sie hinauf, so dass sie nun mit seinem Kopf auf gleicher Höhe war und über die Köpfe der Menge hinwegschauen konnte. Aber auch auf der Treppe war es schon so eng, dass Anni nur mit einem Fuß Platz fand. Die Frau neben ihr war keineswegs glücklich darüber, dass es nun noch enger wurde und machte ein böses Gesicht, was Anni jedoch nicht wahrnahm. Allerdings

fiel es ihr schwer, den Geruch, den die vielen, eng gedrängten Menschen ausströmten, zu ignorieren. Da zerrissen Fanfaren das Stimmengewirr und kündigten den Herzog an.
„Ich seh sie schon kommen. Da kommen sie!“ rief Anni.
„Das tun wir alle - kein Grund ein solches Geschrei zu machen!“ giftete die Frau, der Hans einen bösen Blick zuwarf. Glücklich spürte Anni, wie Hans ihr schützend einen Arm um die Schultern legte. Heilfroh war sie, dass sie nun für einen Moment ihrer Schwiegermutter hatte entkommen können. Das Leben mit dieser Frau auf engstem Raum wurde immer mehr zur Qual. Ihren Brautstrauß hatte Anni wieder aus dem Ascheeimer geholt, doch die kostbaren Schüsseln, für die ihre Mutter sicher lange gespart hatte, um sie ihr als Aussteuer mitgeben zu können, hatte die Schwiegermutter beim Spülen fallen gelassen. ‚Aus den Scherben können deine Kinder essen', hatte sie mit einem höhnischen Lächeln gesagt und damit Annis tiefste Wunde getroffen, denn auch nach einem Jahr war sie noch immer ohne jegliche Anzeichen einer Schwangerschaft. Immer wieder hatte die Schwiegermutter ihr leise zischend gedroht, ihren lutherischen Glauben beim Herzog zu melden, doch nun war alles anders gekommen: Der Herzog war tot, ebenso sein letzter Sohn Friedrich, und nun wurde das Herzogtum Sachsen von dem lutherischen Herzog Heinrich regiert. Das war eine bittere Medizin für die Alte.
„Da kommen schon seine ersten Soldaten. Schau, wie ihre Helme und Hellebarden in der Sonne blitzen. Die haben sie sicher tagelang geputzt“, sagte Hans.
„Und wie schön die Farben ihrer Kleidung sind. So leuchtend! Da möchte ich wissen, wie die Herzogin selbst aussieht, wenn schon die Soldaten so kräftige Farben tragen.“
„Wie wird sie schon aussehen? Ihr Kleid ist aus purem Gold und bestickt mit Edelsteinen. So sieht sie aus.“
„Wer hat dich denn gefragt, Hulda!“ mischte sich nun eine andere Frau ein, die ihre Arme in die Hüften stemmte. „Als hättest du jemals das Kleid einer feinen Dame gesehen.“
Das ließ Hulda nicht auf sich sitzen und keifte zurück. Ein Wort ergab das

andere und beinahe hätten sich die beiden Frauen wohl ernsthaft in die Haare gekriegt, wenn nicht endlich tatsächlich Herzog Heinrich auf einem stolz geschmückten Pferd herangeritten wäre. Der Glanz des neuen Herrschers brachte die beiden Frauen zum Schweigen; mit offenen Mündern standen sie da und vergaßen ganz das Jubeln, so sehr waren sie beeindruckt von der fürstlichen Erscheinung. Groß und dick saß der nicht mehr ganz junge Herzog Heinrich auf seinem Streitross, was ihm offensichtlich große Mühe bereitete, wie man an seinem versteinerten Gesicht erkennen konnte. All der Glanz konnte nicht darüber hinwegtäuschen, dass hier ein gebrechlicher alter Mann auf einem prächtig geschmückten Pferd saß und der sich wohl nur deshalb aufrecht hielt, weil er den gestrengen Blick seiner Gemahlin in seinem Rücken wußte. Die neue Herzogin fuhr hinter ihrem Gemahl in einem offenen Wagen und winkte sehr huldvoll. Ihr Kleid, das alle Erwartungen der Damen übertraf, rief allenthalben Ahs! und Ohs! hervor. Ihr folgte der junge Herzog Moritz auf einem Pferd, den Blick starr geradeaus gerichtet. In einem weiteren Wagen fuhren die jungen Töchter des Hauses, auch sie ungemein hübsch geputzt, doch längst nicht so herrlich wie die Mutter. Aber die Töchter lächelten zumindest beim Winken.

„So wunderschön!" flüsterte Anni ihrem Hans zu.

„Das sind sicher zweihundert Pferde, die unser neuer Herr mit sich führt. Und schau ihn dir an: gut genährt sieht er aus. Und es heißt, dass er gerne Gelage feiert. Da werden die Fassbinder viel Arbeit haben. Sicher mehr als bei unserem sparsamen Herzog Georg."

„Vielleicht werden sie auch neue Möbel brauchen, dann wirst du noch einen Gesellen einstellen müssen, lieber Mann."

„Mag sein. Die Erbhuldigung für unseren neuen Herzog, die ja nun bald ansteht, zieht sicher auch viele Wandergesellen an. Vielleicht ist einer dabei, der etwas taugt und länger bleiben will."

Der lange Zug war mittlerweile am Schloss angelangt; die Herrschaften würden nun unter sich feiern, während sich das Volk in den Straßen vergnügte. So taten auch Anni und Hans. Altmarkt und Neumarkt barsten geradezu vor lauter Menschen, die sich amüsieren wollten. Es gab Freibier, genug zu Essen für alle, außerdem Musikanten und Gaukler, die zu dieser

Stunde sogar noch nüchtern waren. Anni hielt sich fest an der Hand ihres Mannes, um im Gewühl nicht von ihm getrennt zu werden. Da plötzlich sah sie zwischen all den fremden Menschen das Gesicht ihrer Schwiegermutter, die etwas erhöht auf einem Brunnenrand saß. Beinahe hätte sie sie nicht erkannt, denn sie schaute wie irre um sich, als suche sie inmitten dieser lärmenden Menschenmasse einen Ort der Stille. Da trafen sich ihre Blicke. Anni erschrak und drückte Hansens Hand, der sich gleich zu ihr umwandte. Einen Augenblick später waren sie bei der Mutter.

„Mutter, was ist los? Wo ist Vater? Warum bist du hier allein?" Doch die Mutter antwortete nicht, sondern starrte mit einem Blick, aus dem unsägliches Leid sprach, Anni an. „Und? Hast du jetzt, was du immer wolltest? Jetzt kannst du hier in Dresden deinem Luther anhängen und mich melden, damit sie mich einsperren."

„Glaubst du wirklich, dass es das ist, was ich schon immer wollte? Alles, was ich immer wollte, war, mit Hans und auch mit dir und dem Schwiegervater in Frieden zusammenleben. Das war und ist alles, was ich will."

„Komm Mutter, wir bringen dich nach Hause."

Es dauerte nur wenige Wochen und die schlimmsten Befürchtungen der Schwiegermutter waren auf den Plätzen und Straßen Dresdens ausgerufen und kundgetan: Auch das Herzogtum Sachsen war nun lutherisch. Wer sich weigerte, den neuen Glauben anzunehmen, wurde verhaftet oder musste das Land verlassen.

„Dann sind wir nun wohl alle lutherisch", stieß die Schwiegermutter bitter hervor, als ihr Mann mit diesen Nachrichten nach Hause kam. „Aber unser Seelenheil? Sind wir nicht selbst verantwortlich für unser Seelenheil? Ich will den neuen Glauben nicht! Lieber lass ich mich verhaften. Ich werde weiter katholisch sein und für euer aller Seelenheil mitbeten. - Was stehst du da und glotzt mich so blöde an, du dumme Gans?" fuhr sie Anni an. „Nun lauf schon und melde mich! Dann bist du mich los!"

Anni schüttelte nur den Kopf und wandte sich ab. Da hörte sie ihren Schwiegervater sagen: „Weib! Dies ist wahrhaftig das einzige, womit du mich noch in Versuchung führen könntest. Schweig jetzt und gib endlich Frieden!"

Im Hause Büttner legte sich Schweigen über alles. Gemeinsam ging man in die Kreuzkirche, die nun lutherisch war; gemeinsam empfing man das Abendmahl in beiderlei Gestalt, wobei Anni aus den Augenwinkeln sah, dass ihre Schwiegermutter nur die Lippen an den Kelch setzte und erschrak, als der kühle Wein ihre Lippen berührte.

Kassel im September 1539

Philipp bemerkte nicht, dass seine Schwester sich näherte, obwohl diese sich keine Mühe gab, das Klappern ihrer Absätze auf dem Steinfußboden zu dämpfen. Zu beschäftigt war er mit einer jungen Frau, die unter seinen geübten Handgriffen aufschrie und albern kicherte. Elisabeth hielt einen Moment inne, als sie das schamlose Treiben ihres Bruders sah, wandte sich kurz ihren Hofdamen zu und bedeutete ihnen, stehenzubleiben. Dann ging sie energischen Schrittes auf Philipp und die immer unanständiger seufzende Hofdame zu. Als sie auf Armeslänge bei den beiden angekommen war, räusperte sie sich überdeutlich. Die Hofdame fuhr herum, und als sie ihrer ansichtig wurde, begann sie aufgeregt zu rufen: „Erdbeeren, wer kauft Erdbeeren!“
Elisabeth verzog angewidert das Gesicht. Die Schminke der Frau war verschmiert und hing teilweise in Philipps Gesicht. Ihr Dekolleté war mehr als großzügig und gab Dinge frei, deren Anblick Elisabeth sich lieber erspart hätte. Sie wandte leise knurrend die Augen gen Himmel und sagte so gefasst wie möglich: „Hätten Euer Gnaden eventuell die unendliche Güte, diesem … *sittsamen* Jungfräulein zu vermitteln, dass es seinen Obstladen zusammenräumen und sich zurückziehen darf.“
Philipp, dem die Situation deutlich peinlich war, befahl der Frau mit einem unfreundlichen Kopfnicken zu gehen. Die beiden Geschwister sahen der Frau nach, die sich im Davongehen die Kleider ordnete und die wartenden Hofdamen Elisabeths mit einem anzüglichen Grinsen bedachte. Als Margarete errötend zu Boden schaute und der kleinen Barbara, die sie auf dem Arm trug, die Augen zuhielt, ging die Frau befriedigt weiter.

„Mit was für Weibsvolk umgibst du dich?“ zischte Elisabeth. „Musst du jetzt schon auf Weiber zurückgreifen, die völlig verrückt sind? Kannst du dir keine Schnecke[27] suchen, die wenigstens zwei bis drei Kerzen auf dem Leuchter hat? Was sollte dieses dumme Geschrei mit den Erdbeeren?“

Philipp stöhnte leise und blies dann seinen Atem geräuschvoll aus. „Das ist ein Lied aus Italien. Der Liebhaber lädt seine Liebste zu einem Stelldichein und rät ihr, falls sie entdeckt werden, laut zu rufen ‚Wer kauft Beeren?‘ Es ist ein schönes Lied. Die Barden haben es kürzlich aus Italien mitgebracht. Sie machen wunderschöne Musik. Wir werden sie heute Abend hören, wenn du möchtest.“

„Ich kenne das Lied bereits und kann dir sagen, dass es keineswegs um Erdbeeren geht, sondern um allzu wohlfeile Eier[28]. Mehr möchte ich dazu nicht sagen“, giftete Elisabeth. Sie musste erst tief Luft holen, bevor sie fortfahren konnte: „Ich bin nicht nur hier, um die Ehe zwischen Agnes und Moritz zu bereden, sondern auch, weil ich für mich selbst einen neuen Gemahl zu finden hoffe. Ich bin schockiert, dass Euer Hof an Unmoral nicht zu überbieten ist. Wie soll ich denn einen neuen Ehemann finden, wenn mein eigener Bruder sich gebärdet wie ein toller Hund? Philipp!“ sagte Elisabeth scharf. „Eure Gemahlin tut mir leid.“

„Danke, liebe Schwester und willkommen in Marburg; ich freu mich auch Euch zu sehen!“ sagte Philipp müde, was Elisabeth einlenken ließ. „Danke, kleiner Bruder. Deinen Empfang hätte ich mir anders gewünscht. Ich mache mir Sorgen.“ Elisabeth nahm ihn am Arm und zog ihn außer Hörweite ihrer Jungfrauen. „Du siehst aus wie der leibhaftige Tod, so bleich und hohlwangig. Es heißt, du bist ernsthaft erkrankt an der Franzosenkrankheit.“ Elisabeth hatte das letzte Wort kaum auszusprechen gewagt. Philipp wandte sich knurrend ab. „Stimmt es also?“ bohrte Elisabeth nach.

„Ja, ich habe die Franzosenkrankheit. Zufrieden?“ zischte er ärgerlich.

„Ist es wahr, dass du dich von den wichtigen Verhandlungen in Frankfurt verabschieden musstest, um dich behandeln zu lassen?“

---

27 Das Wort „Schnecke“ als Bezeichnung für eine Frau geht tatsächlich bis ins Mittelalter zurück und ist keineswegs eine Erfindung der 1960er Jahre.

28 Gemeint ist hier das Lied „O bene mio“ von Adran Willaert (1490 - 1562). In: Wolters, Gottfried (Hrsg.) ars musica, Wolfenbüttel 1965, S. 49.

„Ja, das ist wahr. Ich war in Gießen und Dr. Sailer hat mich gut kuriert. In Frankfurt kamen sie auch ohne mich aus. Sie haben sich darauf geeinigt, dass die Prozesse gegen die Portestanten, die Kirchengüter säkularisiert haben, eingestellt werden, und der Kaiser hat sogar unterzeichnet, dass er keine neuen Mitglieder in den Nürnberger Bund aufnehmen will, solange wir keine neuen Mitglieder in unserem schmalkaldischen Bund aufnehmen. Immerhin! Oder hättest du erwartet, dass ich noch mehr heraushole?"
„Philipp, ich bin gestern angekommen, die Reise war mehr als ermüdend, ich hatte mich auf dich gefreut und will nicht mit dir streiten, sondern dir nur meine Sorgen mitteilen. Ich hätte nicht gedacht, dass meine erste Amtshandlung darin bestünde, dir den Kopf zu waschen. Vielmehr hatte ich gehofft, dass du nach deinem Jagdausflug zuerst deine Gäste begrüßt, anstatt dich mit einer zweifelhaften Beute zu vergnügen. Was in Frankfurt verabschiedet wurde, ist doch gut. Frieden mit dem Kaiser - mehr können wir fürs erste nicht verlangen. Christine hat uns übrigens gut empfangen. Sie ist eine Gemahlin, wie du sie dir nur wünschen kannst." Philipp verdrehte die Augen und wandte sich mit einem ärgerlichen Zungenschnalzen ab. Noch eindringlicher fuhr Elisabeth fort: „Die Art, wie sie den ganzen Hof im Griff hat, wie sie in deiner Abwesenheit alles regelt und leitet... Das ist nicht selbstverständlich. Du kannst stolz sein auf deine Frau." Elisabeth wusste, dass ihr Bruder dieses Thema nicht liebte; daher fuhr sie fort: „Und wie steht es mit Agnes? Hast du mit ihr schon gesprochen?"
„Ja, habe ich. Moritz war kürzlich hier mit seiner Mutter. Er und Agnes haben sich richtig gut verstanden. Ich hatte sogar den Eindruck, dass Agens sich sehr darauf freut, seine Gemahlin zu werden. Als die beiden vor ein paar Tagen wieder abgereist sind, war Agnes richtig traurig."
„Und die Forderungen unserer lieben Tante Katharina waren nicht zu unverschämt?" Hier mussten sie beide lachen; das Eis war wieder gebrochen.
„Es ging. Sie hat schon sehr geschachert, aber wir sind uns schließlich einig geworden. Agnes wird mit einem schönen Brautschatz ausgestattet, über den sich ein König nicht beklagen könnte. Dass ich einen guten Teil des Erbes aus Dresden verlange, habe ich ihr noch nicht gesagt. Herzog Georg war mein Schwiegervater - da muss mehr als ein kleiner Teil für mich abfallen."

„Ja, aber genau das könnte noch Schwierigkeiten machen, wenn sie erfährt, dass ein Teil der Dresdner Erbschaft nach Hessen abwandern soll. Aber wie dem auch sei - ich bin wirklich glücklich, dass Agnes sich über die Verbindung freut; mit ihren zwölf Jahren hat sie genug Verstand um zu wissen, was ihre Bestimmung ist. Moritz ist ein hübscher junger Mann und wird eines Tages regierender Herzog in Sachsen sein. Ich weiß, du hattest Agnes eigentlich der Herzogin von Braunschweig als Braut für ihren Sohn Herzog Erich II. von Braunschweig-Calenberg versprochen[29]. Aber ich bin sicher, dass dieser auch eine andere Braut finden wird."
„Ja, natürlich. Das hatte ich geklärt, noch bevor Katharina und Moritz hier waren. Ich habe der Braunschweiger Herzogin meine Anna als Braut für ihren Sohn angeboten. Wir werden abwarten müssen, ob sie sich darauf einlässt. So habe ich zumindest meinen Teil des Vertrages gegenüber den Braunschweigern nicht gebrochen; und ob es Agnes oder Anna ist, wird ihr ohnehin gleich sein und ihrem Sohn wahrscheinlich auch."

Natürlich freuten sich die Kinder, ihre Tante und ihre kleine Schwester Barbara zu sehen, die allerlei schöne Mitbringsel aus ihren Truhen hervorholten. Gemeinsam mit Barbara hatte Elisabeth Geschenke ausgesucht und in der Stadt eingekauft. Für Christine hatten sie besonders schöne, geschliffene Gläser gekauft, von denen Barbara eines vorsichtig der Mutter präsentierte. Christine kniete vor ihrem Kind nieder und schloss es fest in ihre Arme. Aber Barbara fremdelte und wand sich schließlich aus den Armen der Mutter. Da warf Christine ihrer Schwägerin einen Blick zu, vor dem Elisabeth erschrak. Sonderbar kalt und vorwurfsvoll. Aber was hatte sie auch erwartet? Sie hatte einer Mutter ein Kind genommen, und das Kind hatte die Mutter in der langen Zeit so gut wie vergessen. Aber Christine riss sich zusammen und zeigte ihren Schmerz nicht, wie sie es schon seit langer Zeit gewohnt war.
Und auch der jüngste Familienzuwachs wurde bewundert: Im Februar hatte Christine eine Tochter zur Welt gebracht, der man den Namen ihrer Tante gegeben hatte. Elisabeth war gerührt und beinahe den Tränen nahe, als die

---

29 Herrmann, Johannes; 2003, S. 30.

Amme ihr das winzige Bündel in die Arme legte.
„Sie ist wunderschön!“ flüsterte sie.
„Deshalb haben wir ihr auch deinen Namen gegeben, liebe Schwester“, schmeichelte Philipp, worauf Elisabeth nur lachen konnte.
Agnes bekam als zukünftige Braut natürlich kein Spielzeug mehr, sondern einen wunderschönen Stoff, in den sie sich gleich einhüllte und im Kreis drehte.
„Reicht der Stoff auch noch für ein Kleid für meine Lieblingspuppe?“
Philipp und Elisabeth sahen sich lächelnd an. Es war gut, dass die Hochzeit noch ein paar Jahre Zeit hatte.
„Gewiss, mein Schatz, wir werden für Ihre Puppe auch noch ein Kleid nähen. Ihre Tante hat es wirklich gut gemeint und so reichlich Stoff mitgebracht, dass er auch noch für einen Umhang reicht.“
„Aber nun erzählen Sie mir von Moritz. Hat er Ihnen gefallen?“ fragte Elisabeth und schaute ihrer Nichte forschend ins Gesicht, auf dem sich nun ein verlegenes Lächeln ausbreitete, als habe man sie bei etwas ertappt, was sie lieber für sich behalten hätte, aber dann nickte sie und sagte: „Ja, Herzog Moritz hat mir sehr gut gefallen. Er hat mir einen schönen Schmuck mitgebracht, und wir sind lange spazieren gegangen durch den Garten. Er kannte alle Namen der Vögel und konnte manche Stimmen nachmachen. Er war in allen Dingen sehr freundlich zu mir, sehr aufmerksam. Bei einem Ausritt durfte ich sogar vor ihm auf seinem Pferd sitzen.“
„Auf seinem großen Pferd? Und Sie hatten keine Angst?“ wunderte sich Elisabeth und wiegte dabei die Kleine, die ein wenig unruhig wurde. Agnes schüttelte den Kopf. „Das freut mich, mein Liebes. Ich bin sicher, er wird ein sehr guter, liebevoller Ehemann werden. An seiner Seite wird es Ihnen an nichts mangeln. Sie wissen, dass er einmal Sachsen regieren wird, nicht wahr?“ Agnes nickte.
„Ja, das haben wir dem Kind auch schon gesagt und wir bereiten sie schon auf ihre Rolle als zukünftige Herzogin vor“, sagte Christine.
„Ich wünsche Ihnen alles Gute, alles Glück und alles, was Sie sich erträumen“, flüsterte Elisabeth und drückte Agnes’ Hand mit einem Ernst, der das Kind beinahe ängstigte. Im selben Moment wurde es auf Elisabeths Schoß

sehr warm. Sie hob das Baby hoch und schaute auf ihren Rock, wo sich ein nasser Fleck ausgebreitet hatte.
„Oh, ich fürchte, die Elisabeths müssen alle beide trockene Sachen haben. Amme!“ Eilig nahm die Amme ihr das Kind aus dem Arm, um es frisch zu windeln, und auch Elisabeth ging, um sich umzukleiden. Als sie wieder zurückkam, zog sie sich mit Philipp in eine der Fensternischen zurück, um von dort aus das Treiben der Hofdamen und Kinder zu beobachten.
„Sie scheint ihn wirklich richtig gern zu haben. Sollte das etwa auf eine Liebesheirat hinauslaufen?“
„Das sieht ganz danach aus. Ich habe mit Moritz gesprochen und er sieht in ihr sehr viel mehr als das Mädchen, das seine Eltern für ihn ausgesucht haben. Er sprach richtig zärtlich von ihr; aber er sieht natürlich ein, dass die Hochzeit noch ein paar Jahre warten muss.“
„Ich wünsche den beiden alles erdenkliche Glück. Schau nur, wie gut Agnes mein Stoff steht.“
„Ja, du hast unsere Kinder reichlich beschenkt.“
Anna freute sich über prächtig gekleidete Puppen, Wilhelm, der nun sieben Jahre alt war, wollte sein Holzschwert schon an dem Schaukelpferd ausprobieren, auf dem der kleine Ludwig saß, doch dagegen schritt behutsam eine junge Hofdame Elisabeths ein und zog Philipps Aufmerksamkeit auf sich. Sie war klein und blass; ein Hühnchen, das gerade erst unter dem Gefieder der Glucke hervorlugte. Und doch hatte die Art, wie sie mit den Kindern umging, etwas Mütterliches. Philipps Augen ruhten unverwandt auf ihr, er hatte nicht einmal mitbekommen, dass sie etwas Tadelnswertes getan hatte, doch Elisabeths Hofmeisterin wies sie zurecht. Wie von ferne drang die strenge Stimme auch an Philipps Ohr: „Margarete!“
„Ja, Mutter“, erwiderte sie und schaute scheu um sich, ob auch andere an ihr Anstoß genommen hätten, doch alle waren zu sehr mit den Kindern beschäftigt. Da begegneten ihre Augen Philipps Blick, worauf sie geradezu erschrocken zu Boden schaute.

Zum Abendessen tischte Philipp auf, was seine Keller und Speisekammern nur hergaben. Elisabeths Jungfrauen langten kräftig zu; nur Margarete aß

kaum, sprach noch weniger, während ihre Mutter sich den Bratensaft von den Fingern leckte und sich laut über die Späße des Hofnarren amüsierte. Als nach dem Essen Musikanten aufspielten, kam die Hofdame, mit der Elisabeth ihren Bruder am Nachmittag schon erwischt hatte, legte ihren Arm um seine Schultern und bot ihm nicht nur von ihrem Wein an. Doch ihr anzügliches Grinsen, das der Alkohol zusätzlich verbreiterte, widerte Philipp plötzlich an. Er sah hinüber zu Margarete, sah, wie sie an ihrem Wein nur nippte, wie sie dann den Kelch abstellte, als sei er allzu zerbrechlich. Dann legte sie ihre Hände in den Schoß und schaute unter halbgeöffneten Lidern in den Saal, in dessen von Wein- und Essensdunst geschwängerter Luft die Unmoral dräute. Die immer heißer werdende Stimmung teilte sich auch Elisabeths Hofmeisterin mit, und sie zog schnell ihr Töchterlein aus dem Verkehr. Brav wie ein Lämmchen folgte Margarete der Mutter hinaus.
Nachdenklich schaute Philipp in seinen Kelch. Der Wein erschien ihm plötzlich schal.

Am nächsten Tag sah er Margarete über den Hof eilen. Offensichtlich hatte die Mutter ihr einen Auftrag erteilt, denn ihre Schritte verrieten Pflichtbewusstsein und Zielstrebigkeit.
„Fräulein Margarete!" Der Landgraf sah glücklich, dass die junge Margarete in ihrer Eile innehielt, sich umwandte und in einen tiefen Hofknicks fiel.
„Bitte... bitte erheben Sie sich", sagte Philipp beflissen und wollte ihr seine Hand reichen, um ihr aufzuhelfen, doch Margarete übersah die landgräfliche Hand und konnte sich von ganz alleine wieder in eine aufrechte Haltung bringen.
„Haben Wir Ihnen bereits gesagt, wie glücklich Wir sind, Sie an Unserem Hof zu haben? Wir hoffen, dass Sie noch recht lange bleiben mögen."
„Euer Gnaden sind sehr gütig. Wie lange wir bleiben, hängt von der Herzogin ab."
„Würden Sie mich auf einen Spaziergang durch den Garten begleiten?" fragte er, indem er sich zu ihr hinabneigte und ihr seinen Arm bot. Bisher hatten alle Hofdamen dieses Angebot begeistert angenommen, ganz so, als hätten sie auf nichts anderes gewartet. Margarete von der Saale schaute ihn alar-

miert an. Sie atmete tief ein, ihre Augen huschten kurz zur Seite, als überlege sie, was sie dem Landgrafen erwidern könnte. Dann straffte sie sich nicht nur, sondern stemmte sogar ihre Fäuste in ihre knabenhaft schmale Taille, schaute ihm gerade in die Augen und sagte sehr bestimmt: „Euer Gnaden mögen mir bitte verzeihen, doch meine Erdbeeren sind prinzipiell *nicht* zu verkaufen. - Wenn Euer Gnaden mich dann bitte entschuldigen wollen." Damit kehrte sie ihm den Rücken und eilte davon.

Philipp sah ihr nach. Sie schaute sich nicht um. Sie ging überaus aufrecht, mit stolz erhobenem Kopf. Dieses halbe Kind hatte ihm - dem Landgrafen von Hessen, einem Fürsten des Heiligen Römischen Reiches Deutscher Nation - soeben eine Abfuhr erteilt. Sie war unverschämt, frech, beleidigend - und absolut hinreißend!

Allerdings hatte ihre Mutter diese Szene von einem Fenster aus beobachtet und konnte sich nicht beruhigen über das unverschämte Kind, das dem Landgrafen die Stirn bot. Zu dumm, dass sie Margarete ausgerechnet jetzt zur Herzogin geschickt hatte. Anna von der Saale stand noch eine Weile am Fenster und beobachtete, wie Landgraf Philipp ihrer Tochter hinterher schaute. Na warte! Die Kleine sollte etwas erleben! Natürlich hatte sie ihre Tochter vor der Unmoral des Landgrafen gewarnt, aber dem Landgrafen Widerworte zu geben, das Kinn zu recken, gar die Fäuste in die Hüften zu stemmen und sich dann von ihm abzuwenden, ohne sich zu verneigen, ohne dass der Fürst ein Entfernen erlaubt hätte, war mehr Sittsamkeit als die Hofmeisterin gutheißen konnte. Anna von der Saale konnte glücklicherweise sehen, dass der Landgraf nun allein in den Garten ging. Geschwind eilte sie ihm hinterher und erreichte ihn auch glücklich, wenn auch etwas außer Atem.

„Euer Gnaden!" rief sie schon von weitem. Philipp wandte sich überrascht der Frau zu, die vor ihm in einen dergestalt tiefen Hofknicks fiel, dass sie sich allein nicht mehr erheben konnte. Mit größter Dankbarkeit ergriff sie die dargebotene Hand und ließ sich aufhelfen.

„Vergebung, Euer Gnaden, ich bitte Euer Gnaden unendlich viele tausend Mal um Vergebung."

„Aber wofür denn? Was ist denn geschehen?"
„Für das schlechte Benehmen meiner Tochter. Ich bin untröstlich. Ich musste gerade vom Fenster aus sehen, dass sie sich gegen Euer Gnaden sehr schlecht betragen hat. Sie hat Euer Gnaden ja geradezu stehen lassen wie ein Kalb im Mondsch…" Die hoch erhobenen Brauen des Fürsten schnitten der Hofmeisterin das Wort ab.
„Gute Frau, *Wir* pflegen niemals wie ein Kalb im Mondschein zu stehen. Und was das Betragen Eurer Tochter betrifft, so hat sie sich nichts zuschulden kommen lassen. Ich fand unser kleines Gespräch ausgesprochen unterhaltsam und anregend."
„Tatsächlich? Dann finden Euer Gnaden wohl Gefallen an meiner Tochter?" Philipp schaute auf die Matrone hinab, die geradezu lechzend an seinen Lippen hing.
„Euer Töchterlein…" - hier machte er eine kleine Pause, um die zitternde Erwartung der Hofmeisterin auszukosten, deren Mund und Augen weit offenstanden - „… ist überaus sittsam. Das gefällt Uns." Die Anspannung der Hofmeisterin löste sich auf in breitestes Freudestrahlen.
„Tut Uns einen Gefallen und scheltet Euer Fräulein Tochter nicht." Eifriges Nicken bestätigte, dass man nichts lieber tat, als seiner fürstlichen Gnaden zu gefallen. Und Philipp machte das Glück der Hofmeisterin vollkommen, als er fortfuhr: „Wir hoffen übrigens, ein so liebreizendes und anmutiges Mädchen noch recht lange an Unserem Hof zu haben."
„Gewiss, Euer Gnaden. Ganz wie Euer Gnaden befehlen."
„Wenn Ihr Uns nun entschuldigen wollt?"
„Aber ja, aber ja", erwiderte die Hofmeisterin von der Saale hastig und verneigte sich zutiefst. Als sie sich wieder in eine halbwegs aufrechte Stellung brachte, sah sie den Landgrafen bereits in einiger Entfernung durch den Garten schlendern.

„Kind, Kind!" zischte die Hofmeisterin, was Margarete einigermaßen erschreckte. Gerade hatte sie ihren Auftrag erledigt und war auf dem Weg zurück zu ihrer Mutter, wobei sie wohlweislich einen großen Bogen um den Garten gemacht hatte, wo sie den Landgrafen vermutete. Eifrig winkend zerrte ihre Mutter sie in ein leeres Gemach, nachdem sie sich nach etwaigen unliebsamen Zeugen umgeschaut hatte.

„Mutter, was ist denn passiert? Wieso seid Ihr so aufgeregt." Margarete schaute ängstlich um sich.

„Nichts ist passiert, aber es werden wohl noch Dinge geschehen, die wir uns nicht haben träumen lassen."

„Wovon redet Ihr?"

„Du gefällst dem Landgrafen. Das hat er mir soeben gesagt."

Margaretes Gesicht verhärtete sich. Schon wollten ihre Fäuste sich in ihre Taille stemmen, da schlug ihr die Mutter auf die Hände und zischte: „Dummes Ding! Dem Landgrafen so unfreundlich zu begegnen."

„Aber Mutter, Ihr selbst habt mich vor ihm gewarnt. Ich war nur folgsam."

„Ja, folgsam bist du, du gutes Kind", erwiderte die Hofmeisterin nun und strich ihrer Tochter über die Wange. Aber wenn du dem Landgrafen tatsächlich so gut gefällst, wie ich eben den Eindruck hatte, dann könnte uns daraus ein großes Glück erwachsen."

„Aber Mutter, wovon redet Ihr? Ihr könnt doch nicht wollen, dass ich mich zu der endlos langen Reihe seiner bösen Huren geselle."

„Schweig jetzt, dummes Ding!" Darauf folgte eine leichte Ohrfeige, und Margarete hielt sich die Wange, die die Mutter vor wenigen Augenblicken noch gestreichelt hatte. „Wir werden geschickt vorgehen und alles so einfädeln, dass er sich ganz und gar in dich verliebt. Aber du wirst ihm nur gehören als Ehefrau."

„Aber er ist doch verheiratet!" rief Margarete, der immer ängstlicher zumute wurde.

„Scht, leise! Die Landgräfin ist kränklich und bekommt beinahe jedes Jahr ein Kind. Daran kann eine schwache Frau bald sterben. Und du bist noch so jung. Denk dir doch nur, wie es wäre, wenn du Landgräfin wärst! Wie klingt das? Landgräfin Margarete von Hessen?"

„Aber ich kann der Landgräfin doch nicht den Tod wünschen!" flüsterte Margarete verzweifelt.

„Wenn du es nicht kannst, ich kann es ohne weiteres."

„Mutter, Ihr macht mir Angst. Wohin soll das nur führen?"

„Lass mich nur machen und tu genau was ich dir sage, dann führt es in die vollkommene Glückseligkeit."

Mit Landgraf Philipp von Hessen war eine Veränderung vorgegangen: Der Garten, in dem er sonst Ruhe fand, erschien ihm plötzlich so eng, dass er glaubte, darin ersticken zu müssen. Er ging zum Marstall und ließ sich sein Pferd satteln. Er sprengte hinunter ins Tal, hinein in den Wald, über Wege, die er schon unzählige Male entlang geritten war. Mit Freunden zur Jagd, mit seiner Schwester, mit Christine. Er kannte diese Wege bei Regen und Sonnenschein, im Herbstlaub, kahl oder weiß überzogen von winterlichem Raureif. Nun waren die Bäume grün, hier und dort leuchteten abgeerntete Felder gelb unter der Sonne, auf den Streuobstwiesen glänzten schon die grünen Äpfel.
Philipp richtete sich im Sattel hoch auf und schaute sich um. Wohin er auch blickte, alles was er sah, gehörte ihm. Selbst wenn er sich auf den höchsten Turm seines Schlosses stellte und weit ins Land hinausschaute, gab es nichts zu sehen, was nicht ihm gehörte. Doch all dies konnte seine Brust nicht weiten. Lange lag sein Blick auf einem kleinen Weizenfeld, das der Bauer gerade mit der Sense aberntete. Schwungvoll glitt das Blatt in die reifen Halme, die widerstandslos fielen. Die Bäuerin und eine Magd banden die Halme zusammen zu großen Garben, die sie gemeinsam zu Hausten aufstellten. Sie wischten sich mit den Handrücken Schweiß von den Gesichtern. Da hörte Philipp plötzlich ein Geräusch: Der Bauer hatte die Sense aufgestellt und wetzte mit geschickten, schnellen Bewegungen das Blatt. Dann fielen von neuem große Schwaden gemähten Korns zu Boden.
Philipp merkte kaum, dass ihm die Tränen über die Wangen liefen. Die Weite des Landes machte ihm plötzlich angst. Sollte er zurück ins Schloss? Oder doch lieber in die Stadt - vielleicht ins Hurenhaus, in dem er sich noch immer Erleichterung verschafft hatte? Nein! Er musste nur tiefer in den Wald, fort von den sonnenglänzenden Feldern, fort vom Wetzen der Sense. Sein Schicksal stand wie ein drohender, zerklüfteter Berg vor ihm. Sobald er starb, würde er Höllenqualen zu leiden haben, die selbst die schlimmsten Kriegsverletzungen, die er je erlitten hatte, in den Schatten stellten. Und

doch schien sich ihm heute der Ausweg eröffnet zu haben, auf den er schon so lange wartete: Margarete von der Saale. Er sprach ihren Namen leise vor sich hin. Wie angenehm er ihm über die Lippen kam! Margarete! Waren das nicht wunderschöne Silben, die man liebevoll und zärtlich aussprechen konnte? Er war ein Mann im besten Alter; vierunddreißig Jahre war er alt. Wie alt mochte die kleine Margarete sein? Sechzehn, siebzehn? Langsam ordneten sich seine Gedanken. Wie oft hatte er schon in der Bibel von den Erzvätern gelesen, dass sie mehr als eine Frau gehabt hatten. Jacob selbst, der gottgefällige Mann, hatte zuerst Lea und dann Rahel geheiratet. Seit Jahren schon keimte in ihm die Vorstellung, dass er als hessischer Landgraf auch eine Doppelehe eingehen könnte, ganz nach alttestamentlichem Vorbild. Sicher, das war etwas ganz und gar Ungewöhnliches, aber Martin Luther sollte ihm diese zweite Ehe genehmigen. Philipp war von Anfang an klar gewesen, dass er zuerst den Tod seines Schwiegervaters abwarten musste. Nun war Herzog Georg endlich tot. Er konnte nicht mehr eingreifen, was er zu Lebzeiten, selbst im gebrechlichsten Zustand, sicher getan haben würde.

Christine sollte ihre Einwilligung geben; er würde ihr schon erklären, dass sein Seelenheil auf dem Spiel stand und sie als Ehefrau nicht anders könne, als ihm ihre Erlaubnis schriftlich zu geben, damit er endlich wieder zum Abendmahl gehen konnte, nachdem er Margarete geheiratet hatte. Und er wollte einen Brief an Luther schreiben, den er schon seit Jahren in seinem Kopf immer wieder formuliert, verworfen und neu geschrieben hatte. Im Grunde brauchte Philipp nicht den Rat Luthers, sondern nur seine Zustimmung, denn die Ehe würde sich nicht lange geheim halten lassen, und dann musste Philipp den großen Reformator als Fürsprecher vorweisen können. In Margarete sah Philipp die Frau, die für alle Zeiten seine Lust stillen konnte, mit der er bis an sein Lebensende in einer christlichen Ehe leben wollte, die endlich seine unbändige Gier nach Huren befriedigen sollte. All dies wollte er tun, damit er wieder guten Gewissens zum Abendmahl gehen konnte. So lange und so ausführlich hatte Philipp sich das alles in seinen Gedanken zurechtgelegt, immer wieder von allen Seiten betrachtet und war schließlich zu dem Schluss gekommen, dass eine zweite Ehefrau die einzige

gottgefällige Lösung all seiner Probleme war.
Margarete.
Diese kühle Abweisung! Gerade dies entflammte das Feuer in seinen Lenden. Und wie sie ihm ihr Kinn entgegen gereckt hatte! Wie ihre Lippen gezittert hatten, als sie sich noch beim Sprechen der Unverschämtheit ihrer Worte innegeworden war. Seit er sie zum ersten Mal richtig wahrgenommen hatte, war ihm bewusst geworden, wie satt er die angemalten Huren alle hatte. Margarete erschien ihm wie ein Engel so rein; und nur dieser himmlisch reine Engel wäre imstande, seine Seele zu retten. Bilder stahlen sich in seine Gedanken, in denen er ihr Kinn ergriff und sie zwang, ihm in die Augen zu schauen, während er ihr seine Liebe gestand und ihr befahl, seine Frau zu werden.
Wie befreit ritt er aus dem Wald heraus und über die abgeernteten Felder. Auf einer Obstwiese riss er einen Apfel vom Baum und biss hinein. Der unreife Apfel war hart und sauer. Er warf ihn gegen den Stamm, wo er in Stücke zersprang, den Rest spuckte er aus. Dann gab er seinem Pferd die Sporen und sprengte zurück zum Schloss.

Elisabeth beobachtete überrascht, welche Veränderung mit Philipp vorgegangen war. Er zeigte sich Christine gegenüber freundlich und sogar fürsorglich, befahl ihrer Kammerfrau ein warmes Tuch zu holen, als sie abends leicht fröstelte und fragte sie an diesem Abend mindestens drei Mal nach ihrem Befinden. Christine war selig. Endlich schenkte Philipp ihr die Aufmerksamkeit, die sie sich schon immer von ihm gewünscht hatte. Er konnte ein so guter Ehemann sein! Er blickte die bemalten Hofdamen, die nur zu gerne das Bett mit ihm teilten, nicht einmal von der Seite an, und an den folgenden Tagen tätigte er keinen einzigen Ausritt ins Hurenhaus. Gegen Elisabeths Hofdamen war er zuvorkommend und höflich, wie Elisabeth überrascht bemerkte; sogar gegen das kleine Küken von der Saale, das mit seinen schmalen Hüften und der flachen Brust kaum als Frau zu erkennen war. Philipp schien erleichtert wie jemand, der nach langem Dunkel endlich wieder Licht sah und ein Ziel vor Augen hatte.
Elisabeth wagte kaum zu hoffen, dass ihre Ermahnungen gefruchtet hatten

und Philipp sich von nun an wirklich bessern wollte, um bald wieder zum Abendmahl gehen zu können.

Eines Abends, nachdem man die Tafel aufgehoben hatte, spielten Musikanten ruhige Weisen, denen der Hofstaat lauschte. Die Hofdamen, Elisabeth und Christine saßen beisammen, sogar einige der Räte waren nach dem Essen geblieben. Philipp saß alleine in einer der Fensternischen im großen Saal. Er saß dort ganz für sich, doch schien ihn gerade dies auf eine stille Art zu beglücken. Er lächelte, bewegte die Lippen, hob die Brauen, ganz so als spreche er mit jemandem.

„Na, Brüderchen, führst du schon Selbstgespräche?"

„Da widerspricht mir wenigstens niemand", erwiderte er leicht aufgeschreckt, als habe er ein schlechtes Gewissen.

„Heute Abend bin ich in so guter Stimmung, dass ich dir auch nicht widersprechen werde. Ich sehe mit Freuden, dass es dir besser geht. Als wir ankamen, warst du so offensichtlich bedrückt - von deiner Krankheit, deinem..." Doch Elisabeth vollendete den Satz nicht. Eine so friedliche Stimmung wollte sie nicht zerstören.

„Ja, es geht mir mit einemmal viel besser. Ich habe das Gefühl, ich könnte ein besserer Mensch werden, mein Leben ändern, so tugendhaft leben, dass ich wieder zum Abendmahl gehen und meine Seele retten könnte."

„Wie kommt das? Ist dir etwa ein Engel begegnet?"

„Wie in einem süßen Traum. Ich werde mit Christine in Frieden leben. Du musst dir keine Sorgen mehr machen. Mein Arzt, Dr. Gereon Sailer, wird mich sicherlich vollständig kurieren."

„Wo ist er denn hingeritten? Ich habe ihn gestern mit einem kleinen Wachtrupp abreiten sehen. Ist es eine längere Reise?"

„Ja. Er ist unterwegs nach Straßburg. Dort wird er mir die Medizin holen, die ich brauche und die mein Leiden lindern wird. Und wenn ich wieder ganz genesen bin, werde ich ein anderer Mensch sein."

„Das scheint eine ganz besondere Medizin zu sein, die Sailer da holt. - Ist nicht auch Martin Bucer in Straßburg, der dich schon beraten hat? Wird Sailer ihn treffen?"

„Ja, ich habe Sailer ein Schreiben mitgegeben für Bucer. Der Theologe war

mir in den letzten Jahren ein wertvoller Ratgeber, wenn ich auch nicht alles schätze, was er sagt. Die Konfirmation für die Jugend ist sicher sehr wertvoll und wird helfen, Aberglauben und alten Glauben zu verdrängen.
Letztes Jahr lief der Schutzbrief für die Juden ab, den ich ihnen 1532 ausgestellt hatte. Ich hatte Bucer beauftragt zu prüfen, ob und unter welchen Voraussetzungen die Juden in Hessen bleiben könnten und hatte ihm dazu sieben Artikel vorgelegt[30]. In fünfen dieser Artikel hatte ich ausgesprochen günstige wirtschaftliche Bedingungen für die Juden festgelegt. Sie sind schließlich ein wichtiger Bestandteil unseres Handels. In den letzten beiden Artikeln bin ich ganz der Tradition gefolgt und habe ihnen untersagt, über ihren Glauben zu diskutieren und sie verpflichtet, sich Bekehrungspredigten anzuhören.
Bucer hat die ersten fünf Artikel verworfen und mit den führenden hessischen Reformatoren einen Judenratschlag ausgearbeitet, den er mir im Dezember letzten Jahres zugeschickt hat. Er wollte den Juden jeglichen Handel verbieten und sie zu schweren, schmutzigen und erniedrigenden Arbeiten zwingen, wie Kloaken fegen und Tierkadaver beseitigen."
„Du liebe Güte!" rief Elisabeth entsetzt. „Wie kommt er denn dazu?"
„Er ist noch gemäßigt. Seine Kollegen hätten die Juden am liebsten ganz aus Hessen vertrieben."
Hier erhob sich die Närrin, die sich unbemerkt zu Füßen ihrer Herrin niedergelassen und aufmerksam gelauscht hatte. Auch Elfriede hatte sie griffbereit und fragte: „Wieso kann man die Juden nicht einfach in Ruhe lassen. Sie tun doch niemandem etwas."
„Die Juden haben unseren Herrn Jesus ans Kreuz geschlagen. Es war ein Jude, der ihn verraten hat. Judas - das Bild eines Juden", erklärte Philipp die gängige Meinung seiner Zeit, aber damit wollte die Närrin sich nicht zufrieden geben. „Also noch mal zum Mitschreiben für alle Narren dieser Welt: Jesus ist für die Sünden der Menschheit gestorben und das war Gottes Wille. Richtig? Gott wollte also, dass Jesus am Kreuz stirbt, und Jesus ist auch ganz bewusst auf seinen Tod zugegangen.
Wieso ist Judas dann der Böse? Er hat doch einfach nur dafür gesorgt, dass

30 Siehe zu diesem Thema Greschat, Martin: Martin Bucer; Ein Reformator und seine Zeit (1491 - 1551), Münster 2009, S. 180 ff.

die Römer den Richtigen ergriffen haben.“ Hier meldete sich Elfriede zu Wort: „Dass die Römer ein bisschen doof sind und besser nach Hause gehen würden, hatte sich bei den Juden damals schon so weit rumgesprochen, dass sie es sogar hundert Mal an ihre Jerusalemer Stadtmauer geschrieben haben. Romanes eunt domus!“

„Quatsch! Es muss heißen Romani ite domum! Und jetzt halt die Klappe!“ fuhr die Närrin ihre Elfriede an. Dann wandte sie sich wieder an Philipp und Elisabeth: „Wenn also Judas unseren Herrn Jesus nicht geküsst hätte, dann hätten sich die Römer wahrscheinlich ... den Gärtner geschnappt, und einem Gärtner kann man wohl kaum zumuten, für die Sünden der Menschheit zu sterben. Dann hätte Gott einschreiten müssen; er hätte den Himmel aufreißen müssen mit Engelsgesang, gleißendem Licht und allem Brimborium - wie man das so von ihm kennt - und hätte schreien müssen: ‚NEIN! Nehmt nicht den, ihr Idioten! Das ist doch der Gärtner! Nehmt den anderen da, den mit den langen Haaren und dem Bart!‘ Welcher Römer hätte im Angesicht der himmlischen Heerscharen nicht mit vollen Hosen Reißaus genommen? In diesem Fall wäre Jesus also auch nicht für die Sünden der Menschheit gestorben, sondern hätte die Zimmereiwerkstatt seines Vaters Joseph übernommen, mit Maria Magdalena viele hübsche Kinder in dic Welt gesetzt, sich irgendwann einen ruhigen Lebensabend im Kreise seiner Lieben gegönnt, und he! - wer hätte ihn dann noch als Gottes Sohn anbeten wollen? Ergo!“ rief sie und zerstach wieder einmal mit ihrem spitzigen Zeigefinger die Luft, „ohne Judas keine Kreuzigung und ohne Kreuzigung kein Christentum. Ohne Judas würden wir heute noch Thor und Freya anbeten und ganz fürchterlich unanständige, wilde Gottesdienste feiern.“ Ihre Stimme ließ bei diesen Worten keinen Zweifel an ihrem tiefen Bedauern. „Also ist Judas für die Christen doch richtig gut und wichtig. Wir sollten die Juden auf Händen tragen und willkommen heißen in unserer Mitte, anstatt sie mit willkürlichen, lächerlichen, idiotischen Gesetzen zu beschweren. Mit unserem Judenhass werden wir es irgendwann so weit auf die Spitze treiben, dass wir uns vor aller Welt werden schämen müssen.“

„Närrin, schweig jetzt und lass uns eine Weile ernsthaft reden!“ sagte Elisabeth ungehalten.

„Ich hab auch gerade ernsthaft geredet." Daraufhin verneigte sie sich mit unbewegter Miene und ging, wobei nicht einmal die Schellen ihres Gewandes bimmelten, wie Elisabeth überrascht bemerkte. Doch dann wandte sie sich wieder ihrem Bruder zu: „Also, wie kommt Bucer darauf, dass die Unterdrückung der Juden gottgefällig sei?"

„Er begründet das mit dem alten Testament."

„Ausgerechnet!" stöhnte Elisabeth.

„Ja. Im Deuteronomium steht geschrieben, dass man diejenigen nicht dulden soll, die die wahre Religion verletzen. Bucer ist nun der Ansicht, dass eine christliche Obrigkeit Juden nicht dulden könne, denn die Bibel sei göttliches Gesetz, dem sich auch ein christlicher Staat zu verpflichten habe. Außerdem sieht er in der Strafandrohung, die Gott gegen die Juden ausspricht - und die auch im Deuteronomium niedergeschrieben ist - eine Prophezeiung. Ich hab die Stelle auch genau gelesen und kann dir sagen, dass Gott in diesem Kapitel dem Volk Israel Segen und Fluch ankündigt: Fluch für den Fall, dass sie seine Gebote nicht halten, Segen für den Fall, dass sie ein ihm gefälliges Leben führen und seine Gebote halten. Man kann den Juden keineswegs vorwerfen, dass sie Gottes Gebote nicht halten. Sie sind wahrhaft fromme Leute, die Gott ehren, die die Obrigkeit als gottgegeben hinnehmen und mit ihrem Handel unser Land bereichern. Es gibt keinerlei Grund, die Juden zu vertreiben. Ich musste den Reformatoren anhand der Bibel erklären, wieso ich die Juden in meinem Land haben will. Im Römerbrief ist einmal von der Gastfreundschaft die Rede, die wir auch Andersgläubigen erweisen sollen, an anderer Stelle werden sogar die Heidenchristen davor gewarnt, überheblich gegen die Christen zu sein, die vorher Juden waren."

„Ich bin wirklich froh, dass du das genau so siehst wie ich. Weißt du, Philipp, in Dresden hat man über mich manchen Unsinn erzählt und ich durfte dort meinen Glauben nicht leben. Ich hab am eigenen Leib erfahren, wie schlimm das ist. In Rochlitz sind die Juden willkommen. Hast du von Bucers Ratschlag überhaupt irgendetwas umgesetzt?"

„Sie müssen keine Zwangsarbeit verrichten und dürfen weiterhin ihren Handel treiben. Dies allerdings nur unter strenger Aufsicht. Ihre gelben

Judenhüte müssen sie natürlich auch tragen. Neue Synagogen werden sie nicht bauen dürfen, auf ein Zusammenleben zwischen Juden und Christen steht die Todesstrafe. Damit bleibe ich weit hinter dem zurück, was Bucer gefordert hat."
„Dann will ich gar nicht wissen, was er den Juden alles antun wollte. - Aber nun, lass uns nicht mehr von Politik reden. Ich bin ja auch hier, um meine Ehepläne zu besprechen. Ich habe mir unseren Vetter dritten Grades Herzog Christoph von Württemberg ausgesucht und bitte dich herzlich, diese Ehe zu vermitteln. Er ist auch lutherisch und dreizehn Jahre jünger als ich. Ich wäre so glücklich, wieder einem Mann meine Hand reichen zu können. Aber wenn du ihm schreibst, lass es so aussehen, als sei es deine Idee; oder noch besser, lade ihn ein und sprich mit ihm und bring ihn dazu, selbst auf die Idee zu kommen, mich zu heiraten. Ich kann dann ganz überrascht und geehrt sein."
„Wie soll ich ihn denn dazu bringen, diese Idee selbst zu haben?"
Elisabeth seufzte. „Dann lass das die Sorge deiner Gemahlin sein. Glaub mir, Frauen können das."
„Ich weiß!" erwiderte Philipp mit einiger Bitterkeit.
„Du bist mir immer noch böse, dass ich die Ehe zwischen dir und Christine eingefädelt habe! Glaub mir, ich habe es damals nur gut gemeint und war überzeugt, dass sie eine gute Ehefrau ist."
„Dies zu beurteilen hättest du allerdings einem Mann überlassen sollen. Glaub mir, das können Männer besser!"
„Ach, Philipp, lass uns nicht streiten! Lass die Musikanten eine fröhliche Weise spielen, damit wir alle tanzen können."

Am nächsten Morgen hatte Philipp die Einladung an Herzog Christoph von Württemberg schon wieder vergessen. Sein eigenes Ziel verfolgte Philipp in den kommenden Tagen mit einer Vehemenz, die wohl in der langen Zeit begründet lag, in der diese Pläne gereift waren. Seine Prädikanten Melander, Lening und Corvinus[31] hatten einen kurzen, erschrockenen Blick gewechselt, sich aber dann entschlossen, der Bibelauslegung ihres Fürsten zu

31 Siehe Rockwell, William Walker; Die Doppelehe des Landgrafen Philipp von Hessen. Leipzig 1903, S. 38.

folgen und keinerlei Einwände gegen eine Doppelehe in der Heiligen Schrift zu finden. Kanzler Feige dagegen warnte seinen Herrn vor den politischen Konsequenzen, erinnerte ihn daran, dass auf Bigamie die Todesstrafe stand, wie es seine fürstlichen Gnaden höchst selbst noch vor wenigen Jahren in der Halsgerichtsordnung des Kaisers mit unterzeichnet.

„Wenn der Kaiser Euch der Bigamie überführt, dann hat er Euch in der Hand. Er könnte an Euch die Todesstrafe vollstrecken - was er sicher nicht tun wird, da für Euch das Fürstenrecht gilt, und Ihr bei lebendigem Leibe ein willkommenes Werkzeug seid. Er wird Euch nämlich ganz sicher dazu zwingen, Euch freizukaufen mit extrem schmerzlichen Zugeständnissen. Ihr gefährdet die Sache der Evangelischen! Das Ausmaß, die Folgen können wir noch gar nicht absehen. Es könnte das Ende der Reformation sein," rief Feige. Außerdem wagte der Kanzler daran zu erinnern, dass er seinen Herrn vor Otto von Pack dringend gewarnt habe und dass es beinahe zu einem Krieg gekommen wäre, hätten nicht alle anderen Parteien so vernünftig und besonnen gehandelt, wie es für den Herrn Landgrafen ganz und gar untypisch war[32]. Wie dem auch sei - an Philipp prallten alle Warnungen ab und er wartete voller Ungeduld auf die Rückkehr seines Arztes, der hoffentlich Bucer aus Straßburg mitbringen würde.

Während Dr. Sailer in dieser Mission nach Straßburg reiste, traf sich Philipp mit Margaretes Mutter. Dies geschah an einem stillen Abend, als alle im Schloss bereits schliefen. Philipp hatte Anna von der Saale in eines der kleinen Gemächer gebeten, wo sie nun zur festgesetzten späten Stunde erschien.

„Wir danken Euch für Euer Kommen, Frau Hofmeisterin!" begrüßte Philipp seine hoffentlich baldige Schwiegermutter.

„Ich danke Euer Gnaden für die Ehre, die Euer Gnaden mir und meiner Tochter zuteil werden lassen", sagte sie, indem sie sich tief verneigte. Als Philipp sie bat, sich zu erheben und ihr mit einladender Geste einen Platz anwies, fühlte sie sich mehr als geschmeichelt.

„Ihr wisst, dass Eure Tochter Uns über alle Maßen gut gefällt."

32 Siehe dazu: Dülfer, Kurt; Die Packschen Händel: Darstellungen und Quellen. Marburg 1958.

Außerdem: Zimmer, Anja; Auf dass wir klug werden. Lauter 2011. S. 164 ff.

Anna von der Saale machte es sich in dem Sessel gerade bequem, hielt aber kurz inne, bevor sie erwiderte: „Ich will meine Tochter nicht in Unehren bringen. Sie ist ein wahrhaft braves, folgsames Kind, das nur als Ehefrau einem Mann gehören wird."
„Selbstverständlich. Wir möchten Margarete zu Unserer Ehefrau machen."
„Ich kann Euer Gnaden versprechen, dass sie Euch gehören wird, sobald Euer Gnaden Witwer sind. In den kommenden drei Jahren will ich sie keinem anderen zur Frau geben. Euer Gnaden werden in meinem Haus jederzeit willkommen sein."
Ihr Blick huschte über Philipps lange, kraftvolle Beine, die er lässig übereinandergeschlagen hatte.
„Ihr habt mich nicht richtig verstanden. Ich will Eure Tochter heiraten. Jetzt! Bald! Sobald es möglich ist."
„Aber das wäre doch erst nach dem Tod der gnädigen Landgräfin möglich. Ihr wollt doch nicht etwa…?"
Anna von der Saale hatte sich halb aus ihrer bequemen Haltung erhoben und starrte den Landgrafen erschrocken an; doch der wiegelte ab. „Nein, nein, das Blut Unserer Gemahlin soll keineswegs auf unser Haupt kommen. Wir streben eine Lösung alttestamentlicher Art an."
Anna von der Saale begriff nicht.
„Ihr kennt doch sicher auch die Geschichten aus dem Alten Testament. Jacob, der zuerst Lea und dann Rahel geheiratet hat. Auch Abraham hatte mehrere Frauen. All diese Männer lebten gottgefällig. Und so sehen auch Wir kein Hindernis, eine Zweitehe einzugehen.[33]"
Hier vergaß Anna von der Saale all ihre Ehrfurcht und katapultierte ihre umfangreiche Gestalt aus dem Sessel empor. Mit aufgerissenen Augen stand sie keuchend vor dem Landgrafen, der das Ungeheuerlichste von sich gegeben hatte. Eine zweite Ehefrau, obwohl die erste noch nicht tot war! Bigamie! Ein solcher Frevel musste den Zorn Gottes heraufbeschwören.
„Bitte, setzt Euch wieder!" Anna von der Saale gehorchte, wenn auch nur zögernd.
„Wir verstehen, dass Ihr entsetzt seid, doch Wir haben die Bibel lange und

---

33 Siehe Rockwell 1903, S. 22 ff.

eingehend genug studiert, um zu wissen, dass es rechtens ist. Wir erwarten bald unseren Arzt Dr. Sailer zurück, der Martin Bucer aus Straßburg holen soll. Er wird nach Wittenberg reisen, um sich dort von Luther und Melanchton die Rechtmäßigkeit der Doppelehe bestätigen zu lassen. Es wird eine reine Formsache sein. Wir wissen, dass dies bisher nicht üblich war, doch wenn man die Heilige Schrift genau liest - und glaubt Uns, Wir haben sie sehr genau gelesen - dann erkennt man zwangsläufig, dass eine Doppelehe vollkommen gottgefällig ist. Ist es nicht besser, eine Geliebte zu ehelichen, als zu vielen Huren zu gehen? Wir lieben Eure Tochter über alle Maßen und können Uns nicht vorstellen, ohne sie zu leben. Sie muss Uns gehören, sonst sind Wir verloren." Und ausführlich beschrieb er der entsetzten Hofmeisterin seine Seelenqualen, die ihn nun schon seit langen Jahren peinigten und die ihn noch über seinen irdischen Tod hinaus peinigen würden, wenn Margarete ihn nicht rettete. Außerdem versicherte er ihr immer wieder in aller Ausführlichkeit, dass Bucer, Melanchton und Luther selbst ihn dabei unterstützen wollten.

„Nun, wenn Euer fürstliche Gnaden das sagen, dann ist es sicher so. Dann sollt Ihr mein Kind zur Frau bekommen. Aber ich muss darauf bestehen, dass alles öffentlich gemacht wird und dass die Doppelehe vor der Welt verteidigt wird. Luther soll dazu eine Schrift verfassen und man soll es von den Kanzeln predigen lassen, auch wenn keine anderen Leute Doppelehen eingehen. Ich will, dass mein Kind vor übler Nachrede geschützt ist. Außerdem muss ich darauf bestehen, dass mein Landesherr Herzog Heinrich davon erfährt und auch zustimmt."

„Wir denken, es ist besser, den alten Herzog Heinrich nicht damit zu behelligen. Wir werden an Herzog Moritz schreiben und ihn zur Hochzeit einladen oder ihm vorschlagen, einen Stellvertreter zur Hochzeit schicken. Aber ob Wir die Ehe zu diesem Zeitpunkt schon öffentlich machen können, wagen Wir zu bezweifeln. Die Sache ist zu heikel, als dass man sie an die große Glocke hängen könnte, denn wir haben mächtige Gegner, die Luther nicht als Autorität anerkennen. Aber die martinischen Adligen, die Uns wichtig sind, die sollen erfahren, dass das Verhältnis eine heimliche Ehe ist."

Philipp hatte sich erhoben und war ans Fenster getreten. Der Mond tauchte die Landschaft in totenbleiches Licht.

Auch die Hofmeisterin war aufgestanden. Ihre Gedanken hatten sich überschlagen und schnell war sie zu der Erkenntnis gelangt, dass eine Doppelehe mit dem Segen Luthers vollkommen in Ordnung war, und so konnte sie nun ihren Blick auf die wesentlichen Dinge des Lebens richten: „Euer Gnaden könnten für das Kind ein Hofgut kaufen. Ich wüsste auch ein solches in der Nähe meines eigenen Besitzes. Man könnte es so aussehen lassen, als habe Margarete das Gut gekauft. Zusätzlich könnten Euer Gnaden der neuen Ehefrau noch dreitausend Gulden schenken, damit sie ausreichend versorgt ist."

„Ja, das könnte gehen…", überlegte Philipp. Im Stillen suchte er nach einer Möglichkeit, Margarete vom Hof Elisabeths zu entfernen, ohne dass diese erfuhr, was vor sich ging.

„Wir könnten Margarete entführen und auf dieses Gut bringen."

„Eine Entführung? Falls es zu diesem Äußersten kommen sollte, würde ich zürnen, aber nicht zu sehr, solange nur die Gelehrten die Doppelehe für rechtens halten. Aber ich muss darauf bestehen, dass die Ehe nicht für immer heimlich bleibt."

„Bis die Gelehrten die Rechtmäßigkeit der Doppelche verkündet, bis Menschen im Land diese Neuerung begriffen haben, wird noch eine Weile vergehen. Bis dahin sollten wir die Ehe geheim halten, vor allem, um Margarete zu schützen. Sobald die Landgräfin stirbt, soll Margarete ihren Platz einnehmen."

„Da wäre noch etwas. Euer Gnaden mögen mir vergeben. Es ist mir auch ganz und gar unangenehm, Euer Gnaden darauf anzusprechen, aber man sieht Euer Gnaden deutlich an, dass Euer Gnaden sehr leidend sind. Ich fürchte sehr um das Wohl meines Kindes. Wenn Euer Gnaden sich heilen lassen, dann wird auch mein Kind keinen Schaden nehmen."

„Das lasst nur Unsere Sorge sein. Unser neuer Arzt, Dr. Gereon Sailer, ist ein sehr erfahrener Mann, der Uns schon kurieren wird. Geht nun!"

Am folgenden Tag, als Christine und Elisabeth im Kreise ihrer Hofdamen im Garten saßen und einen goldenen Septembertag genossen, bekam Marga-

rete von ihrer Mutter ein Briefchen zugesteckt. „Geh hinein und lies. Dann tust du genau was darauf steht“, flüsterte sie und machte dabei ein Gesicht, das jegliche Fragen verbot. Etwas verwundert aber gehorsam erhob sich Margarete, ging ins Schloss, wo sie den Brief entfaltete. Die Handschrift war ihr nicht bekannt, doch zeugte sie von der Entschlossenheit des Schreibers. Die Buchstaben verschwamm vor ihren Augen; so sonderbar waren diese Worte. Von Liebe sprachen sie, von Erlösung und Glück.
„Wir hoffen, Unser Brief hat Sie nicht erschreckt!“ Der Landgraf stand plötzlich hinter ihr. Erschrocken fuhr Margarete herum und fiel in einen tiefen Hofknicks, als sie ihn erblickte.
„Euer Gnaden mögen mir meine Worte vergeben. Es war gewiss nicht böse gemeint.“
Er trat so dicht an die Kniende heran, dass ihr Scheitel beinahe seine Beine berührte. Er sah ein leises Zittern und kniete sich zu ihr.
„Aber Euer Gnaden, was tut Ihr?“
„Erheben Sie sich, Margarete, bitte! Wir können nun nicht länger schweigen. Wir müssen Ihnen bekennen, wie vollkommen Wir Sie lieben.“ Philipp hatte sich erhoben und auch Margarete mit sich emporgezogen. Dabei hatte er geschickt bewerkstelligt, dass sie mit dem Rücken zur Wand stand. Wieder stand er ganz dicht vor ihr, stützte beide Hände an die Mauer und hielt Margarete zwischen seinen Armen wie gefangen.
„Euer Gnaden, Ihr macht mir Angst! Bitte, lasst mich gehen.“ Mit geschlossenen Augen wandte sie sich ab. Ihr Hände lagen an der Wand, als suche sie nach einem Halt. Philipp sah an ihrem dünnen, weißen Hals bläuliche Adern schimmern. Sein warmer Atem machte sie zittern.
„Da kommt jemand!“ flüsterte sie ängstlich.
Der Landgraf schaute den Korridor hinab. Diesen Moment benutzte Margarete zur Flucht, und Philipp konnte nur noch ihre verhallenden Schritte hören, denn sie war schnell um die nächste Ecke verschwunden. Knurrend schlug er seine Faust gegen die Wand. Natürlich war niemand da, der Zeuge dieses Stelldicheins hätte werden können. Sie hatte ihn an der Nase herumgeführt! Dieser Widerstand! Noch niemals hatte er das erlebt. Bald sollte sie ihm gehören. Es war nur eine Frage von wenigen Monaten, bis er sie

besitzen würde. Er musste behutsam vorgehen, sich zügeln, wollte er sie nicht verschrecken.

Schwer atmend und am ganzen Leibe zitternd lief Margarete zu ihrem Gästezimmer und ließ sich dort auf ihr Lager fallen. Ihr war übel, ihre Seite schmerzte von der Eile und in ihrem Kopf überschlugen sich die schrecklichsten Gedanken. Sie hatte Angst. Noch niemals in ihrem Leben hatte sie sich so winzig und ausgeliefert gefühlt wie in dem Moment, als er sie gegen die Mauer gedrückt hatte. Sie spürte noch immer die kalte Wand in ihrem Rücken, atmete in Gedanken noch einmal seinen Duft, spürte wieder seinen Atem an ihrem Hals und brach in Tränen aus. Sie weinte sich in den Schlaf, der sie mitnahm in ein gnädiges Vergessen. Nach einer Weile kam ihre Mutter, schloss die Tür leise hinter sich und setzte sich auf die Bettkante. Liebevoll strich sie dem schlafenden Kind eine Haarsträhne aus der Stirn. Margarete schlief. Vorsichtig streichelte sie ihr die Wange. Da regte sich das Kind und schlug die Augen auf.
„Du hast so schön geschlafen! Hab ich dich etwa geweckt?"
Margarete blinzelte ihre Mutter an. Das Vergessen, mit dem der Schlaf sie beschenkt hatte, zerfiel zu Wirklichkeit und sie weinte erneut.
„Aber, aber, mein Kind!" sagte die Hofmeisterin und wiegte ihre Tochter in ihren Armen. „Ist es denn so schrecklich, von einem solchen Mann geliebt zu werden? Gefällt er dir denn gar nicht? Bist du mir denn überhaupt nicht dankbar, dass ich dir seine Gunst verschafft habe? Was hat er denn getan? War er grob zu dir oder unfreundlich?"
„Nein, nein, er war überaus freundlich, aber er stand so dicht vor mir. Er ist so riesig groß." Margarete konnte nur flüstern. „Mutter ich habe Angst. Ich will das alles nicht. Ich hab ein solch banges Gefühl. Das kann nicht gut gehen. Man kann doch nicht einem Mann gefallen wollen und darauf warten, dass seine Gemahlin stirbt."
„Nein, nein, darauf warten wir nicht. Wir wollen der lieben Frau Landgräfin doch nicht den Tod wünschen! Das wäre ja gar zu schrecklich. Lass dich von dem Fürsten bewundern und umwerben."
„Aber was soll ich tun, wenn er mich wieder allein antrifft? Ihr müsst bei

mir bleiben. Immer. Die ganze Zeit. Versprecht mir, dass Ihr mich nicht alleine lasst."
„Ach, du kleines, dummes Ding! Der Landgraf wird dich nicht fressen. Er liebt dich und er wird dich auf Händen tragen. Er ist der Fürst. Ganz gleich was er tut, es ist alles rechtens."
„Bevor wir hierher gekommen sind, habt Ihr mir noch gesagt, dass ich mich vor ihm hüten soll."
„Da wusste ich es noch nicht besser. Nun erzähle mir, was vorgefallen ist."
Da berichtete Margarete stockend, wie sie falschen Alarm gegeben hatte und so dem Fürsten entkommen war.
„Pfui, das war sehr ungezogen von dir. Nun geh und schreib dem Landgrafen auch ein kleines Briefchen. Das wird ihn sicher freuen. Vielleicht kannst du mit einem freundlichen Wort wieder gut machen, was du verdorben hast."
„Ich habe nichts verdorben!"
„Du hast den Fürsten am Narrenseil geführt; das gehört sich nicht! So, und jetzt komm und schreib. Ich diktiere dir. Setz dich da hin!"
„Aber Mutter, das ist der Platz unserer Herzogin. Ich kann doch nicht einfach auf ihrem Stuhl sitzen und ihre Feder benutzen."
„Doch, du kannst. Ich kann sie hier vom Fenster aus sehen. Sie sitzt noch immer im Garten."
Und Margarete schrieb gehorsam die Worte auf, die die Mutter ihr in die Feder diktierte, auch wenn sie ihr die Schamesröte ins Gesicht trieben. Ihre Mutter diktierte ihr eine Bitte um Vergebung, sprach von süßem Schrecken, den gnädigen Herrn Landgrafen so nahe gespürt zu haben; von Ehrfurcht, Demut und Dankbarkeit; von freudig erregtem Zittern und der Hoffnung, dass dies bald wieder geschehen möge.
„Aber ich will nicht, dass es wieder geschieht. Ich habe Angst!" widersprach Margarete kläglich.
„Nun stell dich nicht so an! Der Landgraf ist ein so schöner Mann. Ich wäre froh, wenn ich... Du hast solches Glück! Nun sei nicht undankbar und tu, was ich dir sage."

Margarete gehorchte. Bereits am Abend war Philipp im Besitz eines Briefchens, das seine Hoffnungen anstachelte. Ein Stelldichein versprach sie ihm, noch am gleichen Abend.

Unter einem Vorwand war Margarete gemeinsam mit der Mutter aus dem Gästezimmer gegangen. Der Mond warf sein eisiges Licht durch die Butzenscheiben; die Kerze, die die Mutter mitgenommen hatte, warf zitternde Schatten an die Wand und ängstigten Margaretes ohnehin aufgescheuchte Seele noch mehr.

„Hier drinnen wartet der Fürst auf dich! Nun geh zu ihm und sei ein braves Kind. Aber dass du es nicht zu weit kommen lässt. Tu was ich dir gesagt habe!" schärfte die Hofmeisterin ihrer Tochter mit erhobenem Zeigefinger ein. Dann öffnete sie die Tür, schob Margarete in die Kammer und schloss die Tür wieder. Auf dieser Seite des Schlosses schien der Mond nicht durch die Fenster. Alles war finster, neben den mächtigen Truhen und Schränken schienen schwarze Löcher zu klaffen. Für einen Augenblick blieb Margarete an der Tür stehen. Ihre Augen huschten durch den Raum.

„Hallo, ist da jemand?" Sie erschrak vor ihrer eigenen Stimme, so dünn und zerbrechlich klang sie. Da gewahrte sie den Landgrafen in einer der dunklen Ecken. Er saß auf einer Bank, seine schlanken, festen Beine hatte er übereinandergeschlagen. Nun erhob er sich betont langsam und kam auf sie zu.

„Ich bin glücklich, dass Ihr gekommen seid, Fräulein Margarete. Ist Euch kalt? Ihr zittert." Tatsächlich nahm er seinen kurzen, mit Pelz verbrämten Umhang ab und legte ihn Margarete um die Schultern. „Ist Euch so wohler, mein Fräulein?"

„Danke, Euer Gnaden." Ihre Stimme hatte kaum an Sicherheit gewonnen.

„Ihr schreibt, Ihr wolltet Uns um Vergebung bitten. Es gibt nichts, was Wir Euch vergeben müssten. Seid bitte ganz getrost. Und ich will Euch nichts tun. Ihr müsst keine Angst haben vor mir. Wollt Ihr Euch nicht setzen?" Er führte sie zu der Bank, auf der er eben noch gesessen hatte und ließ sie Platz nehmen. Mit einiger Genugtuung sah er, dass es sie sehr verunsicherte, mit ihm auf einer Bank zu sitzen, ganz so als sei sie Seinesgleichen. Doch er war gewillt, ihr diese Unsicherheit zu nehmen und fragte sie aus über ihr Leben. Sie erzählte von ihren vier Geschwistern, mit denen sie auf Gut Schönfeld

in der Nähe von Meißen aufgewachsen war und das sie mit ihrer Mutter immer wieder besuchte. Mit interessierten Nachfragen ermutigte er sie, mehr zu erzählen, und so berichtete sie auch von ihrem Leben in Rochlitz. Wie schön es dort war, wie gütig und milde die Herzogin all ihren Hofdamen gegenüber war; was für verrückte Späße die Närrin manchmal trieb. Da senkte sie ihre Stimme zu einem kaum hörbaren Flüstern: „Letztes Jahr im Herbst hat die Närrin das Stroh, das auf dem Abtritt bereitliegt, mit Hagebuttensamen eingerieben. Wir saßen ganz friedlich beisammen und haben gesungen, da plötzlich höre ich meine Mutter aus dem heimlichen Gemach nach der Närrin schreien. ‚Wenn mich jemand sucht - ich bin in der Neuen Welt!' hat die Närrin gesagt und sich dann schnell aus dem Staub gemacht."
Margarete hatte sogar jetzt wieder ein wenig gelacht, wurde aber sogleich wieder ernst und sagte: „Ich sollte Euer Gnaden nicht solche Sachen erzählen und erst recht sollte ich nicht über den Schaden meiner Mutter lachen. Bitte, vergebt mir!"
„Aber Margarete, Ihr sprecht immer von Vergebung. Ihr tut rein gar nichts, wofür Ihr um Vergebung bitten müsstet. Es ist lange her, dass ich mich so sehr amüsiert habe. Dafür bin ich Euch dankbar."
Sehr vorsichtig ergriff er ihre Hand und wollte sie an seine Lippen führen, doch da erhob sich Margarete.
„Vergebt mir, Euer Gnaden, nun muss ich fort!" Damit erhob sie sich, nahm seinen Mantel von ihren Schultern, knickste und war verschwunden.
Nun verlangte Philipps Leibesmitte übermächtig nach einem Gang ins Hurenhaus.

In den folgenden Tagen wurden Briefchen gewechselt, man traf sich, doch verfügte Fräulein Margarete von der Saale über weitaus mehr Tugendhaftigkeit als der Landgraf ertragen konnte. Das Äußerste, was sie ihm erlaubte, war ein Kuss auf die Hand.
Vielleicht war es ein Blick von Philipp, der etwas zu lange auf Margarete ruhte, eine Geste, ein allzu tiefes Erröten des Mädchens, was Elisabeth misstrauisch machte. Sie begann die beiden zu beobachten und stellte sehr bald mit einigem Entsetzen fest, dass Philipp offenbar ein deutliches Inte-

resse an Margarete hatte. Schon am nächsten Tag ließ sie alles zur Abreise vorbereiten. Bezüglich ihres eigenen Bräutigams konnte Elisabeth in Kassel nun ohnehin nichts mehr ausrichten, die Einzelheiten der Eheschließung zwischen Moritz und Agnes waren auch weitgehend geklärt, also war ihr Aufenthalt in Kassel nicht mehr weiter erforderlich.
Philipp war hin und hergerissen zwischen Wut auf seine Schwester, die ihm Margarete entzog; andererseits hatte er nun freie Bahn, um Gereon Sailer und Bucer zu empfangen, die sicher bald ankommen mussten. Dann war die Gefahr gebannt, dass Elisabeth von seinen Plänen erfuhr, und Christine würde keine Fragen stellen.

Rochlitz im Oktober 1539

„Margarete, Sie sind nun im besten Heiratsalter. Was halten Sie von einer Eheschließung?"
Elisabeth hatte ihre junge Hofdame in ihre Schreibstube kommen lassen, während sie die Hofmeisterin mit einem Auftrag hinunter in die Stadt geschickt hatte. Margarete stand vor ihrer Herrin, knickste, lächelte und schien nicht abgeneigt.
„Der Herr von Lichtenhain ist nur wenige Jahre älter als Sie, hat aber schon seinen Vater beerbt und ist einer meiner reichsten Untertanen. Sie kennen Ihn bereits von unserem Turnier. Sie haben sogar schon mit ihm getanzt. Erinnern Sie sich? Was denken Sie darüber?"
Hier wurde Margarete etwas unsicher, denn ihre Mutter hatte sie noch niemals mit Fragen nach ihrer Meinung behelligt.
„Ich denke", begann Margarete langsam, „dass ich mich mit diesem Gedanken anfreunden könnte. Ich kann mich auch noch sehr gut an ihn erinnern. Er war ein sehr freundlicher Mann. Er hat mich zweimal zum Tanzen geholt, obwohl ich die Schritte noch gar nicht gut konnte."
„Da haben wir's! Das ist doch wunderbar. Ich werde ihm schreiben und ihn einladen. Sie dürfen gehen."
Elisabeth war zufrieden. Margarete war viel zu tugendhaft, um sich in einer

Affäre mit einem Mann, der sie niemals heiraten würde, entehren zu lassen. Als Elisabeth die Heiratspläne der Hofmeisterin mitteilte, machte diese ein süß-saures Gesicht dazu und bedankte sich sehr artig für die Fürsorge, die Ihre Gnaden dem Kinde zuteil werden ließ.

Wittenberg 9. Dezember 1539

Es schneite, als Bucer in Wittenberg ankam. Sein Schiff legte an, ein Wagen, den seine Begleiter besorgten, brachte ihn durch die Stadt und zum Haus des großen Reformators. Weitere Wagen fuhren hinterdrein, auf denen mehrere Fässer Wein lagen - ein Geschenk von Philipp an Luther. Es war das alte Kloster, in dem Martin Luther mit seiner Familie und zahlreichen Studenten lebte. In dem weitläufigen Innenhof fegte gerade ein Knecht die Wege frei, Kinder spielten, ein Schneemann hatte deutliche Ähnlichkeit mit dem Hausherrn. Die Reisenden waren durchgefroren und konnten kaum die Finger biegen, um an die Haustür zu klopfen, doch diese wurde glücklicherweise ein wenig geöffnet, und sie sahen sich einer jungen Frau gegenüber, die sie forschend anblickte.
„Seid gegrüßt! Wir möchten Dr. Luther sprechen“, sagte Bucer.
„Seid gegrüßt. Wer seid Ihr?“ Ganz offensichtlich war diese Frau keineswegs gewillt, fremde Herren einfach so ins Haus zu lassen, selbst wenn diese sehr ehrbar aussahen und bis ins Knochenmark durchgefroren waren.
„Ich bin Martin Bucer, das sind die Männer, die der Landgraf von Hessen mir zur Seite gestellt hat, denn ich bin in seinem Auftrag unterwegs. Es ist sehr wichtig.“
Die großen Namen beeindruckten die Frau nur wenig, aber sie öffnete die Tür nun weit, damit alle eintreten konnten.
„Doktor Luther ist oben in seiner Stube. Er hat aber schon Besuch. Ich muss ihn erst fragen, ob es ihm recht ist. Eure Begleiter können sich derweil hier in der unteren Stube wärmen.“
Dieser Vorschlag stieß auf größte Dankbarkeit. In der Stube stand eine lange Tafel mit Bänken. Studenten saßen leise murmelnd in Bücher vertieft,

schrieben oder debattierten miteinander. Für die Neuankömmlinge machte man Platz beim Feuer, eine andere Magd brachte warmes Bier, das die Männer genüsslich tranken.
Bucer war der ersten Magd die Treppe hinauf gefolgt und betrat nun die Stube Martin Luthers, wo ein mächtiger Ofen vor sich hin bullerte.
„Martin Bucer!" rief Luther erfreut und erhob sich, um ihn herzlich zu begrüßen. Der Besuch war Philipp Melanchton, der sich ebenfalls freute, Bucer wiederzusehen.
„Meine Frau Katharina habt Ihr noch nicht kennengelernt", stellte Luther nun seine Käthe vor, wobei eindeutig Stolz in seiner Stimme mitschwang.
„Seid gegrüßt, Frau Lutherin", sagte Bucer kurz und verneigte sich sehr flüchtig, worauf er sich wieder den Herren zuwandte.
„Guten Abend, Herr Bucer!" erwiderte Katharina, während ihre Augen kritisch auf dem Gesicht des unerwarteten Besuchers lagen.
Luther freute sich so sehr, den alten Bekannten wiederzusehen, dass er Katharinas Stirnrunzeln gar nicht bemerkte, sondern fortfuhr: „Wie lange haben wir uns nicht gesehen? Es ist wohl einige Jahre her, ich glaube es war beim Religionsgespräch in Marburg. Von Straßburg ist es eine weite Reise. Was führt Euch hier her?" Luther bot ihm einen Stuhl an, die Magd war schon gegangen, um fürs leibliche Wohl der Herren zu sorgen.
„Es ist eine sehr heikle Angelegenheit..." flüsterte Bucer nun mit einem Seitenblick auf Katharina. „Nicht für Weiberohren bestimmt. Wenn sie es auf der Gasse erzählt..." Da wurde Luther plötzlich sehr ernst.
„Meine Ehefrau ist verschwiegen und immer dabei, wenn wir uns hier unterhalten. Und wenn der böse Feind noch keine Macht über mich gewonnen hat, dann habe ich das meiner Käthe zu verdanken." Er hatte sich hinter sie gestellt und seine Hände auf ihre Schultern gelegt. „Sie bleibt. Ich habe vor ihr keine Geheimnisse. Und wenn es heikel wird, schätze ich ihren Rat besonders. Also sprecht ganz frei und offen!"
Bucer seufzte schwer auf und schaute von einem zum anderen. Sein finsterer Blick blieb an Katharina haften, die eine ihrer Augenbrauen hob. Das besserte Bucers Laune keineswegs, denn er war überrascht, wie viel Spott Katharina Lutherin in einer einzigen ihrer sehr feinen Augenbrauen unter-

zubringen vermochte.
Bucer wand sich. Er wusste, dass Tratsch gefährlich war, aber wenn er sich weigerte zu reden, dann würde das seinem Anliegen sehr abträglich sein. Also begann er zunächst mit den unverfänglichen Fakten: „Ich komme im Auftrag Landgraf Philipps von Hessen."
„Ein guter Mann! Von starkem Glauben. Schon in seiner Jugend hat er die Bibel so eifrig studiert als wolle er ein Prediger werden. Wir haben viele Briefe ausgetauscht. Ich lese sie immer wieder mal, wenn sie mir in die Finger kommen", erzählte Melanchton.
„Nun, es ist sicher eine wichtige Angelegenheit, sonst würde der Landgraf Euch nicht zu dieser Jahreszeit quer durchs deutsche Reich schicken. Was können wir für ihn tun?"
Bucer holte tief Luft, rieb noch einmal die starren Finger aneinander, die nur langsam auftauten und schaute in die freundlichen, offenen Gesichter der beiden großen Wittenberger.
„Zunächst lässt er schöne Grüße ausrichten und schickt Euch ein Fuder Wein." Indem er das ausgesprochen großzügige Geschenk erwähnte, begab er sich mit einer Zehenspitze auf dünnes Eis, was aber nur Katharina Lutherin bemerkte, denn sie runzelte misstrauisch die Stirn, gespannt, welche Gegenleistung dafür verlangt wurde. Luther selbst lachte noch und sagte: „Ein ganzes Fuder Wein? Das ist mehr als großzügig. Ich hoffe er verlangt nicht zu viel dafür."
„Es ist eine wirklich sehr heikle, delikate Angelegenheit." Bucers Miene ließ Luther innehalten und schweigen; und nun senkte Bucer seine Stimme, die Männer beugten sich zu ihm. „Er will eine zweite Ehefrau nehmen nach dem Vorbild der alttestamentlichen Erzväter."
„Er will WAS?" riefen die Wittenberger wie aus einem Mund. Katharina war so entsetzt, dass sie sich beinahe nach klösterlichem Brauch bekreuzigt hätte.
„Eine zweite Ehefrau. Neben Christine."
„Er ist vollkommen von Sinnen. Hat er den Verstand verloren? Er kann doch wie jeder andere anständige Fürst seine Geliebten und Huren haben so viel er will. Er muss sie doch nicht heiraten!" Luther war aufgesprungen und

durchmaß mit langen Schritten den Raum.
Melanchton dozierte: „In der Genesis steht ausdrücklich geschrieben, dass *ein* Mann und *eine* Frau *ein* Fleisch werden sollen. Im neuen Testament ist gar nicht mehr die Rede von mehreren Ehefrauen, sondern immer nur von einer. Was er vorhat, ist Bigamie. Darauf steht die Todesstrafe. Ich bin überrascht, dass der Landgraf das offenbar nicht weiß. Wie kann er denn solches wollen? Auch wenn der Kaiser ihm dafür sicher nicht den Kopf abschlagen lassen wird, weil für ihn das Fürstengesetz gilt, so muss er doch als Fürst seinen Untertanen mit einem guten Beispiel vorangehen!"
„Da habt Ihr vollkommen recht, Melanchton. Das sehe ich ganz genau so. Eine zweite Ehefrau, eine Doppelehe sozusagen, ist gegen das Gesetz und gegen die göttliche Ordnung." Luther stand wie ein unerbittlicher Fels vor Bucer, als die Magd ein Tablett mit dampfenden Krügen brachte. Bucer legte seine Hände um den Becher und wartete, bis die Magd wieder verschwunden war, bevor er sprach.
„Ich weiß, das ist schockierend. Ich war auch entsetzt, als der Arzt des Landgrafen zu mir nach Straßburg kam, um mir zu berichten, was der Landgraf vorhat, aber sein Entschluss steht schon unumstößlich fest. Er wird sich davon nicht abbringen lassen, und er hat mir anhand der Bibel genau erklärt, warum er diese zweite Ehe für die einzig mögliche Lösung hält. Gerade weil er ein Vorbild für seine Untertanen sein muss, will er nicht fortwährend in der Sünde leben. Ihr stellt Euch nicht die Seelenqual vor, die er leidet, weil er schon seit langer Zeit nicht mehr beim Abendmahl war." Ausführlich beschrieb Bucer nun, wie sehr Philipp litt und wie sehr er sich danach sehnte, wieder Gemeinschaft mit dem Herrn zu haben. „Er tut diesen Schritt nicht leichtfertig, sondern aus tiefen Gewissensqualen heraus. Es ist ihm nicht möglich, seinen Trieb zu zähmen. Ich habe hier einen Brief, den er Euch geschrieben hat." Bucer griff unter sein Wams und reichte Luther den Brief, doch dieser starrte nur ärgerlich darauf und schaute dann wieder Bucer an. „Erzählt mir lieber. Den Brief werde ich später lesen."
„Nun, er ist sich ganz sicher, dass eine zweite Frau seinen Trieb für alle Zeiten befriedigen kann. Wenn er mit ihr verheiratet wäre, dann bräuchte er nicht mehr zu den Huren zu gehen. Mit seiner Gemahlin verbindet ihn

nichts. Er behauptet sogar, sie sei hässlich, unfreundlich, rieche übel und spreche dem Wein weitaus mehr zu als ihr gut tue. Er hält es für gottgefälliger, mit einer zweiten Frau das Lager zu teilen, die er geheiratet hat, anstatt mit vielen Huren zu schlafen. Sich scheiden zu lassen, kann er Christine nicht abverlangen."[34]

Luther wand sich und kratzte sich am Hals. „Ja, irgendwie... hat er da auch... recht", rang er sich schließlich ab.

„Aber Herr, jetzt haben Sie ja beiden recht gegeben", sagte nun Katharina Lutherin, die bisher nur mit besorgter Miene zugehört hatte.

„Ja, Herr Doktor, Ihr habt uns beiden recht gegeben und Euer Herr Käthe ist jetzt der dritte, der recht hat", erwiderte Melanchton und zwinkerte Katharina zu. Dass er den Spitznamen benutzte, den ihr der Hausherr gegeben hatte, nahm dem Reformator den letzten Wind aus den Segeln.

„Diese Sache ist viel zu ernst, als dass man dabei scherzen könnte", sagte Luther streng. „Bedenkt doch die Folgen. Wie stehen wir da vor Gott. Ihm allein sind wir Rechenschaft schuldig, und wir können es nicht verantworten! Nein! Und das Fuder Wein will ich nicht annehmen. Den Wein nehmt Ihr wieder mit."

Katharina erhob sich. „Die Folgen für die Reformation sind nicht abzusehen, aber ich denke, sie werden katastrophal sein. Dann werden die Altgläubigen mit den Fingern auf Euch zeigen und rufen: ‚Da seht ihr, worum es dem Luther geht! Vielweiberei will er einführen, genau wie die Wiedertäufer!' Und denkt doch nur daran, was für ein entsetzlicher Schlag das für die Landgräfin sein muss, eine zweite Ehefrau neben sich dulden zu müssen. Und wie es der armen Frau ergehen wird, die der Landgraf heiratet, daran will ich gar nicht denken. Tut es nicht! Es ist zu gefährlich!"

„Ist denn schon eine Braut für ihn im Gespräch?" wollte Luther nun wissen.

„Das kann ich Euch nicht sagen", erwiderte Bucer.

Im Haus wurde Kinderschreien laut. Als es nicht aufhören wollte, ging Katharina zur Tür.

---

34 siehe zu Philipps Motivation: Richhardt, Dirk; Der Bigamist aus reinem Gewissen. In: Norbert Stieniczka (Hrsg.); Mit dem Glauben Staat machen. Beiträge zum Evangelischen Philipps-Jahr 2004. Quellen und Studien zur Hessischen Kirchengeschichte, Band 12; Darmstadt und Kassel 2005.

„Machen Sie uns ein Abendessen? Das ist recht“, sagte Luther nun, wobei alle Schärfe aus seiner Stimme gewichen war.
„Ja, ich mache Abendessen. - Und ich werde die Knechte anweisen, das Fuder Wein in den Keller zu schaffen. Ganz gleich, wie Ihr Herren Euch entscheidet, bin ich der Ansicht, dass der Landgraf uns allein für diese ungeheuerliche Frage zehn Fuder Wein und hundert Ochsen hätte schicken sollen“, stellte Katharina klar. Luther öffnete den Mund und hob dabei einen Zeigefinger, aber Katharina hatte schon die Tür hinter sich geschlossen.
„Was ist denn da oben los?“ fragte die Magd, als es in der Schreibstube immer lauter wurde. Nur Wortfetzen waren von der hitzigen Debatte zu verstehen, hier und da ein ‚Niemals!’
„Das willst du gar nicht wissen!“ sagte Katharina bloß und hackte mitten in einen Kohlkopf.

Das Abendessen brachte alle auf andere Gedanken. In der großen Runde, die aus Luthers Familie, dem Gesinde und etlichen Studenten bestand, die bei Familie Luther gegen einen Obolus wohnten, wurde es sogar richtig lustig. Bucer saß neben Katharina und schaute verwundert auf ihre Hände, die beinahe so groß und fest waren wie Männerhände. Diese Frau arbeitete unermüdlich, um all die Mägen zu füllen, die sich an der Tafel einfanden. Sicher, sie hatte Knechte und Mägde, die fünf Kinder halfen auch schon fleißig mit, aber ihr als Hausherrin war es wohl nur sehr selten vergönnt, mit einer einfachen Näharbeit am Ofen zu sitzen. „Herr Käthe“ war nur ein Spitzname, den ihr Gemahl ihr gegeben hatte. „Morgenstern zu Wittenberg“ nannte er sie zuweilen, denn sie stand schon früh vor Tag auf. Auch mit „Gebieterin“ sprach er sie an, denn die energische Katharina hatte Ordnung in das weltferne Leben des Mannes gebracht und als erstes den verschimmelten Strohsack, auf dem der große Reformator zu nächtigen pflegte, verbrannt. Dank ihr war das Kloster zu einem lebendigen Ort geworden, in dem sich viele Menschen wohl fühlten. Und nicht nur Sinn fürs Praktische hatte sie, die gute Käthe, sondern hatte ihrem Martin vor einem Jahr ein neues Steinportal geschenkt, das den Haupteingang sehr repräsentativ erscheinen ließ. Luther nahm zwar kein Geld für seine Schriften, doch die Familie lebte dank seiner Einkünfte für Vorlesungen und Katharinas Umsicht in einigem Wohlstand. Da sie als Frau selbst keinerlei Geschäfte tätigen durfte, ließ sie durch ihren Ehemann Gartenland anpachten und kaufen, um genügend Gemüse zu ziehen, damit sie die Familie und die zur Miete wohnenden Studenten ernähren konnte. An der Abendtafel ließ sie sich von den Mägden und Knechten von deren Tagewerk berichten, besprach, was am morgigen Tag getan werden musste. Von ihrem Gemahl hielt sie alle diese Sorgen fern. Nach dem Essen saß man noch lange beisammen, einige der Studenten holten ihre Instrumente und es wurden deftige Trink- und Liebeslieder gesungen. Es war schon spät, als die Musikanten endlich müde wurden. Da ergriff Luther die Laute. „Und jetzt? Zum Abschluss noch ein ruhiges Lied? Ein wenig weihnachtlich darf es schon sein." Und er spielte ‚Nun komm der Heiden Heiland'. Die Mägde waren froh, dass sie nun nicht alle Strophen ‚Vom Himmel hoch' ertragen mussten.

*

„Ich habe keine Ahnung, mit wem oder was dieser Bucer verheiratet ist, aber eine Frau kann es nicht sein", sagte Katharina, als sie mit ihrem Mann im Schlafzimmer alleine war. „Vielleicht hat er aus Versehen seinen Türpfosten geheiratet."
Martin lag schon im Bett und hatte sich auf seinen Ellbogen gestützt, um seiner Frau beim Auskleiden zuzuschauen.
„Sei nur gnädig mit ihm, denn Frauen wie dich gibt es nicht viele. Wenn ich daran denke, was ich dir alles zu verdanken habe..."
„Martin, ich möchte noch einmal sagen, dass ich das äußerst bedenklich finde, was der Landgraf da verlangt", sagte Katharina, als sie ihr Nachtgewand überstreifte. „Wie stellt er sich das vor? Glaubt er wirklich, die Menschen würden alttestamentliche Zustände einfach so akzeptieren?" Ärgerlich löste sie ihre Zöpfe und begann sie zu kämmen.
„Ach, mein Herr Käthe, ich weiß. Aber es ist bekannt, dass der Herr Landgraf niemals von etwas lässt, was er sich in den Kopf gesetzt hat. Er hat seine Bibel wahrlich gründlich studiert und leitet seinen Anspruch her wie ein

Advokat. Wer weiß, ob es überhaupt jemals dazu kommt; und falls doch, werden wir die Sache heimlich halten müssen. Es dürfte dann niemand erfahren, dass er eine Doppelehe eingehen will."

„Und Sie glauben allen Ernstes, dass sich ein solcher Skandal - und das wäre es wahrhaftig - geheim halten lässt? Eine Sache, die so fürchterlich stinkt, wird eher früher als später auch von anderen gerochen. Und dann? Das wird der Reformation großen Schaden zufügen. Außerdem will er doch gar nicht Ihren Rat. Er will nur eine Unterschrift von Ihnen haben, die er dann der Welt präsentieren kann, wenn die Geschichte doch ans Tageslicht kommt. Und denkt irgendjemand von Ihnen an die arme Frau, die er damit ins Unglück stürzen wird?"

„Von einer bestimmten Frau war noch gar nicht die Rede. Noch ist er diesen Schritt nicht gegangen und wer weiß, vielleicht lässt er sich damit auch noch ein paar Jahre Zeit. Lass uns nicht streiten über ungelegte Eier."

„Es ist ganz gleich, ob er es morgen tut oder in zehn Jahren. In jedem Fall werden Sie dumm dastehen. Dann werden Sie nämlich nicht sagen können: ‚Den Kerl hab ich noch nie gesehen!' Das wird Ihnen keiner glauben, sondern alle werden denken, dass Doktor Luther ebenfalls den Verstand verloren hat, genau wie der Landgraf. Und nach ungelegten Eiern klang euer Gespräch keineswegs. Das war nicht nur Gegacker, das war Hahnenkampf!"

„Katharina, Kathrinchen, hattest du nicht selbst verlangt, dass wir die Theologie und erst recht die leidige Politik aus unserem Ehebett verbannen?"

„Ja, ich weiß, das habe ich", sagte sie spitz. „Aber ich persönlich *bin* ja auch noch nicht in unserem Ehebett, sondern stehe davor."

Sie hatte ihre Zöpfe neu geflochten und mit einer kleinen Lederschnur zugebunden.

„Dann komm jetzt zu mir; mir ist kalt. So kalt wie früher in meiner Klosterzelle." Er hatte die Decke zurückgeschlagen und seine Arme ausgebreitet.

„In deiner Klosterzelle hattest du aber wenigstens deine Ruhe vor einem Weib, das selbst denkt und dann auch noch die Frechheit besitzt, Fragen zu stellen", erwiderte sie, als sie zu ihm ins Bett schlüpfte.

„Hat hier irgendjemand behauptet, dass ich meine Ruhe haben will?" flüsterte er, als er seine Arme um sie schloss.

„Aber Martin! Bucer schläft in der Kammer direkt nebenan", zischte Katharina leicht empört.
Martin legte seine Stirn in tiefe Falten. „Und ich fürchte, fürchte, fürchte", sagte er sehr ernst, indem er sich am Kopf kratzte, „Bucer ahnt, dass keines unserer Kinder vom Himmel gefallen ist." Dann strahlte er seine Käthe an und rief: „Drum komm, du liebes Käthchen mein, wir wollen nicht die Faulsten sein!"

Der nächste Tag brachte Nebel, der dicht wie graues Linnen vor den Fenstern hing. Gleich nach dem Morgenimbiss kam auch Melanchton wieder, und die drei Männer zogen sich zurück.
Nach langem Überlegen kamen sie zu dem Schluss, dass eine Doppelehe das kleinere Übel war im Vergleich zu einer Scheidung. Mit vielen Spitzfindigkeiten, Haken, Ösen und doppeltem Boden wurde ein Ratschlag formuliert, in dem man dem Landgrafen zwar von seinem Schritt abriet, ihn aber doch nicht verbot und strengste Geheimhaltung zur absoluten Bedingung machte. Höchst ungern und in der Hoffnung, dass es wohl niemals dazu kommen werde, wurde der Ratschlag von Luther und Melanchton unterzeichnet, und mit einem schweren Magengrimmen verabschiedeten sie Bucer, der gleich weiter nach Weimar zum Kurfürsten reiste, um dessen Placet einzuholen.

Luthers Haustür im Kloster zu Wittenberg.

Kassel, 11. Dezember 1539

Immer wieder stand Philipp am Fenster und sehnte den Wagen herbei, der Bucer aus Sachsen zurückbringen sollte, doch mit ihm war noch lange nicht zu rechnen. Mit etwas Glück war Bucer vielleicht schon in Wittenberg angelangt. Sailer und Bucer waren Mitte November aus Straßburg angekommen, und Bucer war vor zwei Wochen alleine weiter nach Wittenberg gereist, denn auf Sailer konnte Philipp nicht mehr verzichten. Der Arzt hatte aus Straßburg tatsächlich auch eine Medizin für Philipps Leib mitgebracht: Guajakholz aus der Neuen Welt. Aus diesem Holz braute er einen Sud, den Philipp trinken musste. Dampfbäder und eine Schmierkur mit Quecksilbersalbe sollten die letzten Reste der schrecklichen Krankheit vernichten.[52] Philipp graute schon jetzt vor dem abscheulichen Sud, den Sailer ihm für den Nachmittag angekündigt hatte. Aber er musste diese Leiden auf sich nehmen.
Und noch etwas hatte er sich für den heutigen Tag vorgenommen: Christine sollte ihm schriftlich ihr Einverständnis zu seiner zweiten Ehe geben. Den Vertrag, den Christine ihm in ihrer eigenen Handschrift abschreiben sollte, hatte Philipp schon längst formuliert und aufgeschrieben.
Christine war schon wieder leidend, ein röchelnder Husten schüttelte ihren Leib unablässig, sie war bleich und schwächlich. Es half alles nichts. Irgendwann musste sie es tun, warum also nicht heute? Philipp wandte sich vom Fenster ab, dann nahm er die Papierbögen von seinem Schreibpult, um seine Frau in ihrem Gemach aufzusuchen.

„Hinaus! Alle!" befahl er, als er in Christines Zimmer trat. Verwundert schaute seine Gemahlin ihn an.
„Herr, Sie wollen doch nicht etwa...?" Christines Stimme war kaum mehr als ein Krächzen.
„Nein, Herrin, seien Sie ohne Sorge. Wir sind nicht hier, um unsere ehelichen Pflichten zu erfüllen. Wir erbitten von Ihnen lediglich die Abschrift

52 siehe Köttelwesch, Sabine; Margarete von der Saale. In: Geliebte, Gemahlinnen, Mätressen. Verein für hessische Geschichte und Landeskunde e. V. 1834 Kassel - Zweigverein Hofgeismar. Hofgeismar 2004. S. 17 ff.

eines Dokumentes. Wenn Sie so freundlich wären?“
„Aber Herr, kann das nicht ein Kanzleibeamter tun? Was ist das? Sie sehen doch, dass ich im Bett liege.“
„Dann erheben Sie sich. Ich werde Ihnen Ihren Umhang holen.“
„Herr, es ist kalt. Ich friere selbst in meinem Bett. Hat das nicht Zeit bis morgen? Ich bin sicher, dass es mir dann schon viel besser gehen wird.“
„Nein, Herrin, es muss heute sein. Es ist von höchster Wichtigkeit und ausgesprochen dringend.“
Umständlich schälte sich Christine aus ihrem Bett, schlüpfte in ihre Schuhe und warf sich ihren Umhang um die Schultern, den Philipp ihr mit einer ungeduldigen Geste hinhielt. Fröstelnd stand sie da und schaute ihn an mit ihren immer ruhigen, blanken, braunen Augen. Sofort kochte Groll in Philipp auf. Immer diese Augen, die in sein Innerstes zu blicken schienen! Er hielt ihr die Blätter hin, Christine las und schaute ihn nach den ersten Sätzen mit offenem Mund an.
„Herr, Sie sollen WAS?“ Und wie zu sich selbst sprechend fuhr sie fort: „Ich träume wohl. Ich habe einen Fieberwahn. Aber der Medikus sagte doch selbst, dass mein Fieber schon wieder fast verschwunden sei.“ Dabei suchte sie tastend nach einem Halt.
„Das mag sein. Freut mich sehr, wenn Ihr Fieber sinkt!“ sagte Philipp leicht ärgerlich. „Nun setzen Sie sich schon hin und schreiben Sie!“ Er ging zu ihrem Tisch, kramte Papier, Tinte und Feder hervor, legte alles zurecht, rückte sogar noch das Papier gerade und wies auf den Stuhl, der vor dem Tisch stand. Christine gehorchte - wie immer. Sie setzte sich hin, legte die Blätter, die Philipp ihr gegeben hatte, neben sich auf den Tisch und griff nach der Feder.
„Ich verstehe nicht ganz, hier steht, dass ich damit einverstanden sein soll, dass Sie eine zweite Gemahlin nehmen? Wollen Sie nicht vielleicht warten bis ich tot bin?“ Ihre Stimme klang merkwürdig schrill.
„Nein, wie könnte ich denn darauf warten wollen? Sie sind meine Gemahlin.“ Philipp sprach begütigend und legte ihr sogar eine Hand auf die Schulter. „Ich werde nach alttestamentlichem Vorbild eine zweite Ehefrau nehmen, ganz wie es die Erzväter getan haben, die alle gottgefällige Män-

ner waren. Ich habe schon mit den Gelehrten gesprochen. Bucer ist ganz meiner Meinung. Er ist auf dem Weg zu Luther nach Wittenberg und wird auch das Einverständnis des Reformators holen. Es ist nichts weiter als eine Formsache."

„Herr, Sie sind von Sinnen! Wie kann ich denn mit einer solchen Gotteslästerung einverstanden sein? Nein, ich werde mich nicht schuldig machen an Ihnen und Ihnen auch noch meine Einverständniserklärung geben für den abscheulichsten Frevel, von dem ich je gehört habe."

„Soll ich mich etwa scheiden lassen? Ist es das, was Sie wollen? Und wo wollten Sie dann wohnen? Auch der letzte Ihrer Familie ist tot. Sie haben keinen Ort mehr, an den Sie sich nach einer Scheidung flüchten könnten, und ins Kloster werden Sie wohl kaum gehen wollen. Ich muss eine zweite Ehefrau haben. Sie wissen doch selbst, wie es um mich steht. Mein Trieb ist kaum zu bändigen. Ich merke doch, dass es Ihnen nur eine Last ist, wenn ich Ihnen beiwohne. Und ich will nicht mehr zu den zahllosen Huren gehen und mein Seelenheil verspielen. Diese zweite Ehe ermöglicht mir, wieder zum Abendmahl zu gehen, meine Seele zu retten. Wollen Sie etwa daran schuld sein, wenn meine Seele in der Hölle brennt?"

„Aber Herr, ich flehe Sie an. Gerade wenn ich Ihnen hier in dieser Sache zu Willen bin, werden Sie brennen. Verstehen Sie denn nicht? Nehmen Sie doch Vernunft an!"

„Ich war nie vernünftiger!" Langsam verlor Philipp die Geduld.

„Darauf steht die Todesstrafe. Das weiß sogar ich. Ich kann doch nicht meinen Gemahl, den Vater meiner Kinder, dem Tod ausliefern! Herr, ich kann das nicht. Bitte, gehen Sie in sich, überdenken Sie die Sache. Bedenken Sie, was das für Folgen haben wird!" Christine hatte sich wieder erhoben und rang verzweifelt die Hände. Sie glaubte, mit einem vollkommen Wahnsinnigen zu sprechen, den nicht der winzigste Strahl der Vernunft erreichen konnte. Eine Doppelehe! Wie unfassbar schrecklich!

„Wollen Sie etwa gescheiter sein als ich, als Bucer, als Luther selbst? Was bilden Sie sich ein? Weib! Setzen Sie sich hin und schreiben Sie ab, was ich Ihnen vorgeschrieben habe. Sofort!" Philipp benutzte seine Schlachtfeldstimme und zitternd gehorchte Christine. Sie tauchte die Feder in die Tinte, streifte sie sorgfältig am Rand des Tintenfasses ab, doch trotzdem fiel ein Tropfen auf das Papier. Eine Träne fiel dazu und verdarb das Blatt vollends. Schnell tupfte sie mit ihrem Ärmel über das Blatt, doch Philipp zog es ungeduldig fort und rückte ihr das darunterliegende, saubere Blatt zurecht. Dann schrieb Christine mit ihrer ordentlichen Schrift ihren Namen und all ihre Titel auf, doch als sie dann schreiben sollte, dass sie einverstanden sei, dass Philipp sich ein zweites Eheweib nehmen mochte, fiel ihr doch die Feder aus der Hand und sie schluchzte so heftig, dass ein Hustenanfall ihre Kammerfrauen alarmierte und diese besorgt ins Zimmer stürzten.

„Hinaus! Hatten Wir Ihnen nicht befohlen, hinaus zu gehen? Und weg von der Tür!" rief Philipp zornig. Dann packte er Christine bei den Schultern, drehte sie zu sich herum und fauchte: „Weib, ich werde brennen, wenn Sie nicht tun, was ich sage. Wollen Sie das? Wollen Sie, dass ich Höllenqualen leide für all meine Untaten, die ich begangen habe? Hätten Sie daran Freude? Ja? Ich werde zur Hölle fahren, wenn ich keine zweite Ehe eingehe, in der ich dann gottesfürchtig leben kann. Ich verspreche Ihnen, dass ich nur noch zu meiner zweiten Ehefrau gehen werde, aber in kein Hurenhaus."

„Aber Herr, ich flehe Euch an, begreift doch! Ich will nicht, dass Ihr brennt, ich will Euch vor allem Übel bewahren!" Christines Husten war abgeebbt, sie konnte nur noch wimmern.

„Gut! Dann schreiben Sie das hier ab. Sie werden Martin Luther doch wohl nicht in theologische Fragen hineinreden wollen", knurrte Philipp.

Und Christine schrieb, dass sie einverstanden war und keinerlei feindliche Schritte gegen die zweite Gemahlin oder deren Kinder unternehmen wolle. Dabei kreuzte sie die Finger ihrer linken Hand unter dem Tisch, was Philipp jedoch nicht sah. Er legte ihr ein Schreiben vor, in dem er ihr versprach, dass die Söhne aus der zweiten Ehe keinen Anspruch auf das Fürstentum Hessen haben, sondern als Grafen und Bannerherren mit Gütern außerhalb Hessens ausgestattet werden sollten.[53]

Als Christine fertig war und ihre Unterschrift unter das unsägliche Papier gesetzt hatte, ging Philipp schnell davon. Sie schleppte sich zurück ins Bett, wo ihre Kammerfrauen sie laut schluchzend vorfanden. Sie deckten sie zu,

---

53 Rockwell, William Walker; 1903, S. 31

flößten ihr warmen Wein ein, doch keine von ihnen brachte aus der Landgräfin heraus, was der gnädige Fürst gewollt hatte, dass sie so sehr aus der Bahn geworfen war.

Anfang Januar erhielt Philipp einen Brief von Elisabeth:

Mein herzlieber Bruder *Dresden, 29.12.1539*
am heutigen Montag nach dem Christfest sind wir in Dresden gegen Abend angekommen. Doch als unsere liebe Tante Kathrine unsere Ankunft bemerkt hat, ist sie ausgerissen und hat Herzog Moritz und ihr gesamtes Frauenzimmer mitgenommen, so dass wir niemanden zu Gesicht bekamen. Sie kann es nicht verwinden, dass Ihr Euer Erbteil aus dem Besitz von Herzog Georg fordert. Anton von Schönberg behauptete, dass Herzog Heinrich Euch nur zwanzigtausend Gulden geben will und auch diese nur aus Freundschaft und nicht weil er dies für Euer Recht hält. Wegen dieser Erbschaftssache ist sie so ärgerlich, dass sie nun auch nicht mehr Eure Agnes als ihre Schwiegertochter annehmen will. Es sind schon Verhandlungen im Gange bezüglich einer Tochter König Ferdinands, des kaiserlichen Bruders. Ich kann mir aber nicht vorstellen, dass Moritz dazu bereit sein wird. Wir haben Hans von Schleinitz, einem Rat Herzog Heinrichs, gesagt, dass wir das Schloss alsbald wieder räumen werden, denn diese Sache sei für uns beide schimpflich.
Hans von Schleinitz hat unsere Ankunft schließlich unserem Onkel Herzog Heinrich gemeldet und dieser war so freundlich uns zu bitten, die Nacht hier zu bleiben. Mit seiner Gesundheit steht es so schlecht, dass ich ganz erschrocken war, als ich ihn gesehen habe. Trotzdem hatte er uns für den kommenden Tag eine Unterredung zugesagt.
Aber man hat uns hier im Schloss das engste Gemach zugewiesen, gar nicht geeignet für fürstlichen Besuch. Ich war froh, dass ich die kleine Barbara zu Hause gelassen habe. Aber all das wäre mir egal gewesen, wenn unsere Tante Katharina nur Moritz hier in Dresden gelassen hätte, damit wir mit ihm über seine bevorstehende Heirat mit Agnes hätten reden können. Agnes hat von ihm

geschwärmt und ich hätte so gerne auch aus seinem Mund gehört, wie sehr er das Mädchen lieb gewonnen hat.[54]

Moritz selbst hat uns aber eine Nachricht zukommen lassen, nämlich, dass sein Vater ihm geraten hätte, in Dresden zu bleiben, denn der Alte ist nicht so sehr gegen die Heirat zwischen den beiden. Moritz ließ mich auch wissen, dass er sehr ungern abgezogen sei, aber wenn er hier geblieben wäre, dann hätte die Mutter wohl ein viertel Jahr oder länger kein Wort mit ihm gesprochen.[55]
EHzS

Das sah Tante Kathrine ähnlich! Für einen kurzen Moment dachte Philipp daran, seine Forderungen zurückzunehmen, um Agnes und Moritz nicht zu schaden, verwarf den Gedanken aber gleich wieder. Vielleicht war das eine gute Prüfung für den jungen Mann. Wenn er sich gegen seine Mutter behauptete, dann wollte Philipp ihn gerne als Schwiegersohn annehmen; wenn nicht, war Moritz ohnehin nicht würdig, Agnes zu heiraten. Philipp verließ sich ganz und gar darauf, dass Moritz einen Weg finden würde, denn seine Liebe, die er beteuert hatte, war aufrichtig.

Schon im Januar konnte Philipp seiner zukünftigen Zweit-Schwiegermutter vermelden, dass er von seiner Krankheit geheilt und keine Unfertigkeit mehr an seinem Leib sei.[56] Da kam ein weiterer Brief mit Neujahrsgrüßen von Elisabeth, in dem sie auch von einer geplanten Hochzeit zwischen Margarete und dem Herrn von Lichtenhain berichtete. Philipp traute seinen Augen nicht! So kurz vor seinem Ziel sollte Margarete ihm nicht entkommen. Er wollte sie. Nur sie. Hastig schrieb er einen Brief und gab ihn seinem Gesandten Hans von Schönfeld mit. Eine unverfängliche Antwort schrieb er an Elisabeth und schärfte Schönfeld ein, den gewissen Brief ausschließlich und persönlich an Anna von der Saale auszuhändigen und zwar so, dass sonst niemand es bemerkte.

---

54 siehe PKMS 1, Dokument Nr. 45, S. 51.
55 Siehe PKMS 1, Dokument Nr. 48, S. 54 f, Anm. 1.
56 Köttelwesch, Sabine; 2004, S. 20

Rochlitz, Ende Januar 1540

Schönfeld war schon seit drei Tagen in Rochlitz und hatte noch keine Gelegenheit gehabt, die Hofmeisterin allein abzufangen. Zu beschäftigt war diese mit den Vorbereitungen für die Hochzeit ihrer Tochter, die sich ganz offensichtlich darauf freute, den jungen Herrn von Lichtenhain zu heiraten. Ein Kleid war in Arbeit, das die Mutter unermüdlich bestickte. Freundlich, doch mit einem leicht säuerlichen Zug um den Mund, bedankte sich die Hofmeisterin, als die Herzogin der Braut böhmische Gläser für die Aussteuer schenkte und auch eine nicht zu kleine Summe Geldes versprach.

Endlich gelang es Schönfeld, Anna von der Saale alleine zu sprechen, als diese in der Schlosskapelle betete.

„Vergebt mir, dass ich Euer Gebet unterbreche, doch der Landgraf hat mir aufgetragen, diesen Brief hier nur Euch zu geben, ohne dass es jemand merkt."

Verwirrt sah die Hofmeisterin den hessischen Gesandten an, dann nahm sie den Brief und zerriss ihn beinahe, so ungeduldig zerbrach sie das Siegel und löste die Pergamentstreifen, mit denen der Brief verschlossen war. Ihr Gesicht wechselte ein ums andere Mal die Farbe. „Ich danke Euch! Euch hat wahrhaftig der Himmel geschickt. Ich dachte schon, es sei alles verloren, doch nun sehe ich, dass der Arm des Landgrafen weiter reicht als ich dachte. Danke. Nun heißt es klug und überlegt handeln. Wir müssen nach Hessen, doch die Herzogin sollte davon nichts merken. Hört meinen Plan..."

Schönfeld wunderte sich über die Geistesgegenwart der sonst eher einfältigen Frau und ging schließlich, um alles Nötige zu veranlassen. Noch während er packte, holte Anna von der Saale ihre Tochter in die Kapelle.

„Mutter, was ist denn geschehen?"

„Ich habe einen Brief des Landgrafen bekommen. Er schreibt, dass er dich heiraten will. Falls du nicht zustimmst, wird er die Briefe, die du ihm in Kassel geschrieben hast, vor aller Welt öffentlich machen und dich damit für alle Zeiten kompromittieren."

„Aber wie kann er denn so etwas tun? Oh, bitte ich muss ihm schreiben und ihn anflehen, mir diese törichten Briefe zu verzeihen. Wenn er die Briefe öffentlich macht! Wenn mein Bräutigam davon erfährt! Er würde mich nicht mehr heiraten wollen. Und wie kann der Landgraf mich denn heiraten wollen? Er hat schon eine Frau. Wer weiß, wie lange sie noch lebt. Ich kann doch nicht darauf warten, dass sie stirbt! Man kann doch nicht auf den baldigen Tod eines Menschen hoffen." Sie schlug die Hände vors Gesicht und weinte.

„Still, du dummes Ding! Verlass dich ganz auf mich. Was willst du? Willst Du wirklich das Weib eines kleinen Landadligen werden, mit ihm auf einem Hühnerhof wohnen oder willst du die Gemahlin eines Landesfürsten sein und mit ihm in einem Schloss wohnen?"

„Mutter, ich weiß nicht, was das alles soll. Ich habe ein so banges Gefühl in mir."

„Wir werden auf unser Gut fahren, um auch dort noch die letzten Dinge zu regeln. Und dass du über alles Stillschweigen hältst, vor allem gegenüber der Herzogin! Kannst du dir denn gar nicht vorstellen, den Landgrafen zu lieben? Er ist ein so schöner Mann, mächtig und reich; alle Frauen liegen ihm zu Füßen, doch er interessiert sich nur für dich. Er will dich. Nur dich!"

Nach einer langen Pause sagte Margarete: „Aber kann das denn Gottes Wille sein?"

„Es ist Gottes Wille, der Wille Martin Luthers und des Landgrafen, und mein eigener Wille ist es auch. Stell dir doch nur vor, wie wir leben werden, wenn du erst an der Seite des Landgrafen im Schloss zu Kassel wohnst. Du als Hausherrin im Schloss zu Kassel! Und du hast doch schon das Gut des Herrn von Lichtenhain gesehen. Ich kann mir nicht vorstellen, dass man da lange nachdenken muss, welchem der beiden Männer man die Hand reichen will. Sei nicht dumm, mein Kind!"

Und ausführlich schilderte sie ihrer Tochter das Leben an der Seite des Fürsten in den buntesten, schillerndsten Farben. Kleider, Pracht, Musik, feine Lebensart, all das sollte ihr gehören; über all das würde sie gebieten. Und es gelang ihr, Zweifel im Herzen ihrer Tochter zu säen; Zweifel an der Aufrichtigkeit ihres Bräutigams von Lichtenhain, der sie nur wegen ihrer Mitgift haben wolle, sie jedoch gar nicht wirklich liebe, denn ein Mann, der eine Frau wahrhaftig liebe, schaue sie ganz anders an als der Herr von Lichtenhain sie angeschaut habe. Als er kürzlich hier in Rochlitz erschienen sei, da habe er sich so linkisch und tölpelhaft verhalten, dass man sich ja schämen müsse, einem solchen Hanswurst die Hand zu reichen. Landgraf Philipp dagegen sei aus einem anderen Holze geschnitzt. Er liebe sie aufrichtig und von ganzem Herzen, denn an einer Mitgift könne er nicht interessiert sein. „Und denk einmal, wie schön und mächtig er ist. Wie war das, als er dir im Schloss zu Kassel alleine begegnete? Dieser süße Schrecken, plötzlich mit diesem mächtigen Fürsten allein zu sein, zu spüren, dass er dich begehrt, sich nur mit Mühe zurückhält." Die Hofmeisterin schmückte diese Begebenheit derart aus, dass aufmerksame Zuhörer sicher bemerkt hätten, dass sie zutiefst bedauerte, nicht selbst an Margaretes Stelle gewesen zu sein. „Du wirst sein Eheweib sein, rechtmäßig vor Gott und der Welt. Es wird Gottes Wille sein, dass du in seinen Armen liegst und ihn als deinen Gemahl empfängst."

„Ich verstehe noch immer nicht, wie ich ihn heiraten soll, ohne dass er Witwer ist..."

Die Hofmeisterin verlor langsam die Geduld. „Das lass nur meine Sorge sein. Zerbrich du dir nicht dein hübsches Köpfchen. Nun geh wieder nach oben. - Und lass dir nichts anmerken!"

Am nächsten Tag reiste Hans von Schönfeld gen Osten ab. Ein weiterer Auftrag führe ihn nach Meißen, wie er sagte, so dass er mitsamt seinem hessischen Begleitschutz Anna von der Saale und ihre Tochter zu deren Gut begleiten konnte. Verständlicherweise war dort einiges zu regeln vor der Hochzeit mit Graf Lichtenhain, wie Anna von der Saale ihrer Herrin versicherte.

Elisabeth schaute von ihrer Schreibstube aus dem kleinen Zug von Wagen und Pferden hinterher, der sich in Richtung Osten aufmachte.

„Margarete erschien mir so nervös, als sei sie dabei, etwas ganz und gar Verbotenes zu tun. Sie konnte mir beim Abschied kaum in die Augen sehen; und in dem kurzen Moment, in dem ich ihre Augen gesehen habe, schien sie mich anzuflehen um Vergebung. Ich weiß nicht, was ich davon halten soll, Gertrud. Ist dir nichts aufgefallen?"

„Euer Gnaden, sie ist noch sehr jung und unerfahren; ein halbes Kind. Mich wundert es nicht, dass sie so nervös und ruhelos ist. Graf Lichtenhain ist ein schöner und freundlicher junger Mann; trotzdem ist eine Hochzeit ein ganz gravierender Schritt, der alles in ihrem Leben verändern wird."
„Ich hoffe, Sie haben recht. Ich habe nur ein sonderbares Gefühl und kann es nicht erklären."
„Hat Euer Bruder etwas geschrieben bezüglich Eurer eigenen Verheiratung?"
„Meinen Sie etwa, ich selbst sei deshalb nervös?" fragte Elisabeth leicht belustigt. „Mag sein, dass Sie recht haben. Nein, mein Bruder hat nichts geschrieben. Aber wie steht es mit Ihnen? Wenn wir im Frühjahr Margarete verheiraten - vielleicht findet sich auf dieser Hochzeit auch ein Bräutigam für Sie?"
„Ach, Euer Gnaden werden mich doch bitte nicht wegschicken wollen!" rief Gertrud aus. Überrascht wandte Elisabeth sich um. „Natürlich werden Sie bleiben, so lange Sie wollen. Wenn Ihnen jemand gefällt, dann sagen Sie es nur. Aber um ehrlich zu sein, ich wollte Sie auch nicht mehr missen."

Rotenburg an der Fulda, 2. März 1540

Nachdem der kleine Zug nur eine kurze Wegstrecke gen Osten gefahren war, um in einem Bogen nach Westen zu schwenken, gelangte man am 2. März des Jahres 1540 in Rotenburg an. Margarete hatte gewagt, während der Fahrt mehrfach darauf hinzuweisen, dass man in die untergehende Sonne fuhr und dies daher nicht der Weg zum elterlichen Gut sein könne, doch die Mutter hatte ihr irgendwann energisch Schweigen geboten. Nun hielt der Wagen in einem großzügigen Schlosshof, der an vier Seiten von alten, mächtigen Häusern umgeben war. Margarete lugte etwas ängstlich zwischen den ledernen Vorhängen hervor, die nun von Schönfeld zurückgeschlagen wurden.
„Wo sind wir?" fragte Margarete leise.
„Wir sind in Rotenburg an der Fulda. Seine fürstliche Gnaden, Landgraf Philipp von Hessen, erwartet die Damen bereits."

Und tatsächlich erschien der Fürst, eilte zu dem Kastenwagen, um Margarete seine Hand zu reichen. Wieder wollte sie auf seine Hilfe verzichten und hielt sich am Wagen fest, doch er bestand darauf, ihre Hand zu nehmen, löste sie sogar vom Wagen, worauf Margarete beinahe strauchelte und von ihm aufgefangen werden musste.
„Fräulein Margarete, ich kann Euch nicht sagen, wie glücklich ich bin, Euch zu sehen."
„Die Briefe, Euer Gnaden; ich bitte Euch, gebt mir die Briefe zurück!" flüsterte sie, als sie wieder festen Boden unter den Füßen hatte und sich aus seiner Umarmung löste.
„Nun schweig doch still von diesen Briefen, Kind", keifte Anna von der Saale, indem sie ihre Hand aus dem Wagen streckte, damit der Landgraf auch ihr heraushelfen möge.
„Untertänigsten Dank, Euer fürstliche Gnaden; wir danken Euch vielmals. Und vergebt bitte dem Kind, es ist allzu sehr auf seinen guten Ruf bedacht."
„Aber daran ist nichts Schlechtes. Der gute Ruf muss und soll gewahrt werden. Aber nun kommt herein in mein bescheidenes Heim. Ihr seid sicher kalt und hungrig. Im Kamin brennt schon ein großes Feuer für Euch, und eben werden die Speisen aufgetragen." Damit reichte er Margarete seinen Arm. Etwas unsicher legte sie ihre Hand darauf und ließ sich in das Schloss führen.
Während das Gepäck der Damen in die Gästezimmer gebracht wurde, führte Philipp seine Gäste ins Innere des Schlosses, über dessen Pracht sich Anna von der Saale nicht genug auslassen konnte. Als sie von dem sehr ebenen Fußboden über die schönen Vorhänge schließlich zu der reich bemalten Decke übergehen wollte, schnitt Philipp ihr das Wort ab.
„Ihr habt sicher Verständnis, dass Wir nun für eine Weile alleine sein möchten mit Eurer Tochter. Ihr werdet mit meinem Prediger Antonius Melander und Kanzler Feige ein Essen im großen Rittersaal einnehmen.
Anna von der Saale hatte kein Verständnis, fügte sich aber mit einem gequälten Lächeln. Der große Rittersaal bot allzu viel Stoff für noch mehr Lobeshymnen, denen sich nun die Herren stellen mussten. Beinahe wollte Philipp Mitleid mit ihnen haben.

„Würdet Ihr mir nun bitte folgen, Fräulein Margarete?“ Sie zuckte zusammen, als er sie ansprach, legte aber dann gehorsam ihre Hand wieder auf den ihr dargebotenen Arm und ließ sich in ein kleines Nebengemach führen, in dem es behaglich warm war. Ein Kachelofen war schon seit dem frühen Morgen beheizt worden und barg sogar heiße Schüsseln, die ein Diener nun auf den mit kostbarem Geschirr, Glas und Silber gedeckten Tisch stellte. Es genügte ein Wink des Fürsten und der Diener verschwand.
Margarete hatte Platz genommen, der Fürst hatte ihr eigenhändig den Stuhl zurechtgerückt und saß ihr nun gegenüber. Seine Kleidung war geradezu festlich, und Margarete fühlte sich unbehaglich in ihrem allzu einfachen Reisekleid aus dunkler Wolle, das jeglichen Schmuckes entbehrte. Durch die Butzenscheiben zog der Wind und ließ Margarete frösteln. Sie hätte lieber direkt am Kamin gesessen, wollte sich aber dem Wunsch des Landgrafen fügen.
„Ich freue mich, dass Ihr gekommen seid. Nun esst. Ihr seid sicher hungrig von der langen Reise. Hier, seht!“ sagte er, indem er die Deckel von den Schüsseln hob. „Es gibt junge Wachteln, Wintergemüse und frisches, weißes Brot.“ Er spießte eine Wachtel auf und legte sie ihr auf den Teller, dann eine weitere; auch Gemüse legte er ihr auf - viel zu viel. Das Brot schnitt er in dicke, ungelenke Scheiben. Er schien nicht zu bemerken, dass Margarete mit zusammengezogenen Schultern dasaß und schüchtern im Gemüse herumstocherte, während er die erste Wachtel schon zerrissen hatte. Das heiße Gemüse tat Margarete wohl, doch sie war viel zu verfroren, als dass es sie tatsächlich hätte wärmen können. Sie sehnte sich nach einem heißen Bad.
„Esst, mein Kind, esst! Die Wachtelchen sind ganz jung und zart. Sie zergehen auf der Zunge.“
Vorsichtig löste Margarete ein Beinchen und biss ein wenig von der dunklen Haut und dem weichen Fleisch ab. Stumm aßen sie, wobei er sie immer wieder beobachtete. Wenn sich ihre Blicke begegneten, wollte sie ihm ausweichen, doch er lächelte so freundlich, dass sie ihn schließlich auch anlächelte.
„Seht Ihr, Margarete, so schlimm bin ich doch gar nicht. Wie schmecken Euch die Wachteln?“
„Sie sind köstlich, Euer Gnaden.“

Auch Wein schenkte er ihr ein und prostete ihr zu. Der große Kelch aus böhmischem Glas war voll und schwer; Margarete musste ihn mit beiden Händen halten. Schließlich war das Mahl beendet, auch wenn auf Margaretes Teller kaum etwas fehlte. Philipp lehnte sich zurück in seinem Sessel, trank ihr noch einmal zu und sagte: „Ich möchte Euch nicht länger verhehlen, weshalb ich Euch hierher befohlen habe." Er beobachtete sie genau über den Rand seines Kelches hinweg. „Ihr wisst, dass ich Euch liebe." Margarete wollte protestierend die Hände heben, doch der Landesherr gebot ihr mit einem Blick Einhalt.
„Ich liebe Euch mehr als alles andere auf der Welt." Plötzlich lehnte er sich ihr nun entgegen, stellte seinen Kelch so hart auf den Tisch, dass der Wein herausschwappte. Erschrocken wich Margarete zurück.
„Ich will, dass Ihr meine Frau werdet."
„Euer Gnaden, ich..."
„Bitte, nennt mich nicht mehr ‚Euer Gnaden'. Nennt mich Philipp."
„Das kann ich nicht", flüsterte Margarete.
„Doch, das könnt Ihr", sagte Philipp mit mehr Nachdruck als er wollte.
„Vielleicht bringe ich es irgendwann fertig, Euer Gnaden beim Vornamen anzusprechen, aber ich kann doch Euer Gnaden nicht heiraten, so lange Euer Gnaden noch mit der Landgräfin verheiratet sind."
„Doch, das könnt Ihr, Margarete... mein Gretchen. Ich habe alles durchdacht und vorbereitet."
Und in einer langen, atemlosen Rede setzt er ihr auseinander, wie in den letzten Jahren der Entschluss gekeimt ist, eine zweite Ehefrau neben Christine zu nehmen. Er achtet nicht darauf, dass Margarete erbleicht und vor ihm mit entsetztem Blick zurückweicht. Immer schneller redet er davon, dass Christine einverstanden ist, dass sogar Luther und Melanchton selbst ihren Segen zu der Ehe gegeben haben und in wenigen Tagen hier eintreffen werden, um die Trauung zu vollziehen. Als er sieht, dass Margarete ihn nur verwirrt und in höchster Seelennot anstarrt, springt er auf, stellt sich hinter ihren Stuhl und flüstert ihr eindringlich die grauenhaften Bilder seiner Gewissensqualen ins Ohr. Margarete windet sich. Ängstlich schaut sie sich um, als könnten aus den dämmrig gewordenen Ecken die von Philipp

beschworenen Dämonen hervorspringen. Er legt sogar seine Hand auf ihre Brust und ruft: „Margarete, in diesem zarten Busen schlägt kein Herz aus Stein. Können Sie so grausam sein, mich in die Hölle zu stoßen? Retten Sie mich! Retten Sie mich! Ich flehe Sie an!"
Schluchzend stürzt er ihr zu Füßen, wo er nun seinen Oberkörper wie in namenloser Pein zur Erde krümmt und flüstert: „Niemand ermisst die Qual, die man empfindet, wenn man in der Kirche ist und nicht zum Abendmahl gehen darf, weil man ausgeschlossen, ausgestoßen und selbst von Gott gehasst ist. Es ist wie eine riesige, schwere Rüstung aus dickem Blei, die sich um den ganzen Körper schließt, die einem den Atem nimmt, während im Inneren des Körpers die ungeweinten Tränen brennen."
Margarete ist einigermaßen verwirrt ob des fürstlichen Gefühlsausbruches, und unerfahren wie sie ist, glaubt sie ihm alles; ihr Herz krampft sich zusammen, sie bricht selbst in Tränen aus, sinkt zu ihm nieder und schlingt ihre Arme um seinen Nacken.
„Euer Gnaden, ich flehe Euch an, fasst Euch! Ich werde Euch nicht in die Hölle stoßen. Wenn es Doktor Luther und sogar Eure Gemahlin gut heißen, so kann ich mich nicht sperren. Ich bitte Euch, lasst mich Eure Verzweiflung beenden. Ich habe nicht geahnt wie es um Euch steht. Wenn Ihr mich denn so aufrichtig liebt und alles rechtens ist, dann will ich Euch meine Hand reichen."
„Ist das wahr, mein Gretchen? So liebst du mich auch und willst mich heiraten?"
„Ja, ich will Eure Gemahlin sein und Euch lieben und Eure Seele retten."
„Das willst du tatsächlich? Ich kann dir nicht sagen, wie dankbar ich dir bin."
Erschüttert küsst sie den Fürsten, der ja nun ihr Bräutigam ist, auf die Wange und küsst dabei schon eine der zahlreichen Tränen fort. „Ich bin ja bei Euch, Euer Gnaden. Bitte, weint nun Eure ungeweinten Tränen. Ich will sie alle trocknen."
„Du Engel, du Himmlische!" ruft Philipp aus und hat sich sofort wieder gefasst. Beinahe schien ihm sein Ausbruch nun peinlich, denn er erhob sich hastig und vergaß dabei, Margarete mit sich empor zu nehmen, doch sie schien es gar nicht zu bemerken, stand alleine auf und reichte ihm ihre Hand.

In den folgenden Tagen wusste Anna von der Saale nicht, wer glücklicher war: sie selbst, der Landgraf oder ihre Tochter. Sie beobachtete ihr Kind, das sie schon als Herrin im Schloss zu Kassel sah, wie es am Arm des Fürsten durch das Schloss zu Rotenburg wandelte. Immer waren die beiden beieinander, Philipp war in seiner Seligkeit so zärtlich, dass es ihn selbst wunderte. Immer aß er mit Margarete in dem kleinen Nebengemach, wo er sie beim Essen auf den Schoß nahm und sie mit besonders leckeren Happen fütterte. Margarete errötete noch immer sehr schamhaft wenn er versuchte sie zu küssen, doch ließ sie es geschehen.

Im Laufe des folgenden Tages traf Melanchton aus Schmalkalden ein und bedauerte sehr, dass Martin Luther nicht hatte mitkommen können, doch in Schmalkalden habe ihn die Nachricht erreicht, dass seine Frau eine Fehlgeburt erlitten habe und schwer krank sei; der Reformator ließ aber seine besten Grüße ausrichten.

„Das Ereignis, zu dem Eure fürstlichen Gnaden so freundlich waren, mich einzuladen, scheint sehr wichtig zu sein. Ist denn Eure Gemahlin auch zugegen? Ich hatte gehofft, auch die gnädige Frau Landgräfin anzutreffen. Sie war sehr mutig, sich gegen den Willen ihres Vaters zur Reformation zu bekennen", sagte Melanchton und schaute sich um, als suche er die Landgräfin auf dem Schlosshof. Hierauf nahm sich Melander des hohen Besuches an, dem Philipp die entsprechenden Instruktionen erteilt hatte. Noch einmal sollte Melander in aller Sorgfalt dem Wittenberger die Notwendigkeit der Doppelehe auseinandersetzen und ihm ein Schriftstück vortragen, das der Landgraf selbst verfasst hatte.

Unterdessen zog Philipp sich mit Margarete zurück. „Morgen wird die Hochzeit sein", sagte er, „Nur noch eine Nacht ohne dich, dann wirst du mein sein und nichts und niemand wird dich meinen Armen jemals wieder entreißen!" Er hatte sie in seine Arme genommen und so fest an sich gedrückt, dass sie nach Atem rang.

„Aber ich habe kein Kleid mitgebracht. Ich weiß gar nicht, was ich tragen soll, was einer Vermählung mit Euch würdig wäre."

„Ich habe bereits ein Kleid für dich nähen lassen. Deine Mutter hatte mir

eines deiner Kleider dagelassen, damit die Schneiderin wusste, wie sie es zu nähen hat."
„Wann war das?"
„Als ihr uns in Kassel besucht habt im letzten Herbst."
Margarete war verwirrt, schwieg aber. So lange hatte die Mutter schon gewusst, dass der Landgraf sie heiraten wollte?
„Und den Wein für unsere Hochzeit habe ich schon im November bestellt. Du siehst, ich bin mächtig, und was ich will, bekomme ich", flüsterte er ihr schmeichelnd ins Ohr. Für einen Moment glaubte Margarete, den Boden unter den Füßen zu verlieren.

Am nächsten Morgen trafen der kursächsische Gesandte Eberhard von der Thann und Martin Bucer ein. Damit war die Hochzeitsgesellschaft so vollständig wie möglich, und die Trauung fand um zwei Uhr in der Schlosskapelle statt - leider ohne den von der Brautmutter so sehnlichst gewünschten Pomp. Luther war nicht da, und der dürre Melanchton, der sich immer wieder umschaute und fragte, wann denn die Landgräfin endlich eintreffe, war kein gleichwertiger Ersatz. Kanzler Feige sah aus als wünsche er sich an die Antipoden und gab Melanchton Antworten, die ebenso einsilbig wie mysteriös waren, wobei er seine linke Hand hob. Wenn weder Melander noch der Landgraf den Wittenberger Reformator darüber aufgeklärt hatten, was gleich geschehen sollte, dann sah Kanzler Feige darin auch nicht seine Aufgabe. Auch wenn Melanchton seinen Segen zur Doppelehe gegeben hatte, schien er doch nicht im Bilde zu sein, dass dies hier und heute in die Tat umgesetzt werden sollte. Tatsächlich war Melanchton nicht klar, was denn nun gefeiert werden sollte, als er mit den anderen Herrschaften in der Kirche stand und fror. Er schwieg, als die Orgel einsetzte und wandte sich mit allen anderen zur Tür, wo nun Landgraf Philipp erschien. An seinem linken Arm führte er ein sehr junges, blasses Mädchen zum Altar, das unter seinem Brautkranz scheu lächelte und die Lider senkte.
Als Antonius Melander die ersten Sätze einer Rede, die sich eindeutig zu einer Trauansprache auswachsen würde, gesprochen hatte, wollte Melanchton einschreiten, wurde aber von Feige und Bucer festgehalten.

„Das war nicht abgemacht. Er hat uns nichts davon gesagt, dass er gleich, sofort, jetzt heiraten will", zischte Melanchton.
„Es ist eine Ehe zur linken Hand - und die linke Hand hat er schließlich noch frei", knurrte Feige zwischen kaum geöffneten Zähnen. „Es ist des Landgrafen Wille. Glaubt mir, wenn ich ihm sagte, was ich darüber denke, sähe ich nie wieder Tageslicht."
Zähneknirschend wartete Melanchton das Ende des Gottesdienstes ab; noch nie hatte er sich so ohnmächtig gefühlt wie bei diesem Gottesdienst, in dem ein von seiner schweren Krankheit gezeichneter, nicht mehr ganz junger Mann ein Mädchen heiratete, das kaum zur Frau erblüht war. Was sollte aus diesem halben Kind nun werden? Ein kaltes Grausen rann über Melanchtons Seele, wenn er daran dachte, dass er den Beichtrat von Wittenberg, dieses fatale Papier, mit unterzeichnet hatte. Er wusste nicht, wie er Luther unter die Augen treten sollte. Wie sollte er ihm beibringen, dass Philipp bereits geheiratet und damit Fakten geschaffen hatte, die nie wieder aus der Welt zu bringen waren? Niemals hätten sie gedacht, dass Philipps Pläne so konkret waren, dass es bereits eine Frau gab, die er so bald mit hineinziehen wollte in dieses Übel. Wusste dieses Mädchen wirklich, worauf es sich einließ?
Die anschließende Feier war kurz, denn zu eilig hatte es Philipp, die Ehe zu vollziehen, und wieder hatte Melanchton keine Gelegenheit, den Landgrafen beiseite zu nehmen. Aber nun war ohnehin alles verloren. In tiefer Verzweiflung reiste Melanchton ab. Den Schwur, das Erlebte geheim zu halten, und den alle Anwesenden leisten mussten, erfüllte er nur zu gerne.

„Wann fahren wir nach Kassel?" fragte Margarete am nächten Morgen. „Ich freue mich schon so sehr auf Euer Schloss und die schönen Gemächer, die ich dort bewohnen werde."
Philipp hielt in seinem wohligen Räkeln inne und schaute seine junge Frau verwirrt an.
„Nach Kassel? Nein. Das geht auf keinen Fall. Du wirst nicht in Kassel wohnen."
„Aber...", begann Margarete, doch Philipp schnitt ihr jedes weitere Wort ab.

„Als erstes musst du wohl lernen, dass eine Ehefrau gehorsam zu sein hat und nicht zu viele Fragen stellen darf. Du wirst in einem wunderschönen Schloss wohnen, das du ganz für dich alleine hast. Du wirst dort die Schlossherrin sein. Die Landgräfin hatte zwar nichts gegen die Ehe einzuwenden, aber für zwei Herrinnen ist selbst das Kasseler Schloss zu klein. Aber nun haben wir ganze drei Wochen für uns hier allein in Rotenburg. Die wollen wir gut nutzen."
Margarete schwieg verwirrt. So hatte sie sich das Eheleben mit dem Fürsten nicht vorgestellt.
„Und Ihr werdet dann mit mir in diesem Schloss wohnen?" wagte sie noch zaghaft zu fragen.
„Ich werde bei dir sein, sooft es meine Zeit erlaubt. Das muss dir genügen."
Philipp war so gelöst und glücklich wie seit langer Zeit nicht mehr. Endlich besaß er Margarete und mit ihr fühlte er sich und sein gutes Gewissen wieder so weit hergestellt, dass er ein Abendmahl einnehmen wollte.
Es war bereits Ostern, der 28. März des Jahres 1540, als Philipp endlich in aller Öffentlichkeit das Abendmahl in der Jacobikirche zu Rotenburg empfing. Die Tränen liefen ihm dabei über die Wangen und er dachte in diesem Moment voller Dankbarkeit an Margarete, die im Schloss auf ihn wartete. Sie hatte nicht wirklich verstanden, weshalb sie nun keinesfalls mit zum öffentlichen Abendmahl in die Kirche kommen konnte, doch hatte sie genickt und sich gefügt.
Nach drei Wochen, die Philipp in der Tat mehr als ausgiebig genutzt hatte, brachte er seine zweite Gemahlin nach Schloss Wolkersdorf, das malerisch inmitten riesiger Wälder lag. Es war weitaus mehr als ein einfaches Jagdschloss, denn mit seinen Türmen und Wehranlagen hätte es einer Belagerung standhalten können. Schon am nächsten Tag verabschiedete sich Philipp von Margarete. Sie stand am Fenster und schaute ihm nach, hob die Hand und winkte ihm, doch hatte sie nicht das Gefühl, dass er sie wirklich erkennen konnte in all den vielen Fenstern. Lange stand sie da und starrte in die dichten Wälder, in denen Philipp nun verschwunden war. Die Stille wurde Margarete schon jetzt unheimlich.

Absolutes Stillschweigen und vollkommene Geheimhaltung war nun das Gebot der Stunde. Nichts sollte nach außen dringen von der landgräflichen Bigamie, aber die Dienerschaft im Rotenburger Schloss war weder blind noch taub und hatte genau gesehen, was vorgegangen war. Vor diesem Hintergrund reimten sich auch die Rotenburger Gemeinde und der Pfarrer zusammen, weshalb Philipp so tief bewegt beim Abendmahl erschienen war. Natürlich schwieg der Pfarrer von Amts wegen, doch niemand hatte den Rotenburgern persönlich oder amtlich Schweigen auferlegt. Es wurde geflüstert, geredet und voller Entsetzen aufgestöhnt. So entstand ein Gerücht, und das Gerücht tat genau das, was Gerüchte zu tun pflegen und was sie für die Beteiligten so unerquicklich macht: Es breitete sich aus.

Um dem Gerücht zuvorzukommen, hielt Philipp es nun für angebracht, seiner Schwester einen Brief zu schreiben und sie in Kenntnis zu setzen über seinen letzten Schritt. Wieder einmal war es Hennig von Scholley, der mit der heiklen Aufgabe betraut wurde, den Brief zu überbringen.
„Er hat WAS?“ schrie Elisabeth aus Leibeskräften, nachdem sie den Brief mehr als einmal gelesen hatte, weil sie ihren Augen nicht traute. Dann sprach sie sehr laut, sehr viel, sehr schnell und sehr hessisch, was nur die ebenfalls aus Hessen stammende Närrin verstand, die unten im Vorraum stand und nicht einmal wagte, die Stufen zur Schreibstube emporzusteigen. Selbst Scholley atmete tief durch, als sich Elisabeths höchst unfürstlicher Redeschwall in die Stube ergoss.
„Was ist denn los? Was sagt die Herrin?“ fragten Gertrud und Luisa, die erschrocken herbeieilten. Auch die anderen Hofdamen kamen aus der Stube und wollten sehen, was denn Schlimmes passiert sei.
Die Närrin straffte sich, setzte ihr würdevollstes Gesicht auf und sprach sehr betont: „Ihre fürstliche Gnaden, Herzogin Elisabeth zu Sachsen, können den Schritt ihres gnädigen Herrn Bruder, des Landgrafen von Hessen, nicht gutheißen. Ihrem Unmut über die Handlungsweise des gnädigen Fürsten hat ihre fürstliche Gnaden soeben Ausdruck verliehen mit der Eloquenz einer… Jauchegrube. Ich bin sicher, dass ihr das nicht übersetzt haben wollt.“
„Diese Teufelin! Hat ihr eigenes Kind auf die Schlachtbank geführt! Oh, dass

ich diese Kreatur noch einmal in die Finger bekäme. Jedes einzelne ihrer roten Haare wollte ich ihr ausreißen!“ Elisabeth tobte, Geschirr zerbrach, lautes Poltern war zu hören, dem auch Scholley nicht Einhalt gebieten konnte. „Eine Frau und deren Tochter sind also auch beteiligt“, stellte die Närrin zwischendurch fest.
Doch dann wurde Elisabeth leiser, ließ sich auf einen Stuhl fallen und begann heftig zu schluchzen.
„Nie wieder will ich ihn sehen. Sagt ihm das, Scholley. Das ist der letzte Brief, den ich von ihm erhalten habe. Er soll nicht noch einmal wagen, das Wort an mich zu richten. Ich habe keinen Bruder mehr.“ Die letzten Worte hatte sie tonlos hervorgestoßen. In ihrer Miene konnte Scholley deutlich erkennen, wie sich die Gedanken in ihrem Kopf überschlugen. Es war kaum mehr als ein Flüstern, als sie ihn wie irre geworden anstarrte: „Wie kann er denn annehmen, dass das geheim bleibt? Schlossmauern haben Augen und Ohren. Er hat sich unmöglich gemacht vor der Welt. Und nicht nur sich selbst, auch mich. So sehr hatte ich gehofft, einen Ehemann zu finden. Wer wird mich denn jetzt noch haben wollen - mich, die Schwester eines vollkommen abartigen Menschen, der sich über alles hinwegsetzt, was Menschen heilig ist. Und dass er es wagt, seinen infamen Schritt auch noch mit der Bibel zu begründen! Dass Luther und Melanchton ihn dabei unterstützt haben…“
Hier hob Scholley die Hände und erklärte leise, dass Melanchton nicht bewusst war, zu was für einem Ereignis er nach Rotenburg eingeladen gewesen war, doch gleich bereute er seine Worte, denn Elisabeth sprang auf und tobte erneut: „Dann hat er Melanchton betrogen? Und Luther hat er auch betrogen? Was hat er ihnen erzählt? Um Himmels Willen, wie kann er der Reformation einen solchen Schaden zufügen? Wie kann er es wagen, die Reformation dergestalt in Misskredit zu bringen? Welche Schande! So viele Menschen sind für die Reformation gestorben. Philipp tritt all diese Menschen in den Staub. Niemals hätte ich gedacht, dass ich mich für meinen Bruder derart schämen müsste! MEINEN BRUDER! Scholley, könnt Ihr Euch das vorstellen, was das für mich bedeutet, dass mein Bruder mir so in den Rücken fällt? Dass er mich vor vollendete Tatsachen stellt, an denen

es nichts mehr zu rütteln gibt, wo man nicht einmal versuchen kann, den Schaden zu begrenzen, weil es nichts gibt, das diesen monströsen Schaden begrenzen könnte!"

Auf Zehenspitzen schlichen sich die Hofdamen davon, denn Elisabeth war in einem Zustand, in dem man sie am besten alleine ließ.

Schon an der abendlichen Tafel trat sie wieder gefasst auf; nur ihre rotgeweinten Augen und ihre Zerstreutheit deuteten darauf hin, dass sie neben sich stand. Auch in den folgenden Tagen deutete nichts darauf hin, dass sie von ihrem auswärtigen Standpunkt zurückkehren wolle. Nur wenn sie die kleine Barbara auf ihrem Schoß hatte, schien sie für eine Weile aus ihrem Schmerz aufzutauchen. Sie herzte das Kind und drückte es immer wieder fest an sich, als ahnte sie bereits, dass sie es nicht mehr lange um sich haben würde.

Tatsächlich kam bald darauf ein Brief von Christine, in dem sie mit kühlen Worten ihr Kind zurückforderte. Ein Kastenwagen mit Leibgarde sei bereits unterwegs, um Barbara und ihre Amme zurück nach Hessen zu bringen. Das war der zweite schwere Schlag für Elisabeth innerhalb weniger Wochen. Aber konnte sie es Christine wirklich verdenken, dass sie in dieser schweren Zeit ihre Kinder alle um sich haben wollte? Konnte es überhaupt einen Trost geben für eine Frau, die sich so grausam zur Seite gesetzt fand wie Christine? Barbara war nun fünf Jahre alt - ein Alter, in dem Elisabeth mit dem Unterricht hatte beginnen wollen. So vieles wollte sie dem Kind mitgeben, in ihm die Saat für ein gutes, evangelisches Leben anlegen, doch der Wagen kam, und ohne Erbarmen wurde Barbara mitgenommen.

Alte Bilder stiegen in Elisabeth auf. Damals, als Philipp noch ein kleiner Junge gewesen war und man ihn weggebracht hatte, um ihn zu erziehen. Man hatte ihre Mutter Anna gezwungen, ihn herzugeben, und tränenlos hatte sie das Kind damals ihrem ärgsten Feind ausgeliefert, nicht wissend, ob sie ihr Kind jemals wiedersehen würde.

Elisabeth erinnerte sich noch gut daran, wie tapfer die Mutter gewesen war, solange sie vor den Männern gestanden hatte, die Philipp erziehen wollten und denen ein Unfall des kleinen Erbprinzen sehr gelegen gekommen wäre. Erst nachdem sie in die Frauengemächer zurückgeeilt war, hatte sie geweint. Sie alle hatten geweint, als sie Philipp gesehen hatten, wie er an Boyneburgs Hand hinausgetreten war in den Schlosshof. Sein kleiner, verkniffener Mund war ein einziger Vorwurf gewesen. Elisabeth hatte damals mit ihrer Mutter und der Amme noch lange geschluchzt. Tagelang hatte die Mutter nichts gegessen, und so erging es auch Elisabeth, als man Barbara von ihr wegholte.

*

Mittlerweile war Philipp Melanchton in Wittenberg angekommen und hatte Luther die entsetzliche Nachricht überbracht. Katharina, die sich glücklicherweise wieder erholt hatte, hob die Arme und machte dazu ein Gesicht das eindeutig besagte: „Das hab ich doch gleich gesagt!" Luther sprach nur noch von dem monstrum landgravii, was aber auch nichts nutzte, denn das landgräfliche Monster hatte die Erlaubnis des großen Reformators in der Tasche und würde sie ungeniert herzeigen, sobald ihn jemand darauf ansprechen sollte.
Mitte April erhielt Luther einen Brief von Philipp, in dem dieser schrieb:

Ich bin auch zum Sakrament seit der Bauernfehde nicht mehr gegangen, außer ein Mal, als ich krank gewesen bin, aber jetzt, diese Ostern bin ich mit fröhlichem Gewissen dazu gegangen und habe den Leib und das Blut des Herrn in der Gemeinde öffentlich genossen.[57]

Luther war fassungslos über den leichtfüßigen Ton, den der Landgraf in seinem Brief angeschlagen hatte. Wie konnte er nur so blind sein zu glauben, dass sein Tun keine Folgen haben würde? Luther verbrannte den Brief schnell und wusste doch, dass es nur eine Frage der Zeit war, wann es die Spatzen von den Dächern pfeifen würden.

Philipp schrieb seiner Schwester beinahe jeden Tag, und jeden Tag landeten die Briefe im Kamin. Hofmarschall Heinrich von Bünau und Kam-

---

57 siehe Rockwell, William Walker; 1903 S. 44

mermeister Hermann Ungefug fingen schließlich die Briefe ab, öffneten sie und schoben sie zwischen Akten, die Elisabeth durchsehen wollte, sodass sie doch immer wieder ein paar Zeilen las, bevor sie gewahr wurde, dass es ein Brief ihres Bruders war, den sie vor sich hatte. Geschickterweise hatte dieser offensichtlich einige neue Schreiber in seiner Kanzlei, deren Schrift Elisabeth nicht kannte. Anfangs war sie ärgerlich gewesen über Bünau und Ungefug. Was erlaubten sie sich? Doch selbst die schlimmsten Wutausbrüche ihrerseits konnten die beiden Amtmänner nicht daran hindern, ihr immer wieder Briefe zuzuspielen. Sie lagen aufgefaltet auf ihrem Schreibtisch, Bünau schmuggelte sie auf Elisabeths Tisch in der Herzoginnenstube, wo Elisabeth saß und auf der Laute spielte; ein Brief lag in ihrem Stiefel und zerriss, als sie diesen anziehen wollte; sie lagen am geheimen Örtchen und wurden von Elisabeth sogleich zweckentfremdet, kurz: sie waren überall. Als Ungefug auch noch Gertrud anspitzte, einen Brief auf ihr Kopfkissen zu legen, riss Elisabeths Geduldsfaden mit einem lauten Knall.

„Genug! Ich lese sie ja, diese vermaledeiten Briefe! Nur lasst mich in Zukunft in Ruhe damit. Legt sie mir einfach nur auf den Schreibtisch!“ schrie sie und warf den Brief vom Kopfkissen gleich ins Feuer.

„Wolltet Ihr den Brief jetzt nicht lesen?“ fragte Gertrud schüchtern.

„Egal!“ fauchte Elisabeth. „Morgen kommen sicher wieder mindestens hunderttausend von der Sorte! - Gute Nacht!“ Damit legte sie sich nieder und versuchte - natürlich vollkommen vergeblich - einzuschlafen.

Am folgenden Morgen kamen zwar keine hunderttausend Briefe, aber doch zumindest einer, den Elisabeth tatsächlich las. Noch niemals hatte Philipp ihr so zerknirscht, so flehentlich geschrieben.

Elisabeth ließ Ungefug kommen und diktierte ihm so viel Bösartigkeit in die Feder, dass der arme Schreiber sich wand.

„Euer Gnaden, das kann ich dem Landgrafen nicht schreiben. Eure Worte sind gar zu hart.“

„Meine Worte sind noch viel zu milde für das, was mein Bruder mir angetan hat. Wenn Ihr es nicht schreiben wollt, dann lasse ich einen anderen Schreiber kommen. Ihr seid nicht der einzige!“

Für einen Moment schauten sich die beiden in die Augen. Ungefug senkte

schließlich die Lider unter Elisabeths zornigem Blick und schrieb, wie sie es ihm diktierte. Doch er konnte nicht umhin, einen eigenen Brief anzufügen, um den Landgrafen um Entschuldigung zu bitten. [58]
Wieder überschüttete Philipp seine Schwester mit Briefen. Er lag buchstäblich auf den Knien vor ihr und bettelte um ihr Verständnis. Nur sehr langsam und mit viel gutem Zureden von Bünau und Ungefug beruhigte sich Elisabeth wieder und war bereit, auf Philipps Briefe auch inhaltlich einzugehen, nicht zuletzt weil Philipp wissen wollte, wie es um Moritz stehe. Und da Elisabeth das Glück gehabt hatte, mit Moritz selbst zu sprechen, als dieser auf der Durchreise gewesen war, war sie schließlich bereit, Philipp folgende Zeilen zu schreiben:

LB

- Lieber Bruder - damit begann ihr Brief; was Philipp eindeutig zeigte, dass sie noch immer böse auf ihn war, denn sonst pflegte sie das LB durch einige Buchstaben zu erweitern, wie MHALBB, was so viel hieß wie „Mein herzallerliebster, bester Bruder". Für heute musste Philipp sich mit einem LB begnügen. Er musste schon froh sein, wenn sie ihm überhaupt schrieb.

Wir haben mit Herzog Moritz geredet, ob er Agnes heiraten wolle oder nicht. Euer Lieben wollten dazu Gewissheit haben. Nun hat Herzog Moritz gesagt, dass er alles halten wolle, was er versprochen hat und auch hoffe, Euer Lieben werden Agnes keinem anderen geben. Vor allen Dingen will er selbst mit Agnes reden, hofft auch, noch vor Ostern nach Hessen zu kommen. Wenn sie Seine Lieben sauer ansehe oder weine, so erschrecke er, dachte wohl, sie werde nicht gerne seine Frau; wenn sie ihm nur gute Worte gebe, ihn freundlich ansehe und lache, das gefiel ihm. Wenn Herzog Heinrich ohne seine Gemahlin nach Marienberg reist, dann will Herzog Moritz ihn um die Erlaubnis zur Reise nach Hessen bitten, dann wird er sie leicht bekommen, denn Herzog Heinrich ist gar nicht so sehr gegen die Heirat. Er hat Herzog Moritz, als der aus Hessen zurückgekom-

58 Werl, Elisabeth; 1937, S. 27, Anm. 28.

men ist, scherzend gefragt: „Kriegen wir sie oder kriegen wir sie nicht?" Nur die Alte ist dagegen. Trotzdem will aber Herzog Moritz sein Wort halten.
Herzog Moritz sagt, dass sein Vater sich auch des Erbes halben gerne mit Euer Lieben vertragen würde und wird Euer Lieben geben was er geben soll. Vielleicht können Euer Lieben einen heimlichen Vertrag darüber mit Herzog Moritz schließen, den wir heimlich vermitteln wollen. Die alte Herzogin will, dass die Verlobung erst nach dem Abschluss des Vertrages über das Erbe stattfinden soll, sonst sieht sie lieber, dass ihr Sohn eine andere nähme. Sie hat ein gutes Gewissen hinter sich. Herzog Moritz hat gebeten, all diese Mitteilungen geheim zu halten. Am Hofe weiß noch niemand von seinem Wunsche, nach Hessen zu reisen.
EHzS
Datum, Ende März 1540[59]

Marienberg war ein Ort, an dem Herzog Heinrich sich wohl fühlte, vor allem jetzt im Frühling, da im Gebirge alles blühte. Der Mai war gekommen und so konnte auch Herzog Heinrich weit weg von Dresden, weit weg von seiner Gemahlin und all ihren Forderungen, aufblühen. Er wurde leutselig und verfiel in alte Sitten, auch wenn ihm der übermäßige Genuss von Bier und Braten ganz und gar nicht bekam.
Gerade als Herzog Heinrich in bester Laune war, wagte Moritz seine Frage zu stellen und wurde mit väterlichem Segen und ein paar Flaschen Wein zur Wegzehrung nach Hessen entlassen.
Moritz sputete sich, denn er hatte vom Landgrafen die Erlaubnis erhalten, sich zu Pfingsten bei ihm einzufinden. Dies teilte er auch überglücklich Elisabeth mit, die ihrerseits nicht weniger glücklich darüber war, dass Moritz diese Freude mit ihr teilte. Und so fieberte Elisabeth guten Nachrichten entgegen.

Die guten Neuigkeiten bahnten sich bereits an: Schon seit drei Wochen war Moritz nun in Kassel. In dieser Zeit hatten die beiden immer wieder die

59 siehe PKMS 1, Dokument Nr. 53, S. 61 f.

Gelegenheit gehabt, ihre Zuneigung zu vertiefen. Je mehr sie miteinander sprachen, sich anschauten, den Alltag des Schlosses teilten, desto mehr waren sie davon überzeugt, füreinander bestimmt zu sein. Moritz hatte still beobachtet, wie Agnes mit den jüngeren Geschwistern umging: Sie leitete, doch mit einer so liebevollen Hand, dass Moritz sich tief in seinem Innersten wünschte, seine Mutter hätte ihn auch nur ein einziges Mal auf den Schoß genommen und getröstet, so wie Agnes es mit dem kleinen Ludwig tat. Ja, Agnes war ein liebevolles Mädchen und würde eine gute, liebevolle Mutter werden, die ihren Kindern all das schenken würde, das Moritz selbst so schmerzlich vermisst hatte.

Eines Tages hatte Moritz sich zurückgezogen und glaubte sich vollkommen allein. Er ging in der Rüstkammer auf und ab, murmelte vor sich hin, gestikulierte, blieb immer wieder vor seiner Rüstung stehen, die ihn von dem Holzgestell reglos und hohläugig anglotzte und sprach mit ihr, wobei er unbeholfen lächelte, sich in seinen Wörtern verhedderte und plötzlich über mindestens sieben Hände verfügte, die er partout nirgends unterbringen konnte.

„Agnes!“ sagte er leise zu der Rüstung, „Agnes, wollt Ihr... Nein! So geht das nicht, du Narr!“ schalt er sich dann selbst. „Agnes, ich würde mich freuen, wenn Ihr... wenn ich Euch...ach, Unsinn!“ So drechselte er eine ganze Weile und war dabei so vertieft, dass er nicht merkte, dass Agnes ihn beobachtete.

„Wie soll ich das nur beginnen? Was soll ich ihr sagen?“ rief er schließlich aus und hob die Hände in schierer Verzweiflung.

„Euer Gnaden, sagt doch einfach was Ihr fühlt, dann werde ich ganz sicher ja sagen.“

Moritz fuhr herum und gewahrte Agnes in der Tür. Er starrte sie mit offenem Mund an, doch sie kam lächelnd auf ihn zu. Da stand sie nun vor ihm, die hessische Prinzessin: klein, zart und wunderschön, die Tochter des Landgrafen, den Moritz so sehr verehrte. Und sie verkörperte alles, was Moritz sich von einer Gemahlin erträumte. Ein liebes Mädchen war sie und würde eine gute, gehorsame Ehefrau abgeben. Aber wenn es drauf ankam, konnte sie auch sehr deutlich ihre Meinung sagen und dabei mit den Augen blitzen. „Was wolltet Ihr mir sagen, Euer Gnaden?“ Offensichtlich hielt sie

nun ein offenes Wort für angebracht, wobei Moritz nicht sicher war, ob er gerade jetzt dafür dankbar sein sollte.
„Euer Gnaden… Agnes, ich…“
„Ihr liebt mich, nicht wahr?“ sagte sie rundheraus; und ohne eine Antwort abzuwarten, fuhr sie fort: „Ich Euch auch. Und meine Antwort auf Eure Frage lautet: Ja, ich will Eure Gemahlin werden.“
Er umarmte sie und zog sie fest an sich; seine Lippen wollten ihren Mund finden, doch sie bot ihm nur ihre Stirn. Für eine Weile stand er ganz still mit ihr in der Rüstkammer und hielt sie fest. Sein Kinn lag dabei auf ihrem Scheitel und er schaute gedankenverloren all die Waffen und Rüstungen an, zwischen denen sie standen. Im Moment war Moritz einfach nur erleichtert, dass sie ja gesagt hatte, doch ihm war bewusst, dass der schwierigste Teil der Verlobung noch bevorstand: Er musste es seiner Mutter sagen.

Herzogin Katharina tobte. Das einzige, was sie beruhigte, war, dass eine Verlobung noch keine Ehe war und wieder gelöst werden konnte. Keinen Fuß sollte Moritz nach Hessen setzen. Ganz gleich ob man sich mit Philipp über die Erbschaft einigte oder nicht - für Moritz war ab sofort die Tochter König Ferdinands bestimmt. Die Verhandlungen seien in vollem Gange und so gut wie abgeschlossen, behauptete sie. Moritz konnte dies nicht überprüfen und wollte es nicht wahrhaben. Er liebte Agnes und sie liebte ihn. Da gab es nichts zu rütteln und sämtliche Königstöchter dieser Welt konnten ihm gestohlen bleiben. Bei Agnes hatte er genau wie bei Elisabeth das Gefühl, *gesehen* zu werden, doch hütete er sich, das seiner Schwester Sidonie zu erzählen, die ohnehin nur ihren Spott mit ihm getrieben hätte.
Ja, Agnes sah ihn. Sie schaute ihn liebevoll an. Anfangs hatte er sogar eine leise Angst in ihren Augen gesehen, als er einmal in voller Rüstung vor ihr gestanden hatte, doch auch die Scheu vor seiner kriegerischen Erscheinung hatte sie abgelegt. Überglücklich hatte Moritz gesehen, wie sie errötet war, als ihr Vater ihn nach einem Übungskampf über die Maßen gelobt hatte. Sie achtete ihn; und wenn sie ihn anlachte, war es ein offenes, herzliches Lachen, das sie ihm schenkte.
Niemals würde sie ihn verspotten und als Narren bezeichnen, wie es die

Mutter und die Schwestern von jeher getan hatten. Wie tief ihn der Spott verletzt hatte, wollte er sich nicht einmal selbst eingestehen, geschweige denn Agnes einen Blick in diese Abgründe gewähren.

Herzogin Katharina hätte sich durch gutes Zureden ihres Gemahls, der Schwestern und Moritzens absoluten Gehorsam, den dieser in den folgenden Wochen an den Tag legte, beinahe wieder beruhigt, wenn nicht das hessische Gerücht auf Kutschrädern nach Sachsen geholpert wäre, denn Anna von der Saale reiste nun nach Hause auf ihr Gut bei Meißen. Sie wollte nicht zurück nach Rochlitz, denn im Grunde ahnte sie, dass Herzogin Elisabeth keineswegs erbaut war, wenn sie erst erfuhr, dass ihre Hofmeisterin die zweite Schwiegermutter ihres gnädigen Bruders war. Nun konnte sich die Herzogin eine andere Hofmeisterin suchen - Anna von der Saale stand nicht mehr zur Verfügung.

Höchst zufrieden lehnte sie sich in dem bequemen Wagen zurück, den der Landgraf ihr für die lange und beschwerliche Reise zur Verfügung gestellt hatte. Sie schob ihre Hand unter ihrem neuen Umhang aus feinster Wolle hervor und betrachtete glückselig einen kostbaren Ring, ein Geschenk des Landgrafen, den er ihr höchstpersönlich über die neuen Handschuhe aus Rehleder gestreift hatte und der selbst im Zwielicht des Wagens glitzerte. Eigentlich waren die Sachen viel zu warm, aber selbst an einem so lauen Frühsommertag konnte Anna von der Saale sich unmöglich von diesen Preziosen trennen, und sie bedauerte zutiefst den Nieselregen, der sie zwang, die ledernen Vorhänge des Wagens geschlossen zu halten.

Der Kutscher war froh darüber, denn außer ihm waren nur noch zwei Diener mit dabei, die lieber Löffel führten als Schwerter. Das Gebaren der Alten war eine laute Einladung an alle Räuber und Strauchdiebe, sie zu überfallen, denn in jedem Gasthof war sie aufgetreten wie eine Königin, hatte die besten Zimmer verlangt und den erstaunten Wirtsleuten verkündet, dass sie es ja eigentlich gar nicht sagen dürfe, weil es streng geheim sei, aber sie sei die zweite Schwiegermutter des gnädigen Herrn Landgrafen zu Hessen und ihr Töchterlein sei eine Fürstin.

Die Wirtsleute hatten allerorts fleißig versichert, dass das Geheimnis bei ihnen bestens aufgehoben sei, doch man konnte nicht umhin, sich damit zu

brüsten, dass man eine Fürstin beherberge. So nahm das Gerücht immer mehr Fahrt auf und wurde auf schnellen Zungen, Pferdehufen, Kutschrädern und flinken Beinen überall hingetragen.
Bis zum Gut derer von der Saale war es nicht mehr weit. Es dämmerte zwar, und der Kutscher wollte einen Gasthof anfahren, doch die Alte bestand darauf, weiterzufahren. Sie konnte es kaum erwarten, endlich zu Hause zu sein, denn wie würde sie nun im Kreise ihrer alten Bekanntschaften auftreten können! So viele schöne Kleiderstoffe hatte der gute Herr Schwiegersohn ihr mitgegeben, sie mit Geschenken geradezu überhäuft, die nun alle wohl verschnürt auf dem Wagen lagen. Es dämmerte bereits, als draußen Stimmen laut wurden. Befehlsgewohnte Männerstimmen, die zwischen den dicht stehenden Bäumen hallten.
Um Himmels Willen! Räuber! Anna von der Saale zog sich hastig ihren Ring vom Finger und ließ ihn zwischen zwei Fellen verschwinden. Da fiel ein Schuss! Wie ein gehetztes Tier schaute sie sich um. Zwischen den ledernen Vorhängen konnte sie schemenhaft viele Reiter erkennen, die sich bedrohlich näherten. Sie erkannte Ritter, die ihrem mageren Begleitschutz an Zahl, Rüstung und Waffen weit überlegen waren.
„Ergebt Euch, dann wird niemandem etwas passieren. Wir wollen nur die Frau, die Ihr mitführt!“ befahl eine sehr tiefe, grollende Stimme.
Anna von der Saale war sicher, dass die Männer für sie kämpfen würden bis zum letzten Tropfen Blut; ganz sicher würden sie die Schwiegermutter ihres Fürsten schützen.
„Wir ergeben uns!“ hörte sie augenblicklich die Stimme des hessischen Kutschers. „Nehmt sie mit!“
Anna von der Saale wurde panisch. Krampfhaft hielt sie ihren Mantel fest, drückte sich tiefer in die Kissen und starrte mit weit aufgerissenen Augen auf den Spalt zwischen den Vorhängen, wo ihre Begleiter nun flohen und die fremden Ritter immer näher kamen. Sie wagte nicht mehr hinzuschauen, sondern presste ihre Augen fest zu. Sie hörte die Hufe großer, schwerer Pferde auf dem Waldboden, das Knirschen der Rüstungen und leise Klirren der Kettenhemden. Jeden Moment würden sie bei ihr sein, sie aus der Kutsche zerren, sie… Doch da fuhr die Kutsche wieder an, die Männer ritten

ruhig neben ihr her.
Es war schon tiefe Nacht, als sie an der Elbe ankamen, wo ein Schiff des sächsischen Herzogs sie bereits erwartete. Die Männer brachten Anna von der Saale an Bord, wo sie während der Nacht bewacht, aber nicht behelligt wurde. Trotzdem tat die Frau kein Auge zu, sondern hörte die ganze Nacht die Wellen ans Boot schlagen, das Wiehern der Treidelpferde, die Rufe der Knechte. Als aus der dunstigen Morgendämmerung die Türme Dresdens hervortraten, war Anna von der Saale durchgefroren bis ins Mark. Etwas unsanft wurde sie von den Männern zum Aufstehen aufgefordert. Keiner half ihr auf der schwankenden Planke, niemand hielt ihre Hand. Zu Fuß wurde sie weitergeführt zur Festung; hinein in die Kasematten. Dort sperrte man sie in einen Raum und ließ sie allein in der Finsternis.

Es dauerte zermürbend lange, bis sie endlich wieder hörte, wie jemand den Schlüssel im Schloss drehte. Das Licht einer Fackel blendete sie, noch mehr wurde sie jedoch gleich geblendet von der fürstlichen Erscheinung Herzogin Katharinas.
„Erheben Sie sich!" fuhr die Herzogin ihre Gefangene an. Mühsam rappelte sich die Matrone auf und stand unsicher vor der Herzogin, all ihrer Würde, ihres funkelnd neuen Selbstbewusstseins beraubt. Die Herzogin, die Anna von der Saale um mehr als einen Kopf überragte, kam bedrohlich nahe und ging betont langsam um sie herum.
„Ist es wahr, dass Ihre Tochter Unseren Neffen, seine Gnaden Landgraf Philipp von Hessen geheiratet hat? Hat sich mein sauberer Neffe tatsächlich als Bigamist in den Vorhof der Hölle begeben? - Antworten Sie!" Anna von der Saale zuckte zusammen und brach sogleich in Tränen aus.
„Nein, Herrin, es ist nicht wahr. Das ist schrecklichste Verleumdung."
„Aber es heißt, Sie selbst hätten genau dies überall erzählt; Sie seien die zweite Schwiegermutter des Landgrafen von Hessen."
„Um Himmels Willen, da muss mich jemand verwechselt haben. Es gibt viele Frauen, die so aussehen wie ich. Nein, Euer fürstliche Gnaden, es ist nicht wahr. Hier liege ich auf meinen Knien und flehe Euer Gnaden untertänigst an, mir zu glauben."

Sie wollte den Saum des herzoglichen Gewandes küssen, doch die Herzogin schlug nach ihr und fauchte: „Lassen Sie das! Das ist Brokat!"
Und zu einem der Wachmänner gewandt sagte sie: „Wasser und Brot! Aber nicht zu üppig!"

*

Etliche Straßenzüge vom Schloss entfernt liefen Reinhard Schreuer und Joseph Junker suchend durch die Gassen. Die beiden Knaben waren zerlumpt und schmutzig; die Bündel, die sie dabei gehabt hatten, waren ihnen längst genommen worden. Andere hatten sich gütlich getan an dem Brot und dem Käse, den Frieda ihnen zu Hause so liebevoll eingepackt hatte.
Nach endlosem Fragen und hin- und her Rennen hatten sie endlich das richtige Haus gefunden und klopften an. Als Anni ihnen öffnete und sie mit einem Freudenschrei in die Arme schloss, brachen die beiden in Tränen aus. All die Not und die Trauer, die Angst auf der Reise, all das brach aus ihnen heraus. Anni zog die beiden schluchzenden Jungen in ihre Küche. Sie war heilfroh, dass ihre Schwiegermutter im Moment nicht zu Hause war, denn sie hätte die beiden sicher nicht eingelassen, so abgerissen wie sie aussahen.
„Nun erzählt! Wieso seid Ihr hier? Wo sind Mama und Papa? Warum haben sie euch nicht begleitet?"
Annis Fragen riefen nur neue Tränenströme hervor. Vor allem Joseph wollte sich kaum beruhigen.
„Tot", schluchzte Reinhard, „Sie sind beide tot. Deshalb sind wir mit einem Gesellen mitgegangen, damit wir bei euch lernen."
Nun weinte Anni ebenfalls, was Hans und der Vater hörten. Besorgt schauten sie in die Küche. Hans hatte schon befürchtet, seine Mutter hätte Anni wieder zugesetzt, doch als er Reinhard und Joseph in ihrem kläglichen Zustand erblickte, ahnte er schon, dass in Gotha ein Unglück geschehen war. Nach und nach kam die ganze Geschichte zutage: Anna und Friedel waren beide an der Schwindsucht gestorben. Ein Geselle, der gerade bei ihnen gearbeitet hatte, sollte Reinhard und Joseph mitnehmen nach Dresden, damit sie hier ihre Ausbildung machten, aber der Mann war bei einer Schlägerei

ums Leben gekommen. Reinhard und Joseph hatten nur mit Mühe flüchten können.
„Können wir? Dürfen wir bleiben?“ fragte Joseph schüchtern.
„Natürlich dürft ihr beiden bleiben“, sagte Anni sofort, obwohl sie sich keineswegs sicher war und inständig hoffte, dass die Schwiegermutter noch so lange wegblieb, bis Hans und der Schwiegervater zugesagt hatten und die beiden als Lehrlinge aufnahmen. Sie schaute ihren Mann an.
„Von mir aus können die beiden bleiben. Was meinst du, Vater?“
„Ihr seht alle beide ziemlich mager aus. Könnt ihr denn arbeiten?“
„Ja, sicher können wir das! Dürfen wir bleiben?“ Josephs Stimme klang flehend.
„Na dann kommt!“ Und zu Anni gewandt sagte der Vater: „Ich kümmer mich um die beiden Dreckspatzen. Lass du dich von deinem Mann trösten.“
Dankbar nickte Anni und ließ sich von Hans in die Arme nehmen. So lange hatte sie ihre Eltern nicht gesehen, immer gehofft, sie noch einmal zu besuchen, aber mit jedem Jahr hatte sie ein weiteres Stück Hoffnung aufgeben müssen. Gotha war weit, Hans hatte viel Arbeit, und sie hatte sich immer getröstet mit der Vorstellung, im nächsten Sommer ihre Eltern zu besuchen. Aber jeder Sommer war vergangen, sie hatte sich auf den nächsten Sommer vertröstet, bis es nun zu spät war.
Hans hielt sie still im Arm und ließ sie weinen. Als es ganz still in der Küche war und man sogar das Flackern des Feuers hören konnte, wurde die Tür aufgerissen und die Schwiegermutter stand wie der fleischgewordene Zorn Gottes im Raum.
„Ihr werdet es nicht glauben, was ich soeben in der Stadt gehört habe. Überall redet man von nichts anderem. Glücklicherweise habe ich niemandem erzählt, dass die Mutter meiner feinen Schwiegertochter aus Hessen stammt. In Hessen herrschen Zustände, wie sie schlimmer nicht sein könnten!“ Und dann erzählte sie die ganze unselige Geschichte um Philipps Doppelhochzeit, um die sich mittlerweile die abenteuerlichsten Ranken geschlungen hatten.
„Eine schöne Frau hast du uns da ins Haus geholt! Da sieht man, was die Lutherischen vorhaben. Hans, du kannst dir noch mehr Weiber nehmen und

sie alle heiraten. Die gute, lutherische Anni wird dagegen nichts einzuwenden haben."

„Mutter, was redest du da?"

„Die Wahrheit über die Lutheraner, das rede ich!" Und sehr langsam, leider auch sehr laut wiederholte sie die ganze Geschichte. Anni sank auf einen Schemel. Sie konnte nicht glauben, was ihre Schwiegermutter da erzählte. Eine doppelte Ehe? Der Landgraf von Hessen? Und was sollte sie damit zu schaffen haben? Sie konnte sich zunächst keinen Reim darauf machen und glaubte nicht, was sie hörte. Sicher hatte die Schwiegermutter sich getäuscht. Klatsch und Tratsch verbreiteten sich so schnell und eine winzige Geschichte wurde aufgebläht zu einem Skandal apokalyptischen Ausmaßes. Nein, das konnte nicht sein! In diesem Moment kamen Reinhard und Joseph in die Küche. Die beiden waren frisch gewaschen, trugen saubere Kleider, die ihnen allerdings zu groß waren und sagten zu Anni: „Mama, schau, jetzt sehen wir besser aus."

„Mama? Die beiden Dreckbeutel nennen dich Mama?" keifte die Alte. Vergeblich versuchte Hans zu erklären, dass die beiden keine Eltern mehr hatten und seit ihrer Kindheit Anni, ihre Mutter und Schwester mit ‚Mama' anredeten.

„Eigene Kinder kriegt sie nicht zustande, aber meinem Sohn hat sie Hörner aufgesetzt und schleppt uns nun ihre Bastarde ins Haus! Hinaus mit diesen Hunden! Nicht einen Augenblick will ich sie hier haben! Und du Miststück gehst am besten gleich mit!"

Joseph stand da und starrte die Frau an. „Du hast da Schaum am Mund!" sagte er ganz ruhig zu ihr, als sie hasserfüllt ihren Zeigefinger Richtung Tür schleuderte.

„Weib, wenn du nicht augenblicklich schweigst, werf ich dich eigenhändig auf die Straße, zurück in den Dreckpfuhl, aus dem du dieses dumme Gerede hast. Und dein Mundwerk werd ich dir mit Seife auswaschen. Also Hans! Erzähl du uns, wieso die beiden Jungs unsere Anni mit Mama anreden. Ihre Mutter kann sie gar nicht sein, dafür sind die beiden schon zu alt."

Hans und Anni erzählten gemeinsam mit den beiden Knaben, wie Reinhards Eltern gestorben waren, als sie aus Hessen zu Besuch in Gotha gewesen waren. Reinhard, der damals ein kleiner Junge von vielleicht drei Jahren gewesen war, hatte seine Tante Anna und seinen Onkel Friedel mit ‚Mama' und ‚Papa' angeredet. Auch Anni und ihre jüngere Schwester Frieda hatten sich liebevoll um ihn gekümmert und wurden daher auch mit ‚Mama' angesprochen. Joseph, der kleine Nachbarsjunge und Reinhards bester Freund, hatte bei der Pest seine Mutter verloren. Die Stiefmutter, die der Vater ins Haus geholt hatte, war nicht begeistert gewesen von dem blassen, schwächlichen Kind, weshalb Joseph die meiste Zeit bei Reinhards Familie verbracht hatte und ebenfalls alle im Hause Gutmann vorhandenen Frauen als seine Mütter ansah.

Abends, als Anni mit Hans im Bett lag, konnte sie lange nicht schlafen. Sie lauschte auf die Geräusche im Haus, das gleichmäßige Atmen ihres Mannes, das Knacken des Holzes, Schritte auf der Straße.
„Kannst du nicht schlafen?" flüsterte Hans.
„Nein. Ich denke immer noch an die Worte deiner Mutter. Ach Hans, sie hat ja recht. Ich kriege keine eigenen Kinder zustande. Es ist so schrecklich."
Hans hörte sie in der Dunkelheit leise weinen und nahm sie in die Arme.
„Aber ich freue mich sehr, dass Reinhard und Joseph jetzt hier sind. Sie trösten mich doch sehr über den schlimmsten Schmerz hinweg", sagte Anni tapfer.
„Vielleicht führt der Trost dazu, dass du guter Hoffnung wirst?"
„Du hast fromme Wünsche, Hans."

Reinhard und Joseph lernten also bei Hans und dessen Vater das Schreinerhandwerk. Da die beiden Männer ihre Lehrlinge immer wieder lobten, war es auch die Alte zufrieden und duldete die beiden Jungs im Haus, auch wenn sie für die beiden kein gutes Wort hatte. Als sich das hessische Gerücht bestätigte, hatten die beiden Knaben gar nichts mehr zu Lachen; Anni hatte gar keinen ruhigen Augenblick mehr im Haus, und ein Kind wollte sich erst recht nicht einstellen.

*

Das Gerücht war immer schneller gerannt, gefahren, galoppiert und fühlte sich mittlerweile sogar im Ausland wohl. Die Protestanten waren zwar verständlicherweise entsetzt über den hessischen Landgrafen, doch im katholischen Lager wurde das liebe Gerücht mit Begeisterung empfangen und genährt, bis es immer runder und dicker und prächtiger wurde. Wie herzerquickend ließ sich nun mit allen Fingern auf die Protestanten zeigen - hatte ihr wichtigster Fürst doch offenbart, worum es den Evangelischen tatsächlich ging: gottlose Vielweiberei! Das war der Anfang vom Ende der Reformation, und so mancher gut katholische Ehemann stieß mit seiner Geliebten darauf an. Die lutherischen Fürsten, die Landgraf Philipp zuvor eingeweiht und um Beistand gebeten hatte, litten plötzlich unter Gedächtnisschwund, wie etwa Ulrich von Württemberg oder der Torgauer Kurfürst Johann Friedrich. Luther selbst, dessen Unterschrift doch auf dem Beichtrat prangte, stritt alles ab, Bucer empfahl, unklar darum herumzureden. Unklares Herumreden half jedoch keineswegs, denn dank der Buchdruckerkunst, die dafür gesorgt hatte, dass sich die Ideen der Reformation so rasend schnell hatten ausbreiten können, wurde das Heilige Römische Reich Deutscher Nation von Schriften überschwemmt, auf denen klar und deutlich vom Sündenfall des Landgrafen zu lesen war. Spott war noch das Gnädigste, was aus den schwarzen Pressen quoll. Gift und Galle ergossen sich über die Reformatoren; vor allem Bucer sah sich in Straßburg noch Monate später heftigen Anfeindungen ausgesetzt, denn jemand hatte unter seinem Namen eine Schrift unters Volk gebracht, in der die Doppelehe des Landgrafen verteidigt wurde. Bucer beteuerte, dass dieses Machwerk nicht aus seiner Feder stammte - vergebens. Selbstverständlich wurde dem Gerücht auch die Ehre zuteil, beim Kaiser höchstpersönlich empfangen zu werden, worauf dieser sich die Hände rieb.[60]

*

Herzog Moritz litt Höllenqualen. Agnes schien in weite Ferne zu rücken. Philipp selbst hatte ihn bezüglich der Doppelehe ins Vertrauen gezogen,

60 siehe zu diesen Vorkommnissen: Greschat, Martin; Martin Bucer; Ein Reformator und seine Zeit (1491 - 1551) Münster 2009, S. 183 ff.

hatte ihm ausführlich seine Gründe erklärt, verbunden mit dem innigsten Wunsch, dass Agnes ihm immer eine liebevolle und gute Ehefrau sei, damit er selbst niemals in eine solche Lage kommen möge. Wenn die Mutter erst erfuhr, dass Moritz davon gewusst hatte, würde sie ihn sicher der üblichen Strafe für Vaterlandsverräter überantworten, und so hoffte Moritz inständig, dass sie nicht auf die Idee kam, ihn zu befragen.

Anna von der Saale saß nun schon seit einer Woche in den Kasematten ein, blieb aber standhaft in ihrer Behauptung. Bigamie war ein äußerst schweres Verbrechen, zumindest in den Augen der Menschen, die nichts von den stichhaltigen Überlegungen eines hessischen Landgrafen wussten, und sie musste fürchten, dass ein Echo der Strafe auch jenen zuteil wurde, die geholfen hatten, eine Doppelehe zu schließen. Anna von der Saale zermarterte ihr armseliges Gehirn auf der Suche nach einem Ausweg.

Nichts schien geheim zu bleiben in diesen Tagen. Die gleißende Junisonne schien alles zu entblößen, und so lief ein Gerücht von Sachsen nach Hessen und beschrieb in allen Einzelheiten die Gefangennahme der Anna von der Saale. Dies veranlasste Philipp, einen Brief an Moritz zu schreiben, der diesen in tiefe Agonie stürzte, denn Philipp verlangte von ihm, er möge dafür sorgen, dass man Anna von der Saale wieder auf ihr Gut lasse und sie nicht mit beschwerlicher Gefangenschaft beleidige, andernfalls wolle er, Philipp, sein Leib und Gut darauf verwenden, seine Schwiegermutter zu befreien.[61]
Moritz wusste nicht, wie er das bewerkstelligen sollte. Andererseits wusste er auch nicht, wie er seinem zukünftigen Schwiegervater jemals wieder unter die Augen treten sollte, wenn er es nicht tat. Ganz sicher würde Philipp dann, zutiefst enttäuscht von ihm, Agnes einem anderen zur Frau geben.
Die Lösung des Problems eilte auf den kurzen, dicken Beinen des Herzogs Ernst von Braunschweig-Lüneburg heran. Dieser eifrige Verfechter der Reformation hatte gewisse Kunde von Philipps Doppelehe, sogar schwarz auf weiß, denn ein Brief, den Philipp an Herzog Heinrich zu Braunschweig-Wolfenbüttel geschrieben hatte, war ihm in die Hände gelangt. Nun gab es

61 siehe PKMS 1, Dokument Nr. 57, S. 64.

für Anna von der Saale kein Leugnen mehr. Sie war in einem erbarmenswürdigen Zustand, als Herzogin Katharina mit dem Brief in ihre Zelle trat. „Sie haben es gewagt, Uns anzulügen. Uns! Die Herzogin zu Sachsen. Dafür könnte ich Sie hängen lassen! Sicher haben Sie dafür gesorgt, dass mein Herr Neffe Ihre Tochter zur Frau bekam. Ist es nicht so?“ Herzogin Katharinas Stimme hallte wie Donner zwischen den Mauern und fegte den letzten Rest Würde aus der Gefangenen.
„Euer fürstliche Gnaden, habt Erbarmen. Es ist nicht meine Schuld. Ich habe dem Landgrafen abgeraten. Ich habe auch meiner Herrin, Herzogin Elisabeth davon abgeraten, aber sie wollten beide nicht auf mich hören. Der Landgraf war ganz vernarrt in mein unschuldiges, kleines Töchterlein. Wer bin ich, dass ich so hohen Herrschaften etwas verweigern dürfte? Und wenn es mein eigenes Kind ist! Sie haben mir für mein Schweigen einen grausamen Schwur auferlegt und gedroht mich zu Tode zu foltern, sollte ich jemals ein Wort darüber sagen. Ich bete seitdem jeden Tag und jede Nacht für das Seelenheil meines armen Lämmchens, Gott ist mein Zeuge!“ greinte die Alte und brach zusammen.
„So steckt auch Unsere Nichte mit dahinter?“ schnaubte die Herzogin.
„Ja, ja, so ist es“, beeilte sich Anna von der Saale zu beteuern. „Ich konnte an ihrem Hof nicht mehr bleiben, da ich ihr die Stirn geboten hatte, um das Schlimmste zu verhindern. Ich befürchtete schon, sie wirft mich ins Angstloch. Oh, seid mir gnädig. Die Sorge um mein Kind lässt mich kaum noch ruhen.“ Sie hatte ihre schmutzigen Hände gefaltet und erhob sie flehend zur Herzogin. Diese schaute hinab auf die alte Frau, die kaum noch als Dame von Stand zu erkennen war. Was die Alte faselte, ergab keinen Sinn. Wahrscheinlich hatte man ihr Schweigen auferlegt, doch sie hatte es offensichtlich bei der ersten besten Gelegenheit gebrochen. Nun lag sie da und schniefte. Katharina atmete tief durch. Wie dem auch sei, Moritz würde niemals die Tochter dieses entarteten Kerls heiraten. Niemals!
Schon am nächsten Tag war Anna von der Saale vollkommen rehabilitiert und sonnte sich im Glanze ihrer fälschlich angeklagten Unschuld. Den Hofdamen musste sie wieder und wieder erzählen, welch namenloser Schrecken ihr in die Glieder gefahren war, als man sie mitten im Wald entführt

hatte. Dies und noch mehr berichtete sie Herzogin Katharina, die für sie ein sehr weit offenes Ohr hatte. Vor allem Elisabeths lockerer Lebenswandel, mit dem Anna von der Saale ihre schändliche Geschichte zu untermauern suchte, stieß bei Herzogin Katharina auf Interesse. In geradezu widerlichen Details führte sie angebliche Affären mit Schreibern und Kanzleibeamten aus, sogar mit dem Rochlitzer Schmied, der bekannt sei für sein ungefuges Schermesser, habe Elisabeth eine Nacht verbracht.

„Niemals! Niemals wird Unser Sohn die Tochter dieses widernatürlichen Scheusals heiraten", rief Herzogin Katharina. „Wie gut, dass wir schon unsere Fühler ausgestreckt haben in eine Richtung, aus der solche Abartigkeiten sicher nicht zu erwarten sind. Moritz wird eine Tochter König Ferdinands heiraten."

„Aber Euer Gnaden, die Sache hat auch etwas Gutes an sich", meldete sich nun der Ratsherr Anton von Schönberg zu Wort: „Euer Gnaden werden dem sauberen Herrn Landgrafen die Summe, die er aus der Erbschaft Herzog Georgs fordert, nicht zu geben brauchen, denn er hat so schwer gegen das Reichsrecht gehandelt, dass er die Summe vor dem Reichsgericht schwerlich einklagen kann, wenn Euer Gnaden sie ihm verweigern.[62]"

„Ach, von Schönberg, Wir danken Euch für diesen Trost", erwiderte die Herzogin, worauf Anton von Schönberg sich tief verneigte. Zu gerne war er der Herzogin zu Diensten. Er war ein aufstrebender Mann, der genau wusste, was er wollte - und an wen er sich dabei zu halten hatte, wusste er auch.

Moritz, der dies alles mit angehört hatte, schlich sich hinaus und schloss leise die Tür hinter sich. Schon wollte er erleichtert aufatmen, da gewahrte er Herzog Ernst von Braunschweig - Lüneburg, der nur auf ihn gewartet zu haben schien.

„Euer Gnaden, wart Ihr nicht kürzlich in Hessen?"

„Ja." Moritz wandte sich ab und ging, doch der Herzog folgte ihm und fragte in einem leichten Plauderton: „Habt Ihr dort nicht auch die Gemahlin des Landgrafen getroffen, die er neulich genommen hat?"

„Wer sollte das denn sein?" Moritz versuchte, so beiläufig wie möglich zu klingen.

62 Siehe Herrmann, Johannes; 1999, S. 33

„Es ist ein Mädchen von der Saale."
„Ich habe die Gemahlin des Landgrafen getroffen." Nun wartete er einen Augenblick. Die Augen des Herzogs wurden groß vor Neugierde, doch Moritz fuhr fort: „Es war Herzog Georgs Tochter, meine Cousine." Dann ging er weiter und wollte auf den Herzog nicht achten, doch dieser folgte ihm.
„Aber das kann nicht sein. Es heißt, Landgraf Philipp habe sie einmauern lassen."
Nun blieb Moritz abrupt stehen und trat sehr nahe an den Herzog heran.
„Das ist nicht wahr. Und Ihr solltet das Maul halten, sonst werde ich Euch draufkloppen."[63]
Da erst schwieg der Herzog und Moritz konnte unbehelligt seiner Wege gehen, doch in ihm brodelte es. Als ihm dann auch noch einige Räte über den Weg liefen und wissen wollten, ob es wahr sei, dass der Landgraf außer Margarete von der Saale noch eine weitere Schwester von der Saale bei sich habe - denn so ginge das Gerücht und man sei ganz gewiss, dass der Landgraf sie beide beschlafe - lief das Fass über.
„Lasst mich doch zufrieden mit solchen Sachen!" rief Moritz ärgerlich. „Ich weiß nichts von einer Margarete von der Saale und auch nichts von ihrer Schwester. Der Landgraf ist mein Freund und wer unehrlich von ihm redet, der soll sich auch mir verantworten."[64] Moritz ließ keinen Zweifel daran, dass er jede weitere Rede mit dem Schwert beenden wolle. Er musste fort von hier...

„Mutter", begann er sehr leise, als er sie alleine an ihrem Schreibtisch antraf „Mutter, wäre es nicht gut, auch vom Kurfürsten zu erfahren, ob er davon weiß und wie er dazu steht?"
„Wollen Sie Uns Ratschläge erteilen?" erwiderte sie, ohne von den Dokumenten aufzublicken, mit denen sie gerade beschäftigt war. „Wir können Uns nicht erinnern, Sie in den Stand eines Rates erhoben zu haben." Moritz schluckte hart. Er durfte jetzt keinen Fehler machen. Sein Blick huschte hinüber zu Herzog Heinrich, dessen Miene vollkommen undefinierbar war. „Vergebt mir, Mutter, ich möchte einfach nur Euer gehorsamer Sohn sein

63 siehe PKMS 1, Dokument 62, S. 67. (Das steht da wirklich wörtlich! A.Z.)
64 siehe PKMS 1, Dokument Nr. 45, S. 51.

und etwas tun. Glaubt mir, mich schockiert diese Geschichte ebenso wie Euch. In wenigen Tagen kann ich wieder zurück sein. Man könnte sich mit dem Kurfürsten verbünden. Ich kann mir nicht vorstellen, dass er den Schritt des Landgrafen gut heißt."
„Immer reiten Sie nach Torgau oder nach Hessen, obwohl Sie genau wissen, dass Wir mit beiden nicht gut stehen. Wollen Sie sich vielleicht von einem dieser Herren zum Absalom machen lassen?"
Moritz war nicht ganz so bibelfest wie seine Mutter und konnte daher nur ahnen, dass es sich bei Absalom um einen Herrn aus der Bibel handelte, der sich durch Ungehorsam gegen seine Eltern hervorgetan hatte.
„Herr, jetzt sagen Sie doch auch etwas!" fuhr sie dann ihren Mann an.
„Ich weiß nicht, ob es nicht besser wäre, jede Verbindung mit dem Hessen abzubrechen." Katharina verdrehte die Augen. Das war schließlich das mindeste, was sie zu tun gedachte. Aber Moritz schaute seinen Vater flehentlich an, und so fuhr der Alte fort: „Wenn Moritz wirklich Agnes nach wie vor heiraten will, wäre es besser, sie sofort hier her zu holen. Denn was sollte sie zu Hause noch lernen, wo Sodom und Gomorrha herrschen."
„Sie hätten besser geschwiegen! Macht doch, was ihr wollt!" keifte die Herzogin und rauschte davon. Letzteres ließ Moritz sich nicht zweimal sagen und machte sich mit acht Begleitern, denen er vertraute, glücklich auf den Weg und atmete freier, als er das Schiff bestiegen hatte, das ihn nach Torgau bringen sollte. Doch schon nach kurzer Zeit - man hatte Meißen noch längst nicht erreicht - befahl Moritz dem Schiffer, das Ufer anzusteuern. Er verließ mit seinen Männern das Schiff, bis auf einen, der mit einem entsprechenden Brief versehen, tatsächlich nach Torgau reiste.
„Und nun? Wohin mein Fürst?" fragte sein Hofmeister Hans Löser.
„Nach Rochlitz, zu Herzogin Elisabeth", erwiderte Moritz und wendete sein Pferd.

Am Abend des 5. Juli 1540 kam Moritz mit seinem kleinen Trupp in Rochlitz an. Es war noch hell und so konnte er schon von weitem das Schloss erkennen und hoffte inständig, Elisabeth anzutreffen. Er gab seinem Pferd die Sporen, wurde ärgerlich, als man ihn am Stadttor anhielt, preschte durch

die Stadt, durch die Schlossvorstadt und zur Zugbrücke. Dort wollte man ihn wieder aufhalten, doch Elisabeth kam ihm schon entgegen.
„Moritz!“ rief sie erschrocken, als sein Pferd sich aufbäumte. „Lasst ihn durch! Seht ihr denn nicht, dass es Herzog Moritz von Sachsen ist?“ Die Wachen zogen sich mit einer tiefen Verbeugung zurück.
„Was ist passiert?“ Moritz saß ab. Obwohl der junge Mann sie um mehr als Haupteslänge überragte, nahm sie ihn in die Arme wie ein Kind und spürte, wie er am ganzen Leibe zitterte. Unterdessen kamen auch seine Kameraden an, die in etwas gemäßigterem Tempo die Stadt durchquert hatten.
„Können wir hineingehen? Ich habe Dinge zu bereden, die nicht für die Straße geeignet sind.“
Die Pferde wurden von Elisabeths Dienern weggeführt, Moritzens Männer wurden in der Hofstube versorgt, und Elisabeth nahm ihren Cousin mit in ihre Schreibstube, wohin Gertrud gleich guten Wein und etwas zu essen brachte.
„Nun erzählt mir!“
„Sie weiß es“, sagte Moritz nur und stürzte seinen Kelch hinunter als sei es Wasser. „Meine gnädige Frau Mutter weiß es. Anna von der Saale wurde von unseren Männern aufgegriffen und nach Dresden gebracht. Sie hat auf ihrem Weg durch Sachsen überall erzählt, dass ihre Tochter die neue Fürstin von Hessen ist. Das ging durch Sachsen wie ein Lauffeuer. Sie saß für eine Weile in den Kasematten und wurde befragt, hat aber immer geleugnet.“
„Hat man sie auch gefoltert?“
„Nein, nein, gefoltert wurde sie nicht.“
„Ach, das ist aber jammerschade!“ Dieses grundehrliche Bedauern ließ Moritz doch etwas aufschrecken.
„Ihr könnt mir glauben, dass es ihr nicht gut ging. Ich hab sie gesehen, wie sie aus der Zelle entlassen wurde. Grauenhaft sah sie aus.“
„Na, immerhin etwas!“ stellte Elisabeth befriedigt fest.
„Wieso nimmt Philipp sich ausgerechnet dieses flache Hühnchen? Wenn er sich eine standesgemäße Frau genommen hätte, wäre es schlimm genug, aber so weit unter uns zu heiraten!“
„Die Räte meines Vaters behaupten, er habe damit in die Familie Luthers

einheiraten wollen, weil Margarete eine Verwandte der Katharina Lutherin sei. Angeblich hat eine Tante der Lutherin einen Herrn von Miltitz geheiratet, und Margaretes Mutter ist ja eine geborene von Miltitz."

„Das ist doch Unsinn!" rief Elisabeth. „Wenn die von der Saale tatsächlich mit Luthers Ehefrau verwandt wären, dann hätte die Alte sich das ganz groß auf ihre Fahnen geschrieben und jedem erzählt, der es hätte hören wollen, und wer es nicht hätte hören wollen, dem hätte sie es zweimal erzählt. Das glaube ich nicht. Die Familie derer von Bora ist so weit verzweigt, wer weiß, ob das stimmt..."[65]

„Meine Mutter will nun auf gar keinen Fall, dass ich Agnes heirate. Nur über ihre Leiche, sagt sie. Es hat gar keinen Zweck, dass ich ihr sage, dass ich Agnes wahrhaftig liebe. Meine Frau Mutter sagt dann immer nur, wir müssten alle Opfer bringen, auch in Heiratsfragen; ich sei da keine Ausnahme."

„Was weiß sie denn schon davon, wie es ist, Opfer zu bringen? Ihr solltet eher Euren Herrn Vater fragen; ich wette, er kann mehr als ein Lied vom Opferbringen singen, schließlich hat er Eure Mutter geheiratet."

Moritz lachte kurz auf. „Sie will mich unbedingt mit dieser böhmischen Prinzessin verheiraten. Die hab ich noch nie gesehen und will sie auch nicht sehen. Erstens wäre im Moment nur eine vorausgenommene Trauung zur Ehe möglich, weil diese Prinzessin noch ein Kind ist. Ich könnte also die Ehe gar nicht gleich vollziehen. Wenn ich eine Frau geheiratet habe, dann will ich auch nur mit ihr das Lager teilen und mich nicht nach anderen Frauen sehnen.[66] Aber ich will ja gar keine andere Frau als nur allein Agnes. Ich will Agnes. Helft mir! Bitte!" Sein flehender Blick hatte etwas Rührendes.

„Um Hilfe müsst Ihr mich nicht bitten, die gewähre ich Euch mit Freuden

65 Tatsächlich hält sich das Gerücht über eine verwandtschaftliche Beziehung zwischen Katharina von Bora und Margarete von der Saale bis heute und sorgt auch in der Forschung für kontroverse Diskussionen. Siehe dazu: Fischer, Fritz und Stutterheim, Eckart von: Zur Herkunft der Katharina von Bora, Ehefrau Martin Luthers; In: AfV, Archiv für Familienforschung. Die Zeitschrift für Familienforscher; 9. Jahrgang, Heft 1/ 2005.
und
Wolfgang Liebehenschel, in: Familienblatt der Lutheriden-Vereinigung, Heft 36, 76. Jahrgang, Juni 2002, S. 8 f.
Mit herzlichem Dank an das Adelsarchiv Marburg (A.Z.)

66 Siehe Herrmann, Johannes; 2003, S. 31.

und selbstverständlich. Wissen Eure Eltern, dass Ihr bei mir seid?“
„Nein, ihnen habe ich gesagt, dass ich nach Torgau reise. Ich weiß, das war ungehorsam; sie wird jahrelang kein einziges Wort mit mir reden, wenn sie erfährt, dass ich bei Euch war. Ich will mir gar nicht vorstellen, was sie tut, wenn ich Agnes geheiratet habe.“
„Wenn Tante Kathrine erst mal ein Enkelchen auf ihren Knien schaukelt, wird sie sich auch wieder beruhigen.“
„Da bin ich mir nicht so sicher. Meine Frau Mutter ist im Moment unerträglich. Ich könnte Agnes auf keinen Fall mit nach Hause bringen.“ Da gab Elisabeth ihm recht. Die Alte würde von dem jungen Hühnchen nicht einmal Federn übriglassen.
„Ihr könnt sie hier her nach Rochlitz bringen. Sie kann hier bei mir als meine Hofdame wohnen bis Ihr alles geregelt habt.“
„Danke! Ich danke Euch! Hier bei Euch wäre Agnes sicher und sie würde sich bei Euch auch wohl fühlen. Aber was wäre da zu regeln? Kann ich überhaupt etwas tun?“
Elisabeth überlegte kurz. „Wie steht es um Euren Vater?“
„Er wird immer älter, schwächer und kränker. Das kommende Christfest wird wohl sein letztes sein. Manchmal hat er Tage, an denen er noch sehr vital erscheint, sich sogar mit anderen Fürsten an einen Verhandlungstisch setzen kann, doch dies nimmt ihn dann so sehr mit, dass er danach tagelang im Bett liegen muss. Vor kurzem hat er sich mit Kurfürst Joachim von Brandenburg beredet. Die beiden müssen Landgraf Philipp wohl einen Brief geschrieben haben, in dem sie ihn dazu auffordern, seine zweite Gemahlin von sich zu tun wegen Landgräfin Christine. Sie ist ihre Verwandte und sie wollen den Schimpf nicht dulden, den sie erleiden muss. Mein Vater und der Kurfürst waren der Ansicht, dass es hätte geheim bleiben sollen, dann wäre es nicht schlimm gewesen. Aber jetzt ist es überall bekannt, und so wollen sie es nicht mehr dulden. Eine solche Verlogenheit!“ Elisabeth musste lächeln über seine jugendliche Empörung. „Und mich martert es auch! Ihr wisst, dass ich kaum einen Mann so sehr bewundere und schätze wie den Landgrafen. Ich bin sehr stolz, ihn Freund zu nennen und es wird mir eine außerordentliche Ehre sein, ihn Schwiegervater nennen zu dürfen.

Aber wenn ich meine Meinung nicht verhehle, dann bin ich erledigt; und dieser Verrat, den ich an meinem Freund begehe, zerreißt mich!" Er hatte die Hände auf das Fenstersims gestützt und starrte hinaus auf die Mulde und die Auen, die im letzten Sonnenlicht golden aufleuchteten. Seine Schultern begannen zu zittern. Erschrocken stellte Elisabeth fest, dass er weinte.

„Ihr seid kein Verräter, Moritz! Schaut - dort auf meinem Schreibtisch liegt noch immer die blaue Schleife, die Ihr mir einmal geschenkt habt. Erinnert Ihr Euch? Es war auf der Hochzeit des Kurfürsten in Torgau. Ihr wart ein kleiner Junge, dem ich zum Einschlafen eine Geschichte erzählt habe. Wisst Ihr noch? Die Geschichte von dem Ritter, der nicht nur den Drachen tötet, sondern die Prinzessin auch vor einem bösen Verräter beschützt? Am nächsten Tag haben wir beide die Geschichte nachgespielt. Ich war die Prinzessin und Ihr wart mein tapferer Ritter. Als Zeichen Eurer Tapferkeit und Treue habt Ihr mir ein Liebespfand überlassen, wie es sich für solche Fälle gebührt. Und seht: Dort liegt sie noch, die blaue Schleife von Eurem Kindergewand." Elisabeth war hinter ihn getreten und legte ihre Hände nun auf seine Schultern, deren Beben langsam verebbte.

„Ich hab Euch damals gesagt, dass ich für einen Sohn wie Euch meinen rechten Arm hergeben würde. - Das würde ich noch immer. Moritz, Ihr seid ein Mann, auf den jede Mutter stolz sein sollte. Ich bin leider nur Eure sehr viel ältere, mütterliche Cousine, aber ich bin trotzdem stolz auf Euch und ich liebe Euch so sehr, dass ich mir kaum vorstellen könnte, eigene Kinder mehr zu lieben. Schaut mich an!" befahl sie ihm und drehte ihn sanft zu sich um. „Ihr seid kein Verräter. Mein Bruder weiß das. Er weiß auch, unter welchem Druck Ihr steht und falls ihm noch nicht vollkommen bewusst ist, dass er selbst daran schuld ist, werde ich es ihm noch einmal in aller Deutlichkeit schreiben. Und eines könnt Ihr mir glauben: Ich kann sehr deutlich schreiben!" Sie umarmte ihn fest und ließ ihn lange nicht los. Als sie jedoch das Gefühl hatte, es sei ihm peinlich, setzte sie sich wieder und fragte: „Wenn Euer Vater nicht mehr ist, dann wird sicher Eure Mutter das Regiment für sich beanspruchen. Was wird dann für Euch bleiben?"

Moritz stieß seinen Atem bitter aus und lachte ein kurzes, hartes Lachen. „Da wird nicht viel bleiben. Die Frau Mutter und die Räte behaupten im-

mer, es sei kein Geld mehr in der Silberkammer und ich könne nichts bekommen."
Elisabeth stöhnte ärgerlich auf und verschränkte ihre Arme. „Da müssen wir jetzt bald und klug handeln, damit es für Euch und Agnes gut ausgeht. Ihr braucht eine eigene Hofhaltung. Euch kann man nicht zumuten, mit der gnädigen Frau Mutter unter einem Dach zu leben. Glaubt mir, davon kann ich Euch mehr als ein ganzes Liederbuch singen."
„Ich muss unbedingt mit Landgraf Philipp sprechen. Kann ich ihn sehen? Kann er nach Sachsen kommen oder wenigstens bis nach Thüringen?"
„Ich will meinem Bruder schreiben. Das und noch viel mehr will ich ihm schreiben. Er hat seine Glückseligkeit teuer erkauft, aber den Preis müssen andere zahlen. Das darf nicht sein!"
„Es ist so schrecklich ungerecht", rief Moritz aus. „Was haben wir beide - Agnes und ich - damit überhaupt zu tun? Ich kann und will nicht ohne sie leben. Zuerst hat die Frau Mutter zugeredet und wollte unbedingt, dass ich Agnes heirate. Als gehorsamer Sohn bin ich damit einverstanden, wenn ich auch gestehen muss, dass ich meiner Mutter noch nie so gerne gehorsam war; aber dann geschehen Dinge, die weder ich noch Agnes verursacht haben und dann sollen wir nicht mehr heiraten. Wir sind doch auch nicht aus Stein!"
„Ihr sollt nicht büßen, was diese alte Teufelin von der Saale so hübsch eingefädelt hat. Wenn ich nur daran denke, dass sie meine Hofmeisterin war, dass ich ihr vertraut habe! - Ich denke, wir sollten über die ganze Sache Stillschweigen bewahren und ich werde sagen, dass ich nicht weiß, ob Margarete tot oder lebendig sei. Wenn die Menschen glauben, sie sei nicht mehr bei ihm, wird das den Widersachern schon das Maul stopfen. Aber die Alte muss innewerden, was ihr begegnen wird, wenn sie so unnütze Reden führt und behauptet, die Schwiegermutter des Landgrafen zu sein."
Moritz zögerte einen Moment, entschied sich dann aber doch, Elisabeth auch über Anna von der Saales Reden die ganze Wahrheit zu sagen.
„Sie behauptet, sie hätte versucht, den Landgrafen und Euch davon abzuhalten, hätte sich aber nicht gegen Euch durchsetzen können. Sie sagt, Ihr hättet so sehr darauf gedrungen, dass Philipp ihre Tochter heirate. Es sei

ganz und gar gegen ihren Willen geschehen." Moritz hatte damit gerechnet, dass Elisabeth zornig werden würde, doch diese Ungeheuerlichkeit traf sie wie ein Schlag.
„Um Himmels Willen! Wie kann sie mir das antun?" Nun war es an Elisabeth, zu weinen. „Nicht genug, dass mein eigener Bruder mich so schändlich hintergangen hat, nein, dieses bösartige alte Weib verbreitet auch noch, dass ich dieser Heirat zugestimmt hätte. Ein größerer, dunklerer Schatten kann doch kaum auf mich fallen!"
Moritz schaute betreten zur Seite, aber die Närrin, die Elisabeth erst jetzt gewahrte, legte beruhigend eine Hand auf ihren Arm.
„Danke, Närrin." Geräuschvoll putzte sie sich die Nase und wischte sich die Tränen ab. „Was habe ich dieser Frau angetan, dass sie mich nun so verleumden muss? Sie kommt mir vor wie ein tollwütiger Wolf, der alles zerreißt und zerstört. Ich sehe sie vor mir wie einen großen, dicken Wolf mit ihren feuerroten Haaren, rot vom Blut ihrer Opfer, in deren Eingeweiden sie bis zum Hals gewühlt und deren Innerstes sie verwüstet hat."
„Herrin, kann es vielleicht sein, dass diese Frau einfach nur neidisch ist?" gab die Närrin zu bedenken. „Ihr seid eine Herzogin, sie ist die vollkommen illegitime Möchtegern-Schwiegermutter eines Landgrafen. Ihr seid frei und unabhängig, Ihr lebt ein Leben, von dem die meisten Frauen unserer Zeit nicht einmal zu träumen wagen, sie dagegen ist auf Brosamen angewiesen, die ihr vom Tisch der Herren fallen. Sie mag vielleicht keine zwanzig Jahre älter sein als Ihr, aber sie sieht mindestens so aus. Ihr seht also: Mitleid bekommt man geschenkt, Neid und Boshaftigkeit muss man sich verdienen."
„Ach, Närrin. Da magst du vielleicht recht haben, aber es ist mein zerstörter Ruf, unter dem ich leide. Niemand wird mit mir etwas zu tun haben wollen. Die Hoffnung auf einen Ehemann kann ich nun für alle Zeiten begraben." Und leise fügte sie hinzu: „Ich hab Angst vor dem, was noch kommen mag an Verleumdungen.
Aber nun geht. Beide. Ich will meinem Bruder schreiben. Er muss wissen, was am Dresdener Hof vor sich geht. Ich muss ihn auch sprechen, aber ich will nicht nach Hessen kommen. Wie ich nämlich gehört habe, sind die Hessen wütend auf mich, dass ich die Doppelehe nicht verhindert habe. Er

muss den Ständen und der Ritterschaft den ganzen Sachverhalt mitteilen und meinen Namen wieder reinwaschen. Ungeheuerlich, dass die Leute meinen, ich könnte meines Bruders Herz regieren. Man kann doch nicht einmal sein eigenes Herz regieren." Und mit einer abfälligen Handbewegung fügt sie hinzu: „Die küssen uns allesamt aufs ABC.[67]"

MlB
- Mein lieber Bruder. Das war schon ein Fortschritt gegenüber dem letzten Brief, in dem Philipp sich mit einem *LB* hatte begnügen müssen.
Die Dresdener verbreiten überall die Nachricht von Deiner zweiten Heirat und nehmen offen gegen Dich Partei. Ich denke, wo immer unsere Tante uns beide schmähen kann, tut sie es. Wenn sie bald hören wird, dass Moritz Deine Tochter geheiratet hat, wird sie töricht werden. Aber wenn sie Dich und mich schmäht, so ehrt sie auch nicht ihren Sohn, wenn dieser mit Deiner Tochter Kinder zeugt. Ich habe gehört, dass sie sagt, der Herzog von Braunschweig habe nun eine gute Sache gegen Dich in der Hand. Ich entgegnete aber gleich im Zorn: Besser einer tut, wie Du getan hast, als dass ein Eheweib buhlt und ihrem Mann falsche Erben brächte. Ob sie es erfährt, ist mir egal; sie versteht es ohnehin wie sie will. Die erste Kunde von der Sache haben die Dresdener durch Herzog Ernst von Braunschweig-Lüneburg bekommen. Aber anstatt alles geheim zu halten, haben sie sogar Deinen Brief an Herzog Heinrich allen Hofleuten bekannt werden lassen.
EHzS
Datum Rochlitz 21. Juni 1540

Schon am nächsten Tag ritt Moritz mit seinen Männern auf Elisabeths Rat hin nach Eisenach, um dort auf Landgraf Philipp zu warten, doch ein geharnischter Brief seiner Mutter, den der Vater mit zittriger Hand unterzeichnet hatte, befahl ihn augenblicklich zurück nach Dresden. Schweren Herzens schrieb Moritz also an Philipp, dass er nicht zu ihm kommen könne und ließ

67 zum vorangegangenen Dialog zwischen Elisabeth und Moritz siehe PKMS 1, Dokument Nr. 63, S. 68 ff.

seine Braut grüßen.
Die folgenden Monate waren schlimm für Moritz, denn er war dazu verdammt, untätig in Dresden herumzusitzen, musste dabei die zornigen Reden seiner Mutter ertragen, die ihm schlimmer als jemals zusetzte und konnte nur hoffen, dass Landgraf Philipps Bemühungen zum Erfolg führen würden. Der Sommer verglühte in widerwärtiger Trägheit, der Herbst siechte dahin und schickte seinen Gestank nach müde gewordenem Leben noch bis in den Winter hinein, der selbst die Zeit zu gefrieren schien.
Die alte Herzogin rüstete ganz offen für die Hochzeit mit der böhmischen Königstochter und sprach von nichts anderem. Der Schneider kam, um Moritz ein Hochzeitsgewand anzumessen, wobei sich die Mutter sehr angeregt mit dem Herrn unterhielt und sich das ganze Repertoire an Stoffen, Bändern und Schnallen zeigen ließ, das der Mann aus seinem Koffer hervorzauberte. Moritz stand daneben und hätte den ganzen Tand am liebsten mit Pech übergossen und angezündet.
„Moritz, wohin wollen Sie?"
„Nur nach draußen, Mutter. Sucht Ihr das alles für mich aus. Ihr wisst es ohnehin besser." Die Bitterkeit in Moritzens Worten überhörte sie.
Mit einem tiefen Seufzer schloss Moritz die Tür hinter sich und lehnte sich für einen kurzen Moment dagegen. Dann ging er zu seinem hochbetagten Vater, der seit einigen Wochen nur noch im Bett lag.
„Wir wollen mit dem Herzog alleine sein!" befahl er, worauf sich die Wärter und Ärzte zurückzogen.
Wie ein gefällter Eichenstamm lag der Alte da - reglos, aber immer noch mächtig, nur dann und wann gab er ein leises Röcheln von sich.
Moritz trat auf Zehenspitzen zu ihm und betrachtete seinen Vater, das eingefallene Gesicht, die gelblichen Wangen, den zahnlosen, offenen Mund, aus dem der Atem sonderbar rasselnd ein- und ausging.
„Vater", begann Moritz leise, „Vater, ich möchte Euren Schlaf nicht stören. Ich möchte nur kurz wissen, ob ich Euren Segen für meine Hochzeit mit Agnes von Hessen habe."
Der Alte rührte sich nicht. Moritz hatte seinen Vater niemals als jungen, vitalen Mann erlebt, sondern immer nur als Greis. Es mochte sein, dass er

in seiner Jugend ein Tausendsassa gewesen war, wie er immer wieder erzählt hatte, wenn die Mutter nicht in der Nähe gewesen war, doch diese Zeiten waren lange vorbei gewesen, noch bevor Moritz zur Welt gekommen war.

„Vater, wenn Ihr etwas gegen diese Verbindung einzuwenden habt, dann sagt es mir bitte jetzt. Aber wenn es Euch recht ist, dass ich Agnes heirate, dann... bleibt einfach ganz ruhig liegen."

Ein lautes Schnarchen war die Antwort, das Moritz jedoch nicht gelten lassen wollte.

„Vielleicht könntet Ihr einfach die Hand heben oder es sagen, wenn es Euch nicht recht ist", wisperte er.

Keine Regung. Nichts.

„Also seid Ihr einverstanden, dass ich bald nach Hessen reite und mich mit Agnes verheirate?" Vorsichtig spähte er auf die geschlossenen Augen seines Vaters, die welke Haut, die aussah wie die Haut nackter Vogelküken.

Stille. Nur leise rasselnder Atem.

„Ich danke Euch, Vater, dass wir darüber so offen reden konnten und dass Ihr mich in meinem Entschluss so väterlich unterstützt. Ich danke Euch. Ich werde Euch immer ein gehorsamer Sohn sein."

Im vollen Bewusstsein, seinem kindlichen Gehorsam Genüge getan zu haben, verneigte Moritz sich tief vor der immer leerer werdenden Hülle seines Vaters und ging wieder nach draußen.

Es war schon dunkel und ganz still im Schloss, als Moritz sich erhob. Leise kleidete er sich an, immer mit einem Auge seinen Hofmeister Löser betrachtend, der auf der anderen Seite des Zimmers schlief. Moritzens Stiefel knarrte, als er den ersten anzog, worauf Löser sich regte. Moritz hielt inne und lauschte. Als Löser sich nicht weiter rührte, zog er auch den zweiten Stiefel an, doch als er aufschaute, hatte Löser sich halb aufgerichtet und schaute ihn erschrocken an.

„Euer Gnaden, was habt Ihr vor?"

„Gar nichts. Schlaft weiter."

„Ich dachte mir gleich, dass Ihr gar nichts vorhabt, wenn Ihr mitten in der Nacht aufsteht, Euch anzieht und bis an die Zähne bewaffnet."

Moritz funkelte ihn nur böse an und schnallte sich den Säbel um.
„Ihr könnt mich ja melden." Löser stand auf und trat auf Moritz zu.
„Das werde ich nicht, und das wisst Ihr. Ihr kennt meine Meinung. Ich wünsch Euch alles Gute. Kommt gut in Hessen an und feiert eine schöne Hochzeit mit Eurer Agnes."
Sie umarmten sich, dann wandte sich Moritz hastig ab, zügelte seine Eile aber sogleich wieder.
„Ich danke Euch. Mit Gottes Hilfe wird schon alles gut werden."

Alles war vorbereitet. Moritz trat in der einfachen Kleidung eines Boten hinaus in die eisige Nacht. Sein Gesicht hatte er verhüllt gegen die Kälte und die neugierigen Blicke der Wachen. Zügigen Schrittes ging er hinüber zu den Stallungen, wo er sich eigenhändig ein Pferd sattelte.
„He, was tust du hier?" fragte ihn ein schlaftrunkener Stallbursche.
„Glaub mir, ich wäre auch lieber in meinem warmen Bett geblieben, als im Auftrag der Herzogin durch die Nacht zu reiten. Schlaf weiter, ich komme schon zurecht."
Ohne weiteres Aufsehen zu erregen ritt er zum Stadttor, das die Wachen ihm öffneten, nachdem er ihnen einen Brief mit einem herzogliche Siegel gezeigt hatte. Dann war er auf der steinernen Brücke, die über die Elbe führte und gab seinem Pferd die Sporen…

Löser wurde am nächsten Morgen, als man Moritzens Verschwinden bemerkte, ausgiebigst befragt. Er wusste von nichts, vermutete aber, dass Moritz vielleicht nach Torgau geritten war, um sich mit dem Kurfürsten zu besprechen. Nein, nach Hessen war er sicher nicht geritten. So viel Ungehorsam traute er dem jungen Herzog auf keinen Fall zu.
„Aha, also Hessen!" folgerte die alte Herzogin und schickte dem Abtrünnigen eine Flut von Briefen hinterher, in denen sie, der Vater und die Räte Moritz befahlen, nach Hause zurück zu kommen, verbunden mit der Warnung, eine Ehe ohne elterlichen Segen zu schließen und zu vollziehen. Auch Philipp kam in den Genuss eines Tantenbriefes, in dem sie ihren Neffen ermahnte, „*…wie unchristlich es wäre, einem anderen sein Kind, so es doch das*

höchste Gut, das ein Mann haben kann, da es sein Fleisch und Blut ist, auf solche Weise in Ungehorsam, den Gott nicht ungestraft lässt, zu führen.[68]"
Diese Briefe eilten Moritz hinterher, konnten ihn aber nicht erreichen, denn er ritt beinahe Tag und Nacht, immer voller Furcht, die Soldaten seiner Mutter könnten ihm auf den Fersen sein und ihn in Ketten zurück nach Dresden schleppen und ihn in den Kasematten so lange festzuhalten, bis der Tag der Hochzeit mit der böhmischen Prinzessin gekommen wäre. Göttliche Strafen fürchtete Moritz weit weniger als seine Mutter. Er gönnte sich nur kurze Ruhepausen, wechselte bei jeder Station das Pferd und kam nach vier Tagen in Marburg an. Mit letzter Kraft preschte er in den Hof, sprang vom Pferd und eilte ins Schloss.
„Meldet dem Landgrafen, dass Herzog Moritz von Sachsen angekommen ist", rief er, doch da hatte Agnes ihn schon entdeckt und schoss auf ihn zu, allen Anstand außer acht lassend.
„Moritz!" rief sie und warf sich in seine Arme. Er hielt sie lange und innig fest und fühlte glücklich, wie sie sich an ihn schmiegte. Sie weinte und lachte gleichzeitig, ließ sich von ihm küssen und genoss die zärtlichen Worte, die er ihr ins Ohr flüsterte. Er roch nach der Kälte draußen, nach Pferd, Leder und sich selbst. Wie weich seine Lippen waren, wie sanft seine Hände ihr Gesicht berührten! Zum ersten Mal seit langer, langer Zeit waren sie sich so nah, ganz allein miteinander und konnten den Augenblick genießen. Moritz schaute als erster auf, denn er fühlte sich beobachtet. Landgraf Philipp stand in der Tür zum Saal und schaute glücklich auf das junge Paar.
„Seid willkommen, mein lieber Schwiegersohn. Ich wusste, dass Ihr kommen würdet."
„Euer Gnaden!" Moritz verneigte sich tief.
„Hatten Eure Eltern also doch ein Einsehen." Es klang wie eine Feststellung, worauf Moritz den Landgrafen etwas betreten anschaute. In diesem Moment erschien die Landgräfin, und Moritz war fürs erste einer Antwort enthoben.

68 Original: „wie vnchristlich es were, einem andern sein kind, so es doch das hochste gut, So eyn Man auff erden haben khan, die weil es sein fleisch vund blud, vff solche weise In vungehorsam den Got nicht vngestrafft lest, zufuren…" Siehe Herrmann, Johannes: Moritz von Sachsen - Persönlichkeit und politische Entscheidungen; in: Blaschke, Karlheinz (Hrsg.) S. 118 ff.

„Euer Gnaden! Ich bin froh, Euch bei guter Gesundheit zu sehen."

„Wir sind alle sehr glücklich, dass Ihr nun zu uns gekommen seid, aber am glücklichsten ist wohl Agnes. Ich hoffe Ihr seid befugt, ein Datum für die Hochzeit festzulegen, damit wir alle einladen können. Wie schön, dass Eure Eltern doch noch ihren Segen zu der Verbindung gegeben haben", sagte Christine und legte ihren Arm um Agnes' Schultern.

„Um ganz offen zu sein: So direkt haben meine Eltern mir ihren Segen nicht gegeben." Und Moritz erzählte, wie er zu dem väterlichen Segen gekommen war, was Philipp und Christine zu einem kurzen Schmunzeln veranlasste, auch wenn die Folgen sicher noch sehr ernst sein würden.

„Wie dem auch sei, ich bin hier, und ich will Agnes heiraten. Ich werde nicht nach Dresden zurückkehren ohne eine gültige Ehe."

„Um Himmels Willen, Moritz. Ohne den Segen der Eltern! Das kann nicht gut gehen." Christine schüttelte besorgt den Kopf.

„Es wird entweder so oder gar nicht gehen. Wir müssen jetzt heiraten. Wenn ich meiner Mutter noch einmal ledig in die Finger falle, bin ich verloren. Wir müssen es jetzt tun. Jetzt." Seine Stimme, seine Miene ließen keinen Zweifel an seiner Entschlossenheit. Philipp sah ihn an. Moritz reichte ihm nur bis zum Hals und war trotz der vielen Übungskämpfe, die er schon absolviert hatte, ein schmalbrüstiger Jüngling, aber es war offensichtlich so viel Mut und Kraft in ihm, dass Philipp ihm zutraute, mit den Folgen dieses Schrittes fertig zu werden.

„Nun gut, dann soll morgen die Hochzeit sein. Wenn Agnes einverstanden ist."

„Ich bin einverstanden", rief sie sehr überzeugend, worauf Moritz ihr die Hand drückte.

„Ihr werdet jetzt sicher ein heißes Bad schätzen, frische Kleider, mit denen Ihr Euch sicher nicht auf Eurer Reise belastet habt und ein kräftiges Mahl", vermutete Christine. „Wie lange wart Ihr denn unterwegs?"

„Vier Tage." Moritz sagte das nicht ohne Stolz und sah Agnes strahlen.

„Vier Tage? Für diese Strecke brauchen wir immer zehn Tage oder sogar mehr. Ihr habt Euch wahrhaftig nicht geschont."

„Ja, ich fürchtete, der Teufel könnte hinter mir her sein", fügte er hinzu, biss

sich aber auf die Lippen. Mit dem Teufel wollte er seine Mutter denn doch nicht vergleichen.
„Nun - ich werde alles Nötige veranlassen. Und Sie, liebe Agnes, kommen mit mir, damit wir Sie für Ihren großen Tag schön einkleiden können."
Es gab nur sehr wenig, was Agnes noch lieber getan hätte, und so folgte sie ihrer Mutter. Erst nachdem die Mutter die Dienerschaft angewiesen hatte und sie ein paar geschlossene Türen zwischen sich und ihren Bräutigam gebracht hatte, brach Agnes in Jubelschreie aus.
„In vier Tagen ist er zu mir geritten. In vier Tagen! Könnt Ihr Euch das vorstellen, Mutter?"
Christine umarmte ihre Tochter und drückte sie liebevoll an sich.
„Ja, mein Kind. In vier Tagen ist er gekommen. Er liebt Sie wahrhaftig. Sie werden sicher eine glückliche Ehefrau sein." Agnes überhörte die Bitterkeit in der Stimme ihrer Mutter, zu aufgeregt war sie und wand sich gleich aus ihren Armen, als Anna auftauchte.
„In zwei Tagen werde ich heiraten!" rief sie und nahm ihre kleine Schwester an beiden Händen.
„Wirklich? Stimmt das?"
„Ja, ja, Moritz ist gekommen. Und er hat nur vier Tage gebraucht, um von Dresden zu mir zu kommen."
Christine schaute mit einer Mischung aus Wehmut und Glück auf ihre älteste Tochter. Wie viel anders hatte sie sich damals gefühlt! Philipp hatte damals schon keine Begeisterung an den Tag gelegt, von Liebe ganz zu schweigen. Wenn es damals nach ihm gegangen wäre, dann wäre er nur über tausend Umwege und am liebsten gar nicht zu ihr gekommen. Das war damals Elisabeths Werk gewesen. Hätte sie doch nur geschwiegen und sich um ihre eigenen Angelegenheiten gekümmert; dann wäre sie jetzt vielleicht nicht mit Philipp verheiratet, sondern mit einem Mann, der nicht ständig neue Krankheiten aus dem Hurenhaus mitbrachte oder ihr gar eine weitere Ehefrau zumutete. Ihre Söhne Wilhelm und Ludwig waren noch klein und wieder keimte neues Leben in ihr. Es war schon nicht mehr zu übersehen. Zu Ostern würde sie wieder einem Kind das Leben schenken. Vielleicht war es wieder ein Sohn. Ihre Söhne sollten sie beschützen vor dieser Frau,

deren Namen sie nicht einmal dachte, geschweige denn aussprach. Niemals sollte diese Frau einen Fuß in das Kasseler oder Marburger Schloss setzen. Dafür sollten die Söhne sorgen. Christine ballte ihre Fäuste und presste ihre Fingernägel tief in die Handflächen. Erst der Schmerz brachte sie wieder zu sich und sie nahm war, was um sie herum geschah. Agnes und Anna tanzten mit den kleinen Brüdern im Kreis und lachten übermütig.
„Agnes, kommen Sie. Wir wollen schauen, welches Kleid Sie tragen."
„Ja! Ja, Mutter !" rief sie und sprang zu der Truhe, die die Mutter gerade öffnete.

Schon am folgenden Tag stand Christoph von Ebeleben, ein Rat aus Dresden, vor der Tür mit einem Brief, der noch immer vom Zorn seiner Schreiberin zu qualmen schien.
„Euer Gnaden, ich habe die ganz strikte Anweisung..." Doch weiter kam Ebeleben nicht.
„Ich weiß, ich weiß. Wahrscheinlich hat die Herzogin Euch aufgetragen, mich entweder tot oder lebendig nach Dresden zu verschleppen. Es wundert mich, dass Ihr keine Armee mitgebracht habt, um die Stadt zu belagern und zu beschießen. Ihr könnt hier draußen warten oder drinnen. Es ist mir gleich", sagte Moritz und zog sich mit dem Brief zurück. Er spürte schon, wie seine Hände schwitzten, als er das Siegel brach. Auch ohne dass er den Brief las, wusste er schon, was seine Mutter ihm alles vorwarf. Sein Atem und sein Blick flogen, doch vergeblich suchte er nach einem Wort, das ihm Vergebung in Aussicht stellen könnte, und sei sie noch so fern. Ungehorsam, Ungehorsam, Ungehorsam! Das hämmerte die Mutter ehern in jede Zeile. Niemals wieder würde sie ihm auch nur ein halbes Wort sagen.
Mühsam, als sei er um Jahre gealtert, setzte Moritz sich nun an den Tisch und holte Papier, Feder und Tinte hervor.

Wir haben Euer Lieben Schreiben erhalten.
Euer Lieben? Das klang schon wie bitterer Hohn, denn die Mutter war ungefähr so lieb wie ein halb verhungerter Wolf. Also fuhr er fort:
Und wollen Euer Gnaden darauf nicht verbergen, dass wir gegen unsere Eltern

in allen billigen Sachen in Gehorsam zu leben uns schuldig erkennen, welches wir dann aus göttlicher Verleihung von unserer Jugend bis daher getan;
Ja, sein Gehorsam gegen die eigenen Eltern, das war wohl die einzige Schuld, die er hier erkennen konnte.

...und wollten daher in Ungehorsam wider Gottes Gebote nicht gerne gefunden werden. Und tut Euer Gnaden jetzt getanes Schreiben uns nicht wenig bekümmern, dass Euer Gnaden uns als ein ungehorsames Kind, das wider Gottes Gebot gehandelt, wenn wir mit der vorgenommenen Heirat fortfahren, achten. Weil dann öffentlich am Tage und nicht zu leugnen ist, dass solche Heirat erst von unserm Herrn und Vater und zuvorderst von Euer Gnaden an uns gebracht, und so viel Anhaltung geschehen, dass wir als ein gehorsames Kind darein bewilliget und demnach so weit eingelassen, dass wir auch niemals nicht zurück mögen.
War das zu hart? Unsinn! Das war die reine Wahrheit! So sehr hatte die Mutter darauf gedrungen, dass er Agnes heiraten möge - dafür hatte er ihr seinen Gehorsam zugesagt. Was konnte er dafür, dass sein Gehorsam ihr jetzt nicht mehr recht war? Was hatte sie noch geschrieben? Noch einmal überflog er die Zeilen, um dann fortzufahren...

Und mag uns weder vor Gott noch vor der Welt vorgeworfen werden, dass wir dies christliche, göttliche und ehrliche Werk gegen die Gebote Gottes als ein ungehorsames Kind ohne Vorwissen seiner Eltern angefangen hätten, denn wir haben nur getan, was unsere Eltern von uns verlangt haben. Dem leisten wir Folge als ein gehorsames Kind.
Das gehorsame Kind! Oh, wie satt hatte er diesen Ausspruch. Er war beinahe zwanzig Jahre alt, den Kinderschuhen längst entwachsen und noch immer verlangte die Mutter von ihm kindlichen Gehorsam. - Und noch immer schwitzten seine Hände, wenn er sich auch nur um Haaresbreite von den Befehlen seiner Mutter entfernte. Aber was tat er hier? Er war gehorsam! Jedoch war er nach seiner eigenen Auslegung gehorsam und nicht nach der Auffassung seiner gnädigen Frau Mutter. War es wirklich so ungehorsam, einen alten Befehl der Frau Mutter auszuführen, auch wenn sie mittlerweile etwas anderes befohlen hatte? Hielt er damit nicht die Zeit an? ... Dann hielt er eben die Zeit an. Er war gehorsam! Mehr konnte sie nicht

verlangen. Punktum!

Wir haben nicht nur christlich und ehrlich, sondern auch zum Besten unserer Seelen Heil und Seligkeit, zum Besten unseres Landes und unserer Leute gehandelt. Euer Gnaden könnten aus mütterlichem Herzen erfreuet sein, dass wir so gehorsam Folge geleistet haben. Dass Euer Gnaden darüber aber groß klagen, bekümmert uns nicht wenig; und es geht uns sehr viel mehr zu Herzen als Euer Gnaden.

Dat. Markpurg montags nach Erhardi anno 41.[69]

Moritz schüttete schnell Sand über den Brief, faltete ihn und durchstach ihn eine Spur zu heftig, sodass die Pergamentstreifen, die er mit Mühe und Ungeduld durch die Schlitze fädelte, sehr locker saßen. Das dunkelrote Siegelwachs war noch warm, als er den Brief Christoph von Ebeleben gab, der ein Gesicht machte, als habe er von der Herzogin den Auftrag, sogleich Moritz höchst selbst in seine Satteltasche zu packen und nach Hause zu schleppen.

„Ich habe den Auftrag, nicht ohne Euch zurückzukehren."

„Dann kehrt einfach gar nicht zurück. Ich werde bleiben. Und heiraten!" fügte er fest hinzu.

„Euer Gnaden, Ihr wisst, dass ich es immer gut mit Euch gemeint habe. Ich wünsche Euch auch jetzt allen Segen. Ich will alles tun, um die Stimmung am Hof wieder zu verbessern, den Unmut Eurer Eltern zu mindern."

„Ich weiß, Ebeleben. Für Euren guten Willen danke ich Euch und auch für Euren Segen. Ich kann nicht anders. Mögen meine Eltern mir vergeben."

„Dafür will ich mich einsetzen. Ich werde noch ein paar Tage in Marburg bleiben und Eure Hochzeit abwarten, damit ich Euren Eltern davon berichten kann. Ich werde nur das Beste und Löblichste sagen."

Die beiden Männer sahen sich in die Augen. Ebeleben wünschte dem jungen Herzog wahrhaftig alles Glück und Segen. Dass dies gegen seinen Auftrag war, zerriss ihn innerlich. Und ihn schmerzte der Anblick des jungen Mannes, der so heftig zwischen der Liebe zu seinen Eltern und der Liebe zu seiner Braut hin und hergerissen war und tatsächlich nicht anders handeln konnte.

69 Siehe PKMS 1, Dokument Nr. 83, S. 87.

„Lebt wohl fürs erste. Ich bleibe in Eurer Nähe.“ Nach einer tiefen Verbeugung ging er davon.
Philipp kam dazu, als Moritz sich gerade wieder zurückziehen wollte.
„Um Himmels Willen, Moritz! Was ist Euch begegnet? Ihr seid bleich und zittert?“
„Vergebt mir, Euer Gnaden, es ist nichts. Vielleicht die lange Reise…“
Doch Philipp sah ihn wissend an.
„Ihr habt Eurer gnädigen Frau Mutter einen gehörigen Brief geschrieben, nicht wahr?“
„Ja, ich habe ihr erklärt, dass ich…“
„Ihr handelt ganz recht, mein Sohn. Ich bin stolz auf Euch. Ich kenne Eure Mutter und weiß daher, dass Ihr sehr mutig seid, ihr die Stirn zu bieten. Ihr werdet meiner Agnes ein guter Ehemann sein, der sie beschützt, nicht wahr?“
„Ja, Euer Gnaden, das werde ich.“
Moritz schaute auf zu dem Landgrafen, den er so sehr verehrte. In seinen Augen las er tatsächlich offenen, ehrlichen Stolz. Dann legte der Landgraf seinen Arm um Moritzens Schultern und sagte: „Kommt! Wir wollen uns eine Weile ans Feuer setzen, solange die Frauen noch beschäftigt sind.“

Die Nachricht von der Hochzeit breitete sich in Marburg aus, worauf die Marburger am 11. Januar des Jahres 1541 überall an den Straßen standen, durch die der Brautzug fuhr, um zu winken und das Paar hochleben zu lassen. Sogar Moritz selbst war in diesem Augenblick gelöst und heiter, winkte lächelnd aus der Kutsche - was ihm sonst zuwider war - und drückte die Hände seiner Braut immer wieder, als wolle er sich versichern, dass sie ihm nicht abhanden komme. Die Trauung wurde in der Elisabethkirche vollzogen, beide sagten laut und vernehmlich ‚Ja!’
Die Feier war übersichtlich, denn in so kurzer Zeit hatte man nicht viele Verwandte an den Hof bringen können, aber für die wenigen Gäste gab es umso mehr Wein, so dass die Feier immer ausgelassener wurde. Bevor niemand mehr in der Lage sein würde, den offiziellen Teil zu einem würdigen Ende zu bringen, drängte Moritz seinen Schwiegervater, ihn zu verabschie-

den. Also wurde das Brautpaar offiziell zu Bett gebracht und nahm dort sitzend alle Glückwünsche entgegen, doch irgendwann hatte auch dies ein Ende und die Tür schloss sich. Die beiden waren allein.
„Und jetzt?“ fragte Agnes leise.
„Jetzt schenken wir uns gegenseitig ein Stück unserer Seele. - Das hat deine Tante Elisabeth mir einmal bei einer Hochzeit so gesagt, als ich noch ein Junge war. Und ein Geschenk muss man ja erst einmal auspacken. Darf ich anfangen?“
Er durfte.

Es dämmerte gerade, als Moritz am kommenden Morgen erwachte. Überglücklich spürte er Agnes, die schlafend an seiner Brust lag. Wie lange hatte er sich nach ihr verzehrt und wie selig war er gewesen, sie endlich in seinen Armen halten zu können! Dass er bei ihr die gleiche Sehnsucht und erfüllte Freude gespürt hatte, machte sein Glück vollkommen. Im Zwielicht sah er die Konturen ihres Gesichtes, fühlte ihr weiches Haar auf seiner Haut und drückte sie liebevoll an sich. Sie seufzte leise im Schlaf, worauf er sie noch fester an sich drückte. Agnes.
In den Frieden dieses Augenblicks brach die Wirklichkeit wie ein eisiger Wasserstrahl. - Er musste es nun seinen Eltern sagen. Sogleich begann er zu überlegen, wem er schreiben musste. Seiner Mutter? Sie würde seinen Brief wahrscheinlich sofort verbrennen. Lieber seinem Vater; dann den Räten seines Vaters und… dem Kurfürsten. Ja, auch ihm wollte er schreiben. In allen Briefen würde er seine Worte wohl setzen müssen; vor dem Vater wollte er seine Handlungsweise rechtfertigen und ihn um Vergebung und die Aufnahme am Hof zu Dresden zu bitten. Den Räten musste er die Hochzeit und das vollzogene Beilager anzeigen, nicht ohne sie auf die frühere Zustimmung der Eltern hinzuweisen. Ob sie es den Eltern sagen wollten oder nicht, sollten sie selbst entscheiden. Eine Abschrift des Ehevertrages, den er gestern gemeinsam mit Philipp aufgesetzt hatte, wollte er den Räten mitschicken. Und so begann er bereits Sätze zu formulieren, die er jedoch sogleich wieder verwarf. Am leichtesten fiel ihm der Brief an

den Kurfürsten[52], obwohl er diesen nicht schätzte. Mit diesem wollte er anfangen; doch das sollte Zeit haben bis nach dem Morgentrunk.
Seine Lippen suchten ihre Stirn, behutsam küsste er sie und streichelte ihren Arm, den sie quer über seine Brust gelegt hatte.
„Guten Morgen, mein Liebster!" flüsterte sie schlaftrunken. „Wieso bist du schon wach?"
„Welcher Mann könnte denn schlafen, wenn er eine so wunderbare Frau in seinen Armen hält? Da ist Schlaf die reinste Sünde."
Agnes lachte leise. „Dann sollten wir den schrecklichen Zustand der Sünde schnell beenden und mit den gottgefälligen Taten von gestern Abend fortfahren."
„Ich kann dir gar nicht sagen, wie froh ich bin, eine so fromme Frau zu haben!"
Und augenblicklich waren alle Gedanken an Briefe, Räte und Mütter vergessen.

Beim Morgentrunk, der nach der gestrigen Feier erst um neun gereicht wurde, anstatt wie sonst üblich schon um sieben, herrschte eine angespannte Stille. Die Tafeln waren im Frauentrakt des Schlosses aufgebaut worden, wo wie immer die Hausherrin mit ihrem gesamten Frauenzimmer speiste[53]. Die Hofdamen, Ammen, engen Dienerinnen, sogar die Kinder wagten kaum zu flüstern. Schlechte Nachrichten schienen eingetroffen zu sein, denn der Fürst aß kaum und sprach noch weniger, obwohl seine Gemahlin sich sehr besorgt nach seinem Befinden erkundigte. Auch Kanzler Feige war sehr einsilbig, löffelte mit offensichtlich mühsam bewahrter Ruhe seine Suppe, worauf er das warme Bier eilig hinunterstürzte als sei es sein letztes. Moritz und Agnes wurde heute die Ehre zuteil, direkt neben dem Landgrafen an der Tafel zu sitzen, weshalb einer der Räte weiter unten an der Tafel Platz nehmen musste. So hatte es der Herr Hofmarschall bestimmt, der über die

52 PKMS 1, Dokumente 85 - 87.

53 Zur Hofordnung siehe Lemberg, Margret: Alltag und Feste in den Residenzen Kassel und Marburg. In: Landgraf Philipp der Großmütige von Hessen und seine Residenz Kassel. Hrsg.: Heide Wunder, Christina Vanja, Berthold Hinz. Marburg 2004. S. 89 ff.

Tischordnung wachte und jedem einzelnen hier am Hof seinen Platz nach Rang und Namen zuwies. Alle wachten eifersüchtig darüber, wie nah man sie an den Fürsten setzte, aber die Ausnahme von dieser strengen Regel konnte unmöglich so viel schlechte Stimmung hervorrufen. Die Diener gingen auf Zehenspitzen, nicht einmal der Narr lief herum, um sich die besten Bissen von den Tellern zu stibitzen, sondern blieb auf seinem Platz sitzen und machte ein sehr ernstes Gesicht.
Agnes sah ihre Mutter fragend an, erhielt aber keinerlei Erklärung. Moritz drückte ihr beruhigend die Hand.
„Vielleicht ist ein schlimmer Brief aus Dresden gekommen?“ flüsterte sie.
„Noch schlimmer als den letzten kann ich mir kaum einen Brief vorstellen. Ich will gleich mit deinem Vater sprechen.“

Alle waren sichtlich erleichtert, den quälenden Morgentrunk hinter sich gebracht zu haben, worauf Moritz dem Landgrafen und Kanzler Feige folgte, die sich nach dem Dankgebet beide eilig erhoben hatten, um in die Kanzlei zu gehen.
Moritz musste ohnehin in die Kanzlei, wenn er einem Schreiber die nötigen Briefe diktieren wollte. Er hoffte, Philipp werde ihm einen Schreiber gewähren, denn er hasste das eigenhändige Schreiben. Moritz war den beiden in einiger Entfernung gefolgt, um nicht den Anschein zu erwecken, er wolle sich in die Angelegenheiten seines Schwiegervaters einmischen. Gleich am Beginn des Korridors, in dem die Kanzlei untergebracht war, wurde Moritz von dem Duft nach Pergamenten, ledergebundenen Volianten, Siegelwachs und Tinte empfangen. Diese Mischung war wohl allen Kanzleien eigen, ganz gleich ob sie in Torgau, Dresden oder Marburg waren, wie Moritz mit leichter Verwunderung feststellte.
Als er näher trat, hörte er Kanzler Feige, der sehr aufgeregt auf einen Menschen einredete, der wenig zu den Anschuldigungen sagte, die der Kanzler vorbrachte. War es ein neuer Schreiber, der eine Urkunde verdorben hatte?
Moritz näherte sich der offenen Tür, aus der nun klare Worte drangen: „Habe ich es Euch nicht gesagt? Habe ich Euch nicht gewarnt? Nun ist

genau das eingetreten, was ich Euch prophezeit hatte. Aber Ihr musstet ja nicht auf mich hören. Ich bin ja auch nur ein junger Grünschnabel, der von Politik überhaupt nicht die geringste Ahnung hat. Ihr musstet ja unbedingt *die Person*, wie wir sie alle nennen müssen, heiraten. Habt Ihr tatsächlich angenommen, dass man eine derart unflätige Untat geheim halten könnte? Im gesamten Heiligen Römischen Reich deutscher Nation pfeifen es die Spatzen von den Dächern. Der Kaiser weiß es schon lange. Nicht umsonst versuchen wir seit Monaten, Kontakt mit ihm aufzunehmen, um ihm die untertänigsten Friedensangebote zu machen. In Regensburg findet zur Stunde ein Reichstag statt, auf dem mit Sicherheit auch Euer Fall verhandelt wird. Ich hatte Euch gewarnt!" Und etwas leiser fuhr er fort: „Vergebt mir, Euer Gnaden, dass ich so deutlich mit Euch rede, aber ich wäre sonst daran erstickt. Und es ist mir gleich, ob Ihr mich nun bei Wasser und Brot einsperrt und ich niemals wieder Tageslicht sehe. - Sie werden Euch nicht köpfen, aber der Kaiser wird Euch sehr empfindlich strafen, dessen könnt Ihr gewiss sein."

Moritz verhielt sich ganz still. Er wagte kaum zu atmen. Wie konnte Kanzler Feige so dreist mit dem Fürsten sprechen? Moritz wollte keineswegs die Demütigung des Landgrafen steigern, indem er sich bemerkbar machte und dem Landgrafen so anzeigte, dass er Feiges Strafrede mit angehört hatte.

„Haltet Euch nur von dem Reichstag fern. Von diesem und von allen zukünftigen, sonst werdet Ihr sofort festgesetzt. Ihr habt Euch in eine vollkommene Handlungsunfähigkeit hineinmanövriert. Ganz zu schweigen von der Tatsache, dass Ihr nicht nur Euch selbst, sondern auch die Reformation zum Gespött der Nation gemacht habt."

„Wir werden zum Reichstag nach Regensburg fahren und mit dem Kaiser verhandeln. Ganz geheim. Wir werden nur Männer mitnehmen, die den Mut haben, ihren Fürsten auch in seiner schwersten Stunde nicht zu verlassen." Die Stimme des Landgrafen klang bemüht fest. Hier räusperte sich Moritz und trat ins Zimmer.

„Wenn Euer Gnaden mich mitnehmen wollen, wäre es mir eine Ehre." Und als er Philipps bleiches Gesicht sah, fügte er schnell hinzu: „Ich weiß nicht, wovon Ihr gerade gesprochen habt und worum es geht, aber ich bin bereit,

Euch zu begleiten."
Philipps Miene sagte ihm überdeutlich, dass er ihm dies nicht glaubte, ihm diese Lüge aber auch nicht verübelte.
„Wir danken Euch, Moritz. Ihr habt sicher gehört, was..."
„Vergebt mir, Euer Gnaden, ich war auf dem Weg zu Euch und wollte nicht stören..."
„Ihr stört nicht, niemals. Ich bin froh, dass Ihr da seid. Und Ihr seid tatsächlich bereit, mit mir in die Höhle des Löwen zu fahren?" Moritz nickte.
„Dann sollte ich Euch auch erklären, worum es geht. Die Nachricht von meiner Doppelehe hat sich wie ein Lauffeuer im Reich verteilt. Nun hat der Kaiser mich in der Hand, denn alle, die mir vorher ihre Unterstützung zugesagt haben, alle, ausnahmslos alle: Luther, Bucer, Melanchton, der Kurfürst von Sachsen, der Herzog von Württemberg und wie sie alle heißen", er begleitete die großen Namen mit einer wegwerfenden Handbewegung, „sie alle haben mich verraten und wollen nun nichts mehr davon wissen, dass sie mich in meinem Vorhaben unterstützt haben. Verräter, alle miteinander!"
Es schmerzte Moritz zutiefst, den Landgrafen in solcher Verzweiflung zu sehen. Wenn er wütend geworden wäre, gebrüllt und getobt hätte! Aber die stille Verzweiflung, die sich des Fürsten bemächtigte, zeigte Moritz, wie tief der Verrat der Vertrauten ihn erschüttert hatte.
„Ich stehe nach wie vor zu Euch, und jeder, der gegen Euch ist, soll sich mir verantworten", rief Moritz mit einem jugendlichen Eifer, der Philipp beeindruckte.
„Ich danke Euch, mein Sohn!"
„Euer Gnaden, selbstverständlich werde auch ich Euch nicht verlassen", sagte nun Kanzler Feige sehr vorsichtig. Erleichtert stellte er fest, dass Philipp durchaus gewillt war, einzulenken.
„Feige, Ihr macht Eurem Namen ganz und gar keine Ehre. Auch wenn es mir nicht schmeckt, so bin ich Euch doch dankbar für die deutlichen Worte. Ja, Ihr werdet Uns auch begleiten auf den Reichstag. - Hat er schon begonnen?"
„Euer Gnaden, der Reichstag ist ausgeschrieben auf den 6. Januar[54]. Wenn

54 Siehe zu diesem Thema Kohler, Alfred; Karl V. 1500 - 1558. Eine Biographie. München 1999. S. 266 ff.

er also am 6. März tatsächlich begänne, wäre das schon sehr zeitig. Wir haben unsere Beobachter schon vor Ort. Sie werden uns Meldung machen, sobald der Kaiser eintrifft."

„Und - was denkt Ihr? Wie steht es um unsere Sache?"

Feige atmete schwer aus und schaute seinen Fürsten mit einer Mischung aus Ergebenheit und Resignation an: „Karls Verhältnis zu Frankreich wird immer problematischer. Frankreich hatte Unterhändler nach Istanbul geschickt. Was diese Männer dort ausgerichtet haben, weiß man nicht zu sagen, denn spanische Söldner haben die Männer auf ihrer Rückreise abgefangen und getötet. Karl ist mehr Spanier als Deutscher; man kann also davon ausgehen, dass es seine Söldner waren. Er streitet es zwar ab, doch rüstet er sich bereits für einen erneuten Waffengang gegen Frankreich, für den er alle seine Kräfte brauchen wird. Nichts desto trotz droht seinem Bruder, dem böhmischen König Ferdinand, ein neuer Krieg gegen die Türken; darin wird er ihn auch unterstützen müssen, doch angeblich plant er zudem einen Seekrieg im Mittelmeer. Er ist also vollauf beschäftigt - das kann für uns nur von Nutzen sein. Er kann es sich nicht leisten, die lutherischen Fürsten in Deutschland gegen sich aufzubringen, denn er braucht sie als Verbündete. Wenn Ihr ihm nun anbietet, ihn in all diesen Waffengängen zu unterstützen, sollte das den Kaiser versöhnen. Von ihm selbst habt Ihr also die wenigste Gefahr für Euer Leben zu erwarten. Die katholischen Fürsten allerdings... Unter ihnen mag der eine oder andere Eiferer sein, dem die große Politik weniger am Herzen liegt als das Seelenheil, welches er sich mit einem Mord an Euch zu erkaufen hofft."

„Wenn Ihr den Kaiser ganz geheim treffen könntet...", schlug Moritz vor.

„Ja, niemand dürfte wissen, dass Wir auf dem Reichstag sind. Bevor es öffentlich wird, sind Wir schon wieder zu Hause. So müsste es gehen."

„Es dürften nicht einmal die protestantischen Fürsten erfahren, dass Ihr zu Verhandlungen mit dem Kaiser fahrt, denn sie werden ahnen, dass Ihr ihm Zugeständnisse machen werdet, die auch ihre Position schwächen; ganz zu schweigen von Eurer Bereitschaft, den Kaiser gegen den schmalkaldischen Bund zu unterstützen. Eure Verbündeten zu verraten und zu bekämpfen ist sicher das Mindeste, wozu der Kaiser Euch zwingen wird", gab Feige zu bedenken. „Sie würden sich mit an den Verhandlungstisch drängen, um das ihrer Meinung nach Schlimmste zu verhindern. Wir müssen die Berichte unserer Boten abwarten, erst dann können wir handeln."

„Ich wäre auch bereit, Euch darin zu unterstützen, denn in Sachsen steht es im Moment so schlecht, dass ich um mein Erbe fürchten muss."

„Ihr strebt nach der Kurfürstenwürde", sagte Feige dem jungen Moritz auf den Kopf zu.

„Nicht unbedingt, aber ich sehe, dass ich mich positionieren muss. Außerdem steht in dem Vertrag, den mein Vater und ich mit dem schmalkaldischen Bund geschlossen haben, nichts von einer Verpflichtung zur militärischen Unterstützung. Es wäre für mich möglich, Euch zu unterstützen."

„Das ist mehr als großzügig von Euch, mein Sohn. Ich danke Euch!"

Moritz durfte sich tatsächlich eines Schreibers der landgräflichen Kanzlei bedienen und diktierte ihm die Briefe an seinen Vater, dessen Räte und den Kurfürsten, wie er sie schon in Gedanken formuliert hatte. Christoph von Ebeleben war noch immer zur Stelle und brachte die Briefe in seiner großen Ledertasche unter, in der er ebenfalls die Briefe verwahrte, die Moritz in den folgenden Tagen an seine Geschwister schrieb, dann machte er sich auf den Weg nach Sachsen.

Moritzens Schwester Sibylle hatte ihn streng gemahnt, nicht ohne elterliche Verzeihung nach Hause zu kommen. Das war wenig erfreulich, aber vorhersehbar gewesen.

Neben all seinen Sorgen gönnte sich Philipp die kleine Erholung, einen Brief an Elisabeth zu schreiben, um sie über den Stand der Dinge zu informieren, den sie ihm am 23. Januar wie folgt beantwortete:

Ich habe Deinen Brief erhalten und lasse dem jungen Paare Glück wünschen. In Dresden herrscht große Wut über des Herzogs Moritz Abreiten. Herzog Heinrich war zunächst schellich gewesen, als er gehört hat, dass Herzog Moritz weg war, aber er hat es bald gut sein lassen; aber sie nicht. Sie hat sehr geweint und ist noch sehr schellich und es sind auch sonst andere große Leute schellich darauf, wie ich Dir wohl sagen will mit der Zeit.

Schellich - Philipp musste schmunzeln, als er den hessischen Ausdruck las, der so viel wie *zornig* bedeutete. Ihre Herkunft konnte Elisabeth nicht verleugnen.

Lieber Bruder! Nimmermehr wollte ich Dir raten, dass Du Deine Tochter, die Herzogin, ins Dresdener Schloss kommen lassen solltest solange die Mutter noch das Regiment innehat. Die Mutter ist Dir nicht gut, mir nicht gut und denk daran, dass sie diese Ehe zur Zeit noch sehr ungern sieht.
Außerdem warne ich Dich dringend vor einem persönlichen Besuche des Reichstages. Man könnte Dich dort gefangen nehmen.
Ich möchte gerne mit Herzog Christoph von Württemberg zusammentreffen, damit wir uns kennen lernen. Du weißt, er ist der Mann, den ich gerne heiraten würde.
Ich denke doch wohl, Herzog Moritz verlässt so bald seine liebe Braut nicht, denn ich glaube, er hat in ihr einen guten Schlafgesellen. Wenn ich zu Dir komme, können wir über alles reden[55].

Ja, das waren wieder keine schönen Neuigkeiten. Aber zumindest freute *sie* sich über die Heirat zwischen Moritz und Agnes. Dass sie so offen über Agnes als *Schlafgesellen* sprach, gab Philipp einen leisen Stich. Wie sehr mochte sie selbst sich wohl sehnen nach einem Schlafgesellen? Aus der Heirat mit Christoph von Württemberg, den Elisabeth sich als Ehemann erhofft hatte, würde nichts werden. Soviel wusste Philipp bereits, hatte aber nicht den Mut, dies seiner Schwester mitzuteilen. Zum einen hatte er wegen seiner eigenen Sorgen Elisabeths Anliegen nicht weiter verfolgt und zum anderen - das musste er sich selbst in einer sehr stillen und ehrlichen Stunde eingestehen - hatte das Bekanntwerden seiner Doppelehe Elisabeths Heiratsmöglichkeiten vollkommen zerstört. Zumindest eine standesgemäße Heirat war damit unmöglich geworden, und auf etwas anderes würde Elisabeth sich nicht einlassen.

55 Siehe PKMS 1, Dokument Nr. 89, S. 91

Anfang Februar kam ein Bote mit zwei Pferden und einem Brief von August, Moritzens jüngerem Bruder, und einem weiteren Brief von Christoph von Ebeleben an, den dieser in Dresden am 26. Januar verfasst hatte. Das von dem Boten mitgeführte Pferd war ein Hochzeitsgeschenk von August. Moritz wog die beiden Briefe in seinen Händen und beschloss dann, zuerst den wahrscheinlich unangenehmeren Brief zu lesen und öffnete Ebelebens Schreiben: Er berichtete von seinen Verhandlungen mit den anderen Räten, die sich jedoch nicht dazu hatten durchringen können, das vollzogene Beilager den Eltern anzuzeigen. Allerdings sei dies ohnehin schon ruchbar geworden - auf welche Weise konnte Ebeleben nicht sagen. Er legte Moritz ans Herz, in zwei getrennten Briefen an Mutter und Vater noch einmal selbst den Vollzug der Ehe anzuzeigen und dies mit der demütigsten Bitte um Verzeihung zu verbinden - Verzeihung für sein unerlaubtes Abreiten, Heiraten und Beilagern. Diese Briefe solle er an die Räte schicken, die sich dann für ihn bei den Eltern verwenden wollten, damit Moritz wieder in Gnaden aufgenommen werde.

Außerdem hatte er noch einen eigenhändigen Zettel angefügt, in dem er ihn vertraulich vor Ränken warnte[56]. Der gute Ebeleben; Moritz hätte nicht gedacht, dass dieser Mann sich so treu für ihn verwenden würde. Er begab sich immerhin auf sehr dünnes Eis, wenn er sich zu ihm und gegen seine Dienstherrin stellte.

Augusts Brief war erfreulicher:

Euer Lieben Gesundheit und Wohlergehen zu erfahren, wäre uns eine große Freude zu hören.

Lieber Bruder! Wir haben in Euer Lieben Schreiben verstanden, dass sich Euer Lieben nach Gottes Ordnung in den Stand der heiligen Ehe begeben, welches uns eine große Freude zu hören ist; und wünschen Euer Lieben von Gott dem Allmächtigen Glück, Heil und alle Wohlfahrt, dass solcher Stand zu beider Euer Lieben Bestehen geschehe.

Wir haben auch weiter verstanden, dass wir uns gegen Euer Lieben in keinen unfreundlichen Willen wollten führen lassen. Das sind wir nicht zu tun willens

56 Siehe PKMS 1, Dokument Nr. 91, S. 92 ff.

und übersenden auch Euer Lieben hiermit den Klopfer; und bitten auch, Euer Lieben wollen dieses Pferd annehmen. Denn wir denken, es wird dienstlich und tauglich für Euer Lieben sein.
Wir haben Euer Lieben Diener befohlen, dass er Euer Lieben etliche soll anzeigen. Aber wir haben nun erfahren, dass denselbigen Unrecht vor Gott und der Welt geschieht. Derhalben ist unsere freundliche Bitte an Euer Lieben, Euer Lieben wollen sie unschuldig halten.
Datum Leipzig, Freitag nach Conversionis Pauli im 41. Jahr.[57]

Offensichtlich herrschte Verwirrung am Dresdener Hof und August wusste nicht zu sagen, wem Moritz trauen konnte. Moritz war gerührt über August Bemühungen, ihn vor Schaden zu beahren. Ganz wie Ebeleben es ihm geraten hatte, verfasste Moritz gleich einen Brief an seine Mutter, in dem er ihr noch einmal vor Augen führte, wie es zu der Heirat gekommen war, dass sie es gewesen war, die ihm dazu geraten hatte. Er rechtfertigte sein unerlaubtes Abreiten - oder versuchte es zumindest - und bat sie dann demütigst um Verzeihung.

In den folgenden Wochen war er mehr in der Kanzlei als bei seiner Braut, denn immer wieder kamen Briefe von Ebeleben, seiner Schwester Sidonie und den Räten, die er mit mehr oder weniger kühlem Kopf beantwortete. Immer wieder bat er um Verzeihung, betonte, als gehorsames Kind seiner geliebten Eltern gehandelt zu haben und war entsetzt, als Sidonie ihm schrieb, er habe sich mit seiner Handlungsweise das Vaterland verscherzt. Hätte er denn tatsächlich anders handeln können? Er war es langsam leid, sich immer wieder zu rechtfertigen für eine christliche Ehe mit einer christlichen Fürstentochter.
Und Agnes?
Agnes hatte sich ihre ersten Ehewochen auch anders vorgestellt. Die glückselige Leichtigkeit ihres Zusammentreffens, der Hochzeit und der ersten Nacht war aufgegangen in Rauch. Um den Sorgen für eine Weile zu

57 Siehe PKMS 1, Dokument Nr. 92, S. 94 f.

entfliehen, lud Philipp das junge Paar ein nach Wolkersdorf. Er wollte mit Moritz dort jagen, und Agnes sollte ihnen Gesellschaft leisten - so sagte Philipp. Agnes wollte ihre Mutter mit dabeihaben, doch das verbot der Vater. Nach zwei Tagesritten sahen sie inmitten eines von Raureif überzogenen Waldes ein Wasserschloss mit Türmen und Zinnen in den letzten Strahlen der Abendsonne glitzern. So friedlich lag es da, als könne man in diesem Märchenschloss alle irdischen Sorgen vergessen. Moritz und Agnes hielten sich sogar zu Pferd an der Hand und schauten sich glücklich an. Für ein paar Tage wollten sie ganz und gar ihrer Liebe leben.
Unter dem Torhaus hallten die Hufschläge der Pferde dumpf wider, dann standen sie in einem Schlosshof. Agnes staunte über die Bewirtschaftung. Es sah nicht so aus, als sei Wolkersdorf ein Jagdschloss, in dem ihr Vater nur von Zeit zu Zeit weilte, sondern alles deutete darauf hin, dass hier eine wichtige Persönlichkeit ständig wohnte.
Noch während Moritz seiner Frau vom Pferd half, erschien des Rätsels Lösung im Hauptportal des Schlosses: Ein junges Mädchen stand da; klein, bleich, unscheinbar, hochschwanger und ziemlich verheult, wie Moritz auf den ersten Blick feststellte. Das musste wohl Margarete von der Saale sein, des Landgrafen Ehefrau zur linken Hand. Und dafür waren Männer im Winter quer durch das gesamte Reich geritten? Für dieses halbe Hühnchen riskierte der Landgraf die Todesstrafe? Nun, irgendwelche Qualitäten musste sie doch haben, dachte Moritz.
„Margarete, ich habe dir Besuch mitgebracht. Dies ist mein Schwiegersohn Herzog Moritz von Sachsen und seine Gemahlin, meine älteste Tochter Agnes."
Das junge Mädchen verneigte sich, bemühte sich dabei redlich um ein Lächeln und hauchte einen Willkommensgruß. Ihre Stimme brach jedoch, als sei sie das Sprechen nicht gewöhnt.
Agnes starrte Margarete an; weder verneigte sie sich, noch erwiderte sie ihren Gruß. Nur mit Mühe konnte Agnes den Impuls unterdrücken, sofort wieder aufs Pferd zu steigen und zurück nach Marburg zu jagen. Wortlos folgte sie ihrem Gemahl, ihrem Vater und dieser Kreatur, wie sie sie im Stillen nannte, ins Innere des Schlosses.

Der Abend wurde beendet mit einem üppigen Mahl; darauf zogen sich alle in ihre Gemächer zurück.
„Unbeschwerte Tage!" stieß Agnes bitter hervor, nachdem die Dienerin, die ihr aus dem Kleid geholfen hatte, gegangen war. „Wie kann mein Vater glauben, ich könnte unbeschwerte Tage haben, wenn ich mit dieser Person unter einem Dach wohnen muss? Mir solche Gesellschaft zuzumuten! Ich fasse es nicht."
„Agnes, ich bitte dich; dein Vater hat es so entschieden, und ich kann ihn verstehen." Moritz setzte seiner Frau geduldig auseinander, wie fromm Philipp seine Handlungsweise begründete und dass er mit seiner Heirat nur die lautersten Absichten gehabt hatte. Er hatte sich ebenfalls ausgekleidet und schlug die Bettdecke zurück.
„Oh, sieh nur, man hat uns heiße Steine ins Bett gelegt - als ob wir das nötig hätten!" Er grinste sie an, doch Agnes' Zorn stand noch wie eine Gewitterwolke im Raum.
„Außerdem hat deine Mutter doch eingewilligt", kam er auf das leidige Thema zurück.
„Meine Mutter hat keineswegs eingewilligt", fauchte Agnes. „Er hat sie geradezu bedroht. Das hat sie mir selbst gesagt. Eine solche Demütigung! Und jetzt erwartet er wohl von mir, dass ich mich mit ihr verstehe und freundlich zu ihr bin? Niemals!"
„Ach, Agnes, schau sie dir doch an. Siehst du nicht, wie blass sie ist, wie traurig und unglücklich. Dieses Schloss ist wunderschön, aber wenn man hier so leben muss wie Margarete, dann ist es ein Gefängnis - ein komfortables Gefängnis, aber es ist und bleibt ein Gefängnis. Beim Essen hat sie doch erzählt, wie schwer es ihr fällt, so alleine zu sein. Sie hat ja geredet ohne Unterlass. Sie hat offensichtlich nicht oft jemanden, mit dem sie sich austauschen kann. Sie darf nicht einmal ins Dorf, in die Kirche, zum Gottesdienst, zum Abendmahl oder zu einer harmlosen Lustbarkeit wie einem Tanz. All das ist ihr streng untersagt. Es dürfte diese Frau eigentlich gar nicht geben."
„Da sprichst du ein wahres Wort! Es dürfte diese Frau wirklich nicht geben."
„Still!" sagte Moritz und lauschte. „Hörst du das auch?" Es war sicherlich

Margarete, die weinte, stetig und klagend, dazwischen gestammelte Worte und immer wieder Philipps Stimme, die immer ungeduldiger und unwilliger wurde.
„Agnes, sei doch gnädig! Glaubst du wirklich, sie hat gewusst, worauf sie sich einlässt, als sie deinen Vater geheiratet hat?"
„Sie hat ihn geheiratet in der Hoffnung, dass meine Mutter bald stirbt und dass sie dann als Schlossherrin in Kassel residieren kann. Du erwartest wohl nicht, dass ich das gutheiße! Versteh mich nicht falsch; ich liebe meinen Vater, aber meine Mutter liebe ich auch, und ich sehe, wie sehr sie leidet. Gerade in den ersten Tagen nach deiner Ankunft habe ich manchmal eine schreckliche Wehmut in ihren Augen gesehen. Ich besitze ein vollkommenes Glück, nach dem sie sich immer gesehnt hat."
„Bist du sicher, das wir beide ein vollkommenes Glück haben? Immerhin schauen wir in eine sehr ungewisse Zukunft. Ich kann dir nicht sagen, ob ich enterbt werde und ob ich dir jemals mehr bieten kann als ein einsames Schloss inmitten eines finsteren Waldes. Zumindest ist mein jüngerer Bruder August nicht böse auf mich. Er hat uns beiden sehr herzlich gratuliert. Er war immer so gehorsam. Dass er mir jetzt einen solchen Brief schreibt, zeigt mir, wie sehr auch er unter der Mutter mit ihren ewigen Forderungen nach Gehorsam gelitten hat. "
„Er hat uns das Pferd geschickt, nicht wahr?"
„Ja. Er ist mehr als versöhnlich, aber ich kann nicht sagen, ob er bereit wäre, auf die Herrscherwürde zu verzichten, die unsere Mutter ihm wahrscheinlich zuschanzen will. Ihm wird klar sein, dass die Mutter ihm nur auf dem Papier die Regierung überlassen und alles selbst bestimmen wird. Ich werde mit deinem Vater bald nach Regensburg zum Reichstag fahren, und danach muss ich mich unbedingt um meine Angelegenheiten in Dresden kümmern. Ich muss mit meinen Eltern Frieden machen und sie dazu bringen, mich nicht zu enterben."
„Wenn mein Vater diese Frau nicht geheiratet hätte, dann hätten wir beide jetzt auch deutlich weniger Probleme. Aber ganz gleich, wie es ausgeht: Ich habe Moritz geheiratet, nicht den Herzog. Wenn du nicht Sachsen regieren kannst, dann wohnen wir hier in Hessen; hier ist es nämlich auch schön."

„Das ist lieb von dir, aber mir genügt es nicht. Und außerdem kann ich die Entscheidung deines Vaters verstehen. Was würdest du sagen, wenn ich zu den Huren ginge?"

„Dann könntest du bei den Huren bleiben!" erwiderte Agnes sehr heftig und so fügte sie schnell hinzu: „Moritz, du bist mein Ehegemahl und ich schulde dir Gehorsam. Aber meine Mutter ist meine Mutter. Versteh mich bitte und vergib mir."

„Gut, ich vergebe dir", erwiderte er in gespielter Strenge. „Aber nur, wenn ich jetzt..." Weiter kam er nicht, denn Agnes schloss ihm den Mund mit einem Kuss.

Nur kurz blieben sie in Wolkersdorf, dann ritten sie wieder zurück nach Marburg, denn zu dringend waren die Dinge, die Moritz und Philipp vor dem Reichstag noch zu erledigen hatten.

Wieder musste Moritz Briefe lesen und beantworten, nach wie vor wurde er von seiner Schwester Sibylle bedrängt, bekam die heftigsten Vorwürfe von seiner Mutter und wusste sich kaum dagegen zu wehren. Er konnte nur immer wiederholen, dass er als gehorsames Kind gehandelt hatte. Währenddessen schrieb er auch immer wieder an Ebeleben und Komerstadt, Räte seines Vaters, die ihm durchaus wohlgesonnen waren und nicht nur versprachen, sich bei dem alten Herzog für Moritz zu verwenden, sondern dies tatsächlich taten, wie aus ihren Antwortschreiben hervorging.

Doch die Lage spitzte sich immer mehr zu. Nun schrieb die Schwester, dass Herzogin Katharina den Vater mit verweinten Augen gebeten habe, den Sohn doch wieder in Gnaden anzunehmen, dass sich der Vater aber nicht recht erweichen lassen wolle. Herzogin Katharina schrieb an Landgraf Philipp bösartigste Briefe, der Vater stellte strenge Bedingungen, unter denen er Moritz wieder in Gnaden aufnehmen wolle. Moritz schlief immer schlechter, aß kaum noch und weinte sogar, wenn nur Agnes zugegen war, die ihn sehr liebevoll in ihre Arme nahm und tröstete. Die Briefe, die er immer wieder an seine Eltern schrieb, bekamen einen immer flehentlicheren Ton und hatten geradezu etwas hündisch-Bettelndes. Die Situation schien sich immer mehr zu verfahren. Sein Vater war angeblich so ärgerlich, dass

Moritz sich gezwungen sah, ihn um freies Geleit nach Sachsen zu bitten; nicht dass die Soldaten auf Geheiß der Mutter ihn festsetzten, sobald er sächsischen Boden betrat.

Trotz dieser Furcht trat Moritz die Flucht nach vorn an und legte seiner Mutter die Notwendigkeit einer gesonderten Hofhaltung dar. In ruhigen Worten erinnerte er sie daran, wie groß ihr Groll gegen Agnes war und gab zu bedenken: *Sollte unsere Gemahlin stets bei unserer Mutter im Frauenzimmer sein, so würde nichts anderes daraus folgen - so befürchten Wir - auch wenn Unsere Gemahlin sich freundlich hielte, sich gar liederlicher Unwille zwischen Ihnen möchte zutragen, welcher Uns durch Jungfrauen oder andere gesagt werden könnte, daraus liederlich folgen würde, dass ein Unwill zwischen Unserer Mutter und Uns entstünde, welchem Wir gerne vorbeugen wollen. Wenn aber Unsere Gemahlin nicht stets bei Unserer Mutter wäre, so hoffen Wir, sollte mehr Freundschaft zwischen Uns allen sein, da die Ursache des Zanks also vermieden wäre.*

Ja, ja, natürlich wusste er, dass dies in Sachsen unerhört war, aber der Vater war mit Land und Leuten gesegnet und könnte es sich schon leisten. Zum Schluss fügte er noch für die Räte an:

Wenn wir es aber auf keinen annehmlichen Weg bringen können, so können wir sagen, dass wir einen Freund wissen, der uns unterhalten wird. Da wir aber diesen Freund besuchen müssen, so denket, Ihr Räte, und regiertet wohl, dass Ihr es verantworten könnt, wenn Wir heute oder morgen wieder zu Land kommen![58]

Zur Abwechslung brachte Anfang März ein Bote einen Brief aus Regensburg: Der Kaiser war am 23. Februar in Regensburg eingetroffen, hatte jedoch kaum Vertreter der Reichsstände angetroffen und sich daher zur Jagd in die Straubinger Wälder begeben. Das hatte die kaiserliche Laune sicher nicht gehoben - schließlich sollte man bereitstehen und auf ihn warten, wenn er ankam. Sogleich rüstete Philipp sich zur Reise nach Regensburg, doch als

58 PKMS 1, Nr. 113, S. 111

Moritz mit gepackten Satteltaschen vor ihm stand, legte er ihm die Hände auf die Schultern.
„Mein Sohn, auch Ihr werdet eine Reise machen müssen, aber Ihr werdet mich nicht nach Regensburg begleiten."
„Wieso das nicht? Habe ich Euch enttäuscht, erzürnt?" Moritz war tatsächlich erbleicht und starrte seinen Schwiegervater erschrocken an.
„Nein, nein. Wie könntet Ihr mich erzürnen? Aber ich sehe, dass Ihr nun eigene Angelegenheiten zu regeln habt. Ihr werdet nach Dresden reisen müssen, um dort klare Verhältnisse zu schaffen. Ihr müsst dort nun Euren Thron sichern. Eure Frau Mutter hat mir genügend Briefe geschrieben, aus denen ich erfahren habe, wie ernst es für Euch ist. Ich kann nicht von Euch verlangen, dass Ihr mich nach Regensburg begleitet. Fahrt nach Dresden, denn das ist für Euch am wichtigsten. Meine Räte werden bei mir sein und einige Getreue."

Am Vorabend seiner Abreise seufzte Moritz schwer, als er zu Agnes ins Bett schlüpfte.
„Ich verlasse dich ungern so kurz nach unserer Hochzeit. Du wirst hier in Marburg bleiben, bei deiner Mutter?" Moritz hatte die Arme hinter seinem Nacken verschränkt, doch als Agnes sich an ihn schmiegte, beugte er sich über sie und nahm sie in seine Arme.
„Natürlich. Ich werde hier auf dich warten. Und ich werde jeden Tag für dich beten, dass du gut wieder zu Hause ankommst."
„Zu Hause? Wo ist das für uns? Ein Zuhause muss ich uns beiden erst noch erkämpfen. Ich muss mich unbedingt um meine Angelegenheiten in Dresden kümmern. Ich muss mit meinen Eltern Frieden machen und sie dazu bringen, mich nicht zu enterben. Viel lieber wäre ich mit deinem Vater nach Regensburg gefahren."
„Was muss denn mein Vater in Regensburg tun?"
„Ach, das sind Männerangelegenheiten, die dich sicher nicht interessieren werden", sagte Moritz mit sehr sachlicher Stimme, worauf Agnes ihn schweigend anschaute. Kein Wort des Spottes kam über ihre Lippen, nicht einmal ein belustigtes Lächeln spielte um ihren Mund, wie Moritz zufrieden

feststellte. Stattdessen schaute sie ihn sehr ernst an und flüsterte: „Ich habe Angst um dich. Ich würde dich am liebsten gar nicht von mir fortlassen. Die Ungewissheit, in die du reitest, ist so schrecklich. Reisen sind immer gefährlich, aber hier scheint das Ziel deiner Reise die größte Gefahr zu sein. Was werden deine Eltern mit dir machen? Werden sie dich jemals wieder zu mir lassen?"

Moritz küsste ihre Tränen fort und drückte sie fest an sich.

„Bitte, hab keine Angst um mich. So schrecklich sind meine Eltern gar nicht."

„Mein Vater ist da anderer Meinung. Aber wenn deine Eltern dich wirklich gefangen setzen, dann soll er mit seinem ganzen Heer nach Sachsen ziehen, um dich zu befreien. Ich würde sogar selbst mitreiten." Moritz musste ein wenig lächeln über den kindlichen Eifer, den Agnes für seine Rettung an den Tag legte.

„Ich bin so bald es geht wieder bei dir, und dann will ich alles tun, um meiner Prinzessin ein wunderschönes Schloss zu schenken." Noch lange flüsterten sie miteinander, bis die Natur ihrer jungen Körper die Oberhand gewann und die Frischvermählten die letzte Nacht nicht nur mit Reden verbrachten.

Am nächsten Tag brach der Reisetrupp schon sehr früh auf. Moritz schaute hinauf zum Schloss, wo Agnes wie verabredet eine Kerze ins Fenster gestellt hatte. Er winkte zu ihr hinauf und konnte nur erahnen, dass auch sie ihm winkte, denn die Fenster waren mit Eisblumen bewachsen; der Frühling ließ noch immer auf sich warten. Moritz wusste, dass Agnes ein Loch in die Eisschicht gehaucht hatte, um ihn sehen zu können. Die Morgendämmerung erleuchtete einen klaren Himmel, an dem der Morgenstern einsam leuchtete. Die Pferde schnaubten und stampften, der Atem der Tiere und der Männer gefror in der eisigen Morgenluft. Es war ein kleiner Zug von zwölf Pferden, der sich nun in Bewegung setzte. Zwei der Räte würden Moritz nach Sachsen begleiten, die anderen acht Begleiter - darunter vier Räte - sollten mit dem Landgrafen nach Regensburg reisen.

Am 16. März traf Moritz in Naumburg auf Anton von Schönberg, mit dem er noch einmal über einen Geleitbrief verhandelte, der ihm Freiheit und Sicherheit seiner Person gewähren sollte.[59]
Tatsächlich gewährte ihm dies der Vater, wie ihm die Räte mitteilten.
Nachdem er sich in Torgau noch kurfürstlichen Rat eingeholt hatte, wie er verfahren sollte, kam er am ersten April in Dresden an. So lange hatte er die Stadt nicht gesehen, und er kam sich vor wie ein gemeiner Dieb, als er über die Brücke auf das Schloss zuritt, mit schwerem Herzen, den Hut tief ins Gesicht gezogen. Hatten die Räte wirklich die Wahrheit gesagt? Würde sich der Vater wirklich an sein Wort halten? Was, wenn nicht? Wie schwer würden sie ihn bestrafen? Da! Dieser Wachmann! Hatte er ihn erkannt? Würde er jetzt seinem Hauptmann Meldung machen, dass Herzog Moritz mit nur zwei Begleitern in die Stadt gekommen war, und dass man leichtes Spiel mit ihm hätte? Wie weit ging der Hass seiner Eltern?
Moritz nahm für sich und die hessischen Räte Kammern in einem Gasthaus in der Stadt, in dem er noch nie verkehrt hatte und sicherlich auch niemals wieder verkehren würde, wenn diese Sache für ihn halbwegs gut ausging.

Wolkersdorf, im März 1541

Unterdessen war am 12. März in Wolkersdorf Margaretes erstes Kind zur Welt gekommen. Die Hebamme legte der jungen Mutter ein schreiendes Bündel in den Arm, aus dem ein winziges, verschrumpeltes Gesichtchen hervorschaute.
„Es ist ein Sohn!“ sagte die Hebamme. „Da wird sich der Herr Landgraf sicher freuen.“
Margarete schaute das Kind an wie ein kleines Wunder. Die Schmerzen waren vergessen, sie war glückliche Mutter eines Sohnes. Nun würde Philipp sicher schnell zu ihr kommen, um seinen Sohn zu sehen und sich bei ihr zu bedanken.
„Hat man dem Landgrafen schon Nachricht geschickt, dass sein Sohn geboren ist?“

---

59 PKMS 1, Nr. 115, S. 113

„Aber sicher doch. Schon vor Stunden, als die ersten Wehen einsetzten, ist gleich jemand nach Marburg geritten." Die Hebamme strich Margarete über das schweißnasse Haar, dann wandte sie sich ab, um ihre Sachen zusammen zu packen, denn die Amme stand schon bereit, die das Kind stillen sollte.
„Ist denn alles in Ordnung mit dem Kind?" fragte Margarete etwas ängstlich.
„Seid ohne Sorge. An dem Kind ist alles dran, was ein gesunder, kleiner Junge haben muss. Nicht zu wenig und auch nicht zu viel." Das letzte Wort verschluckte sie und biss sich auf die Lippen. Im Dorf wurde viel geredet. Man hatte sie sogar hier und da angefeindet, weil sie sich bereit erklärt hatte, der zweiten Ehefrau des Landgrafen in ihrer schweren Stunde beizustehen. Manche behaupteten, ein Kind aus einer Doppelehe komme sicher mit zwei Köpfen oder vier Armen auf die Welt.
„Ich denke, ich kann jetzt gehen. Falls noch etwas ist, schickt nach mir", sagte die Hebamme, dann verabschiedete sie sich mit einer Verbeugung.
Die Amme war eine junge Mutter aus dem Dorf, die ihr uneheliches Kind gerade abgestillt hatte. Sie hieß Emma und hatte ein liebes, rundes Gesicht, zu dem Margarete gleich Vertrauen fasste. Ihr Kind war ebenfalls mit in Wolkersdorf eingezogen; so würde der kleine Philipp gleich einen Spielkameraden haben, wenn er etwas älter war.
„Wie heißt denn das Kind, Euer Gnaden?" fragte Emma.
„Er soll Philipp heißen, wie sein Vater."
„Erlaubt Ihr mir, das Kind nun zu nehmen und zu stillen?"
„Gewiss doch."
Der Kleine fing an zu schreien, als die Amme ihn auf ihre Arme nahm, aber er beruhigte sich schnell wieder, als er ihre pralle Brustwarze im Mund hatte. Margarete sah glücklich zu, wie ihr Sohn trank, während die Amme sein Köpfchen streichelte.
Ein Sohn. Sie hatte tatsächlich einen Sohn geboren. Nun würde alles gut werden und Philipp würde sie sicher näher zu sich holen.

Am nächsten Tag saß Margarete mit ihrem Kind am Fenster und schaute hinaus auf den Weg, über den sicher jeden Moment Philipp kommen würde. Das Kind war wach und schaute Margarete mit aufmerksamen Augen an.

„Oh, seht nur, wie fest er meinen Finger hält! Ist es nicht erstaunlich, wie viel Kraft ein so kleines Kind schon hat?“ rief sie aus.
„Ja, die Kleinen packen alle schon sehr fest zu. Man sagt, dass Gottes Engel ihren Segen in die kleinen Hände legen und die Kinder ihn festhalten. Deshalb haben sie schon so viel Kraft in ihren kleinen Fäustchen“, sagte Emma.
Margarete atmete erleichtert auf. So viele Sorgen hatte sie sich in den letzten Monaten gemacht. Würde es ihrem Kind auch wirklich an nichts fehlen? Ja, es sollte den Segen seiner Engel ganz festhalten, damit ihm niemals etwas zustoßen würde. In wenigen Jahren würde sie vielleicht ständig mit Philipp zusammenleben können. Dann wären sie eine ganz normale Familie, die sich nicht verstecken müsste. Sie würden gemeinsam zu Gottesdiensten gehen, öffentlichen Tanzveranstaltungen... Sie würden in einer Stadt wohnen, in Kassel oder Marburg, viele Menschen würden um sie sein und die Einsamkeit wäre nur noch eine düstere Erinnerung.
„Danke. Ich bin froh, dass Ihr das sagt. Ich meine, die Geschichte mit den Händchen und dem Segen“, erwiderte Margarete. Emma lächelte, doch dann wurde ihr Gesicht ernst, und fast ein wenig trotzig sagte sie: „Ich geb nichts auf Geschwätz. Über mich haben sie sich auch das Maul zerrissen. Ich glaub kein Wort von dem, was man sich im Dorf erzählt.“
„Was erzählt man denn im Dorf?“ hakte Margarete nach.
„Dass es gefährlich ist, für Euch zu arbeiten, dass der Landgraf mit dem Teufel im Bunde ist und dass Euer Kind sicher mit zwei Köpfen auf die Welt kommen wird.“
„Was?“ Margarete war entsetzt.
„Da kommt ein Reiter!“ rief die Amme, die sich schon geärgert hatte, dass sie von diesem unseligen Geschwätz überhaupt erzählt hatte. Sie war erleichtert, Margaretes Aufmerksamkeit auf etwas anderes lenken konnte.
„Philipp! Oh, Philipp kommt!“ rief Margarete überglücklich. „Ich wusste, er würde zu mir kommen. Jetzt soll niemand schlecht reden über mich. Nun werden wir schöne Tage haben. Siehst du, mein kleiner Sohn, da kommt dein Vater“, sagte Margarete zu ihrem Kleinen, der jedoch gerade eingeschlafen war. Überglücklich schaute sie hinaus und winkte, hielt aber plötzlich inne.

„Das ist nicht der Landgraf; das ist der Bote. Was ist geschehen? Philipp muss doch gleich kommen. Der Bote kann doch nicht schneller sein als Philipp.“ Ihre Stimme klang dünn und gläsern.
„Geht! Schaut nach, was der Bote bringt.“
Kurz darauf kam die Amme, gefolgt von dem Boten.
„Euer Gnaden“, begann der Bote leise, denn er wusste schon, was kommen würde. Immer diese Tränen, wenn er wieder nur Vertröstungen übermitteln konnte. Er drehte seinen Hut in seinen Händen und wusste nicht, wohin er schauen sollte. Nun hatte er nicht einmal einen Brief, den er abliefern konnte, um sich dann schnell aus dem Staub zu machen, sondern er hatte eine mündliche Botschaft zu überbringen.
„Gerade als ich ankam, war der Landgraf abgereist. Wohin und wie lange konnte oder wollte mir niemand sagen. Vergebt mir, ich hätte Euch gerne den Landgrafen mitgebracht, aber es ist nun mal so, wie es ist.“ Da es tatsächlich kam wie immer, ging er schnell davon.
„Wie konnte er denn verreisen, ohne zu sagen wohin und wie lange, als ich so kurz vor der Geburt stand?“ schluchzte sie, worauf der Kleine schreiend erwachte. „Er muss doch zu mir kommen. Er muss doch wissen, wie einsam ich bin, wie sehr ich mich nach seiner Gesellschaft sehne.“

Das Schloss zu Dresden

Dresden, im April 1541

Moritz stand in einem der zahlreichen Korridore des Dresdener Schlosses und zitterte am ganzen Leib. August stand mit bleichem Gesicht neben ihm und berührte seine Hand, als sei sie aus Glas. Er schaute seinen großen Bruder aus verweinten, schreckgeweiteten Augen an, als sehe er ihn zum letzten Mal. Moritz fragte sich, wie groß die Macht der Mutter eigentlich war, dass sie selbst einen Fünfzehnjährigen, der mit der ganzen Sache im Grunde nichts zu tun hatte, in solche Angst versetzen konnte. Er hätte viel darum gegeben, wenn doch nur Elisabeth bei ihm sein könnte. Stattdessen hielt seine Schwester Sibylle ihn an der Hand. Langsam gingen sie zum Zimmer der Mutter; Moritz' Beine wollten ihm kaum gehorchen.

„Komm jetzt, Moritz. Fasse dich! Die Mutter erwartet dich schon. Du kannst jetzt nicht umkehren. Der Vater hat sich geweigert, dich anzuhören, weil er sich nicht sicher war, ob die Mutter das gutheißen wird, also musst du jetzt mit ihr sprechen."

„Wirst du bei mir bleiben?"

Sibylle seufzte und verdrehte die Augen.

„In Hessen konntest du so mutig sein, Agnes zu heiraten. Wenn du gegen die Eltern gehorsam gewesen wärst, dann bräuchtest du jetzt nicht so sehr zu zittern und zu beben." Und etwas freundlicher fügte sie hinzu: „Ich glaube nicht, dass sie dich hinrichten werden."

„Danke, du machst mit wirklich Mut!"

An der Hand seiner Schwester trat Moritz ins Zimmer seiner Mutter.[60]

„Ich grüße Euer Gnaden… Mutter?" stotterte Moritz.

Katharina saß an ihrem Schreibtisch und schrieb. Wahrscheinlich einen weiteren Brief an ihren ungehorsamen Sohn, den jeden Augenblick die Hölle verschlingen mochte. Wenn sich doch nur die Hölle unter Moritz aufgetan hätte! Aber die Strafpredigt, die Katharina ihrem Sohn hielt, war schlimmer als alles, was Moritz jemals von seiner Mutter erlebt hatte. Wie oft hatte sie ihn als Kind bestraft, indem sie manchmal Tage und Wochen kein einziges Wort mit ihm gesprochen hatte. Wie bitter hatte jeder einzelne Bissen ge-

60 Herrmann, Johannes; 2003, S. 38.

schmeckt, den er in tränenersticktem Schweigen hinuntergewürgt hatte, während sich die Mutter mit dem Vater oder dessen Räten bei Tisch fröhlich und angeregt unterhalten hatte. Diese Momente erschienen ihm wie süßeste Erinnerungen, als die Mutter nun fässerweise Gift und Galle über ihm ausschüttete. All die Vorwürfe, die sie ihm und seinem gottlosen, widernatürlichen Schwiegervater bereits in zahllosen Briefen gemacht hatte, wiederholte sie: mündlich, mehrfach und mit maximaler Lautstärke. Zum Schluss brach sie schluchzend zusammen, ihr eigenes Los beklagend und mit ihrem Schicksal hadernd, das ihr diesen ungehorsamen Sohn beschert hatte, obwohl sie doch alles - weiß Gott, alles! - getan hatte, um dem Sohn eine gute Zukunft zu schenken. Den Befehl, zu verschwinden, ließ Moritz sich nicht zweimal sagen.

Am nächsten Tag waren die Eltern beide bereit, ihren Sohn zu empfangen, doch war es keineswegs eine familiäre Unterhaltung, sondern beide Seiten hatten ihre Räte dazubeordert, um Machtverhältnisse und das Finanzielle zu klären.

Moritz bat um eine eigene Hofhaltung und entsprechenden Unterhalt. Außerdem versuchte er, den Eltern eine nachträgliche Billigung der Ehe abzuringen, worauf Herzogin Katharina sich nur einlassen wollte, wenn Philipp bereit wäre, Agnes' Aussteuer mit der Summe zu verrechnen, die Philipp als Erbe aus Herzog Georgs Vermögen verlangte. Immerhin! Doch darüber wollten die Eltern mit ihrem Sohn nicht selbst verhandeln, sondern wollten dies den Landständen überlassen. Moritz sah ein, dass er nun nicht weiterkommen konnte und so schrieb er am 6. April 1541 den folgenden Brief an Philipp in Regensburg:

Wir haben heute von Unseren Eltern freundlichen Abschied genommen und sind auf dem Weg nach Marburg. Leider ist nicht alles endgültig geregelt. Mit genauerem Berichte haben Wir den Überbringer dieses Briefes, unseren Sekretär Joachim Faust beauftragt.

Dann machte Moritz sich gemeinsam mit den Räten auf nach Marburg.

Regensburg, im April 1541

So schnell es eben ging, war Philipp mit seinen Räten und bewaffneten Begleitern nach Süden geritten; sie hatten die Flüsse ausgenutzt, die sich ihnen angeboten hatten, um mit einem Schiff oder Kahn weiterzufahren. Wie gewöhnliche Reisende waren sie unterwegs gewesen, ohne Wappen und all den Zierrat, ohne den Jubel und die herbeiströmenden Volksmengen, die sonst die Reisen des Landgrafen begleiteten - zumindest wenn er in Hessen oder anderen protestantischen Gebieten unterwegs war.

In Regensburg war es ein leichtes, den Kaiser ausfindig zu machen. Er residierte gemeinsam mit einer gewissen Barbara Blomberg[61], die man auch „die schöne Barbara" nannte, im ersten Haus am Platz, das seine Getreuen im Ganzen für ihn angemietet hatten. Philipp dagegen hatte etwas außerhalb Quartier bezogen, um nicht erkannt zu werden. Auf keinen Fall sollte man seine Anwesenheit bemerken. Mit äußerster Vorsicht bahnten die Räte ein Treffen zwischen dem Kaiser und dem Landgrafen an.

Es dauerte einige Tage, bis der Kaiser bereit war, Philipp zu empfangen. Das Treffen wurde anberaumt, Kanzler Feige war heilfroh, dass es überhaupt dazu kam, doch dann geschah etwas, das den alten Mann vollkommen am Verstand des Landgrafen zweifeln ließ: Mitten in der Nacht hielt eine Kutsche vor dem Haus, man begehrte Einlass, worauf Feige hörte, wie der Landgraf höchst selbst hinuntereilte. Dies war dem alten Kanzler denn doch zu sonderbar und er stand auf, um zu sehen, was vor sich ging. Der Fürst kam dem Wirt zuvor, der schon schlaftrunken aus seiner Kammer herangewankt war, und öffnete die Tür, durch die nun eine tief verschleierte Frau eintrat. Wie ein Schatten sah sie aus in ihren dunklen Gewändern. Eine sehr zarte, weiße Hand kam unter dem Mantel hervor und wollte den Schleier zurückschlagen, doch da hielt Philipp ihre Hand fest. Er führte die Frau hinauf, wobei er peinlich darauf achtete, auf den knarrenden Stufen so wenig Lärm wie möglich zu machen, doch oben stand schon Kanzler Feige.

Philipp sah ihn an; für einen Moment starrten sich die Männer in die Augen. Feige fand zuerst die Sprache wieder: „Das ist doch wohl nicht *die Person*?"

---

61 Kohler, Alfred; 1999, S. 88.

„Feige, nun macht kein Geschrei! Natürlich ist es die M. Hätte ich meine Gemahlin mit ihrem gesamten Hofstaat herbringen sollen? Das wäre viel zu teuer geworden. Das müsst Ihr doch einsehen."
Bei diesen Worten war die verschleierte Frau tief in sich zusammengesunken. Ganz schwach hing sie an Philipps Arm, der sie stützen musste.
„Die lange Reise hat ihr schon zugesetzt. Helft mir, sie ins Zimmer zu bringen!"
Feige hob die Hände und ließ sie wieder fallen in tiefer Resignation. Sein junger Herr hatte ihm so manches graue Haar beschert, doch dass er nun *die Person* nach Regensburg brachte, vernichtete auch den letzten Funken Hoffnung in die Vernunft des Fürsten. Feige trat herzu und bot Margarete seinen Arm. Ganz sachte legte sie ihre Hand darauf und ließ sich von den beiden Männern in die Kammer führen.
„Wisst Ihr, was Ihr da tut? Wenn der Kaiser erfährt, dass Ihr die Person hierher gebracht habt, kann das alle Verhandlungen zunichte machen."
„Feige, ich wünsche Euch eine gute Nacht. Ich bedarf Euer heute nicht mehr."
Feige verneigte sich resigniert und ging. Bald darauf hörte er die weinerliche Stimme der Person, die sich darüber beklagte, dass man sie tagelang in einem vollkommen verhängten Kastenwagen übers Land gefahren hatte. Nicht einmal aus dem Kutschfenster hatte man sie schauen lassen. Dann hörte er Philipp, der beschwichtigend auf sie einredete und schließlich war nur noch das Quietschen des Bettes zu hören.

Es war schon fast Mitternacht des folgenden Tages, als Landgraf Philipp und Kanzler Feige durch einen Hintereingang in das Haus eingelassen wurden, das der Kaiser bewohnte. Man führte sie einige Stiegen hinauf, dann hieß man sie in einem Gemach zu warten. Stunden vergingen, in denen Feige verbittert schwieg und Philipp an Margarete dachte. Sie hatte ihren ersten Sohn zur Welt gebracht. Sie selbst und das Kind waren wohlauf. Ob Christine ihr Kind auch schon geboren hatte? Das Warten in der Dunkelheit erschien Philipp wie eine Strafe, die ihm der Kaiser auferlegte. Quälend langsam krochen die Stunden dahin, dann und wann hörte Philipp Gelächter im

Haus, Schritte, Lärmen auf der Straße. Kanzler Feige schwieg beharrlich und schien seinen Herrn aus seiner dunklen Ecke heraus zu beobachten, was Philipp nicht angenehm war.
Was mochte der Kaiser ihm auferlegen? Irgendeine schwere Buße? Würde er ihn tatsächlich gefangen nehmen, um ihm den Prozess zu machen? Je länger Philipp in der finsteren Stille auf und ab ging, desto schrecklicher malte er sich sein Schicksal aus. Sollte es ihm tatsächlich bestimmt sein, einsam und vergessen irgendwo in Festungshaft vor sich hinzudämmern? Würde er das ertragen? Er, der nichts mehr liebte als Geselligkeit, Wein und Weiber... Weiber! Er hatte weiß Gott Himmel und Hölle in Bewegung gesetzt, um eine zweite Ehefrau zu nehmen, die alle seine Qualen für immer beenden sollte. Und nun? Wie verlockend war eine Geliebte mit verheulten Augen? Es lag nicht an ihm, dass sie so viel allein war. Sie musste doch einsehen, dass es nicht anders ging! Nun hatte er sie nach Regensburg kommen lassen und sie beschwerte sich, dass man dies heimlich getan hatte! Was stellte sie sich vor? Dass er sie hier mitnahm zum öffentlichen Tanz? Sie hatte noch immer nicht begriffen, dass Vorsicht geboten war. Vor allem musste sie im Wald versteckt bleiben und konnte nicht in Marburg oder gar Kassel wohnen. Allerdings führte eben diese Vorsichtsmaßnahme die ganze Sache ad absurdum, denn wenn es ihn überkam, setzte er sich nicht zwei Tage lang aufs Pferd, um nach Wolkersdorf zu reiten. Das hatte er einige Male durchgehalten, doch da Margarete vor seiner aufgestauten und sich sehr heftig entladenden Leidenschaft erschreckt zurückgewichen war, hatte er sich beim nächsten Mal - das sehr bald gekommen war - ins nahegelegene Hurenhaus verfügt. Versteh einer die Weiber!
Irgendwann näherten sich Schritte der Tür, hinter der Kanzler Feige und Philipp immer banger warteten. Sie lauschten; tatsächlich hielt jemand vor der Tür und kam herein. Es war nicht der Kaiser, sondern Antoine Perrenot de Granvelle, den Philipp und Feige schon früher in den Diensten des Kaisers gesehen hatten.
Das Licht von Kerzenleuchtern blendete Philipp und Feige, deren Augen sich vollkommen an die Dunkelheit gewöhnt hatten. Granvelle war ein junger Mann von vielleicht fünfundzwanzig Jahren, ein Kardinal und Minister,

dessen Vater bereits dem Kaiser gedient hatte; so stand ihm das Bewusstsein einer langen, beeindruckenden Ahnenreihe ins Gesicht geschrieben. Er war sicher nicht der Mann für Kompromisse.
„Landgraf Philipp von Hessen?“ sagte er mit einem südlichen Akzent und deutlichem Widerwillen in der Stimme.
„Das sind Wir, ja!“ erwiderte Philipp und erschrak selbst über seine dünne Stimme. Er räusperte sich. Da erschien Karl V., der Kaiser der Deutschen, der kaum ein Wort Deutsch sprach. Er war nicht viel älter als Philipp selbst, ein Mann, der die Vierzig eben überschritten hatte. Er war groß und hager, seine Gesichtszüge waren zu kantig, um wirklich schön zu sein. Philipp war nicht gewillt, sich vor diesem Mann allzu tief zu demütigen, indem er vor ihm auf die Knie fiel; eine tiefe Verbeugung hielt er für ausreichend, was der Kaiser mit einer gehobenen Augenbraue registrierte und Granvelle zu einem empörten Zischen veranlasste. Immerhin beugte Feige sein Knie vor der Kaiserlichen Majestät.
„Seine Räte hatten vor Monaten bereits Kontakt mit uns aufgenommen und uns seine Vorschläge unterbreitet. Was hat er dem Kaiser nun zu sagen?“ begann nun Granvelle das Gespräch ohne Umschweife.
„Wir bieten Eurer Kaiserlichen Majestät an, Uns für das in Worms vorgesehene Religionsgespräch einzusetzen.“
Granvelle übersetzte, der Kaiser erwiderte etwas in einem eher gelangweilten Ton, worauf Granvelle sich wieder an Philipp wandte: „Dies sollte eine Selbstverständlichkeit sein. Seid doch so gut und sagt etwas mehr, damit sich die Mühe des Übersetzens lohnt. Die Langmut und Gnade der Kaiserlichen Majestät ist etwas kleiner als das Universum.“
Zähneknirschend fuhr Philipp fort: „Wir sind außerdem bereit, seine Kaiserliche Majestät im Kampf gegen die Türken zu unterstützen.“ Granvelle machte eine ungeduldige Handbewegung, die Philipp aufforderte, fortzufahren und so sagte dieser: „Ferner werden Wir seine Kaiserliche Majestät gegen Frankreich unterstützen.“
Dies schien Granvelle nun eine Übersetzung wert zu sein. Dann wurde die Antwort des Kaisers für Philipp übersetzt: „Steht Euer lutherischer Kurfürst Johann Friedrich nicht mit Frankreich in Verhandlungen?“

„Ja, das tut er. Außerdem hat er gute Kontakte nach England, um Heinrich VIII. als Partner im Schmalkaldischen Bund aufzunehmen. Wir wären bereit, auch dies zu unterbinden."

„Und?" fragte Granvelle. „Weiter?"

„Wir haben gehört, dass Eure Kaiserliche Majestät auch einen Waffengang gegen den Herzog von Geldern vorbereitet. Auch hierin würden Wir Eure Kaiserliche Majestät unterstützen. Auch mein Schwiegersohn, Herzog Moritz von Sachsen, ist bereit, seine Kaiserliche Majestät zu unterstützen."

„Ihr seid also bereit, Euren Glaubensfreunden in den Rücken zu fallen?" antwortete nun der Kaiser durch Granvelle. „Wir nehmen an, dass Ihr dies nur aufgrund Eurer unerschütterlichen Kaisertreue zu tun bereit seid, und dass dies rein gar nichts damit zu tun hat, dass Eure Bündnispartnern Euch verraten haben, als Eure Doppelehe ans Tageslicht kam."

Philipp zog es vor, sich schweigend zu verneigen. Mochte der Kaiser dies deuten wie er wollte.

„Wir werden darüber nachdenken", ließ die Kaiserliche Majestät wissen. Dann verschwanden die Herren wieder und ließen Philipp zurück, der sich vor einem leeren Zimmer verneigte.

Da raunte Feige seinem Herrn zu: „Ich hoffe, *die Person* ist all dies wert. Ist Euch klar, dass dies das Ende der Reformation bedeuten kann? Wie unermesslich groß der Schaden ist, den Ihr der Reformation zufügt, kann vielleicht erst in vielen Jahren gesagt werden."

Vor Philipps innerem Auge tauchte Margaretes Gesicht auf; Margarete, von der er nur noch als *der Person* oder *M*. sprach. Wie begehrenswert war sie ihm erschienen - es kam ihm vor wie vor langer Zeit - damals, als sie ihn spröde abgewiesen, sich gegen ihn gewehrt hatte. Nun war sie nichts weiter als ein Häufchen heulendes Elend, das an ihm klebte, sobald er in ihrer Nähe war. Dafür setzte er sich nicht zwei Tage lang auf ein Pferd, wenn ihn sein Trieb überkam. Die hessischen Huren hatten ihn längst in ihren Häusern mit großem Trara begrüßt, als sei er aus dem Totenreich zurückgekehrt.

Kurz darauf kam ein Brief von Christine, in dem sie Philipp mitteilte, dass Moritz schwer erkrankt aus Dresden zurückgekommen sei. Auf seiner Reise habe er wohl in einem der Gasthäuser weit über seinen Durst getrunken, und sein Zustand sei besorgniserregend. Philipp seufzte. Konnte man die Kinder denn gar nicht alleine lassen? In seiner nach wie vor unentdeckten Unterkunft schrieb er einen Brief an Moritz, in dem er ihn mahnte, nicht mehr so viel zu trinken.[62] Wahrscheinlich hatte er diese Unsitte bei Kurfürst Johann Friedrich gelernt, vor dessen Trinkfestigkeit schon Elisabeth ihn, Philipp, gewarnt hatte. Außerdem mahnte er ihn, sich zu schonen und sich erst wieder zu seiner Frau zu legen, wenn er ganz gesund wäre. Er legte ihm auch ans Herz, nicht nach Regensburg zu kommen, sondern so bald als möglich wieder nach Dresden zurück zu reisen und sich dort um seine Erbschaft zu kümmern.

Um nicht entdeckt zu werden, zog Philipp sich ganz vom Schauplatz zurück, und so gingen die zähen und schließlich scheiternden Verhandlungen in Regensburg an ihm vorüber. Der Kaiser hatte nicht nur einen Reichstag, sondern sogar ein Religionsgespräch anberaumt, zu dem unter anderen auch Bucer und Melanchton geladen und gekommen waren. Philipp verspürte nicht die geringste Lust, diesen zu begegnen.

Zunächst begann das Kolloquium recht hoffnungsvoll,[63] doch schließlich verbissen sich die Kontrahenten in die üblichen Themen. Die päpstlichen Legaten und die lutherischen Reformer konnten sich nicht über das Abendmahl einigen. Die Gespräche waren derart unfruchtbar, dass sich schließlich sogar der Kaiser einschaltete: Er sei kein Theologe, aber er habe gehört, dass man über das Wort Transsubstantiation streite, während die Protestanten sogar geneigt seien, die Ohrenbeichte zuzulassen. Daran solle man sich halten und zunächst alles Verglichene sammeln und zum Schluss in Gottes Namen auf die umstrittenen Punkte zurückkommen; die Verhandlungen zum Scheitern zu bringen, sei kein Kunststück.[64]

Karl hätte wohl zur Not auch ohne die römische Kurie eine Reform durchgeführt, denn er sah durchaus die Missstände, die in der katholischen Kirche eingerissen waren und er war der Ansicht, dass man ein altes Haus nicht vollkommen abreißen müsse, sondern dass Steine durchaus noch Verwen-

62 PKMS 1, Nr. 127, S. 125

63 Siehe zu diesem Thema: Kohler, Alfred; München 1999, S. 266 f.

64 Kohler, Alfred; München 1999, S. 267

dung finden sollten.
Wie dem auch sei, man einigte sich nicht im April, auch nicht im Mai und im Juni hatte man es aufgegeben. Granvelle hatte herzlich wenig einzutragen in sein dickes Buch, in dem er die Ergebnisse aller Religionsgespräche und Kolloquien festzuhalten pflegte, doch immerhin hatte Kaiser Karl V. mit Landgraf Philipp von Hessen das „Regensburger Bündnis" geschlossen, einen Vertrag, in dem die kaiserliche Vergebung, Philipps Zusagen und Moritz' Beihilfe festgehalten waren.

Dresden, 5. Mai 1541

Herzog Heinrich lag mit einer Grippe schwach danieder, was Herzogin Katharina nicht allzu sehr grämte, denn so hatte sie die vollkommene Kontrolle über sein Essen und Trinken und seine Person im Ganzen. Schon lange hatte sie gemeinsam mit Anton von Schönberg eine Änderung des Testaments vorbereitet, die Moritz und August zu gleichermaßen erbberechtigten Nachfolgern machte. Das alte Testament, das damit wirkungslos werden sollte, ging zurück auf den Vater des alten Herzogs, Albrecht den Beherzten, der sich mit seinem Bruder das Land geteilt hatte, um keinen Streit entstehen zu lassen. In jenem Testament war der Erstgeborene allein regierungsberechtigt, denn da die Brüder Albrecht und Ernst das Land Sachsen unter sich aufgeteilt hatten, sollte die Größe und die Macht der beiden Teile nicht durch Erbteilung noch mehr zerteilt werden.
Nun lag die Sache allerdings etwas anders: Nicht das Land sollte geteilt werden, sondern die Regentschaft, damit Herzogin Katharina nach wie vor ihren Einfluss geltend machen konnte, denn August war noch nicht bei seinen Mannesjahren und brauchte einen Vormund. Diese Aufgabe würde selbstverständlich Herzogin Katharina übernehmen, immer gut beraten von Anton von Schönberg. Und Moritz sollte nur gehorsam sein... Der ungebärdige Sohn war entweder aus purer Bosheit noch krank in Marburg und nicht reisefähig, nur damit er das Testament nicht unterschreiben musste. Oder der Himmel hatte ihm das böse Fieber geschickt - als Strafe für seinen

Ungehorsam gegen die Eltern.
Nachdem die Herzogin ihren Gemahl ausreichend mit bittrer Medizin und überaus gesundem Essen traktiert hatte und er infolgedessen nur noch seine Ruhe haben wollte, legte sie ihm das Schriftstück vor und drückte ihm eine Feder in die Hand. Er unterschrieb; dann drehte er sich auf die Seite und machte deutlich, dass er zu schlafen wünschte.
Hocherfreut ging Katharina gemeinsam mit Anton von Schönberg zu August, der gerade in seinem Gemach saß und las.
„Mein Sohn, ich habe von Ihrem Vater eine Änderung des Testaments bewirkt. Sehen Sie, hier ist das Dokument mit seiner Unterschrift. Sie müssen nur noch unterzeichnen, dann sind Sie erbberechtigt, gemeinsam mit Ihrem Bruder Moritz. Da dieser jedoch vorzieht, in Hessen zu bleiben, so würden Sie unter meiner Aufsicht regieren. Das wäre für uns alle von größtem Nutzen."
„Es geschieht alles zum Nutzen und Frommen des Landes Sachsen. Euer Gnaden wollen doch auch, dass es den Sachsen gut geht, nicht wahr?" sagte Anton von Schönberg mit einer Verbeugung. Sein Lächeln machte August höchst misstrauisch. Er klappte sein Buch zu und sah seine Mutter mit offenem Mund an.
„Sie müssen mir nicht danken, dass ich Ihnen diese Machtfülle verschafft habe. Unterschreiben Sie hier!" sagte sie jovial, indem sie ihm das Schriftstück auf den Schreibtisch legte und gleich in seiner Schublade nach einer Feder kramte.
August wurde heiß und kalt zugleich, denn fiel ihm ein, dass er ein sehr naturgetreues Abbild einer unbekleideten Dame in der Schublade versteckt hatte; die Mutter würde ihm nicht glauben, dass er dies für rein naturwissenschaftliche Studien der weiblichen Anatomie benutzte.
Doch dies war nur die Hälfte des Schreckens: Er sollte seinem Bruder Moritz, den er liebte und bewunderte, in den Rücken fallen, indem er das Testament unterzeichnete, das Moritz aus der alleinigen Regentschaft drängte?
„Euer Gnaden, schaut, die Feder liegt auf dem Schreibtisch neben dem Tintenfass", wagte August anzumerken und versuchte, nicht allzu heftig auszuatmen, als die Mutter das gründliche Durchforsten der Schublade beendete.

„Hier, sehen Sie! Dort ist Platz für Ihren Namen, mein Sohn. - Nur nicht so zaghaft!“
August nahm die Feder, als sei sie aus dünnem Glas und setzte seinen Namen unter den Namen seines Vaters. Für Moritz’ Namen war auch noch Platz, doch wäre er bereit, dies zu unterschreiben? Was würde der Bruder von ihm denken, wenn er die Unterschrift auf dem fatalen Pergament sähe, das ihn, den Erstgeborenen, aus der Regierung drängen sollte? Und er hatte keine Möglichkeit, den Bruder zu warnen, ihm zu schreiben, ihm zu erklären, dass dies ganz und gar gegen seinen Willen war.
„Das wird das Fieber Ihres Herrn Bruder abkühlen. Er soll nur wagen, damit nicht einverstanden zu sein; dann soll es ihm schlecht ergehen.“ Herzogin Katharina schüttete Sand über die noch feuchte Tinte, kippte den Sand zurück ins Fass und verließ mit ihrer Trophäe den Raum.
August stützte den Kopf in die Hände. Konnte er Moritz warnen?
Dies war glücklicherweise nicht nötig, denn Georg von Carlowitz und Dr. Simon Pistoris, die beide Moritz und Heinrich nahestanden, hatten Moritz schon davor gewarnt, nach Sachsen zu kommen. Carlowitz und Pistoris hatten bereits Herzog Georg als Rat und Kanzler gedient, hatten mit jeder Faser ihrer Buchhalterseelen die ordentliche, sparsame Amtsführung ihres Herrn unterstützt und sahen das verschwenderische Treiben der Herzogin und Antons von Schönberg mit Sorge.

Moritz wurde unterdessen in Hessen selbstverständlich die zärtlichste Pflege zuteil. Agnes umsorgte ihn, als habe man ihren Helden auf dem Schlachtfeld verwundet und ließ vollkommen außer acht, dass der Herr Gemahl sich sein Fieber durch übermäßige Sauferei höchst selbst zugezogen hatte. Doch schließlich - es war bereits Ende Juni - war Moritz wieder reisefähig und brach auf nach Dresden, im Gepäck viele gute Ratschläge von Philipp, der mittlerweile aus Regensburg zurückgekehrt war. Die Reise ging jedoch nur sehr langsam vonstatten, denn Moritz musste immer wieder lange Pausen einlegen, um sich zu schonen und blieb an manchen Orten mehrere Tage. So kam er erst Mitte Juli in Dresden an. Die schwere Krankheit hatte die Eltern in so große Sorge versetzt, dass sie überaus erleichtert waren, ihn

lebendig zu sehen und sehr behutsam mit ihm umgingen. Sogar Anton von Schönberg versuchte, gut Wetter zu machen, worauf Moritz eingedenk der vielfältigen Warnungen nicht einging.
Dass Hans Löser, sein alter Hofmeister gestorben war, versetzte Moritz einen zusätzlichen Schlag, von dem er sich nur langsam wieder erholte.

Und schließlich hatten Vater und Sohn einen ungestörten Moment. Herzog Heinrich zwinkerte seinem Sohn über den Rand eines Bierkruges zu.
„Dürft Ihr denn Bier trinken? Schadet das nicht Eurer Gesundheit?“ fragte Moritz besorgt.
„Für mich ist Bier die reine Medizin. Nur die gnädige Frau Herzogin will das nicht einsehen.“
„Vater… ich danke Euch, dass Ihr mir vergeben habt“, flüsterte Moritz.
„Mein Sohn, ich war dir niemals wirklich böse. Gut, du hättest mich fragen können, bevor du losreitest, aber nun ist es wie es ist. Hat die Mutter dir geschrieben, dass ich unversöhnlich sei?“ Moritz nickte.
„Der alte Drachen! Ich hab nicht gewagt, gegen sie zu handeln. Du weißt ja, wie sie ist, wenn es nicht nach ihrem Kopf geht.“ Er machte eine wegwerfende Handbewegung.
„Und deine Agnes? Ist sie ein braves Mädchen?“
„Ja, sie ist ein sehr braves Mädchen. Sie hat mich ganz liebevoll gepflegt, als ich krank war und ist auch sonst immer sanftmütig und gehorsam.“
Der alte Herzog wischte sich mit dem Ärmel den Schaum vom Mund. „Du hast sie wirklich gern, was?“
„Ja, Vater, das tue ich. Ich liebe sie wirklich.“ Er zögerte einen Augenblick, doch dann fasste er sich ein Herz: „Vater, wie steht es um mein Erbe?“
„Die Mutter hat ein neues Testament aufsetzen lassen, das darfst du nicht unterzeichnen. Dagegen musst du öffentlich protestieren. Ich sage dir gleich, wie du das machen musst. Ich habe schon alles vorbereiten lassen, und die entsprechenden Leute - ich meine die Räte, die Uns treu sind, und acht Vertreter der Landstände - wissen Bescheid. Sie werden bald hier in Dresden ankommen.“
„Kann ich all diesen Männern vertrauen?“

„Mein Sohn, ich will dir nun sagen, wem du hier trauen kannst und wem nicht. Wolf von Schönberg kannst du trauen. Er ist Oberhauptmann zu Glauchau. Er ist zwar verwandt mit Anton von Schönberg, aber ich bin mir nicht sicher, ob sich diese beiden überhaupt grün sind. Bei Anton von Schönberg musst du auf der Hut sein; lass ihn das aber nicht merken, sondern sei einfach höflich zu ihm.

Außerdem kommt Bastian Pflugk zu Strelen; er ist Amtmann in Mühlberg. Christof von Haugwitz ist Landvogt zu Pirna. Ludwig Fachs ist ein Rechtsgelehrter; ein guter Mann; verliert kaum einen Prozess. Er ist übrigens Bürgermeister, genau wie Wolf Widemann, Georg Hoppener und Egidius Morch. Ein Michael Püffler, ein Bürger zu Leipzig wird auch dabei sein[65]. Ich kenne ihn nicht persönlich, aber Carlowitz war der Ansicht, dass er ein guter und wichtiger Mensch sei.

Georg von Carlowitz meint es ausnahmslos gut mit dir. Er hat schon Herzog Georg gedient und war wie dieser der Ansicht, dass man in der Kirche Reformen durchführen müsse. Luther war auch ihm zu radikal und umstürzlerisch. Ich glaube, die Bauernkriege haben auch Carlowitz sehr zu schaffen gemacht. Das Abschlachten von wehrlosen Bauern, die verführt und blind zu ihren Sensen greifen, um sich gegen die Fürsten zu erheben, ist kein Ruhmesblatt. Carlowitz ist momentan noch auf seiner Burg Kriebstein; er arbeitet für mich von Haus aus, wie man so sagt. Hier vor Ort wollte ihn die Herzogin nicht mehr haben."

Moritz sah seinen Vater an. Im Mai hatte er schon schlecht ausgesehen, aber nun, nur wenige Monate später, war fast alles Leben aus ihm herausgeronnen. Moritz hatte das Gefühl, als sitze der Tod schon mit ihnen am Tisch. Die Augen des Vaters schauten aus dem Fenster, vor dessen Butzenscheiben in bizarr verzerrten Linien das Leben seinen Gang nahm. Wie leer seine Augen waren; und doch glomm in ihnen ein letzter Funke, der den alten Mann noch am Leben hielt, damit er seine Sachen ordnen konnte.

„Pass auch ein wenig auf August auf; nimm ihn unter deine Fittiche, damit er atmen kann."

„Ja, Vater. Das will ich tun", erwiderte Moritz und erschrak über seine ei-

---

65 PKMS 1, Dokument 191, S. 178 ff.

gene, dünne Stimme. Ihm wurde jetzt erst bewusst, dass er den alten Mann liebte. Wie sehr mochte er gelitten haben unter dem strengen Reglement seiner Frau? Sicher, die Mutter hatte es immer gut gemeint, auch mit ihrem Herrn Gemahl. Immer war sie darauf bedacht gewesen, zu repräsentieren, die Ehre, die Macht und den Einfluss der Familie zu mehren. Natürlich hatte sie das nicht für sich allein getan, sondern auch für ihre Kinder. Aber wo war das Leben geblieben? Wieso konnte es immer nur Pflicht und Gehorsam geben? Moritz seufzte und schenkte sich selbst Bier nach. Der Vater winkte erst ab, überlegte es sich dann aber doch anders und schob ihm seinen Becher hin.

„Ich will schon dafür sorgen, dass du mit deiner kleinen Agnes in Ruhe und Frieden leben kannst. Prost! - Und ich will mit Carlowitz und Pistoris ein anderes Testament schaffen. Ich habe ihnen schon die nötigen Instruktionen gegeben; sie arbeiten gerade ein Papier aus, das dir die Herrschaft sichert und eine eigene Hofhaltung." Er wischte sich mit dem Ärmel seines Hemdes den Mund ab, was seine Gemahlin nicht schätzte. Aber nun tat er es geradezu inbrünstig und vergewisserte sich mit einem zufriedenen Blick, dass die Spuren seiner Untat auf dem weißen Hemd zu sehen waren.

„Aber was wird die Mutter zu all dem sagen?" fragte Moritz.

„Ach, sei's drum. Ich hab nicht mehr lange. Sie darf mir ruhig die letzten Tage vergällen, dann fällt mir das Sterben leichter. Prost!" sagte er und grinste so breit, wie er es immer nur in Abwesenheit der Herzogin getan hatte.

Ohne das Wissen Katharinas und Antons von Schönberg traf Herzog Heinrich sich mit Carlowitz und Pistoris, um das Testament auszuarbeiten, das Moritz allein begünstigen sollte:

„Meine Herren, lasst es uns kurz machen. Uns bleibt nicht viel Zeit und wer weiß, wie lange wir hier ungestört sind", begann Herzog Heinrich, nachdem er die Dienerschaft und Pfleger aus dem Zimmer geschickt hatte. Carlowitz und Pistoris verneigten sich zum Zeichen Ihrer Aufmerksamkeit.

„Ihr habt bereits ein Papier ausgearbeitet, das Wir in allen Punkten billigen. Auch Uns ist die Wirtschaft Unserer Gemahlin ein Dorn im Auge. Ab sofort soll Unser Sohn Herzog Moritz die laufenden Geschäfte übernehmen. Bei allen grundlegenden Neuerungen soll er jedoch Rücksprache mit Uns halten." Das Sprechen fiel dem alten Herzog schon recht schwer. Pistoris schrieb eilig jedes Wort mit.

„Moritz soll mit seiner Gemahlin eine eigene Hofhaltung bekommen. Wenn er will, kann er sich in Meißen niederlassen. Die Albrechtsburg ist ein wahrlich fürstlicher Sitz."

„Sehr wohl, Euer Gnaden. Und die Ausstattung für Herzog Moritz?" fragte Carlowitz.

„So, wie Ihr es schon vorgesehen habt. Es soll ihm an nichts fehlen. Wenn er in Dresden bleiben will, soll er das tun, doch wenn es hier für ihn zu schwierig wird, soll er Meißen als Ausweichmöglichkeit haben. Dann kann er sich zumindest dem Einfluss der Herzogin entziehen."[66]

Wie sein Vater ihn geheißen hatte, protestierte Moritz am 6. August im Georgentor des Dresdener Schlosses gegen das alte Testament seines Vaters, das die Mutter diktiert hatte. Unterzeichnet wurde das Dokument von den Männern, die Herzog Heinrich seinem Sohn angekündigt und ans Herz gelegt hatte. Dies ließ Herzogin Katharina und ihre Gefolgschaft jedoch beinahe kalt, und so war weder Katharina noch Anton von Schönberg verärgert, als Moritz am 10. August wieder nach Hessen abritt, um seine Braut heimzuholen.

„Da reitet er nun hin, der Narr!" sagte Herzogin Katharina, die ihrem Sohn nachschaute. Sie hatte das Fenster aufgeschoben, um einen klaren Blick zu haben auf die Brücke, die über die Elbe führte. Dort ritt unverkennbar Moritz, der es mehr als eilig hatte, fortzukommen. Als ein gehorsamer Sohn hatte er in aller Demut und ganz untertänigst um die Erlaubnis der gnädigen Frau Mutter gebeten, nach Hessen reiten zu dürfen.

„Er wird seine kleine Braut heimholen, aber er soll nicht glauben, dass ich für die Tochter eines vollkommen Entarteten meinen Platz hier im Schloss räumen werde. Der erste Platz gebührt nach wie vor mir. Und selbst wenn Unser Sohn anderes im Sinn hat - er wird viel unterwegs sein, und dann

---

66 Herrmann, Johannes; 1999, S. 39

wird hier in Dresden nach meiner Musik getanzt. Ich werde diesem Mädchen schon zeigen, was es heißt, einen Herzog von Sachsen ohne die Erlaubnis der Eltern zu heiraten. Die Kleine soll sich warm anziehen!" knurrte Katharina und schloss das Fenster.
„Der junge Herzog hat offenbar verinnerlicht, dass er nicht regieren wird. Er war so untertänig höflich und gehorsam…"
„Er soll es nicht wagen, noch einmal zu niesen ohne Unsere Erlaubnis."
„Dass er nicht wird siegeln dürfen ohne Eure Erlaubnis, wird er sicher hinnehmen. Ich bin sicher, dass er nicht einmal aufbegehren wird. Sein Benehmen hatte in den letzten Tagen etwas geradezu Hündisches."
„Wir wollen ihm geraten haben, dass er nun weiß, wo sein Platz ist, aber trotzdem sollten wir auf der Hut sein."

Moritz war noch nicht weit gekommen, da holte ihn Graf Kaspar von Mansfeld ein, den die Mutter als Eilboten hinter ihm her geschickt hatte. Der gute Graf Kaspar von Mansfeld überbrachte ihm einen traurigen Brief der Mutter: Der Vater lag im Sterben.
Als Moritz am 19. August in Dresden ankam, trug die Dienerschaft, die ihm entgegeneilte, schon Trauer. Der Vater war tot und lag aufgebahrt; die Mutter und die Schwestern saßen daneben und weinten. Mit einem kurzen Seitenblick bemerkte Moritz, dass die Mutter ein Trauerkleid aus feinstem Brokat trug. Daran hatten sicher drei Schneiderinnen über Wochen gearbeitet. Es wurde Zeit, dass er die Sparsamkeit Herzog Georgs hier einführte. Sein Vater lag da mit bleichen, grauen Zügen, seine Hände hatte man um das Schwert gelegt, das er nur sehr ungern geführt hatte. Konnte man ihn nicht wenigstens im Tod in Ruhe lassen? Musste man ihm auch dann noch Dinge aufzwingen, die er hasste? Die Idee eines Bierkruges in den Händen des Vaters huschte durch Moritzens Kopf, doch er schob dies schnell beiseite. Das war nicht gerade angemessen, obwohl… Seinem Vater hätte es sicher besser gefallen als das Schwert. Der Duft der Kerzen mischte sich mit dem süßlichen Duft des Todes. Selbst in der Kühle der Kirche nahm das Leben seinen Lauf, der nun darin bestand, den leblosen Körper zu zersetzen.
Graf Kaspar von Mansfeld trat neben Moritz.

„Erlaubt mir, Euer Gnaden noch einmal mein Mitgefühl auszusprechen“, flüsterte er.
„Danke, Graf Mansfeld“, erwiderte Moritz ebenso leise.
„Euer Gnaden mögen mir meine unpassenden Worte verzeihen, doch ich muss Euer Gnaden bald sprechen. Es geht um…“
„Alles? Ich nehme an, es geht um nichts weniger als dies.“
Graf Mansfeld nickte. „Trefft mich in der Kanzlei. Ihr wisst, wo Ihr mich und die anderen, die zu Euch stehen, findet.“
„Danke. Ich danke Euch!“
Mit einer Verbeugung entfernte sich Graf Mansfeld. Seufzend wandte Moritz sich nun den Damen seiner Familie zu, um sie zu trösten, die scheinbar so untröstlich waren. Anton von Schönberg war auch zugegen und erwiderte Moritzens tiefe Verbeugung mit einem leichten Nicken.

Sobald er sich frei machen konnte, ging er in die Kanzlei, wo er nicht nur Graf Mansfeld traf, sondern auch Pistoris und Carlowitz. Die drei Herren verneigten sich tief, als Moritz eintrat.
„Ich danke Euch für Eure Treue. Mit Gottes Hilfe wollen wir dies alles zu einem guten Ende führen. Was ist in der Zwischenzeit geschehen?“
„Gleich nach dem Tode Eures Herrn Vater haben wir die Schlüssel der Stadt an uns genommen. Die Städte und die Landschaft werden Euch die Erbhuldigung leisten wie es unter Herzog Georg geschehen ist, nach altem Brauch; und nicht nach dem Testament vom Mai.“ Und feierlich fügte er hinzu: „Ihr werdet regieren können.“
Moritz dankte den Herren, doch glauben konnte er noch nicht daran.
„Graf Carlowitz, ich denke, Ihr solltet wieder wie früher hier in Dresden wohnen, ich wünsche Eure Anwesenheit hier in der Stadt. Graf Mansfeld, da mein alter Hofmeister Löser tot ist, werdet Ihr ab sofort mein neuer Hofmeister sein. Außerdem wünsche ich zur alten Verwaltungsform Herzog Georgs zurückzukehren. Und wer wäre besser geeignet, mich darin zu unterstützen als Ihr?“
„Wir danken Euer Gnaden und werden uns sicher des Vertrauens, das Euer Gnaden in uns setzen, würdig erweisen“, erwiderte Carlowitz, indem er

sich mit den beiden anderen tief verneigte. Moritz verabschiedete sich mit einem Kopfnicken und ging. Die drei Männer sahen ihm nach.
„Unser junger Herr!“ sagte Pistoris anerkennend. „Ja, jetzt kommt endlich wieder Ordnung in den Laden.“

„August, kann ich dich für einen Moment sprechen?“ Moritz schaute seinen kleinen Bruder an. August hatte sich sehr verändert in den letzten Monaten. Er schien noch schlaksiger geworden zu sein und hatte Ringe unter den Augen, die Moritz bei ihm noch nie gesehen hatte.
„Sicher, Moritz. Komm nur herein.“ Moritz betrat das Zimmer, das er lange Jahre gemeinsam mit seinem Bruder bewohnt hatte. Es hatte sich kaum verändert. Moritz setzte sich an den Tisch, an dem er immer die Lektionen seines Lehrers repetiert hatte; er schien ihm plötzlich viel kleiner als früher. Nun saß August alleine hier und lernte lateinische Verben, wie Moritz mit einem Blick auf die Bücher und Augusts Schreibarbeiten feststellte.
„Die Mutter will, dass du mitregierst. Ich soll nicht alleine siegeln, sondern du sollst bei allen Entscheidungen ebenfalls dein Siegel dazugeben.“
„Ja, die Mutter hat mir das schon gesagt“, gab August ausweichend zur Antwort.
„Was denkst du darüber?“ fragte Moritz geradeheraus.
„Ich darf doch ohnehin nichts entscheiden. Selbst den Stoff für einen neuen Rock darf ich mir nicht alleine aussuchen“, stieß er bitter hervor. „Und auf eine solche Weise will ich nicht regieren. Ich kann mir lebhaft vorstellen, wie meine *Regentschaft* dann aussehen wird.“
August hatte sich ebenfalls an den Tisch gesetzt und spielte mit seiner Schreibfeder. Sie enthielt noch einen Rest Tinte. Gedankenverloren kritzelte August auf dem Tisch herum, wischte sein Strichmännchen aber schnell wieder weg; die Mutter liebte solches Tun nicht!
„Was ist es, was *du* willst?“ fragte Moritz und legte seine Hand auf Augusts Arm.
August lachte ärgerlich und sah aus dem Fenster. „Ich würde gerne erst einmal zu meinen Mannesjahren kommen und selbst entscheiden dürfen, bevor wieder andere Menschen, egal wer, Entscheidungen für mich treffen,

die nicht meine eigenen sind."
„Demnächst steht die Erbhuldigung an. Ich muss durch ganz Sachsen fahren, um alle Städte auf mich zu vereidigen. Lass uns diese Reise gemeinsam unternehmen. Die Menschen sollen uns beiden huldigen, aber wenn wir wieder hier sind, wirst du dich ganz auf deine Studien konzentrieren können. Was denkst du darüber?"
An Augusts Gesicht konnte Moritz erkennen, dass der kleine Bruder höchst selten nach seiner eigenen Meinung gefragt wurde. Er gab ihm Zeit. Nur sehr langsam machte sich auf Augusts Gesicht ein Lächeln breit, das schließlich in ein Strahlen mündete. „Ja, lass es uns so machen. Ich wäre gerne mit dir unterwegs. Das wird bestimmt eine schöne Reise." Offensichtlich sah er sich mit seinem großen Bruder jede Menge Spaß haben auf der Reise; die politische Dimension des Ausflugs schien ihm nicht so wichtig zu sein.
„Du könntest auch einen neuen Hofmeister bekommen. Gibt es jemanden, den du besonders schätzt und den du dir wünschst?"
„Mit Ernst von Miltitz verstehe ich mich sehr gut. Dürfte er denn mein Hofmeister werden?"
„Sicher. Auch wenn er dein Hofmeister ist, kann ich ihn immer noch um Rat fragen. Allerdings müsste das dann brieflich geschehen, es sei denn, du möchtest hier in Dresden bleiben."
„Sollte ich denn fort?"
„Würdest du das wollen? Einmal fort von Dresden, hinaus in die Welt, an einen anderen Hof, an dem du neue Menschen kennen lernst?"
Augusts Miene verriet überdeutlich, dass er noch nicht einmal im Traum daran gedacht hatte, dies für sich in Anspruch zu nehmen.
„Du kannst dir überlegen, wohin du möchtest."
„Ganz egal wohin?"
„Den Hof Süleymans des Prächtigen würde ich nicht empfehlen, aber sonst hätte ich keine Einschränkungen."
August lachte laut auf - und schien gleich darüber zu erschrecken.
„Lach ruhig und freu dich drauf, kleiner Bruder! Dann soll es so geschehen?"
„Ja, Moritz", erwiderte August mit fester Stimme, aber schon im nächsten Atemzug war die Festigkeit verflogen: „Was wird die Mutter dazu sagen?"

„Das lass meine Sorge sein. Und wenn sie dir zusetzt, schieb alles auf mich. Ich habe ohnehin nichts mehr zu verlieren bei ihr."
Moritz war schon an der Tür, da hielt ihn Augusts Stimme noch einmal zurück.
„Moritz."
„Ja, August?"
„Danke!" Er grinste, als hätte er eben mit seinem großen Bruder einen Streich ausgeheckt.

Am 29. August vereidigte Moritz seine Räte, unter ihnen Anton von Schönberg, der sich schon als neuen Kanzler sah, doch dieses ehrenvolle Amt übertrug Moritz dem Leipziger Dr. Simon Pistoris. Ernst von Miltitz wurde Herzog Augusts neuer Hofmeister, wie August es sich gewünscht hatte. Herzogin Katharina sah sofort das stumme Einverständnis zwischen ihren Söhnen und kniff die Lippen zusammen. Während des Festaktes konnte sie unmöglich einschreiten, denn zu sehr war sie bedacht auf gutes Benehmen, Ehre und Anstand. Ärgerlich rauschte sie davon. Ihren Ältesten wollte sie sich in einer stillen Stunde zur Brust nehmen.
Schon am nächsten Tag bei einer Versammlung, in der Moritz die Einzelheiten seiner Herrschaft darlegen wollte, erhob sich Anton von Schönberg und sprach: „Euer Gnaden haben uns gestern vereidigt, und wir haben Euer Gnaden Treue geschworen. Doch zwingt mich meine Treue nun, Euer Gnaden mitzuteilen, dass dies alles ungültig war." Unwilliges Raunen wurde laut.
„Ich muss Euer Gnaden darauf hinweisen", fuhr Schönberg umso nachdrücklicher fort, „dass das Testament Eures seligen Vaters, das dieser im Mai verfasst hat, gültig ist, nicht jedoch das veraltete Testament, das auf Herzog Albrecht zurückgeht. Euer Großvater, herzog Albrecht hatte mit Eurem Vater und Eurem Onkel vereinbart, dass in Sachsen die Primogeniturerbfolge eingeführt wird, will sagen, nur der Erstgeborene darf regieren. Wie gesagt - dies ist nicht mehr gültig. In Zukunft wird Herzog August mitregieren müssen. Ich kann es mit meinem Gewissen nicht vereinbaren, den jungen Herzog in den Regierungsgeschäften zu übergehen."

Georg von Carlowitz beherrschte seinen Zorn nur mühsam; auch die anderen Räte hatten ihre Arme verschränkt und starrten Anton von Schönberg geradezu feindselig an.

„Wie Ihr seht, Herr von Schönberg, steht Ihr alleine da mit dieser Meinung", sagte Moritz nun betont ruhig. Es kostete ihn unendliche Mühe, seinen Zorn zu beherrschen angesichts einer solchen Dreistigkeit! „Oder gibt es noch einen einzigen Mann hier, der mir die Treue nur unter Vorbehalt geschworen hat?"

„Wir stehen zu Euch, mein Fürst, nach der alten Ordnung, wie es sich gehört", fasste Carlowitz die Meinung der Räte zusammen.

„Danke, Graf Carlowitz. Herr von Schönberg? Habt Ihr noch etwas zu sagen?"

Anton von Schönberg sah aus, als habe er einen sehr bitteren Geschmack im Mund. Wortlos verließ er den Raum.

„Also meine Herren? Können wir anfangen zu arbeiten?"

Zunächst wollte Moritz sich einen Überblick über die Finanzen verschaffen. Dabei stellte sich heraus, dass Anton von Schönberg ausgesprochen großzügig mit dem Inhalt der Silberkammer umgegangen war. Sie war leer. Das war nicht gut. Nicht für Moritz, aber auch nicht für Schönberg.

Als dann auch noch zur Ausräumung der letzten Zweifel ein Brief von Philipp ankam, in dem dieser ihn ausdrücklich vor Anton von Schönberg warnte und einen Ausspruch des Herrn wörtlich zitierte, nach welchem dieser dem jungen Herrn Moritz „in den Bart scheißen wolle"[67], war Moritzens Geduld am Ende. Er ließ Anton von Schönberg verhaften.

Als Herzogin Katharina davon erfuhr und in ihrer gefürchteten Rage ihren Ältesten verhören wollte, ritt dieser bereits mit seinem Bruder hinaus aus Dresden. Vor den beiden lag ein sonniges Sachsen, in dem eine reiche Ernte eingefahren wurde. Überall würde man die jungen Herren mit ihrem Tross aus Reitern und Wagen freundlich empfangen, ihnen huldigen, die Treue schwören und anschließend den neuen Wein zum Probieren geben.

67 PKMS 1, Dokument Nr. 199, S. 189.

Es war schon Herbst, als sich endlich ein Tross aus Hessen über die Via Regia nach Sachsen bewegte. Landgraf Philipp und Christine brachten ihre Tochter nach Dresden, damit sie dort ihren Platz als Herzogin einnehmen konnte. Elisabeth war zu ihnen gestoßen, und gemeinsam fuhren sie nun auf Oschatz zu. Es war das erste Mal nach Philipps zweiter Eheschließung, dass Elisabeth ihren hessischen Verwandten begegnete. Philipp bemühte sich redlich und war die Fürsorge selbst, doch Christine war spröde und schenkte ihm lediglich die Höflichkeit, die er als Ehemann verlangen konnte. Elisabeth gegenüber waren die beiden Damen von ausgesprochener Kälte, ganz so, als sei Elisabeth schuld an der Misere. Aber Elisabeth ging darüber hinweg und wollte sich die Reise nicht verderben lassen. Es war ein langer Zug aus 350 Pferden, sechs mit goldgesticktem Gewande behangenen Wagen und acht Kammerwagen, in denen die Frauen Platz genommen hatte.

Gerade als sie nach Oschatz hineinfahren wollten, stürzten zwei Männer und eine Frau auf den geschmückten Wagen zu, in dem sie zu recht die junge Herzogin vermuteten.

„Euer Gnaden! Wir bitten Euch um Gnade! Helft uns!“ Der Kutscher fluchte und hatte nur mit Mühe die erschrockenen Pferde wieder im Griff.

„Was ist denn da draußen los?“ fragte Elisabeth mit energischer Stimme.

„Keine Sorge Euer Gnaden, das sind keine Räuber, das ist nur Gesindel. - Wollt ihr euch wohl davon machen!“ rief einer der Reisigen[68] und wollte schon sein Schwert ziehen. Die Oschatzer Torwächter waren auch sofort zu Stelle mit ihren Hellebarden, die sie auf die armseligen Kreaturen richteten.

„Nein, bitte! Hört uns an. Wir haben...“ greinte die Frau, doch ihre Worte gingen in dem herrischen Schreien der Wachen unter. Da öffnete Agnes eigenhändig die Tür des Kammerwagens. Ihr Erscheinen brachte augenblicklich Ruhe.

„Was geht hier vor?“ fragte sie.

„Dieses Gesindel ist direkt vor die Pferde gelaufen. Wir werden es gleich beseitigt haben, Euer Gnaden.“

Doch Agnes wandte sich an die Frau. Ihr Anblick war erschreckend. Sie war abgemagert, hatte kaum genügend Kleider, um ihre Blöße zu bedecken und

68 Reisige: bewaffnete Reiter

nicht einen Zahn mehr im Mund. Ihr Gesicht war faltig und so voller Pockennarben, dass Agnes keine Nase erkennen konnte. Sie kniete am Boden und reckte Agnes ihre verkrüppelten Hände entgegen. Die beiden Männer, die ebenfalls vor Agnes auf die Knie gesunken waren, sahen nicht besser aus. Einer versuchte, einen blutigen Armstumpf zu verbergen. Er war wohl ein Dieb, dem man die Hand abgehackt hatte. Er wagte nicht, zu Agnes aufzuschauen.
„Sprich! Wieso hast du meinen Wagen angehalten?“ fragte Agnes sanft. Die Frau sah kurz zur Seite und schaute dann wieder Agnes an, als müsse sie sich erst vergewissern, dass dieses schöne Mädchen in dem prächtigen Gewand tatsächlich das Wort an sie gerichtet hatte.
„Man hat uns aus der Stadt gewiesen. Euer Gnaden, wo sollen wir nun leben? Wir können doch nicht wie die wilden Tiere im Wald leben. Wir geloben Besserung!“ Sie stieß ihre beiden Begleiter mit den Ellbogen an, die Männer nickten eifrig. „Besserung!“ echoten sie.
„Dann bitte ich Euch, Ihr Wächter von Oschatz, lasst diese Leute wieder hinein in die Stadt.“
„Euer Gnaden, ich weiß nicht...“ Der Wächter schaute erbost die drei Gestalten an, die er nur zu gut kannte.
„Bitte!“ wiederholte Agnes. „Ich bin deine Herzogin und Landesherrin. Wer sich darüber beklagt, soll sich an mich wenden.“
Die Torwächter verneigten sich tief.
„Nun geht wieder hinein in die Stadt und richtet kein Unheil mehr an“, sagte Agnes, was bei den dreien wahre Begeisterungsstürme hervorrief, wie man sie von den ausgemergelten Körpern kaum erwartet hätte.
„Das haben Sie gut gemacht, Agnes!“ sagte Elisabeth, als Agnes wieder in der Kutsche saß und diese nun durch das Tor nach Oschatz hineinrollen konnte. „Ich glaube, Sie haben sich gleich einen guten Namen gemacht. Recht so! Moritz wird stolz auf Sie sein“, fügte Christine hinzu.[69]

Obwohl alle müde waren von der weiten Reise - schließlich hatte man in den letzten acht Tagen täglich dreißig Meilen zurückgelegt - wurde im Schleinit-

69 siehe Stadtchronik von Oschatz.

zer Hof[70], einem stattlichen Haus direkt gegenüber der Kirche, noch lange gefeiert. Eimerweise verehrten die Räte der jungvermählten Frau roten und blanken Wein und ein ganzes Fass Freiberger Bier. Glücklicherweise war es ein großes Fass, denn es galt, beinahe fünfhundert Männerkehlen zu spülen. Das Fest war in vollem Gange, Musiker spielten auf, zu den vielen Berittenen hatten sich die Oschatzer Mädchen gesellt, so dass der Raum kaum ausreichte für all die Tanzpaare, die sich immer wieder in Kreisen und Reihen aufstellten. Der Raum duftete längst nicht mehr nur nach Wein und gutem Essen, sondern auch sehr nach den Menschen, die sich in der Enge drängten, redeten und lachten, hier und dort auch über verschütteten Wein auf ihrer Kleidung schimpften. Trotz der ausgelassenen Stimmung schaute sich Agnes etwas verloren um. Sie betrachtete die Wandgemälde, als suchten ihre Augen einen Ruhepunkt in all der wilden Bewegung.

„Agnes, was ist mit Euch? Ihr seht nicht gerade so aus, als würdet Ihr Euer Fest genießen. Schon morgen werden wir in Dresden sein. Dann habt Ihr endlich Euren Moritz wieder." Elisabeth sah ihre Nichte etwas besorgt an und legte ihr einen Arm um die Schultern.

„Ach, es ist nichts, werte Tante", sagte Agnes knapp. „Ich bin nur etwas müde von der langen Reise. Ich würde mich gerne bald zurückziehen."

„Dafür wird man sicher Verständnis haben. Es ist schon nach Mitternacht. Ich denke, wir sind alle bei dem Bürgermeister untergebracht. Er wollte sich nicht die Ehre nehmen lassen, uns zu beherbergen. Wartet, ich werde mich darum kümmern." Agnes sah zu, wie ihre Tante vom Gedränge verschluckt wurde. Jemand sprach sie an und wollte mit ihr anstoßen. Pflichtschuldig lächelte sie und hob ihren Pokal. Sie hatte Angst vor dem morgigen Tag. Natürlich freute sie sich auf Moritz. Aber ihre Schwiegermutter? Wie würde sie ihr begegnen? Diese Frau war so voller Hass auf ihren Vater Philipp, dass sie es sich nicht nehmen lassen würde, alles an ihr auszulassen. Sie hatte gespürt, wie ängstlich Moritz gewesen war, als er sich gegen den Willen der Mutter gestellt hatte; wie viel Mut es ihn gekostet haben musste, ohne Erlaubnis von Dresden abzureisen und zu ihr zu kommen. Ja, sie hatte das Zittern seiner Hände gesehen, als er die bösen Briefe seiner Mutter ge-

70 Der damalige „Schleinitzer Hof" ist heute bekannt als Vogtshaus. Siehe auch www.vogtshaus.de

lesen hatte. Wenn ein Mann wie Moritz schon vor dieser Frau zitterte, was sollte dann aus ihr werden, wenn Moritz unterwegs war, weit fort, und sie nicht mehr beschützen konnte?

Als sie am Abend des folgenden Tages auf Dresden zukamen und die Brücke überquerten, die über die Elbe führte, wäre Agnes am liebsten auf und davon gelaufen. Wieso konnten sie nicht in Hessen zusammen leben und glücklich sein? Aber Agnes wusste, dass solche Gedanken absurd und ihrer Stellung nicht angemessen waren. Also bemühte sie sich weiterhin tapfer zu lächeln und winkte sehr freundlich aus dem Kammerwagen, denn auch hier war der Straßenrand gesäumt von Menschen, die die junge Herzogin sehen wollten. In der tiefen Dämmerung sah Agnes kaum etwas von der Stadt; nur schemenhaft konnte sie die Türme von Kirchen erkennen, die sich hoch in den spätabendlichen Himmel erhoben. Fackeln erhellten gerade nur den Weg, den sie nahmen.

Am hell erleuchteten Schloss stand schon Moritz bereit, umringt von seinen Räten und zahllosen Gästen. Es war zwar ganz und gar ungehörig, aber Agnes konnte dem Impuls, ihren Ehemann nach so langer Trennung in die Arme zu schließen, nicht widerstehen. Auch Moritz drückte sie fest an sich, als wolle er ihr versichern, dass er sie beschützen werde. Er wusste, was in ihr vorging. Es dauerte eine Weile, bis ihr Zittern nachließ und sie sich aus seinen Armen lösen konnte.

„Du musst keine Angst haben, Agnes“, flüsterte er ihr ins Ohr. „Meine Mutter ist in den letzten Tagen überaus wohlwollend gewesen. Sie wird auch gegen dich ganz freundlich sein.“

Georg von Carlowitz räusperte sich und schaute sich lächelnd um. Niemand hatte gewagt, das junge Paar zu stören. Sein alter Dienstherr, Herzog Georg war seiner Gemahlin auch in tiefer Zuneigung zugetan gewesen; doch was dieses junge Paar verband, war offensichtlich innige Liebe.

„Willkommen, Euer Gnaden. Erlaubt uns allen, Euch unsere Glück- und Segenswünsche auszusprechen und Euch ebenso unserer Treue zu versichern“, sagte Carlowitz mit einer Verbeugung.

„Danke, ich danke Euch. Bitte verzeiht mir, dass ich…“ stammelte Agnes

und verstummte.
„Aber Euer Gnaden, es gibt nichts, das wir zu verzeihen hätten. Der Anblick einer jungen Liebe ist auch für alte Augen etwas höchst Ergötzliches."
Und dann wurde Agnes zu ihrer größten Überraschung tatsächlich von Herzogin Katharina umarmt und aufs Herzlichste willkommen geheißen. Hoch- und Vivat-Rufe wurden vereinzelt laut und von der Menge begeistert wiederholt. Einen herzlicheren Empfang hätte Agnes sich nicht wünschen können.
„Danke, Carlowitz", sagte Moritz und fuhr fort: „Seid alle willkommen in meinem Schloss. Es ist mir eine Ehre, Euch endlich hier begrüßen zu können."
Vor den Damen verneigte sich Moritz und wollte dies auch vor seinem Schwiegervater tun, doch Philipp umarmte ihn, und gegenseitig schlugen sie sich herzhaft auf den Rücken, wie es Männerbrauch war.
Philipp hatte Gerüchte gehört, nach denen Moritz seine Mutter gar nicht zu den Feierlichkeiten eingeladen habe. Daraufhin hatte er sich versprechen lassen, dass Katharina anwesend sein würde[71]. Dass sie tatsächlich gekommen war, nahm er als ein Friedensangebot. Er war erleichtert, dass sich die Wogen nun glätteten, denn er hätte seine Tochter nicht ruhigen Gewissens in einem Haus lassen können, in dem zwischen Mutter und Sohn Zank herrschte.
„Nun kommt herein, tretet ein. Wir haben eine kleine Stärkung vorbereitet."
Während sich die Herrschaften ins Innere des Schlosses verfügten, galt es nun, den gesamten Tross unterzubringen, worauf man im Dresdener Schloss jedoch eingestellt war. Die Wagen mit dem fürstlichen Gepäck wurden abgeladen, die Pferde wurden in die schlosseigenen Marställe und in andere umliegende Ställe gebracht; dann kümmerte man sich darum, auch die Reisigen und Diener unterzubringen, was einige Zeit in Anspruch nahm; doch von alldem war im Schloss nichts zu hören und zu sehen.
Tatsächlich hatte Moritz eine prächtige Tafel aufbauen lassen, die keine Wünsche offen ließ. Hier begegnete Agnes auch ihren Schwägerinnen, in

71 Herrmann, Johannes; Moritz von Sachsen - Persönlichkeit und politische Entscheidungen. In: Blaschke, Karl-Heinz; 2007.

denen sie gute Freundinnen zu finden hoffte. Vor allem Sidonie war ihr auf den ersten Blick sehr sympathisch. Auch der junge August lächelte sie freundlich an und wünschte ihr alles Glück der Welt.
Und wieder wurde geschlemmt, getrunken und gelacht. Moritz hatte Musiker kommen lassen, die die neusten Weisen spielten, und beim Tanz sah man ihm an, wie stolz er auf seine Braut war, deren Anmut jedermann rühmen musste.
Agnes war froh, dass die Zeremonie des Zubettbringens in Marburg im engsten Kreise stattgefunden hatte und hier nicht wiederholt werden musste. Hier durften sie sich einfach zu vorgerückter Stunde zurückziehen, und derbe Scherze waren das einzige, was ihnen folgte.
Das Fest zog sich über mehrere Tage hin, an denen etwa fünfhundert Personen verköstigt und untergebracht werden mussten. Moritz hatte all dies organisiert, und Philipp konnte nur bewundern, wie reibungslos alles ablief. Er war heilfroh, dass Herzogin Katharina sich offensichtlich mit der Ehe ihres Sohnes abgefunden hatte. Sie schien sogar jeden Wunsch von den Augen ihres Sohnes abzulesen und ihm nur Gutes tun zu wollen.
Agnes war hin und hergerissen zwischen Freude und Furcht. Dieses prächtige Schloss sollte von nun an ihr Heim sein? Konnte es das sein? Wollte sie das? War es nicht viel zu klein für sie und ihre Schwiegermutter? Was sollte aus ihr werden, wenn Moritz fort war? Diese bangen Fragen beschäftigten sie immer wieder, beim Tanzen, beim Essen, selbst wenn man ihr ergebenste Glückwünsche darbrachte. Wie lange würden sich die Menschen hier vor ihr verneigen? Würde sie nicht bald selbst ihr Haupt viel tiefer neigen müssen als ihr Stolz es zuließ? Man sagte ihr Bescheidenheit nach, doch auch die hatte Grenzen. Wäre sie auf Dauer wirklich bereit, sich mit der Rolle einer Hofdame ihrer Schwiegermutter zu begnügen, anstatt selbst zu bestimmen?
Die Tage vergingen wie in einem bunten Rausch aus Farben und Düften, doch schließlich waren die letzten Wagen abgefahren und nur noch der engste Familienkreis war noch anwesend. Beim Nachtmahl saßen das junge Paar, die Brauteltern, die Räte, Herzogin Elisabeth und Herzog August. Herzogin Katharina gab sich wieder äußerst liebenswürdig. Als alle müde waren und sich langsam zurückziehen wollten, sagte Herzogin Katharina:

„Nun, meine lieben Kinder“ - damit meinte sie Moritz und Agnes - „nun geht zu Bett. Morgen werde ich dann meiner lieben Schwiegertochter zeigen, wo ihr Platz in meinen Frauengemächern sein wird.“ Mit einem honigsüßen Lächeln wandte sie sich an Agnes: „Es wird mir eine Ehre sein, Sie als Hofdame bei mir aufzunehmen.“
„Euer Gnaden?“ fragte Moritz, und man konnte ihm die Verwirrung deutlich ansehen. „Was sprecht Ihr da?“
„Aber mein Sohn, Ihre Gemahlin muss doch irgendwo ihren Platz haben in meinem Schloss, in meinen Gemächern. Seid sicher, sie wird es schön haben bei mir.“
„Meine gnädige Frau Mutter, ich möchte Euch höflichst darauf hinweisen, dass meine Gemahlin nun die regierende Herzogin von Sachsen ist. Ihr werdet Euch mit Euren Hofdamen nach Freiberg zurückziehen.“ Seine Stimme bebte leicht.
„Noch lebe ich! Und so lange ich lebe, werde ich hier die Gemächer der regierenden Herzogin innehaben.“
„Nein, das werdet Ihr nicht“, erwiderte Moritz. „Ihr seid nicht mehr die regierende Herzogin. Ihr werdet das Schloss verlassen. Ich muss darauf bestehen.“
„Und du dummes Ding glaubst tatsächlich, dass auf deiner Ehe ein Segen liegen könnte?“ fuhr Katharina nun auf Agnes los. Moritz erhob sich so brüsk, dass sein Stuhl polternd zu Boden fiel.
„Ihr sprecht mit der Gemahlin des regierenden Herzogs zu Sachsen, mit *meiner* Gemahlin, mit der ich vor Gottes Angesicht den heiligen Bund der Ehe geschlossen habe!“ Moritz’ Stimme klang bemüht fest, nur Agnes sah, dass seine Hand so fest die Tischkante umklammerte, dass aus seinen Fingern das Blut gewichen war.
„Was willst du? Willst du mir etwa befehlen, du Narr? Schweig augenblicklich und setz dich wieder hin!“ fauchte Katharina ihren Sohn an, doch Moritz widerstand dem Impuls, sich zu setzen. Er wusste aller Augen auf sich. Im Raum herrschte eine angespannte Stille; das Flackern der Kerzen war die einzige Bewegung. Alle hielten den Atem an.
„Noch bin ich hier die Herzogin und sie da“, sie zeigte mit dem Finger auf

Agnes, „wird sich in meinem Frauenzimmer unterordnen. Sie soll es nicht wagen…“ Doch weiter kam sie nicht.
„Ihr werdet gehen, Mutter!“ unterbrach Moritz seine Mutter nun sehr barsch. „Ihr werdet Euer Wittum beziehen. Ihr seht doch selbst, dass es keinen Frieden geben kann, wenn zwei Herzoginnen hier im Schloss leben. Für zwei Herzoginnen ist selbst das größte Schloss zu klein. Ihr werdet nach Freiberg zurückkehren.“ [72]
„Das wirst du nicht wagen, du Narr. Du hast schon meinen treuen Anton von Schönberg eingesperrt. Willst du mich jetzt auch noch einsperren?“
„Von einsperren war nicht die Rede, Mutter, aber wenn Ihr keine Ruhe gebt…“ Und zu den Dienern gewandt sagte er: „Die Herzogin darf sich für heute Nacht noch einmal in ihre alten Gemächer zurückziehen.“
Herzogin Katharina stand da und starrte Moritz in die Augen. Er hielt ihrem Blick stand; auch sie bewegte sich nicht. „Verräter!“ knurrte sie zwischen zusammengebissenen Zähnen. „Die eigene Mutter so zu verraten!“ Sie blieb noch immer stehen und starrte ihren Sohn hasserfüllt an.
„Soll ich Euch zu Bette bringen!“ schlug Philipp vor, um das Kräftemessen der beiden zu beenden. Da warf die Herzogin ihm nur einen Blick zu, mit dem sie wohl hässlichen Unrat betrachten würde und rauschte davon.
Agnes brach in Tränen aus und wusste selbst nicht, ob sie nun aus Angst oder Erleichterung weinte.
„Hab keine Angst, meine Kleine. Sie wird dir nichts tun. Sie wird nach Freiberg ziehen. Schon morgen, das verspreche ich dir.“ Moritz küsste ihre Tränen fort und streichelte liebevoll ihr Gesicht.
„Danke, Moritz. Ich danke dir!“
„Gut gemacht, mein Sohn!“ rief Philipp. „Ich trinke auf meinen treuen Schwiegersohn, auf den ich stolz bin!“
„Wißt Ihr, ich habe gerne Frieden mit allen Leuten. Dass ich ausgerechnet mit meiner eigenen Mutter einen solchen Unfrieden haben muss, schmerzt mich.“
„Moritz, so ist das eben. Man kann nicht mit allen Menschen Frieden halten, ohne sich zu verbiegen. Manchmal muss man einen Zwist aushalten, wenn

72 siehe dazu Herrmann, Johannes; 2003, S. 36 und Herrmann, Johannes in Blaschke, Karl-Heinz; 2007. S. 126

man mit geradem Rücken weitergehen will. Ich bin stolz auf Euch. Einen besseren Schwiegersohn hätte ich mir nicht wünschen können."

Am darauffolgenden Tag setzte Moritz tatsächlich durch, dass seine Mutter nach Freiberg zog. Die Verhandlungen darüber waren zäh, doch seine Räte und Philipp standen ihm bei. Für ihren getreuen Anton von Schönberg wollte Katharina noch Freiheit erwirken, doch auch hier blieben die Räte hart: Anton von Schönberg sollte der Prozess gemacht werden, und er blieb in Haft.

Philipp, Christine und Elisabeth waren stolz auf Moritz und klopften ihm auf die Schultern. Letzteres tat Philipp tatsächlich, die Damen beschränkten sich dabei auf Worte. Agnes konnte ihren Helden nicht genug anhimmeln und war selig. Moritz hatte sie tatsächlich beschützt gegen seine eigene Mutter. Was konnte eine Frau mehr verlangen? Dass er ihr damit auch das Dresdener Schloss zu Füßen legte, war ihr kaum noch wichtig, obwohl sie mit sehr viel Freude und Bewunderung ihr neues Zuhause in seinem Alltagszustand besichtigte. Hier sollte sie also wohnen; dies war das Schloss, dessen Herrin sie fortan sein sollte. Ihre Eltern und Elisabeth blieben noch so lange, bis Herzogin Katharina tatsächlich mit Sack und Pack und ihrem gesamten Frauenzimmer nach Freiberg abreiste; und sie ließen es sich nicht nehmen, ihr nachzuwinken, wie die alte Herzogin erbost feststellte.

In den folgenden Tagen fühlte Moritz sich wie befreit von einer schweren Last. Er sah, dass auch August auflebte und war überzeugt von der Richtigkeit seiner Entscheidung; mochte die Mutter auch noch so sehr mit ewiger Verdammnis gedroht haben. Gemeinsam mit Philipp und seinen Räten setzte er für Agnes einen Wittumsvertrag auf, der Agnes im Falle ihrer Witwenschaft großzügig versorgte. Sie sollte die Burgen, Ämter und Städte Freyburg an der Unstrut und Weißensee erhalten, dazu eine jährliche Leibzucht[73] von siebentausend Guldengroschen[74].

Nachdem auch Agnes' Eltern und Tante Elisabeth abgereist waren, standen Agnes und Moritz wieder am Fenster und winkten. Diesmal wurde ihr Win-

73 Leibzucht: Unterhaltsgeld

74 siehe Ulbricht, Sabine; Fürstinnen in der sächsischen Geschichte. 1382 - 1622. Beucha 2010, S. 130.

ken freudig erwidert, und Elisabeth warf sogar eine Kusshand hinauf zu ihnen, die jedoch nur Moritz erwiderte.
„Da fahren sie nun alle fort, und wir beide sind allein im Schloss“, sagte Moritz, als er Agnes zu sich umdrehte und küsste. „Das Schloss ist so riesengroß und leer. Ich denke, wir sollten es füllen.“
„Ja, ich brauche Jungfrauen für mein Frauenzimmer.“ Die beiden gingen nun Arm in Arm den langen Korridor entlang, in dem Ahnherren und -frauen aus Ölgemälden auf sie herabsahen.
„Gewiss, Jungfrauen sollst du haben. In den kommenden Tagen werden uns sicher Anfragen von Familien überfluten, die ihre Töchter bei dir unterbringen möchten. Du wirst freie Auswahl haben. Und eine Hofmeisterin musst du dir aussuchen.“
„Die darf ich selbst aussuchen?“
„Wer denn sonst? Du bist schließlich die Herrin hier. - Aber Jungfrauen sind so klein und dünn, die werden unser Schloss so schnell nicht ausfüllen. Lass mich überlegen, womit wir das Schloss noch füllen könnten.“ Moritz war stehengeblieben und schaute Agnes mit einem spitzbübischen Lächeln an. Da plötzlich nahm sie Anlauf und schlitterte über das blanke Parkett. Auch dies tat sie mit so viel Anmut, dass Moritz nur staunen konnte. Ihre Röcke wehten so hoch, dass er ihre Waden sehen konnte. So viel Unschicklichkeit passte eigentlich nicht zu der sonst so ernsten Agnes, war aber ausgesprochen schön. Als sie sich umdrehte, blitzten ihre Augen. Sie lachte und rief: „Wie wäre es mit Kindern?“
Es bedurfte keiner weiteren Aufforderung.

Nach und nach füllte sich das Schloss mit Hofdamen und einer Hofmeisterin; die Sache mit den Kindern war naturgemäß etwas zeitaufwändiger. Dies lag auch daran, dass Moritz immer wieder unterwegs sein musste und Agnes schon das Gefühl hatte, sie müsste ihren Gatten mit allzu vielen Sachsen teilen. Doch selbst wenn alles friedlich war in Sachsen, so konnte Moritz sich nicht immer in Dresden aufhalten, sondern musste überall nach dem rechten sehen.

Schloss Wolkersdorf, 16. Februar 1542

Vor vier Tagen hatte Margarete unter großen Schmerzen ihren zweiten Sohn zur Welt gebracht. Sofort hatte sie einen Boten losgeschickt, um dem Landgrafen die gute Nachricht mitzuteilen; und tatsächlich war Philipp gleich darauf gekommen. Margarete war selig. Nun hatte sie ihm schon den zweiten, gesunden Sohn geschenkt. Da musste er doch seine Versprechen wahr machen. Margarete hoffte beileibe nicht mehr auf eigene Gemächer im Schloss zu Kassel, doch vielleicht wäre ein Haus in Marburg möglich? Philipp hatte ihr versprochen, sich darum zu kümmern. An diese bange Hoffnung klammerte sie sich, denn die Einsamkeit im Wald legte sich wie Eichenbalken auf ihr Gemüt. So gerne wäre sie wieder einmal an einem Hof, bei einem Tanzabend. Das letzte Mal hatte sie bei ihrer Hochzeit mit Philipp getanzt, und auch das war kein Vergleich gewesen mit den Tanzabenden auf Schloss Rochlitz, wo selbst der große Saal kaum genügend Raum bot für all die vielen Tanzpaare. Sie dachte oft an Rochlitz, an das schöne Schloss, in dem es ihr unter Herzogin Elisabeth so gut gegangen war. Niemals wieder würde sie dorthin zurückkehren können.

Margarete durchstreifte das Schloss auf der Suche nach ihrem Gemahl. Sie fand zwar nicht ihn selbst, aber einen Brief, den er offensichtlich angefangen hatte zu schreiben. Sie wollte ihn nicht lesen, aber dann fiel ihr ein Buchstabe ins Auge, der sie innehalten und genauer schauen ließ: M.

Sie las: *Die M. hat am 12. Februar einen Sohn zur Welt gebracht. Die Person und das Kind sind wohlauf.*

Margarete musste sich setzen. Diese Worte trafen sie wie ein Schlag. Das war sie also in der Welt: *die M.* und *die Person*. Ihr Innerstes krampfte sich eisig zusammen. Er musste sie versteckt halten. All die schönen Worte von der Rechtmäßigkeit der zweiten Ehe waren Lügen gewesen. Deshalb wohnte sie mitten in der Einsamkeit, deshalb hatte man sogar die Kutsche verhängt, in der er sie nach Regensburg zum Reichstag hatte bringen lassen. Der Kutscher hatte Anweisungen erhalten, nachts bei dem Landgrafen anzukommen. Nun erst verstand Margarete all diese Maßnahmen, die ihr damals so unsinnig erschienen waren: Niemand durfte sie sehen. Sie durfte gar nicht existieren. Alles, was Philipp ihr noch zubilligte, war der Titel *Person*. Als Kanzler Feige in Regensburg so über sie gesprochen hatte als sei sie gar nicht da, war verletzend genug gewesen. Dass nicht einmal Philipp ihr einen vollen Namen zubilligte, war der Gipfel. Niemals würde sie Landgräfin werden. Selbst vor den Augen der Welt war sie noch weniger als ein Schatten. Da betrat Philipp den Raum.

Wurzen, 22. März 1542

Noch deutete nichts darauf hin, dass sich in Wurzen großes Unheil zusammenbraute. Es war ein kühler Frühlingsmorgen, die Sonne war gerade aufgegangen und beschien die dampfenden Felder, an deren Rainen Spinnweben glitzerten. Zu dem Duft nach fruchtbarer Erde gesellten sich die Rufe der Kraniche, die in langen Reihen gen Norden zogen. Vor dem Wurzener Tor, das man das Leipziger Tor nannte, warteten schon einige Leute, um in die Stadt eingelassen zu werden; Bauern aus der Umgebung, Händler, ein Bettler und außerdem noch eine Handvoll kurfürstlicher Reiter, die ihre stampfenden Pferde zügelten, um dem Fußvolk den Vortritt zu lassen. Dann ließen sie ihre Pferde in ruhiger Gangart durch das Tor gehen. Doch anstatt weiter in die Stadt hineinzureiten, saßen sie ab und gingen zur Torstube, wo zwei Stadtwachen sich soeben auf einen ereignislosen Tag einrichteten. Eben hatten diese beiden ihre Bierkrüge zurechtgerückt, da drangen die kurfürstlichen Reiter mit gezückten Schwertern ein, überwältigten die auf derartige Händel vollkommen unvorbereiteten Männer, was schnell und blutfrei erledigt war und besetzten das Tor. Einer ging hinauf auf die Mauer und blies in sein Horn, worauf etwa fünfzig Reisige und weit über hundert Kriegsknechte zum Tor und in die Stadt hineineilten. Im Schutz der Dunkelheit hatten sie sich alle schon in Position gebracht und nur darauf gewartet, dass die Wachen das Tor öffnen würden.

In wenigen Augenblicken waren alle Stadttore besetzt; das Schloss zu besetzen dauerte nur unwesentlich länger, und nachdem man den Hauptmann der

Stadtwache gefesselt hatte, beschied man die Bürgerschaft aufs Rathaus,[75] um mitzuteilen, dass ab dem kommenden Sonntag der Gottesdienst in lutherischer Form abgehalten würde[76]; einen entsprechenden Prediger würde der Kurfürst in den folgenden Tagen schicken.

Was war geschehen?

Die Türkensteuer, die jede Stadt entrichten musste, um die Türken von Europa fernzuhalten oder aus Europa zu vertreiben - das Kriegsglück wechselte seit Jahrzehnten -, war überfällig. Im katholischen Wurzen und Umgebung hatte man niemals auch nur einen einzigen Türken gesichtet und war begreiflicherweise nicht vollkommen überzeugt vom Sinn dieser Steuer. Der Kurfürst hatte vor kurzem dem Bischof zu Meißen unmissverständlich zu verstehen gegeben, dass die Türkensteuer von nun an nicht mehr nach Wittenberg, sondern nach Torgau zu entrichten sei, was eine unerhörte Neuerung darstellte und gleich gegen mehrere Verträge verstieß, die vor kurzer und längerer Zeit geschlossen worden waren.

Der Bischof von Meißen hatte sich daraufhin ratsuchend an Herzog Moritz gewandt, der überaus empfindlich reagierte. Nicht nur, dass er seine Gemahlin mit einem Ausbruch von Jähzorn erschreckte, sondern er schrieb auch seinem Torgauer Vetter einen Brief, in dem er sich mit giftiger Höflichkeit derartige Eskapaden verbat[77].

Der Kurfürst kanzelte seinen jungen Vetter in einem weiteren Schreiben ab und war sicher, den jungen Heißsporn, der gerade mal ein paar Monate im Amt war, in seine Schranken gewiesen zu haben.[78] Weit gefehlt! Denn damit hatte er Moritz an einem sehr empfindlichen Punkt getroffen.

Wenn den jungen Fürsten etwas in Harnisch brachte, dann war es ein Überschreiten von Grenzen - seien es nun politische oder persönliche Grenzen - , welches nahelegte, dass man ihn nicht als ebenbürtig ansah. Er war durch eine harte mütterliche Schule gegangen und wusste nur zu gut, dass er nun den Anfängen wehren musste, wollte er sich unter den anderen deutschen Fürsten behaupten. Zumal die deutschen Fürsten der Umgebung sich leb-

75 PKMS 1, Dokument Nr. 303, S. 360 ff.

76 Herrmann, Johannes; 2003, S. 59.

77 PKMS 1, Dokument Nr. 294, S. 344 f.

78 PKMS 1, Dokument Nr. 299, S. 348 ff.

haft erinnerten, wer im Freiberger Schloss und später im Dresdener Schloss das Zepter geschwungen hatte. Offensichtlich hielt es der Kurfürst für vollkommen ungefährlich und angebracht, Wurzen zu besetzen, da er vorn Moritz keine Gefahr ausgehen sah. Moritz blieb nun also gar nichts anderes übrig, als Stärke zu zeigen, wollte er von den anderen Fürsten nicht verlacht werden, zumal der Kurfürst ihn nun aufforderte, sich aus dieser Angelegenheit herauszuhalten, da der Streit, den er - der Kurfürst - mit dem Meißener Bischof habe, den jungen Herzog nichts anginge[79].

Also schrieb Moritz seinem Vetter einen geharnischten Brief und forderte ihn auf, die Stadt Wurzen unverzüglich zu räumen[80], gleichzeitig instruierte Moritz mehrere seiner Räte zu einer Sendung nach Wurzen, um dort die kurfürstlichen Beamten zu entfernen und die bischöflichen wieder einzusetzen, was zunächst mit Güte versucht werden sollte, notfalls mit Gewalt - kurz: Ein Wort ergab das nächste und so standen sich die beiden wettinischen Vettern bald unversöhnlicher gegenüber als Kaiser Karl V. und die Türken.

Moritz erinnerte sich an einen Brief, den Philipp ihm geschrieben hatte, kurz nach seinem Amtsantritt. Er hatte ihn ermahnt, sein eigener Herr zu sein und sich nicht regieren zu lassen. Ausdrücklich hatte er ihm gesagt, dass er gleich von Anbeginn zeigen müsse, wer der Herr im Hause war, sonst würden sie ihn später setzen wie sie wollten. Dessen war Moritz sich bewusst, auch ohne die Hinweise seines Schwiegervaters. Er musste jetzt Stärke zeigen, sonst würden sie ihn auf ewig verlachen.

Doch die Türkensteuer war nur *ein* Grund, weshalb der Kurfürst das beschauliche Wurzen besetzt hatte. Vor allem wollte er seinen Machtbereich erweitern, was er mit der Einführung des lutherischen Gottesdienstes anschaulich darstellte, und dies sah Moritz als Verrat an.

Nachdem Moritz seinen Jähzorn ausgetobt hatte, war er bedingt zugänglich für die Vorschläge seiner Räte, die sich jedoch weitgehend vergeblich bemühten, das Schlimmste zu verhindern. Immerhin setzte er sich mit seiner Landschaft in Verbindung, erklärte allen Fürsten der sächsisch-brandenburgisch-hessischen Erbeinung, weshalb er mit dem Kurfürsten keinen Frieden

79 PKMS 1, Dokument Nr. 316, S. 381 ff.

80 PKMS 1, Dokument Nr. 318, S. 385 f.

halten konnte und bat außerdem seinen Schwiegervater Philipp um Hilfe. Philipp legte seinem Schwiegersohn nahe, zunächst friedlich zu bleiben und abzuwarten, bis er komme, doch dies ging Moritz nicht schnell genug. Die Sache war ihm viel zu wichtig, als dass er ruhig Blut bewahren konnte. Schließlich war bei Wurzen der einzige albertinische Pass über die Mulde. Wenn Moritz auch diesen Pass dem ernestinischen Vetter überließ, dann würde er nicht mehr die Möglichkeit haben, nach Leipzig oder nach Thüringen zu seinen Untertanen zu gelangen, ohne ernestinisches Herrschaftsgebiet zu berühren - und Zölle konnten empfindlich hoch sein.
Die Teilung Sachsens im Jahre 1475, die die Wettiner in eine ernestinische und eine albertinische Linie gespalten hatte, war noch immer vielen ein Dorn im Auge; offensichtlich versuchte der Kurfürst diese Teilung Stück für Stück zu seinen Gunsten rückgängig zu machen. Aber dem würde Moritz einen Riegel vorschieben.

Der Riegel, den Moritz innerhalb der nächsten Tage zusammenbrachte, bestand aus Soldaten, die der junge Herzog zunächst in Oschatz versammelte. Dort hatte er im Schleinitzer Hof Quartier bezogen. Das Rathaus, an dem die Bildnisse Herzog Georgs und seiner Gemahlin Barbara prangten, wurde gerade renoviert, und so musste der Truchsess von Weidenau, der nun im Besitz des Schleinitzer Hofes war, sein stattliches Haus zur Verfügung stellen. Der Schleinitzer Hof lag in Sichtweite der Via Regia, die das Heilige Römische Reich deutscher Nation wie eine Lebensader durchzog. Hinter dem Schleinitzer Hof ragten die Türme der St. Aegidienkirche in die Höhe, dazwischen lag der Friedhof, zu dessen Seite ein kleiner Verkündigungsbalkon hinausging, ganz so, als wolle man neue Gesetze und wichtige Botschaften nicht nur den Lebenden mitteilen, die sich zu diesem Zweck auf den Stufen der Kirche versammelten, sondern auch den Toten.
Aus dem Schleinitzer Hof schrieb Moritz am 4. April seinem Schwiegervater einen kurzen Brief. In wenigen Worten dankte er ihm, dass er kommen wolle und sicherte ihm weitere Hilfe im Feldzug gegen die Türken zu.
Georg von Carlowitz saß in einem Nebenzimmer und schrieb ebenfalls an den Landgrafen:

Ich habe Euer Fürstlichen Gnaden Schreiben empfangen und gebe Euer Fürstlichen Gnaden untertäniglich zu erkennen, dass es wahr ist, dass man im Haus zu Sachsen noch nie von größerer Torheit gehört hat, als im Augenblick hier geschieht.Wir haben dies von unserer Seite nicht verhindern können, obwohl die stattlichsten Räte des Landes alle dabei gewesen sind.

Er hoffte, dass Moritz diesen Brief nicht sehen würde. Seine Feder kratzte auf dem Papier - ein hässliches Geräusch - doch es wurde übertönt von den Hufschlägen der Pferde, die nun vor das Haus kamen. Auch das metallische Knirschen der Rüstungen drang bis zu ihm herauf. Er hörte Moritz scheppernd die Außentreppe hinuntereilen - er war also auch schon in Rüstung. Der junge Kerl schien ganz in seinem Element. Das war es nicht, was er bei Herzog Georg gelernt hatte!

Von der Straße herauf hörte Carlowitz nun, wie Moritz von einigen der Reiter begrüßt wurde. Er erhob sich mühsam und trat ans Fenster. Er erkannte Wolf von Schönberg, den Oberhauptmann zu Glauchau, der mit einer kleinen Reiterschar soeben angekommen war. Carlowitz sah seinen Neffen Christoph; er war noch ungerüstet. Ihre Blicke begegneten sich, Christoph nickte wie zum Zeichen, dass er versuchen würde, das Schlimmste zu verhindern, dann kam er die Außentreppe herauf und trat ins Haus.

„Und, mein lieber Neffe? Was denken Sie ?“ fragte der alte Carlowitz, als er sich ächzend wieder an den Schreibtisch gesetzt hatte.

„Er ist davon nicht abzubringen.“ Christoph von Carlowitz ließ sich in einen Stuhl fallen und rieb sich das Gesicht mit beiden Händen.

„Zwei Vettern, die sich bekriegen, die durch Blut und Verträge aneinander gebunden sind... Es ist zu schrecklich, als dass man es begreifen könnte.“

Georg von Carlowitz überflog das bereits Geschriebene, nahm den Federkiel zur Hand, um etwas zu verbessern, das ihm nicht deutlich genug erschien.

„Und? Gibt es mit Gottes Gnade einen unblutigen Ausgang?“

„Da müsste Gott schon sehr gnädig sein, aber ich will die Hoffnung nicht aufgeben. Ich will sehen, was ich tun kann, damit ich das Schlimmste verhindere. Wann kommt der Landgraf?“

„Ich kann es Ihnen nicht sagen. Bis unser Brief bei ihm ist, bis er dann hier ist, können etliche Tage vergehen. Aber er hat schon von dem Zwist erfahren; mit Gottes Hilfe hat er sich vielleicht schon auf den Weg gemacht."
„Ich gehe wieder hinunter. Der Türmer hat noch nichts gemeldet. Es ist zu diesig, als dass man weit schauen könnte. In dem Nebel kann der Kurfürst seine Truppen gut aufmarschieren lassen."
Christoph von Carlowitz ging, und sein Onkel tauchte die Feder mit einem Seufzer in das Tintenfass.

Da wir den Willen unseres gnädigen Herrn also befunden haben, dass er in eigener Person reiten wollte, so haben wir ihn mit Leuten versehen, auf dass ihm nicht ein Nachteil oder Schaden widerfahre, und so sind alle mit ihm gezogen: etwa vierhundert zu Pferd, die heute hier nach Oschatz gekommen sind, und noch dreitausend Mann zu Fuß. Und er ist willens, wenn wir es ihm nicht verwehren, morgen gegen Wurzen zu ziehen.

Carlowitz seufzte noch einmal schwer auf. Unter Herzog Georg wäre ihm dies nicht passiert. Er hoffte inständig, dass diese Sache ein glimpfliches Ende nehmen würde. Seine Hand zitterte, als er weiter schrieb:

Nun ist Wurzen aufs Stärkste besetzt. Wenn es uns möglich ist, werden wir unseren gnädigen Herrn aufhalten, bis Euer Fürstliche Gnaden kommen. Er will alles in eigener Person tun ; das kann ihm niemand verwehren. Es kann mit unserem Herrn sorglicher nicht stehen als es jetzt steht. Es könnte wohl das Haus von Sachsen darüber zerrissen werden. Es ist mir leid genug, dass ich auf meine alten Tage um meines Herren willen Leib und Gut in Gefahr bringen muss. Wie soll ich ihm aber tun? Ich bin darin so lange als Gott es haben will.

Er streckte seine Finger, die die Gicht gekrümmt hatte, bevor er dem Landgrafen noch auf etlichen Briefbögen erklärte, wie es zu dem Streit gekommen war. Als Lösung schlug er vor, dass durch den Landgrafen alles wieder so geregelt werde, wie es zuvor gewesen war, denn er hoffte, der Landgraf habe gegenüber den beiden Fürsten genügend Autorität. Er selbst war im Dienste Herzog Georgs alt und grau geworden, hatte so manches Problem auf diplomatischem Wege gelöst und hatte in Herzog Georg einen Dienstherrn von staatsmännischem Format gefunden. Herzog Georg hatte große Schuhe zurückgelassen, die Moritz erst noch würde ausfüllen müssen. Im Moment kam es Carlowitz so vor, als laufe der junge Mann in den riesigen Schuhen wie ein Junge, der die Stiefel seines Vaters anprobierte - unsicher und taumelnd. Er hoffte nur, dass er einen schweren Sturz seines jungen Schützlings würde verhindern können. Er setzte alle Hoffnung auf den Landgrafen.[81]

Am kommenden Tag, dem 5. April, kam ein Brief aus Rochlitz für in Oschatz Moritz an. Herzogin Elisabeth hatte geschrieben und war dabei offensichtlich so aufgebracht gewesen, dass ihre ohnehin kaum leserliche Schrift noch viel schlimmer war:

Jetzt zu dieser Stunde erfahre ich, dass Euer Lieben und der Kurfürst aneinander wollen wegen Wurzen. Über die große Eile wundere ich mich, denn Euer Lieben stehen miteinander in einer großen Erbverbrüderung und anderen Bündnissen, in denen auch steht, dass keiner den anderen bekriegen soll. Ich lobe den Kurfürsten gar nicht in Seiner Lieben Taten, aber ich bitte Euer Lieben ganz freundlich, die Sache zu überdenken und es zu keinem Blutvergießen kommen zu lassen. Euer Lieben fürchte Gott und bedenke, wie Euer Lieben Eltern und Vorfahren in Frieden und Stille regiert haben. Euer Lieben bedenke auch, dass der Türke vor der Tür steht, und auch, wie froh Euer Lieben Feinde sein werden. Welchen Jammer haben die armen Leute mit der Türkensteuer und nun sollen sie auch noch bekriegt werden. So zerfällt ein großes Land, das in sich selbst Unfrieden hat. Dann werden sie arme Herren, wie die zu Braunschweig und Lüneburg und etliche Pfalzgrafen. Mein Bruder und die anderen Fürsten werden dem Kurfürsten wohl so viel sagen: Die Feinde unserer Religion und andere werden es gerne sehen. Es ist das Verderben dieses Landes. Es geht eine Prophe-

81 PKMS 1, Dokument Nr. 325, S. 387 ff.

zeiung, dass das Haus von Sachsen zerfallen soll durch sein eigenes Dach. Ich bitt Euer Lieben durch Gott, Euer Lieben bedenk es wohl und lasse es nicht zum Krieg kommen.
Der Kurfürst schickt aus dem Vogtland von der Altenberg herauf Fußvolk und Geschütz; alles nach Grimma. Ich glaube, der Teufel richtet dieses Spiel an. Gott gib Gnade! Allmächtiger Gott, soll das evangelisch sein? Herzlieber Vetter, Euer Lieben fürchte Gott, so wird Gott Euer Lieben ein langes Leben geben und ein friedliches Regiment, denn das Gebet vermag viel. Wenn die Armen klagen, so rührt dies den Himmel. Der Kurfürst muss wohl ablassen von seinen Taten. Und wenn er dies nicht tut, und Euer Lieben eine gerechte Sache verfechten, so müssen die anderen erbverbrüderten Fürsten Euer Lieben helfen gegen den Kurfürsten. Aber wehe dem Land, in das fremde Gäste kommen! Vertragt Euch selber, liebe Herren!
Herzlieber Vetter, ich bitt Euer Lieben ganz freundlich, Euer Lieben wolle mir mein Schreiben nicht verargen, denn ich meine es treulich und gut mit Euer Lieben; das weiß Gott. Ich sehe Euer Lieben und Euer Lieben Land und Leute gern gedeihen, hab fürwahr diesen Brief mit weinenden Augen geschrieben, und will hiermit Euer Lieben Gott befehlen.
Datum Rochlitz am Dienstag nach Palmarum anno 1542.
PS: Ich hab diese Stunde auch dem Kurfürsten gut deutsch geschrieben.[82]

Wenigstens hatte sie auch dem Kurfürsten „gut deutsch“ geschrieben. Was das hieß, konnte Moritz sich lebhaft vorstellen. Er hoffte, dass sie ihm so richtig den Kopf gewaschen hatte. Wie gut, dass sie ihm ihre Beobachtungen mitteilte; so wusste er nun, dass der Kurfürst seine Truppen bei Grimma versammelte. Moritz faltete den Brief nachdenklich zusammen und schaute aus dem Fenster. Sie stand auf seiner Seite, sonst hätte sie ihm die strategischen Bewegungen des Kurfürsten wohl kaum verraten.
Dann ließ er einen Schreiber kommen und diktierte ihm eine Antwort, die Elisabeth beruhigen sollte.[83]

82 PKMS 1, Dokument Nr. 327, S. 391 f.
83 PKMS 1, Anm. 1, S. 392.

Graf Friedrich Magnus zu Solms war gerade aus seiner Grafschaft Sonnewalde mit einem Dutzend Reitern angekommen. Er war zwar ebenso jung wie Moritz, doch es hieß, er sei ein sehr kluger und kühler Kopf, belesen und besonnen. Der junge Solmser war ein Halbbruder der Herzogin Elisabeth zu Rochlitz, allerdings hatten die beiden wohl keinen Kontakt - die Verbindung, die Elisabeths Mutter nach dem Tode ihres ersten Gemahles eingegangen war, hatte man damals als skandalös unstandesgemäß angesehen. Aber vielleicht hatte der junge Mann etwas von der Klugheit und Friedensliebe, die auch in seiner Halbschwester lebte, und der alte Carlowitz hoffte, dass der junge Solmser in irgendeiner Form Einfluss nehmen könnte auf Moritz, auch wenn er im Rang weit unter diesem stand. Carlowitz sah, wie Moritz aufsaß und mit den anderen Männern davon ritt. Glaubte er wirklich, mit seinen etwa vierhundert Reitern und dreitausend Fußsoldaten dem Kurfürsten die Stirn bieten zu können? Er sah seinen Neffen Christoph, auch er war nun gerüstet; ein stattlicher Mann auf seinem Pferd. Christoph hatte geschätzt, dass Moritz wohl alles in allem etwa dreieinhalb tausend Mann versammeln könne. Wolf von Schönberg sollte das Aufgebot in den Bergdistrikten leiten. Ein guter, zuverlässiger Mann. Doch was, wenn sie dem Kurfürsten allein an Zahl unterlegen waren? Carlowitz hoffte inständig, dass der Kurfürst den jungen Herzog so wenig ernst nahm, dass er es nicht für nötig halten würde, mit seiner vollen Streitmacht anzurücken.

Moritz stand mit seinen Männern - es waren mittlerweile gut dreitausend - an der Mulde nördlich von Grimma. Es war der 6. April, die Sonne ging gerade unter. Er hatte seine Armee auf einigen Getreidefeldern gelagert, deren Halme nun zerstampft waren. Die Bauern hatten nur von weitem geschaut und sich dann schnell wieder davongemacht. Was half ihnen ihr Zorn?

In einiger Entfernung konnte man die Feuer des kurfürstlichen Lagers durch die Dämmerung scheinen sehen. Aus den Feldschmieden klang das Schlagen der Hämmer bis zu Moritzens Lager herüber. Nur schemenhaft konnte er erkennen, dass dort drüben auf dem Hügel ein Heer lagerte, aber er sah genug, um zu wissen, dass dieses Heer seinem überlegen war.

Er ritt mit Wolf von Schönberg und Christoph von Carlowitz an seiner Seite durch sein Lager, inspizierte seine Truppen und gab die nötigen Befehle aus.
„Euer Gnaden, dort kommen Boten!“ Wolf von Schönberg deutete auf zwei Männer, die sich eilig näherten. Als sie bei Moritz angekommen waren, knieten sie nieder.
„Erhebt euch! Ihr habt Botschaften für Uns?“
„Hier, Euer Gnaden. Meine ist von Herzogin Elisabeth.“
„Und meine ist von Doktor Luther.“
Moritz stöhnte innerlich auf. Einen Kommentar des großen Reformators hatte er wahrhaftig nicht bestellt. Er las den Brief trotzdem und ärgerte sich gleichzeitig darüber, dass er es überhaupt getan hatte, denn Luther war in seiner Wortwahl nicht allzu rücksichtsvoll: *Ihr solltet Euch schämen vor der Welt! Vernünftige Leute sehen Euren Krieg an als würden sich zwei betrunkene Bauern um ein zerbrochenes Glas schlagen oder zwei Narren um ein Stück Brot.*[84]

Herzogin Elisabeth dagegen bat ihn geradezu händeringend um Frieden. Auf keinen Fall sollte er etwas überstürzen, sondern nur abwarten, bis ihr Bruder Philipp käme, und dann sollte er nur auf dessen Rat hören. Dies wiederholte sie immer und immer wieder und schrieb damit drei Seiten voll.[85] So gerne er sie auch mochte, er musste nun seinen Mann stehen.

Für den in Oschatz gebliebenen Georg von Carlowitz vergingen die Stunden quälend langsam, keine Nachricht erreichte ihn vom Fortgang des Geschehens, und auch der Nebel hatte sich noch immer nicht gehoben. Der Türmer der St. Aegidienkirche konnte lediglich die Stadt und das direkte Umfeld überblicken. Zumindest wurde Oschatz nicht angegriffen.
Am kommenden Tag kam ein Bote, den Carlowitz vor drei Tagen ausgeschickt hatte. Vollkommen erschöpft schleppte der Mann sich zum Schleinitzer Hof, wo ihm ein Knecht die Tür öffnete. Er war so außer Atem, dass er kaum sprechen konnte.

---

84 Thüringer Chronik 1842, S. 624.
85 PKMS 1, Dokument Nr. 330, S. 395.

„Zwölftausend!“ keuchte er nur immer wieder.
„Zwölftausend was?“ fragte Carlowitz, der die Außentreppe hinuntergegangen war, so schnell ihn seine alten Beine tragen mochten. Bleich stand er nun vor der Haustüre, und starrte auf den Mann, der nach Atem ringend auf dem Boden kniete.
„Zwölftausend Mann. Der Kurfürst hat zwölftausend Mann versammelt. Sie stehen drüben bei Grimma an der Mulde. Direkt gegenüber von Herzog Moritz.“
„Gott steh uns bei!“ flüsterte Carlowitz und musste sich mit beiden Händen am Türpfosten festhalten.

Der nächste Tag zog hell und klar herauf. Die Sonne hatte schon bald den Frühnebel aufgelöst, der so gnädig die Ausmaße des kurfürstlichen Heeres bedeckt hatte. Nun sah auch Moritz, dass er seinem Vetter hoffnungslos unterlegen war. Durch sein Fernrohr erkannte er, dass die Feinde wie zum Hohn keinerlei Anstalten machten, sich für eine Schlacht zu rüsten. So sicher waren sie sich ihrer Sache, dass sie schon am Morgen spielend und würfelnd an den Lagerfeuern saßen, sich ihr Frühstück aus der Pfanne schmecken ließen und siegessichere Lieder sangen.
„Unsere Männer sind unruhig“, sagte Christoph von Carlowitz, der neben Moritz getreten war.
„Ich kann verstehen, dass sie unruhig sind“, erwiderte Moritz, noch immer das Fernrohr am Auge, „ich bin selbst unruhig. Wenn doch nur mein Schwiegervater bald käme. Aber wenn er mit einem Heer unterwegs ist, mit dem er den Kurfürsten schlagen will, wird er so bald nicht kommen.“
Er schob das Fernrohr zusammen und schaute Christoph von Carlowitz an. Sein Lehrer aus Jugendtagen machte sich ernsthafte Sorgen. Das konnte er an den tiefen Schatten erkennen, die sich um seine Augen gelagert hatten.
„Habt Ihr schon Antwortschreiben erhalten von den Fürsten, die Ihr um Hilfe gebeten hattet?“
„Ja!“ sagte Moritz sehr knapp und schaute zur Seite. „Absagen, allesamt. Sie haben alle gehört, dass mein Schwiegervater unterwegs ist; daher meinen sie, mir nicht mehr beistehen zu müssen mit einem Heer. Und immer

sind es Ermahnungen zum Frieden, mit denen sie ihre Briefe schließen. Sei es nun der Brandenburger Kurfürst oder die Markgrafen von Küstrin und Ansbach."
„Euer Gnaden, seht dort am Horizont. Da bewegt sich etwas. Eine Reiterschar, vielleicht hundert Mann. Vielleicht kommt doch noch einer von ihnen."
Moritz nahm das Fernrohr wieder vors Auge. Deutlich konnte er nun erkennen, dass dort tatsächlich eine Truppe von Reisigen unterwegs war. Sollte da wirklich einer der Fürsten ihm zu Hilfe eilen, oder war es noch weitere Verstärkung für den Kurfürsten?

Rochlitz, Ostersonntag, 10. April 1542

„Mmmmh, Osterfladen! Die müssen doch bestimmt probiert werden!"
„NEIN, MÜSSEN SIE NICHT! Und jetzt raus aus meiner Küche, Närrin!" rief Meister Ilgen. Man hörte ihm überdeutlich an, dass er der Närrin diese Worte schon sehr oft gesagt hatte. Und immer wieder kam sie in seine Küche, um in die Töpfe zu gucken.
„Aber sie sind doch für die Herrin", verteidigte sich die Närrin, die schon einen heißen Osterfladen pustend in ihren Händen hin und her warf.
„Na gut, dann bring der Herrin einen Osterfladen", lenkte Meister Ilgen ein.
Da kam Frau Gundel, die Hauswirtschafterin dazu. „Und such ihr den allerschönsten aus! Mal sehen…", murmelte sie und ließ ihren Blick über das große Brett streifen, auf dem sicher zwei Dutzend Osterfladen lagen, goldgelb und duftend. „Der hier, das ist der größte und schönste. Den nimmst du der Herrin auch noch mit. Vielleicht wird sie den essen."
„Das hoffe ich doch sehr, Frau Gundel. Sie hat schon seit Tagen kaum etwas gegessen. Sie weint sich die Augen aus und nachts schläft sie kaum noch, weil Alpträume sie quälen. Mitten im Schlaf schreit sie plötzlich auf und weint."
„Du machst dir wirklich Sorgen um sie!" stellte Frau Gundel mitfühlend

fest. Die Närrin nickte. „Ich schau mal wo sie ist. Wahrscheinlich steht sie wieder oben auf der Juppe und schaut, ob nicht doch irgendwo ein Reiter herkommt, der ihr endlich gute Neuigkeiten bringt.“
„Ich hab ja keine Ahnung davon, was bei diesen hohen Herren rechtens ist und was nicht; aber wenn zwei Vettern sich die Köpfe einschlagen wollen, ist das bei kleinen Leuten nicht in Ordnung und bei großen sicher auch nicht.“
„Ich glaube, dass die Unterschiede zwischen den Ständen gar nicht so groß sind. Am Ende müssen die sich auch aufs geheime Örtchen zurückziehen. Ich geh! Danke für die Fladen!“

Elisabeth stand tatsächlich auf der lichten Juppe und schaute sich die Augen aus dem Kopf an diesem Ostersonntag; sie hatte der Messe nur mit halbem Ohr gelauscht und befohlen, dass man ihr unmittelbar Bescheid geben solle, sobald Nachrichten aus Wurzen oder Oschatz kämen, selbst wenn man dafür den Gottesdienst unterbrechen müsste, aber nichts und niemand war gekommen. Seit Tagen war sie kaum sie selbst. Amtmann von Bünau und ihre Hofdamen hatten sie mit großer Mühe davon abgehalten, sich auf ein Pferd zu setzen und selbst nach Wurzen zu reiten. Elisabeth hatte dem Kurfürsten schon ab und an brieflich den Kopf gewaschen; manchmal sogar so sauber, dass der Vetter darüber verstimmt gewesen war und Philipp die Wogen wieder hatte glätten müssen. Elisabeth würde wie der Donner zwischen die Schlachtenreihen fahren und sich das kurfürstliche Wohlwollen auf ewig verscherzen. Sie hatte viel geweint in den letzten Tagen. Der Wind, der den Nebel und die Wolken davongetragen hatte, blies kalt durch die offenen Fenster. Die Tränen, die Elisabeth auch jetzt wieder über die Wangen liefen, waren durch den Wind so kalt, dass sie schmerzten. All die kleinen Ortschaften und Weiler konnte Elisabeth erkennen und doch nicht mit Sicherheit sagen, welche Orte es waren.
Schon seit Tagen hatte sie beobachten müssen, wie immer größere Gruppen von Bewaffneten gen Grimma gezogen waren. Kanonen und Feldschlangen hatten sie mit sich geführt, auch Hellebarden, Spieße und Schwerter hatten in der Sonne aufgeblitzt. All diese Waffen sollten gegen Moritz zum Einsatz

kommen. Sie hatte ihn gewarnt und hoffte inständig, dass er ihre Warnung ernst genommen hatte. Wenn nur nicht irgendwo Rauch aufstieg, der von einer beschossenen, brennenden Stadt kündete! Kein Kanonendonner war zu hören, kein Schlachtenlärm. Zwei Männer, die ihr so nahe standen, die ihr am Herzen lagen, standen sich nun bewaffnet gegenüber. Der Kurfürst, den sie so sehr liebte, dass sie ihn mit „liebster Bruder und Vetter" ansprach, wenn sie ihm schrieb, hatte ein riesiges Heer versammelt. Ihm gegenüber stand Moritz, ihr kleiner Moritz, den sie als Kind zu Bett gebracht und der eine besonders lange Geschichte zum Einschlafen verlangt hatte, der sie im Spiel vor einem bösen Drachen gerettet hatte. Moritz, dessen Kinderarme sie noch immer an ihrem Nacken spürte, wenn sie daran dachte, wie sie ihn als Kind auf ihren Armen getragen hatte. Moritz, den sie liebte wie den Sohn, den sie selbst nie geboren hatte. Wenn ihm etwas zustieß, sollte der Kurfürst sich vor ihr verantworten; und sie würde sich nicht mit einem bösen Brief begnügen. Höchst selbst würde sie nach Torgau fahren, um dem Vetter den Kopf abzureißen, wenn er ihrem Liebling auch nur ein Haar gekrümmt hätte.

Ein Reiter näherte sich der Stadt von Nordosten her. Er gab seinem Pferd offenbar die Sporen, denn er zog eine lange Staubwolke hinter sich her. Das konnte bedeuten, dass entweder alles gut, oder alles ganz schrecklich war. Laut betend rannte Elisabeth die Treppe hinunter.

„Närrin, aus dem Weg! Ein Reiter kommt!"

Die Närrin drückte sich an die Mauer, um ihre Herrin vorbei zu lassen. Beinahe hätte Elisabeths wehendes Gewand ihr die Osterfladen aus den Händen gefegt.

Elisabeth eilte über den Hof, über die Zugbrücke und durch das Tor hinaus. Der Reiter kam ihr in der Schlossvorstadt entgegen.

„Was? Was ist los? Sprecht!" rief sie den Mann an, der das sich aufbäumende Pferd zügelte.

„Alles in Ordnung, Euer Gnaden!" erwiderte er, indem er abstieg. „Der Landgraf von Hessen hat wahrhaftig Großes geleistet. Nach drei Tagen hat er die beiden endlich versöhnt. Ein Vertrag wurde in Oschatz unterschrieben, der alles wieder so herstellt, wie es zuvor gewesen ist. Die beiden

Der Friedensvertrag zu Oschatz.

Auf dem Balkon v.l.: Herzog Moritz, Landgraf Philipp, Kurfürst Johann Friedrich.
Auf der Treppe in Rüstung: Georg und Christoph von Carlowitz, dahinter Jobst Riegel,
der damals das Vogtshaus innehatte; außerdem eine Magd mit Osterfladen.
Gemälde: Volker Pohlenz; das Original hängt im Vogtshaus. Foto: Sven Bartsch.

Heere haben sich zerstreut und alle essen Osterfladen. Man nennt die ganze Sache schon den *Fladenkrieg*." Er lachte etwas unbeholfen. Elisabeth hielt sich die Hand vor den Mund, um ihr Weinen zu ersticken - vergeblich. So viel hatte sie in den letzten Tagen geweint aus Angst. Nun konnte sie endlich weinen vor Erleichterung.
„Mahlzeit!" sagte die Närrin, die nun auch angekommen war und hielt den beiden die Osterfladen hin.

Nur wenige Tage später kam Philipp selbst angeritten und wurde von Elisabeth so herzlich begrüßt, wie er es sich kaum erhofft hatte. Die Sache mit Margarete war vielleicht doch verziehen…
„Ihr müsst uns nicht begrüßen wie Helden, liebste Schwester. Wir haben keine Schlacht geschlagen, sondern nur einen Vertrag zustande gebracht."
„Das ist eine noch viel größere Heldentat, und Euch gebührt weitaus mehr Ehre als dem Krieger, der eine blutige Schlacht gewinnt. Wie geht es Moritz? Ist er unverletzt?"
„Ja, ich habe ihn unverletzt bei Agnes abgeliefert. Sie hing an seinem Hals und weinte und wollte gar nicht mehr aufhören. Erst als ich ihr gesagt habe, dass unter ihren Tränen seine Rüstung noch vollkommen wegrosten wird, hat sie ihn losgelassen."
„Danke, Bruder! Nun kommt herein. Wir haben für alle eine Stärkung vorbereitet.
Die Pferde und Reisigen wurden in der Schlossvorstadt untergebracht und verpflegt, denn für so viele Menschen reichte die Hofstube nicht aus.
Philipp ging mit seinen Räten ins Schloss. Vor zehn Jahren hatte er seine Schwester durch ihre Heimatstadt Marburg geführt und ihr gezeigt, was er dort alles verändert hatte; nun führte sie ihn stolz durch ihr Schloss, zeigt die kleinen und großen Verbesserungen, die sie veranlasst hatte, und als sie in das Gemach über der Kirche kamen, in dem vorn am Fenster Elisabeths Schreibpult stand, konnte Philipp nicht umhin, die grandiose Aussicht zu bewundern.
„Hier schreibst du also deine Briefe. Diesen Raum hätte ich mir dafür auch ausgesucht. Man kann weit über die Stadt und das Land schauen, hat das Tor im Blick." Er schmunzelte. „Da du hier herrschst wie eine Königin, war

die Königsspanieldame Carlotta das beste Geschenk für dich. Wo ist sie eigentlich?"
„Sie ist sicher im Frauenzimmer, denn dort lässt sie sich am liebsten verwöhnen."
„Und du hast noch immer Veilchen auf deinem Pult stehen", stellte Philipp fest, als er die kleine Vase aus Glas entdeckt hatte, um deren Hals eine Schleife aus Seide gebunden war.
„Ja", gab Elisabeth zögerlich zu, als habe Philipp sie bei etwas ertappt.
„Es war einer meiner Offiziere, nicht wahr? Er hatte dir immer Veilchen vor die Tür gelegt", sagte Philipp sehr behutsam.
„Woher weißt du das?" fragte Elisabeth alarmiert.
„Als ich dir berichtet habe, welche meiner Offiziere ich in den Bauernkriegen verloren habe, war dir ein Name besonders aufgefallen. Du kanntest ihn, was mich damals sehr verwundert hat, aber dann habe ich geahnt, was dahinter steckt."
„Wir haben niemals…" fuhr Elisabeth auf.
„Gemach, gemach, liebste Schwester. Es ist nicht ausgerechnet an mir, dir etwas vorzuwerfen."
„Ach, lass uns schweigen von den alten Dingen. Komm lieber mit, ich muss dir noch etwas zeigen."
Elisabeth führte ihn zu dem geheimen Gemach, das entstanden war, weil sie über der Sakristei eine Decke hatte einziehen lassen. Über eine Falltür in einer Ecke ihres Schlafgemaches war der kleine, fensterlose Raum zu erreichen, in dem es nach frischem Mauerwerk roch.
„Ein so schönes Versteck! Als Kinder hätten wir das weidlich ausgenutzt", sagte er und lachte. Bei dem Wort ‚Kinder' war Elisabeth leicht zusammengezuckt. Nach einem schweren Atemzug sagte sie: „Ich stehe seit einiger Zeit mit Christoph von Württemberg in Kontakt. Wir schreiben uns dann und wann, aber vom Heiraten schreibt er hartnäckig nichts. Hast du Nachricht von ihm erhalten? Hat er dir gesagt, dass er mich haben will? Vielleicht wagt er nicht, sich mir zu öffnen? " Die letzten Worte hatte sie nur geflüstert.
Philipp sah seine Schwester an. Sie hing nun an seinen Lippen, mit einem

flehenden Ausdruck in ihren Augen, wie er ihn noch nie bei ihr gesehen hatte. Er wagte kaum, seinen Kopf zu schütteln.
„Er fühlt sich noch zu jung, um zu heiraten", erwiderte er und legte dabei seine Hand auf ihren Arm.
„Ich bin ihm zu alt, heißt das auf gut Deutsch."
„Elisabeth, bitte, quäle dich nicht. Wenn er dich nicht haben will, dann hat er dich nicht verdient." Und scherzhaft fügte er hinzu: „Stell dir vor, man ist mit ihm in Verhandlung wegen Moritz' Schwester Sidonie. Er soll vielleicht sie heiraten. Wenn er dich nicht will, dann hat er die Gans redlich verdient."
Elisabeth blieb das Lachen im Halse stecken. Ausgerechnet Sidonie, die sie ganz und gar nicht mochte.
„Ich bin jetzt vierzig Jahre alt. Ich bin schon über die Zeit. Wenn nicht bald etwas passiert, wird nie mehr etwas passieren."
„Kannst du mir verzeihen?"
Als Elisabeth ihn fragend anschaute, fuhr er fort: „Ich denke, dass ich dir mit meinem Tun nicht geholfen habe. Nicht nur von mir haben sich viele abgewandt, weil ich die Person geheiratet habe, sondern man lässt es jetzt auch dich spüren."
„Man lässt es alle in deinem Umkreis spüren. Agnes hat es schon zu spüren bekommen. Sie und Moritz hätten sehr viel weniger Ärger gehabt, ohne deine zweite Heirat. Wie geht es Agnes?"
„Es geht ihr gut. Sie hat mittlerweile ein recht ansehnliches Frauenzimmer von achtzehn Jungfrauen, wie es sich für die Gemahlin eines regierenden Herzogs geziemt. Sie und Sidonie verstehen sich sehr gut."
„Sidonie behauptet übrigens, ich hätte die Franzosenkrankheit. Ist das nicht der Gipfel der Unverschämtheit? Dieses Gewitteraas! Ausgerechnet mit ihr muss Agnes sich so gut verstehen! Pass auf, dass sie keinen schlechten Einfluss auf deine Tochter nimmt."
„Tatsächlich?" rief Philipp empört aus. „Dann werde ich sie mir mal zur Brust nehmen, diese kleine Kröte. Sei unbesorgt, das will ich für dich aus der Welt schaffen. Aber nun zu Agnes: Der Abschied von Moritz ist ihr sehr schwer gefallen; umso schwerer, da sie ihn in Gefahr wusste. Aber ich habe ihr gesagt, dass sie sich daran gewöhnen muss. Sie hat einen regierenden

Herzog und Soldaten geheiratet. Er wird oft in seinem Land unterwegs sein, wo sie ihn vielleicht begleiten kann, doch im Krieg kann er sie nicht gebrauchen. Das wäre viel zu gefährlich."

„Ihr Männer immer mit Eurem Krieg!" rief Elisabeth. „Kann das denn nicht aufhören? Du hast doch gesehen, dass man auch verhandeln kann. Es müssen doch nicht immer Menschen sterben!"

„Glaubst du tatsächlich, ich könnte mit allen Gegnern verhandeln, die mich bedrohen? Glaubst du, der Kaiser könnte mit den Türken verhandeln? Wenn wir hier alle Muslime sind, wirst du dein Evangelium auch nicht mehr lesen dürfen."

„Man muss es wenigstens versuchen. Hat es der Kaiser überhaupt versucht? Die Türken sind auch Ehemänner, Väter und Bräutigame, die wieder nach Hause wollen."

„Elisabeth, das sind Ansichten, wie sie Frauen haben."

„Willst du mir etwa erzählen, dass ich davon nichts verstehe? Ich verstehe vielleicht nichts vom Krieg, aber ich verstehe sehr wohl etwas vom Frieden. Frieden ist das höchste Gut, das es auf der Erde gibt. Im Frieden gedeihen Glück, Wohlstand, Bildung, Kunst; alles was mir heilig ist. Krieg ist die Hölle, in der all dies zerbirst."

„Du hast recht, Schwesterchen. Ich will auch keinen Krieg; vor allem nicht mit dir."

Unmöglich konnte er ihr sagen, dass er mit Moritz noch in Oschatz einen Vertrag geschlossen hatte, in dem dieser sich verpflichtete, ihn bei einem Feldzug gegen Herzog Heinrich von Braunschweig zu unterstützen.

„Erzähl mir mehr von Moritz. Wie kommt er zurecht als Herrscher?" sagte Elisabeth, als sie das unbequeme Gemach wieder verließ und Philipp ihr folgte.

„Du würdest staunen über den Jungen; ach, ein Junge ist er gar nicht mehr, obwohl er die zwanzig kaum überschritten hat. Er hat viele alte Räte Herzog Georgs beibehalten. - Nein, du musst dir keine Sorgen machen. Ich habe genau gesehen, wie du die Stirn gerunzelt hast. - Die beiden Carlowitze sind zumindest reformkatholisch, wie man so sagt. Sie sehen, dass die Kirche dringender Reformen bedarf und dass man gerade die Klöster neu verwalten müsse; sie sind zwar für die Priesterehe und würden auch das Abendmahl in beiderlei Gestalt zulassen, aber die Lehre wollen sie unangetastet lassen."

„Aber das sind doch noch nicht alle seine Berater? Wer dient ihm außerdem?"

„Es gibt noch die Doktores Pistoris und Fachs, zwei Juristen aus Leipzig und einen Georg Komerstadt. Sie alle sind lutherisch."

„Hm", sagte Elisabeth nachdenklich. „Das klingt nach zwei Lagern. Ist das wirklich gut, wenn sich die Räte in zwei Lager spalten? Sind sie dann wirklich in der Lage, miteinander zu arbeiten?"

„Wie es aussieht, kommt Moritz damit klar. Du müsstest ihn einmal erleben, wie er sich im Kreis seiner Räte bewegt, wie er mit ihnen spricht - wie ein Alter. Es ist keineswegs so, dass er alles kritiklos annimmt, was sie ihm sagen, sondern immer denkt er erst reiflich über alles nach, bevor er sich entscheidet. Und da er unter seinen Räten immer mindestens zwei Meinungen hat, kann er alle Probleme von mehreren Seiten betrachten. Ich hatte ihn vor einiger Zeit gewarnt, aufzupassen, dass seine Räte ihn nicht führen wie sie wollen, aber ich denke, diesen Rat hätte ich mir sparen können. Er ist wirklich souverän, lässt sich beraten, trifft dann seine eigenen Entscheidungen. Und wie er seine Verwaltung überblickt und im Griff hat! Du kannst gegen den alten Herzog Georg sagen was du willst, die Verwaltung hat Moritz gründlich bei ihm gelernt. In seiner Kanzlei herrscht Ordnung, die er durch nichts gestört wissen will. Alle Schreiben, die ausgehen, werden in Kopien abgeheftet und verzeichnet, und er selbst hat all dies im Blick. Sein Vater war in diesen Dingen nachlässig, auch wenn er ein guter Landesvater war; seine Mutter war zu sehr auf den Glanz ihrer Repräsentation bedacht, doch Moritz ist ein Fürst, wie er der neuen Zeit angemessen ist. Vor allem in Geldangelegenheiten ist er sehr gewissenhaft, lebt nicht über seine Verhältnisse, sondern gibt sein Geld mit Bedacht aus. Aber was rede ich! - Das klingt ja fast, als müsse er auf jeden Heller schauen. Der Silberbergbau überschwemmt seine Staatskasse geradezu."

„Das sind schöne Neuigkeiten. Aber - fürchtest du nicht, dass die Carlowitzens doch einmal die Oberhand gewinnen könnten?"

„Ich glaube kaum, denn die Lutheraner sind alle deutlich jünger als die beiden Carlowitze, und der Jugend gehört die Zukunft."
„Nun denn; vielleicht werde ich ihn einmal besuchen."
„Da musst du dich beeilen, denn er ist mehr unterwegs als zu Hause. Agnes ist darüber sehr traurig. Sie hat zwar ein sehr ansehnliches Frauenzimmer, aber ihre Jungfrauen können ihr den Gemahl nicht ersetzen."
„Ich hoffe, er ist nur in seinem Land in Regierungsgeschäften unterwegs."
„Ja, ich denke...", erwiderte Philipp ausweichend, was Elisabeth natürlich sofort bemerkte.
„Was? Sag nur er trägt sich schon wieder mit Kriegsabsichten? Diese Wurzener Angelegenheit ging doch gerade noch glimpflich ab, da muss er doch nicht in einem Kampf sein Leben aufs Spiel setzen, in dem wahrscheinlich niemand kommt, um Verhandlungen zu führen und Blutvergießen zu vermeiden."
Langsam waren sie weitergegangen und stiegen nun die Wendeltreppe hinunter.
„Philipp! Schleppen sind schon längst nicht mehr modern und du schaffst es immer noch, auf meinem Kleid zu stehen."
„Oh, verzeih mir!"
„Komm, hier ist eine Tür nach draußen. Dort ist ein schöner Platz zum Sitzen."
Die beiden traten aus der Kühle des Gemäuers hinaus ins gleißende Sonnenlicht. Unter ihnen glitzerte die Mulde, der Wind wehte den Duft der Frühlingswiesen zu ihnen herauf und die Spatzen zankten sich laut. Die Närrin hockte auf einem Mauervorsprung, streckte ihre Nase in die Sonne und ließ die Beine baumeln.
„Ach, hier bist du!" stellte Elisabeth fest.
„Natürlich bin ich hier, Euer Gnaden. Wo sollte ich denn sonst sein? Im finsteren Keller? Aber kommt ruhig herzu. Ihr stört mich keineswegs."
Elisabeth sah Philipp an, dass er die Närrin für ihre unverschämten Worte am liebsten in die Mulde geworfen hätte, daher beeilte sie sich zu fragen: „Weißt du, was Moritz vorhat?"
Elisabeth nahm auf der steinernen Bank Platz, die von der Sonne gewärmt war.

„Ich weiß es nicht, Elisabeth“, erwiderte Philipp sehr ernst, indem er sich neben sie setzte. „Ich hatte ihm vor einigen Monaten geraten, unabhängig zu sein und sich nicht allzu sehr von Beratern dreinreden zu lassen. Dass er dies auch mir gegenüber sehr wörtlich nimmt, hatte ich so nicht geplant. Ich mache mir Sorgen, dass er und der Kurfürst sich durch ihren Zwist allzu sehr entfremdet haben. Ich habe Moritz sehr ans Herz gelegt, dem schmalkaldischen Bund treu zu bleiben. Er hat nur gelächelt und sich verneigt. Gott allein weiß, was er damit meinte.“
„Ich will ihm schreiben; sicher kann ich auf ihn einwirken. - Aber nun berichte mir von dem Kurfürsten. Ich denke, dass er sich Moritz gegenüber nicht gut verhalten hat, aber da er mir auch am Herzen liegt, will ich doch wissen wie es ihm geht.“
„Ihm selbst geht es gut, und seiner Gemahlin auch wieder. Sie hatte sich große Sorgen um ihre jüngere Schwester Anna gemacht. Sie ist - oder besser gesagt - war verheiratet mit Heinrich VIII. von England.“
„Da würde ich mir auch Sorgen machen. Er wird sich unterstehen und ihr ein Haar krümmen!“
„Nein, sei unbesorgt; dafür ist ihr Bruder Wilhelm viel zu mächtig. Die Ehe wurde niemals vollzogen und konnte daher ohne viel Federlesens annulliert werden. Anna hat abgedankt und wird sehr großzügig versorgt.“
„Dann bleibt zu hoffen, dass alles ruhig bleibt. In Torgau war ich lange nicht mehr. Das war früher immer meine Zuflucht gewesen, als ich noch in Dresden sein musste.“
„Das waren schlimme Jahre für dich“, stellte Philipp fest.
„Ja“, erwiderte sie und schaute über die Auenlandschaft, die sich vor ihr auftat. „Aber hier geht es mir gut. Ich hätte damals nicht zu hoffen gewagt, dass ich noch einmal so glücklich sein würde. Mein Gemahl und ich hätten vielleicht gleich hier her ziehen sollen; dann hätten wir in Ruhe und Frieden leben können. Und wer weiß? Vielleicht hätte ich hier doch ein Kind gebären können?“
„Quäl dich nicht, Elisabeth.“
„Ja, du hast recht. Ich bin hier wirklich glücklich und sollte vollkommen dankbar sein, dass alles so ist, wie es ist. Nun bin ich auch schon sehr viel

zuversichtlicher. Weißt du noch, nach dem Turnier, das ich hier abgehalten habe, bei dem das Pferd so schrecklich gestorben ist, da hatte ich Angst, dies sei ein Zeichen, dass mein kleines Paradies auf Sand gebaut ist, und jederzeit vom Erdboden verschwinden kann. Mittlerweile glaube ich aber, dass mein Schloss auf einem sehr festen Felsen gebaut ist." Sie schaute an der mächtigen Mauer hinauf, deren roter Porphyr in der Sonne leuchtete.
„Ja, der berühmte Rochlitzer Porphyr wird dein Schloss sicher ewig halten."
„Ewig? Wer weiß, ob das Schloss in fünfhundert Jahren noch steht? Ob es dann noch Menschen gibt, die sich darum kümmern, oder gar meinen Namen kennen und an mich denken?" Für einen Moment schwieg sie versonnen und fuhr dann fort: „Zumindest wird zu diesem Zeitpunkt sicher genügend Gras über deinen unseligen Fehltritt gewachsen sein. Ich kann noch immer nicht fassen, dass Luther höchst persönlich sein Einverständnis zu deiner Doppelehe gegeben hat."
„Man spricht jetzt schon kaum noch davon. Die Gemüter scheinen sich beruhigt zu haben. Mit dem Kaiser bin ich auch wieder im Reinen."
„Ich kann mir denken, dass der Preis für diese Reinheit ziemlich hoch war. Dem Kaiser eine solche Gelegenheit zu bieten! Er hat dich kaltgestellt, nicht wahr?"
„Bitte, streu kein Salz in meine Wunden."
„Doch!" fauchte Elisabeth. „Und *meiner* Hofdame dies anzutun. Sie war ein braves Mädchen, das mit dem Mann, den ich für sie ausgesucht hatte, glücklich geworden wäre. Und nun? Nun ist es besser, wenn man gar nichts mehr von ihr hört."
„Ich halte sie versteckt in einem Schloss im Wald. Auch in Briefen spreche oder schreibe ich niemals ihren Namen aus, sondern sage immer nur *die Person* oder *die M*. Es ist schon so, als gebe es sie gar nicht mehr in der Welt. Aber ich bin sicher, dass Gott unsere Ehe gnädig ansieht, denn er hat sie schon mit zwei Söhnen gesegnet."
War es Gedankenlosigkeit von Philipp oder tatsächlich eine böse Spitze gegen Elisabeth, die ihre Kinderlosigkeit noch immer nicht verschmerzt hatte? Egal: Hier hielt es die Närrin für angebracht, sich in das Gespräch einzubringen: „Mein fürstlicher Herr, ich denke, Euer fürstliche Gnaden

hätten sich besser bei einem wackeren Sattler einen Schoß machen lassen. Einen hübschen, kleinen Frauenschoß aus geschmeidigem Stutenleder und darauf fein punziert ein großes *M Punkt*. Dann hättet ihr keine komplette Dame lebendig begraben müssen."
Philipp wollte aufbrausen, doch Elisabeth hielt ihn zurück: „Da hat sie doch wohl recht!"
„Was bin ich froh, dass dieses Weib nicht mehr die Närrin meiner Gemahlin ist!" stöhnte Philipp bissig, was die Närrin dazu veranlasste, sich in Richtung Tür zu bewegen, da sie noch mehr auf Lager hatte: „Ja, Herr Landgraf, die Wahrheit, die Wahrheit - ist zuweilen unbequemer als ein Weiberschoß!" Und damit nahm die Närrin endgültig Reißaus.

Elisabeth konnte ihrer Närrin nicht böse sein. Schließlich hatte sie ausgesprochen, was sie selbst dachte, aber nicht sagte, weil sie ihren Bruder nicht verletzen wollte. In Bezug auf diese Sidonie, die nicht nur ihre Nichte beeinflusste, sondern ihr vielleicht auch den Mann wegnehmen würde, den sie für sich haben wollte, war sie weit weniger feinfühlig. Noch am selben Abend setzte sie sich an ihr Schreibpult und schrieb an Christoph von Württemberg einen Brief, in dessen Plauderton sie einfließen ließ, dass Sidonie von Sachsen so fett würde, dass sie wohl keine Kinder kriegen könnte, dass dies aber ohnehin ganz und gar unwahrscheinlich sei, da sie als Kind einmal schwer gestürzt sei, sodass eine Seite ihres Rückgrates nach innen gewachsen wäre, und sie allein schon deshalb ganz sicher nicht in der Lage sei, Kinder zu tragen…[85]

Dresden im April 1542

Es war ein Tag, wie Agnes ihn hasste: voller Abschiede. Der junge Herzog August zog nun an den böhmischen Hof nach Prag, wie Moritz es in den letzten Wochen mit König Ferdinand, dem Bruder des Kaisers, ausgehan-

85 Siehe Kühn, Helga-Maria; Eine unverstorbene Witwe. Hannover 2009, S. 28. Dort zitiert aus PA (Politisches Archiv) 3, Nr. 3079.

delt hatte. Sein Hofmeister Ernst von Miltitz begleitete ihn. Der Junge war erfüllt von aufgeregter Vorfreude und umarmte seinen großen Bruder lange und innig.

„Ich will dir schreiben, Moritz!“ rief er noch und winkte, als er seinem Pferd die Sporen gab.

Christoph von Carlowitz brach nach Nürnberg auf. Agnes hatte nicht gefragt, weshalb der junge Carlowitz dies tat, und Moritz hätte es ihr ohnehin nicht erklärt, denn gerade darüber hätte Agnes sich große Sorgen gemacht. Carlowitz sollte in Nürnberg Kontakt mit Granvelle aufnehmen, dem Berater des Kaisers. So sehr Moritz seinen Schwiegervater auch liebte und bewunderte - der schmalkaldische Bund, in dem er Seite an Seite mit dem verhassten Vetter würde kämpfen müssen, lockte ihn nicht. Moritz suchte die Nähe des Kaisers, um sich mit diesem zu verbünden, denn Kaiser Karl V. brauchte Hilfe im Kampf gegen die Türken; und Moritz ging davon aus, dass der Kaiser sich eines Tages erkenntlich zeigen werde - und zwar indem er ihm die Kurfürstenwürde verlieh.

Kassel, im Mai 1542

„Euer Gnaden, ein Bote ist hier für Euch!“ sagte die Hofmeisterin und verneigte sich tief vor ihrer Herrin. Dass so spät abends noch ein so gutaussehender Herrenbesuch kam, war keineswegs die Regel im Frauenzimmer der Landgräfin.

„Er soll eintreten - und Wir wollen ihn alleine sprechen.“

Die Hofmeisterin verneigte sich wieder, um dann den Boten hereinzubitten. Es war ein Mann von angenehmem Äußeren, nicht allzu groß, schlank, mit freundlichen Zügen, mit denen er Menschen leicht für sich gewinnen konnte. Er trat nun ein ins Gemach der Landgräfin, nahm seinen Hut ab und stand etwas beklommen vor seiner Herrin. Der Schein der Kerzen lag milde auf den Malereien, den bestickten Polstern und seidenen Vorhängen. Die Landgräfin sah dem Boten an, dass er sich in dem feinen Frauengemach unwohl fühlte.

„Und? Haben Sie etwas herausgefunden?"
„Ja."
„Was? So reden Sie doch schon!"
„Diese Frau hat wieder ein Kind geboren."
„Ist es ein Sohn? - Es ist ein Sohn", stellte Christine fest, denn der Bote hatte bei ihrer Frage die Augen niedergeschlagen.
„Nur keine Angst, junger Mann, Wir können die Wahrheit vertragen. Ist sie noch immer in dem Wasserschloss in Wolkersdorf?"
„Im Moment noch, aber der Landgraf bemüht sich, sie anderweitig unterzubringen, denn sie wird schwermütig im Wald."
Dies nötigte Christine ein maliziöses Lächeln ab. „Wissen Sie auch schon, wo er diese Kreatur unterzubringen gedenkt?"
„Es ist wohl ein Haus in Spangenberg, das er für sie kaufen will."
„Sie leisten gute Arbeit." Die Landgräfin trat auf ihn zu und reichte ihm ein Geldstück von einigem Wert, wofür sich der Mann untertänigst bedankte.
„Sagen Sie mir, sobald die Kreatur in Spangenberg ist; dann habe ich weitere Aufträge für Sie."

Spangenberg im Herbst 1542

„Und hier in diesem schönen, großen Haus soll ich nun wohnen dürfen?" Margarete stand im ersten Geschoss des großzügigen Hauses, von dessen weitläufigem Korridor einige Türen abzweigten. Sie drehte sich um sich selbst, ihr langes Kleid schwang mit und wirbelte winzige Stäubchen auf, die in der Sonne aufblitzten.
„Oh, danke! Danke, liebster Herr! Ich will mir gleich alles ganz genau anschauen. So viele Zimmer gibt es zu entdecken."
Philipp hatte an einer der Säulen gelehnt, die die Deckenbalken trugen, und seiner jungen Frau zugesehen.
„Noch ist es fast leer, aber ich habe dir zwanzigtausend Gulden mitgebracht, mit denen du dich sehr schön wirst einrichten können. Und das *fast* ist eine schöne Überraschung für dich." Margarete hielt inne, faltete ihre Hände

wie zu einem Gebet und flüsterte noch ein Danke!
Sie war nun zwanzig Jahre alt, die beiden Geburten waren nicht spurlos an ihr vorübergegangen. Sie war nicht mehr so knabenhaft schlank wie in ihren Brauttagen, sondern hatte leicht frauliche Formen angenommen. Und spröde abweisend war sie erst recht nicht mehr. Philipp war froh, dass ihr das Haus gefiel. Sie hatte erwartet, in Marburg wohnen zu dürfen, doch er hatte ihr gesagt, dass es dort kein passendes Haus gebe. Geglaubt hatte sie ihm nicht wirklich, - das hatte er ihr angesehen, - aber sie war offensichtlich so unendlich glücklich, aus Wolkersdorf wegzukommen, dass ihr jede Stadt recht war, wenn es nur eine Stadt war, in der nicht der Höhepunkt des Tages im Krähen eines Hahnes bestand.
„Herr, kommen Sie!" rief sie aus dem vorderen Zimmer, das zur Straße zeigte. „Von hier aus kann ich den Marktplatz sehen, die ganze Straße hinunter und bis hinauf zur Kirche." Philipp trat neben sie und legte ihr einen Arm um die Schultern.
„Und? Gefällt es dir hier besser als in Wolkersdorf?"
„Ja. Danke! Ich will gleich am nächsten Sonntag in die Kirche gehen und..."
„Nein!" sagte Philipp strenger als er beabsichtigt hatte. „Du wirst nicht in die Kirche gehen."
„Aber wieso denn nicht? Ich habe mich so sehr darauf gefreut, endlich wieder einmal in einer Kirche zu sein, in einem Gottesdienst das Abendmahl zu nehmen."
„Ich sagte Nein! Es ist zu gefährlich. Wenn jemand erfährt, dass du hier bist! Ich habe Angst um dich."
„Aber wieso wäre es denn schlimm, wenn jemand erführe, dass ich hier bin? Ist es für die Menschen nicht viel verdächtiger und sonderbarer, wenn ich gar nicht aus dem Haus gehe? Dann werden sie erst recht fragen und sich womöglich Dinge ausdenken. Und wieso habt Ihr Angst um mich? Wer sollte mir denn etwas tun?"
„Ich sage Nein und dabei bleibt es! Das musst du einsehen. Das Haus ist doch so schön und groß. Natürlich darfst du ausgehen, aber nicht in die Öffentlichkeit."
„Was soll das denn heißen? Wenn ich nicht in die Öffentlichkeit ausgehen

darf, soll ich dann auf dem Dachboden oder im Keller ausgehen?"
Philipp wurde einer Antwort enthoben, denn nun kam die Amme mit dem kleinen Philipp und Herrmann. Philipp war eineinhalb Jahre alt und konnte seit fünf Monaten laufen. Sein Vater kniete sich hin und breitete seine Arme für ihn aus, doch das Kind lief zu seiner Mutter und versteckte sein Gesicht in ihrem langen Kleid. Scheu schaute der Kleine auf zu seinem Vater, den er viel zu selten sah, als dass dieser ihm hätte vertraut sein können. Margarete nahm ihn auf ihren Arm.
„Die Kinder müssen an die frische Luft. Und ich auch."
„Margarete, versteh doch! Ich habe Angst um dich", sagte Philipp eindringlich.
„Herr, wer sollte mir etwas tun? Waren nicht alle damit einverstanden, dass Ihr mich heiratet? Luther, Melanchton, sogar Eure eigene Gemahlin?"
Philipp stöhnte innerlich. Er war es leid, ihr immer wieder zu erklären, dass zwar alles seine Richtigkeit hatte, aber dass sie sich eben doch nicht ganz so offen zeigen durfte, weil.... ja, weil... Verdammt noch mal, er war es wirklich leid!
„Ja, natürlich. Es ist nur so eine Ahnung. Ich bitte dich nur, vorsichtig zu sein."
Margarete schaute ihn an. Er hasste es, wenn sie ihn auf diese forschende Art und Weise anblickte.
„Komm, ich muss dir etwas zeigen", sagte er, plötzlich strahlend, um sie abzulenken. „Es ist eine wunderschöne Überraschung und du wirst ganz sicher begeistert sein!" Mit einer ungeduldigen Handbewegung veranlasste er die Amme, sich wieder beider Kinder anzunehmen, dann verband er Margarete die Augen mit einem Tuch und führte sie hinaus in den Korridor.
„Ich bin sicher, es wird dir gefallen."
„Soll ich raten? Ist es vielleicht doch schon ein behaglich eingerichtetes Zimmer mit einem großen Kachelofen?"
„Nein, besser!"
„Noch besser als ein schönes Zimmer, in dem wir beide miteinander sitzen können? Dann ist es vielleicht ein Kinderzimmer mit vielen Spielsachen?"
„Mit Kindern hat es zu tun, aber es ist noch besser. Nun schau!" Er nahm

das Tuch von ihren Augen, Margarete blinzelte kurz und gewahrte dann ein wahres Ungetüm von einem Bett. Das vorfreudige Lächeln erstarb auf ihrem Gesicht. Die süßen Vorstellungen von einem Familienleben, von gemeinsamen Abenden am Kamin, zerbarsten in widerliche Stücke.
„Hurrah!“ murmelte sie und verschränkte ihre Arme.
„Lass es uns einweihen! Jetzt!“ keuchte er ihr ins Ohr.
„Herr, bitte, die Kinder!“ Margarete tastete haltsuchend um sich, spürte nur den Bettpfosten und die Seide der Vorhänge. Seide. Wie gerne hätte sie ein Kleid aus dieser Seide gehabt; ein Kleid, das sie bei einem Tanz würde tragen können.
„Ich habe schon meine Anweisungen gegeben. Die Knechte werden alles ausladen und hereinschaffen, was noch auf den Wagen ist, und die Amme versorgt die Kinder doch bestens. - Ich will dich jetzt!“
Nun war sie plötzlich doch wieder spröde, was seine Jagdlust erneut entfachte. Er war froh, ihr das Haus geschenkt zu haben. Sie hatte nicht mehr geheult, seit sie von Wolkersdorf abgereist waren; und nun sträubte sie sich sogar leicht. Er schob sie direkt an den Bettpfosten, so dass sie ihm nicht mehr ausweichen konnte. Sie neigte den Kopf zur Seite, was er als Fügsamkeit deutete; er sah nicht, dass Margarete die Augen geschlossen hatte und die Zähne zusammenbiss.

Schon am nächsten Tag verabschiedete Philipp sich wieder. Margarete stand am Fenster und winkte ihm nach. Als Philipp die Straße hinuntergeritten und außer Sicht war, fiel Margarete ein Mann auf, der auf der Straße stand und unverwandt zu ihr heraufschaute. Er war nicht besonders groß, schlank, mit gefälligen Gesichtszügen. Als ihre Blicke sich trafen, verneigte er sich mit einem spöttischen Lächeln. Erschrocken trat Margarete zurück vom Fenster. Wusste man schon, wer sie war?
Sie hielt sich an Philipps strenges Gebot, nicht in die Kirche zu gehen, doch als der Marktplatz voller Bauersleute war, die ihr Obst und Gemüse feilboten, voller Händler, die ihre Bänder und Kämme anpriesen, da wagte sie sich mit ihren beiden Dienerinnen Dietlinde und Edelgard hinaus. Wie lange hatte sie sich nicht mehr unter so vielen Menschen bewegt! Sie genoss

das Gedränge, sogar als jemand sie anstieß und weiterging, ohne sich zu entschuldigen, war sie keineswegs beleidigt, sondern fühlte sich so lebendig, wie schon lange nicht mehr. Die vielen unterschiedlichen Gerüche, die der Markt ausströmte und zu einem schillernd-bunten Bild vereinte, erinnerten Margarete an unbeschwerte Kindertage, als sie ihre Mutter bei einem Einkauf auf den Meißener Markt begleitet hatte. Die bunten Früchte überstrahlten die blassen Kohlköpfe, konnten aber gegen deren strengen Geruch nichts ausrichten; ein paar Schritte weiter gackerten Hühner in einem engen Käfig aus Weidengeflecht, völlig überflüssigerweise fragte eine Frau, ob die Eier denn frisch seien, was die Bäuerin mit einiger Empörung bestätigte. Und über all dem lag allgegenwärtig der Geruch der Menschen, die mehr oder weniger mit Wasser und Seife vertraut waren.

Zunächst ließ man sie ganz und gar unbehelligt, doch dann spürte Margarete die Blicke, hörte das Getuschel. ‚Das ist sie', sagten die Leute, und ‚Tatsächlich wagt sie sich hier auf die Straße unter anständige Menschen!' Man wandte sich ab, wenn sie kam; an einem Stand mit Äpfeln blieb sie stehen, die Marktfrau tat, als habe sie sie nicht gesehen und machte sich an einem Korb zu schaffen, der hinter ihr stand, so dass sie Margarete ihr Hinterteil zuwandte.

„Ich möchte ein Dutzend von diesen Äpfeln", sagte sie ihrer Dienerin, die erst sehr laut und deutlich sprechen musste, bis die Marktfrau reagierte. Als Margarete mehr als verlangt bezahlte, verneigte sich die Frau und grinste sie schief an. Die fauligen Zähne der Alten widerten Margarete an, doch sie erwiderte das Grinsen mit einem freundlichen Lächeln und bedankte sich. Als sie sich umwandte, hatten die Menschen einen Kreis um sie gebildet. Margarete erschrak, als sie in die verschlossenen, feindseligen Gesichter blickte. Eine Frau trat vor und spuckte vor Margarete aus. Geistesgegenwärtig hakten die beiden Dienerinnen ihre Herrin links und rechts unter, durchbrachen den Kreis und führten sie zurück ins Haus.

„Herrin, so fasst Euch!" rief Dietlinde besorgt, als Margarete noch im Flur ihres Hauses schluchzend zusammenbrach. „Edelgard, hol einen Schluck Wein für die Herrin. Ich bringe sie nach oben in ihr Gemach." Edelgard ging in die Küche, während Dietlinde ihrer Herrin auf die Beine half und sie

nach oben brachte. Bald darauf kam Edelgard und hatte einen Becher Wein, den Dietlinde ihrer Herrin an die Lippen hielt.
„Geht es Euch nun etwas besser?"
„Ja, danke", erwiderte Margarete schwach. „Was wollen diese Menschen von mir? Was habe ich ihnen jemals getan? Ich will den Priester sehen. Edelgard, geh und bitte ihn in mein Haus."
Der Priester kam bald darauf und begegnete Margarete mit einer warmen Höflichkeit, die ihr wohl tat.
„Kommt herein. Das Haus ist noch nicht vollkommen eingerichtet, aber diese Stühle sind ganz bequem. Bitte, nehmt Platz. Möchtet Ihr einen Becher Wein?"
Der alte Mann nickte, worauf Edelgard für beide einschenkte und sich dann zurückzog.
„Nun, was kann ich für Euch tun, mein Kind?"
„Ich möchte mit Euch reden. Wisst Ihr, wer ich bin?"
„Nein. Ich weiß nur, dass Ihr vor kurzem hier eingezogen seid. Sagt mir wer Ihr seid." Sein faltiges Gesicht war offen und ohne Falsch.
„Was seht Ihr, wenn Ihr mich anschaut?"
Diese Frage überraschte den Mann sichtlich. Nach einem kurzen Zögern begann er: „Ich sehe eine sehr junge Frau, sehr schmal, etwas zu blass. Ihr solltet mehr an die frische Luft gehen."
Bei diesen Worten konnte Margarete ihre Tränen nicht mehr zurückhalten.
„Aber mein Kind, was ist Euch? Habe ich etwas Falsches gesagt? Ich wollte Eure Gefühle nicht verletzen." Etwas unbeholfen hob er die Hände, wagte aber doch nicht, sie zu berühren, obwohl er das Gefühl hatte, als würde sie gerne von jemandem in die Arme geschlossen werden, und sei es auch nur ein alter Priester.
„Ich bin..." begann sie - jedes einzelne Wort schien ihr Mühe zu bereiten - „Margarete von der Saale. Die zweite Ehefrau des Landgrafen."
Der Priester konnte nicht anders, als im ersten Schrecken die Luft zischend durch die Zähne zu ziehen. Sogleich bereute er es, denn Margarete deutete seinen Schrecken anders als er es beabsichtigt hatte.
„Was seht Ihr nun in mir? Weshalb sperrt man mich weg? Weshalb darf mich

niemand sehen? So lange Zeit habe ich in einem einsamen Schloss mitten im Wald gewohnt; nur dann und wann hat der Landgraf mich auf eine seiner Burgen oder zu einem Reichstag bringen lassen. Immer in einer verhängten Kutsche, immer nur bei Nacht, damit mich niemand sieht. Wilde Tiere und gefährliche Verbrecher sperrt man ein. Was bin ich? Bin ich ein Tier? Ich bin ein Mensch, doch welches Verbrechen habe ich begangen, dass man mich wegsperrt? Ich bin doch nicht gefährlich! Was tue ich denn? Wem tue ich etwas an?"

„Vergebt mir, mein Kind. Mein Schrecken galt nicht Eurer Person. Ich hatte davon gehört, aber nicht genau gewusst, ob ich diesem Gerücht Glauben schenken sollte. So ist es also tatsächlich wahr?"

„Es ist wahr; so wahr ich hier sitze", erwiderte Margarete unter Tränen. „Und es scheint für mich das schlimmste Verbrechen der Welt zu sein, dass ich existiere. Der Fürst hat mir vorher gesagt, dass die Hochzeit überall anerkannt würde, dass Luther selbst, ja sogar die Landgräfin, damit einverstanden sei. Doch nun? Er versteckt mich. Selbst in Briefen - ich habe zufällig einmal ein Schreiben gesehen, nachdem ich ihm den zweiten Sohn geschenkt hatte - nennt er nicht meinen Namen, sondern schreibt nur *die M.* oder *die Person*. Wenn ich nur geahnt hätte, was auf mich zukommt, wenn ich diesem Mann meine Hand reiche! Ich konnte nicht einmal im Entferntesten ahnen, was passieren würde. Der Fürst und auch meine Mutter haben alles unter sich ausgemacht und geregelt. Oh, Ihr glaubt nicht, wie sie auf mich eingeredet haben, als ich vor diesem Mann zurückschrecken wollte." Und unter vielen Tränen berichtete Margarete den ganzen entsetzlichen Hergang, auch den Vorfall auf dem Marktplatz verschwieg sie ihm nicht. Als sie geendet hatte, erhob sich der Priester.

„Ihr seid wohl so schockiert, dass Ihr mich gleich verlassen wollt?"

„Ich werde sofort wieder bei Euch sein. Ich hole nur schnell Brot, Wein und den Abendmahlskelch aus der Kirche, denn ich glaube, dessen bedürft Ihr mehr als alle anderen. Und außerdem seid Ihr dessen würdiger als alle, die an dieser Geschichte beteiligt sind. Wobei ich den Fürsten und unseren großen Reformator ausdrücklich mit einschließe."

Margarete sah ihm nach, wie er die Tür hinter sich schloss, hörte seine

Schritte auf der Treppe. Ob er wirklich wiederkommen würde?
Es dauerte eine Weile, da hörte sie ihn wieder die Treppe heraufkommen. Margarete ging und öffnete ihm die Tür. Da stand er nun und hatte einen Korb mit den versprochenen Dingen am Arm. Vorsichtig wickelte er den Kelch aus dem unscheinbaren Leintuch und stellte ihn auf den Tisch. Auch eine Hostie legte er auf eine kleine Schale und schaute Margarete an. Etwas linkisch stand sie nun da und schaute auf ihren Tisch, der von einem Moment zum anderen zum Altar geworden war.
„In der Nacht, da unser Herr Jesus verraten ward, nahm er das Brot, dankte, brach es, gab es seinen Jüngern und sprach: ‚Nehmt hin und esst. Dies ist mein Leib, für Euch gegeben. Tut dies zu meinem Gedächtnis.' Desselbigen gleichen nahm er den Kelch, dankte Gott, gab ihn den Jüngern und sprach: ‚Nehmet hin und trinket alle daraus. Dies ist mein Blut, vergossen zur Vergebung der Sünden. Tut dies, sooft Ihr daraus trinket, zu meinem Gedächtnis.'"
Dann stimmte er an: „Christe, du Lamm Gottes, der du trägst die Sünd der Welt, erbarm dich unser!" Margarete versuchte mitzusingen, doch ihre Stimme versagte schon nach den ersten Worten, und so bewegte sie nur stumm die Lippen.
„Christe, du Lamm Gottes, der du trägst die Sünd der Welt, gib uns deinen Frieden! Amen!
Kommt, denn es ist alles bereit. Schmecket und sehet, wie freundlich der Herr ist." Als Margarete zögerte, forderte der Priester sie noch einmal auf. Da kam sie mit unsicheren Schritten auf ihn zu, kniete sich hin und empfing die Hostie. Den Kelch nahm sie mit zitternden Händen - der Priester neigte sich zu ihr hinab und half ihr zu trinken.
„Seht, welch eine Liebe hat uns der Vater erwiesen, dass wir Gottes Kinder heißen sollen - und wir sind es auch! Darum kennt uns die Welt nicht; denn sie kennt ihn nicht. Nun geh hin unter dem Segen des Herrn."
Margarete konnte ihr Schluchzen nicht länger zurückhalten. Der Priester kniete sich zu ihr, nahm sie nun doch in seine Arme und ließ sie weinen. „Gott sieht Euer reines Herz an. Und wenn man Euch wieder anfeindet, dann denkt immer daran, dass man Jesus auch angefeindet hat. Die Men-

schen handeln schlimm an Euch, doch Ihr dürft nicht denken, dass Gott Euch nicht liebt. Ich bin mir sehr sicher, dass er gerade ein Menschenkind, wie Ihr es seid, ganz besonders liebt. Ich will nun Eure Dienerinnen holen, dass sie sich um Euch kümmern. Wenn Ihr mich braucht, könnt Ihr jederzeit nach mir schicken."

Das Jahr 1542 ging in Rochlitz selbst ruhig zu Ende, doch Elisabeth lebte in beständiger Sorge um Moritz, da dieser in Ungarn den Kaiser militärisch unterstützte. Es war gut, dass sie von dieser Unterstützung nur sehr vage Vorstellungen hatte und sich immer der Hoffnung hingeben konnte, dass Moritz als fürstlicher Feldherr sich selbst nicht in unmittelbare Gefahr begeben würde. Doch genau das tat Moritz bei der Belagerung der ungarischen Stadt Pest, denn er wollte sich vor den anderen, älteren Fürsten beweisen. Aus einigen Scharmützeln ging er siegreich hervor, doch dann wagte er sich zu weit hinter die feindlichen Linien. Man schlug ihm den Helm vom Kopf, als er von seinem tödlich getroffenen Pferd stürzte, und beinahe hätte er auch selbst sein Leben verloren, wenn sich nicht sein Leibpage über ihn geworfen und mit seinem Leib die Säbelhiebe der Türken abgewehrt hätte. Wie durch ein Wunder konnten sie beide gerettet werden. Die Türken waren so übermächtig, die Verluste der christlichen Truppen so hoch, dass man die Belagerung schließlich aufgeben musste[86].

In Hessen war man ausgesprochen überrascht, Anfragen aus Württemberg bezüglich Sidonies von Sachsen zu erhalten. Ulrich von Württemberg, Christophs Vater, erkundigte sich ausführlich, ob Sidonie tatsächlich so dick geworden sei und ob sie tatsächlich seit einem Sturz in ihrer Kindheit so verwachsen sei, dass sie keine Kinder bekommen könne. Die Quelle dieser Information nannte er nicht, doch Philipp ahnte, dass diese bösen Gerüchte auf Elisabeth zurückzuführen waren. Einerseits ärgerte er sich, andererseits führte ihm dies vor Augen, wie verzweifelt Elisabeth sein musste. Sie wollte einen Mann; um jeden Preis, doch dies konnte kein segensreicher Weg sein. Sowohl Philipp als auch Christine schrieben nach Württemberg, dass Sido-

86 Herrmann, Johannes, 2003, S. 65 f.

nie eine gesunde, hübsche und sehr liebenswerte Frau sei[87].
Doch dies waren Philipps geringste Sorgen, denn Herzog Heinrich von Braunschweig, den Mann, den Philipp noch vor wenigen Jahren „Freund" genannt hatte, lag im Streit mit den protestantischen Städten Goslar und Braunschweig. Außerdem hatte gerade dieser Mann ihn besonders hart geschmäht, nachdem seine Doppelehe bekannt geworden war.
Trotz dieser Schmähung fühlte sich Philipp diesem Mann moralisch haushoch überlegen, denn Heinrich von Braunschweig hatte selbst eine Leiche im Keller, die überdies noch quicklebendig war: Die Geliebte des Herzogs von Braunschweig, eine gewisse Eva von Trott, war der Gemahlin des Herzogs ein Dorn im Auge, vor allem weil sie ein Kind nach dem anderen gebar. Wenn sie schwanger war, schickte der Herzog sie zwar aufs Land zu ihren Eltern, doch irgendwann fiel auf, dass die kleinen Nichten und Neffen, die sie von ihren Eltern mitzubringen pflegte, dem Herzog ähnlich sahen. Die Herzogin, die sich berechtigterweise betrogen und der Lächerlichkeit preisgegeben fühlte, zwang ihren Gemahl, sich von seiner Geliebten zu trennen; er schickte sie wieder nach Hause zu ihren Eltern, von wo er sie aber gleich darauf entführte.
Doch entsetzlicherweise erkrankte die Dame an der Pest, wurde in der Kirche mit ungebührlichem Prunk aufgebahrt, heftigst beweint und bald begraben. - So schien es! Tatsächlich erfreute sich die Dame glänzender Gesundheit und war auch schon wieder schwanger, denn der Herzog hatte bei einem Holzschnitzer einen Kopf bestellt, den man von weitem für seine Geliebte ansehen konnte - versehen mit einigen Pestbeulen, versteht sich. Bei einer Pesttoten schaute ohnehin niemand genau in den Sarg, man verabschiedete sich sicherheitshalber von weitem. Doch auch dieses Schelmenstück kam ans Tageslicht und machte die Runde im Heiligen Römischen Reich deutscher Nation; und als Philipp es erfuhr, war er natürlich erst recht erbost über die Häme des Herzogs. Mit welchem Recht zeigte ein solcher Mann, der seine Geliebte zum Schein beerdigen ließ, mit dem Finger auf ihn, der vor Gottes Angesicht eine zweite Ehefrau genommen hatte? Letztlich war alles Auslegungssache.

---

87 Kühn, Helga-Maria, 2009, S. 28 f.

Doch der Herzog war unversöhnlich und grollte gegen seinen früheren Freund Philipp, nicht zuletzt, weil dieser so vehement die lutherische Sache vertrat. Luther! Dieser Kerl, der ihn immer wieder schmähte und in seiner Streitschrift „Wider Hans Worst" einen ganzen Kübel Unrat über ihm entleert hatte! Ausgerechnet diesem Luther liefen seine eigenen Untertanen nach. Goslar und Braunschweig waren schon lutherisch und hatten sich sogar dem schmalkaldischen Bund angeschlossen. Welche Schmach für den katholischen Herzog! Dass in seinem berechtigten Streit mit diesen Städten nun zu allem Übel der schmalkaldische Bund sich bemüßigt fühlte, diesen Hochburgen der Ketzerei zu Hilfe zu eilen, war zu viel[88].

Philipp, der durch seinen Regensburger Vertrag mit dem Kaiser keineswegs befugt war, gegen Feinde des lutherischen Glaubens zu kämpfen, schmiedete mit Kurfürst Johann Friedrich Kriegspläne, in die er bereits Moritz mit eingeplant hatte. Noch im Frühjahr hatte man gemeinsam mit Moritz überlegt, ob es ratsam sei, das Land des Braunschweiger Herzogs zu überfallen, während dieser auf dem Reichstag in Speyer war.

Davon riet Moritz ab, denn Krieg während eines Reichstages war Landfriedensbruch und wurde vom Kaiser gar nicht gerne gesehen. Man könnte sogar als Begünstiger der Türken und Franzosen zur Rechenschaft gezogen werden.

Philipp hielt dagegen, dass man bei dem Kaiser und den Landständen gut Wetter machen könnte, indem man die Truppen, die man zur Bekämpfung des Braunschweiger Herzogs gebraucht hatte, gleich gegen die Türken zur Verfügung stellen würde.

Kurfürst Johann Friedrich wäre auch sofort dabei gewesen, doch Moritz zögerte nicht nur, sondern wurde auch von seinen Räten, namentlich Georg von Carlowitz, gewarnt, sich diesem gewagten Unternehmen anzuschließen. Schließlich habe er mit dem Braunschweiger Herzog im Unguten nichts zu tun und wolle nicht riskieren, Land und Leute zu verlieren, denn dies stand bei der Aktion auf dem Spiel - auch wenn Philipp wieder einmal

88 Siehe zu den folgenden Ereignissen die Schrift von S. Issleib: Philipp von Hessen, Heinrich von Braunschweig und Moritz von Sachsen in den Jahren 1541 - 1547. Sonderabdruck aus dem Jahrbuch des Geschichtsvereins für das Herzogtum Braunschweig. II (1903). Wolfenbüttel 1904. Verlag Julius Zwissler.

spitzfindige Argumente vorbrachte, weshalb es kein Landfriedensbruch sei, sondern die blanke Notwehr.
Zunächst entschied man sich, das Ende des Reichstages und damit einen günstigeren Zeitpunkt abzuwarten. Dieser war nach Philipps Meinung und Gusto bereits am 30. Juli 1542 gekommen. Er verband sich mit dem Kurfürsten in Eisenach; man tauschte mannhafte Versprechungen aus, die in etwa besagten, dass man wie ein Mann zusammenstehen und alles mutig erdulden wolle, was der Krieg oder Gott ihnen schicke; und dann zogen sie mit ihren Heeren auf das Land Braunschweig los, das sie binnen zweier Wochen erobert hatten. Der Herzog von Braunschweig, der in Wolfenbüttel wohnte, konnte mitsamt seinen Söhnen nur noch fliehen und wurde in Bayern aufgenommen, wo man entsetzt war über das Vorgehen der beiden lutherischen Fürsten. Doch nicht nur in katholischen Kreisen empörte man sich über die neuesten Sprünge des hessischen Landgrafen, auch viele Lutheraner distanzierten sich von ihm.
Zu allem Unglück starb im Frühjahr des Jahres 1543 Kanzler Johann Feige - einer der wenigen, der dem Landgrafen gegenüber immer wieder ein offenes Wort gewagt hatte.

Trotz der Trauer um Feige und trotz all dieser Händel, in die er sich selbst verstrickt hatte, fand er genügend Zeit, sowohl mit seiner Gemahlin Christine als auch mit seiner Gemahlin Margarete jeweils ein Kind zu zeugen. Als die beiden ihre Kinder im Sommer des Jahres 1543 zur Welt brachten, bemühte sich der Braunschweiger Herzog noch immer vergeblich, sein Land wiederzuerlangen. Er war sogar dem Kaiser entgegengezogen, der aus seiner spanischen Heimat ins Deutsche Reich reiste, um ihn um die Rückgabe seines Herzogtums zu bitten.
Der Kaiser stellte ihm Hilfe in Aussicht, nutzte aber gleich die Gelegenheit, den Braunschweiger Herzog in seine Dienste zu nehmen. Schließlich war der Kaiser auf dem Weg, den lutherischen Herzog Wilhelm von Kleve in seine Schranken zu weisen, und mit dem französischen König lag er ohnehin beständig im Clinch. Und wenn Herzog Heinrich von Braunschweig gerade da war, konnte er auch gleich mitkämpfen. Der Kaiser hatte einen unschlag-

baren Sinn fürs Praktische!
Im kaiserlichen Heer befand sich aber zu dieser Zeit Herzog Moritz von Sachsen. Es war unvermeidlich, dass er im Heerlager immer wieder mit Herzog Heinrich von Braunschweig zusammentraf. Moritz wusste, dass Philipp und der Kurfürst solche Treffen nicht gutheißen würden, denn sie hätten sicher Bedenken, dass der Braunschweiger Herzog sich einschmeicheln könnte. Moritz, der sich selbst nach wie vor als neutralen Vermittler in dieser Angelegenheit sah, begegnete Herzog Heinrich freundlich, und schließlich einigte man sich mit dem Kaiser darauf, dass Moritz bei Philipp und dem Kurfürsten entweder auf eine schnelle Rückgabe des Landes Braunschweig an Herzog Heinrich dringen sollte; wenn die beiden Schmalkaldener sich darauf nicht einlassen wollten, sollten sie zumindest bereit sein, das Land dem Kaiser als Oberlehensherrn zu übergeben, der auf dem nächsten Reichstag für eine Schlichtung des Streites sorgen wollte.
Der Winter kam und war für Kriege völlig ungeeignet. Zumindest darin waren sich sämtliche Kontrahenten schon seit Jahrhunderten einig. Sobald der erste Schnee fiel und das Lagerleben keinen Spaß mehr machte, gingen alle ihrer Wege, um sich im Frühling wieder zu treffen und da fortzufahren, wo sie im Spätherbst aufgehört hatten.
So zog auch Moritz wieder nach Hause und machte auf seinem Heimweg einen Abstecher nach Marburg, um dort mit seinem Schwiegervater zu verhandeln. Philipp lehnte alle Angebote des Kaisers rundheraus ab. Die Herren kamen auf keinen grünen Zweig.

Ein ebenfalls sehr ungrüner Zweig wuchs zwischen Elisabeth und ihrer Nichte Agnes. Elisabeth war nämlich zu Besuch in Dresden. Sie war einfach hingefahren und stand plötzlich da wie vom Himmel gefallen, was Agnes ganz und gar nicht passte, denn sie hatte sich auf traute Zweisamkeit mit ihrem Moritz gefreut. Oh, wie kostbar war die knapp bemessene Zeit, die sie mit ihm haben durfte! Und dass sie ihn in dieser Zeit mit jemandem teilen musste, war schlimm genug. Dass dieser Jemand ausgerechnet ihre Tante Elisabeth war, die sie noch niemals besonders gut hatte leiden können, und der sie die Schuld an dieser widerwärtigen Doppelehe gab, war war einfach

zu viel. Agnes gab sich keinerlei Mühe, Elisabeth gegenüber freundlich zu sein, sondern trug ein saures Gesicht zur Schau. Moritz hatte Elisabeth dagegen überschwänglich begrüßt und saß oft mit ihr zusammen, in Gespräche vertieft. Die beiden wurden misstrauisch beobachtet von Agnes und Sidonie, die am anderen Ende des Raumes saßen und nur zum Schein in Stickarbeiten vertieft waren. Sidonie stieß Agnes an und deutete stumm mit ihrem Kinn in die Richtung der beiden, als Elisabeth ihre Hand auf seinen Arm legte, sich zu ihm vorneigte und ihm sogar mit der anderen Hand eine Haarsträhne aus der Stirn strich. Kurz darauf gesellten sich die zwei jungen Damen zu den beiden.
„Agnes!“ sagte Elisabeth mit einem freundlichen Lächeln. „Euer Gemahl erzählt mir gerade, wie froh er ist, Euren Vater zum Schwiegervater zu haben. Er hält große Stücke auf ihn und schätzt seinen Rat.“
„Solange er ihm nicht rät, eine zweite Ehefrau zu nehmen, soll es mir recht sein“, erwiderte Agnes und ordnete betont lässig ihr weites Kleid. Dann schaute sie Elisabeth spitz an. Sidonie wandte sich ab, doch Elisabeth erkannte an ihren bebenden Schultern, dass sie krampfhaft versuchte, ein Lachen zu unterdrücken, was Agnes offensichtlich noch weiter anstachelte.
„Es ist nicht an Ihnen, über Ihren Vater zu urteilen“, sagte Elisabeth ruhig, denn von diesen dummen Gänsen wollte sie sich nicht aus der Ruhe bringen lassen.
Moritz warf seiner Frau einen strengen Blick zu und fragte dann Elisabeth sehr mitfühlend, wie es Margarete gehe.
„Es geht ihr nun etwas besser, wie mein Bruder mir sagte. Er hat sie nun in einem Haus in Spangenberg untergebracht, wo sie nun weniger einsam ist als im Wald. Sie hat schon einem zweiten Sohn das Leben geschenkt. Gott kann also diese Ehe nicht allzu ungnädig ansehen.“ Elisabeth hatte nicht gemerkt, dass Agnes und Sidonie bei dem Wort *Spangenberg* einen kurzen Blick gewechselt hatten.
„Ich kann Euch sagen, liebe Tante, wie mein gnädiger Herr Vater mir den ganzen Unrat erzählt hat. Ich bin fast ohnmächtig geworden und habe mir die Augen ausgeweint. Ich hab ihn gefragt, ob er ein Mensch oder ein Vieh wäre und dass ich ihn für den widerlichsten Verbrecher halte, der auf Gottes

Erde zu finden ist. Er hat mir nur gesagt, ich hätte einen heißen Kopf. Aber eines könnt Ihr mir glauben! Ich habe allen Menschen davon erzählt."

„Pfui, Agnes, das war nicht recht. Man soll Vater und Mutter ehren!" Elisabeth war sichtlich empört, was erneut Sidonias Schultern zum Beben brachte. Sie stand am Fenster und schaute scheinbar sehr interessiert auf die Straße.

„Nun gut, wenn Ihr meint, liebe Tante. Meinem Vater werden so viele Lügen erzählt, dann will ich ihn auch anlügen und ihm schön tun."

„Das rat ich Euch nicht, Agnes. Wer sich ausgleichend verhält, währt am längsten."

„So tischt Ihr ihm wohl auch Lügen auf und bauchmiezelt[89] ihn schön."

„Wenn mein Bruder das so gesagt hat, dann will ich es so getan haben. Aber Ihr habt keine Lügen von mir gehört. Wenn ich etwas sage, dann stehe ich dazu. Das solltet Ihr auch tun, denn das steht Fürsten wohl an."

„Wie dem auch sei, liebe Tante, ich sehe diese Verbindung nicht als eine Ehe an, und das habe ich meinem Herrn Vater auch gesagt."

„Agnes, Agnes! Versündigt Euch nicht. Was die Ehre Eures Vaters ist, das ist auch Eure Ehre. Wie würde es Euch ergehen, wenn - da sei Gott vor! - Eure Brüder stürben und der Kaiser würde die Lehen alle an die Söhne der Margarete von der Saale geben?"

„Dann würde ich..." wollte Agnes schon auffahren, wurde aber von Moritz rüde unterbrochen: „Agnes, halt jetzt dein Maul[90]!" Er hatte die ganze Zeit nur zugehört wie jemand, der drei sich befauchende Katzen beobachtet und überlegt, ob er mit einem Eimer Wasser einschreiten soll.

Für einen Moment schaute Agnes ihn beleidigt an, doch dann setzte sie sich sehr aufrecht in ihrem Stuhl zurecht und fuhr in sehr damenhafter Haltung fort: „Wieso gönnt Ihr eigentlich Fräulein Sidonie den Herrn Christoph zu Württemberg nicht?"

---

89 Bauchmiezeln: schmeicheln. Aus: Ufer, Peter; Der große Gogelmosch, Das Wörterbuch der Sachsen. Edition Sächsische Zeitung, Dresden 2010, S. 293.

90 Elisabeth schreibt in ihrem Brief, Moritz hätte gesagt, „sey solt dast mul halten". PKMS 2, Dokument Nr. 619, S. 99 ff. Das Wort Maul hatte damals noch nicht die heutige, sehr unhöfliche Bedeutung, sondern wurde damals gebraucht wie heute Mund, was für unsere heutigen Begriffe aber auch unhöflich und hart genug ist.

Für einen Moment war Elisabeth perplex, doch dann atmete sie tief ein: „Was soll ich ihr denn gönnen?“ konterte sie mit einem bissigen Blick auf Sidonie, die sich nun langsam umwandte. Und während sie Sidonie fixierte, knurrte sie: „Immerhin behauptet sie, ich hätte die Franzosenkrankheit.“
Hier gab Sidonie die Parodie einer Verbeugung zum Besten und flötete: „Liebste Cousine, mir geschieht unrecht. Euer lieber Bruder hat mich sehr hart angeredet deswegen.“
Elisabeth winkte ab. „Ich befehl es Gott, was ihr zu reden habt. Ich weiß wohl, was wahr und was falsch ist.“
Hier betrat Rat Carlowitz den Raum und bat Moritz um eine Unterredung. Die Erleichterung über diese Unterbrechung stand Moritz deutlich ins Gesicht geschrieben. Er erhob sich und ging mit Carlowitz davon, ohne sich umzuschauen.
Als er außer Hörweite war, sagte Sidonie: „Ich kann die sonderbare Verbindung, die der Landgraf da eingegangen ist, auch nicht gutheißen. Ich hoffe, dass Margarete stirbt. Die schwangeren Frauen sterben doch immer. Wie konnte der Landgraf nur einen solch fatalen Schritt tun? Seit Christi Geburt hat niemand mehr zwei Ehefrauen zur gleichen Zeit gehabt.“
„Mein Bruder führt jetzt ein besseres Leben als vorher. Außerdem haben es etliche getan - und wisst Ihr überhaupt die Ursache für seinen Schritt? Bei Paulus steht: Es ist besser zu freien als zu brennen. Und jetzt schweigt endlich still, denn wer meinen Bruder schmäht, der schmäht auch mich!“
„Es hört doch sonst niemand außer uns hier, und wir wissen ohnehin Bescheid.“ Sie wechselte mit Agnes einen schmierigen Blick. „Aber ist es nicht so, liebste Cousine, dass Ihr dazu geholfen habt?“
„Wie könnt Ihr es wagen!“
„Nun, liebe Tante“, warf Agnes ein, „auch wenn Ihr nichts davon gewusst habt und Euch ganz krank gehärmt habt, (diese Worte begleitete Agnes mit theatralischen Gesten) als es ans Licht kam, so habt Ihr doch von der Liebe zwischen den beiden gewusst.“
„Gar nichts habe ich davon gewusst, das weiß Gott!“ Elisabeth geriet nun immer mehr in einen verteidigenden Tonfall. Was wollten diese beiden Gören überhaupt von ihr? Hatte sie selbst nicht auch großen Nachteil zu dul-

den durch die Doppelehe? Und nun auch noch Schmähungen und Frechheiten dieser beiden Gänse!
Zu allem Überfluss lachte Sidonie nun laut auf und rief: „Das ist aber wohl alles wahr, was man sich so erzählt. Ich kann Euch viele seltsame Dinge sagen, wenn Ihr einmal zu mir kommen wollt. Es heißt auch, der Landgraf sei schon über zehn Jahre mit dem Gedanken umgegangen, eine zweite Frau zu nehmen."
„Und hat er nicht zu Euch auch gesagt, dass er sich noch eine nehmen wollte, wenn diese Person stürbe?"
„Schweigt nun still! Es steht Euch nicht an, die Taten Eures Vaters zu verurteilen."
„Ihr wiederholt Euch, liebe Tante!" erwiderte Agnes gelangweilt.
„Was wollt Ihr beiden überhaupt? Der Herzog von Langburg hat zwei Huren, vom König sagt man, dass er auf jedem Schloss eine Hure habe. Sein Schwager und er selbst beschlafen Eheweiber. Jeder Fürst hat seine Huren. Soll das denn besser sein?"
„Gut ist das auch nicht, aber deshalb ist diese Verbindung zwischen dem Landgrafen und dieser Kreatur noch lange keine Ehe", widersprach Sidonie.
„Genau!" pflichtete Agnes ihr nun bei. Elisabeth stöhnte innerlich auf. Diese beiden dummen Weiber! Und sie selbst fühlte sich auch nicht gerade wohl, ihren Bruder in dieser unsäglich schlimmen Sache zu verteidigen, doch Agnes und Sidonie hatten ihrer Meinung nach keinerlei Recht, den Landgrafen so zu schmähen.
„Die Gelehrten haben es erlaubt und Eure eigene Mutter! So kann es Gott nicht verboten haben", versuchte es Elisabeth nun mit einem sachlichen Argument. „Also schmäht Euren Vater nicht!"
„Euch gegenüber schadet es doch nicht", sagte Agnes und blickte ihre Tante herablassend an.
„Ihr schimpft so viel auf die Leute. - Ich weiß, Ihr schimpft auch auf mich. - Glaubt Ihr wirklich, dass die Leute, denen Ihr all Euren Unrat erzählt, es nicht wieder erzählen? In was für einem Licht steht Ihr da, wenn man überall weiß, dass ihr solche Lust am Schwatzen und Schlechtreden habt? Schweigt Ihr nur still, dann schweigen auch die anderen Leute still."

Und als Agnes sich daraufhin nur lachend abwenden wollte, beugte sich Elisabeth vor, sah Agnes fest in die Augen und sagte betont ruhig: „Schweigt über Euren Vater nur still bei anderen Leuten, dass Euch Gottes Fluch nicht treffe!"
Diese Drohung verfehlte ihre Wirkung nicht. Agnes' arrogante Miene zerfiel augenblicklich in Scherben. Gottes Fluch wurde von ihr gefürchtet, denn immerhin hatte sie Moritz ohne den Segen seiner Eltern geheiratet. Dass Elisabeth nun noch mit Fluchmöglichkeiten von anderer Seite aufwartete, ließ Agens nun tatsächlich schweigen.
„Komm, Agnes, wir gehen!" sagte Sidonie sanft und zog Agnes mit sich fort.

In einem langen Brief schilderte Elisabeth das Geschehen ihrem Bruder und fügte hinzu:
Mein lieber Bruder, das will ich Dir alles im Vertrauen geschrieben haben. Und melde mich nicht. Denn Deine Tochter ist gezogen wie sie will. Es hilft nun nichts, und besonders da Sidonie bei ihr ist, denn diese regiert sie ganz und gar. Wie dem auch sei, wird's älter, wird's klüger. Aber ich sehe wohl, dass sie ihre Mutter lieber hat als Dich.
Grüß mir meine liebe Schwester M. und sei sicher, dass ich über Deine Ehre wachen will, als sei es meine eigene Ehre, und wenn ich Haut und Haar darüber lassen müsste.
Ich habe auch lange mit Herzog Moritz gesprochen. Er ist auch sehr erbost darüber, dass Ulrich von Württemberg so undankbar gegen Dich ist und Dich hat fallen lassen, nachdem Deine Doppelehe bekannt wurde. Der Württemberger spricht auch schlecht über Dich. Mein lieber Bruder, ich warne Dich dringend vor seiner Gesellschaft. Mein Herz sagt mir nichts Gutes dazu, und du weißt wohl, wie es zugeht, wenn ich etwas ahne. Wenn er Dich fängt und nicht mehr losgibt, bevor Du M. nicht von Dir getan hast, was dann?
Desgleichen versichere ich Dich auch aller brüderlichen Treue und bitte Dich, zerreiß den Brief, damit niemand ihn sieht, der verraten könnte, was ich Dir geschrieben habe.[91]

91 Siehe zu dem Gespräch und dem darauffolgenden Brief: PKMS 2, Dok. Nr. 619, S. 99 ff.

Der Zwist zwischen Landgraf Philipp von Hessen und Herzog Heinrich von Braunschweig war noch immer nicht geklärt und letzterer nach wie vor ohne seine angemessene Wohnstatt in Wolfenbüttel.
Das einzige Band zwischen den Häusern Hessen und Braunschweig bestand auf anderer Ebene: Herzog Heinrich von Braunschweig hatte einen Neffen namens Erich, den man den zweiten von Braunschweig-Calenberg nannte. Dieser war ein hübscher Jüngling von fünfzehn Jahren, den Philipp gerne mit seiner Tochter Anna verheiraten wollte. Schließlich schuldete er dem Haus Braunschweig noch eine Tochter, da die zuvor versprochene Agnes Herzog Moritz geheiratet hatte. Der Ehevertrag für Erich und Agnes hatte damals vorgesehen, dass bei Nichtzustandekommen der Ehe, die Familie, die die Verlobung löste, der anderen Familie zehntausend Gulden bezahlen sollte. Da bot es sich natürlich an, die jüngere Schwester anzubieten, die in der Anschaffung deutlich günstiger gewesen war. Mit Erichs Eltern war Philipp damals schnell handelseinig geworden, und als sich die beiden jungen Leute im Spätsommer des Jahres 1544 zum ersten Mal sahen, fanden sie Gefallen aneinander. Das war weit mehr, als man erwarten durfte.
Anna knickste errötend und lächelte verlegen, als Erich aus dem Kammerwagen stieg. Und auch er war offensichtlich freudig überrascht beim Anblick seiner jungen Braut. Das freundliche Einverständnis setzte sich in den kommenden Tagen nicht nur fort, sonder schien sich auch zu vertiefen. Es war eine Jahreszeit, die wie gemacht schien, sich zu verlieben: Der Sommer hatte seinen Höhepunkt erreicht und versprühte den Duft zarter Sommerfrüchte. Kirschen und Beeren leuchteten überall aus den Blättern hervor, es duftete nach Heu, und die Roggenmuhme ging durchs Feld, wie die alten Leute sagten, wenn der Wind über die reifenden Kornfelder strich. Die Tafeln im Schloss zu Kassel bogen sich unter der Last der üppigen und dem Auge wohlgefällig hergerichteten Speisen.
Anna hatte ihr feinstes Kleid angezogen und sich lange mit ihrer Mutter über Schmuck und Haartracht unterhalten, bis schließlich alles an ihr zu finden war, was weibliche Kunstfertigkeit zu bieten hatte. Dies war dem jungen Erich keineswegs entgangen, und so tanzte er ausgesprochen gerne mit seiner Anna, als nach dem Abendessen die Musikanten aufspielten.

„Erich, es ist schon spät. Sie müssen zu Bett“, rief da seine Mutter, Elisabeth von Braunschweig- Calenberg.
„Oh, bitte, lasst die jungen Leute doch ihre Freude haben!“ erwiderte Christine. Sie wusste nicht, worüber sie sich mehr wundern sollte: Darüber, dass die Herzogin ihren Sohn an so kurzer Leine führte, oder darüber, dass er sich so schnell und bereitwillig von seiner Braut verabschiedete. Als auch Anna ihn etwas irritiert anblickte, wurde er sich wohl bewusst, dass es einem Jüngling wie ihm nicht geziemte, sich von seiner Mutter ins Bett schicken zu lassen, und er errötete tief; umso schneller ging er nach einer hastigen Verbeugung davon.
Anna setzte sich nun an den Tisch zu ihren Eltern, wo ihr Vater gerade ihre zukünftige Schwiegermutter in die Zange nahm. Das Gespräch langweilte Anna zunächst und sie begann, mit den Blüten zu spielen, die man zur Verzierung in die silbernen Obstschalen gelegt hatte.
„Euer Gnaden wissen, dass ich seit einigen Jahren mit Eurem Schwager Herzog Heinrich im Streit liege. Da auch ihr lutherisch seid, halte ich es für recht und billig, dass Ihr mich unterstützt“, sagte Philipp und stellte seinen Kelch ab.
„Ich bin kein Mitglied des schmalkaldischen Bundes und zu nichts verpflichtet. Außerdem werdet Ihr verstehen, dass ich Euch nicht gegen meinen eigenen Schwager unterstützen kann. Herzog Heinrich ist der Bruder meines verstorbenen Gemahls, das bindet mich.“
„Aber ich bin der Vormund Eures Sohnes und bald auch sein Schwiegervater“, brachte Philipp in Erinnerung, was die Herzogin nicht beeindruckte, denn sie konterte ohne Zögern: „Und ich bin das Mündel des Kaisers. Ich kann nicht Partei ergreifen in einem Streit, den der Kaiser nicht gutheißt. Dass Ihr bei dem Überfall auf das Land Braunschweig von Notwehr geredet habt, ist weit mehr als sonderbar. Ihr könnt froh sein, dass der Kaiser Euch nicht wegen Landfriedensbruchs angeklagt hat.“ Damit lehnte sich die Herzogin von Braunschweig-Calenberg zurück und verschränkte die Arme. Philipp knurrte leise; so kam man nicht weiter. Christine rettete die Situation, indem sie die Obstschale noch einmal der Herzogin anbot.
„Bitte, nehmt noch von den Kirschen. Sie sind ganz süß.“ Doch auch die

Kirschen vermochten nicht die säuerliche Miene der Herzogin aufzuhellen. „Wir sind so froh, dass sich die beiden gut verstehen, nicht wahr, mein Gemahl? Anna war schon seit Tagen ganz aufgeregt, ihn zu treffen. So lange sind die beiden nun schon versprochen und endlich haben sie sich einmal kennen lernen können." Doch Christines Versuch lief ins Leere. Philipp und die Herzogin schwiegen beharrlich, und so behielt die Herzogin auch die Bemerkung, dass ihr heute zehntausend Gulden lieber wären als eine hessische Prinzessin zweiter Wahl, für sich. Sie musste diese Verpflichtung irgendwie loswerden, denn wer wusste schon, welche unverschämten Forderungen Philipp von Hessen noch stellen würde?

*

„Sidonie, schau nur! Dort ist schon Kassel und das Schloss meiner Eltern", rief Agnes. „Du wirst sehen, dort werden wir schöne Tage haben."

Sidonie schaute aus dem Fenster des Kammerwagens und vergewisserte sich, dass es nun nicht mehr lange dauern würde, bis man endlich, nach dem tagelangen Geschaukel auf dem Wagen, wieder festen Boden unter die Füße bekam.

„Ich weiß nicht, ob ich so viel junges Glück ertragen kann. Deine Schwester ist elf Jahre jünger als ich und ganz gewiss Braut."

„Dass Christoph von Württemberg nichts von dir wissen will, hast du nur meiner Tante Elisabeth in Rochlitz zu verdanken. Dieses böse Weib! Ich kann mir nur denken, dass sie dich bei ihm schlecht gemacht hat, denn mein Vater erzählte mir, dass sie ein Auge auf ihn geworfen hat. Aber dein Onkel hat doch bei dem Pfalzgrafen Wolfgang bei Rhein vorgesprochen. Er wird sich sicher bald melden."

„Agnes, dass mein Onkel bei ihm vorgesprochen hat, ist mehr als vier Monate her. Wenn er mich wirklich haben wollte, hätte er sich längst gemeldet. Daraus wird auch nichts."

„Du darfst die Hoffnung nicht aufgeben."

„Aber ich hoffe schon so lange! Irgendwann ist es vorbei. Auch die älteren Männer wollen junge Frauen, die ihnen noch Kinder gebären können."

„Was sagt denn deine Mutter? Weiß sie nicht noch jemanden?"
„Sie hat schon mit meiner jüngeren Schwester Aemilia gesprochen."
„Aber Aemilia sucht doch sicher selbst einen Mann, da sie verwitwet ist."
„Nicht unbedingt. Ich glaube, sie hat den alten Mann sehr lange gepflegt und vorerst hat sie genug davon. Aber Aemilia wusste auch keinen Rat. Davon abgesehen sagte meine Mutter mir, dass ich aufhören solle zu heulen, denn verheult wollte mich ganz sicher niemand haben."
Agnes drückte ihrer Schwägerin feste die Hand. „Man hat es manchmal nicht leicht mit seinen Eltern."
„Ja", seufzte Sidonie mitfühlend. Ihre drachenhafte Mutter war ihr allemal lieber als ein doppelt verheirateter Vater, mit dem Agnes zurechtkommen musste.

Etwas verloren stand Sidonie schließlich im Kasseler Schloss zwischen all den Menschen, die sich begrüßten, umarmten und sich erzählten, wie sehr sie sich freuten, einander wiederzusehen. Als sie Anna mit ihrem jungen Bräutigam sah, kamen ihr fast die Tränen. So jung müsste sie noch einmal sein! So jung wie diese Anna und mit einem so hübschen, jungen, freundlichen Bräutigam gesegnet, wie dieses Mädchen es war. Damals hatte Sidonie keinen Gedanken ans Heiraten verschwendet und war sogar froh gewesen, dass die Bräutigame nicht Schlange standen, denn das Beispiel ihrer Schwester Aemilia, die die Mutter mit einem Greis verheiratet hatte, war nicht sonderlich verlockend gewesen. Aber nun war es anders. Sie wollte, wollte so gerne heiraten, und nun bot sich ihr niemand. Gar niemand; von einem Mann, der ihr gefiel, ganz zu schweigen.
Da merkte sie, dass die Augen einer älteren Fürstin, die sie nicht kannte, ganz unverwandt auf ihr ruhten. Sidonie schlug die Augen nieder und knickste.
„Sidonie, das ist die Herzogin von Braunschweig-Calenberg, die Mutter unseres zukünftigen Schwiegersohnes", sagte Christine, die schon gesehen hatte, wie unwohl Sidonie sich fühlte. Das arme Mädchen dauerte sie so sehr, dass sie sich vornahm, alles zu tun, um Sidonie von ihrem Schmerz ein wenig abzulenken.

Am Abend wurde wieder getanzt. Philipp hatte die besten Musiker von ganz Hessen an seinem Hof, wie er gerne behauptete, und sie spielten auf als ginge es um ihr Leben. In immer neuen Reihen und Kreisen fanden sich die Männer und Frauen zusammen, um die alten und neuen Tänze zu tanzen. Besonders in den Kreisen, wenn eine flotte Gaillarde getanzt wurde, wechselten die Tanzpartner beständig, und so kam es, dass Sidonie auch mit dem jungen Bräutigam tanzte.

Wie überaus freundlich er sich ihr zuneigte! Hatte er eben ihre Hand nicht viel länger als nötig festgehalten? Oder war sie selbst es gewesen, die seine Hand gar nicht mehr loslassen wollte? Bei einem der Kreistänze, als sie sich an den Händen hielten und zueinander hin neigten, spürte Sidonie seinen jungen Männerduft. Als sie die nächsten Schritte verpasste, führte er sie mit einem Lächeln wieder in den richtigen Schritt. Dabei berührte er sie kurz im Rücken. Sein Lächeln war nicht spöttisch, nein, keineswegs! Es war... lieb? Noch als der Tanz längst zu Ende war, spürte Sidonie noch immer seine Hand in ihrem Rücken. So unauffällig wie möglich legte sie ihre Hand darüber, als wolle sie diese Stelle schützen.

Sie schaute durch den Tanzsaal hinüber zu dem jungen Erich. So viele Menschen waren in diesem Raum, bunt gekleidet, fröhlich schwatzend und lachend; man trank sich zu. Sidonie sah Anna im Kreis ihrer Schwestern stehen und glückselig lachen. An Annas Gestik konnte Sidonie erkennen, dass sie über ihr Hochzeitskleid sprach, denn ihre Hände wanderten über ihr Gewand, und hielten inne, wenn sie offenbar erklärte, wie die Ärmel oder der Halsausschnitt beschaffen sein würden. Philipp bedrängte schon wieder eine Hofdame, was Christine mit verbittertem Gesicht ignorierte. Die Räte reihten sich zwar auch zum Tanzen ein, bewahrten aber auch zu fortgeschrittener Stunde Haltung. Zwischen all diesen Menschen gingen Diener hin und her, reichten auf silbernen Tabletts mit Wein gefüllte Kelche, Früchte oder süßes Gebäck.

Und Sidonie sah Erich. Nur ihn. Erst als seine Mutter ihren Kelch in Sidonies Richtung hob als proste sie ihr zu, schreckte Sidonie auf. Nun erst sah sie, dass Erich und seine Mutter sie anschauten. Auch Erich hob seinen Kelch. Sollte sie es wagen? Konnte sie einfach so zu den beiden gehen? Der

Raum schien ihr plötzlich riesig, doch schließlich war sie bei Erich und seiner Mutter angelangt, wo sie überaus freundlich empfangen wurde.

Es war schon weit nach Mitternacht, als sich Sidonie und Agnes als zwei der letzten von dem Fest zurückzogen. Die beiden Freundinnen teilten sich ein Zimmer. Eine völlig übermüdete Zofe half den Damen noch beim Auskleiden, dann lagen sie in ihren Betten. Sidonie lag ganz still, lauschte auf ihren Herzschlag, der sich noch immer nicht beruhigte. Sie hatte ihr Gesicht zur Wand gedreht, aus Angst, Agnes könnte trotz der Dunkelheit ihr Strahlen sehen.
„Der Tanz hat dir richtig gut getan, nicht wahr?"
„Ja!" antwortete Sidonie so leise und ruhig wie es ihr eben möglich war.
„Ich habe dich schon lange nicht mehr so glücklich gesehen. Ich glaube sogar, dass ich dich noch nie so glücklich gesehen habe. Hat dir jemand besonders gut gefallen?" fügte Agnes neckend hinzu.
„Das Tanzen hat mir besonders gut gefallen", sagte Sidonie und gähnte herzhaft. „Lass uns schlafen. Morgen ist sicher wieder ein schöner Tag voller Lustbarkeiten."
„Ja. Gute Nacht! Guten Morgen kann man fast sagen. Schlaf gut!"
Für eine Weile war es still, doch dann hörte Sidonie, dass Agnes sonderbar schwer atmete.
„Agnes? Ist alles in Ordnung?" flüsterte sie.
„Mir ist ganz und gar nicht wohl. Den Abend über war mir schon so sonderbar zumute. Ich hatte auch gar keine Lust zu Tanzen."
„Hast du vielleicht zu viel Wein getrunken, zu viel gegessen?"
„Nein, ganz sicher nicht, denn ich habe schon gespürt, dass mit mir etwas nicht so ganz in Ordnung ist. Vielleicht sind es die Nachwirkungen der Reise; das lange Geschaukel kann nicht gut sein."
„Soll ich eine Dienerin rufen? Willst du etwas Wasser trinken? Das Wasser hier ist doch gut, nicht wahr?"
„Ja. Wasser ist sicher keine schlechte Idee. Könntest du bitte eine Dienerin rufen?"
Sidonie ging augenblicklich hinaus. Bald kam eine Dienerin und auch die

Landgräfin hatte gehört, dass im Zimmer ihre Tochter Unruhe herrschte und sich noch einmal erhoben.
„Kind, wir rufen Doktor Sailer. Er ist hier im Schloss und kann gleich bei dir sein", sagte sie, als sie sich an das Bett ihrer Tochter setzte und ihre Stirn fühlte. „Dein Kopf ist nicht heiß, aber unwohl ist dir? Übel?"
Agnes nickte mit kläglichem Gesicht.
Es dauerte tatsächlich nicht lange und Doktor Sailer war da. Er setzte sich auf die andere Seite des Bettes, nahm ihre andere Hand und befühlte auch ihre Stirn. Die Dienerin und Sidonie standen um das Bett herum und beobachteten, wie Doktor Sailer nun sein Hörrohr auspackte, es auf Agnes' Brust setzte und lauschte. Er betastete ihren Leib, stellte mehr oder weniger die Fragen, die Sidonie auch schon gestellt hatte und nahm schließlich mit einer gewissen Feierlichkeit Agnes' beide Hände in seine.
„Wenn mich nicht alles täuscht, so sind Euer herzoglichen Gnaden gesegneten Leibes."
Daraufhin brach ein Jauchzen und Jubeln los, das sogar Anna aus ihrem Zimmer herbeieilen ließ.
Natürlich stimmte sie mit ein. So kurz vor der eigenen Hochzeit war sie sehr empfänglich für solches Glück, das sie sehr bald zu teilen hoffte.
Nur Sidonie stand abseits und schaute wehmütig in all die lachenden Gesichter, doch in ihre Wehmut mischte sich eine leise Hoffnung.

Die Herzogin von Braunschweig-Calenberg war eine resolute Frau, die genau wusste, was sie wollte und was sie nicht wollte. Vor einigen Jahren noch war ihr eine Verbindung mit dem Hause Hessen höchst erstrebenswert erschienen. Nun hatten sich die politischen Verhältnisse geändert: Ganz abgesehen davon, dass Landgraf Philipp sich mit seiner Doppelehe zum Gespött der gesamten Christenheit gemacht hatte, lag er nach wie vor im Streit mit Herzog Heinrich von Braunschweig-Wolfenbüttel. Dieser war der Schwager der Braunschweig-Calenberger Herzogin, der versucht hatte, die Herrschaft an sich zu bringen, sobald ihr Gemahl erkaltet gewesen war. Weitere Vormünder waren der hessische Landgraf und Kurfürst Joachim II. von Brandenburg. Auf den Landgrafen als Vormund legte sie beileibe keinen

Wert, und sie war ohnehin bestrebt, seinem Einfluss auf sie und ihren Sohn einen möglichst großen Riegel vorzuschieben. Als ihr Gemahl gestorben war, konnte sie ihre Alleinherrschaft nur durchsetzen, indem sie gegenüber den drei Vormündern den Kaiser als obersten Vormund anerkannte. Um nicht in die Streitigkeiten der drei Fürsten hineingezogen zu werden, wobei sie immer Gefahr lief, sich mit der falschen Seite gutzustellen und alles zu verlieren, wenn die andere Seite gewann, erstrebte sie seit geraumer Zeit eine Annäherung an den Kaiser.[92]

Der nächste Tag war traumhaft für Agnes. Sie schlief lange aus, ließ sich dann von ihrem Vater auf die Stirn küssen und ‚Mein liebes, gutes Mädchen' nennen. Noch am selben Tag setzte Philipp sich höchst selbst hin und schrieb seinem Schwiegersohn einen Brief ins Feldlager, in dem er ganz zum Schluss und wie beiläufig anfügte, dass Agnes schwanger war, denn er wusste, wenn er diese frohe Kunde gleich zu Anfang schrieb, würde Moritz den Brief wahrscheinlich vor Freude nicht zu Ende lesen.

Von allen ließ Agnes sich beglückwünschen und bewundern, wobei es ihr selbst in der Seele wehtat, zu sehen, wie offensichtlich Sidonie sich nach einem solchen Zustand sehnte: verheiratet und schwanger.

Es war schon Abend, als Agnes einen ruhigen Moment mit ihrer Freundin hatte. Da nahm sie ihre Freundin bei den Schultern, schaute ihr in die Augen und sagte: „Du darfst nicht aufgeben, Sidonie. Ich bin ganz sicher, dass auch für Dich sehr bald Brauttage kommen werden. Sei nur getrost und vertraue auf Gott." Als sie sah, dass Sidonies Augen schwammen, nahm sie sie fest in ihre Arme und ließ sie eine Weile weinen.

„Komm, lass uns in den Saal gehen. Das Essen wird gleich aufgetragen. Und danach wollen wir wieder tanzen und fröhlich sein. Gestern hat dir das Tanzen doch so gut gefallen. Bitte, trockne deine Tränen."

„Sicht man sehr, dass ich geweint habe?" fragte Sidonie und wischte sich vorsichtig die Tränen aus dem Gesicht. Agnes schaute prüfend, schüttelte den Kopf, dann klopfte Sidonie sich die Wangen, atmete tief durch, strich sich über ihr Kleid und fühlte sich gewappnet, vielen glücklichen Menschen zu begegnen.

---

92 Kühn, Helga-Maria, Hannover 2009, S. 31.

Bei der Abendtafel hatte es die Herzogin von Braunschweig-Calenberg so eingerichtet, dass sie neben Sidonie zu sitzen kam. Mit dem Vorschlag, das arme Mädchen etwas aufzuheitern, hatte Christine der Herzogin gerne den Platz neben ihr gegeben.
Zunächst fühlte Sidonie sich etwas unwohl, denn die Herzogin schien sie sehr genau ins Auge zu fassen. Dabei war sie jedoch so überaus freundlich und erkundigte sich nach ihrem Bruder Moritz.
„Ich hörte, Euer Bruder kämpft sehr ruhmreich für den Kaiser gegen den französischen König."
„Ja, Euer Gnaden. Der junge Herzog hat für den Kaiser sehr tapfer gekämpft und wurde von ihm gelobt und ausgezeichnet. Aber trotz allem machen wir uns natürlich Sorgen und beten jeden Tag für ihn."
„Das ist löblich."
„Mein Bruder August ist seit kurzem weltlicher Administrator des Bistums Merseburg. Davor war er für eine Weile am Hof des böhmischen Königs Ferdinand, des Kaisers jüngerem Bruder. Er hat dort eine gute Ausbildung erhalten und ist seit einiger Zeit wieder zurück von dort. Er hat von Prag sehr geschwärmt und ist dort auch dem Kaiser begegnet."
„Was Ihr nicht sagt? So ist Eure Familie eng verbunden mit dem Hause Habsburg?" sagte die Braunschweig-Calenberger Herzogin scherzhaft und nippte an ihrem Wein. Sidonie lachte etwas verlegen. Sie wagte kaum zu essen, damit sie der Herzogin Rede und Antwort stehen konnte.
„Eng verbunden wäre zu viel gesagt, aber ich denke, der Kaiser sieht in meinen Brüdern zuverlässige, treue Männer." Nun steckte sie sich doch einen Happen Fleisch in den Mund.
„Ihr seid klug und bescheiden, das gefällt mir. Würdet Ihr mich nachher für eine Weile nach draußen begleiten an die frische Luft?" Sidonie kaute und nickte.
„Gerne, Euer Gnaden", erwiderte sie, obwohl sie es gar nicht gerne zusagte. Was, wenn die Herzogin den ganzen Abend im Garten spazieren gehen wollte und sie nicht zum Tanz ließ?
Genau das fürchtete Sidonie, als die Herzogin auf sie zukam, als gerade der Tanz beginnen sollte. Sidonie stand mit Agnes, Anna und deren Bräutigam

zusammen. Gemeinsam beobachteten sie nun, wie die Musiker ihre Instrumente stimmten, hier und dort noch ihre Kleider richteten oder sich das lange Haar aus den bärtigen Gesichtern strichen. Erich hatte schon seine Braut an der Hand gefasst und wollte sich mit ihr in dem weiten Kreis aufstellen, da fuhr seine Mutter dazwischen.

„Anna, Ihr werdet Euren Bräutigam für diesen Tanz an Sidonie abgeben müssen. Ihr könnt noch genug mit ihm tanzen.“ Damit legte sie Sidonies Hand in Erichs und lud sie mit einer freundlichen Geste zum Tanz ein. Dann ging sie davon und ließ Anna und Agnes mit einiger Überraschung zurück.

„Was war das denn?“ fragte Anna entgeistert.

„Ich weiß auch nicht genau. Ich glaube, Sidonie tut ihr wirklich sehr leid. Sie hat sich mit ihr beim Essen lange unterhalten. - Gräm dich nicht wegen eines Tanzes. Du hast deinen Erich ja noch dein ganzes Leben lang“, tröstete Agnes ihre kleine Schwester.

Und Sidonie tanzte mit Erich. Als er sie anstrahlte, war sie selig. Verstohlen schaute sie ihn von der Seite an. Glücklicherweise war dies ein Tanz, bei dem die Tanzpartner nicht gewechselt wurden, und so hatte sie ihn die ganze Zeit für sich. Sie genoss jede Berührung seiner Hand, spürte genau, wie jung und fest diese Hand war; sie schaute auf seinen Adamsapfel, den Jünglingsbart auf seiner Oberlippe. Dann und wann begegneten sich ihre Blicke, denn auch Erich schaute seine Tänzerin genauer an. In seinem Blick glaubte sie zu erkennen, dass auch ihm gefiel, was er sah. Sie errötete wie ein ganz junges Mädchen und fühlte sich auch so.

Nach dem Tanz wollte er sie partout nicht verlassen, sondern bestand darauf, mit ihr ein wenig umherzugehen; sie tranken Wein, aßen von den süßen Früchten, die in kostbaren Schalen überall bereitstanden und unterhielten sich immer unbefangener miteinander. Erich machte Sidonie den Hof! Ein junger, hübscher Mann, der schon mit einer anderen, viel Jüngeren verlobt war, umwarb sie immer offensichtlicher. Erichs Werben legte sich wie ein kühlender Balsam auf Sidonies wunde Seele. Endlich wurde sie beachtet, umworben, geliebt. Wie groß musste seine Liebe zu ihr sein, wenn er im Angesicht seiner Braut um sie warb!

Das Angesicht der Braut zeigte nun deutliche Spuren des Erkennens. In ih-

ren Augen standen Tränen, und zwar nicht nur vor Trauer, sondern auch vor Zorn. Wie konnte Erich es wagen! Und wie konnte Sidonie es geschehen lassen? Die Freundin ihrer Schwester! Agnes und Christine bemerkten, dass mit Anna im Laufe des Abends eine Veränderungen vorgegangen war.
„Anna, was ist dir? Fühlst du dich nicht wohl?“ fragte die Mutter besorgt.
„Mutter, schaut nur! Sidonie und Erich!“ Sie konnte nur noch schluchzen.
„Aber Anna!“ ereiferte sich nun Agnes. „Wie kannst du nur so missgünstig sein? Lass der armen Sidonie doch auch einmal einen Tänzer. Schau nur, wie alt sie ist. Sie hat wahrhaftig wenig zu lachen.“
Anna traute ihren Ohren nicht und ging davon. Wie konnten ihre eigene Mutter und Schwester nur so blind sein?
Doch in diesem Moment hatte die Freude auch für Sidonie ein Ende, denn Erichs Mutter kam nun, um Sidonie zu einem kleinen Spaziergang in der frischen Luft abzuholen. Es war ein wunderbar lauer Sommerabend. Sidonie hätte das Zirpen der Grillen, den sanften Wind und das Singen der Nachtigallen lieber mit Erich geteilt, doch seine Mutter hatte darauf bestanden, alleine mit Sidonie zu gehen.
Nach allgemeinem Geplauder kam die Herzogin bald auf die Doppelehe des Landgrafen zu sprechen und fand in Sidonie eine eifrige Gegnerin dieses infamen Schrittes.
„Ihr könnt sicher verstehen, mein Kind, dass ich auf eine Verbindung mit diesem Haus keinen großen Wert mehr lege.“
Sidonie verstand vollkommen. Langamen Schrittes gingen sie im Schlosshof umher, in dessen Schatten es schon deutlich kühl war.
„Eine Verbindung mit dem herzoglichen Sachsen käme mir weit gelegener. Euer Bruder Moritz steht in den Diensten des Kaisers, Euer Bruder August war am Hof des Königs von Böhmen... Das alles sind Dinge, die mir sehr gut gefallen. Und Ihr gefallt mir ausnehmend gut. - Ihr müsst nicht so verlegen lächeln, mein Kind! - Und ich habe auch gesehen, dass Ihr meinem Sohn Erich gut gefallt. Ja, ich bin sicher, er trägt eine große Zuneigung zu Euch.“
„Ja, das habe ich auch gefühlt.“
„Und? Erwidert Ihr diese Zuneigung?“
„Euer Gnaden, ich erwidere diese Zuneigung von ganzem Herzen: Ja, ich

muss sogar sagen, wenn ich ihn nicht bekommen kann, dann will ich keinen anderen Mann mehr haben solange ich lebe. Doch wie kann ich auf ihn hoffen? Er ist mit der Schwester meiner Schwägerin und Freundin verlobt. Ich kann und darf mich doch nicht zwischen diese beiden drängen. Außerdem kann ich nicht in eine Ehe einwilligen, ohne die Erlaubnis meines Bruders Herzog Moritz. Ich bitte Euer Gnaden um Verständnis."

„Und wenn ich es Euch erlaubte? - Euch gar darum bäte? Euren Bruder will ich auch überzeugen." Hier legte die Herzogin ganz freundschaftlich ihren Arm um Sidonies Schultern. „Mir liegt nur das Glück meines Sohnes am Herzen und natürlich die Ehre der Familie. Ich sehe doch, wie sehr er Euch liebt. Viel lieber würde er Euch zum Altar führen als dieses Gänschen Anna. Und was daraus erwachsen kann, wenn man ohne Liebe heiratet, das sehen wir ja an dem Landgrafen, nicht wahr? Man kann nur froh sein, dass seine arme Mutter das nicht miterleben muss. - Ich will den Teufel nicht an die Wand malen, aber ich will auf keinen Fall, dass mein Sohn sich den Landgrafen zum Vorbild nimmt, wenn er mit Anna unglücklich ist. Und Anna kommt sehr nach ihrer langweiligen Mutter. Was glaubt Ihr, wie lange Anna die Aufmerksamkeit meines Sohnes würde fesseln können?"

Sidonie, die dem Gedankengang der Herzogin mit beipflichtendem Nicken, das immer heftiger wurde, gefolgt war, wagte einen letzten Einwand: „Aber ich bin doch sicher fünf Jahre älter als er."

Bei diesen Worten huschte eine Lächeln über das Gesicht der Herzogin, denn Sidonie und sie selbst wussten genau, dass sie volle zehn Jahre älter war als er. „Euer Gnaden, man weiß doch, dass die jungen Herren ältere Frauen nicht so gut halten. Ich weiß nicht, was ich sagen soll."

„Sagt ja, mein Kind, dann ist alles gut. Er liebt Euch und Ihr liebt ihn. Was soll er mit einem so unreifen Kind wie dieser Anna? Ihr werdet sehen, er wird Euch in allen Ehren halten und Euch lieben, wie Ihr es verdient. Er weiß, dass eine reife Frau einem jungen Mann sehr viel zu geben hat."

„Dann will ich Euch vertrauen und alles in Eure Hände geben."

„So ist es recht, mein Kind. Und jetzt geht wieder hinein. Ich werde Euch ein Zeichen geben, wenn Ihr zu ihm gehen sollt."

Als die Herzogin den Saal betrat, sah sie, dass Erich mit Philipp trank. Normalerweise hätte sie es nicht gutgeheißen, dass Erich so viel trank - der Landgraf war berühmt für seinen Durst, der ebenso lange währte, wie die Fichten grün waren - doch heute kam ihr Erichs Trunkenheit gelegen. Sie schritt erst ein, als Erich schon wankte, und führte ihn aus dem Saal in ein Nebengemach, um ihn dort auf eine gepolsterte Bank zu betten. Er wusste nicht mehr wirklich, wo er war. Sie öffnete sein Wams und sein Hemd, auch seine Hosen und drapierte sein langes Haar recht hübsch auf den Kissen. Dann ging sie hinaus, wo sie nicht lange nach Sidonie suchen musste.
„Geht nur hinein, er erwartet Euch."

Anna war zum Tanz zurückgekehrt, hatte aber Erich nicht gefunden. Ihr Vater sagte, dass seine Mutter ihn hinausgeführt hätte, weil ihm nicht wohl gewesen sei. Anna suchte in den umliegenden Räumen und kam zwangsläufig schließlich in das Gemach, in dem sie Erich und Sidonie fand. Im Zwielicht glaubte sie zunächst, die Frauengestalt, die sich über ihn beugte, sei seine Mutter, doch als ihre Augen sich an das dämmrige Licht gewöhnt hatten, sah sie, dass diese Frau ihre Lippen auf seine drückte. Dann war das wohl eher nicht seine Mutter! Zumal ihre Hände an Körperstellen lagen, die eine Mutter allenfalls beim Wechseln der Windel berührt hätte.
„Erich?" fragte Anna mit sehr dünner, schriller Stimme.
Die Frau fuhr auf. Da erkannte Anna ihre Schwägerin Sidonie! Erich blinzelte, schaute von einer Frau zur anderen, erschrak bei Sidonies Anblick sichtlich, erhob sich hastig und wollte auf seine Braut zueilen, doch seine offenen Hosen rutschten ihm in die Kniekehlen und verhinderten eben dies.
„Anna!" rief er, doch Anna war schon aus der Tür.
Er schaute Sidonie an, die sich verlegen den Ausschnitt zurechtrückte. Da betrat nun die Herzogin von Braunschweig-Calenberg den Raum.
„Da ihr beiden euch so sehr liebt, können wir nicht anders, als nun Eure Verlobung zu verkünden. Mein Sohn, ich beglückwünsche Euch zu Eurer Wahl. Was für eine glänzende Verbindung!"
Während die Herzogin ihre Arme gegen Sidonie und ihren Sohn ausbreitete, richtete dieser sich die Hosen, und Sidonie strich sich nervös lächelnd

ein paar Haarsträhnen glatt.
„Wir werden nun alles richten für die Hochzeit. Kommt, kommt, meine Kinder!“ Die beiden traten auf seine Mutter zu.
„Kniet nieder!“ Dann legte die Herzogin die Hände der beiden ineinander, umschloss sie mit ihren eigenen und besiegelte mit feierlichen Worten die Verlobung. Dieses Schauspiel sahen bereits Philipp und Christine, die von ihrer Tochter alarmiert worden waren.
Der Skandal war perfekt und das Fest zu Ende. Anna weinte, Christine und Agnes sahen ein, dass Anna sich berechtigterweise Sorgen gemacht hatte, Philipp und die gesamte Hofgesellschaft waren entsetzt, empört, schockiert, dass Sidonie es gewagt hatte, unter dem Dach ihrer Freunde den Bräutigam der Tochter zu verführen.
Die Herzogin von Braunschweig-Calenberg meinte noch, dem Fräulein sei wohl die Zeit zu lange geworden[93]. Danach wurde alles andere brieflich geregelt. Die Boten hatten viel zu tun in diesen Tagen, bis die Wogen wieder geglättet waren. Philipp, der noch am selben Abend die Verlobung zwischen Erich und Anna als aufgelöst angesehen hatte, bemühte sich zwar, doch noch eine Zusage der Braunschweig-Calenberger Herzogin zu bekommen, aber selbst ein Besuch Christines mitsamt ihrer Schwägerin Elisabeth von Rochlitz brachte kein Ergebnis.
Erich selbst bat den Landgrafen um Verzeihung und hoffte, dass die gute Nachbarschaft auch weiterhin bestehen würde. Als tatsächlich nichts mehr daran zu ändern war, dass Erich nun Sidonie heiraten würde, da konnte Philipp nur noch hoffen, dass seine Tochter eines Tages an den Ort komme, an den Gott der Allmächtige sie führen würde. Sidonie und Erich wünschte er trotz allem Glück, vermutete aber, dass sich am Ende des Kussmonats noch allerlei zwischen den beiden zutragen würde.

Als Elisabeth von Rochlitz von all diesen neuen Wendungen erfuhr, fühlte sie sich bestätigt in ihrem harschen Urteil über Sidonie. Nein! Verständnis wollte sie für die alte Jungfer keineswegs aufbringen, sondern wünschte Sidonie die Franzosenkrankheit und die Pest an den Hals. Auf dieser Verbin-

93 Siehe dazu und den folgenden Äußerungen: PKMS 2, Dokument Nr. 640, S. 132.

dung konnte kein Segen liegen, und Elisabeth war höchst gespannt, welche Katastrophen über dieses ungleiche Paar noch hereinbrechen würden. Ein Kind mit einem Affenkopf war das mindeste, was Elisabeth erwartete.
Das Verhältnis zwischen Agnes und Sidonie war begreiflicherweise für einige Zeit getrübt, doch konnte Agnes ihrer Freundin nicht ewig böse sein und wünschte ihr zu der Hochzeit, die im darauffolgenden Jahr stattfand, nur das Beste. Außerdem - davon war Agnes überzeugt - wäre all dies nicht geschehen, hätte ihre Tante Elisabeth nicht Sidonie bei Christoph von Württemberg so niederträchtig verleumdet. Also war in ihren Augen Elisabeth von Rochlitz auch an dieser ganzen Geschichte schuld.

Am 23. Dezember brachte Agnes ihr Kind zur Welt. Es war ein Mädchen, und Moritz war enttäuscht. Und als ob ein Mädchen nicht schon Unglück genug wäre, war es auch noch ein schwächliches Mädchen, dessen Rücken und Beine nicht ganz so standen wie sie sollten. Groll kochte in Agnes auf und hatte schnell ein Ziel gefunden: Elisabeth von Rochlitz! Hatte sie ihr nicht mit einem Fluch gedroht, da sie die Verbindung ihres Vaters mit dieser Frau so sehr geschmäht hatte? War diese Verbindung nicht mit gesunden Söhnen gesegnet? Wahrscheinlich hatte Elisabeth selbst einen Fluch über sie ausgestoßen. Diese Gedanken äußerte Agnes nicht gegenüber Moritz, denn sie wusste, wie nahe er Elisabeth stand. Aber sie war sicher, dass dies eines Tages vorbei wäre; dann würde sie triumphieren!

Im darauf folgenden Jahr 1545 fand nicht nur die Hochzeit zwischen Sidonie und Erich statt, sondern auch der Konflikt zwischen Philipp und dem Braunschweiger Herzog Heinrich ging in eine neue Runde. Wahrscheinlich war dem Braunschweiger die Zeit zu lang geworden, denn der Kaiser verhielt sich neutral, da er es sich mit dem Schmalkaldischen Bund nicht verscherzen wollte. Schließlich brauchte Kaiser Karl V. die Protestanten gegen die Türken, die nach wie vor eine große Gefahr darstellten. Moritz' stetiges Bemühen um Verhandlungen fruchtete schließlich doch: Man schloss am 10. Juli 1545 zu Worms einen Vertrag, in dem festgeschrieben ward, dass der Kaiser das Land Braunschweig übernehmen solle, bis der Konflikt aus der

Welt geschafft sei. Wer etwas Feindliches vornehme, mache sich des Landfriedensbruches schuldig. Landgraf Philipp sah dies als Demütigung an, der Braunschweiger reiste ab, noch bevor der Vertrag besiegelt war, doch der Kaiser bestimmte, dass der Vertrag dem Braunschweiger verkündet werden sollte und dass auch dieser sich daran zu halten habe.
Herzog Heinrich von Braunschweig war auf diesem Ohr jedoch taub, denn er sammelte Truppen und hatte bald ein stattliches Heer beisammen, mit dem er im September desselben Jahres sein Land wieder einnahm. Damit hatte er gegen den Vertrag des Kaisers verstoßen und im Grunde Philipp einen großen Gefallen getan, denn dieser fühlte sich nun berechtigt, gemeinsam mit Kurfürst Johann Friedrich erneut Truppen zu sammeln, da sie sich im Recht glaubten, den Herzog zum zweiten Mal aus dessen Land zu verjagen und außerdem befürchteten, er könnte sie in ihren eigenen Ländern angreifen.
Nachdem das Kriegsglück Herzog Heinrich verlassen hatte und seine Kriegskasse vollkommen erschöpft war, wollte er nur noch verhandeln. Die Söldner konnte er nur noch bei sich halten, indem er ihnen ihren Sold in Aussicht stellte, sobald alles geklärt sei. Philipp ging auf den Verhandlungswillen ein, denn Verhandlungen, in denen er der deutlich Stärkere war, liebte er. Daher bat Philipp seinen Schwiegersohn, den Herzog von Braunschweig über seinen guten Willen in Kenntnis zu setzen und sicherte diesem auch einen freien Rückzug zu, selbst wenn die Verhandlungen scheitern sollten. Moritz sagte erleichtert zu, denn sein Schwiegervater hatte lange nichts von Verhandlungen wissen wollen und immer nur darauf gewartet, dass der Kaiser die Reichsacht über den Braunschweiger Herzog verhängen würde. Seinen Ruhm und das Ansehen der Protestanten hatten Philipp und der Kurfürst mehren wollen, indem er die Reichsacht an dem ungetreuen Herzog vollzog, doch der Kaiser hatte sich nicht gerührt.
Nun also bemühte sich Moritz, die friedlichen Verhandlungen einzuleiten, indem er seine Räte Ernst von Miltitz, Christoph von Ebeleben und Dr. Komerstadt ins Lager Herzog Heinrichs schickte. Die unverschämten Forderungen seines Schwiegervaters hatte er ihnen nicht mit auf den Weg gegeben, sondern wollte nur erreichen, dass die beiden Streithähne sich

überhaupt annäherten. Immerhin war Heinrich sofort bereit, die lutherische Lehre in seinem Land zu dulden, auch wenn er selbst katholisch bleiben wollte.

Die Sache zog sich hin, denn in den letzten Jahren waren unzählige Kleinigkeiten angefallen, die allesamt geklärt werden mussten; dies wurde begleitet von Scharmützeln, die sich die feindlichen Truppen im Gelände zwischen den Feldlagern immer wieder lieferten und so den Friedensprozess gefährdeten. Aber schließlich war es soweit: Philipp war noch immer bereit zu verhandeln und hatte seinem Gegner freien Rückzug zugesichert; allerdings setzte Landgraf Philipp voraus, dass Herzog Heinrich evangelisch wurde, bevor er mit ihm verhandelte. Herzog Heinrich war zu großen Zugeständnissen bereit, doch Moritz war klar, dass ein Konfessionswechsel für den streng katholischen Mann nicht in Frage kam. Das konnte er ihm nicht auch noch zumuten, denn immerhin war Herzog Heinrich bereit, vor Philipp durch einen Kniefall Vergebung zu erheischen. Das war Demütigung genug! Also verschwieg er diese Bedingung des Landgrafen und hoffte, es werde schon alles gut gehen, wenn die Kontrahenten nur erst einmal miteinander sprachen.

Selten hatte Moritz sich so erleichtert gefühlt. Er hatte es bewerkstelligt! Er ganz allein hatte für Frieden und Verhandlung gesorgt. Stolz erfüllte ihn. Frieden, Frieden! Wie anders würde er nun dastehen vor den älteren Fürsten, die ihn im ungarischen Krieg noch wegen seiner Tollkühnheit, durch die er beinahe gestorben war, belächelt hatten. Mit dieser heldenhaften Tat konnte er sich stolz erhobenen Hauptes vor den Fürsten und dem Kaiser zeigen. Ja, auch vor dem Kaiser. Wie würde ihn nun der Kaiser anblicken, wenn er in diesem fatalen Streit endlich Frieden geschaffen hatte!

Auch an seine Mutter dachte er in diesem Moment. Nie wieder würde sie ihn einen Narren nennen, wenn er geholfen hatte, in dieser verfahrenen Situation Frieden zu stiften. Vor seinem inneren Auge zogen Momente vorbei, in denen sie ihn zutiefst gedemütigt und ausgelacht hatte. Und die älteren Schwestern hatten sich so gerne beteiligt. Auch sie sollten ihn nun als einen erwachsenen Fürsten ansehen, den man ernst zu nehmen hatte.

Herzog Heinrich befahl seinen Truppen zurück ins Lager zu ziehen, dann folgten er und sein ältester Sohn Viktor dem sächsischen Herzog mit einigen Hauptmännern. Es dauerte nicht lange und Landgraf Philipp erschien, umgeben von seinen Hauptleuten.
Moritz schaute seinen Schwiegervater an. Er konnte seine Miene nicht deuten. Strenge lag auf Philipps Gesicht und Unerbittlichkeit - wollte er so wirklich verhandeln?
„Ihr reitet zurück in Euer Lager!" befahl er Heinrichs Gefolge. Seine Stimme klang wie kaltes Eisen, und Moritz wappnete sich für zähe Verhandlungen.
Die Männer trieben ihre Pferde neben Moritz' Pferd: „Herzog Moritz, Ihr habt uns Euer Wort gegeben, dass unserem Herrn nichts geschieht und er wieder zu uns zurückkehrt."
„Zu meinem Wort stehe ich. Allen Fleiß will ich anwenden, damit alle Dinge zum Guten gereichen; aber so wichtige Händel lassen sich nicht in einem oder zwei Tagen schlichten."[94]
„Aber sollten wir ihn nicht wenigstens begleiten?" raunte einer mit einem misstrauischen Blick auf den Landgrafen. „Wenn es länger dauert, können wir immer noch..."
Doch da wurden sie von Philipp barsch unterbrochen: „Nicht ich habe Verhandlungen begehrt, sondern Euer Herr." Dann schaute er Moritz an und sagte in ebenso barschem Ton: „Hat es nicht also gelautet, dass der Herzog sich mit seinem Sohn in meine Hand stellen sollte?"
Moritz war so erschrocken über die Worte und den Ton seines Schweigervaters, dass er nur schweigend den Kopf schütteln konnte, und mit Entsetzen hörte er nun, wie sein Schwiegervater zu Heinrichs Begleitern sagte: „Ihr werdet Euch in den kommenden drei Monaten weder gegen Uns noch gegen Unsere Bundesverwandten, auch nicht gegen Herzog Moritz gebrauchen lassen."
Als die Männer überrascht zögerten, herrschte er sie an: „Schwört!"
Sie taten es. „Nun zieht zurück in Euer Lager!" Die Männer schauten ihren Herrn, dessen Sohn, dann Moritz an. Da sagte Herzog Heinrich: „Tut, was er sagt. Ich kann es nicht ändern. - Sie auch, mein Sohn."

94 Siehe Issleib, S.; 1904, S. 41.

Schweigend ritten sie nun ins Lager des schmalkaldischen Bundes. Moritz wusste nicht, wie ihm gerade geschehen war. Er versuchte, einen Blick seines Schwiegervaters zu erhaschen, doch dieser schaute nur starr geradeaus. Philipps Männer hatten sich um Heinrich geschart, als führten sie einen Gefangenen mit sich.
Im hessischen Lager wurden sie tatsächlich begrüßt wie Helden, die den Feind gefangen mit sich führen. Moritz sah, dass die Soldaten sich zwar niedergekniet hatten, sich aber feixend in die Seiten stießen, nachdem Philipp an ihnen vorbeigeritten war.
Vor Philipps Zelt saßen sie ab. Moritz schaute dem Herzog fest in die Augen, als er ihn mit einer freundlichen Geste einlud, Philipp ins Zelt zu folgen. Dort wartete schon Kurfürst Johann Friedrich mitsamt seiner Leibesfülle. Natürlich! Den Kniefall des Feindes wollte er sich nicht entgehen lassen. Moritz biss die Zähne zusammen und begrüßte auch ihn mit einer leichten Verbeugung. Philipp hatte betont lässig in einem Reisestuhl Platz genommen, für den Herzog gab es keinen Stuhl. Moritz sah dem Mann an, dass es ihn hart anging, sich vor dem deutlich jüngeren Landgrafen zu demütigen, und so schaute Moritz den Herzog flehend an, es zu tun, damit danach die Verhandlungen beginnen konnten. Der alte Herzog war gezeichnet von den langen Jahren der Fehde, den ewigen Feldlagern, der Unsicherheit. Mühsam ließ er sich nieder auf ein Knie, neigte sein Haupt und bewahrte sich dabei doch eine gewisse Größe.
„Hier knie ich vor Euch, Landgraf Philipp von Hessen, Kurfürst Johann Friedrich, und bitte um Vergebung." Er ächzte, als er sich erheben wollte, seine Hand fuhr unwillkürlich nach seinem Rücken, doch Philipp reichte ihm nicht die Hand zur Versöhnung und half ihm auch nicht auf die Beine. Als Moritz dies tun wollte, kamen ihm Philipps Kriegsknechte zuvor und stellten den Herzog recht unsanft auf die Füße; Moritz schaute Philipp an. Nun musste er dem Herzog die Hand zur Versöhnung reichen, doch Philipp saß unbewegt auf seinem Stuhl und starrte den Herzog nur feindselig an. Herzog Heinrich streckte nun seine Hand aus, neigte dabei noch einmal sein Haupt und bat mit einer so unterwürfigen Miene um Vergebung, dass Moritz seinen Schwiegervater mit einer leisen, aber desto dringender Geste

bat, sie endlich zu gewähren. Alle starrten den Landgrafen an. Als er die Hand hob, wollte Moritz schon erleichtert aufatmen, doch Philipp reichte seine Hand nicht zur Versöhnung, sondern gab seinen Knechten lediglich einen Wink. Es war offenbar schon alles abgesprochen, denn sie verstanden sofort: Sie führten Herzog Heinrich wie einen Gefangenen aus dem Zelt. Moritz schaute ihnen entsetzt nach, da traf ihn der Blick des Herzogs - voller Verachtung für einen Verräter! Moritz' Innerstes krampfte sich zusammen; die Erde schien plötzlich unter ihm zu wanken. Wie von ferne hörte er die Stimme Philipps: „Danke, Moritz. Das habt Ihr wirklich geschickt eingefädelt. Der Braunschweiger wird es nicht noch einmal wagen, protestantische Städte anzugreifen. Die Lektion hat er gelernt - und hoffentlich nicht nur er. Das soll ein Signal sein an alle altgläubigen Fürsten und Herren im Reich, dass wir Protestanten uns nichts mehr nehmen lassen." Dabei legte der Landgraf ihm eine Hand auf die Schulter. Da kam Moritz wieder zu sich. Diese Hand, die Moritz früher so gerne geschüttelt hatte, die ihm so manche Finte gezeigt und ihm seine Braut zugeführt hatte, diese Hand kam ihm nun vor wie eine giftige Schlange.

Auch der Kurfürst nickte ihm anerkennend zu. „Ich hätte nicht gedacht, dass Ihr so treu auf unserer Seite wärt, lieber Cousin!" Moritz würdigte ihn keines Blickes. Mühsam fragte er, was mit Heinrichs Truppen werden solle. „Sie sollen rottenweise aus dem Land ziehen oder ich will sie mit Gewalt auseinanderjagen."

Was blieb Moritz nun übrig als zu retten, was noch zu retten war? Er fühlte sich selbst kaum, als er Männer ins Lager Herzog Heinrichs schickte, die die Befehle des Landgrafen überbringen sollten.

Unruhig erwartete Moritz ihre Rückkehr und ritt schließlich auf einen nahegelegenen Hügel. Die Bäume standen unter der Herbstsonne bunt wie leuchtende Fackeln, doch Moritz erschien es, als stehe alles in Flammen, wofür er in den letzten Monaten - sogar Jahren - gekämpft hatte. Ewige, zähe Verhandlungen, bei denen er immer wieder mit seinem verhassten Vetter Kurfürst Johann Friedrich zusammengekommen war. Aber er hatte sich bezwungen, er hatte seinen Stolz hinuntergeschluckt und auf Anraten des Kaisers mit den beiden Parteien verhandelt. Er hatte den stolzen Herzog von Braunschweig dazu überredet - weiß Gott, wie viel Mühe ihn das gekostet hatte! - vor dem jüngeren Landgrafen und dem Kurfürsten auf die Knie zu fallen und um Vergebung zu bitten. All dies war geschehen, alle hatten ihren Teil der Abmachungen erfüllt, nur Philipp, der Mann, zu dem er immer aufgeschaut hatte, ließ ihn nicht nur jetzt im Stich, sondern hatte ihn die ganze Zeit nur benutzt. Dass er sich auch von dem Kurfürsten hatte übers Ohr hauen lassen, machte ihn rasend vor Hass auf sich selbst. Durch sein Fernrohr sah er die Boten heranreiten.

„Und wie haben sie es aufgenommen?“ fragte er, als die Männer bei ihm ihre Pferde zügelten, unter ihnen war der junge Graf Solms, den Moritz in den letzten Monaten wegen seiner ruhigen, besonnenen Art schätzen gelernt hatte.

„Übel, Euer Gnaden, sehr übel. Sie weigern sich, auseinanderzugehen und verlangen ihren Herrn zurück - nicht zuletzt, weil er ihnen noch Sold schuldet. Oder der Landgraf soll sie bezahlen. Sie sind sehr unwillig darüber, dass man trotz des verkündeten Friedens ihren Herrn mitgenommen hat. - Doch seht, dort drüben!“ Friedrich Magnus zu Solms deutete auf eine kleine Reiterschar, die in scharfem Galopp auf das hessische Lager zustürmte.

Moritz wendete sein Pferd und gab ihm die Sporen. Inständig hoffte er, nicht zu spät zu kommen.

Als er im Lager ankam, standen die braunschweiger Männer ohne ihre Rüstungen und Pferde da und mussten sich hessisches Gejohle und Spott anhören, das jedoch abrupt endete, als Moritz direkt neben der Gruppe sein Pferd zügelte.

„Was geht hier vor?“ herrschte er die Männer an.

„Herr, die Braunschweiger sind in unser Lager eingedrungen.“

„Vergebt uns, Euer Gnaden“, erwiderte nun ein Braunschweiger und sank vor Moritz aufs Knie, „aber wir haben auf den ausgehandelten Frieden vertraut und wollten schauen, wie es unserem Herrn ergeht.“ Die anderen nickten beipflichtend.

Die Männer sahen Moritz an, dass es ihn große Mühe kostete, sich zu beherrschen, als er knurrte: „Die Pferde und die Rüstungen gebt ihr sofort wieder heraus und lasst diese Männer in Frieden ziehen. Und wenn ich noch ein weiteres Wort höre, ist meine Geduld zu ENDE!" Beim letzten Wort konnte er seinen Zorn nicht mehr zurückhalten, was die Hessen vollkommen überzeugte. Beflissen gaben sie den Braunschweigern ihr Eigentum zurück, halfen ihnen dabei noch auf die Pferde und hätten ihnen wohl auch hinterher gewinkt, wenn Moritz sich nicht schon abgewandt und zu seinem Schwiegervater begeben hätte.

Er traf ihn an in seinem Zelt, wo ihm ein Diener Wein einschenkte. Der Kurfürst war zum Glück nicht mehr da.

„Was habt Ihr mit ihm vor?" stieß Moritz hervor.

„Moritz! Setzt Euch. Möchtet Ihr auch einen Wein? Ein kluger Schachzug von Euch, wahrhaftig. Ihr imponiert mir immer mehr! Auch der Kurfürst war voll des Lobes über Euch und Eure Treue." Er schaute Moritz über den Rand seines Kelches hinweg an als prüfe er die Wirkung seiner Worte. Er hatte sich an einem Tisch niedergelassen, die Beine elegant übereinandergeschlagen. Ein Lob aus seinem Munde hatte seine Wirkung bei Moritz niemals verfehlt, doch heute war es anders. Moritz hob brüsk die Hand, als der Diener sich ihm mit einem Kelch nähern wollte.

„Ich wollte Verhandlungen! Ihr habt mich in dem Glauben gelassen, dass Ihr verhandeln wollt und ihm einen freien Rückzug gewährt. Wieso habt Ihr ihn gefangen genommen?" Moritz hatte sich mit beiden Händen auf den Tisch gestützt und fixierte seinen Schweigervater. „Lebt er überhaupt noch?" fauchte er.

Philipp setzte seinen Kelch ab. Dass er regelrecht verhört wurde, gehörte nicht zu seinen täglichen Erfahrungen.

„Er lebt noch. Dies zu Eurer Beruhigung. Ich werde ihn einsperren. - Beruhigt Euch! Es wird ihm an nichts fehlen. Aber er ist gefährlich, das müsst Ihr doch begreifen!"

„Viel gefährlicher ist es, wenn man den guten Worten eines Mannes nicht mehr trauen kann, den man selbst für gut hielt."

Für einen Moment standen die beiden da und starrten sich gegenseitig in die Augen. Dann fegte Moritz den Weinkelch vom Tisch und verließ das Zelt.

Philipp und der Kurfürst trieben die Truppen des Herzogs schließlich mit Waffengewalt auseinander. Herzog Heinrich von Braunschweig wurde in der Festung Ziegenhain eingekerkert. Der Kaiser unternahm nichts, ihn zu befreien, merkte sich aber Philipps Verhalten in dieser Sache sehr genau.

Dresden im Dezember 1545

So sehr Moritz sich bemüht hatte, Verhandlungen herbeizuführen, so vergeblich kämpfte er nun gegen seinen Ruf als Verräter an. Sogar eine Flugschrift ließ er verbreiten, in der er die Dinge klarstellte, doch niemand wollte ihm glauben, dass er es mit Herzog Heinrich ehrlich gemeint hatte und davon ausgegangen war, dass Philipp tatsächlich verhandeln würde.
Ein großer Trost, eine unendliche Freude war ihm in diesen Tagen die Geburt seines ersten Sohnes, der auf den Namen Albrecht getauft wurde. Agnes hatte die Geburt Ende November gut überstanden und erholte sich; auch das Kind gedieh prächtig bei einer drallen Amme.
Doch Moritz hatte sich verändert. Sein Jähzorn flammte heftig auf, sogar bei geringen Anlässen; auch gegenüber Agnes. Und er trank weitaus mehr als ihm gut tat. Er war betrunken, als er sie wegen einer Nichtigkeit anschrie; hinterher hätte er selbst nicht einmal sagen können, was ihn so sehr geärgert hatte, doch Agnes' Tränen, ihre Angst hatten ihn wieder zu sich gebracht.
„Herr, wer seid Ihr? Ich erkenne Euch nicht mehr!" hatte sie geschluchzt und war in sich zusammengesunken. Da hatte er sie in seine Arme genommen und geflüstert: „Ich erkenne mich selbst nicht mehr, Agnes. Verzeih mir, bitte!"
Moritz führte sie zu einer Fensternische, in der er ihr ein Kissen zurechtrückte. Dort saßen sie lange nebeneinander und hielten sich in den Armen.
„Moritz, ich glaube, der Krieg hat dich verändert."
„Der Krieg verändert alle Männer. Das ist nun einmal so."
„Aber muss man denn Krieg führen? Kann man nicht verhandeln?"
Er stieß verächtlich die Luft aus. „Verhandeln! Darum habe ich mich jahrelang bemüht und dein Vater hat mich betrogen, so dass ich nun vor aller Welt als Verräter dastehe."
„Das war schlecht von meinem Vater. Ich weiß, ich sollte das nicht sagen, weil es heißt, dass man Vater und Mutter ehren soll, aber mein Vater hat an dir sehr schlecht gehandelt und ich weiß nicht, ob ich ihm das verzeihen kann." Er drückte sie an sich.

Moritz und August. Detail aus dem Dresdener Fürstenzug.

„Ich habe eine harte Lektion gelernt. Man kann niemandem trauen. Wem hätte ich trauen sollen, wenn nicht deinem Vater? Er war schon der Held meiner Kindertage. Niemals werde ich vergessen, wie ich ihn zum ersten Mal in Torgau sah. Das war bei der Hochzeit des dicken Vetters. Dein Vater hat sich damals auf dem Turnierplatz so wacker geschlagen, dass ich noch wochenlang von nichts anderem gesprochen habe, wie mein Vater mir einmal sagte. Er ist dein Vater, aus seiner Hand habe ich dich empfangen; wie hätte ich ihm nicht trauen sollen? Aber davon abgesehen kann man nicht immer verhandeln. Wenn der Gegner nicht verhandeln will, sondern dir waffenstarrend entgegenkommt - was willst du dann tun? Dich töten lassen?"
„Ach Moritz, ich weiß nicht, was ich dazu sagen soll. Ich weiß nur, dass ich immer schreckliche Angst um dich habe, wenn du fort bist. Sag mir, bringst du dich auch nicht selbst zu sehr in Gefahr?"
„Nein, nein. Bitte, mach dir keine Sorgen um mich." Doch noch während er das sagte, blickten seine Augen ins Leere und er sah wieder die ungarische Stadt Pest vor sich. Er hörte wieder das Wiehern der Pferde, die Kanonen, Mörser und Feldschlagen, die sich auf die Stadt eingeschossen hatten, die von den Türken erobert worden war. Wieder schaute er in das Gesicht seines Leibpagen Sebastian von Reibisch, der ihm gefolgt war. Seine anderen Männer hatten ihn im Kampfgetümmel aus den Augen verloren und waren ihm nicht hinter die feindlichen Linien gefolgt, hinter die er sich vorgewagt hatte. Viel zu weit! Dann der Angriff der Türken auf ihn. Wie durch einen Schleier nahm er nun jeden Augenblick wie eine Ewigkeit wahr:
Sein Pferd stürzt unter ihm zusammen - tödlich getroffen. Sein Sattelgurt reißt und er stürzt ebenfalls. Das zuckende Tier liegt auf ihm, auf seinem Bein, doch er kann sich befreien. Er liegt noch am Boden, da sind sie schon über ihm: eine Schar Türken mit erhobenen Säbeln, die sie auf ihn niedergehen lassen. Seine Rüstung schützt ihn, überdeutlich riecht er das Metall seines Helmes, seinen eigenen Schweiß, mit dem die linnene Bundhaube getränkt ist, doch dann wird ihm der Helm vom Kopf gefegt.
Er schaut in ihre Gesichter: fremdländische, dunkle Gesichter, in deren Augen bewundernswerter Mut brennt. Es sind offenbar Fürsten wie er, denn sie tragen

kostbare, wenn auch leichte Harnische; Moritz sieht dunkelrote Seide und Dolche, deren Scheiden mit Edelsteinen besetzt sind. Ein Säbel rast auf sein Gesicht zu, da wirft sich Sebastian von Reibisch über ihn und wehrt mit seinem eigenen Leib alle Schläge ab. Glücklicherweise schützt auch ihn eine Rüstung, doch wie lange kann Reibisch den Hieben noch standhalten?
Moritz macht sich bereit für den Tod, er wappnet sich für den Schmerz, schließt die Augen und dreht den Kopf zur Seite, um Reibischs vor Angst und Schmerz verzerrtes Gesicht nicht mehr sehen zu müssen. Moritz fühlt sich plötzlich von starken Armen gepackt und auf ein Pferd gesetzt. Sie wollen ihn also lebend. Was haben sie mit ihm vor? Werden sie Lösegeld erpressen oder ihn eines langsamen Todes sterben lassen?
Als er die Augen öffnet, sieht er sich inmitten einer Schar von ungarischen Husaren reiten. Reibisch ist direkt neben ihm, nicht allzu schwer verwundet. Die Husaren haben sie beide gerettet[95]*.*

„Moritz, was ist dir?" fragte Agnes leise. Sanft strich sie ihm eine Träne aus dem Gesicht.
„Nichts, Agnes. Gar nichts", erwiderte er und straffte sich.
Sie schaute ihn an, die Verletzlichkeit, die sich gerade noch auf seinem Gesicht gespiegelt hatte, zerfiel zu unnahbarer Strenge. „Ich will eine Jagd veranstalten, und außerdem will ich einmal schauen, wie weit das neue Schloss bei Eisenberg[96] ist."
Agnes seufzte erleichtert auf. „Dann will ich gleich gehen und alles vorbereiten lassen."
„Agnes?" Sie war schon aufgestanden und ein paar Schritte gegangen, als seine Stimme sie zurückhielt.
„Ja, Moritz?"
Er runzelte die Stirn und lächelte ein wenig scheu. „Danke!"
„Wofür?"
„Dass du meine Ehefrau bist."

---

95 Herrmann, Johannes; 2003, S. 65
96 Eisenberg: gemeint ist hier Moritzburg.

Als man am nächsten Tag aufbrechen wollte, kam just ein Kastenwagen angefahren, in dem Herzogin Elisabeth saß. Agnes' Stimmung wurde noch eisiger als der Januartag, denn die Herzogin schloss sich der kleinen Jagdgesellschaft fröhlich an.

Rochlitz, Ende Januar 1546

Mein herzallerliebster Bruder, schrieb Elisabeth, als sie wieder zurück in Rochlitz war.

Gestern Abend bin ich von Moritz' neuem Schloss bei Eisenberg zurückgekommen; auch wenn es noch nicht vollkommen fertiggestellt ist, kann man schon erkennen, wie unerhört prächtig es einmal werden wird. Die beiden haben sich sehr modern und geschmackvoll eingerichtet. Die Zimmerfolge haben sie nach alter Sitte beibehalten, aber alle Zimmer sind farblich aufeinander abgestimmt und sehr hübsch. Den beiden geht es gut, und auch Deine Enkelkinder sind wohlauf.

Die Wälder um das Schloss sind voller Wild, und wir waren jeden Tag jagen. Es war herrlich, unter dem strahlend blauen Winterhimmel durch den verschneiten Wald zu reiten.

Sollte sie ihm schreiben, wie kalt Agnes ihr gegenüber war? Nein. Darüber wollte sie genau so wenig schreiben wie über Moritz' Jähzorn, der eines Tages über einen Wilderer hereingebrochen war. Elisabeth schauerte, wenn sie daran dachte, und überdeutlich kehrten die Bilder zurück: Der Mann kniete in Lumpen vor ihnen. Man konnte ihm ansehen, dass er nicht zum Vergnügen das Wild des Herzogs schoss, denn seine Wangen waren tief eingefallen und seine Augen lagen in dunklen Höhlen, aus denen der Hunger sprang. Natürlich durften die Bauern nicht wildern, aber Moritz konnte nicht einmal über einen Hasen hinwegsehen, den der Mann mit einem primitiven Bogen geschossen hatte. Nicht einmal eine Eisenspitze hatte der Pfeil, sondern war lediglich spitz zurechtgeschnitzt. Als Treiber einen großen Hirsch lebendig gefangen herbeiführten, hatte Moritz eine teuflische Idee: Er wollte den Mann auf den Hirsch schmieden lassen. Als Elisabeth begriff, was er vorhatte, wagte sie einen Einwand, doch Moritz raste so sehr in seinem Zorn, dass sie schon fürchten musste, er würde die Hand auch gegen sie erheben.

Tatsächlich kam ein Schmied, um mit eisernen Schellen den Mann an den Hirsch zu schmieden. Elisabeth konnte nicht sagen, welche Kreatur mehr darunter litt; sie selbst stand wie starr und konnte sich nicht einmal abwenden von dem grausigen Schauspiel. Dann ließ man den Hirsch wieder laufen.[97] Die Männer lachten und johlten, als der Hirsch mit seiner schreienden Last davon stob und im Wald verschwand. Da erst schien sich Moritz langsam zu beruhigen. Elisabeth sah ihn von der Seite an. Zum ersten Mal spürte sie ein leises Grauen bei seinem Anblick. Sie dachte an das Kind, den kleinen Jungen, der ihr die blaue Schleife geschenkt hatte. Irgendwann in den letzten Jahren war dieses Kind verloren gegangen. Auch ihre Gespräche waren von nun an von Distanz geprägt, und davon berichtete Elisabeth ihrem Bruder:

Dass Moritz nach wie vor beim Kaiser in Diensten steht, gefällt mir ganz und gar nicht. Er sagte zwar, dass er die Truppen behalten wolle, damit sie keinem anderen gegen die Reformation dienen könnten, es sei denn, seiner Lieben Herz wäre anders als die Worte. Er sprach auch viel von Albrecht Alcibiades von Brandenburg-Kulmbach, einem jungen Herzog, den er wohl im Feldlager des Kaisers kennen gelernt hat. Auch dieser ist ein Protestant, kämpft aber für den Kaiser. Ich denke nicht, dass man einem solchen Menschen trauen kann.[98]

Sidonie habe ich glücklicherweise nicht zu Gesicht bekommen. Ich hoffe nur, dass ihr Einfluss auf Agnes jetzt verflogen ist. Ob sie mit ihrem Erich glücklich

97 Ulbricht, Sabine, 2010, S. 132

98 Anne-Simone Rous: Der Nachrichtendienst von Herzogin Elisabeth im Schmalkaldischen Krieg 1546/ 47. S. 3.
Vortrag auf der internationalen Tagung der „International Intelligence History Association“, 1. - 3. Juni 2012, Ecole Militaire (Paris). Der Aufsatz erschien in englischer Sprache im Journal of Intelligence in History 2 (2013)

wird, weiß ich nicht zu sagen. Ich denke aber, sie hätte besser daran getan, unseren Halbbruder, den Grafen Friedrich Magnus zu Solms zu heiraten. Diese Verbindung hätte ich gerne vermittelt, aber nun ist es zu spät.
Ich grüße Dich, sei Gott befohl, der helfe, dass wir bald wieder zusammen sein können.

EHzS[99]

Dresden, Ende Januar 1546

Agnes und Moritz verbrachten einen Winter, der ganz nach Agnes' Geschmack war: Moritz war fast die ganze Zeit bei ihr in Dresden, sie musste sich keine Sorgen um ihn machen, nur dann und wann war er innerhalb Sachsens unterwegs. Die Korrespondenz, die er führte und die unter anderem dazu diente, einen Krieg gegen die Schmalkaldener vorzubereiten, ging völlig an Agnes vorbei.
Zu Moritz' Verwaltungsstab kamen drei neue Herren hinzu: Dr. Ulrich Mordeisen aus Wittenberg, der junge Leipziger Magister Franz Kram und Damian von Sibottendorf, letzterer als persönlicher Sekretär des jungen Herzogs. Alle drei neuen Herren waren ebenso jung wie Moritz, und brillante Köpfe. Mit ihnen verschob sich das Gewicht zugunsten der Reformation, zumal der habsburgtreue Georg von Carlowitz sich nun endgültig nach Kriebstein zurückgezogen hatte. Glücklicherweise hatte Herzogin Elisabeth endlich eingewilligt, Kriebstein einzutauschen gegen die deutlich weiter entfernten Ämter Dornburg und Camburg.
Moritz brauchte junge Männer, wenn er alle seine Ziele verwirklichen wollte: Es war ihm ein Herzensanliegen, das Herzogtum und das Kurfürstentum Sachsen wieder zu vereinen, natürlich unter seiner Herrschaft, und außerdem wollte er die Herrschaft über Magdeburg und Halberstadt an sich bringen. Diese beiden Stifte waren im Moment noch ihre eigenen Herren

99 In diesem Brief habe ich verschiedene Ereignisse zusammengefasst, er wurde in dieser Form nicht von Elisabeth geschrieben. (A.Z.)

und versprachen fette Pfründe.
Ende Februar meldete Graf Hans Georg von Mansfeld, dass Martin Luther gestorben sei. Auf einer Reise war er einer Krankheit erlegen, man hatte ihn zurück nach Wittenberg gebracht, wo er in der Schlosskirche bestattet worden war. Agnes war nicht sicher, ob Moritz trauerte, denn er schwieg dazu. Hoftrauer hätte er ohnehin nicht angeordnet, denn Unstimmigkeiten mit dem Kaiser wollte er keinesfalls riskieren.

Der März kam, blieb eisig kalt und ließ kaum auf einen Frühling hoffen. Es war bereits Anfang April und noch immer blühten Eisblumen an den Butzenscheiben. Die kleine Anna war kerngesund, doch Albrecht kränkelte immer wieder. So dringend hätte er Sonne und Wärme gebraucht, doch nichts dergleichen war in Sicht. Die Amme saß mit ihm am Feuer, schaukelte ihn, sang vor sich hin, doch als sich der Kleine in eine sonderbare Stille zurückzog, bat sie ihre Herrin, einen Medikus befragen zu dürfen.
Der Medikus kam, untersuchte das Kind und verordnete warme Bäder und Kräuterumschläge, die ihn kräftigen sollten. Die Amme bekam jeden Tag Fleisch, damit ihre Milch fett und nahrhaft werden sollte, doch eines Morgens kam sie mit bleichem Gesicht ins Zimmer ihrer Herrin. Sie fiel schon vor ihr zu Boden, noch ehe sie ihr den Morgengruß entboten hatte.
„Herrin, Herrin!“ wimmerte sie. „Vergebt mir, Herrin! Der Medikus muss kommen. Das Kind ist so still. Herrin, vergebt mir!“
Agnes hatte das Gefühl, ihr Herz setze aus. Sie hetzte ins Gemach, wo ihr Kind tot in seinem Bettchen lag. Sie sah schon selbst, dass der Medikus hier nichts mehr ausrichten konnte. Die Amme war hinter ihr hergekrochen, hob flehend die Hände und wimmerte um Vergebung.
Agnes schrie auf, als sie den leblosen Körper des Kleinen in den Armen hielt. Verzweifelt drückte sie ihn an sich, wiegte ihn, sprach mit ihm, doch das Kind war tot. Die Amme umschlang laut schluchzend ihre Knie und bat um Vergebung.
„Herrin, glaubt mir, ich habe alles getan. Die ganze Nacht habe ich gewacht, auf seinen Atem gelauscht, auch auf den kleinsten Mucks. Doch dann war er plötzlich so still. Ich wollte ihn nicht wecken, aber dann erschien er mir zu

still und ich hab ganz vorsichtig seine Wange gestreichelt - da war sie schon ganz kalt." Die letzten Worte waren gingen unter in Wehklagen.
„Geh, geh! Wenn der Herr dich hier sieht, schlägt er dich tot", sagte Agnes nur und schob die Frau hinaus. Das ließ die Amme sich nicht zweimal sagen. Alles ließ sie zurück, nur was sie am Leib trug und ihr armseliges Leben nahm sie mit sich.

Rochlitz am 29. Juni 1546

„Nun, Euer Gnaden, wie ist die Lage im Heiligen Römischen Reiche teutscher Nation?" Die Närrin saß wieder einmal quer im Lehnstuhl und spielte mit den Glöckchen an Elfriedes Kragen.
Elisabeth holte tief Luft und rieb sich übers Gesicht. Das war nicht sehr fein, aber angesichts der Lage verständlich. Außerdem machte ihr die sommerliche Hitze zu schaffen, die selbst an diesem frühen Morgen schon recht heftig war. Sie saß an ihrem Schreibtisch, hatte den Stuhl zurückgeschoben und spielte gedankenverloren mit Moritz' blauer Schleife.
„Ich hätte nicht gedacht, dass ich das einmal sagen würde, aber ich mache mir nun doch Sorgen wegen eines Friedensschlusses. Der Kaiser hat vor zwei Jahren mit Frankreich Frieden geschlossen. Frieden ist grundsätzlich immer gut - wer wollte das Gegenteil behaupten? Aber ich habe damals schon gedacht, dass damit für die Reformation schwere Zeiten anbrechen werden, denn wenn der französische König nicht mehr den Kaiser beschäftigt, dann hat der Kaiser Zeit, sich mit uns Lutheranern zu beschäftigen. Und genau das tut er schon seit geraumer Zeit. Er hat bereits vor dem Friedensschluss mit Frankreich den lutherischen Herzog von Jülich besiegt und die Kölner Reformation im Keim erstickt. Erzbischof Hermann von Wied hätte Köln lutherisch gemacht, aber der Kaiser war sehr überzeugend in seinen Argumenten." Sie machte eine beredte Pause, in der sich die Närrin lebhaft vorstellen konnte, dass die Argumente des Kaisers wahrscheinlich aus Eisen und Schießpulver bestanden hatten.
„Wieso haben ihm die Schmalkaldener nicht geholfen? Ich dachte dieser

Bund wäre für solche Fälle da?"
Elisabeth tat einen schweren Atemzug, bevor sie antwortete: „Das hat mein Bruder zu verantworten. Durch seine Doppelehe hat ihn der Kaiser so sehr in der Hand, dass er ihm verbieten kann, in einem solchen Fall militärisch einzugreifen."
Die Närrin pfiff durch die Zähne. „Ein lutherischer Dom in Köln war also zum Greifen nah, wenn der hessische Landgraf seine Hose im Zaum gehalten hätte. Jetzt fehlt nur noch, dass der Kaiser Frieden mit den Türken schließt."
„Närrin! Du redest von meinem Bruder!" sagte Elisabeth scharf und fügte dann etwas friedlicher hinzu: „Ja, aber du hast recht. Frieden mit den Türken - das wäre ganz fatal. Süleymann der Prächtige hält den Kaiser nach vor in Atem, und ich wäre ihm äußerst dankbar, wenn er das noch für einige Jahre täte.
Die Lutheraner sind zerstritten wie nie zuvor. Wahrscheinlich schlagen sich unsere Gegner vor Lachen auf die Schenkel. Dass Moritz und der Kurfürst sich bei Wurzen sogar in Waffen gegenüberstanden, war zu schrecklich. Und jetzt diese unsägliche Geschichte mit dem Herzog von Braunschweig. Da hat mein Bruder seinen Schwiegersohn vor den Kopf gestoßen. Er hätte ihm keine Verhandlungswilligkeit vorgaukeln sollen, aber Moritz war mit seinem guten Willen ein zu nützliches Werkzeug für meinen Bruder. Als ich ihn kürzlich in Dresden besucht habe, da war er so anders zu mir als früher. Er kam gerade von dem Reichstag aus Regensburg zurück, und ich fürchte, dass der Kaiser ihn mit Versprechen an sich gebunden hat, die er ohnehin nicht halten will. Auch für den Kaiser ist Moritz nur ein Werkzeug. Ich hoffe nur, dass ich ihn noch dazu bewegen kann, sich den Schmalkaldenern anzuschließen, wenn es zum Krieg kommt. Nur vereint sind wir stark. Streit hat immer nur dem Gegner genützt, wie wir in den letzten Jahren gesehen haben."
„Ja. Papst und Kaiser sind sich verdächtig einig - wahrscheinlich hat doch mal jemand unseren Vorschlag aufgenommen und die beiden Kampfkater mit einem geübten Schnitt beruhigt." Die beiden kastrierten Kater, die friedlich auf ihrem Kissen dösten, hoben nur kurz die Augenlider, als wüs-

sten sie genau, dass man von ihnen gesprochen hatte.
„Diese Hitze!“ keuchte Gertrud, als sie ein Tablett mit kühlem Bier brachte. „Soll ich nicht ein Fenster öffnen?“
„Ja, tu das“, erwiderte Elisabeth. Gleich darauf strömte mit der warmen, trockenen Luft auch der Duft der Mulde ins Gemach. Die Sommerhitze lag flirrend über den Auenwiesen, wo die Bauern gerade Heu machten. In einer langen Reihe standen sie versetzt und mähten das Gras, das in schweren Schwaden fiel. Grillen zirpten, ab und an blieb einer der Bauern stehen, um seine Sense zu schärfen. Elisabeth sah, wie der Mann den Wetzstein über das Sensenblatt gleiten ließ. Seine geschickten, schnellen Bewegungen waren deutlich zu erkennen, das Geräusch kam erst einen Augenblick später bei Elisabeth an.
Das kühle Bier schmeckte köstlich, und für einen Moment hörte man nur das zufriedene Schlucken der drei Frauen. Als die Närrin ihren Krug abgesetzt hatte, setzte sich eine Fliege an den Rand, putzte sich und labte sich am kühlen Bierschaum. Die Närrin platzierte mit äußerster Vorsicht ihren am Daumen gespannten Mittelfinger direkt hinter der Fliege und schnippte sie davon. Mit einem unwilligen Brummen prallte die Fliege an der Fensterscheibe ab.
Elisabeth schaute durch das geöffnete Fenster hinaus auf den Weg und die Zugbrücke. Ein Mann kam herauf, offensichtlich war er sehr aufgeregt. In seiner Hand hielt er ein großes Schriftstück.
„Ich glaube, es ist der Bürgermeister Zebicker, der da heraufgekeucht kommt. Gertrud, bitte ihn gleich zu mir.“
Gertrud ging und kam bald darauf mit dem Bürgermeister wieder zurück.
„Euer Gnaden, vergebt mir bitte, aber ich denke, dass Ihr davon erfahren solltet.“ Seine Hand zitterte, als er Elisabeth das Schriftstück hinhielt. Mit einem kurzen Blick hatte Elisabeth schon erfasst, was dieser Zettel, der offensichtlich dafür gedacht war, öffentlich ausgehängt und vorgelesen zu werden, enthielt. Sie schluchzte auf, das Blatt fiel zu Boden. Gertrud griff danach, las gemeinsam mit der Närrin und die beiden erbleichten ebenfalls.
„Vergebt mir, Euer Gnaden, ich wollte, ich hätte Euch gute Nachrichten bringen können, aber so steht es nun.“

„Wir danken Ihnen. Es war recht von Euch, zu Uns zu kommen und dieses… Blatt nicht aufzuhängen. Hier ist etwas für Ihre Treue und Mühe." Zebicker bedankte sich für die große Münze und ging unter vielen Verbeugungen wieder hinaus.
„Das musste ja so kommen! Jetzt hat der Kaiser meinen Bruder und den Kurfürsten unter die Reichsacht gestellt. [100] Und er nennt sie Rebellen und Verräter.[101]"
„Aber wieso denn nur? Was haben die beiden denn getan?" fragte Gertrud, indem sie ihrer Herrin einen Arm um die Schultern legte.
„Setzt Euch, bitte!" sagte sie sanft und drückte Elisabeth in ihren Stuhl.
„Sie haben die Ehrenberger Klause in Tirol besetzt. [102] Ich dachte mir gleich, dass es ein sehr gewagtes Unterfangen ist."
Hier meldete sich Elfriede schnarrend zu Wort: „Aber wieso muss denn der Kaiser derart überreagieren, wenn zwei Jungs eine Berghütte besetzen?"
„Ach, Närrin", erwiderte Elisabeth und musste sogar ein wenig lächeln über Elfriede. „Die Ehrenberger Klause ist keine Berghütte, sondern eine mächtige Höhenburg im unwegsamen Gebirge. Mein Bruder und der Kurfürst haben sie besetzt, um den Truppen des Kaisers, die dieser aus Italien und Spanien angefordert hat, den Weg zu versperren, denn dies ist eine wichtige Durchgangsstation, die die kaiserlichen Truppen als Rastplatz nutzen. Dort können sie lagern, sich erfrischen, dort gibt es alles, was Truppen brauchen. Essen, Trinken, Munition, Waffen, Neuigkeiten. Und sie liegt strategisch günstig. Wer diese Klause besetzt hat, kontrolliert einen der wenigen Pässe im Gebirge." Sie wischte sich ihre Tränen von den Wangen und nahm noch einen Schluck Bier.
„Sie wollten dem Kaiser zuvorkommen, weil sie überdeutlich gesehen haben, dass er sich zum Krieg rüstet, aber nun sind sie geächtet. Der Kaiser

100 Herrmann, Johannes 2003, S. 81

101 Bernabé de Busto, Geschichte des Schmalkaldischen Krieges. Busto war ein Sekretär des Kaisers. Entdeckt und gedruckt wurde der Text 1938; er liegt ausschnittweise vor in einer Übersetzung von Dr. Christopher Wertz. S. 68.

102 Tracy, James D., Der Preis der Ehre: Die Finanzierung der Feldzüge Kaiser Karls V., S. 155. In: Karl V. 1500 - 1558. Neue Perspektiven seiner Herrschaft in Europa und Übersee. Hrsg: Alfred Kohler, Barbara Haider und Christine Ottner unter Mitarbeit von Martina Fuchs. Wien 2002.

hat damit sogar das Recht, die beiden hinzurichten. Ich bin nur gespannt, wer von den sauberen Fürsten es wagen wird, die Reichsacht an den beiden Hauptleuten des Bundes zu vollstrecken. Aber wenn es dazu kommt, spätestens dann wird sich Moritz eindeutig auf die Seite der Lutheraner stellen. Das wird er ganz sicher nicht zulassen.
Wie wird Moritz sich entscheiden? Der Kaiser kennt nur seinen eigenen Vorteil. Er wird mit Moritz spielen wie mit einer Puppe. (Eben dies hatte Elisabeth ihrem jungen Cousin in Dresden vor Augen gehalten, worauf Moritz nur geantwortet hatte, dass der Landgraf von Hessen schon so übel mit ihm gespielt habe, dass er die Spielregeln zur Genüge kenne. - Dieser Schlag hatte gesessen.) Immerhin hat er mir erzählt, dass der Kaiser auf diesem Reichstag einen Pakt mit dem Papst geschlossen hat. Bayern wird zunächst neutral bleiben, aber Munition, Sammelplätze und Verpflegung zur Verfügung stellen. Moritz hat mir sehr ernsthaft versichert, dass er sich vom Kaiser ausbedungen hat, neutral bleiben zu können. Dann aber wiederum hat er erzählt, der Kaiser habe ihm nun die Schutzherrschaft über das Hochstift Halberstadt und das Bistum Magdeburg übertragen. Der Kaiser belohnt Neutralität nicht derart großzügig. Ich fürchte, Moritz hat seine Seele verkauft. Aber wenn der Kaiser von ihm verlangen wird, die Reichsacht gegen meinen Bruder und meinen Cousin zu vollstrecken, dann wird er sich besinnen. Da bin ich ganz sicher!“
„Wieso können sie nicht einfach friedlich nebeneinander existieren?“ fragte Gertrud.
„Du meinst, jeder könnte den anderen so lassen wie er ist und ihn in Frieden seine Religion ausüben lassen? Das wäre zu schön. Aber der Kaiser sieht in der Teilung der Kirche einen Angriff auf sich selbst. Die protestantischen Fürsten bilden für seinen Geschmack ein zu starkes Gegengewicht gegen ihn im Reich. Außerdem haben sie die säkularisierten Kirchengüter eingezogen und so ihre Gebiete erweitert. Dies wollen sie legitimieren, was der Kaiser freiwillig nicht tun wird. Und jetzt rutschen wir hinein in einen Krieg, in dem wir alles verlieren könnten, was wir bisher erreicht haben. Ich will Moritz schreiben, dass die Schmalkaldener rüsten. Er soll sehen, dass ich ihm noch immer gut bin. Und außerdem kann ich ihn so vielleicht

dazu bewegen, dass er sich uns gleich anschließt."
Das tat Elisabeth, wenn auch mit wenig Hoffnung, dass ihr Brief etwas nützen könne.

Glücklicherweise erfuhr Elisabeth nicht, wie Philipp und Kurfürst Johann Friedrich auf ihre Ächtung durch den Kaiser reagiert hatten: Sie hatten zwei Boten ins kaiserliche Lager geschickt, versehen mit einem entzweigebrochenen Stock und einem Brief. Die Boten wurden jedoch nicht zum Kaiser vorgelassen, sondern mussten unverrichteter Dinge wieder abziehen. Immerhin hatte man den Brief entgegengenommen, doch es gab wenig Hoffnung, dass der Kaiser ihn auch bekommen würde. Dieser Brief fiel dann dem kaiserlichen Sekretär Bernabé de Busto in die Hände, der sich später befleißigte, die gesamte Geschichte des Krieges für die Nachwelt festzuhalten und daher auch den Wortlaut des Briefes säuberlich notierte:
Seine Kaiserliche Majestät will nur unsere evangelische Religion zerstören, auslöschen und fortreißen, so wie es seit vielen Jahren üblich ist aufgrund der Geschäfte und Absprachen, die er mit dem Antichristen, dem römischen Papst, sowie mit anderen Königen und Machthabern betreibt, um mit deren Hilfe eben dieses Ziel zu erlangen. Er ist mit dem Franzosen übereingekommen, um nun gegen uns vorzugehen und uns dabei als schlimmer einzustufen als den Türken. Indem er das Wort Gottes, die Wahrheit des Evangeliums und die seit Alters her überlieferte Freiheit dieser Nation schändet, will er sie tyrannisch unterdrükken und an Spanien, Burgund und Österreich anschließen. Seine kaiserliche Majestät hat seinen kaiserlichen Eid verletzt und daher seine kaiserliche Würde verloren, die ihm von den Wahlmännern erteilt worden ist. Somit stützen wir uns auf das natürliche und göttlich verbürgte Verteidigungsrecht und kündigen dem Kaiser die Treue.
Es folgten die Unterschriften in mutig-schwungvollen Zügen.
Doch leider waren die Protestanten nicht in der Lage, die Klause zu halten, denn obwohl die Protestanten zu diesem Zeitpunkt den kaiserlichen Truppen zahlenmäßig weit überlegen waren, hatten sie auf der Klause nicht genügend Männer stationiert, um sie gegen den heranziehende Nachschub

zu verteidigen, der seinen ersehnten Rastplatz natürlich nutzen wollte. So konnten die Kaiserlichen nicht nur die Klause im Sturm zurückerobern, sondern auch dafür sorgen, dass tausende Kameraden ins Land marschierten. Außerdem erwartete der Kaiser weitere Truppen aus den Niederlanden, die man ebenso ungehindert ins Land einließ. Zunächst hatte der Kaiser lediglich eintausend Männer unter Waffen gehabt, während die Protestanten über ein stattliches Heer von über dreißigtausend Mann verfügten, doch dank mangelnder protestantischer Umsicht und Uneinigkeit schrumpfte die zahlenmäßige Überlegenheit rasch in sich zusammen.
Am 2. September hätte man das kaiserliche Lager in einem Überraschungsangriff aufreiben können, doch wurde zwischen den Hauptleuten zu lange debattiert, ob dies gut oder schlecht sei, und als man endlich entschieden hatte, dass ein Überraschungsangriff gut sei, war der Kaisers bereits weitergezogen.
Die Protestanten verfolgten das kaiserliche Heer, doch an der Grenze zu Bayern blieben sie stehen und debattierten darüber, ob es ratsam sei, die Verfolgung noch weiter zu betreiben, denn Bayern war neutral und eine Schlacht auf neutralem Boden hätte mit Sicherheit die Neutralität zugunsten des Angegriffenen aufgelöst. So entkam der Kaiser wieder.
Da die Kreditwürdigkeit des Kaisers ins Unendliche ging, konnte er es sich leisten, den Krieg in der Schwebe zu halten und zuzuschauen, wie die Protestanten finanziell ausbluteten. Die Kassen der süddeutschen protestantischen Städte waren bald leer, ohne dass der schmalkaldische Bund eine einzige Schlacht geschlagen, geschweige denn gewonnen hätte, während die kaiserlichen Kassen immer wieder mit dem nicht enden wollenden Fuggergeld aufgefüllt wurden.
Elisabeth beobachtete all dies mit großer Sorge und hoffte inständig, dass es gar nicht erst zu einer Schlacht kommen würde. Sie schrieb ihrem Bruder, er solle doch den schmalkaldischen Bund auflösen und mit dem Kaiser verhandeln. Alles, nur kein Krieg! Elisabeth schrieb an Moritz, flehte ihn an, sich auf keinen Fall gegen den schmalkaldischen Bund zu stellen, wenn es zum Krieg kommen sollte, und erhielt auch von dem Kurfürsten die Zusicherung, dass dieser den jungen Herzog Moritz beschützen wolle, wenn

nach dem gewonnenen Krieg die Schmalkaldener ihn anfeinden sollten. Er müsse aber still sitzen und dürfe nichts gegen sie unternehmen.[103]
Da erhielt Elisabeth Ende Oktober einen Brief von Moritz, der sie beruhigte:

Dresden, 18. Oktober 1546

Wir haben nacheinander drei Briefe von Euer Lieben erhalten. Uns sind die Zeitläufte ebenso beschwerlich wie Euer Lieben, wir hätten längst gerne Frieden gesehen, da der Zwiespalt zwischen Kaiser und Fürsten nur dem Türken zugute kommen kann. Wir haben der Kaiserlichen Majestät als unserer Obrigkeit Gehorsam leisten müssen und sind zufrieden mit der Erklärung, dass seine Kaiserliche Majestät die christliche Religion nicht tilgen will, da seine Majestät wissen, in welcher Religion wir sind.
Da aber wegen der Reichsacht gegen unseren Vetter ein Angriff auf dessen Lande bevorsteht, und auch unsere Rechte dabei in Gefahr sind, so können wir ohne Verderb unserer Lande nicht ruhig dabei zusehen.
Unser Schreiben wird der Landgraf hoffentlich freundlich aufnehmen; wir wollten ungern etwas gegen Seine Lieben tun und versehen uns auch von Seiner Lieben aller Freundschaft, gemäß unseren letzten Erklärungen. Auf Frieden zu denken sind wir alle schuldig, schon damit dem Türken Widerstand geleistet werden könne.
Von der christlichen Religion wollen wir uns nie abdrängen lassen und haben nichts dagegen, wenn Euer Lieben dieses Schreiben dem Landgrafen mitteilen.

Moritz Herzog von Sachsen[104]

Elisabeth war erleichtert. So wollte Moritz sich doch neutral verhalten und nicht gegen den schmalkaldischen Bund kämpfen. Sie fühlte so etwas wie

103 Herrmann, Johannes; 2003, S. 82, Anm. 166. PKMS 2, Dokument 1031, S. 890, Anm. 1.

104 Zitiert auszugsweise nach PKMS 2, Dokument Nr. 1031, S. 889 f.

Mutterstolz, denn der Junge war ihr in all den Jahren, in denen sie seine Erziehung und Entwicklung begleitet hatte, sehr ans Herz gewachsen. Ein wenig schrieb sie seine Liebe zu Frieden und Neutralität auch ihrem Einfluss zu. Das Säbelgerassel ihres Bruders war ihr schon immer ein Gräuel gewesen, und sie hatte ihre Abneigung gegen den Krieg nie vor ihrem Schützling verborgen. Sie hoffte, dass beiden Seiten das Geld ausging, bevor es wirklich zu blutigen Schlachten kam.

Es war ein friedlicher Novembernachmittag. Der Wind wehte den Regen in dicken Schwaden vor sich her und gegen die Butzenscheiben des Schlosses, hinter denen Elisabeth mit ihren Hofdamen saß. Gertrud spielte auf der Laute, Luisa begleitete sie auf der Flöte, die Närrin döste vor sich hin, während der Rest des Hofstaates las oder stickte. Elisabeth schaute aus dem Fenster, wo sich das braune Wasser der Mulde in der Aue ausbreitete. Eine Gefahr für die Menschen bestand nicht, nur wenn es so heftig weiterregnete, könnte es kritisch werden. Sie war heilfroh, dass der November in diesem Jahr seinem Ruf besonders gerecht wurde, denn der kalte Regen dämpfte die Kampfeslust der Herren gewaltig. Niemand wollte bei diesem Wetter im Feld lagern. So hoffte Elisabeth, dass der Winter die Heere in alle seine kalten Winde zerstreuen würde. Ja, der kalte Wind sollte den Herren die heißen Köpfe frei blasen, damit sie an die Verhandlungstische kämen. Vielleicht, so hoffte sie, wäre die Gefahr eines Krieges damit gebannt. Boten konnte man im Winter gut über die festgefrorenen Wege schicken. Unermüdlich wollte sie schreiben, um den Männern ins Gewissen zu reden, sie wollte...

„Herrin, ein Bote ist angekommen. Soll ich ihn in der Hofstube warten lassen?“ Die Dienerin klang unsicher, was Elisabeth aufhorchen ließ.

„Ich komme sofort.“ Sie erhob sich und folgte der Frau die Wendeltreppe hinunter. Der Mann, der dort unten in der Hofstube stand, war nass bis auf die Haut. Sogar sein wollener Mantel klebte an ihm. Ächzend fiel er vor Elisabeth auf die Knie.

„Um Himmels Willen, was ist dir widerfahren? Wer bist du und warum kommst du durch dieses schlimme Wetter?“ Und zu der Magd gewandt sag-

te sie: „Geh und sag Frau Gundel Bescheid. Der Mann braucht dringend etwas heißes zu essen und zu trinken und trockene Kleider."
Der Mann wollte sprechen, aber ein Hustenanfall erstickte seine Worte. Elisabeth wich etwas zurück. Husten konnte sie jetzt ganz und gar nicht gebrauchen. Als der Mann sich beruhigt hatte, sagte er mit rauer Stimme: „Herrin, ich komme aus Kursachsen. Herzog Moritz und König Ferdinand von Böhmen haben vor ein paar Tagen das Land besetzt. Nur wenige Städte sind noch frei. Es heißt, sie handelten auf Befehl des Kaisers und vollstreckten damit die Reichsacht gegen den Kurfürsten."
Elisabeth fühlte die Erde unter sich schwanken.

Siegburg im November 1546

Johanna Delgen besuchte ihre Freundin Bärbel Oehm, denn dies versprach Spaß an diesem tristen Novembermorgen. Die junge Bärbel wohnte mit ihrer Familie direkt am Marktplatz, wo heute wieder Markt abgehalten wurde. Die beiden Mädchen stand warm und trocken am Fenster und konnten bei einer Tasse warmen Weines das Schauspiel genießen, das sich ihnen bot. Was da wieder los war! Gaukler waren in die Stadt gekommen, wie zu jedem Markttag, jonglierten mit Bällen, ein anderer sogar mit einer Fackel, einer Bratpfanne und einem Ei; zum Schluss hielt er die Fackel unter der Bratpfanne in einer Hand und fing mit der Pfanne das Ei auf. Er ließ sich reichlich beklatschen.
„Johanna, hast du das gesehen? So sollte unsere Magd einmal kochen. Was da wohl meine Mutter sagen würde! Johanna! Du schaust ja gar nicht zu."
Johanna hörte ihre Freundin kaum. Sie sah auch nicht so genau hin, als ein Taschendieb einem reichen Mann den Beutel abschnitt und sich klammheimlich davonmachte. Die Stände, die ihr sonst unter der Sommersonne so bunt und einladend erschienen, verwischten allesamt im Novembergrau, ebenso die in Wolle eingemummelten Menschen; sogar das Obst und Gemüse, das die Bauern aus dem Bergischen Land in die Stadt gebracht hatten, sah fade aus. Sonst schaute sie auch gerne hinauf zur Abtei, die sich so maje-

stätisch auf dem Michaelsberg erhob, doch heute war plötzlich alles anders.
„Johanna, was bist du denn heute für ein Schlummerkopp? Wo bist du denn nur wieder mit deinen Gedanken?"
„Bärbel, äh, entschuldige bitte. Ich habe dir gerade nicht zugehört. Hast du was gesagt?" fragte Johanna geistesabwesend, ohne ihren Blick vom Marktplatz zu nehmen.
„Alles in Ordnung mit dir?" Bärbel sah ihre Freundin etwas besorgt von der Seite an und folgte dann ihrem Blick.
„Wieso schaust du denn die beiden Plackfisel[105] so komisch an? An denen ist doch nichts Besonderes."
„Aber Bärbel, wie kannst du das denn behaupten? Siehst du nicht, mit welcher Würde die beiden gehen, obwohl sie ganz erschöpft aussehen?"
„Abgehalftert erscheint mir da passender."
„Egal. Das sind Handwerksgesellen auf der Walz, hochanständige Leute, die sammeln drei Jahre lang Wissen und kommen durch viele Länder. Mein Vater war auch auf der Walz; und du wirst wohl nicht behaupten wollen, dass mein Vater kein hochanständiger Mensch ist. - Was die wohl alles zu erzählen haben?"
„Und welchen von den beiden findest du hochanständiger? Ich wette, es ist der große, schlanke Mann, der seinen Filzhut so verwegen ins Gesicht gedrückt hat. Und der Kleine... na, der könnte auch ein verkleidetes Mädchen sein. Schau mal, wie der sich an den Großen hält. Er folgt ihm wie ein Hündchen", spottete Bärbel und bellte.
„Ich werde dir schon beweisen, dass die beiden gute Menschen sind. Warte nur ab."
„Johanna, was hast du vor?" rief Bärbel, doch Johanna war schon die Treppe hinuntergesprungen und hatte sich ihren Umhang vom Haken genommen. Kopfschütteln sah Bärbel wieder aus dem Fenster. Da lief nun Johanna über den Marktplatz.
„Ist Johanna weg? Bleibt sie nicht zum Essen?" rief die Mutter hinauf.
„Nein, Mutter, sie soll zum Essen nach Hause kommen."
„Dann komm jetzt runter und deck den Tisch."

---

105 Plackfisel: Kölsch für schmutzige Leute

„Ja, Mutter. Ich komme gleich“, versuchte Bärbel ihre Mutter noch etwas hinzuhalten, denn auf dem Marktplatz schaute sich Johanna etwas verloren um. Sie konnte die beiden offensichtlich nicht entdecken und schaute ratsuchend hinauf zu ihrer Freundin. Bärbel überflog mit einem Blick den Platz und entdeckte die zwei Männer. Was Johanna nur mit denen wollte! Das war ja fast schon unanständig, so hinter zwei Männern herzulaufen! Sie zeigte Johanna die Richtung an, in die die Männer gerade gingen, dann musste sie wohl oder übel hinunter und konnte nicht mehr verfolgen, was weiter geschah.

Johanna kniff in dem feinen Nieselregen die Augen zusammen und versuchte, die beiden wiederzufinden, doch oben, vom Fenster aus, von wo sie den Marktplatz so gut hatte überblicken können, war das viel einfacher gewesen. Nun stand sie auf dem durchweichten Boden des Marktplatzes und hatte nasse Füße. Sie hätte sich ihre Trippen unter die Füße binden sollen, anstatt einfach so loszuhetzen. Und welchen Eindruck sollte der junge Mann von ihr haben, wenn sie in kotverschmierten Schuhen vor ihm stand? Aber... was für einen Eindruck sollte das überhaupt machen, wenn sie - die Tochter eines reichen Töpfers - einfach so auf die Straße rannte, um einem Handwerksburschen hinterherzulaufen? Aber wo waren die beiden Wandergesellen nun? Glücklicherweise half ihr Bärbel mit einem Fingerzeig, und Johanna sah sie schließlich am Stand des Metzgers Everhart Vridach stehen. Der Kleine zupfte den Großen am Ärmel, als wolle er ihn überreden, weiterzugehen, doch der Große blieb stehen und redete mit dem Metzger, dessen Gesicht immer mehr dem eines zornigen Bullen glich.

Johanna stellte sich an den Stand, als warte sie, bedient zu werden. Aha! Die beiden hatten keinen halben Kreuzer mehr in der Tasche, aber umso mehr Hunger im Bauch.

„Wir könnten Euch Holz hacken, Herr, egal was, aber seid so freundlich und gebt uns eine Kleinigkeit zu essen.“ Johanna hörte, dass dem Mann das Betteln schwer fiel, aber auch als Bettler bewahrte er sich eine stille Würde, die Johanna beeindruckte. Metzger Vridach war keineswegs beeindruckt und nahm sicher auch nicht die stille Würde der beiden wahr. Und wenn er sie wahrgenommen hätte, dann hätte er darin wahrscheinlich Unbotmä-

ßigkeit gesehen.
„Hunger habt ihr beiden Galgenvögel? Und da kommt ihr natürlich gleich zum Metzger. Wieso bettelt ihr nicht gleich den Goldschmied an?"
„Beim Bäcker waren wir schon, aber der hat uns zu Euch geschickt."
„Der hat…?" Meister Vridach war fassungslos. „Der alte Gauner! Schickt euch zu mir, damit ich euch am Hals habe. Nein! Von mir bekommt ihr nichts, also schert Euch!" sagte er zu den beiden, dann drehte er sich zu Johanna um und sagte dienstbeflissen: „Die junge Johanna Delgen! Eure Magd war heute zwar schon da, aber was kann ich Euch noch Gutes tun?"
Mit einem sehr schüchternen Blick schaute Johanna die beiden Wandergesellen an, die dem Befehl des Metzgers noch nicht gefolgt waren.
„Vergebt mir, aber ich konnte nicht anders, als Euer Gespräch mit anzuhören. Wir haben bei uns sehr viel zu tun und könnten zwei Männer gebrauchen, die uns noch etwas zur Hand gehen. Wäret Ihr so freundlich, den beiden zu geben, was sie möchten? Ich werde es bezahlen."
„Danke, das ist wirklich mehr als großzügig von Euch! Wir werden es gerne bei Euch abarbeiten."
Der Große hatte eine sehr angenehme, warme Stimme und sprach mit einem sonderbar singenden Akzent, der Johanna gefiel. Zum ersten Mal schaute Johanna in sein Gesicht. Es war jung und etwas schmutzig, bärtig, mit markanten Zügen. Seine Augen waren braun, sein Haar tiefschwarz, und seine Ohren waren deutlich größer als nötig. Aber das tat Johannas Faszination - die sie vollkommen zu verbergen wusste - keinen Abbruch. Als sie den Kleinen anschaute, war sie sicher, dass Bärbel recht hatte: der Kerl war ein verkleidetes Mädchen; so weiß war seine Haut, so fein sein Gesicht, das von sehr hellen Locken umrahmt wurde.
„Gut. Das ist Eure Sache. Was darf es denn für Euch sein?" fragte nun der Metzger.
„Die Magd hat die Flönz vergessen."
„Die Flönz? Aber davon hat sie doch zwei Kringel mitgenommen!" wunderte sich Metzger Vridach.
„Sie sollte drei holen. Und was wünscht Ihr zu essen?" fragte sie nun die beiden Gesellen. Sie zögerten, schauten sich an, zuckten mit den Schultern

und schließlich sagte der Große: „Flönz. Wir nehmen auch eine… Flönz." Der Metzger gab zwei dunkle Wurstkringel über den Tisch. Als Johanna noch bezahlte, hatten die beiden schon ihre Wurst angeschnitten.
„Das ist ja Blutwurst!"
„Ja, sag ich doch: Flönz!" lachte Johanna. „Wenn Ihr in etwa einer Stunde zu Meister Delgen in die Aulgasse kommt, könnt Ihr Eure Flönz abarbeiten."
„Sicher. Wir werden da sein. Ihr habt unser Ehrenwort", sagte der Große sehr ernst.
„Das weiß ich", erwiderte Johanna und ging davon.
„Euch werde ich im Auge behalten! Wagt nicht, das Mädchen zu betrügen!" warnte Vridach zum Abschied.

„Johanna! Ich hatte dir doch gesagt, dass wir heute backen wollen. Da rennst du zu deiner Freundin. Und schau dich an! Ganz nass sind deine Haare. Wolltest du wieder deine Ringellöckchen haben? Dein Mantel hat eine Kapuze; setz sie doch auf! Ich koch dir keinen Kräutertee, wenn du wieder husten musst." Die Mutter drückte ihrer Tochter einen Stapel Teller in die Hände, die Johanna auf dem Tisch verteilte.
„Ach, Mutter, gefallen dir denn meine dunklen Ringellöckchen nicht? Ich werde nachher ganz fleißig backen; und schau, ich hab noch schnell eine Flönz geholt."
„Aber die hat doch die Grete schon geholt."
Johanna unterdrückte einen Seufzer. „Ich weiß, aber ich habe heute besonders viel Lust auf Flönz. Übrigens kommen gleich zwei junge Männer, die das Holz im Schuppen hacken und stapeln werden. Unser alter Heine braucht sich also nicht zu plagen."
Da kam der Vater in die Küche. „Was hab ich da gehört? Hilfe? Können die beiden mir auch noch helfen, den Ofen leer zu räumen?"
„Sicher, Vater. Da kannst du deinen Rücken auch noch etwas schonen."
„Und wer soll die Kerle bezahlen?" fragte Johannas Onkel Rutger missmutig.
„Die beiden sind froh, wenn sie einen trockenen Schlafplatz und ein Essen haben werden, also mach dir keine Sorgen, liebster Onkel", flötete Johanna.

Ihr Vater stieß sie schmunzelnd in die Seite. Ja, ihn selbst wickelte sie um den Finger; und den Onkel klopfte sie auch immer wieder weich.

Es war noch keine Stunde vergangen, da klopfte es an der Tür.
„Wer mag das denn jetzt sein?" fragte die Mutter.
„Schau nach, dann weißt du es", sagte ihr Schwager, doch da war die Magd schon hingegangen und hatte geöffnet. Gleich darauf standen die beiden Wandergesellen in der Küche und schauten die kleine Familie an, die noch am Mittagstisch saß.
„Wer seid ihr, wenn man fragen darf?" fragte Johannas Vater und musterte die beiden Gestalten von Kopf bis Fuß. Der Große würde zupacken können, das sah er schon, aber der Kleine könnte allenfalls der Mutter zur Hand gehen.
„Mein Name ist Reinhard Schreuer, das ist mein Freund Joseph Junker. Wir sind Schreinergesellen auf Wanderschaft."
„Schreinergesellen in Siegburg? Ihr wäret besser Töpfer. Aber nun, ein paar Schreiner haben wir auch, bei denen ihr noch was lernen könnt", sagte Johannas Vater, worauf sein Bruder brummte: „So lange sie keine Wollweber sind, soll mir alles recht sein."
„Wollweber? Wieso Wollweber?" fragte Reinhard.
„Ach, nichts!" sagte Johanna und machte eine wegwerfende Handbewegung. Die Wollweber haben keinen guten Ruf hier in Siegburg. Habt ihr euch schon bei der Zunft gemeldet?"
„Ja, das haben wir. Wir sind seit gestern Abend in Siegburg. Es gibt einen Schreiner in der Holzgasse, der uns in drei Tagen aufnehmen kann. Aber jetzt sind wir erst mal hier, um die..."
Da wurde er von Johanna unterbrochen. „Ja, ja, schon gut. Grete bringt euch in den Schuppen wo das Holz liegt."

Johanna buk am Nachmittag Kuchen, stopfte Hemden ihres Vaters und war für den Rest des Tages so überaus geschäftig und fleißig, dass die Mutter sehr wohlwollend war. Dass Johanna währenddessen immer auf die Axtschläge hörte, die aus dem Hinterhof ins Haus hallten, fiel ihr gar nicht auf.

Vor allem machte sie sich in den hinteren Stuben zu schaffen, räumte auf und staubte ab, wobei sie immer wieder einen sehr kurzen, wie zufälligen Blick aus dem Fenster warf. Reinhard Schreuer hackte das Holz und Joseph Junker setzte es auf. Sie hatte sich schon gedacht, dass sich die beiden auf diese Weise die Arbeit teilen würden. Als sie fertig waren, streiften sie die Ärmel auf und wuschen sich in der Regentonne. Sollte sie ihnen sagen, dass im Haus sauberes Wasser und Seife vorhanden waren? Aber sie konnte doch nicht… Grete hatte da weit weniger Hemmungen.
„He, ihr Kniesfinken! Wascht ihr euch immer in der Regentonne? Schon mal was von Seife gehört? Han m'r allet do!"
Bei der Abendsuppe saßen die Wandergesellen frisch gewaschen mit am Tisch. Sie hatten sogar andere Hemden an - wohl die Sonntagshemden.
„Johanna, komm, tu die Teller auf", sagte Mutter Adelheid.
„Wie viele brauchen wir denn? Kommen Jutta und Peter nach Hause?"
„Ich denke nicht. Mein Sohn ist noch mit dem Zunftmeister unterwegs. Kann spät werden", sagte Onkel Rutger.
„Also brauchen wir…" die Mutter zählte in Gedanken durch, „… zehn Teller. Die Magd, der Knecht, dein Vater und ich, die beiden Wandergesellen, dein Onkel und deine Tante, und du und Jutta."
„Mein Cousinchen kommt, wie schön!"
Und gleich saß Jutta tatsächlich mit den anderen am Tisch und erzählte von dem Krankenbesuch, den sie bei ihrer Freundin gemacht hatte. Als sie aber zu sehr ins Detail ging und genau berichtete, wie die Wunde aussah, die sich die Freundin bei einem Sturz am Bein zugezogen hatte, hob Mutter Adelheid beschwörend die Hände.
„Bitte, Jutta, bitte. Nicht beim Essen. Du kannst das gerne später erzählen, aber beim Essen wünsche ich das nicht zu hören."
„Ihr beiden!" sagte nun Vater Alfred zu den beiden Wandergesellen. „Nun erzählt! Woher kommt ihr? Wo wart ihr in den letzten Monaten? Was gibt es neues in der Welt?"
„Wir kommen aus Dresden. Wir waren viel im Norden unterwegs, bis hinauf ins Dänische. Da wurde es uns zu kalt - sogar im Sommer haben wir gefroren - dann wollten wir in den Süden, aber Ihr habt sicher auch gehört,

dass es dort ziemlich unruhig war."
„Ja, wir haben gehört, dass sich der Kaiser auch dort mit den Protestanten schlägt. Hier haben wir das schon hinter uns, und ich hoffe sehr, dass es jetzt ruhig bleibt. Ruhe ist immer besser fürs Geschäft", sagte der Vater und strich sich über seinen Bauch.
„Wir haben versucht, einen großen Bogen um den Krieg zu machen, aber es ist immer gefährlich, auch wenn sie gerade nicht kämpfen. Immer sind sie auf der Suche nach neuen Soldaten, die sie manchmal von der Straße weg einfangen. Einmal haben wir das mitbekommen und konnten noch fliehen." Da versteinerte Reinhards Gesicht plötzlich und er sprach nur noch leise weiter: „Wir haben zwar nicht den Krieg gesehen, aber das, was er anrichtet, was er zerstört und hinterlässt. Leere Scheunen und hungernde Menschen. Selbst wenn kein Schuss fällt, sterben die Menschen, weil die Heere unersättlich sind."
Josephs Gesicht war bei diesen Worten aschfahl geworden. Sein Löffel sank in die Suppe. Reinhard berührte ihn behutsam an der Schulter. „Ist schon gut, Joseph. Es ist vorbei und wir haben es überlebt."
„Wir hatten hier Glück", brachte Johanna das Gespräch nun in andere Bahnen. „Bei uns musste der Kaiser nur von weitem mit einem Heer winken, da hat es sich der Kölner Erzbischof gut überlegt, ob er ihm wirklich Widerstand leisten will.
„War hier auch was los?" fragte Reinhard.
„Ob hier was los war?" rief Onkel Rutger und wäre beinahe aufgesprungen, wenn ihn seine Frau Trina nicht beschwichtigt hätte. „Der Erzbischof Hermann von Wied wollte in Köln die Reformation einführen…" doch da wurde der Onkel schon von seinem Bruder Alfred unterbrochen: „Er wollte die Kirche reformieren, was auch dringend nötig war. Aber ausgerechnet diesen Bucer und diesen Melanchton hat er sich geholt, damit die ihm helfen. Die beiden sauberen Herren! Man weiß doch, was sie getan haben. Haben dem hessischen Landgrafen eine zweite Ehefrau genehmigt."
„Solche Zustände wollen wir hier nicht haben!" sagte Mutter Adelheid und hob den Zeigefinger. „Wir sind hier gut katholisch; schon seit vielen hundert Jahren und das können wir auch getrost in den kommenden Jahrhunderten

bleiben. Einen lutherischen Kölner Dom brauchen wir nicht. Womöglich hätte er dort Doppelhochzeiten abhalten wollen, ganz wie die Wiedertäufer. Aber das Kölner Domkapitel hat es nicht dulden wollen, dass Bucer in Köln predigte. - Die Bonner sind da weniger wählerisch, wen sie auf ihre Kanzeln lassen", fügte sie abfällig hinzu.

„Ja, in Bonn durfte er predigen", erzählte der Vater nun weiter. „Aber als vor zwei Jahren - oder sind es schon drei? - der Kaiser hier war, da hat er durchgesetzt, dass Bucer aus seinem Amt wieder entfernt wurde. Letztes Jahr hat der Kaiser sogar einen ernsten Befehl erteilt, nach lutherischen Bürgern zu forschen und sie auszuweisen.[106]"

Onkel Rutger pfiff verächtlich durch die Zähne. Er hegte ganz offen Sympathien für die Lutheraner.

„Eine Reform der Kirche war unbedingt nötig! Das hast du selbst gesagt, Alfred", ereiferte er sich nun. Tante Trina, die bisher nur stumm ihre Suppe gelöffelt hatte, legte nun ihre Hand auf den Arm ihres Mannes und sagte leise: „Rutger, bitte!"

Jutta verdrehte die Augen. „Bitte nicht schon wieder!" sagte sie und hob die Hände gen Himmel, aber die beiden Männer waren nicht mehr aufzuhalten. Sie stürmten in ihren Streit, wie sie es wohl schon hunderte Male getan hatten, wie Reinhard und Joseph an den Mienen der Frauen erkennen konnten.

„Möchte jemand Kuchen?" machte die Mutter einen Versuch, die Wogen noch zu glätten, bevor sie so groß waren, dass sie den Feierabendfrieden gnadenlos hinwegspülten.

„Aber doch nicht so! Reformen mussten sein, aber muss man sich denn gleich mit den Lutheranern einlassen? Man hätte doch einfach nur..."

„Das ‚einfach nur' war aber den Herren vom Domkapitel schon zu viel. Wenn man etwas ändern will, dann richtig. Umwälzungen gehören nun mal zu den Zeitläuften. Irgendwann wird es auch in Köln Protestanten geben, die in ihre eigenen Kirchen gehen werden."

„Aber weißt du, worum es den Herrschaften wirklich ging?" Onkel Rutger hob die Hand und rieb Daumen und Zeigefinger aneinander. „Geld! Wenn eine Stadt lutherisch wird, dann zieht sie nämlich die Kirchengüter ein;

---

106 Signon, Helmut; Köln macht Geschichte. Frankfurt am Main 1977, S. 172

dann verlieren die Herren ihre fetten Pfründe."
„Als wäre die Angst sie zu verlieren unehrenhafter als die Gier, sie zu bekommen. Und ich weiß schon jetzt, was du als nächstes sagen wirst."
„Dann ist ja gut. Dann hast du wenigstens etwas von dem kapiert, was ich dir immer wieder einzubläuen versuche. Aber lass hören, ob du es wirklich kapiert hast."
„Du sagst immer, der Kaiser war deshalb so erpicht darauf, dass Köln katholisch bleibt, weil der Kölner Erzbischof wahlberechtigt ist. Und ein wahlberechtigter Lutheraner ist für den katholischen Kaiser ganz und gar gefährlich. Dann könnte es sein, dass bei der nächsten Wahl kein Habsburger den Thron besteigt, es sei denn, er ist lutherisch. Das mag alles sein, aber ich bin überzeugt, dass der Kaiser ein guter Christ ist. Ihm geht es um das Seelenheil der Deutschen. Er will nicht riskieren, dass seine Untertanen zu tausenden der Hölle anheimfallen."
Onkel Rutger lachte schallend, aber es klang nicht lustig, sondern sehr böse. „Ja, natürlich, das Seelenheil. Darum geht es dem Kaiser. Nicht, dass irgendjemand glaubt, es ginge dem Kaiser um Macht!"
Er wandte sich an Joseph. „Hättest du gedacht, dass es dem Kaiser um Macht geht?"
Joseph schaute ihn nur erschrocken an und zuckte mit den Schultern. „Ich weiß es nicht, Herr. Ich habe den Kaiser noch niemals kennen gelernt und kann nicht sagen, worum es ihm geht. Aber wenn wir ihm begegnen, werden wir ihn von Euch grüßen und ihn fragen."
„Du bist ein echter Dötsch!" rief Onkel Rutger und wuschelte Joseph durch die Haare. „Aus Dresden seid ihr beiden? Was seid ihr dort? Katholisch oder lutherisch?"
„Man kann in Dresden beides sein", versuchte sich Reinhard an einer diplomatischen Antwort. Auf keinen Fall wollte er riskieren, dass sie die Nacht draußen verbringen mussten.
„Wie beides? Man muss sich doch für eines entscheiden", brauste Vater Alfred auf.
„Es gibt Katholiken und Protestanten. Wir leben dort ganz friedlich zusammen. - Es gibt sogar gemischte Ehen", behauptete Reinhard nun sogar, ob-

wohl er davon noch nicht gehört hatte; aber das konnte hier keiner nachprüfen. „Könnte ich wohl ein Stück Kuchen haben?"
„Na, endlich mal ein sinnvoller Vorschlag!" sagte die Mutter, indem sie Reinhard und Joseph ein Stück gab.
„Ablenkungsmanöver ziehen bei mir nicht", sagte Vater Alfred kauend.
„Sprich nicht mit vollem Mund!" ermahnte ihn seine Frau. „Und nimm dir gleich noch ein Stück. Du hattest ein ganz kleines."
„Willst du mir jetzt das Maul mit deinem Kuchen stopfen?"
„Du sollst doch nicht mit vollem Mund sprechen, hat Mutter dir gerade gesagt. Und außerdem ist es nicht ihr Kuchen, ich hab den heute gebacken. Und ich habe ihn mit sehr viel Liebe und Mühe gebacken und extra lange geknetet, damit er schön locker wird. Und? Ist er schön locker, liebes Väterchen?"
„Ihr Weiber!" schimpfte der Vater. „Ihr versteht nichts von der großen Politik."
„Da magst du wahrhaftig recht haben, lieber Mann, aber ich verstehe etwas von Frieden in meinem Haus. Und der ist mir ebenso heilig wie unser aller Seelenheil. Und deshalb ist jetzt Schluss!"

In den folgenden Wochen begegneten sich Reinhard und Johanna immer öfter - mal auf der Straße, mal im Wirtshaus oder auf dem Markt. Dann trug Reinhard sehr gerne Johannas Marktkorb nach Hause. Meist war Joseph mit dabei, aber als Reinhard einmal alleine unterwegs war, fragte Johanna gerade heraus, ob Joseph ein Junge oder ein Mädchen sei. Reinhard lachte laut auf.
„Joseph ist ein Mann wie ich. Gut, er sieht aus wie ein Mädchen, und sogar im Sommer, wenn ich fast so dunkel bin wie das Leder meines Werkzeuggürtels, dann ist er immer noch so weiß wie ein vornehmes Fräulein."
„Aber er ist auch so anders als du." Darauf schwieg Reinhard eine Weile, bevor er antwortete: „Ja, er ist ganz anders als ich. Er glaubt, dass alle Menschen gut sind. Ich muss immer auf ihn aufpassen, dass ihm nichts passiert. Und selbst wenn ihm jemand übel mitspielt, dann entschuldigt er diesen Menschen noch. Einmal hat ihm jemand sein ganzes Werkzeug geklaut. Da

hat er nur gemeint, dass der andere Mann es sicher sehr viel nötiger gehabt als er selbst. Er war ihm nicht böse. Ich glaube, wenn er mal von einem Bären gefressen würde, dann wäre seine einzige Sorge, dass der Bär Bauchschmerzen kriegt, wenn er die dreckigen Schuhe mitfrisst. Wir kennen uns schon sehr lange und sind gemeinsam aufgewachsen."
„Du magst ihn wirklich sehr", stellte Johanna fest. Mittlerweile waren sie schon in der Aulgasse angekommen.
„Du, sag mal, wie ging das eigentlich aus mit dem Kölner Erzbischof?" gleich bereute er seine Frage, denn er sah Johanna deutlich an, dass sie lieber über ein anderes Thema gesprochen hätte als die Politik.
„Bisher ist noch keine Entscheidung gefallen. Der Papst hat ihn exkommuniziert, aber das beeindruckt einen Kölner Erzbischof nicht." Sie lachte.
„Und du, was denkst du über die ganze Sache? Denkst du mehr wie dein Vater oder wie dein Onkel?"
„Ist dir das wichtig?" fragte sie über die Schulter hinweg, nahm ihm den Korb aus der Hand und verschwand mitsamt ihrem koketten Lächeln im Haus.

Es war Heiligabend, und die Kirche war zum Bersten gefüllt. Johanna stand mit ihren Eltern weit vorn, dort wo all die Töpfer mit ihren Familien standen, aber Johanna schaute sich immer wieder um.
„Suchst du jemanden? Doch wohl nicht etwa diesen Flabbes von einem Dresdener, der nicht weiß, ob er katholisch oder lutherisch ist?" zischte ihr Vater ärgerlich.
„Nein, nein, Vater. Ich such Bärbel."
„Da steht sie doch, dort drüben, mit ihrer Familie. Ihr Vater ist wohl nicht zu übersehen. Und du liebe Güte, was die Mutter wieder für einen Kopfputz aufhat. Adelheid! Hast du das gesehen? Ist ja unglaublich!"
„Still jetzt, ihr beiden. Der Pater kommt."

Erst beim Hinausgehen bemerkte sie Reinhard und Joseph, wobei letzterer sich weitaus hingebungsvoller bekreuzigte als Reinhard. Betend kniete Joseph noch vor einem Seitenaltar, wobei sich seine Lippen leise bewegten. Da

war Reinhard auch schon bei Johanna.
„Ich weiß, man sollte im Gottesdienst nicht nach Frauen schauen, aber ich hab es getan. Könnten wir uns an einem Ort treffen, an dem ich dich ganz in Ruhe anschauen kann - ohne in die Hölle zu kommen?“ Er grinste sie breit an, worauf Johanna lachen musste. Dass sie auch nach ihm Ausschau gehalten hatte, musste er nicht unbedingt wissen.
„Gut. Lass uns am Neujahrstag ein Stück gemeinsam gehen.“
„Wir holen euch ab.“

Am Neujahrstag machten sie sich zu viert zu einem Spaziergang auf: Johanna und Reinhard gingen hinterdrein und beobachteten, wie sich Joseph ganz und gar vergeblich bemühte, Bärbel ein Lächeln abzuringen. Sie war nicht begeistert, dass Johannas Wandergeselle, der sich in der Tat als ein sehr ansehnlicher und redlicher Mann entpuppt hatte, keinen besseren Freund vorweisen konnte als diesen Joseph, den sie um Haupteslänge überragte. Johanna und Reinhard hielten Händchen, schauten sich dann und wann in die Augen oder blieben stehen, um einen schnellen Kuss auszutauschen.
In der Nacht hatte sich Raureif über den Wald gelegt, der nun in der Sonne glitzerte. Sie gingen wie durch einen Zauberwald, unter Bäumen aus Kristall. Ein Rotkehlchen flatterte von einem Ast auf, von dem es herabrieselte wie Feenstaub. Nach einer Weile kamen sie aus dem Wald aufs freie Feld, wo der gleißende Schnee sie blendete. Johanna und Reinhard ließen ihre Hände los, als sie aufschlossen.
„Schaut nur, wie schön die Abtei dort oben thront. Ist das nicht ein herrlicher Tag?“ rief Johanna und breitete ihre Arme aus. In der Sieg spiegelte sich der strahlende Winterhimmel, und so schien ein Stück Himmel zwischen den schneebedeckten Feldern zu mäandern. Als die vier am Fluss entlang stapften, hörten sie, dass das Wasser am Rand, dort, wo sich an herabhängenden Grashalmen dicke Eiszapfen gebildet hatten, leise gurgelte; Eisschollen, in denen weiße Luftblasen eingeschlossen waren, trieben wie kostbare Wäschestücke auf dem Fluss.
„Wie habt ihr im letzten Jahr Weihnacht verbracht?“
„Da waren wir in Strassburg“, sagte Reinhard schlicht und wollte gleich das

Thema wechseln, aber Joseph geriet ins Schwärmen.
„Ja, in Strassburg, da haben sie etwas ganz wunderbar Schönes. In den Zunftstuben stellen sie Tannenbäume auf, die behängen sie mit Äpfeln und Nüssen und allerlei Naschwerk für die Kinder."
„Pass auf, davon kann er jetzt drei Stunden lang erzählen."
„Ach, komm, Reinhard! Tu nicht so, als hätte dir das nicht gefallen!" Joseph war empört, zumindest so weit er das fertigbrachte. „Wir haben Weihnachtslieder gesungen, ein paar haben auch Musik gemacht, und dann durften die Kinder die Sachen vom Baum holen. Sie haben sich ganz furchtbar wild draufgestürzt; das fand ich nicht schön."
„Da stand ein kleiner Kerl und hat geweint, weil er gar nicht drankam. Da hat Joseph ihn hochgehoben, und so konnte er sich den größten Lebkuchenkringel abreißen", ergänzte Reinhard.
„Ja, und wenn ich selbst einmal eine Familie habe, dann will ich nicht nur einen Tannebaum in der Zunftstube haben, sondern einen bei mir zu Hause, den meine Kinder ganz alleine plündern dürfen. Da wird es dann ganz friedlich und gerecht zugehen. Da wird keiner weinen müssen." Dabei hatte er Bärbel angesehen, als forsche er in ihrem Gesicht, wie ihr wohl diese Vorstellung behage. Bärbel lächelte, was Joseph ganz und gar als Zusage deutete.

Später, als die beiden Männer die Frauen zu Bärbel nach Hause gebracht und sich verabschiedet hatten, saßen sie noch am Kamin.
„Ein Tannenbaum in der Stube! Hat man jemals einen solchen Blödsinn gehört? Wer soll sich denn einen solchen Dreck in die Stube holen? Denk doch nur an all die Nadeln, die man aufkehren muss!" Bärbel schüttelte noch immer den Kopf. „Magst du noch von dem Kuchen?" Bärbel hielt Johanna den Teller hin.
„Ja, danke. Der schmeckt wirklich gut zu dem Wein."
„Aber du hast doch gelächelt, als er von dem Tannenbaum erzählt hat", wunderte sich Johanna und fing mit ihrem Rock ein paar Kuchenkrümel auf.
„Ja, ein wenig hab ich gelächelt, das mag sein. Aber ich hab mich eher amü-

siert über den Möhnejrößer[107]. Was soll ich denn mit so einem? Soll ich ihm etwa die Nadeln wegfegen?"
„Ich denke, Joseph ist ein Mensch, der zu gut ist für diese Welt. Schau doch nur seine Augen an. Er guckt immer so verträumt. Ich bin sicher, er wäre ein sehr lieber Ehemann."
„Ach, magst du ihn vielleicht haben? Dann würd ich beim nächsten Mal mit Reinhard spazieren gehen", neckte Bärbel.
„Untersteh dich!" rief Johanna in gespielter Empörung.
„Denkst du wirklich, du hättest ihn für dich alleine? Er ist auf der Wanderschaft, er kommt durch viele Städte. Wer weiß, wie viele Johannas er übers ganze deutsche Reich verteilt hat."
„Das glaub ich nicht. Das glaub ich ganz bestimmt nicht."

Am nächsten Sonntag, als Johanna und Bärbel aus der Kirche kamen und sich voneinander verabschiedeten, kam Reinhard durch die Menge auf sie zu.
„Johanna, ich hab dich gesucht."
„Du hast mich gesucht? Aber wieso denn?" Johanna war vollkommen verblüfft, worüber Bärbel nur grinsen konnte.
„Kann ich dich für einen Augenblick sprechen? Alleine? Können wir ein paar Schritte über den Markt gehen?"
„Ja, natürlich, Reinhard. Bis morgen, Bärbel."
Bärbel nickte und schloss sich ihrer Familie an, die schon auf ihr Haus zustrebte.
„Worüber möchtest du denn mit mir reden?" fragte Johanna, als sie außer Hörweite waren.
„Ich dachte, du hättest schon gemerkt, dass du mir gefällst." Er nahm ihre Hand, doch sie entzog sie ihm.
„Du bist noch immer auf der Wanderschaft. Jetzt bist du hier. Wer sagt mir denn, dass dir in all den anderen Städten, durch die du schon gekommen bist und noch sehen wirst, nicht auch Mädchen gefallen?"
„Johanna, ich weiß, ich bin noch auf der Wanderschaft, aber nicht mehr

107 Möhnejrößer: weicher Mann, der zu Frauen sehr freundlich ist.

lange. Im Frühjahr gehe ich zurück nach Dresden und bin mit meiner Wanderschaft fertig. Bei meiner Mutter Anni muss ich mich melden. Sie ist zwar nicht meine richtige Mutter, aber sie war immer gut zu mir und macht sich natürlich Sorgen, solange ich noch auf der Walz bin." Er zögerte, nahm ihre Hand erneut und sagte leise: „Bitte, warte auf mich! Wenigstens bis zum Juni. Wenn ich dann nicht zurück bin, dann weißt du, dass mir etwas passiert ist und ich nicht mehr kommen kann." Diesmal ließ sie ihm ihre Hand. „Reinhard", sagte sie sehr ernst und drückte seine Hand, „ich werde auf dich warten, auch länger, wenn es sein muss.
„Ich würde mich gerne morgen mit dir treffen, hier auf dem Markt. Würdest du dann mit mir zum Goldschmied gehen?"
Johanna schluckte. Das kam einem Heiratsantrag gleich.
„Ja", sagte sie mit dünner Stimme, räusperte sich dann aber und wiederholte ihr Ja! laut und deutlich.

Im Schloss zu Dresden, Ende Dezember 1546

„Moritz!" rief Agnes und eilte auf ihn zu. Sie lag noch nicht in seinen Armen, da weinte sie schon. Moritz ließ sie weinen, doch schob er sie in das nächste Gemach und schloss die Tür. Die Dienerschaft musste dies nicht sehen. Glücklicherweise hatte Agnes in den privaten Gemächern auf ihn gewartet und nicht vor seinen Hauptleuten dieses ungebührliche Benehmen an den Tag gelegt. Der leichte Harnisch, den er trug, war so eiskalt, dass es Agnes schmerzte, als sie ihr Gesicht an ihn schmiegen wollte.
„Ich hatte solche Angst um dich. Moritz, das alles zerreißt mich. Bitte, ich flehe dich an, bleib bei mir. Bring mich fort an einen sicheren Ort und bleib dann mit mir dort." Sie hielt ihn fest umklammert. Seine dicken Lederhandschuhe waren so kalt und steif, dass Agnes sofort losließ, als er ihre Handgelenke umfasste, um sich von ihr zu befreien.
„Agnes, wie stellst du dir das vor? Ich kann mich jetzt nicht verkriechen. Glaubst du wirklich, ich könnte mit einer solchen Schande leben? Was du mir vorschlägst, ist schändliches Weibergeschwätz. Denk nach! Könntest

du einen feigen Hund lieben, der kampflos alles preisgibt? Wenn ich mich jetzt gemeinsam mit dir verstecke, dann werden wir alles verlieren. Mein Herzogtum würde ich verlieren, und an die Kurwürde müsste ich gar nicht mehr denken. Jetzt habe ich die Möglichkeit, Sachsen zu vereinigen. Dafür müssen wir alle Opfer bringen. Glaubst du, ich könnte als Schmarotzer an irgendeinem Hof leben? Würdest du das wollen? Das kannst du nicht wollen!" Moritz hatte Agnes bei den Schultern gepackt und leise, aber heftig auf sie eingeredet. Sie schluchzte ein letztes Mal auf, dann wand sie sich aus seinem festen Griff und trocknete ihre Tränen.
„Du hast recht. Vergib mir. - Aber kannst du mir versprechen, dass du eine Schlacht gegen meinen Vater vermeiden wirst? Wenn ihr beiden euch in Waffen gegenüberstündet - das würde mich umbringen. Ich flehe dich an, verschone meinen Vater. Ganz gleich, was er dir angetan hat, denk bitte daran, dass er mein Vater ist, den ich liebe - ganz gleich, was er meiner Mutter angetan hat", fügte sie hinzu. „Moritz, ich liebe dich. Und wenn ich meinem Vater in Hessen begegne, dann will ich auch ihn anflehen, dich zu schonen und zu schützen, wo immer er auf dich treffen mag. Ich habe gehört, dass der Kaiser die Reichsacht auch gegen ihn verhängt hat. Aber der Kaiser wird nicht ausgerechnet dich beauftragen, die Reichsacht zu vollstrecken, nicht wahr? Nicht gegen den eigenen Schwiegervater!" Sie hing mit flehenden Augen an seinen Lippen; er wich ihrem Blick aus.
„Agnes, ich stehe in des Kaisers Diensten. Ich muss tun, was er mir befiehlt."
„Moritz, bitte!" flüsterte sie und hob ihm ihre gefalteten Hände entgegen, doch gleich bereute sie es, denn sie sah, wie sich sein Blick verhärtete. Sie wollte ihm ausweichen, doch da hatte er sie wieder bei den Schultern gepackt, diesmal härter als vorher, so dass sie vor Schreck nach Atem rang.
„Weib! Du schuldest mir Gehorsam, nicht umgekehrt!"
„Ich bin dir gehorsam, Moritz!" flüsterte sie und neigte ihren Kopf zur Seite.[108]

---

108 Ich denke, hier sollte ich anmerken, dass Gehorsam ganz oben auf der Werteskala für Ehefrauen stand. Sogar der streng katholische Herzog Georg hatte seinerzeit akzeptiert, dass seine Tochter Christine lutherisch wurde und damit ihrem Ehemann in Glaubensfragen folgte. Bei Moritz kommt erschwerend hinzu, dass er offensichtlich schwer kriegstraumatisiert war. A.Z.

Agnes war schon zu Bett gegangen, als Moritz mit seinem Bruder August noch am Feuer saß. August war nur für ein Jahr der weltliche Administrator von Merseburg gewesen, denn er hatte in seinem jugendlichen Leichtsinn weit über seine Verhältnisse gelebt. Merseburg war reich, doch dem süßen Leben, wie August es sich vorstellte, waren selbst die größten Schatzkammern nicht gewachsen. Er hatte Schulden machen müssen, von seinem Bruder immer mehr Geld verlangt, und schließlich war es zum Streit zwischen den beiden gekommen. Moritz war der Ansicht gewesen, dass er seinen Bruder wahrlich gut versorgt habe, doch August hatte die fünfundzwanzigtausend Gulden, die er jährlich ausgeben konnte, als ein seiner unwürdiges Almosen angesehen. Kurz: Die Merseburger waren erleichtert gewesen, als der junge Herzog August von seinem Bruder nach Dresden zurückkommandiert wurde.[109]

„Bleib vorerst in Dresden und lass auch deine Pferde hier. Im Moment kann ich dich hier besser gebrauchen als in Leipzig. Ich hab gesehen, dass hier in der Stadt Unruhe herrscht. Wir haben Geschrei und sogar Schüsse gehört. Was geht hier vor? Du musst dich darum kümmern." Moritz schaute seinen Bruder eindringlich an. Jetzt war die Zeit, da dieser sich bewähren musste, das sollte ihm klar sein. Moritz wollte es nicht noch einmal aussprechen.

„Ich weiß. Ich habe mich schon darum gekümmert", rechtfertigte August sich etwas zu eifrig. „Die Räte haben diesen Erlass ausgearbeitet, der morgen verkündet werden soll." Er reichte Moritz ein Papier.

Da sich allerlei Verdrießlichkeit zwischen Bürgern, Adel, dem in Dresden liegenden Volk und dem durchziehenden Volk zugetragen hat, befehlen Statthalter und Räte, dass keiner das fremde Kriegsvolk mit Worten oder Werken beschweren soll. Wer beschwert wird, der soll den Obersten des Kriegsvolkes oder den Räten mitteilen, damit Billigkeit geschaffen werde.

Um Gefahr zu verhüten, soll niemand mehr nach 8 Uhr abends auf die Gasse gehen oder schicken. Wer doch geht, soll Fackel oder Laterne mit sich führen und der Wache ordentlichen Bescheid geben. Alle anderen sollen bestraft werden.

---

109 Sabine, Ulbricht; 2010, S. 155

In der Stadt soll weder tags noch nachts geschossen werden. Die Wirte sollen das den Gästen sagen.
Da Gottes Strafe vor der Tür ist, soll alles gottlose Schwören, Fluchen und sollen die unchristlichen Laster wie Vollsaufen, unzüchtige Reden und Gebärden gegen Frauen und Weiber unterbleiben. Jeder soll sich eines gottgefälligen Wandels befleißigen[110].

„Ist es dir so recht? Was sagst du?“ fragte August, als Moritz das Blatt zur Seite legte.
„Ja, es ist gut. Es muss sehr schlimm gewesen sein, dass die Räte zu solchen Formulierungen gegriffen haben. Ich hoffe nur, dass Gottes Strafe an Dresden vorübergehen wird. Ich werde Agnes und das Kind nach Hessen bringen, damit sie sicher sind. Solange ich fort bin, sei du mir hier ein würdiger Stellvertreter. Ich werde von Hessen aus direkt nach Leipzig reiten und dir von dort aus Bescheid geben, sobald ich dich an anderer Stelle brauche.“
August starrte seinen Bruder finster an. Es ärgerte ihn maßlos, dass er so ohne weiteres über ihn verfügen zu können glaubte. Wieder einmal kam er sich vor wie ein Bläbersch[111] - wie früher bei der Mutter. Um Moritz ein klein wenig daran zu erinnern, wie die Mutter früher mit ihnen beiden umgesprungen war, antwortete er betont dienstbeflissen: „Ja, Euer Gnaden, ganz wie Euer Gnaden befehlen!“
„August!“ brauste Moritz auf. „Wir sind Regenten. Ich bin im Moment derjenige, der den Überblick und die Zügel in der Hand hat. Ich habe keine Ahnung, wie lange ich bei meinem Lebenswandel noch aus diesen Augen schauen werde. Vielleicht trifft mich morgen die Kugel eines Heckenschützen; dann wirst du mein Nachfolger. Dann wirst du die Verantwortung haben für das Land, für die Menschen. Sei dir dessen bewusst. Wenn ich tot bin und du mein Nachfolger wirst, kannst du es nicht halten wie in Merseburg, denn dann ist kein großer Bruder mehr da, der deine Schulden bezahlt. Dann bist du ganz alleine verantwortlich. Und wo willst du dir dann Geld leihen? Beim Fugger?“

110 PKMS 3, Dokument Nr. 14, S. 47

111 Bläbersch: Sächsisch für Dümmling. Siehe Ufer, Peter; Dresden 2010.

August hielt Moritzens Blick nicht stand. „Du hast ja recht. Ich weiß, ich muss mehr Verantwortung übernehmen. Ich werde in Dresden Ordnung schaffen, das verspreche ich dir."

Am nächsten Tag brachen sie auf nach Hessen, wo Agnes für die Zeit des Krieges bei ihrer Mutter bleiben sollte. Die kleine Anna überstand die lange, kalte Reise sehr gut und kam wohlbehalten bei ihrer Großmutter Christine in Marburg an. Moritz hatte Boten vorausgeschickt, die ihm die Nachricht überbrachten, dass der Landgraf nicht zu Hause sei. Also ritt Moritz gemeinsam mit Agnes nach Marburg. Andernfalls hätte er sie seinen Männern anvertraut und wäre umgekehrt, um seinen Schwiegervater gar nicht erst in die Versuchung zu führen, ihn gefangen zu nehmen.
Es war der letzte Abend, den Moritz und Agnes miteinander verbringen konnten. Endlich hatte Agnes ihren Mann ganz für sich; und Moritz war in diesem Augenblick tatsächlich ihr Mann, den sie liebte und den sie geheiratet hatte, nicht der Herzog und schon gar nicht der Mann, der unbedingt Kurfürst werden wollte. Er trug keine kalte Rüstung, nicht einmal ein Hemd, sondern er war nackt zu ihr ins Bett gekommen und hatte seine Arme um sie geschlungen. Sie genoss seine Wärme, die Geborgenheit in seinen Armen, und mit einem leisen Seufzer schmiegte sie sich an seine Brust, wo nur seine Haare ihre Nase kitzelten und kein eiserner Harnisch sie abwies.
„Moritz?"
„Ja?" Er nahm sie fester in die Arme.
„Lässt du mir bitte ein Geschenk da?"
„Du meinst ein Geschenk, das du mir in neun Monaten zurückgeben kannst?" Sie nickte. „Das will ich dir von Herzen gern dalassen."
Und Agnes öffnete sich ihm, schenkte sich ihm ganz und gar und versuchte, nicht daran zu denken, dass er sie vielleicht zum letzten Mal umarmte. Als sie seinen Samen tief in sich spürte, hoffte und betete sie, es möge ein Sohn werden, den sie ihrem Gemahl nach neun Monaten würde schenken können. Sie schlang ihre Beine um seinen Leib, um Moritz so lange wie möglich bei sich zu behalten, doch schließlich entzog er sich ihr, und sie spürte eine

kalte Leere, in der all ihre Angst über ihr zusammenbrach. Weinend klammerte sie sich an ihn.
„Moritz, ich will jeden Tag beten, dass du gesund bleibst, dass du heil wieder zu mir zurückkommst, damit du deinen Sohn wirst aufwachsen sehen."
„Agnes, ich danke dir. Ja, lass mich einen Sohn aufwachsen sehen. Das wäre meine größte Freude", erwiderte er und drückte sie an sich.

Und während die beiden noch lange miteinander flüsterten und Agnes selig die seltenen Zärtlichkeiten ihres Gemahls genoss, wachte Christine in ihrem Gemach und konnte nicht schlafen. Sie hatte ihren Schwiegersohn herzlich begrüßt und sich gefreut, ihn gesund und unversehrt zu sehen, obwohl er auf der anderen Seite stand. Aber auf welcher Seite standen sie denn alle? Dieser Krieg riss die Familie auseinander. Die Männer standen sich auf den Schlachtfeldern gegenüber, dazwischen standen die Frauen, die nicht mehr wussten, wen sie unterstützen sollten. Natürlich waren sie alle zuerst ihren Ehemännern treu ergeben. Aber konnte Agnes sich wünschen, dass Moritz siegreich aus diesem Krieg hervorging? Denn das hieße zwangsläufig, dass ihr Vater verlor und harte Konsequenzen zu tragen hätte. Konsequenzen, die im schlimmsten Falle tödlich sein konnten.
Und sie selbst? Konnte sie als hessische Landgräfin wirklich uneingeschränkt wollen, dass ihr Gemahl den Krieg gewann? Denn dann stünde ihr Schwiegersohn auf der Seite der Verlierer, und niemand konnte sagen, wie die Fürsten des Schmalkaldischen Bundes auf ihn reagieren würden. Konnte sie sich wünschen, dass der Gemahl ihrer Tochter alles verlor? Sein Land, seine Würde?
Doch da war noch ein Gedanke, der sich in den letzten Wochen und Monaten immer wieder angeschlichen hatte; hinterrücks zunächst und heimtückisch, so dass Christine erschrocken vor ihm zurückgewichen war. Aber der Gedanke war hartnäckig geblieben, hatte sich immer wieder in ihren Kopf gestohlen und geschmeichelt: Was wäre, wenn Philipp im Krieg stürbe? Diesen Gedanken drehte Christine hin und her, wie einen seltsamen, fremden Gegenstand, der ihr langsam immer vertrauter wurde. Was wäre, wenn Philipp im Krieg stürbe? Dann hätte sie freie Hand. Ihr ältester Sohn

Wilhelm, den man den Vierten nennen würde, war nun fünfzehn Jahre alt. Als Witwe eines Bundeshauptmannes, der im Krieg den Heldentod gestorben war, konnte sie sicher Ansprüche stellen, das Land verwalten, bis Wilhelm zu seinen Mannesjahren gekommen war. Unterdessen könnte sie diese Kreatur, die in Spangenberg hauste, mitsamt ihrer widerwärtigen Brut vernichten. Fünf Kinder hatte diese Person ihm schon geboren, darunter vier Söhne, die alle gesund und kräftig waren. Auf dieser Ehe konnte nur der Segen Satans liegen! Philipp ahnte offensichtlich, mit wie viel Hass Christine seine zweite Gemahlin verfolgte, denn er hatte ihr bewaffnete Männer geschickt, in deren Begleitung sie das Haus verließ. Er befürchtete einen Anschlag - er tat wahrhaftig gut daran!

Rochlitz, 1. Januar 1547

Elisabeth war hinunter in die Kanzlei gegangen und saß dort mit ihren Räten und Schreibern am Kamin. Frau Gundel hatte sie mit heißem Wein und süßem Gebäck versorgt; man hätte meinen können, es sei eine gemütliche Runde, doch die Mienen aller waren sehr ernst und kaum einer wagte, sich an den Köstlichkeiten zu bedienen. Neben Hofmarschall Heinrich von Bünau standen nun auch Sigmund Kirchmeyer und Joseph Engelschall als Räte in Elisabeths Diensten.

Ein Brief lag offen auf dem Tisch, alle starrten darauf, als sei er Gift.

„Nun, meine Herren, lasst uns zusammentragen, was wir im Moment über die Lage wissen[112]", sagte Elisabeth leise und schaute die Männer an. „Der Kurfürst ist aus dem Süden zurückgekehrt und hat sich weite Teile seines Landes zurückerobert. Heute erfahren wir", sie deutete auf den Brief, „dass Moritz seine Stadt Leipzig zum Schutz besetzt hält; die Vorstädte und auch einige Dörfer im Umkreis hat er niedergebrannt, um eine Belagerung zu erschweren, denn belagern wird der Kurfürst eine so wichtige Stadt sehr bald; das steht außer Zweifel. So viele Truppen stehen Moritz nicht zur Verfügung, dass er sein ganzes Land schützen könnte, er muss sich auf ein We-

112 Zu den folgenden erwähnten Fakten siehe PKMS 3, S. 16 ff.

niges beschränken. Neben Dresden ist ihm Leipzig am wichtigsten."
„Herzog Moritz hat in Leipzig zwar das Kriegsrecht ausgerufen und auf dem Marktplatz einen Galgen aufgestellt, aber in erster Linie geht er wohl hart vor bei Übergriffen seiner Truppen gegen die Leipziger Bevölkerung", berichtete Kirchmeyer.
„Immerhin lässt uns dies ein wenig hoffen, dass die Bevölkerung nicht allzu sehr leiden muss. Aber wahrscheinlich ist der Schaden, den Moritz dort angerichtet hat, größer als der Schaden, den der Kurfürst in ganz Thüringen hinterlassen hat. Was wissen wir von den Bürgern selbst? Leisten sie ihm Widerstand?" fragte Bünau.
„Davon weiß man nichts. In der Stadt lagern immerhin dreitausend Kriegsknechte und einhundert berittene Söldner. Da würde ich es mir als Bürger gut überlegen, ob ich Widerstand leisten will. Man weiß nicht, wie das ausgehen wird. Ich denke, keiner will hinterher auf der Seite des Verlierers stehen", erwiderte Kirchmeyer.
„Aber", gab Engelschall zu bedenken und hob dabei den Zeigefinger, „ein so großes Heer zu unterhalten ist teuer. Wahrscheinlich werden die Leipziger nicht gerne ihr Geld herausgeben, um die Söldner zu bezahlen, die ihre eigene Stadt besetzt halten. Das hieße die Flöhe bezahlen, die einen beißen."
„Wenn mich nicht alles täuscht, so lagert in Leipzig der größte Teil des Merseburger Domschatzes. Merseburg wird gerade von Truppen des Kurfürsten besetzt gehalten. Der junge Herzog ist nicht dumm; wenn er das Silber des Merseburger Domkapitels zu Münzen prägt, hat er zufriedene Söldner und zufriedene Leipziger. Um die Herren des Merseburger Doms kann er sich später kümmern. Notfalls werden sie mit Fuggergeld entschädigt, aber wenn er es geschickt anstellt, kann er den Zorn der Domherren auf den Kurfürsten lenken."
Elisabeth seufzte schwer auf. „Moritz bietet mir an, dass er mit meinem Bruder einen Sonderfrieden schließt, doch davon will ich nichts wissen."
„Euer Gnaden, erlaubt Ihr, dass ich frage, wie dieser Sonderfrieden aussehen sollte?"
„Sicher, Engelschall. Moritz hatte meinem Bruder vorgeschlagen, dass dieser sich vor dem Kaiser demütigen solle, um so dessen Gunst wieder-

zuerlangen. Außerdem sollte er den Schmalkaldischen Bund auflösen und Herzog Heinrich von Braunschweig wieder in seine alten Rechte einsetzen. Seine Religion dürfte mein Bruder behalten[113], aber all die anderen Punkte sind die reine Zumutung für ihn. Das muss ich sicher nicht betonen. Außerdem denke ich, dass wir den Schmalkaldischen Bund nicht noch weiter aufspalten dürfen. Mein Bruder ist schon misstrauisch und befürchtet, Moritz könne auch dem Kurfürsten einen Sonderfrieden anbieten, aber davon würde ich sicher erfahren und auch dies verhindern. Was wissen wir vom Kurfürsten?"

„Der Kurfürst selbst liegt mit dem größten Teil seiner Truppen in Halle", sagte Engelschall. „Viele seiner Männer sind krank; sie brauchen Ruhe und die Sicherheit einer Stadt. Er kann sie nicht im freien Feld lagern lassen zu dieser Jahreszeit, sonst verliert er zu viele Männer an die Kälte."

„Moritz sitzt in Leipzig lange gut. Für die Soldaten des Kurfürsten kann ich nur hoffen, dass er so bald keine Belagerung beginnt. - Es ist ein solcher Irrsinn!" Elisabeth legte ihre Hand über die Augen, als wolle sie Tränen verbergen. Diesen Moment nutzte Kirchmeyer, um ein Stückchen Kuchen vom Teller zu nehmen und in den Mund zu schieben. Doch dann nahm Elisabeth plötzlich ihre Hand vom Gesicht und fragte: „Und nun zu unserer heikelsten Angelegenheit: Habt Ihr die Geheimschrift entwickelt?"

„Ja, Euer Gnaden", sagte Engelschall; Kirchmeyer nickte dazu mit vollen Backen.

„Oh, bitte bedient Euch doch alle", sagte Elisabeth zu seiner Erleichterung. „Nur weil demnächst vielleicht die kurfürstlichen Soldaten hungern und frieren müssen, müssen wir das nicht auch tun."

Alle griffen zu, als hätten sie auf eine ausdrückliche Aufforderung Elisabeths gewartet.

„Ich will auch mit Moritz in Kontakt bleiben. Aber Abschriften der eingehenden Post bekommt er nicht mehr zugeschickt. Die Zeiten sind vorbei. Er hat mich zu sehr hintergangen, als dass ich ihm noch so weit vertrauen könnte." Da konnte sie plötzlich ihre Tränen nicht mehr zurückhalten. „Mein Moritz! Wie kann er sich nur so schmählich vor den Karren des Kai-

---

113 Herrmann, Johannes; 2003, S. 94.

sers spannen lassen und gegen seinen eigenen Cousin die Reichsacht vollstrecken? Es fehlt nur noch, dass er auch gegen seinen eigenen Schwiegervater vorgeht oder gegen mich." Die Männer schwiegen betreten, nur Bünau legte ganz sachte seine Hand auf ihre Schulter und reichte ihr ein Glas Wein. „Bitte, Euer Gnaden! Ich bin sicher, dass er sich niemals direkt gegen Euch richten wird. Er ist sehr jung und hat schon viele schlechte Erfahrungen gemacht; und zu den schlechten Erfahrungen kommen schlechte Berater. Daraus kann nichts Gutes entstehen."

„Bünau, es ist sehr freundlich von Euch, dass Ihr mich trösten wollt, doch müssen wir realistisch bleiben. Wir dürfen jetzt nichts riskieren, denn sonst könnten wir alles verlieren. Ich will heute gleich in der neuen Geheimschrift an meinen Bruder schreiben. Alles Geld, was ich zur Verfügung habe und entbehren kann, will ich ihm schon zusagen." Sie wischte sich die Augen, setzte sich in ihrem Sessel auf und sagte: „Ich werde auch dem Bruder des Kurfürsten schreiben, denn wir brauchen zwei Geheimschriften. Engelschall und Kirchmeyer, Ihr werdet Euch jeweils mit ausschließlich einer Geheimschrift beschäftigen. Nur für den Fall der Fälle. Falls wir tatsächlich überfallen werden, oder einer von Ihnen entführt wird, dann weiß er nicht alles."

Die Männer wurden bleich und sahen zu Boden. Es stand wirklich mehr als ernst, und sie begaben sich mit ihrer Korrespondenz in Gefahr. Der Gegner würde ihnen die Briefe als Hochverrat auslegen. Darauf standen schwere Strafen. Elisabeth spürte die Angst, die über ihnen allen hing.

„Wenn es so weit kommen sollte, dann sagt Ihr einfach, ich hätte Euch dazu gezwungen."

„Euer Gnaden, wenn Ihr erlaubt - so weit werden wir es nicht kommen lassen", sagte Bünau, worauf Engelschall und Kirchmeyer nickten.

Elisabeth erhob sich und sagte: „An die Arbeit! Ich will mich gleich vertraut machen mit den Schriften."

Engelschall überreichte ihr ein Blatt, auf dem das lateinische Alphabet verzeichnet war; hinter jedem Buchstaben stand ein Zeichen, das den Buchstaben ersetzte: Das a war ein Viereck mit einem Punkt, das b sah aus wie ein

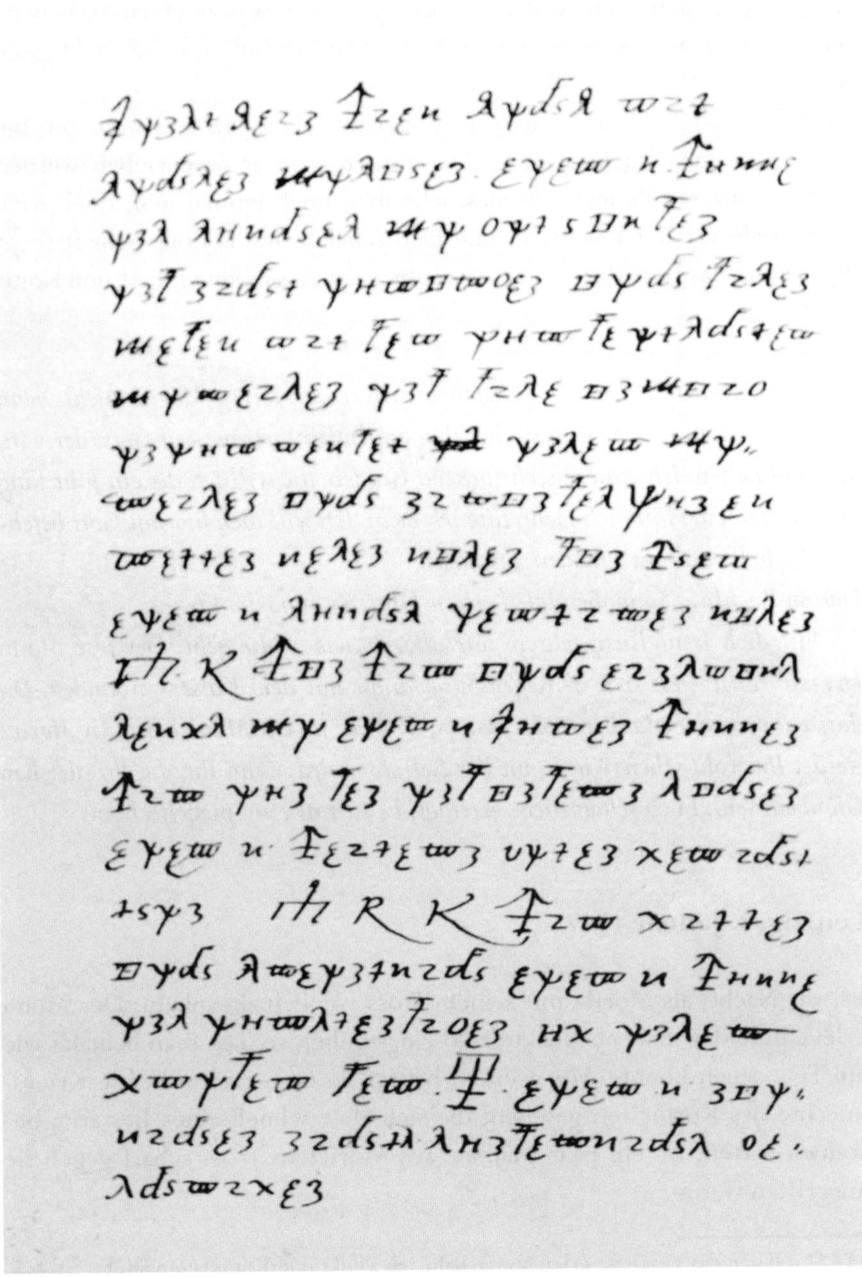

x, hatte aber nach oben verlängerte Linien; das ch war zu einem ds geworden; und so ging es fort bis zum z. Es folgten Symbole für die wichtigsten Personen.

Elisabeth setzte sich und nahm die Feder zur Hand. Es war mühsam, bei jedem einzelnen Buchstaben nachzuschauen, wie er geschrieben werden musste, ganz so, als lerne sie das Schreiben noch einmal neu, doch nach einer Weile erinnerte sie sich, und bald schrieb sie die neue Schrift recht flüssig. Um das Entziffern zu erschweren, schrieb sie ohne Punkt und Komma[114]:

Gott vermag alle Dinge, herzlieber Bruder. Vertrau Herzog Moritz nicht, denn es ist weder Treue noch Glauben bei ihm zu finden. Vertraue auf Gott, der wird dir wohl helfen. Ich schicke sechstausend Gulden, die will ich dir ein Jahr lang umsonst leihen. Hätte ich mehr, täte ich mehr. Ich will dich hiermit Gott befehlen, der helfe uns mit Freuden zusammen.

Datum Rochlitz, Sonnabend den ersten Jahrstag anno 1547.

Ich bitt dich freundlich, schreib mir allezeit wie es dir geht. Der lose Mann Herzog Moritz hat sich in Regensburg längst mit dem Kaiser verbunden. Du darfst ihm weder glauben noch trauen, denn er ist ein Maulchrist. An Moritz werdet Ihr wohl sehen, wie es mit der Religion wird, wenn Ihr, die Ihr gleichen Glaubens seid, Euch schon nicht vertragt. Es ist nur ein Spiegelfechten.

Leipzig, 3. Januar 1547

Es war Nacht, als Moritz mit seinem Tross vor Leipzig ankam. Der Mond erleuchtete das schneebedeckte Feld ringsumher, so dass man beinahe wie am Tage sehen konnte. Von weitem hatten sie umherschweifende Kriegsknechte des Kurfürsten gesehen, die sich aber schnell eines Besseren besonnen hatten, als ein paar Männer aus Moritzens Tross scharf gegen sie angeritten waren.

---

114 Um Ihnen das Lesen zu erleichtern, habe ich Punkt und Komma eingefügt. (A.Z.)

„Seht nur, die ersten zeigen sich schon. Es wird nicht mehr lange dauern und der dicke Hoffart wird hier sein."
Überdeutlich waren die Reste der verbrannten Vorstädte vor dem Halleschen Tor zu erkennen, die ihre verkohlten Balken wie flehend erhobene Arme in den Himmel reckten. Moritz wandte sich ab von diesem Anblick und starrte geradeaus auf Leipzig, doch der beißende Geruch des verbrannten Holzes schlug ihm trotzdem in die Nase. Man hatte den Menschen dort nicht erlaubt, ihre Habe und Vorräte mitzunehmen, stattdessen war alles niedergebrannt und den eigenen Kriegsknechten überlassen worden[115].
In Moritzens thüringischen Besitzungen hatte sich ihnen überall der gleiche Anblick geboten: verwüstete Dörfer und Städte, Tote, die nicht begraben worden waren, weil die wenigen Überlebenden zu schwach waren, den gefrorenen Boden aufzugraben. Überall war ihnen der Gestank von Brand, Tod und Verwesung entgegengekommen wie ein grinsendes Gespenst, allgegenwärtig. Hier und dort hatte sich Leben geregt, doch waren die Menschen ängstlich davon gelaufen, als sie die gerüsteten Männer gesehen hatten. Der Kurfürst hatte mit seinen Truppen ganze Arbeit geleistet.
Hier vor Leipzig war man nicht anders verfahren. Die wehrfähigen Männer waren auf die Fähnlein verteilt worden, die nun die Stadtmauer verteidigen sollten. Einzig die Husaren lagerten in ein paar verbliebenen Häusern vor der Stadt.
Die Leipziger Wachen hatten erkannt, wer sich ihnen näherte, denn sie öffneten bereits das Tor.
Die Männer ritten zum Rathaus, in dem noch Licht brannte. Sie freuten sich auf eine warme Stube, warme Betten, eine Mahlzeit mit nicht zu knapp bemessenem Wein. Die Pferde wurden ihnen abgenommen und in den Stallungen versorgt; ihre Hufe hallten wider in der finsteren Gasse.
„Nun berichtet Uns, Carlowitz! Was ist in der Zwischenzeit vorgefallen?" befahl Moritz, als er sich die Handschuhe abstreifte und in einem Sessel am Feuer niederließ. Wein und Braten standen schon bereit.
Christoph von Carlowitz schaute seinen jungen Herrn an. Er war noch bleicher als sonst, sein Atem hatte sich als Raureif in seinem Bart niedergeschla-

---

115 PKMS 3, Dokument Nr. 137, S. 112

gen und gab ihm ein greisenhaftes Aussehen, doch nun, in der Wärme des Raumes schmolz der Raureif und der Bart wurde wieder rot.
„Vielerlei hat sich in der Zwischenzeit hier zugetragen. Wenn Euer Gnaden erlauben, beginne ich mit einer schlechten Nachricht: Uns ist dieses Flugblatt in die Hände gekommen." Er reichte Moritz ein Papier:

An die Bürger von Leipzig!
Wir sind ein Freund Leipzigs, jedoch wenn ihr nicht wollt, werden wir zu einem Feind. Herzog Moritz wird sein Versprechen, in die Stadt zurückzukehren, nicht halten können, da die Mulde und die Pleiße stark angeschwollen sind. Jetzt ist noch Gnade zu erlangen, nach einem Sturm nicht mehr. Wenn ihr Euch ergebt, so ergebt ihr euch einer christlichen und nicht einer heidnischen oder päpstlichen Obrigkeit.[116]

Wütend zerriss Moritz das Papier. „Das ist Hochverrat, meine eigenen Bürger so gegen mich aufzuhetzen! Wenn ich meinen sauberen Herrn Cousin in die Finger bekomme, soll er mir dafür bezahlen." Er zerknüllte die Papierfetzen und schleuderte sie mit solchem Zorn ins Feuer als würde er seinen Cousin am liebsten gleich mit verbrennen. Er starrte in die Flammen, schaute zu, wie das Feuer das Flugblatt vertilgte, was ihn zu beruhigen schien. Schließlich fragte er: „Was ist sonst noch passiert?" „Der Kurfürst liegt nun nicht mehr in Halle, sondern hat sich in Richtung Merseburg aufgemacht. Wahrscheinlich wird er bald nach Leipzig kommen", fuhr Carlowitz vorsichtig fort.
„Wir haben seinen Empfang schon vorbereitet. In den Ruinen der Dörfer wird er weder Unterstand noch Nahrung finden. Was noch?"
„Bürgermeister Wiedemann hat versucht, verkleidet zu fliehen. Den Wachen kam die Frau aber sehr seltsam vor, und so haben sie ihn aufgegriffen und in Eisen gelegt.[117]"
„Dieser lächerliche Hasenfuß! Macht es ihm nicht zu bequem, aber seht zu, dass er im Kerker nicht erfriert."

116 PKMS 3, Dokument Nr. 10, S. 46
117 PKMS 3, Dokument Nr. 23, S. 52

„Ein paar Weibern hat man erlaubt, die Stadt zu verlassen, aber sie haben sehr viel Geld mitgenommen. Vor der Stadt haben es ihnen die Husaren wieder abgenommen."
„Ja, ja, schon recht, aber nun sagt mir endlich, ob Nachrichten vom Kaiser eingetroffen sind."
Die Tatsache, dass Carlowitz nicht sofort mit einer solchen Nachricht begonnen hatte, ließ Moritz kaum auf einen guten Bescheid hoffen. Tatsächlich zögerte Carlowitz kurz, bevor er sagte: „Nachrichten vom Kaiser sind gekommen..."
„Aber?" fragte Moritz scharf und schaute ihn über den Rand seines Weinkelches hinweg an.
„Er hat versichert, dass er Truppen schickt, sobald es ihm möglich ist."
Moritz schleuderte den Kelch von sich. Carlowitz zuckte nicht einmal, so sehr hatte er sich schon an die Wutausbrüche seines Dienstherrn gewöhnt.
„Was stellt er sich vor?" schrie Moritz. „Soll ich mir Truppen aus Schnee bauen? Der Kaiser gefährdet das gesamte Unternehmen. Wie kann er nur so blind sein, zu meinen, er könne mich noch länger warten lassen. Ich habe ihm doch mehr als einen dringlichen Brief geschrieben und ihn geradezu angefleht, mir Truppen zu schicken." Moritz war aufgesprungen und durchmaß mit wütenden Schritten den Raum. Er tobte. Carlowitz wusste, dass nun nichts half, als das Ende des Sturmes abzuwarten. Das konnte mitunter dauern. Es dauerte auch heute wieder; doch schließlich lehnte Moritz sich an den Kaminsims, starrte in die Flammen und flüsterte: „Ich bin für ihn auch nur ein Narr, der nicht weiß, wie man einen Krieg zu gewinnen hat. Ein kleiner, unbedeutender Narr. Was schert den Kaiser Sachsen, wenn er die gesamte Neue Welt besitzt? Was schert es den Kaiser, wenn die Schmalkaldener den sächsischen Narren demütigen und ihm vielleicht Land und Leben nehmen? Er wird seine gesamte Heeresmacht zu gegebener Zeit sammeln und sich alles einverleiben."
Nun sagte Carlowitz leise: „Euer Gnaden, ich habe mir bereits erlaubt, in Eurem Namen einen weiteren Brief an den Kaiser zu verfassen, in dem ich ihm schildere, dass der Kurfürst Magdeburg, Halberstadt und Merseburg in Besitz genommen hat und nun auf Leipzig zieht. Ich habe ihm auch geschrie-

ben, dass der Kurfürst in Eurem Land Städte und Dörfer verwüstet, dass er Menschen morden und ausplündern lässt.[118] Das Herzogtum ist ein einziges Schlachtfeld." Die letzten Worte hatte er nur geflüstert. „Einer Belagerung durch den Kurfürsten könnten wir nicht lange standhalten. Das habe ich dem Kaiser in aller Deutlichkeit geschrieben."

„Das ist gut, Carlowitz. Schreibt das so und schickt den Brief ab. Was gibt es noch?" Als Carlowitz schwieg, wandte Moritz ihm sein Gesicht zu. Der Feuerschein überzuckte eine Gesichtshälfte, die andere lag in tiefem Schatten. Trotzdem konnte Carlowitz schon erkennen, dass Moritz ihn mit brennenden Augen anstarrte. „Der Kurfürst hat Verhandlungen angeboten", sagte er dann, wohl wissend, was diese Information wieder auslösen konnte.

„Wie kann er es wagen?" schrie Moritz und schlug mit beiden Fäusten gegen den Kaminsims. „Ich kann mir vorstellen, wie er sich bei solchen Verhandlungen gebärden würde; genau so widerlich großspurig wie er mir gegenüber schon immer war, vor allem als ich an seinem Hof in Torgau war. Damals hat er größten Wert darauf gelegt mir zu zeigen, dass mein Platz weit unter ihm sei. Wahrscheinlich würde er auch noch erwarten, dass ich mich vor ihm demütige, gar auf die Knie falle?"

Carlowitz musste sich einen Ruck geben, bevor er mit den schlechten Nachrichten fortfahren konnte: „Der Kurfürst weiß, dass wir dringend Hilfe benötigen. Er hat einen Eurer Botenknaben abgefangen und ihm alle Briefe, mit denen ihr andere Fürsten um Hilfe bittet, abgenommen. Er hat ihn wieder laufen lassen."

„Wo ist der Kerl?" rief Moritz und ballte die Fäuste.

„Euer Gnaden, der Junge kann nichts dafür. Sie haben ihn fürchterlich übel zugerichtet. Ich habe mir erlaubt, ihn vorerst aus dem Dienst zu entlassen und zurück zu seinen Eltern zu schicken."

Für eine Weile war nur noch das Knistern des Feuers zu hören. Carlowitz war erleichtert, dass Moritzens Jähzorn diesmal nicht ausgebrochen war, und dass er den Boten, der gar nicht so schlimm malträtiert worden war, vorsichtshalber aus der Schusslinie genommen hatte.

„Es ist gut, Carlowitz. Ich danke Euch, Ihr könnt Euch zurückziehen." Mo-

118 PKMS 3, Dokument Nr.26, S. 53 f.

ritz klang unendlich müde und resigniert.
Carlowitz zog sich mit einer Verbeugung zurück, doch bevor er die Tür hinter sich schloss, schaute er noch einmal kurz hinein zu seinem Herrn. Moritz stand noch immer am Kamin. Plötzlich schlug er mit der Faust an den Sims und begann zu weinen. Für einen Augenblick zögerte der Rat. Sollte er noch einmal zu seinem jungen Herrn gehen? Ihn trösten, wie er einen Sohn getröstet hätte? Immerhin kannte er ihn schon seit Kindertagen, hatte ihn als Knaben unterrichtet und hielt sich zugute, dass er die guten Eigenschaften seines Zöglings mitgeprägt hatte. Nein! Er wollte nicht Salz in seine Wunden streuen, indem er Zeuge seiner Schwäche wurde. Auf den jungen Schultern des Herzogs lastete allzu viel Verantwortung, und er flehte seit vielen Wochen vergeblich um Hilfe - bei den Fürsten, dem Kaiser. Niemand sah ein, dass hier vielleicht der Krieg schnell entschieden werden könnte. Und der Herzog konnte seinem eigenen Volk nicht vertrauen, denn die Menschen glaubten, Moritzens Kampf gelte dem Evangelium. Wie hätte man den Menschen auch seine Beweggründe deutlich machen können? Sie sahen, dass Moritz auf der Seite des Kaisers gegen den evangelischen Kurfürsten kämpfte. Sein Vater selbst hatte die Reformation in Sachsen eingeführt, zur Freude des größten Teiles der Bevölkerung. Wer damals katholisch bleiben wollte, war hart bestraft worden. Und nun machte ihr Fürst gemeinsame Sache mit dem katholischen Kaiser, der sich mit dem Papst verbündet hatte. Verräter! Verräter! hieß es landauf, landab. Und dass Moritz den braunschweiger Herzog an den hessischen Landgrafen verraten hatte, war für alle offensichtlich. Über die verzweifelten Erklärungsversuche ihres Fürsten hatten sie nur müde lächeln können.
Am nächsten Morgen kam ein Kundschafter der berichtete, das Heer des Kurfürsten sei in zwei Tagen vor der Stadt.
„Wie lauten Eure Befehle, Herr?“ fragte Wolf von Schönberg.
Moritz überlegte nicht lange. „Angriff! Noch heute Nacht! Wir werden nicht zu viele Männer mitnehmen und nichts riskieren, nur ein wenig Unruhe stiften, damit sie keinen Schlaf finden. Mit ausgeruhten Truppen soll er hier nicht auftauchen.“

Rochlitz, 3. Januar 1547

Gertrud, Luisa und die Närrin kamen auf Zehenspitzen in Elisabeths Schreibzimmer. Es war schon dunkel, doch Elisabeth schrieb noch immer. Sie hatte sich ihren Schreibtisch direkt an den Ofen rücken lassen und einige kleine Laternen darauf gestellt, denn durch die Ritzen der Fenster blies der Wind so stark, dass die Kerzen auf dem Leuchter zu stark geflackert hätten. Gertrud stellte ein Tablett ab, von dem es köstlich duftete.

„Euer Gnaden, hier ist heißer Wein und eine kräftige Brühe. Bitte tut uns allen den Gefallen und esst jetzt!"

„Ja, ja!" sagte Elisabeth geistesabwesend und schrieb weiter. „Einen Augenblick noch, dann ist der Brief fertig." Es dauerte einige Augenblicke, in denen die drei Frauen beobachteten, wie der duftende Dampf aus dem Becher und der Schüssel immer weniger wurde.

„Euer Gnaden, jetzt wird es Zeit, sonst ist alles kalt!" sagte Gertrud ziemlich energisch. „Ich als Hofmeisterin darf das wohl einmal sagen!" Sie hatte sogar die Hände in die Hüften gestemmt und schaute ihre Herrin streng an.

„Du kannst es noch mal aufwärmen lassen", murmelte Elisabeth, ohne aufzuschauen.

„Das kenn ich. Und wenn ich dann zurückkomme, dann habt Ihr schon den nächsten Brief angefangen und das Zeug wird wieder kalt."

„Gut, gut, dann will ich mal essen und trinken; nicht dass ihr mich noch ins Angstloch werft. Aber seht, der Brief ist auch schon fertig." Mit einem tiefen Seufzer schob sie ihren Stuhl vom Schreibtisch zurück und schaute die drei Frauen an, die mit besorgten Mienen vor ihr standen. Die Zwergin ging zum Schreibtisch und nahm den Brief. „Soll ich ihn wieder falten und fertig machen?"

„Ja, Luisa, bitte tu das." Und während Luisa sehr gewissenhaft den Brief und noch zwei Zettel faltete, die Elisabeth ebenfalls mit ihrer unleserlichen Schrift bedeckt hatte, dies alles mit einem Messerchen durchbohrte und Pergamentstreifen durch die entstandenen Schlitze fädelte, machte sich Elisabeth über den Wein und die Brühe her.

„Was habt Ihr denn geschrieben?" wollte die Närrin wissen.

Mit einem kurzen Nicken bedeutete Elisabeth ihr die Tür zu schließen, dann sagte sie leise: „Es ist ein Brief an Dr. Pistoris in Dresden, er ist ein Rat des jungen Herzogs. Ich hab ihn bei seiner Ehre gepackt und ihm gesagt, dass ich ihm schreibe, weil er ein Christ ist und es gut meint. Die Truppenstärke und den Kampfgeist des Kurfürsten habe ich ihm in den schillerndsten Farben geschildert. Es muss jetzt Friedensverhandlungen geben zwischen König Ferdinand, Moritz und dem Kurfürsten, aber es soll ein Frieden ausgehandelt werden, der niemandem schimpflich ist. Und ich habe es sehr dringend gemacht - ich hab ihm geschrieben, dass der Kurfürst schon sehr weit vorgerückt ist, allerdings nur kämpft, weil er sein Land zurück und Frieden haben will."

„Aber ist der Kurfürst denn tatsächlich so stark? Es ist doch Winter. Wie können seine Männer da von so viel Kampfgeist erfüllt sein?" wunderte sich Gertrud.

„Der Kurfürst ist nicht so stark, wie ich es Pistoris geschrieben habe und der Kampfgeist seiner Truppen dürfte bei diesem Wetter auch nicht gerade brennen; aber wenn Pistoris glaubt, dass der Kurfürst seinem Herrn ernsthaft schaden, ihn gar besiegen wird, dann setzt er sicher alles daran, dass bald ein Frieden zustande kommt.[119]"

„Und dem Kurfürsten schreibt Ihr, wie stark Moritz ist", vermutete die Närrin.

„Ja", sagte Elisabeth knapp und grinste. „Anders kriegt man die Jungs wohl nicht gebändigt." Sie hatte ihre Hände um den irdenen Weinbecher gelegt; mit hochgezogenen Schultern lehnte sie sich an den warmen Ofen und sah trotzdem ziemlich verfroren aus. Sie war einfach müde. So viele Briefe hatte sie in der letzten Zeit geschrieben: an ihren Bruder, den Kurfürsten, dessen Bruder, Moritzens Räte... Engelschall, Bünau und Kirchmeyer schrieben ebenfalls, schrieben eingegangene Briefe ab, damit auch Philipp und der Kurfürst immer auf dem neuesten Wissensstand waren. Manchmal diktierte sie auch Briefe, dann ging es ihr nicht schnell genug und sie nahm Engelschall die Feder aus der Hand, um selbst weiterzuschreiben. Die Kriegsgegner mussten doch einsehen, dass sie nicht kämpfen konnten, bis kein

119 PKMS 3, Dokument Nr. 45, S. 62 f.

Stein mehr auf dem anderen war. Sollte es wirklich dazu kommen? Musste erst alles in Scherben fallen, damit die Herren verhandelten? Elisabeth hatte Angst. Sie war ein Mitglied des Schmalkaldischen Bundes. Wenn der Bund verlor, dann würde man alle seine Mitglieder hart bestrafen. Würde sie dann ihr Zuhause retten können? Oder einfach nur ihr nacktes Leben? Diese Fragen wälzten sich in ihrem Kopf umher wie Mühlräder und ließen sie nachts nicht schlafen. Dann erhob sie sich oft, setzte sich wieder hin und schrieb weiter Briefe, in denen sie um Frieden und Verhandlungen bat. Von ihren Hofdamen versuchte sie so viel wie möglich fernzuhalten. Es genügte, wenn sie sahen, dass sie immer wieder Briefe ins geheime Gemach legte. Nur die Närrin, Luisa und natürlich Gertrud, ihre liebe alte Vertraute, die sie zur Hofmeisterin gemacht hatte, wussten, dass die Lage ernst war. Wie ernst es noch werden konnte, wollte Elisabeth auch vor ihnen verbergen. Sie versuchte ein wenig zu lächeln, um die drei Frauen zu beruhigen; nur sie selbst wusste, dass dies alles erst der Anfang war.

Leipzig, 5. Januar 1547

Es war etwa zwei Uhr morgens, als Herzog Moritz an der Spitze eines langen Zuges aus Leipzig in Richtung Süden abritt. Zweihundert Wagen mit Kisten, Zelten und dem Geld der Leipziger Bürger wurden von hundert Husaren und etlichen Reitern gut bewacht. Die Leipziger Bürger hatten Moritz ihr Geld anvertraut, wie er es verlangt hatte, damit er es in Sicherheit brachte, denn ohne Geld wäre Leipzig nach Kriegsende nicht mehr die wichtige Finanzmetropole, die es vor dem Krieg gewesen war. Selbst wenn der Kurfürst die Stadt einnahm - er sollte leere Truhen vorfinden. Moritz lächelte ingrimmig, wenn er sich das Gesicht seines Vetters vorstellte.[120]
Sebastian von Wallwitz, auf den er sich verlassen konnte, würde die Verteidigung der Stadt leiten. Dreitausend Kriegsknechte und die gesamte wehrfähige Bürgerschaft hatte Moritz zuvor auf dem Marktplatz eingeschworen.[121]
Sie würden dem Kurfürsten einen warmen Empfang bereiten.

120 PKMS 3, Dokument Nr. 78, S. 80

121 Herrmann, Johannes, 2003, S. 85 ff.

In der Morgendämmerung konnte man erkennen, wie der Nordwind den Schnee über die weißen Felder und Wiesen wehte. Kurfürst Johann Friedrich kam mit seinem Heer von Norden und hatte den Wind im Rücken. Wie ein riesiger, dunkler Lindwurm wälzte sich die Armee heran und wollte kein Ende nehmen, wie die Leipziger Türmer und Wachen feststellten. Als der Kurfürst sah, dass Moritz die Vorstädte und Dörfer ringsumher abgebrannt hatte, knurrte er einen leisen Fluch. Was blieb ihnen nun übrig, als in den Ruinen der Dörfer notdürftige Unterkünfte einzurichten? Aber für so viele tausend Männer, von denen viele zudem krank waren? Der lächerliche Angriff, den Moritz nachts bei Schkeuditz gegen ihn versucht hatte, war abgewehrt worden, ohne große Verluste. Lediglich mit ein paar hundert Reitern war Moritz gegen ihn angeritten, hatte aber bald feststellen müssen, dass er alle Männer verlieren würde, wenn er sich nicht zurückzog.

„Da sitzt der Junge nun in der Falle und hat wahrscheinlich die Hosen voll!“ sagte der Kurfürst und deutete auf die Stadt, die in der Morgendämmerung lag wie ein schlafender Riese. Sein Oberst, Wilhelm von Thumshirm lachte dröhnend. Es tat nicht Not leise zu sein, denn Moritz hatte sie ohnehin längst erwartet; und wenn er sah, wie unbekümmert man sich auf dem verschneiten Feld gebärdete, war das sicher von Vorteil.

„Dem werd ich zeigen, wer hier Kurfürst ist; die Hosen werd ich ihm stramm ziehen. Wenn er mich angreift, anstatt mein Angebot anzunehmen, muss er eben leiden. Thumshirm, kümmert Ihr Euch um alles und erstattet mir Bericht.“

Wilhelm von Thumshirm verneigte sich vor dem Kurfürsten und wendete sein Pferd. Der Kurfürst sah ihm nach, wie er durch den Schnee davongaloppierte, um den Hauptleuten die nötigen Befehle zu erteilen. Der Wind biss ihm ins Gesicht; unwillkürlich zog er die Schultern hoch und brachte sein Gesicht damit tiefer zwischen den großen Pelzkragen, auf dem sich sein Atem als Raureif niedergeschlagen hatte. Einige Knechte machten sich sofort daran, zwischen ein paar stehengebliebenen Mauern für ihn ein Zelt aufzubauen. Bis das ganze Lager stand, wurde es Abend. Man lagerte nun in Sichtweite; vor allem hatte man die großen Kanonen so platziert, dass man sie von Leipzig aus gut sah, jedoch außer Reichweite der Leipziger Geschüt-

ze. Und der Kurfürst hatte beeindruckende Kanonen dabei.
Am Abend ging Kurfürst Johann Friedrich durch das Lager, das sich in einer erdrückenden Umklammerung um Leipzig legte. Die Kapuze seines Mantels hatte er tief ins Gesicht gezogen. Die Männer mussten ihn nicht gleich erkennen, denn er wollte selbst wissen, wie die Stimmung im Heer war. In den Ruinen flackerten die Lagerfeuer, an denen sich die Söldner wärmten. Über den meisten Feuerstellen hingen Kessel, aus denen es nach Suppe duftete. Hier und dort drehte man Fleisch am Spieß. Das Geld, das er im Norden Thüringens von den Städten erpresst hatte, war schon fast zur Neige gegangen. Alles hatten die Städte gegeben, um nicht abgebrannt zu werden, und doch war es nicht annähernd genug gewesen. Der Kurfürst hatte den Söldnern erlaubt, sich von der Bevölkerung zu holen was zu holen war. Auch das reichte allerdings nur notdürftig und so hatte er erlaubt, im Wald auf die Jagd zu gehen. Er hoffte, dass Moritz der Duft seiner gebratenen Hirsche in die Nase stieg.
Die Söldner hatten überall ihre Feldzeichen aufgestellt, um sich in dem riesigen Lager zurechtzufinden; aus aller Herren Länder kamen sie: Schwaben, Bayern, Friesen, auch französische und italienische Söldner waren dabei. Sie alle kämpften überall, ganz gleich, für was oder für wen, wenn nur am Ende die Münzen klangen. Sie blieben gerne in Gruppen unter sich, wie es Menschen wohl in der Fremde tun.
„Wer von euch will noch Bier?" rief da einer seinen Kameraden zu. Der Sprache nach waren es wohl Mecklenburger. „Hier!" schrien alle und streckten ihm ihre Becher entgegen. Der Kurfürst blieb in einer dunklen Ecke stehen und schaute zu, wie der Mann Bier ausschenkte.
„Und? Auf wen trinken wir?" rief er, als er auch seinen eigenen Becher gefüllt hatte.
„Auf den Kurfürsten!" rief einer und hob seinen Becher. Er blieb der einzige. „Auf den Sieg!" sagte ein anderer. Er hatte schon mehr Befürworter; aber als einer sagte: „Auf den Sold, den der Kurfürst uns zahlen wird!" da hoben sie alle grölend ihre Becher, stießen an, dass das Bier überschwappte und tranken bis zum letzten Zug.
Die Kampflust der Söldner wollte mit klingender Münze angefeuert wer-

den. Er hatte den Männern Sold versprochen, sobald sie Leipzig erobert haben würden. Leipzig war zwar tatsächlich reich, aber wahrscheinlich überschätzten die Männer den Reichtum der Stadt, denn sonst würden sie nicht zu Tausenden in eisiger Kälte lagern. Der Feldzug im Süden war schon am Geldmangel gescheitert. Landgraf Philipp von Hessen war pleite nach Hause gezogen und konnte im Moment niemanden unterstützen. Leipzig musste - musste! - fallen, damit er die Geldvorräte dieser reichen Stadt plündern und endlich sein Heer bezahlen konnte.

Am nächsten Morgen schickte der Kurfürst einen Boten zu Moritz. Der Mann hatte sich wahrhaftig nicht um diese Aufgabe gerissen, denn Moritzens Jähzorn und Stolz waren allgemein bekannt. Und wenn man seinen Stolz mit der Aufforderung zur Übergabe der Stadt tief verletzte, dann war sein Jähzorn sicher umso größer.
Es dauerte nicht lange und der Bote kam zurück - sogar lebendig!
„Und wie sieht es in Leipzig aus?“ fragte Thumshirm, als der Mann abgesessen war und vor dem Kurfürsten die Knie beugte.
„Gut vorbereitet, gut befestigt. Sie weigern sich, die Stadt zu übergeben.“
„Bist du Herzog Moritz begegnet?“
„Nein, Euer Gnaden. Ein Herr von Wallwitz hat das Oberkommando über die Stadt. Ich glaube, der Herzog selbst ist gar nicht mehr in Leipzig.“
Der Kurfürst unterdrückte einen Fluch. „Hat er sich aus dem Staub gemacht, der feige Hund. Aber das soll er mir büßen. Wenn sie nicht bereit sind, die Stadt zu übergeben, liegt das Geld sicher noch darin“, dachte er dann laut nach.
„Oder das ist eine Falle“, gab Thumshirm zu bedenken. „Er könnte das Geld mitgenommen haben und Zeit schinden, bis Unterstützung des Kaisers eintrifft.“
„Nein, das kann nicht sein. Wir haben doch die Briefe gelesen. Er bettelt geradezu verzweifelt um Truppen. Das waren offensichtlich nicht die ersten Bittbriefe, die er geschrieben hat.“
„Aber wenn man ihn nun doch erhört?“ beharrte Thumshirm, aber der Kurfürst schüttelte nach einem kurzen Überlegen den Kopf. „Thumshirm, Ihr

kümmert Euch um alles, Wir ziehen Uns ins Kloster Eicha zurück. Wir erwarten Euren Bericht täglich."

Damit verließ der Kurfürst die Belagerung und machte sich auf nach Eicha, das etwa drei Meilen weit entfernt lag[122]. Dort war es deutlich gemütlicher als vor Leipzig. Nicht nur, dass es für den Kurfürsten dort wärmer war, nein, er musste auch nicht mit ansehen, wie die Männer in Schneestürmen die Rampen aufschütteten, vor Erschöpfung zusammenbrachen und liegenblieben, wenn nicht ein guter Kamerad in ihrer Nähe war, der ihnen aufhalf oder sie zurück in ein Zelt, in einen notdürftig gezimmerten Unterstand, an ein Feuer brachte. Er sah nicht, dass die Männer flüchteten, weil sie den Klang ihrer eigenen Hacken auf dem gefrorenen Boden für heranstürmende Reiter hielten. Der Kurfürst hörte nicht den röchelnden Atem der Männer, ihren Husten, sah nicht ihre abgefrorenen Zehen, teilte nicht ihre eisigen Nächte, in denen sie nicht einmal von Huren gewärmt wurden, denn selbst die hartnäckigsten Wanderhuren waren nicht so verrückt, einem Heer im Winter zu folgen. Um nicht zu viele Männer an die Kälte zu verlieren und die Stimmung nicht ins Bodenlose sinken zu lassen, hatte Thumshirm angeordnet, dass sie in den umliegenden Dörfern südöstlich der Stadt Störmthal, Fuchshain, Seifertshain, Holzhausen, Zuckelhausen und Stötteritz übernachten und nur tagsüber vor Leipzig lagern sollten, doch nicht einmal am Tage teilte der Kurfürst das Los der Männer. Stattdessen las er am Feuer sitzend einen Brief, den Elisabeth ihm geschrieben hatte. Sie schlug vor, dass vier Ritter des Kurfürsten an die Vornehmsten des Herzogs schreiben sollten, sich mit ihnen an einem Ort auf gegenseitige Versicherung zu treffen. Diese Männer sollten sich dann beraten, wie der Herzog und er selbst - der Kurfürst - sich wieder versöhnen und auf welchem Wege in Sachsen wieder der Frieden hergestellt werden könnte. Sie selbst wolle zu allem behilflich sein, was zum Frieden führe. Was der Sache dienlich sei, habe sie Moritzens Rat, Dr. Komerstadt, nach Prag geschrieben. - Aha, dachte der Kurfürst. Komerstadt ist also immer noch in Prag beim böhmischen König. Gut, dass Elisabeth mit diesem Mann Kontakt pflegte; das konnte sicher nützlich sein…

122 Eine Meile entspricht etwa 7,5 km. (A.Z.)

Aus Leipzig entwichen immer wieder Boten, getarnt als Handwerker, die die Briefe in ihre Schuhe eingenäht hatten. Welche Nachrichten diese Boten wohin brachten, konnte man nur ahnen, aber dann wurde Elisabeth konkret:

Ich habe erfahren, dass der Kaiser den Herzog von Württemberg aus seinem Land verjagt und Cannstadt geplündert hat. Vor Sonnewalde lagern achttausend Mann und sechshundert Pferde. Man hat die Stadt beschossen. Etliche sind nach Finsterwalde ins Tor gerannt und haben den Torwärter erstochen. Wenn nur einmal das Kämpfen wieder aufhören würde!
Wenn der Kurfürst meines gnädigen Herrn Land verschont hätte, so wäre seine fürstliche Gnaden in den Verdacht gekommen, dass sich der König oder auch sein Volk nicht leicht herauswagen; und mich deucht, Eure Kurfürstlichen Gnaden sollten noch Rat annehmen können.[123]

Natürlich! Den letzten Satz hatte sie sich nicht verkneifen können. Und dass sie Herzog Moritz noch als ihren gnädigen Herrn bezeichnete, ärgerte ihn maßlos! Der Kurfürst dachte nach. Je nachdem, wann Elisabeth diese Nachricht erhalten hatte, konnten die achttausend Mann mit ihren sechshundert Pferden schon bald hier sein. Er musste schnell handeln, wenn er Leipzig zu Fall bringen wollte. So schnell wie möglich musste die Stadt sturmreif geschossen werden.

Rochlitz, 9. Januar 1547

Bürgermeister Paul Zebicker traute seinen Augen kaum: In seinen Händen hielt er ein Schreiben, in dem Herzog Moritz einen erheblichen Betrag zur Finanzierung seines Krieges forderte. Diese Bosheit! Diese Dreistigkeit! Auch wenn er nicht wagte, diese Gedanken laut zu äußern, war er sich doch sicher, dass Herzogin Elisabeth genau wie er darüber dachte. Und ebenso dachten viele Rochlitzer Bürger darüber, wie Bürgermeister Zebicker bei

123 PKMS 3, Dokument Nr. 66, S. 72 f.

einem Gang ins Wirtshaus zu Rat Christoph Leubnitz feststellen konnte. Wieder einmal saß man bei heißem Wein und Bier zusammen.
„Was wird uns dieser Krieg noch kosten? Nur Geld oder auch unser Leben? Und wenn wir nicht durch Geschütze sterben, werden wir dann vielleicht hinterher hungers sterben? Wie wird Sachsen aussehen, wenn sich die Herren endlich einig sind?" fragte Paul Zebicker und schaute Christoph Leubnitz an. Der holte tief Luft, doch ehe er etwas erwidern konnte, hatte sich der alte Menzel schon zu ihnen gesetzt und sagte: „Dieser ganze Krieg hat nur eine Ursache: die Reformation. Wenn man diesen Luther rechtzeitig verbrannt hätte, dann wäre hier Ruhe und Frieden. Wie schön könnte unser Sachsen blühen, wenn all das Geld, was auf den Schlachtfeldern verpulvert wird, in Straßen, Krankenhäuser, Armenhäuser, Schulen, Kirchen und was sonst noch wichtig ist, gesteckt würde. Stellt Euch das mal vor!"
„Menzel!" fauchte Zebicker nun ungehalten. „In jedem Krieg geht es um genau drei Dinge: um Geld, um Macht und um sonst gar nichts! Mit der Reformation hat das rein gar nichts zu tun."
„Das sind nur zwei Dinge."
„Da kannst du mal sehen, wie schlimm es steht. Geht es wirklich um Religion? Es geht dem Kaiser darum, an der Macht zu bleiben und wieder einen katholischen Kaiser als Nachfolger zu haben, möglichst wieder einen Habsburger. Wenn zu viele Länder, deren Fürsten den Kaiser wählen dürfen, protestantisch sind, sieht es schlecht aus mit einem katholischen Nachfolger. Das soll schließlich der kleine Bruder des Kaisers sein, der böhmische König Ferdinand. - Und natürlich geht es um Geld. Die Protestanten haben viele Klöster und Stifte aufgelöst; die Abgaben, die die Menschen früher an die Kirche bezahlt haben, bekommt nun der Fürst. Dass die Kirche darüber nicht glücklich ist, kannst du dir doch denken. Warum sonst sollte der Papst dem Kaiser seine Unterstützung zugesichert haben?"
Menzel wollte noch etwas sagen, aber Zebicker winkte müde ab. „Lass gut sein, Menzel. Bleib du ruhig katholisch, hier hat niemand was dagegen; aber lass uns jetzt mal eine Weile alleine reden."
Damit wandten sie ihm den Rücken zu und unterhielten sich nur noch leise.
„Was sollen wir also tun, Paul?"

Der Weg hinauf nach Schloss Rochlitz mit der Kapelle und Elisabeths Schreibstube.

„Lass uns hinauf zur Herzogin gehen. Sie soll entscheiden."
„Ich kann mir denken, wie sie entscheidet. Sie wird ihm das Geld nicht geben wollen. Aber wenn der Fürst dann kommt und es einfordert?"
„Dann können wir es ihm immer noch geben. Komm mit zur Herzogin."
Auf dem Weg nahmen die Bedenken kein Ende.
„Weißt du noch, was sie Herzog Georg geantwortet hat, als dieser uns mit der Inquisition drohte?" Der Bürgermeister hatte damals mit größtem Entsetzen zugesehen, wie Elisabeth das Schreiben des Fürsten einem Diener zum Feueranmachen weitergegeben hatte.
„Ja, Paul, ich kann mich noch genau erinnern. Sie schreibt gepfefferte Briefe, aber ich bin mir sicher, sie weiß, was sie tut."
„Tatsächlich? Immerhin gibt sie jedem, der ihr irgendwelche Nachrichten, die nur interessant genug klingen, Geld. Das hat sich schon rumgesprochen; also wie verlässlich sind die Nachrichten, die sie erhält und weitergibt? Für ein paar Kreuzer oder gar einen Gulden kann einer schon seine Fantasie bemühen. Erst gestern hatte ich wieder einen in meiner Schenke sitzen, der damit geprahlt hat, dass er der Herzogin selbst begegnet sei und sie ihm Geld für ganz wichtige Informationen gegeben habe. Das hat er bei mir gleich in Branntwein umgesetzt."
„Das mag sein, aber ich bin trotzdem sicher, dass sie weiß, was sie tut. Sie wird sich denken, dass sich das herumspricht und entsprechend vorsichtig sein, wenn sie ihre Informationen weitergibt."
Unter solchen Gesprächen waren sie nun auf der Zugbrücke angelangt und begehrten Einlass ins Schloss. Sie wurden gleich vorgelassen.
„Was gibt es?" fragte die Herzogin und erlaubte ihnen mit einer Handbewegung, wieder eine gerade Haltung einzunehmen.
„Euer Gnaden, Herzog Moritz verlangt eine Abgabe für den Krieg."
Als Elisabeth ärgerlich die Brauen zusammenzog, schaute der Rat seinen Bürgermeister an, als wolle er sagen: ‚Siehst du, was hab ich dir gesagt!'
„Euer Gnaden, die Steuer ist doch nicht rechtens, nicht wahr? Aber was wird der Herzog tun, wenn wir nicht zahlen?" fragte Leubnitz ängstlich.
„Seid unbesorgt. Ich stehe in gutem Einvernehmen mit dem Herzog. Ich werde ihm einen Brief schreiben und die Sache klären. Die Steuer wird

selbstverständlich nicht bezahlt. Habt Dank für Eure Mühewaltung." Sie nickte. Das war das Zeichen, dass sich die Herren zu verbeugen und zurückzuziehen hatten.
Als die Tür der Hofstube hinter den beiden zugefallen war, rauschte Elisabeth die Treppe hinauf.
„Wie kann er es wagen? Und dem Kerl hab ich schon die Nase geputzt!"
Gerade hatte sie einen Brief an Herzog Moritz geschrieben, in dem sie ihn bat, um Philipps Willen doch Verhandlungen zuzulassen und selbst Vorschläge zu machen[124], hatte diesen Brief bereits mit einem Boten zu Moritz geschickt, da musste sie ihm erneut schreiben. Sie blieb höflich, auch wenn es ihr schwer fiel.

Die kommenden Tage waren wieder angefüllt mit Schreiben, wobei die Tage bereits um drei Uhr früh begannen[125]. Ein Bote kam, der jedoch keine Nachricht von Moritz brachte, sondern es war ein fremder, den Komerstadt aus Prag zu Elisabeth geschickt hatte. Es waren Vorschläge für einen Vergleich zwischen dem Kaiser und den Fürsten[126].
Für den 27. Februar sollten sich die lutherischen und katholischen Fürsten mit ihren Theologen in Erfurt treffen, um die strittigen Fragen der Religion zu klären. Was an diesem Tag nicht geklärt werden könne, sollte auf einen späteren Tag verschoben werden.
Recht geschickt, von Komerstadt, zunächst Fragen der Religion klären zu wollen, denn so standen die Kriegskontrahenten einmal im selben Lager, da theologische Spitzfindigkeiten für sie zweitrangig waren.
Die Nutzung von Klöstern als Hospitale, Schulen oder Kirchen sollte nicht angefochten werden.
Der Landfriede sollte wieder errichtet und gehalten werden - welch frommer Wunsch!
Auch Herzog Heinrich von Braunschweig sollte freigelassen werden. Das wurde langsam Zeit, fürwahr!

124 PKMS 3, Dokument Nr. 143, S. 114
125 siehe Rous, Anne-Simone, 2012, S. 5.
126 Auszugsweise aus: PKMS 3, Dokument Nr. 144, S. 115 f.

Alle Reichsfürsten und -stände beider Religionen sollten sich verpflichten, für Frieden und Recht zu sorgen.
Es wird eine gegenseitige Hilfeleistung gegen die Türkengefahr angesetzt und geleistet. - Auch ein guter Vorschlag, wie Elisabeth fand, und die Närrin kommentierte: „Pack schlägt sich, Pack verträgt sich. Wenn sie einen Feind von außen haben, halten sie wieder zusammen."
Man soll den Kaiser bitten, die gefasste Ungnade fallen zu lassen und die Acht aufzuheben, auch zu bewilligen, dass ein jeder bei seinem früheren Besitzstand bleiben kann, wenn die vorliegenden Artikel angenommen, gewilligt und gehalten werden.
Dann redete Komerstadt den Kontrahenten ins Gewissen: *In Ruhe, Frieden und gutem Einvernehmen haben die beiden Häuser Sachsen und Hessen eine lange Zeit miteinander gelebt. Jetzt haben sie begonnen, sich gegenseitig zu verderben. Was soll daraus noch für die jetzt regierenden und nachkommenden Kurfürsten und Fürsten der beiden Häuser erwachsen? Die Besoldung der Kriegsleute übersteigt die finanzielle Kraft des Landes. Solcher Schaden wächst von Tag zu Tag. Man kann ja in einigen Ländern schon sehen, wie es dort zugeht, wenn das fürstliche Einkommen in den Händen anderer Leute ist.*
Da um Leipzig und Wittenberg Brandschaden geschehen ist, könnte man in den Vergleich mit aufnehmen, dass den Leuten dort Bauholz gegeben wird. Dabei soll man nicht kleinlich verfahren.
Auch der Landgraf soll Vorschläge zu dem Vergleich machen, damit die Schäden ausgeglichen werden.
Das Kriegsvolk richtet Schaden im Lande an, der nur noch größer wird, je mehr Kriegsleute ins Land kommen.

Das klang nicht schlecht, dachte Elisabeth. Und Komerstadt hatte noch ein Schreiben an sie persönlich angefügt, in dem er sie bat, sein *närrisches Bedenken*, wie er es selbst nannte, an die entsprechenden Personen weiterzuleiten.[127] Elisabeth hatte den Brief noch nicht zu Ende gelesen, da erschien

127 PKMS 3, Dokument Nr. 145 S. 116

wieder ein Bote, doch war es nicht der Mann, den Elisabeth schon vor Tagen zu Moritz geschickt und längst zurück erwartet hatte. Wo blieb der Mann? Was war mit ihm geschehen? Sollte Moritz sich so sehr vergessen haben, dass er einen Boten tötete? Sie hatte schon Boten verloren, die nie wieder aufgetaucht waren.

Dem Fremden hatte man erlaubt, sich in der Hofstube zu wärmen. Das tat er bei einem Becher warmen Bieres, Brot und Käse. Als Elisabeth die Treppe herunterkam und in die Stube trat, erhob sich der Mann und wischte sich mit seinem Ärmel schnell den Mund sauber, bevor er sich verneigte.

„Euer Gnaden!“ murmelte er, Elisabeth erwiderte seinen Gruß mit einem Nicken.

„Welche Nachrichten hast du?“ fragte Elisabeth.

„Aus Leipzig, Euer Gnaden. Die Stadt wird beschossen, schon seit Tagen.“

„Weißt du, ob der Herzog noch in Leipzig ist?“

„Es heißt, der Herzog sei schon vor einiger Zeit aus Leipzig abgeritten, noch bevor die Belagerung begonnen habe. Ich habe gehört, er sei in Roßwein.“

Elisabeth atmete erleichtert auf. Moritz war hoffentlich in Sicherheit.

„Ist Leipzig niedergebrannt?“

„Nein, Euer Gnaden. Ich denke, das liegt an den vielen Ziegeldächern, die es in Leipzig gibt. Da kann das Feuer viel schneller gelöscht werden und greift nicht um sich wie bei Strohdächern.“

„Jetzt erzähl schon! Lass dir doch nicht jedes Wort aus der Nase ziehen!“ rief Elisabeth ungeduldig.

„Verzeiht, Euer Gnaden. Man hat zurückgeschossen.“

„Weißt du, wie es dem Kurfürsten geht?“ Elisabeths Stimme hatte einen eigentümlich hohlen Klang.

„Der Kurfürst ist in Sicherheit, Euer Gnaden.“ Der Mann sah Elisabeth aufatmen.

„Haben die Kanonenkugeln denn viel Schaden angerichtet?“

Der Mann nickte. „Der Kurfürst hat eine Schanze errichten lassen zwischen dem Grimmaischen Tor und dem Peterstor. In der Schanze standen neun große Kanonen, die alle auf den Henkersturm gerichtet waren. Die zweite Schanze ist beim Gottesacker mit fünf Kanonen ebenso ausgerichtet. Diese beiden Schanzen unterstehen dem Grafen von Oldenburg. Am Ende des Tages habe ich ein Loch im Henkersturm gesehen, so groß wie eine Stube. Die dritte Schanze ist bei der Ziegelscheune, wo die Büchsenschützen ihr Haus hatten. Ich weiß nicht, wie viele Kanonen darauf stehen. Ich glaube, dass diese Schanze unter dem Regiment von Thumshirm steht. Welchen Schaden die Geschütze sonst noch angerichtet haben, kann ich Euer Gnaden nicht sagen."

„Wie viele Männer belagern Leipzig?"

„Es sind etwa fünfzehntausend Mann zu Fuß und zu Ross."

Elisabeth wagte nicht, sich vorzustellen, wie diese Männer sich versorgten, doch da fuhr der Mann fort: „Einige Hakenschützen sind in das Dorf Zschocher eingefallen und haben geplündert; das geschieht oft in letzter Zeit, aber die Menschen haben nichts mehr."

„Versucht denn der Kurfürst, für Ordnung zu sorgen?"

„Ja, Euer Gnaden. Einige kurfürstliche Reiter sind von Markkleeberg aufgebrochen und wollten nach Zschocher reiten, um dort nach dem rechten zu sehen; ob der Kurfürst mit dabei war und ob sie mittlerweile wieder zurück in Markkleeberg sind, kann ich nicht sagen."

„Wie steht es in Leipzig? Dort gehen die Vorräte doch sicher auch zur Neige."

„Darüber kann ich Euer Gnaden nichts sagen, aber ich vermute, dass dem so ist. Die Leipziger machen immer wieder Ausfälle, doch werden dann die meisten gefangen genommen, ab und an kommt auch einer dabei um.[128]"

„Wurde die Stadt schon gestürmt?"

„Nein, Euer Gnaden, so lange ich dort war, hat der Kurfürst die Stadt nicht stürmen lassen. Es sind ihm schon viele Kriegsknechte davongelaufen, auch weil er sie nicht bezahlen kann."

„Was weißt du vom Kaiser? Ist er bereit, Moritz zu helfen?"

„Weiter weiß ich nichts zu berichten, Euer Gnaden."

„Das war schon sehr viel. Ich danke dir."

Sie entließ ihn mit einem großen Geldstück, denn sie hatte das Gefühl, dass der Mann die Wahrheit gesagt hatte.

---

128 PKMS 3, Dokument Nr. 157, S. 124 f.

Elisabeth ging hinunter in die Kanzlei, wo sie Bünau, Engelschall und Kirchmeyer mit Briefeschreiben beschäftigt fand. Als Elisabeth erschien, erhoben und verneigten sie sich. Es genügte ein Blick und sie erkannte, dass die drei vollkommen übernächtigt waren. Es waren einfach zu viele Briefe, die geschrieben oder kopiert werden mussten.

„Wir brauchen Verstärkung", stellte sie fest. „Ich will meinem Bruder gleich schreiben, dass er den ehemaligen Kammermeister Herrmann Ungefug wieder zu mir schickt."

„Das ist sehr freundlich von Euer Gnaden."

„Eben war ein Bote bei mir, der mir aus Leipzig berichtet hat." Sie erzählte kurz, was der Mann gesagt hatte, wobei sich vor allem Bünaus Brauen immer mehr zusammenzogen.

„Wenn der junge Herzog nicht in Leipzig ist, wo ist er dann? Und noch viel wichtiger: Was tut er dort? Ich fürchte, er nutzt die Zeit aus, in der sich der Kurfürst vor Leipzig festbeißt, um sich frische Truppen zu organisieren. Hat der Kaiser nicht Ulrich von Württemberg besiegt? Wenn er diesen besiegt hat, wird er sich aufs nächste Schlachtfeld stürzen, gut versorgt mit württembergischem Geld."

„Wenn der Kaiser von Württemberg hier heraufzieht, wird er dann durch unser Gebiet kommen?" Elisabeth sah ihn ängstlich an. Schon wollte er eine Hand nach ihr ausstrecken, sie ihr auf den Arm legen, doch zog er sie wieder zurück. „Wir werden alles tun, um Euch zu schützen, Euer Gnaden."

„Bünau, wir sitzen hier sicher in unserem Schloss. Ich habe Angst vor dem, was ein kaiserliches Heer aus meinem kleinen Land machen wird. Wir müssen uns auch auf diesen Fall vorbereiten. Es darf nicht sein, dass uns der Krieg überrascht. Ich denke, wir sollten Rochlitz befestigen, Vorräte ins Schloss schaffen und den Menschen sagen, dass sie ins Schloss kommen, wenn es so weit ist. Ich will nun meinem Bruder nach Kassel schreiben. Mein Geld sollte bei Ihm angekommen sein. Ich hoffe, er nutzt es gut und zur rechten Zeit."

Bünau trat hinter Elisabeths Stuhl und rückte ihn zurecht, als sie sich setzte. In der Geheimschrift, für die sie kaum noch auf die Liste schauen musste, begann sie: *Ich rate dir, herzlieber Bruder, lass dich in keiner Festung finden.*

Denn sie werden nicht nachlassen, dich dort zu belagern und zu beschießen, bis sie dich haben. Ich rate dir, ihnen auf dem Feld zu begegnen, denn dort fürchten dich alle. Auf Herzog Moritz verlass dich nicht, denn er hält weder Brief noch Siegel. Wenn er mir nicht hilft, dann wird er auch dir nicht helfen und schon gar nicht Frau Margarete mit ihren Kindern, wenn du sterben solltest, denn er wollte es nicht dulden, dass ich sie und ihre Kinder zu mir hole.

Wenn du Geld gibst, wirst du auch Leute bekommen, die für dich kämpfen, denn ich fürchte, deine bösen Nachbarn werden alle gegen dich sein. Ich will dir leihen, was ich habe. Mein ganzes Silbergeschirr soll hingehen. Wenn der Sommer kommt, werden der Türke und der Franzose wieder aufkommen. Ich füge gern Frieden, das weiß Gott; weil's aber nicht sein will, muss ich's Gott heulen. Ich rate dir, dass du dich wehrst und um dich kratzt wie ein Löwe nach einem anderen. Gegen den Türken und den Franzosen tu nichts, was du nicht ehrenhalber tun musst, denn ich weiß, dass der Türke dir nichts tun wird, wenn du ihm nichts tust.

Lieber Bruder, bedenke es wohl und schlag mein Schreiben nicht in den Wind, denn später wirst du dir sonst wünschen, du hättest mir beizeiten gefolgt.

Mich dünkt, Herzog Moritz hätte gerne einen größeren Namen. Ich bitte dich, halte deine Sachen heimlich. Trau keinem, außer du hast ihn in der Not gefunden. Vertraue auch nicht allen Räten an, was du tun willst.

Der Kurfürst will nicht glauben, dass Württemberg gefallen ist. Ich fürchte, es wird bald viel Kriegsvolk hereinkommen. Gott helfe uns, wie ist ein Jammer im Land; jeder schreit nach dir, dass du für Frieden sorgen sollst, aber ich sage, dass dich niemand hören will.

Ich bitte dich, schick mir einen Boten und schick mir meinen alten Kammermeister Ungefug. Ich weiß, es sind überall Feinde, aber wenn du ihn mit einem gelben Feldzeichen ausstattest, wird er sicher durchkommen und auch von Herzog Moritzens Leuten nicht aufgehalten. Wir wollen uns mit ihm unterreden, denn wir haben Sorge, dass die Briefe, die wir Euer Lieben mit den Zeichen schreiben, gelesen werden könnten. Deshalb will ich mich mit Herrmann Ungefug besprechen, damit er es Euer Lieben berichten kann, denn wir haben Euer

Lieben allerlei anzuzeigen.
EHzS
Schon wollte Elisabeth schließen, besann sich dann aber und fügte noch hinzu: *Auch freundlicher, lieber Bruder, wollen wir Euer Lieben nicht verbergen, dass uns unser Vetter Herzog Moritz mitgeteilt hat, dass der Kaiser gesagt hat, wenn er Euer Lieben in einer Festung finde, wolle er dorthin ziehen und nicht eher aufgeben, bis er Euer Lieben bekommen könne, um dann Euer Lieben den Kopf abschlagen zu lassen. Das wollte ich zu Euer Lieben freundlicher Meinung geben und Euer Lieben nicht vorenthalten.*
EHzS.

„Euer Gnaden? Ist Euer Gnaden nicht wohl?" Bünau hatte sich erhoben und kam zu ihr. Sie schob ihm den Brief hin, er las die letzten Worte.
„Ja, Euer Gnaden, das *kann* man so schreiben..."
Elisabeth stöhnte auf. „Ja, es hilft alles nichts, auch wenn ich diese Morddrohung des Kaisers mit Honig übergieße und meinem Bruder zur freundlichen Kenntnisnahme mitteile, bleibt es doch eine Morddrohung. Moritz hat es mir in seinem letzten Brief geschrieben. Und heute früh sagte mir ein Mann, dass er im Moment viele Truppenbewegungen beobachtet hat." Sie stützte ihre Ellbogen auf den Schreibtisch und rieb sich das Gesicht mit beiden Händen.
„Ihr habt auch wieder die ganze Nacht geschrieben, nicht wahr?" fragte Bünau besorgt und mit einem leisen Vorwurf in der Stimme. „Nicht geruht? Habt Ihr wenigstens etwas gegessen?" Ohne eine Antwort abzuwarten, sagte er: „Erlaubt mir, dass ich Euch etwas holen lasse." Er nickte dem Kanzleidiener zu, der sich sofort in die Küche aufmachte.
Elisabeth hatte sich wieder in ihr eigenes Schreibzimmer zurückgezogen, wohin der Kanzleidiener ihr einen Teller mit etwas süßem Fladenbrot und einen Becher Wein gebracht hatte. An dem Fladenbrot hatte Elisabeth nur ein wenig geknabbert, hatte sich ein Stückchen von einem getrockneten Apfel auf der Zunge zergehen lassen und dann wieder weitergeschrieben. Es war ein Brief an Moritz. Der Junge musste doch endlich zur Vernunft kommen. Sie nahm die blaue Schleife, die wie immer vor ihr lag, schüttelte

den Staub ab, worauf sie sie sorgfältig zurück an ihren Platz legte. Sie hatte wieder den kleinen Jungen vor Augen, der auf der Torgauer Hochzeit so ausgelassen herumgetobt hatte, den sie zu Bett gebracht und ihm eine Geschichte erzählt hatte. Wie sehr hatte sich das Kind damals über den Verräter empört und mit welch kindlichem Eifer hatte er am folgenden Tag das Märchen mit ihr nachgespielt, sie vor dem Drachen und dem Verräter gerettet.

Herzlich guter, bester, freundlichster und lieber Vetter!

So begann sie ihren Brief, wie sie ihn früher begonnen hätte, mit leichtem Herzen, als er noch zu ihr aufgeschaut hatte und er für sie der Sohn gewesen war, den sie sich immer gewünscht hatte. Und nun? Nun musste sie ihn fürchten. Sie musste genau überlegen, was sie ihm mitteilte, damit er aus ihren Informationen keine Schwerter schmiedete, die er gegen die Brust des Kurfürsten und ihren Bruder richten würde. Sie fuhr fort:

Euer Lieben bitt ich ganz freundlich, Euer Lieben wolle Verhandlungen zulassen ehe Euer Lieben Leute alle verderben. Euer Lieben schlage doch auch was vor! Der König bleibt lange aus. Es wird noch alles verderben. Vor Weinen kann ich nun nicht weiterschreiben.[129]

Sie konnte nicht weiter. Ihre Tränen tropften auf das Papier. Mit einem Tuch wollte sie sie vorsichtig wegtupfen, doch die Schrift löste sich auf. Es wurde ihr plötzlich alles zu eng. Sie hatte das Gefühl, sie müsse ersticken in ihrem Zimmer. Die Weite, die sich draußen vor den Fenstern ausdehnte, schien auf sie zuzurasen. Sie hatte hämmernde Kopfschmerzen wie so oft in letzter Zeit. Sie wollte rufen, doch ihre Stimme versagte. Mühsam erhob sie sich, ging die wenigen Stufen hinauf und wollte auf der anderen Seite wieder hinunter ins große Gemach gehen, doch da stürzte sie und schlug hart auf dem Boden auf. Mit einem Schrei waren zwei ihrer Jungfrauen bei ihr, um ihr wieder auf die Beine zu helfen.
„Herrin, was ist Euch? Ich will gleich den Medikus rufen."

129 Anne-Simone Rous, 2012, S. 6

„Kommt, setzt Euch hier her, bis ich einen Stuhl geholt habe. So ist es gut. Ja, vorsichtig!"
Unter Ächzen hatte sich Elisabeth auf die unterste Treppenstufe gesetzt.
„Ihr blutet an der Schläfe."
„Ach, Sophia, du musst doch nicht dein Stickzeug nehmen, um mein Blut abzuwischen. Hol einfach einen Lappen."
„Ja, Herrin. Seht, da kommt Walburga mit dem Stuhl. Wir helfen Euch, und habt keine Angst, wir werden ganz vorsichtig sein." Aber Walburga brachte nicht nur einen Stuhl mit, sondern alle Jungfrauen kamen nun herbeigeeilt, um ihrer Herrin beizustehen. Glücklicherweise war auch Gertrud dabei und übernahm das Kommando.
„Närrin, sag einem Diener Bescheid, dass er den Medikus holen soll. Sophia, du hilfst mir, die Herrin auf den Stuhl zu setzen." Die Närrin verschwand; Gertrud und Sophia wollten Elisabeth nun aufhelfen, da betrat Bünau das große Gemach, die Briefe, die er Elisabeth hatte zeigen wollen, fielen zu Boden. Wie durch einen Schleier nahm Elisabeth wahr, dass Bünau sie in ihr Gemach trug und auf ihr Bett legte. Langsam kam sie wieder zu sich.
„Mein Fuß, was ist mit meinem Fuß?"
„Der Medikus wird gleich hier sein. Habt keine Angst!" Gertrud saß neben ihr, rieb ihre Handgelenke und nickte Bünau zu, dass er sich wieder zurückziehen konnte. Der Medikus kam und stellte glücklicherweise fest, dass nichts gebrochen, sondern der Knöchel nur leicht verstaucht war. In der Küche bestellte er einen Brei aus Beinwellwurzeln, damit verband er Elisabeths Fußgelenk sehr fachkundig. Die Wunde an der Schläfe war eine Platzwunde, die sich nur zu einer Beule auswachsen würde, tröstete der Medikus und verordnete Ruhe an der frischen Luft.

Am nächsten Tag kam ein Brief von Moritz aus Chemnitz, in dem er Elisabeth haarklein erklärte, wieso sie die Steuer zu entrichten habe, verbunden mit der Aufforderung, sie bald zu bezahlen.
„Moritz muss ich damit seinen Krieg bezahlen und meinem Bruder muss ich auch Geld geben, damit er wieder Leute ausheben kann. Ich werde noch arm dabei", stöhnte Elisabeth. Sie saß mit Gertrud, der Närrin und Luisa

auf dem kleinen Altan, der hinab auf die Mulde blickte. Die drei hatten nicht eher aufgegeben, als bis Elisabeth ihren Schreibtisch verlassen und sich warm angezogen hatte, um ein wenig frische Luft zu schnappen an diesem sonnigen Wintertag. Der Medikus hatte ohnehin Ruhe und frische Luft verordnet, und so hatte man die Bank dick mit Fellen ausgelegt, davor einen Schemel gestellt, auf dem Elisabeths Fuß ruhte. Es ging ihr schon viel besser, der Medikus war sehr zufrieden mit dem Heilen ihrer Kopfwunde, aber zur Sicherheit hatte Elisabeth auch an den Kurfürsten geschrieben, dass er ihr seinen Medikus kommen lasse.

„Wenn ich das also mal zusammenfassen dürfte", sagte die Närrin und holte tief Luft. „Ihr unterstützt beide Kriegsparteien, die gegeneinander kämpfen. Beide liebt Ihr, um beide bangt Ihr. Solltet Ihr nicht beiden das Wasser abgraben, damit sie endlich aufhören, Waffen und Söldner zu kaufen? Das ist alles ein so vollkommener Irrsinn, dass keiner mehr durchblickt, dass es in niemandes Kopf will."

„Du hast recht, liebe Närrin, es ist alles ein so verworrener Irrsinn, wenn eine Familie sich bekämpft; wir Frauen stehen hilflos dazwischen und wissen nicht aus noch ein."

Vor kurzem hatte einer der Knechte ein kleines Vogelhaus an der Außenmauer der Kirche aufgestellt, das von den Vögeln schon entdeckt worden war. Es war ein so friedliches Bild; die Vögel hüpften auf und in dem kleinen Haus umher, tschilpten aufgeregt und schienen damit immer mehr Vögel anzuziehen. Wie glücklich diese winzigen Kreaturen doch sind, dachte Elisabeth. Sie ahnen nicht, was auf uns alle zukommt.

„Überlegt Euch doch, was wir mit dem Geld alles tun könnten, das wir in einen Krieg stecken müssen, den wir gar nicht wollen. Jedem einzelnen Bauern dort drüben in Zaßnitz könnten wir einen Palast bauen - auf Stelzen, damit kein Hochwasser sie jemals wieder überflutet", sagte die Närrin.

„Ja, Närrin, und ich denke sogar, man könnte die Stelzen vergolden lassen", vermutete Luisa.

„Man müsste es aber bald tun, denn wenn das Schmelzwasser im Frühjahr kommt, ist es vielleicht wieder so weit."

„Ach was, wir hatten erst vor einem Jahr Hochwasser, in diesem Jahr sind wir sicher nicht dran. Und schaut, wie friedlich die Mulde zwischen den weißen Feldern dahinfließt; wie schön sich der blaue Himmel darin spiegelt. Sogar die wenigen Wolken kann man genau erkennen."

„Es ist wie im Paradies hier."

„Es ist ein Paradies, gebaut auf Sand", stieß Elisabeth tonlos hervor.

„Euer Gnaden?" Die drei Frauen wandten sich erschrocken ihrer Herrin zu. „Habt Ihr Fieber, hat sich die Wunde entzündet?" Vorsichtig näherte Gertrud ihre Hand Elisabeths Schläfe.

„Nein, nein, Gertrud! Natürlich nicht. Ich weiß nur nicht, wie lange ich noch hier sein und euch ein Zuhause geben kann. Ihr habt den Boten gesehen, der heute früh kam. Ich kann natürlich nicht sagen, wie zuverlässig er ist, aber was er sagte, hat mir Angst gemacht.

Im Süden des Reiches ziehen sich kaiserliche Truppen zusammen. Sie alle marschieren nach Sachsen, um den Kurfürsten zu verderben, Leipzig zu entsetzen. Der Kurfürst hat mich nach Informationen gefragt; ich konnte ihm leider keine besseren geben. Er muss vorsichtig sein. Ich hoffe, dass er die Belagerung bald abbrechen wird, denn er hat keine Wahl. Das Geld geht ihm aus, er verliert zu viele Männer durch Krankheit und Flucht. Ich kann nur hoffen, dass meine Briefe wirken. Ich habe an so viele Fürsten und Räte geschrieben; Bünau, Engelschall und Kirchmeyer arbeiten unablässig, es muss doch einen Sinn haben."

„Gott wird's wohl machen, Euer Gnaden!" sagte Gertrud und legte tröstend ihre Hand auf Elisabeths Arm.

„Ja, Gertrud, das wird er. Darauf wollen wir vertrauen."

„Wäre es vielleicht ratsam, die Hofdamen zurück zu ihren Familien zu schicken?"

„Nein, Luisa, das denke ich nicht. Ich kann hier in Rochlitz ihre Sicherheit nur bedingt gewähren, aber wenn ich sie wegschicke, wenn sie über Land fahren müssten, dann wären sie allzu leichte Beute. Mit einer meiner Hofdamen als Geisel könnte man mich nur zu gut erpressen. Also müssen alle hier bleiben. Doch nun sagt Bünau Bescheid, dass ich wieder nach oben will."

„Solltet Ihr Euch nicht noch ein wenig schonen?"

„Nein. Holt bitte Bünau. Er soll mir Bericht erstatten und mich wieder nach oben tragen."
„Ja, ich hol ihn schon, Euren Bünau", sagte die Närrin und zwinkerte Gertrud zu, doch Elisabeth war zu versunken in ihre trüben Gedanken, um dies zu bemerken.

Elisabeth konnte nicht leugnen, dass sie es sehr genoss, wenn Bünau sie auf seinen Armen trug. Dabei war er so umsichtig und fürsorglich, dass sie nicht die geringste Angst hatte; nicht einmal auf der Treppe. Noch nie war er ihr so nahe gewesen. Sie sah seinen Adamsapfel, den Bart, atmete seinen Geruch; sie war selbst überrascht, wie angenehm ihr das alles war. Als er sie oben in ihrem Schreibzimmer auf ihren Lehnstuhl setzte, kamen sich ihre Gesichter so nahe, dass Elisabeths Lippen seine bärtige Wange streiften. Für einen Augenblick schauten sie sich an, doch dann schlugen beide die Augen nieder, Elisabeth räusperte sich und sagte mit leicht belegter Stimme: „Ich danke Euch, Bünau. So viele Umstände, nur damit ich für einen Augenblick in der Sonne sitze. Habt vielen Dank. Nun berichtet mir, was es Neues gibt."
„Wie gewünscht ist ein Bote zum Kurfürsten unterwegs, damit der Medikus des Kurfürsten nach Euer Gnaden sehen kann. Aus Böhmen meldet ein Leineweber, dass er dort viele Truppen gesehen habe. König Ferdinand eilt nun Moritz zu Hilfe. - Vergebt mir, ich hätte Euch gerne gute Nachrichten gebracht", fügte er leise hinzu.
„Ach, Bünau. Wir sind doch nicht im alten Griechenland, wo der Überbringer der schlechten Nachricht umgebracht wurde. Und der Bote an den Kurfürsten trägt eben diese Botschaft mit sich?"
„Ja, Euer Gnaden."
„Ich hoffe so sehr, dass der Kurfürst mir auch bald eine Geheimschrift zukommen lässt. Ich habe ihn schon darum gebeten. Es ist alles viel zu gefährlich. Der Bote könnte abgefangen werden. Ich frage mich, was mit meinem Boten geschehen ist, den ich zu Moritz geschickt hatte. Er ist schon seit drei Tagen überfällig. Ich hoffe, wenigstens er taucht wieder auf. Wie viele haben wir schon verloren?"

„Drei Boten sind bisher nicht zurückgekommen. Wir können nur hoffen, dass ihnen nicht das widerfahren ist, was wir am meisten fürchten. Ich will Euch Bescheid geben, sobald der Bote kommt. Kann ich noch etwas für Euer Gnaden tun?"
„Danke, Bünau. Besten Dank. Ihr tut alle schon so viel für mich. Einen kleinen Augenblick will ich ruhen, dann wieder schreiben."

Elisabeth hatte mittlerweile auch ihr Frauenzimmer zum Schreibzimmer umfunktioniert, damit die vielen eingehenden Briefe schneller kopiert werden konnten. Dabei achtete sie genau darauf, welche Briefe sie ihren Jungfrauen gab, denn sie wollte sie nicht mit schlechten Nachrichten ängstigen. Die Zusage zu Friedensverhandlungen von zahlreichen Fürsten durften sie sehen. Daran konnte niemand etwas Böses finden, nur die Briefe, in denen sie den Kurfürsten und ihren Bruder über die Truppenbewegungen des Kaisers und ihres Vetters Moritz berichtete, die kursierenden Gerüchte über den Tod des Kaisers, über Plünderungen, Not und Schrecken des Krieges, schrieb sie selbst.
Tatsächlich kam am nächsten Tag wieder ein Brief von Moritz, über den Elisabeth sich ärgern musste, sich aber gleichzeitig freute, denn er wurde von eben dem Boten gebracht, auf den sie schon gewartet und verloren geglaubt hatte. Man hatte ihn in Moritzens Lager länger aufgehalten als nötig, ihn immer wieder hingehalten, dann aber doch mit diesem Brief ziehen lassen. Darüber war Elisabeth erleichtert, aber sie ärgerte sich maßlos darüber, dass Moritz ihr in dem Brief erklärte, dass er auf Befehl des Kaisers gehandelt hatte, als er im Kurfürstentum Sachsen eingefallen war. Ohne das Wissen des Kaisers könne er auch keinen neuen Vertrag eingehen, sondern nur verhandeln. Auch dass Kurfürst Johann Friedrich die Leipziger Bürgerschaft zur Übergabe aufgefordert hatte, verschwieg er ihr nicht und betonte, wie sehr ihn das verletzt habe und dass er dies nicht einfach hinnehmen könne. Für die Kinder des Kurfürsten wolle er verhandeln, nicht aber für den Kurfürsten selbst. Zu tief sei er von diesem in seiner Ehre gekränkt worden. Immerhin war er bereit, sich für seinen Schwiegervater einzusetzen.
Dann bestätigte er eine böse Vorahnung Elisabeths: Der Kaiser hatte tat-

sächlich Württemberg besiegt und würde seine Truppen nun gegen Sachsen und Hessen richten. Daher war Moritz willens, eine unverbindliche Unterredung zu führen, wenn Kurfürst Johann Friedrich dazu auch bereit wäre. Auf einem beigefügten Zettel hatte er noch angemerkt, dass der Kaiser Herzog Ulrich von Württemberg wieder in Gnaden aufgenommen habe. Allerdings musste der Herzog seine Artillerie abgeben, seine drei besten Festungen überliefern und dreihunderttausend Gulden an die bezahlen, bei denen er Schaden angerichtet hatte. Geschrieben hatte Moritz diesen Brief aus Zwickau.[130] Der Junge war dieser Tage schnell und viel unterwegs, wie Elisabeth feststellte. Sie musste den Kurfürsten eindringlich warnen. Er durfte Moritz nicht weiter Zeit schenken, um Truppen zu sammeln, während er selbst vor Leipzig nichts bewirkte außer Trümmern. Das war genau das unselige Spiegelfechten, vor dem sie Philipp schon gewarnt hatte.
Gleich nachdem sie wieder einen Brief an den Kurfürsten geschrieben hatte, schrieb sie an Moritzens Räte in Dresden, Georg von Karlowitz, Ernst von Miltitz und Simon Pistoris.

Wir haben von der Zerstörung eines großen Turmes in Leipzig gehört, können es Herzog Moritz aber nicht mitteilen, da wir nicht wissen, wo er im Moment ist. Die Nachricht ist allerdings nicht sicher, daher bitte ich Euch, sie geheim zu halten und niemanden damit zu erschrecken.
Der Knecht, von dem ich diese Informationen habe, hat mir auch erzählt, die Leipziger hätten sich ergeben wollen, der Kurfürst hätte es jedoch nicht angenommen. Er hat noch sehr viele Kriegsknechte und Reiter bei sich. Es wird also sehr schlimm werden, wenn nicht bald verhandelt wird. Der Kurfürst sagt, er vertraue Gott und der werde ihn nicht verlassen, weil er zur Notwehr gedrängt wurde. Helf Gott, wie ist das ein Leben! Ich meine es gut und bitte Euch, dass Ihr es auch so verstehen mögt.

EHzS[131]

130 Auszugsweise zitiert nach PKMS 3, Dokument Nr. 158 S. 126
131 PKMS 3, Dokument Nr. 162, S. 128

Von Leipzig hörte Elisabeth immer neue schlimme Nachrichten. Die Mauern waren so sehr zerschossen, dass man in die Stadt hineinsehen konnte. Der Sturm der Stadt stand wohl unmittelbar bevor.
Schon am nächsten Tag kam der Medikus des Kurfürsten und hatte einen geharnischten Brief seines Herrn in der Tasche: die Antwort auf Moritzens Friedensvorschläge.
Er wickelte sehr vorsichtig die Verbände ab und besah sich die Wunde an Elisabeths Stirn, wobei er voll des Lobes war über seinen Kollegen.
„Danke, das freut mich sehr. Ja, er ist ein guter Arzt, aber ich wollte Euch nicht nur wegen Eurer Fähigkeiten als Arzt hier sehen."
„Das dachte ich mir schon, Euer Gnaden. Es tut mir sehr leid, dass ich Euch keinen versöhnlichen Brief des Kurfürsten bringen kann."
„Ihr seid nicht der einzige Bote, der sich für die schlechten Nachrichten entschuldigt. Au!"
„Vergebt mir Euer Gnaden, ich hatte aus Versehen das Haar Euer Gnaden mit eingebunden. Einen Augenblick - so, jetzt müsste es besser sein. Morgen kann mein Kollege den Verband sicher ganz abnehmen."
„Nun hört, was ich Euch zu sagen habe. Ich hatte zwar gehört, dass der Kaiser tot sei, aber dem ist wohl nicht so. Er hat viele tausend Dukaten und Kronen darauf verwendet, dieses Gerücht zu streuen[132]. Er kommt mit seiner gesamten Heeresmacht nach Sachsen. Dass die Türken in Ungarn, Sizilien, in der Lombardei und in Neapel eingefallen sind, ist ihm gleich. Er will Sachsen in die Knie zwingen; das ist im Moment sein einziges Sinnen und Trachten. Der Kurfürst muss sich zurückziehen und in Sicherheit bringen, sonst ist er verloren. Was wisst Ihr für Neuigkeiten?"
Während er den Verband von Elisabeths Knöchel löste, berichtete er, was er unterwegs gesehen hatte: Überall waren plündernde Husaren unterwegs, das Elend der Bevölkerung war unvorstellbar groß. Im Januar waren gerade noch genügend Vorräte da, um die Familien über den Rest des Winters zu bringen. Wenn diese ohnehin knappen Vorräte von Kriegsknechten und Husaren aufgezehrt wurden, blieb den Menschen nichts als der Hungertod.
„Wie lange wird es dauern, bis dieses Grauen auch hier in Rochlitz an-

132 PKMS 3, Dokument Nr. 187, S. 144

kommt? Werde ich es wirklich bewerkstelligen, dass Moritz und der Kaiser mein Land verschonen? Was kann ich denn anderes tun, als schreiben, dass sie endlich verhandeln?"

Der Doktor hatte sich erhoben und verneigte sich tief. „Euer Gnaden, ich werde meinem Herrn sagen, wie dringend Ihr darauf besteht, Frieden zu schaffen."

„Tut das. Nun geht und schickt mir wieder einen Boten sobald es möglich ist. Und sagt dem Kurfürsten, dass er alle meine Briefe vernichten soll. Achtet bitte darauf, dass er es tut, erinnert ihn daran."

Mit letzten Instruktionen zur weiteren Behandlung verabschiedete er sich. Als der Mann gegangen war, kamen die Närrin und Gertrud, um nach ihrer Herrin zu sehen.

„Und? Was hat der Doktor gesagt?"

„Es sieht gut aus. Das gilt leider nur für meinen Kopf und meinen Knöchel. Ich soll langsam wieder anfangen zu laufen. Die Lage in Sachsen sieht alles andere als gut aus. Ich werde Moritz gleich noch schreiben müssen, dass er diese Plündereien unterbinden muss. Und in meinem Land will ich es auf gar keinen Fall dulden. So weit darf es nicht kommen. Und seht euch den Brief an, den der Kurfürst geschickt hat. Das ist doch nur eine weitere Kriegserklärung! Wie kann er denn so viel Öl ins Feuer gießen? Als wären die Fronten nicht hart genug! Er behauptet, Moritz wolle die Kurfürstenwürde und habe diesen Titel auch schon bekommen, sich bisher aber nur geschämt, ihn zu gebrauchen."

„Damit mag er recht haben, Herrin."

„Ja, Närrin, das sehe ich auch. Anders kann man das Verhalten des jungen Herzogs wirklich nicht beurteilen. Aber gerade deshalb müsste der Kurfürst doch zu Verhandlungen bereit sein, um zu retten, was noch zu retten ist. Wie kann er sich jetzt jeglichen Verhandlungen widersetzen? Er sieht doch genau, was auf dem Spiel steht. Ich schreibe Moritz und seinen Räten zwar immer wieder, wie stark der Kurfürst ist, aber die haben auch ihre Spione und werden langsam wissen, dass ich in diesem Punkt nicht ganz die Wahrheit sage. Der Kurfürst ist längst nicht mehr in der Position, bei einer Verhandlung Bedingungen zu diktieren; viel besser stünde es ihm an, sofort zu verhandeln, bevor die anderen merken, wie schwach er schon längst ist. Und ich fürchte, der Siegeswille des Kaisers kennt keine Grenzen. Die Schlinge zieht sich mit jedem Tag mehr zu und der Kurfürst begreift es offensichtlich nicht, verhält sich noch immer, als sei sein Vorrat an Geld und Truppen unerschöpflich. Es ist zum Verzweifeln!"

„Wollt Ihr vielleicht ihn als Hofnarren einstellen? Ich bin Euch doch ohnehin viel zu vernünftig. - Jedoch auf Kunststückchen und Sprünge müsstet Ihr dann verzichten. Aber... wenn man ihm ein Hühnerbein vor die Nase hielte...", überlegte die Närrin.

„Närrin! Du sprichst von dem Kurfürsten!" rief Elisabeth.

„Ja, Herrin, ich spreche von dem Kurfürsten, der sich gerade gebärdet wie der tollste Narr. Er ist in einer beklagenswert schwachen Position, denn seine Geldmittel sind recht überschaubar. Noch überschaubarer als seine Finanzen ist allerdings seine Weisheit und die Weisheit seiner Räte. Sie streiten sich, können sich nicht einigen, lassen Zeit und günstige Gelegenheiten durch ihre dicken, ungeschickten Finger rinnen. Der Kaiser dagegen wird immer mächtiger. Er ist nicht nur mit einem unbändigen Siegeswillen ausgestattet, sondern überdies mit reichlich Fuggergeld, mit dem er die Hälfte der Menschheit zu Söldnern machen könnte. Aber keine Sorge, ich schweige schon. Nicht, dass es mir ergeht wie meinem Herrn Vater."

„Was war mit deinem Vater? War er als Narr auch zu frech geworden?" erkundigte sich Elisabeth mit einem Zwinkern, doch da wurde die Närrin sehr ernst.

„Nein, Herrin. Er war keineswegs ein Narr - oder vielleicht doch? Er war der Rat eines mächtigen Mannes; und er war närrisch genug, ehrlich zu sein und seinem Herrn die Wahrheit zu sagen. Nicht nur über die Zustände in dessen Land, sondern er erlaubte sich auch noch eine eigene Meinung darüber zu haben, wie der Herr mit seinen Untertanen umging. Da saß er ganz schnell im Kerker; ich konnte fliehen und hatte das große Glück bei Landgräfin Christine von Hessen zu landen. Sie hat ein wirklich gutes Herz und hat mich aufgenommen, trotz meiner schlechten Referenzen. Wir können wohl alle von Glück sagen, dass ich mich mit Gertrud so gut verstehe, denn sonst hättet Ihr mich nicht mitgenommen und ich hätte am Ende noch ein

paar kleine Landgrafen zur Welt gebracht."
„Närrin!"
„Was heißt hier Närrin? So wäre es doch gewesen! Ihr habt Euch niemals gefragt, ob ich auch einen richtigen Namen habe. Meine Eltern haben mich schließlich nicht auf den Namen *Närrin* getauft. Ich heiße Elisabeth, wie Ihr auch. Aber wir können gerne dabei bleiben, dass ich auf meine Berufsbezeichnung höre. - Nicht, dass man uns beide noch verwechselt."
„Ich bemühe mich redlich, einen Unterschied herauszuarbeiten, glaub mir das! Du hattest Glück."
„Und Sankt Jokus, der Schutzheilige der Narren, hatte immer ein Auge auf mich."
„In wessen Diensten war dein Vater?"
„Vergebt mir, Herrin, aber darüber möchte ich nicht reden. Zu viel reden konnte schon immer gefährlich werden."

Elisabeth überlegte lange, ob sie den Brief des Kurfürsten an Moritz weiterleiten sollte. Wenn sie es tat, war Moritz mit Sicherheit im höchsten Maße aufgebracht über den Kurfürsten; andererseits - wenn sie es nicht tat und Moritz durch jemand anderen von dem Brief erfuhr, würde er das als Verrat ansehen. Diesen Schlag in seine alte Wunde wollte sie ihm um jeden Preis ersparen. Also schickte sie Moritz eine Abschrift des Briefes, nebst Erklärungen, Beschwichtigungen und flehentlichen Bitten, Frieden zu machen.
Doch ihre Bitten wurden nicht erhört. Der Kurfürst stand noch immer vor Leipzig, beschoss die Stadt und zerstörte große Teile der Befestigungsanlagen. Die Brandkugeln und Feuerpfeile, die er nachts in die Stadt schießen ließ, erstickten die Leipziger mit nassen Ochsenhäuten. Besonders die Ecke an der Pleißenburg mit dem Henkersturm war stark beschädigt. Um die Stadt zu stürmen, ließ der Kurfürst Reisigbündel in die Gräben werfen, um darüber seine Truppen einmarschieren zu lassen, doch die Leipziger merkten wohl, wozu diese gut sein sollten und verbrannten sie. Über die Glut konnten die Kriegsknechte nicht in die Stadt eindringen.
Es fehlte nur noch ein Quäntchen und die Stadt war sturmreif, doch da kam ein Brief von Elisabeth, der den Kurfürsten zutiefst beunruhigte. Der

Kaiser war unterwegs mit einer riesigen Heeresmacht, um Leipzig zu entsetzen. Sie legte ihm dringend ans Herz, sein Leben zu hüten[133]. Es hieß, er habe zwölftausend Reiter und siebzigtausend Mann zu Fuß.[134] Der Kurfürst überlegte nicht lange und ließ am nächsten Morgen die Trompetensignale zum Aufbruch blasen.

Als am Morgen des 27. Januar draußen im feindlichen Lager Trompetensignale ertönten, schlugen die Leipziger Alarm. Die Bestürmung der Stadt stand wohl unmittelbar bevor - so glaubten sie zumindest. Doch nichts dergleichen geschah. Alles blieb ruhig. Irgendwann, als ihnen die gekrümmten Finger an den Abzügen ihrer Hakenbüchsen steifgefroren waren, begriffen sie, dass der Kurfürst abgezogen war. Wenn der Kurfürst die Belagerung einer sturmreifen Stadt abbrach, dann war der Kaiser schon in greifbarer Nähe.

Doch der Kaiser kam nicht. Zumindest vorerst nicht. Vielleicht wäre es dem Kurfürsten geglückt, die Stadt zu erobern. Aber dann? Wenn der Kaiser ihn in der Stadt angetroffen hätte, dann wäre aus dem Belagerer ein Belagerter geworden - und die Vorräte Leipzigs waren schon erschöpft. Also war es durchaus ratsam gewesen, sich zurückzuziehen. Das hatte der Kurfürst denn auch getan und zwar nach Nordosten in Richtung Annaburg.

Spätestens für den 10. Februar erwartete Elisabeth einen Boten aus dem kurfürstlichen Lager. Nervös schritt sie auf und ab - das klappte schon wieder sehr gut. Aber niemand kam, auch wenn Elisabeth noch so sehnsüchtig aus allen Fenstern starrte. Sie hatte gehört, dass der Kurfürst die Belagerung Leipzigs abgebrochen hatte und regelrecht geflüchtet war. Nun hieß es für alle, Ruhe zu bewahren. Moritz durfte auf keinen Fall die Korrespondenz abfangen, die zwischen ihr und dem Kurfürsten hin und her ging. Wenn der Bote nicht kam? Was dann? Der Doktor musste wieder kommen, das war die einzige Möglichkeit. Sie setzte sich an ihren Schreibtisch, auf dem noch ein Teller mit den Resten ihrer letzten Mahlzeit stand: etwas Brot und der abgenagte Knochen eines Hasenbeins. Sie zog eine letzte Fleischfaser von

133 Rous, Anne-Simone; 2012, Liste der Geheimbriefe, Bestand Elisabeth Werl-Nachlass: Nr.22, f. 36

134 Ogger, Günter; Kauf dir einen Kaiser. Die Geschichte der Fugger. Hamburg 2013, S. 309.

dem Bein ab. Plötzlich hielt sie inne und starrte auf den spitzen Knochen. Sollte sie wirklich? Sollte sie das tun? Ihre Jungfrauen - allen voran die Närrin - würden sie für vollkommen verrückt halten. Aber sie brauchte einen glaubwürdigen Vorwand, um den kurfürstlichen Medikus immer wieder kommen zu lassen. Wie in einem bösen Traum nahm sie nun das Hasenbein in ihre rechte Hand, legte die linke auf den Tisch, schloss die Augen und hielt den Atem an. Mit der Aufbietung ihres gesamten Willens stieß sie den gesplitterten Knochen in ihre Hand.[135] Den darauffolgenden Fluch unterdrückte sie nicht, sondern schrie ihn laut heraus, und so kamen die Närrin und Luisa herbeigestürzt.

„Herrin, was tut Ihr da?“ fragte die Närrin fassungslos. Es nutzte nichts, dass Elisabeth das Hasenbein fallen ließ. Es war zu offensichtlich, dass sie sich selbst absichtlich verletzt hatte.

„Ihr macht mir meine Stellung als Närrin streitig! Das kann ich nicht dulden! Verdammt noch mal, wie könnt Ihr nur so närrisch sein? Die Beule an Eurem Kopf rührt wahrscheinlich daher, dass die Blödheit nicht genügend Platz hat und von innen gegen den Schädel drückt.“

„Na und? Du fluchst ja auch, und das ist hier mein Privileg, verdammt!“

Mit einem höchst missbilligenden Blick nahm die Närrin die blaue Schleife vom Tisch und drückte sie auf die blutende Wunde. Luisa war schon gegangen, um wieder den Medikus aus der Stadt zu holen.

„Närrin! Doch nicht die Schleife!“ rief Elisabeth entsetzt.

„Doch, genau die“, erwiderte die Närrin seelenruhig und drückte noch fester zu.

„Au!“ schrie Elisabeth.

„Ich will kein Gejammer hören, Euer Gnaden, absolut keinen Ton!“ erwiderte die Närrin energisch.

„Der Medikus des Kurfürsten kann nicht umsonst hier her kommen, ich muss ihm schon etwas bieten; wenn er abgefangen wird, muss er absolut glaubwürdig sagen können, dass ich ihn dringend benötige.“

„Du liebe Güte!“ knurrte die Närrin. „Das glaub ich nicht! Jetzt übertreibt Ihr aber wirklich. Wartet nur, bis Gertrud kommt. Die wird Euch hoffent-

---

135 Rous, Anne-Simone; 2012, S. 5.

lich die Ohren lang ziehen."
„Schweig jetzt still, Närrin. Glaubst du wirklich, ich hätte das zum Spaß getan? Du ahnst nicht einmal, wie hoch uns das Wasser steht."

Der Medikus des Kurfürsten kam einige Tage später, berichtete wenig Gutes aus dem Lager, und Elisabeth konnte ihm auch nur sagen, dass der Kaiser immer näher rückte und Moritz immer mehr Hilfe bekam. Trotzdem schrieb Elisabeth immer noch an Moritz, damit er sich ihr nicht völlig verschloss, denn dann wäre ihr Einfluss auf ihn vollkommen gebrochen.
Der Doktor fragte natürlich, wie Elisabeth sich die Wunde zugezogen hatte, worauf sie ihm nur eine ausweichende Antwort gab. Die Hand hatte schon begonnen zu eitern und sah nicht gut aus. Ein Umschlag aus frischem Gundermann wäre ideal gewesen, aber zu dieser Jahreszeit musste es der getrocknete tun.
„Schont diese Hand, haltet sie eher kühl. Und am besten schont Ihr Euch allgemein. Schlaft einmal wieder aus. Ihr seht sehr übernächtigt aus, wenn Euer Gnaden mir diese Bemerkung gestatten."
Elisabeth konnte nur die Luft durch ihre Lippen zischen lassen und dabei ihre Augen verdrehen ob dieser Ratschläge.

Mit einiger Irritation sahen die Närrin und Gertrud drei Tage später, wie die Herzogin den Verband wieder abnahm, um an der gut verheilenden Wunde, an deren Rändern sich schon deutlich Grind gebildet hatte, mit einem kleinen Messerchen herumzuschaben.
„Herrin? Was tut Ihr da?"
„Ich will nicht, dass die Wunde zu schnell zuwächst, denn dann muss der Doktor des Kurfürsten nicht mehr kommen. Wenn sie schlecht heilt, muss er immer wieder kommen[136]."
„Also Herrin!" ereiferte sich Gertrud nun.
„Meine Güte, Herrin!" Die Närrin schlug die Hände über dem Kopf zusammen. „Man kann es auch übertreiben. Kein Mensch wird kommen und unter Euren Verband schauen, ob der Doktor des Kurfürsten wirklich Grund

136 Rous, Anne-Simone; 2012, S. 7.

hat, wieder herzukommen. Lasst die Wunde heilen, in Gottes Namen, ich bitte Euch!“

„Wenn er abgefangen wird, kann er vollkommen überzeugend sagen, dass er zu mir kam wegen einer schlecht verheilenden Wunde. Ich will kein Risiko eingehen.“

Die Närrin und Gertrud sahen sich an. Da ergriff Gertrud das Handgelenk ihrer Herrin und zwang sie, in ihrem unsinnigen Tun innezuhalten; tatsächlich ließ Elisabeth es geschehen, ihre Hand sank, das Messer fiel auf den Tisch.

„Bitte, Herrin, tut das nicht mehr. Versprecht Ihr uns das? Wenn sich die Wunde ernsthaft entzündet und Ihr daran sterbt, wird der Doktor gar nicht mehr kommen müssen.“

Da brach Elisabeth in Tränen aus. „Wir kämpfen gegen Riesen. Unsere einzigen Waffen sind die Schreibfedern.“

Chemnitz, Anfang Februar 1547

Moritz spottete, der Kurfürst habe sich vor Leipzig wohl mit Winterkleidung eindecken wollen. Er hatte gut spotten, denn während der Kurfürst sein Pulver vergeblich verschossen hatte, war es Moritz gelungen, Hilfe zu mobilisieren. Der Kaiser war auf dem Weg, König Ferdinand hatte mittlerweile auch eingesehen, dass der Krieg in Sachsen gewonnen werden musste, und glücklicherweise kam auch Moritzens alter Kampfgenosse aus der Wurzener Fehde zu Hilfe: Albrecht Alcibiades von Brandenburg-Kulmbach. Wenn es keinen Krieg gegeben hätte, dann hätte dieser Mann ihn sicher erfunden. Er war ein Söldnerführer, der für genug Geld gegen seinen eigenen Vater gekämpft hätte. Als sich die beiden in Chemnitz trafen, umarmten sie sich und schlugen sich dabei auf den Rücken. Das dauerte nicht lange. Das anschließende Trinkgelage dagegen uferte aus bis in die frühen Morgenstunden.

Das war nicht gut, denn an jenem Morgen stand Heinrich Lersner, der Sekretär des hessischen Kanzlers, vor der Tür des herzoglichen Quartiers und

bat um eine Unterredung.
Der junge Herzog war auch um zehn Uhr noch unpässlich, aber immerhin senkrecht. Sein Atem roch noch immer nach Wein; Lersner wandte sich ab und bemühte sich vergeblich, sein Gesicht nicht angewidert zu verziehen.
„Sind Euer Gnaden bereit, einen Rat zu dem Landgrafen und zu Kurfürst Joachim von Brandenburg zu schicken? Der Kurfürst von Brandenburg ist bereit alles zu tun, was dem Frieden dient."
„Dazu wären Wir bereit gewesen, als es noch etwas genutzt hätte. Jetzt ist die Zeit verstrichen. Aber Wir haben ein paar Vorschläge ausgearbeitet, die es dem Landgrafen ermöglichen sollen, Frieden mit dem Kaiser zu schließen."
„Ich danke Euer Gnaden. Ich will sie gleich meinem Herrn bringen." Er nahm das Papier entgegen, bereits ahnend, dass es lauter Unverschämtheiten enthalten würde. Er sollte nicht enttäuscht werden, denn Moritz verlangte von seinem Schwiegervater ungeheuerlich demütigende Dinge: Er sollte den Herzog von Braunschweig freilassen, der noch immer in der Festung Ziegenhain einsaß, und diesen entschädigen nach der Weisung des Kaisers. Das könnte noch angehen, aber Philipp sollte auch vor dem Kaiser auf die Knie fallen und um Verzeihung bitten, ihm dabei Dankbarkeit und Gehorsam versichern. Außerdem sollte der Landgraf dem Kurfürsten nicht mehr helfen, sondern vielmehr den Kaiser dabei unterstützen, die Acht gegen den Kurfürsten zu vollstrecken. Überdies sollte der Kaiser freien Zugang zu Hessen haben. Was dies für Hessen, das Land und seine Bevölkerung bedeutete, konnte Philipp sich wohl kaum in seinen schlimmsten Alpträumen ausmalen.
„Und? Wird sich der Landgraf auf deine Vorschläge einlassen?" fragte Albrecht Alcibiades grinsend, als Moritz zurück in die Stube kam, in der sie die ganze Nacht gezecht hatten. Albrecht hatte schon wieder einen Weinkelch in der Hand und auf dem Tisch ein paar Weinflaschen beiseite geschoben, um für seine Füße Platz zu schaffen.
„Ihm wird nichts anderes übrig bleiben, denn er steckt schon bis zum Hals im Dreck. Damit könnte es Frieden geben."
„Um Himmels Willen! Mal den Teufel nicht an die Wand. Frieden! Wenn ich

das schon höre. Der Krieg ernährt mich, im Frieden muss ich verhungern, genau wie diese Hübschen dort." Er deutete mit dem Kinn auf zwei Wanderhuren, die ebenfalls vom Gelage übrig geblieben waren und noch immer in den schmutzigen Laken schliefen.
„Mach dir keine Sorgen; die Vorschläge sind wahrhaftig Schläge und würden den Landgrafen zu einem Leibeigenen des Kaisers degradieren - zumindest wird er sich so vorkommen. Also wirst du nach wie vor die Taschen voller Geld haben. Der Krieg ist noch nicht zu Ende."
„Gut. Das beruhigt mich."
Die beiden Männer sahen sich an.
„Die letzte Nacht war nur was für standhafte Kerle!" sagte Albrecht anzüglich und warf wieder einen Blick auf die beiden Huren, die noch immer schliefen.
„Sollen wir sie wecken?"
„Ich weiß auch schon wie."

Im kaiserlichen Lager in Ulm, Mitte Februar 1547

Noch mehr als den deutschen Sommer hasste Kaiser Karl V. den deutschen Winter, der sich nur an einem Kachelofen mit einem guten Schluck Hypocras überstehen ließ. Nachdem sich der Habsburger dieser beiden Annehmlichkeiten versichert hatte, lehnte er sich zufrieden an die warmen Kacheln (mussten diese Dinger ihm wirklich ihre Verzierungen in den Rücken bohren?) und schloss die Augen. Der Duft des Würzweines stieg ihm in seine sehr gerade, typisch habsburgische Nase; gerade wollte er den Becher zu seinen gespitzten Lippen führen, da begehrte jemand Einlass. Es war der Herzog von Alba, dem er seufzend erlaubte, vorzutreten. Wahrscheinlich wieder Nachrichten aus Sachsen, die sein Erscheinen in diesem noch nördlicheren - und damit noch kälteren - Land unabdingbar machten.
Mit einer unterwürfigen Geste überreichte Alba ihm einen Brief, dessen Siegel der Kaiser mit einem geschickten Kniff erbrach. Schon seit langem wollte er den dicken Breznbauch, wie der Kurfürst hier im Süden gerne

genannt wurde, endlich als seinen Gefangenen sehen. Aber auch dieser Brief aus Sachsen berichtete nur wieder davon, dass der Kurfürst noch immer nicht gefasst worden war. Immer wieder gelang es ihm, zu entwischen, was bei seinem Leibesumfang verwunderlich genug war. Jemand warnte diesen Kerl. Zu offensichtlich war, dass es in Sachsen einen Verräter gab, der dem Kurfürsten und dessen Truppen immer wieder die Möglichkeit gab, der entscheidenden Schlacht auszuweichen. Dieser Verräter musste enttarnt, gefangen genommen und bestraft werden.

„Merde[137]!“ knurrte er in seinen spitzen Bart hinein, denn er war in Gent geboren und aufgewachsen. Die burgundische Kultur, die er mit der Milch seiner Amme aufgesogen hatte, schloss einen solch unfeinen Fluch zwar aus, doch war er als junger Bursche auch in den etwas weniger feinen Schenken unterwegs gewesen. Der leise Fluch war nur der Auftakt zum vollkommenen Verlust kaiserlicher Contenance: „Qui[138]?“ schrie er und starrte den Herzog von Alba wild an. „Qui?“ Er ballte die Fäuste so fest, dass seine Knöchel weiß hervortraten. Seine Augen, die ohnehin ziemlich tief in ihren Höhlen lagen, schienen noch tiefer zu sinken, so sehr verdunkelten sie sich. Er hatte zwar den Impuls, den Becher an die Wand zu schleudern, doch er beherrschte sich.

So viele Erfolge hatte er schon errungen, hatte den Gegner finanziell ausbluten lassen, um seine eigenen Männer zu schonen, hatte sich nach dem erfolgreichen Feldzug in Württemberg mit frischem Geld versehen, das er nicht dem verdammten Augsburger Blutsauger zurückzahlen musste, und nun ließ der entscheidende Sieg in Sachsen auf sich warten. Er musste den Kurfürsten und ebenso den hessischen Landgrafen vernichten, sonst würde er dieses Deutschland niemals im Dienste Gottes unter die kaiserliche und königliche Autorität bringen und befrieden können.[139]

„Wer ist es, der den Kurfürsten immer wieder warnt? Ich will es wissen!“

Der Herzog von Alba war erleichtert, diese Frage beantworten zu können:

---

137 Eine Übersetzung möchte ich hier nicht wiedergeben. A. Z.

138 Qui: frz. Wer?

139 Kaiser Karl V. an seinen Bruder König Ferdinand, am 2. Februar 1547; in: Eduard Duller, Neue Beiträge zur Geschichte Philipps des Großmüthigen…, Darmstadt 1842, Nr. XLV.

„Euer Gnaden, Herzog Moritz hat mehrere Männer abgefangen, die Briefe bei sich trugen. Unter der Folter haben sie gestanden, dass sie im Auftrag der Herzogin Elisabeth unterwegs waren. Sie ist es, die den Kurfürsten immer wieder warnt. Wie eine Spinne in ihrem Netz sitzt sie in Rochlitz, empfängt Boten, schickt sie wieder aus mit Nachrichten, wobei sie immer so tut, als liege ihr nichts mehr am Herzen als der Friede."

„EIN WEIB? Ihr wollt mir nun allen Ernstes sagen, dass ein Weib uns an der Nase herumführt und wir wegen eines Weibes noch nicht gesiegt haben?"

Nun erkannte der Herzog von Alba, dass seine Erleichterung etwas zu früh gekommen war.

„Eure kaiserliche Majestät, die Herzogin ist mächtig, sie kennt die wichtigsten Leute und unterhält schon seit vielen Jahren rege Briefwechsel mit anderen Hochadligen. Es überrascht nicht, dass sie ihre Verbindungen benutzt, um auf ihre Weise für Frieden zu sorgen."

„Frieden? Ja!" rief der Kaiser und schüttelte die Fäuste. „Für Frieden werden allein Wir sorgen, darauf kann sie sich verlassen. Dieses Weib! Ich will sie gefangen! Lebendig!"

Rochlitz, Mitte Februar 1547

Am frühen Morgen fand Gertrud ihre Herrin schlafend über einem Brief. Die Feder hatte ihren schwarzen Inhalt über das Papier ergossen, wo Elisabeths Hand sie zuletzt hingeführt hatte. Vorsichtig berührte Gertrud ihre Herrin an der Schulter.

„Euer Gnaden, bitte, geht ins Bett."

Elisabeth schreckte auf, kniff die Augen zusammen und schaute sich verwirrt um.

„Lasst Bünau oder Engelschall den Brief weiterschreiben, aber Ihr müsst jetzt ruhen! Und seht nur Euer Gesicht an! In der nassen Tinte habt Ihr gelegen und die hängt jetzt an Eurer Wange - als hättet Ihr die schwarze Pest."

„Ach, Gertrud, wenn es nur die schwarze Pest wäre. - Aber nein, so sollte ich nicht reden. Darüber macht man keine Scherze." Sie rubbelte mit ihrem Ärmel übers Gesicht und schaute dann Gertrud an. Ihre Miene sagte deutlich, dass dies nicht zur Verbesserung beigetragen hatte.

„Ich kann jetzt nicht ins Bett gehen und schlafen. Schließlich habe ich schon hier geschlafen."

„Herrin, ich mache mir wirklich große Sorgen um Euch. Ihr solltet Euch einmal im Spiegel anschauen. Ihr seht aus wie ein Gespenst. Wenn Ihr nicht in Euer Bett wollt, dann kommt doch wenigstens für einen Augenblick mit an die frische Luft."

„Nun gut. Frische Luft ist wahrscheinlich ohnehin besser als das Bett. Mein Fuß ist wieder geheilt und schau, die Wunde an meiner Hand ist auch beinahe zu. Dann gehe ich in Gottes Namen mit. Wer weiß, wie oft man noch hier spazieren gehen kann."

Sie gingen hinunter, warfen sich ihre wollenen Umhänge um die Schultern, zogen sich feste Stiefel an und schnallten sich die Trippen darunter, denn die Wege waren nass. Zwei Wachen schlossen sich ihnen an, die jedoch einige Schritte hinter ihnen blieben. So schlugen sie nun den Weg ein, der entlang der Mulde führte. Gertrud hatte gehofft, dass der Spaziergang Elisabeth auf andere Gedanken bringen könnte, doch sie hatten das Schloss kaum hinter sich gelassen, da sprach Elisabeth nur von den Friedensverhandlungen, die

noch immer nicht stattgefunden hatten.
Sie wanderten durch den kleinen Wald hinter dem Schloss, der sich bis an die Mulde schmiegte. Es war ein trüber Tag im Februar; der Nebel hing noch immer zwischen den schwarzen Ästen, denn die Sonne war zu kraftlos, um sich hindurchzuarbeiten zu den verfaulenden Blättern, die den Waldboden bedeckten. Es roch nach Moder und Fäulnis; Frühlingsdüfte waren noch weit entfernt. Der Weg stieg an, die Mulde unter ihnen war nur noch zu erahnen; kaum hörte man ein leises Rauschen und Flüstern, das von dem Wasser aufstieg.
„Es ist kein allzu schöner Tag, aber die frische Luft tut doch gut, nicht wahr Herrin?"
Elisabeth nickte nur leise, schien die Worte kaum gehört zu haben, denn ihre Augen ruhten unverwandt auf den Bäumen, die sie manchmal mit den Fingerspitzen berührte, als seien sie zerbrechlich.
Die Worte, mit denen Elisabeth sich zu dem Spaziergang aufgerafft hatte, fielen Gertrud wieder ein: Sie wisse nicht, wie oft sie noch hier spazieren gehen könne. Tatsächlich schien sie Abschied zu nehmen, so intensiv schaute sie sich um, ganz so, als wolle sie sich jeden Baum, jeden nassen, morschen Ast, der auf dem Boden lag, jede Biegung des Weges einprägen. Vergeblich versuchte sie, den Nebel zu durchdringen und über die Mulde, hinüber auf die andere Seite zu blicken. An dem Dorf Zaßnitz waren sie längst vorüber, nun mussten dort drüben auf der anderen Seite, verborgen im Nebel, die Auen liegen, die Wiesen, auf denen die Rochlitzer und Zaßnitzer Bauern ihr Heu machten, ihr Vieh weideten; Friedensdinge, wie Elisabeth diese alltäglichen Tätigkeiten seit kurzem nannte. So oft hatte sie von den Fenstern ihrer Schreibstube aus den Bauern bei der Ernte zugesehen, hatte beobachtet, wie das Vieh auf den Weiden graste oder träge in der flimmernden Sommerhitze wiederkäute. Friedensdinge, die ihr nun unendlich kostbar erschienen. So selten hatte sie in den vergangenen Jahren darüber nachgedacht, niemals den Wert dieser Anblicke empfunden. Nun, da sie sich diese Friedensbilder in Erinnerung rufen musste und fürchtete, sie hier in Rochlitz niemals wieder zu sehen, hätte sie alles gegeben, um nur im kommenden Sommer wieder die Rochlitzer Bauern ihr Vieh weiden zu sehen. Und

im Sommer darauf, und im nächsten wieder.
Sie schauderte, doch was Gertrud der Kälte zuschrieb, war nichts weniger als die Angst, niemals wieder diese kleinen Friedensdinge sehen zu können, eine Angst, die manchmal übermächtig wurde und alles erstickte. Was, wenn der Krieg über Rochlitz hinweggefegt war? Würde dann noch ein Stein auf dem anderen stehen? Würde noch ein Bauer leben, dem die Soldaten nicht alle Kühe abgeschlachtet und gefressen hatten?

Auf dem Weg nach Chemnitz, Mitte Februar 1547

Friedrich Magnus zu Solms, eben jener junge Halbbruder Elisabeths, den diese so gerne mit Sidonie verheiratet hätte, war just in diesem Moment auf der Landstraße nach Chemnitz unterwegs. Neben ihm ritt sein Freund aus Licher Kindertagen, Kuno, der Sohn des Licher Amtmannes. Hinter ihnen ging ein Dutzend Sonnewalder Männer, weshalb die Reiter ihre Geschwindigkeit dem Schritt der Männer angepasst hatten. Der Großvater des jungen Grafen zu Solms hatte vor zehn Jahren Sonnewalde gekauft[137]. Friedrich Magnus und Kuno waren vom hessischen Lich aus dorthin gereist, um nach dem rechten zu sehen, aber nun gab es nicht viel rechtes mehr, nach dem man hätte schauen können: das Städtchen war in dem unseligen Familienzwist zerstört worden.
Die beiden Reiter waren etwa gleich alt, von der gleichen beeindruckenden Statur, doch hätten sie in ihrem Wesen nicht unterschiedlicher sein können. Während Friedrich Magnus immer mit sehr viel Fleiß und Eifer gelernt hatte und sich ausgesprochen für die Schriften der Reformatoren interessierte, war Kuno ganz und gar dem diesseitigen Leben mit all seinen Annehmlichkeiten zugetan.
So lange sie unterwegs waren, hatten sie miteinander diskutiert; Kuno lebhaft und mit einer gewissen ironischen Distanz, Friedrich Magnus wie im-

137 Siehe Geyerberg, M. Lucas: Des wolgebornen Grauen und Herrn/ Herrn Friedrich Magnußen/ Grauen zu Solms/ Herrn zu Müntzenberg und Sonnenwald Leben/ Regiment und Abschied/ durch M. Lucam Geyerberg/ Predigern in Laubach 1574 eigenhändig verzeichnet. S. 13.

mer mit der ihm eigenen Ernsthaftigkeit.
„Ich bin der Meinung, wir hätten in Sonnewalde bleiben sollen. Hast du nicht gesehen, wie die Stadt zerstört war? Da gab es für uns wahrlich genug zu tun; aber nein, jetzt sitzen wir hier auf unseren Gäulen und reiten nach Westen. Wenn der sächsische Herzog sich prügeln will, soll er das doch alleine tun. Wieso willst du ihm dabei unbedingt helfen? Ist das wirklich *dein* Krieg? Bist du überzeugt von dem, was Herzog Moritz tut?"
„Was ich denke, tut hier nichts zur Sache. Er ist mein Fürst, ich habe ihm die Treue geschworen und kann ihn jetzt nicht schon wieder vertrösten. Wir Solmser sind einfache Grafen, die den Fürsten dienen. Das ist nun mal unser Los."
„Aber ein Dienst hat doch auch Grenzen. Wenn die Gefahr besteht, dass man beim Dienen stirbt, sollte der Fürst das nicht verlangen."
„Er verlangt es ja auch nicht ausdrücklich, dass ich sterbe."
„Aber er ruft dich in den Krieg. Damit ist die Wahrscheinlichkeit, dass du es tust, doch ziemlich hoch, nicht?" Kuno kramte umständlich in seiner Satteltasche, bis er noch ein paar getrocknete Apfelscheiben gefunden hatte, die er mit Friedrich Magnus teilen wollte, doch dieser lehnte ab.
„Kuno, ich diene Herzog Moritz. Es ist meine Pflicht, zu erscheinen, wenn er zu den Waffen ruft."
„Worum genau geht es eigentlich in diesem Krieg?"
„Ich dachte, ich hätte es dir schon erklärt - mindestens zehn Mal."
„Ich hab's aber immer noch nicht kapiert."
„Herzog Moritz kämpft gegen seinen Vetter, den Kurfürsten, denn der Kaiser hat den Kurfürsten unter die Reichsacht gestellt. Moritz vollstreckt die Reichsacht."
„Das ist widerlich genug. Können die ihre Familienangelegenheiten nicht selbst klären; müssen sie hunderte, wenn nicht tausende Menschen mit hineinziehen?"
„Das ist eben nur ein kleiner Teil dieses Krieges. Moritz dient dem Kaiser, der die Reformation vernichten will."
„Aber das Herzogtum Sachsen ist selbst lutherisch. Das ist Staatsreligion, und ich kann mich erinnern, dass seinerzeit harte Strafen auf das Festhalten

am alten Glauben standen. Wieso will er dem Kaiser helfen, die Reformation zu vernichten? - Ah, ich weiß: Er will selbst Kurfürst werden. Das ist es doch, oder?“ Kuno warf sich in die Brust ob dieses Geistesblitzes.

„Da magst du recht haben, Kuno“, sagte Friedrich Magnus in einem Ton, der verriet, dass er daran auch schon gedacht hatte und vom Verhalten seines Fürsten nicht erbaut war.

„Pfui Teufel! Wie kann er nur?“ rief Kuno. „Aber wir sind lutherisch und kämpfen für den Herzog, der wiederum für den Kaiser kämpft. Somit kämpfen wir für den Kaiser. Können wir das wirklich mit unserem Gewissen vereinbaren, für den katholischen Kaiser zu kämpfen? Willst du das wirklich von deinen Untertanen verlangen, dass sie dann wieder katholisch werden? Was sollen sie denn denken, woran glauben? Ist das nicht zuviel verlangt, diese ewige Wechselei? Und außerdem: Wir sind seit Tagen unterwegs. Uns sind nur Zerstörung, Elend und Tod begegnet. Und nun werden wir uns daran beteiligen, Zerstörung, Elend und Tod auch dorthin zu bringen, wo diese drei Kardinaltugenden des Krieges noch nicht waren. Und was hat der Krieg des Kaisers überhaupt mit uns zu tun?“

Friedrich Magnus verlor selten die Geduld, aber jetzt war er kurz davor. Er atmete tief ein, um seinem Freund noch einmal zu erklären, wieso er selbst an diesem Krieg teilnehmen musste. Wenn er, Kuno, nicht wollte, hätte er auch in Sonnewalde bleiben können; aber Kuno war schneller und rief triumphierend: „Gar nichts hat das mit uns zu tun. Rein gar nichts.“

„Kuno, schweig jetzt bitte. Ich will nicht, dass die Männer das hören. Es war schwer genug, sie auszuheben.“

„Willst du die armen Teufel blind in ihr Verderben rennen lassen?“

„KUNO!“ jetzt hatte Friedrich Magnus zu Solms tatsächlich die Geduld verloren. Dies beeindruckte Kuno keineswegs, doch um der alten Freundschaft willen schwieg er nun und nahm sich vor, erst wieder davon anzufangen, wenn er mit seinem Freund alleine war.

Doch dazu bot sich keine Gelegenheit, denn Graf Friedrich Magnus zu Solms hatte im Rathaus zu Chemnitz anzutreten. Dies tat er gemeinsam mit Kuno, bereute es aber gleich, denn er war sich nicht sicher, ob Kuno ihn nicht in große Schwierigkeiten bringen würde, wenn dieser den Mund auch

nur einen Spalt breit aufmachte im Beisein des Herzogs und all der anderen Hauptleute, die teilweise von hohem Rang waren.
Als Friedrich Magnus seinem Fürsten zum ersten Mal begegnete, war er überrascht, wie klein, ja fast schmächtig Herzog Moritz zu Sachsen war; dazu bleich, mit wasserblauen Augen. Sein dünner, roter Bart, der ihm bis auf den Brustharnisch hinab hing, war wohl dazu gedacht, ihm ein reiferes Aussehen zu geben, verfehlte diese Wirkung jedoch. Dennoch hörten alle mit großem Respekt zu, nur hier und dort war ein Hüsteln, ein Knarzen der schweren Lederkleidung oder Stiefelscharren zu vernehmen. Die Männer standen dicht gedrängt, um die Befehle des Herzogs zu hören. Auf einer Landkarte, die auf dem Tisch ausgebreitet lag, hatte er schon einige Städte markiert, die Flüsse waren deutlich zu erkennen.
In allen Details erläuterte er das zu beachtende Vorgehen, wollte keine Widerrede dulden und versicherte ein übers andere Mal, dass der Kaiser den Sold bereits auf den Weg gebracht hatte. Da man den Jähzorn des Herzogs kannte, gaben sich die Männer damit zufrieden und gingen mit tiefen Verbeugungen davon. Albrecht Alcibiades blieb zurück, denn Moritz hatte ihm bedeutet, dass er mit ihm noch im Vertrauen sprechen wollte. Das hatte Kuno mitbekommen und sehr interessant gefunden. Also hatte er sich auf dem Flur in einer Fensternische verborgen und lauschte angestrengt. Durch die Ritze an der halb geöffneten Tür konnte er die beiden sogar sehen. Als Albrecht Alcibiades vor Moritz stand, schaute dieser sich noch einmal kurz um, als wolle er sich vergewissern, dass niemand ihnen zuhörte. Dann senkte er Haupt und Stimme zu einem Raunen: „Der Kaiser erwartet einen vernichtenden Schlag gegen den Kurfürsten. Das kann nur geschehen, wenn mein dicker Vetter keine Nachrichten mehr erhält."
„Ja, ich habe davon gehört, dass es irgendwo in Sachsen einen sehr guten Nachrichtendienst für die kurfürstlichen Truppen geben soll", erwiderte Albrecht ebenso leise. Die Sache schien brisant zu sein, daher war Albrecht Alcibiades ganz Ohr, und auch Kuno lauschte mit größter Aufmerksamkeit.
„Der Kaiser ist äußerst verärgert, dass der Nachrichtendienst der Protestanten so gut funktioniert, dass sie uns am Narrenseil führen können. Du wirst dafür sorgen, dass all dies unterbunden wird und wir dem Kurfür-

sten eine Falle stellen können, in die er mit Sicherheit hineintappt. Aber du musst schnell sein, sonst gelingt es ihr vielleicht, Hilfe zu rufen. Sie darf auf keinen Fall einen weiteren Brief schreiben."
„Wer? Von wem redest du?"
„Herzogin Elisabeth von Rochlitz."
Albrecht Alcibiades schaute ihn mit zusammengekniffenen Augen an. „Ist das nicht deine Cousine, die du schon so lange kennst?"
„Eben die. Ich kann dir nicht sagen, wie sehr ihr Verrat mich trifft und verletzt." Moritz schaute seinen Freund und Waffenbruder an. Für einen Moment spannten sich die Muskeln an seinen Kiefern, als beiße er auf Eisen. „Ich denke, deinen Söldnern musst du nicht allzu straffe Zügel anlegen, wenn sie Rochlitz eingenommen haben. Du wirst Rochlitz besetzen; wenn es sein muss, wirst du belagern und beschießen. Erst wenn Herzogin Elisabeths Verrat ein Ende hat, werden wir siegen. Und kein weiterer Brief darf Rochlitz verlassen! Pass darauf gut auf!"

Kuno wartete in seinem Versteck, bis die beiden Männer fort waren, dann lief er zu Friedrich Magnus. Er fand ihn im Quartier, doch dort war er nicht allein, denn Raum war knapp in der Stadt, in der Herzog Moritz seine Truppen sammelte.
„Friedrich Magnus, lass uns für eine Weile ausgehen. Ich muss an die frische Luft."
„Wo warst du denn? Wieso bist du nicht mit hinausgekommen?" fragte Friedrich Magnus, als Kuno mit ihm die Treppe des Gasthauses hinunterging.
„Erzähl ich dir gleich, sobald wir allein sind." Da hielt er inne und flüsterte seinem Freund ins Ohr: „Hier gibt es überall Lauscher. Die Wände haben Ohren." Friedrich Magnus schaute ihn verwirrt an.
„Was glaubst du, woher ich das habe, was ich dir gleich erzählen will?"
Als sie auf den Marktplatz traten, bemerkte Friedrich Magnus eine ziemlich große Gruppe von Frauen in den buntesten Gewändern. Ihre Gesichter waren bemalt wie Wirtshausschilder; außerdem schienen sie sehr bestrebt, sich zu verkühlen und zu erkälten.

„Um Himmels Willen! Wer sind denn all diese Frauen?“ verwunderte sich Friedrich Magnus.
Kuno verdrehte die Augen; manchmal konnte Friedrich Magnus wirklich zu naiv sein. „Mensch, das sind Wanderhuren!“
„So viele? Der ganze Marktplatz scheint voll zu sein.“
„Ja. Es kommen immer mehr dazu. Sie folgen den großen Strömen. Sie sind immer dort, wo es viel Geld zu verdienen gibt.“
„Aber gibt es denn keine anderen Beschäftigungen für diese armen Kreaturen?“ Friedrich Magnus fand die Frauen eher bedauernswert und verspürte nicht die geringste Lust, sich eine davon für den Abend zu sichern.
„Manchen gelingt es vielleicht, den Absprung zu schaffen, aber die meisten kehren immer wieder zurück. Von manchen Frauen sind sogar schon die Töchter als Wanderhuren unterwegs. Wenn du dir so eine ins Bett holst, dann kannst du dir wer weiß was holen.“
„Dank für diesen Hinweis. Ich wäre selbst nicht drauf gekommen!“ giftete Friedrich Magnus. „Komm, lass uns eine Weile vor die Tore gehen.“
Nur wenige Augenblicke später waren sie draußen vor der Stadt zwischen Gärten und Feldern. Eine dünne Schicht Schnee bedeckte die Erde, tot und verdorrt standen Pflanzenstängel des letzten Jahres. Hier und dort pickten Amseln unter dem Laub nach Nahrung.
„Also? Was hast du erlauscht?“ fragte Friedrich Magnus, worauf Kuno ihm berichtete. „Herzogin Elisabeth von Rochlitz - ist das nicht deine Halbschwester? Wenn Herzog Moritz uns einteilt, gegen Rochlitz zu ziehen - was willst du dann tun? Willst du gegen deine Halbschwester kämpfen?“
Friedrich Magnus sank auf einen umgestürzten Baum und vergrub sein Gesicht in den Händen. Nach einem schweren Atemzug schaute er Kuno an. „Ich kenne sie kaum. Ich weiß, dass es sie gibt, und ich denke, dass sie auch weiß, dass es mich gibt. Herzogin Elisabeth hat meiner - das heißt eigentlich unserer - Mutter die Heirat mit meinem Vater längst nicht so sehr verübelt wie mein Halbbruder Landgraf Philipp. Herzogin Elisabeth hat damals wohl dafür gesorgt, dass Philipp seiner Mutter wieder einigermaßen verziehen hat. Was kann ich tun? Sie warnen? Ich stehe im Rang zu weit unter der Herzogin, als dass sie mich empfangen würde.“ Wütend warf er einen mor-

schen Ast ins Gebüsch. Schnee und Raureif rieselten zu Boden.
„Aber kannst du nicht dafür sorgen, dass du nicht gegen Rochlitz ziehen musst?“
„Wenn ich ihr irgendwie helfen kann, dann nur wenn ich dort bin. Ich kann nur mitziehen und hoffen, dass sich eine Gelegenheit bietet, sie irgendwie zu schützen.[138]“

Rochlitz, 24. Februar 1547

Es war die Stunde zwischen Nacht und Tag; die Stunde, in der man gerade erwacht aus leisen Träumen und die Last der gestrigen Sorgen noch vergessen hat. Das Trompetensignal drang nur schwach in Elisabeths Bewusstsein, erst beim zweiten Mal war sie wach. Dieses Signal! Der Türmer hatte Alarm geblasen. Aber es war nicht das Signal für Feuer; dieses Signal bedeutete Krieg.
„Raus! Raus aus den Betten!“ schrie sie und war auch schon selbst aufgesprungen. „Zieht Euch an! Schnell, warm und schmucklos. Sie kommen!“
Dieser Schrei schreckte fünfzehn Hofdamen auf, die jedoch mit Disziplin auf diesen Fall vorbereitet worden waren. Mit zitternden Händen zogen sie sich an, wollten Elisabeth helfen, doch sie hob schon die Falltür, die ins heimliche Gemach führte. Dort hatte sie die Briefe versteckt, die sie für den Ernstfall vorbereitet hatte. Sie lief damit die Treppe hinunter, achtete nicht darauf, dass nur ein Nachthemd trug, ihr Zopf sich aufgelöst hatte, sondern rief laut nach den Boten. In der Hofstube war niemand, sie lief weiter auf den Hof. Auf der schneebedeckten Treppe wäre sie beinahe ausgerutscht mit ihren bloßen Füßen, doch sie fing sich wieder. Der Hof war schon voller Menschen, die das Signal in Panik versetzt hatte. Die Männer, die auf diesen Fall auch vorbereitet waren, kamen und wollte ihr wie üblich die Ehre er-

138 Bei Geyerberg findet man auf Seite 13 einen Hinweis, dass Friedrich Magnus am Schmalkaldischen Krieg teilgenommen habe. Ob er tatsächlich in diesem Zusammenhang in Rochlitz war und dort Elisabeth begegnet ist, kann anhand der mir zur Verfügung stehenden Quellen nicht belegt werden. Dies darzustellen, habe ich mir die dichterische Freiheit genommen. A. Z.

weisen, doch sie winkte energisch ab.
„Nicht knien! Bleibt aufrecht und nehmt hier diese Briefe. Zwei davon sind an den Kurfürsten, ich weiß nicht genau wo er ist, daher müsst ihr an zwei Orte gehen. Steht alles drauf! Der dritte ist für meinen Bruder. Lauft, lauft! Und Gott sei mit Euch!"
Die Männer rannten davon, den Hof hinan und hinaus durch das hintere Tor, durch das Elisabeth vor kurzem noch mit Gertrud zu ihrem Spaziergang aufgebrochen war.
Sie bemerkte erst, dass Bünau neben ihr stand, als dieser ihr seinen Mantel um die Schultern legte.
„Geht hinauf und kleidet Euch an, Euer Gnaden. Ihr könnt Euch auf mich verlassen."
„Gut, Bünau. Keine Feindseligkeiten, selbst wenn wir besetzt werden. Die Wachen am Tor wissen Bescheid. Ihr führt den Anführer der Besatzung so bald wie möglich zu mir."

Es waren bange Augenblicke. Elisabeth hatte sich in aller Eile, doch mit einiger Sorgfalt angezogen. Nichts sollte darauf hindeuten, dass sie an diesem oder einem anderen Morgen irgend etwas anderes zu tun gehabt hätte, als sich zu putzen und zu pflegen.
Nun stand Elisabeth am Fenster ihrer Schreibstube und schaute hinaus auf den Weg, über den jeden Moment die Besatzer einziehen würden. Der Schreibtisch vor ihr war präpariert mit sauber gespitzten Federn, Tinte, Sand, Wachs und Siegel. Gertrud hatte die letzten Spuren der brisanten Korrespondenz im heimlichen Gemach versteckt. Über die Falltüre war ein extra dicker Teppich gebreitet, damit die Umrisse nicht einmal zu erahnen waren. Sie schaute ihre Hände prüfend an. Die Tinte war nicht ganz verschwunden, so sehr sie auch geschrubbt hatte.
Durch die Butzenscheiben hörte sie die Söldner schon, noch bevor sie sie sehen konnte: das Schlagen von schweren Hufen und Stiefeln, zahllos, dröhnend. So lange hatte sie sich davor gefürchtet; sie hatte dagegen angeschrieben, gefleht, gemahnt, doch nun war alles vergebens gewesen. Auf riesigen Schlachtrössern kamen sie geritten, bedrohlich in ihrer Gemächlichkeit, die

nur zeigte, wie sicher sie sich ihrer Beute waren. Doch eine Beute wollte Elisabeth nicht werden. Nicht sie, nicht ihr Schloss, nicht ihr Rochlitz. Als sie das Wappen Albrechts Alcibiades von Brandenburg-Kulmbach erkannte, faltete sie die Hände und betete, dass der junge Mann ein gutes Herz haben möge. Sie kannte ihn. Moritz hatte von ihm erzählt und ihn sehr gelobt. Dass er auch ein Protestant war, könnte ein gutes Zeichen sein, aber als solcher kämpfte er genau wie Moritz auf der Seite des katholischen Kaisers. Wahrscheinlich hatte Moritz ihn geschickt - ein Hoffnungsschimmer!
Sie trat vom Fenster zurück, denn sie wollte nicht gesehen werden. Mit unsicheren Schritten ging sie zurück in die Herzoginnenstube und gab ihren Jungfrauen letzte Anweisungen. Man wollte die Herren empfangen wie in Friedenszeiten, ohne jegliches Anzeichen von Aufruhr oder gar Angst.
Vor allem letzteres war schwierig, denn Sophia, die jüngste der Hofdamen, konnte ihr Zittern und Weinen nicht unterdrücken. Die Närrin ging zu ihr und nahm sie in die Arme; auch Elisabeth gesellte sich zu den beiden.
„Hab keine Angst, Sophia“, sagte Elisabeth sanft und strich ihr übers Haar. „Sie werden uns nichts tun. Ich kenne den Mann, der zu uns kommt. Bitte, weine nicht. Sie werden uns nichts tun, ganz gewiss nicht.“ Elisabeth hatte das Gefühl, sie spreche diese Worte mehr zu sich selbst, doch auch Sophia beruhigte sich langsam. Hier und dort war Hüsteln und Schniefen zu hören.
„Närrin, bleib du mit ihr hier oben. Ich hoffe, sie werden nicht alle gleich die Treppe heraufgetrampelt kommen.“ Dann wandte sie sich zu den anderen um: „Wenn nun der Diener kommt und meldet, dass die Herrschaften da sind, werden wir voller Würde hinab schreiten, als erwarte uns hoher, lieber und herzlich willkommener Besuch. Wir werden…“
„Euer Gnaden…“ der Diener stand bleich in der Tür.
„Es ist gut, wir kommen. - Also, Haltung bewahren!“ Elisabeth kniff sich noch ein letztes Mal in die blassen Wangen, strich nervös über ihr Kleid, bevor sie sich mit ihren Jungfrauen in Bewegung setzte.

Am Ende der Hofstube stand Albrecht Alcibiades von Brandenburg-Kulmbach, umringt von etwa dreißig Hauptleuten. Immerhin verneigten sie sich leicht, als Elisabeth mit ihren Hofdamen erschien. Diese Männer waren ein beeindruckender Anblick - gerüstet und bewaffnet, die Brustharnische glänzend poliert, fein ziselierte, kostbare Säbel hingen ihnen zur Seite. Allein ihr Geruch machte Elisabeth Angst. Früher war ihr der typische Geruch von Männern, die aus der frischen Luft kommen, angenehm gewesen. Je nachdem, was ihre Knechte draußen getan hatten, rochen sie nach Heu, Holz oder ihren Kühen, sogar letzteres erschien ihr nun lieblicher als Rosenduft im Vergleich zu dem, was diese Männer ausdünsteten. Sie rochen auch nach frischer Luft, doch etwas anderes überdröhnte diesen guten Duft bei weitem: der Geruch nach Krieg. Eine Mischung aus Pferd, rostigem Eisen, nassem Leder, sogar der süßliche Duft nach Verwesung schien sich bereits dazwischenzuschleichen, um in Erinnerung zu rufen, was das Handwerk dieser Männer war.

Es kostete Elisabeth einige Kraft, so leicht und fröhlich wie nur möglich zu wirken.

„Seid willkommen, Herzog Albrecht und seid Unser lieber Gast."

„Wir danken Euer Gnaden für die Gastfreundschaft", erwiderte er, doch in einem Ton, der Elisabeth verriet, dass er nur eventuell gewillt war, sich auf dieses Spiel einzulassen, seine Meinung dazu aber jederzeit ändern könnte. Nur einer fiel Elisabeth in dieser Riege angenehm auf, weil er sie offen und freundlich anschaute und den Eindruck machte, als wolle er ihr etwas sagen, wage aber nicht, es auszusprechen. Er war ein schöner junger Mensch, dessen sanfte Züge sich nicht einfügen wollten in die wilden, verwegenen Mienen, die ihn umgaben. Da ergriff der Markgraf ihre Hand und schaute sie prüfend an: „Euer Gnaden, so viele Tintenflecken? Wem habt Ihr denn so fleißig geschrieben?"

Für einen Moment drohte Elisabeths kühle Fassade zu wanken, doch dann erwiderte sie leichthin: „Ich habe ein kleines Rezeptbüchlein mit allerhand Leckereien angelegt. Wenn Ihr möchtet, kann mein Koch gerne…"

„Nein, das wird nicht nötig sein", winkte der Markgraf ab. „Wir haben unsere eigenen Köche dabei."

Damit war für Albrecht Alcibiades das höfliche Spiel beendet, denn er verlangte, mit einigen seiner Männer das gesamte Schloss zu inspizieren, die Frauengemächer mit eingeschlossen. Elisabeth musste ihn begleiten, wäh-

rend die Jungfrauen in der Hofstube mit den anderen Hauptleuten warteten. Stube um Stube schaute sich Albrecht Alcibiades mit seinen Männern um, hatte immer wieder aus den Augenwinkeln Elisabeth im Blick, doch diese ließ sich nichts anmerken. Sie schien ganz ruhig und gelassen, obwohl sie wusste, dass diese Männer ihre privatesten Dinge in Augenschein nehmen würden. Auch die Herren waren höflich, ließen ihr den Vortritt, murrten auch nicht, als Elisabeth - ganz Hausfrau - sie mahnte, auf ihre langen Schwerter achtzugeben, damit diese keine Kratzer in den Putz machten. Als er in ihre Schreibstube ging, zuckte sie noch immer nicht. Da fiel sein Blick auf ihren Schreibtisch, wo ein gesiegelter Brief lag. Er warf ihr einen prüfenden Blick zu, als er ihn in die Hand nahm.
„Sagt nur, Ihr hättet einen Boten, der meinen Brief mitnehmen könnte?" fragte Elisabeth, noch immer im Plauderton.
„Ja, wenn Ihr das wünscht, kann ich den Brief gerne mitnehmen." Er schaute darauf. „An Euren Bruder. - Ja, gerne nehm ich ihn mit. Seid unbesorgt." Er zog die Schubladen auf - nur leere Blätter. Er tastete weiter, zog auch die letzten Blätter aus dem hintersten Teil der Schublade, wollte sie schon wieder zurückwerfen, doch Halt! Da war ein angefangener Brief. Er zog das Blatt hervor. „Mein herzliebster Bruder und Vetter..." las er laut. „An den Kurfürsten, Euer Gnaden?"
„Oh, solltet Ihr da den Brief wiedergefunden haben, nach dem ich schon so lange suche?" rief Elisabeth, wobei ihre Stimme etwas eigentümlich klang. Doch Herzog Albrecht Alcibidades überflog nur schweigend die Zeilen, die Elisabeth geschrieben hatte. Währenddessen spürte sie geradezu die Blicke der Männer auf sich wie Nadelstiche. Sie ertrug es mit stoischer Gelassenheit, drückte aber kurz und so unauffällig wie möglich ihre schweißnassen Hände gegen ihr Kleid.
Er schaute sie über den Rand des Briefes hinweg an. „Ihr wollt mir tatsächlich weismachen, dass Ihr ihm nicht mehr zu sagen habt?"
„Euer Gnaden, ich weiß nicht mehr, was ich in dem Brief geschrieben habe. Ich hatte gedacht, ich hätte nur weiße Blätter in der Schublade. Wenn Ihr erlaubt?" Damit griff sie nach dem Brief.
„Aber schaut doch aufs Datum. Es ist ein alter Brief, den ich vor Jahren

Rüstung. Museum Schloss Rochlitz.

geschrieben habe. Damals war ich sehr verärgert über den Kurfürsten. Hat Euch Moritz nichts vom Fladenkrieg erzählt?"
Sie lächelte freundlich zu ihm auf und fuhr damit auch noch fort, als sich seine Augen schon zu Schlitzen verengt hatten.
Als er in die Herzoginnenstube wollte, hob Elisabeth die Hände.
„Bitte nicht. Ich bitte Euch, habt Verständnis. Eine meiner Hofdamen ist..."
„Davon würden wir uns gerne selbst überzeugen." Er zwang sie, zur Seite zu treten und öffnete die Tür so rasch, dass sie gegen die Wand schlug.
„Der Putz war gerade neu!" fauchte die Närrin mit Blick auf den rieselnden Kalk. Elisabeth hielt den Atem an, Sophia hatte vor Schreck aufgeschrien.
„... etwas unpässlich", vollendete Elisabeth ihren begonnenen Satz.
„Nun gut, aber Ihr werdet einsehen, dass wir auch dieses Gemach überprüfen müssen." Damit drängten die Männer in die Stube. Albrecht Alcibiades untersuchte den Tisch, auf dem das Notenbuch mit den Lutherliedern lag, zog die Schublade auf, fand nichts, was ihn interessieren könnte und schaute sich schließlich missmutig um. Die Närrin saß mit der noch immer weinenden Sophia auf einer gepolsterten Bank am Fenster.
„Was hat sie?" fragte er streng.
„Frauensachen. Das wollt Ihr gar nicht so genau wissen, glaubt mir das einfach!" erwiderte Elisabeth nun doch leicht giftig.
„Gut. Wir sind mit Euren privaten Gemächern fertig. Eure Hofdamen können wieder heraufkommen. Den Rest des Schlosses inspizieren wir gleich."
Es dauerte eine ganze Weile, bis er mit seinen Männern durch alle Räume, Keller, die beiden Jupen gegangen war. Schon wollte Elisabeth aufatmen, doch auch die Schlossvorstadt unterzog er einer gewissenhaften Prüfung. Es kam ihr vor wie eine Ewigkeit, bis sie endlich wieder mit ihren Jungfrauen in der Herzoginnenstube saß.
„Ihr seht so bleich aus, Euer Gnaden", flüsterte Gertrud. „Sie haben doch nichts gefunden?"
„Nein, nur das, was sie finden sollten, haben sie gefunden. Meinen Brief an den Landgrafen hat er mitgenommen und wird ihn sicher gerade lesen. Ich mahne ihn darin zum Frieden, vor allem mit Moritz, und erinnere ihn daran, dass der junge Herzog sein Schwiegersohn ist und er selbst der Großva-

ter der kleinen Anna, Moritzens Tochter. Daran wird er nichts Böses finden können. - Ich bin unendlich müde, als wäre ich den ganzen Tag gewandert."
„In dieser Gesellschaft zu gehen ist zehrend auf eine ganz eigene Art."
„Ja. Weißt du, man fühlt sich so unendlich hilflos und ausgeliefert, wenn man zwischen all diesen gerüsteten, bewaffneten Männern steht. Früher, bei Turnieren, machte mir das nichts aus. Ich kenne meinen Bruder in seinem Harnisch. Aber heute? Heute war es anders. Ich spürte diese Feindseligkeit; und wenn man selbst nur ein wollenes Kleid trägt, fühlt man sich so nackt. - Wie wird es meinen armen Rochlitzern ergehen?"
„Herrin, Euer Halbbruder Friedrich Magnus zu Solms ist hier", berichtete Gertrud mit einiger Aufregung. „Er wagte nicht, Euch direkt anzusprechen, erst als der Markgraf weg war, kam er auf mich zu. Er will sehen, dass er das Schlimmste verhindern kann."
„Mein kleiner Halbbruder!" verwunderte sich Elisabeth. „Das muss wohl der junge Mann gewesen sein, der mich so freundlich angeschaut hat. Was will er denn ausrichten gegen den Markgrafen? Sein Bemühen ehrt ihn, aber ich habe kaum Hoffnung."

Drei Tage später ritten Friedrich Magnus und Kuno durch die noch schlafende Stadt. Nur die Wachen der Besatzer versahen ihren Dienst.
„Bist du nun zufrieden, Friedrich Magnus zu Solms? Erfüllen wir nun unsere Pflicht und dienen unserem Fürsten wie es die gottgewollte Ordnung vorsieht?" fragte Kuno und sah seinen Freund von der Seite an. Die beiden waren am Rande des Rochlitzer Marktplatzes angekommen und schauten sich die Verwüstungen an, die die Söldner innerhalb so kurzer Zeit angerichtet hatten. Es war noch früh am Morgen, die Sonne war gerade aufgegangen; zu Friedenszeiten hätten die Rochlitzer sicher in ihren Küchen bei der Morgensuppe gesessen, sich dann an die Arbeit gemacht, aber nun lag eine gespenstische Ruhe über allem. Viele Haustüren waren offensichtlich eingetreten worden und hingen zerborsten in ihren Angeln. Die Fenster sahen nicht viel besser aus. In den Häusern hatten sich die Söldner breit gemacht, so breit, dass den Bewohnern nichts blieb als der Stall oder eine Ecke in der Werkstatt. Dicht vor den Häusern lag das, was die Söldner nicht

hatten gebrauchen können: zertrümmerter Hausrat, Möbel, umgestürzte Handwagen, Schubkarren, Mist, Kleidungsstücke, Werkzeug, alles, was Menschen in ihrem friedlichen Alltag brauchten, lag hier in den Schmutz getreten. Als Friedrich Magnus einen winzigen Kinderkörper zwischen zerbrochenem Geschirr sah, sprang er von seinem Pferd, doch bei genauerem Hinsehen merkte er, dass es nur eine Puppe war. Er nahm die Puppe und legte sie behutsam in eine Wiege, deren Kopfende fehlte.

„Schau nur, das einzige, was hier richtig ordentlich und heil ist, das sind die Wagen mit der Munition - oder auch die Kanonen, die am Stadtrand stehen. Bizarr, dass das, was das Chaos bringt, immer so sehr auf Ordnung und Disziplin pocht, findest du nicht auch?"

Ein Flattern und gleich darauffolgendes Krähen ließ die beiden Männer die Köpfe wenden. Ein Hahn hatte sich ein großes Fass als Ausguck erkoren und schmetterte seinen Weckruf in die Stille. Es schien wie ein Riss in der Zeit, der einen Blick auf den Frieden erlaubte. Der nächste Hahnenschrei wurde abrupt von einem Schuss beendet.

„Frühstück!" rief einer, offensichtlich der Schütze. Ein Söldner kam aus einem der Häuser gerannt und holte sich den Hahn, den der Schuss vom Fass gefegt hatte. Er schwenkte ihn hoch in der Luft und achtete nicht darauf, dass das Blut nach allen Seiten spritzte. „Ich glaub, das war der letzte! Glück gehabt!" rief er. In der Tür warteten schon seine Kameraden.

„Wieso tun sie das?" fragte Friedrich Magnus fassungslos.

„Was? Einen Hahn erschießen?"

„Nein, ich meine, dass sie den Menschen alles, aber auch wirklich alles wegnehmen. Auch das letzte. Nicht nur ihr Hab und Gut, auch alles, was nach dem Krieg wieder nützlich sein könnte. Es ist, als würden sie ihnen die Luft zum Atmen, jegliche Hoffnung auf eine bessere Zukunft nehmen. Wieso tun sie das?"

„Weil sie die Macht dazu haben." Zu seiner lapidaren Erklärung zuckte Kuno mit den Schultern.

„Ist das wirklich Macht? Ist Macht nicht etwas viel größeres, etwas, das dem Mächtigen selbst Ehrfurcht gebieten sollte? Macht ist die Möglichkeit, Menschen zu beschützen, dafür zu sorgen, dass es ihnen besser geht." Kuno

verdrehte die Augen.
„Du liebe Güte, lass das bloß niemanden hören, dass du so über Macht denkst. Ich glaube, für die meisten Menschen bedeutet Macht die Möglichkeit, andere Menschen zu etwas zu zwingen, was sie auf keinen Fall wollen. Daran ergötzen sie sich, die Mächtigen."
„Das ist nicht Macht, das sind niedere Triebe und tollwütige Raserei, eines Menschen nicht würdig."
„Bist du sicher, dass ein Schlachtfeld der richtige Ort für deine ehrenhaften Ansichten ist?"
„Schweig, Kuno, ich bitte dich. Lass uns sehen, ob wir in der Schenke dort eine Morgensuppe bekommen."
Der Schankraum war leer, bis auf ein paar wenige Söldner, die noch auf den Bänken dösten.
„Guten Tag, Herr Wirt. Könnten wir wohl etwas zu essen bekommen?"
Den Wirt irritierte offenbar so viel Höflichkeit und gutes Benehmen, dass er stutzte.
„Vergebt mir, Ihr Herren, es ist noch so früh, ich konnte heute noch nichts kochen."
„Aber habt Ihr denn keine Magd, keine Frau, die für Euch kocht?"
Christoph Leubnitz starrte dem jungen Mann, der diese Frage gestellt hatte, in die Augen. Nein! Er hatte seit gestern keine Frau mehr und keine Magd, die für ihn kochten. Seine Kiefer mahlten, sein Blick wurde so eisig, dass der junge Mann die Augen niederschlug. Christoph Leubnitz konnte nur hoffen, dass der Kerl verstanden hatte.

Elisabeth wurde sehr streng bewacht und fühlte sich wie eine Gefangene in ihrem eigenen Schloss. Obwohl sie kaum noch einen unbeobachteten Schritt tun konnte, erfuhr sie von den Leiden ihrer Rochlitzer. Sie weinte vor Wut und Verzweiflung. Wie konnte man es wagen! Inständig hoffte sie, dass dies bald ein Ende haben würde, dass ihre letzten Boten einen Weg durch die feindlichen Linien gefunden hatten. Wie lange würde es wohl noch dauern?
Da geschah ein Wachtwechsel und Friedrich Magnus sah die Gelegenheit

gekommen, mit Elisabeth zu sprechen. Kuno war dabei und brannte darauf, die herzogliche Halbschwester seines besten Freundes zu treffen. Glücklicherweise traf man sie in der Hofstube an, wo sie mit ihren Jungfrauen saß. Tief und ehrfürchtig waren die Verbeugungen der Herren, als sie vor die Damen trat und Graf Solms seinen Namen nannte.
„Ich grüße Euch, Graf Solms. Seid Ihr nun eingeteilt, uns zu bewachen?“ fragte Elisabeth spöttisch.
„Vergebt mir, Euer Gnaden, es tut mir unendlich leid, dass…“ begann ihr kleiner Halbbruder sehr zerknirscht, aber da wurde er schon von der Närrin unterbrochen: „Was genau tut Euch unendlich leid? Dass in diesem irrsinnigen Krieg Cousins und Geschwister gegeneinander kämpfen? Schwiegerväter gegen ihre Schwiegersöhne? Dass das hier nicht der alte, ehrenhafte Kampf Gut gegen Böse ist, sondern der Kampf jeder gegen jeden bis alles in Scherben fällt? Ja, tut Euch das leid?“ fauchte ihn die Närrin an, was Kuno schwer beeindruckte.
„Endlich eine Frau nach meinem Geschmack. Scharfe Zunge, scharfer Verstand. Lass uns heiraten und die Welt neu bevölkern, wenn sich die Kriegsherren alle ihr hohlen Köpfe eingeschlagen haben!“ rief er, indem er die Arme ausbreitete.
„Wie ich sehe, verfügt auch Ihr über einen Hofnarren, der immer zu rechten Zeit das rechte Wort zu sagen hat“, stellte Elisabeth fest und zog dabei eine Augenbraue steil nach oben, was den Solmser Grafen einigermaßen verwirrte. Die Närrin zeigte sich von dem Kompliment und erst recht von dem Vorschlag vollkommen unbeeindruckt.
„Ich diene Herzog Moritz. Ich weiß aber nicht, ob er sich unserer Verwandtschaft bewusst war, als er mich unter Albrecht Alcibiades eingeteilt hat.“
„Wahrscheinlich nicht“, erwiderte Elisabeth. Sie schaute den jungen Mann an, der mit einem so traurigen Gesicht vor ihr stand, dass sie ihm seine Verzweiflung glaubte. „Ein wenig habt Ihr auch von unserer Mutter… Wenn mich nicht alles täuscht, sind es die Augen.“ Er lächelte.
„Euer Gnaden, ich hätte so gerne alles getan, damit Rochlitz mit seinen Bürgern nicht zu sehr leiden muss, aber alleine konnte ich nichts ausrichten.“
„Ich weiß, alleine kann man nichts ausrichten, wenn alle anderen Krieg wol-

len. Ich habe…“, doch hier biss sie sich auf die Lippen. Sie wollte ihm nicht verraten, dass sie unendlich viele Briefe geschrieben hatte. Auch wenn er ihr Halbbruder war, wollte sie ihm nicht trauen. „Wir haben hier immer gehofft und gebetet, dass der Krieg bald vorbei sein möge, aber Gott hat uns leider nicht erhört.“
„Auch wir haben für Frieden gebetet. Glaubt Ihr, dass Gott uns vergessen hat?“
Hier wurde Elisabeth misstrauisch. Was wollte der junge Kerl? Wollte er sie prüfen? Wenn dem tatsächlich so war, dann konnte er seine Hinterlist sehr gut hinter einer ehrlich-traurigen Miene verbergen.
„Ich glaube nicht, dass Gott uns vergessen hat“, erwiderte sie daher sehr bestimmt. „Aber sagt mir, wie sieht es in Rochlitz aus? Wie geht es meinen armen Rochlitzer Bürgern?“
In diesem Moment bereute Friedrich Magnus nicht nur, dass er Kuno mitgenommen hatte, sondern auch, dass er überhaupt gekommen war.
„Es geht ihnen so furchtbar schlecht, wie es den Bewohnern einer Stadt nur gehen kann, die vom Krieg heimgesucht wird. Die Söldner haben schrecklich gehaust. Und wie ich hörte, haben sie es in Colditz noch ärger getrieben; das arme Colditz soll ganz und gar geplündert sein“, lamentierte Kuno los.
Elisabeths Blick wurde eisig. „Was wollt Ihr eigentlich hier? Weshalb seid Ihr zu mir gekommen? Wollt Ihr mich aushorchen? Hat der Markgraf Euch geschickt?“
„Aber Euer Gnaden, ich wollte Euch nur sehen, mit Euch sprechen. Immerhin sind wir Halbgeschwister, da dachte ich…“
„Die Unterredung ist beendet. Wir wünschen, alleine zu sein.“ Elisabeth erhob sich, mit ihr alle Jungfrauen. Jedes weitere Wort wäre zutiefst unhöflich gewesen, also blieb Friedrich Magnus nur der Rückzug. Wenigstens dabei blamierte Kuno ihn nicht von neuem.

„Schau mich nicht so böse an! Ich hab nur die Wahrheit gesagt!“ sagte Kuno, als sie wieder draußen waren.
„Dieser verdammte Krieg! Ich kann verstehen, dass sie misstrauisch ist. Da-

bei wollte ich wirklich nur mit ihr reden."
„Ja, und ich hätte der Närrin gerne noch meinen Narrenstab gezeigt, aber da wird es wohl vorerst keine Gelegenheit geben."
„Kuno, wir werden hier auf unserem Posten bleiben bis die Ablösung kommt, und dann werden wir in die Stadt gehen und hoffen, dass wir nicht noch einmal eingeteilt werden. Es hat keinen Sinn. Der Krieg macht irgendwann auch jedes weitere Wort, und sei es noch so gut gemeint, sinnlos."

Von Altenburg her kam Kurfürst Johann Friedrich durch Regen und Schneegestöber gegen Rochlitz gezogen. So grausam das Wetter auch war - es verschlechterte die Sicht dergestalt, dass ein Überraschungsangriff vielleicht möglich war. Nur musste man jetzt mit aller Umsicht vorgehen. Als das Fußvolk und die Artillerie - die sich mit den schweren Kanonen bei diesem Wetter besonders plagte - nahe genug waren, dass man Rochlitz beschießen konnte, ließ er einen guten Teil seiner Reiterei durch die Sörnziger Furt ans andere Ufer reiten. So konnten sie den Besatzern an der Rochlitzer Brükke den Weg nach Mittweida abschneiden - aber noch war es nicht so weit. Dann schickte er ein paar Männer voraus, unauffällig, die Waffen unter den langen Umhängen verborgen.
Und tatsächlich hatten sie Glück: An der Kreuzung mit der großen Eiche, wo ein Weg vom Dorf Breitenborn herkommend die Straße zum Rochlitzer Berg überquerte, nahmen sie eine gegnerische Scharwacht auf und machten sie nieder. Nun war der Weg nach Rochlitz frei. Durch den Wald pirschten sie sich, soweit es einem mehrere tausend Mann starken Heer möglich ist, zu pirschen. Als sie Rochlitz vor sich liegen sahen, brachten sie die Kanonen in Stellung.
Feuer!

Der Angriff kam vollkommen unerwartet. In den Schneeregen mischten sich plötzlich Kanonenkugeln. Das Donnern hatten einige für ein Gewitter gehalten, doch als Kanonenkugeln direkt in der Stadt einschlugen und die Erde beben ließen, gab es keinen Zweifel mehr. Alarm-Rufe gellten durch die Stadt, Signale ertönten, worauf sich die Männer überall sammelten und

zu den ihnen zugewiesenen Plätzen stürmten.
Friedrich Magnus befehligte eine kleine Schar von Kanonieren am Rande der Stadtmauer. Angestrengt versuchte er mit seinen Augen den Regenschleier zu durchdringen. Dort drüben am Berg loderte es plötzlich hell auf, kurz darauf war der Knall zu hören, das Sirren, das immer näher kam, schließlich der Einschlag der Kanonenkugel, irgendwo weiter oben in der Stadt. Das nächste Auflodern ließ nicht lange auf sich warten. Wieder und wieder, so dicht an dicht, dass der ganze Berg in Flammen zu stehen schien. Doch in einer langen Reihe standen auch in Rochlitz die Kanonen und waren jetzt schussbereit. Mit ohrenzerfetzendem Lärm schleuderten sie ihre Ladungen hinaus, zurück blieb Pulverdampf, den der Regen schnell zu Boden wusch. Friedrich Magnus achtete mit Umsicht darauf, dass Pulver und Lunten trocken blieben. Glücklicherweise ließ der Regen bald nach. Oder war das Unglück?
Eine Kanonenkugel traf die Stadtmauer, etwa drei Wagenlängen von ihnen entfernt. Die Männer, die dort an den Kanonen standen, konnten sich nicht mehr in Sicherheit bringen. Eine Kanone zerbarst, ihre Stücke flogen durch die Luft, trafen andere Männer, die schreiend zu Boden gingen. Kuno riss Friedrich Magnus in Deckung hinter seine Kanone. Auch einer seiner Männer wurde getroffen. Seine Schulter war so gut wie nicht mehr vorhanden, er wand sich am Boden und schrie erbärmlich. Seine Kameraden stürzten zu ihm.
„Bringt ihn in Sicherheit!“ befahl Friedrich Magnus zweien, die den Mann davontrugen.
„Wir brauchen neue Munition“, schrie er dann durch den Lärm. „Kuno! Hinter dem Haus dort steht ein Munitionswagen! Du musst uns Nachschub holen!“ Kuno lief gerne aus der Schusslinie, doch was ihn hinter dem Haus erwartete, war keineswegs sicherer: Der Munitionswagen war getroffen worden von einem Geschoss. Nicht mitten hinein, nur an der vorstehenden Deichsel. Also blieben ein paar wenige, gnädige Augenblicke, bis die brennende Deichsel die Ladung erfassen und sehr schnell und laut in alle Richtungen verteilen würde. Er rannte wieder vor zu Friedrich Magnus an die Mauer, wo gerade eine weitere Kanonenkugel eingeschlagen war.

„Hier fliegt gleich alles in die Luft!" schrie er aus Leibeskräften und zerrte seinen Freund mit sich davon.

Bünau sah Elisabeth am Tor, wo sie noch immer Menschen hinauf ins Schloss führte. Menschen aus der Schlossvorstadt, auch Rochlitzer Bürger, die den Weg zum Schloss geschafft hatten.

„In den Keller, da vorn links, wo die kleine Tür offen ist. Schnell!" rief sie und wollte sich schon wieder abwenden, um einer alten Frau den Berg hinan zu helfen, doch da nahm Bünau sie am Arm.

„Bünau, gut dass Ihr da seid, helft mir!"

„Euer Gnaden, Ihr müsst jetzt auch hinunter in den Keller. Ihr könnt jetzt nichts mehr tun. Der Kurfürst wird zwar nicht das Schloss beschießen, aber seht doch! Dort drüben stehen die Kanonen und feuern. Jederzeit kann ein Querschläger auch direkt hier auf dem Weg landen. Ihr müsst Euch jetzt in Sicherheit bringen. Jetzt!" Er sah sie an. Ihr Gesicht war von einer eisernen Entschlossenheit. Noch nie war sie ihm so stark erschienen - und zugleich so verletzlich.

„Bünau, wie stellt Ihr Euch das vor? - Hier her, ja, kommt in meinen Keller!" rief sie über ihre Schulter den Menschen hinter sich zu. „Dort draußen sind noch so viele Menschen, die in Gefahr sind." Am liebsten hätte sie wohl ganz Rochlitz in ihrem Keller untergebracht. Bünau sah, dass er jetzt energisch werden musste, sonst würde Elisabeth wahrscheinlich noch in die Stadt rennen, um die Leute aus ihren Häusern zu holen.

„Euer Gnaden, bitte!"

„Bünau! Ich bin die Herzogin, das sind meine Untertanen. Ich bin für sie verantwortlich. Wie könnt Ihr nur annehmen, dass ich mich in Sicherheit bringe, so lange es diese Menschen nicht sind? Weshalb...?"

Weiter kam Elisabeth nicht, denn auf Bünaus Gesicht lag plötzlich ein solcher Ingrimm, dass die Worte auf ihren Lippen erstarben. Er packte sie bei den Schultern, sein Kuss war wild und fast schmerzhaft. Als drunten in der Stadt offenbar etwas sehr Großes explodierte, wollte sie sich an ihn klammern, doch er hielt sie auf Armeslänge von sich.

„Deshalb!" sagte er rau. „Und jetzt weg hier!"

Einer der Keller auf Schloss Rochlitz

Elisabeth flüchtete sich nun in den Keller, wo die Menschen dicht gedrängt zwischen den zur Neige gehenden Vorräten saßen. Da kam Gertrud glücklicherweise schon auf sie zu.
„Euer Gnaden, wir haben uns solche Sorgen gemacht!"
„Sind alle Jungfrauen da? Die Närrin? Luisa?"
„Ja, ja. Keine Sorge. Auch die Knechte und Mägde sind alle in Sicherheit."
Es war März, die Luft da draußen hatte vor ein paar Tagen schon ein ganz klein wenig nach Frühling geduftet, nach aufkeimendem Leben, nun roch sie nach Pulverdampf und würde bald grässlich stinken nach allem, was ein Krieg zu bieten hatte. Elisabeth schaute sich um in ihrem Keller; ihr Blick schweifte über all die Menschen, die sich ängstlich aneinanderschmiegten. Sie sah weinende Kinder, die getröstet wurden, Männer, die stumpf vor sich hinstarrten. Eine Frau wippte mit starrem Blick immer vor und zurück; ihre Lippen bewegten sich lautlos in einem verzweifelten Gebet. Dabei umklammerte sie einen leeren Korb, als sei er das letzte, was sie noch besitze. Wahrscheinlich war dem tatsächlich so.
Elisabeth betastete ihre Lippen als seien sie zerbrechlich und als müsse sie sie ganz neu erkunden.
Bünau.
Die Finsternis wurde kaum erhellt von den wenigen Kerzen bis Frau Gundel mehr Kerzen und Laternen holte und verteilte. Nun lag ein flackernder Schein über den verängstigten Menschen; die wenigen Lichter waren der Anziehungspunkt aller Augen. Da war niemand, der nicht in das tröstlich-warme Licht einer Kerze schaute, obwohl die weit vereinzelt stehenden, winzigen Lichter die Finsternis umher nur noch schwärzer machten. Elisabeth ließ die letzten vorhandenen Nahrungsmittel noch herbeischaffen - viel hatten die Söldner nicht übrig gelassen. Kaum jemand brachte einen Bissen hinunter, aber allein die Tätigkeit des Essens erschien wie eine Lebensäußerung, die unbedingt aufrecht erhalten werden musste. Als Elisabeth Bünau einen Becher reichte, trafen sich ihre Blicke mit einem scheuen Lächeln.
Der Beschuss dauerte sechs Stunden, die sich für die im Keller Eingeschlossenen endlos dehnten. Immer wieder bebte die Erde unter den ungeheuren Schlägen, ließ die Menschen zusammenzucken und sich noch enger anein-

anderdrängen. Noch nie hatte Elisabeth so lange in ihrem eigenen Keller gesessen. Ängstlich lauschte sie auf die Geräusche, die zwischen den Kanonenschlägen zu hören waren. Aber kein Poltern kündete von einstürzenden Mauern. Wenn nur von ihrem Schloss und der Stadt genügend übrig blieb, dass man darin noch würde wohnen können! Wie würde sie die Menschen ernähren? Sie hatte ihr ganzes Geld Philipp geschickt. Sie würde ihren Schmuck eintauschen müssen gegen Getreide, damit die Menschen nicht verhungerten. Aber würde das genügen? In ihrem Kopf überschlug sie Summen, die sie aufbringen könnte, aber wie viel Getreide konnte man in diesen Zeiten dafür bekommen? Wie viel…
Die Kerzen waren mittlerweile alle erloschen, sie saßen in der Finsternis wie in einem großen Grab. Da spürte sie plötzlich, dass Bünau sich zu ihr getastet hatte. Trotz der Finsternis erkannte sie ihn an seinem Duft.
Als ein ungeheuer schrecklicher Donnerschlag ertönte, klammerte sie sich an ihn. Da merkte sie, dass er zufrieden aufatmete. Der Donner war vorbei. Elisabeth hätte ihn jetzt wieder loslassen können, doch das Gefühl seiner Arme um ihre Schultern, den Stoff seines Mantels an ihrer Wange, einfach nur die Tatsache, dass jemand sie schützend umfing, tat ihr unendlich wohl in diesem Augenblick. Trotz der immer wiederkehrenden Kanonenschläge entspannte sich ihr Körper vollkommen; sie sehnte sich danach, so in seinen Armen zu ruhen, für immer, ohne Angst.
„Es hat aufgehört. Das Schießen hat aufgehört“, sagte jemand.
Tatsächlich. Der Kanonendonner war verstummt.
„Sollen wir draußen nachsehen?“ fragte Engelschall, doch Bünau riet davon ab. „Wenn die Kanonen schweigen, heißt das nur, dass sie die Stadt sturmreif geschossen haben. Jetzt wird es richtig gefährlich da draußen.“
Der Lärm der Schlacht musste draußen ohrenbetäubend sein, wenn sogar hier im Keller das Klirren der Schwerter, das Schießen und Schreien zu hören war. Dies dauerte wiederum endlos lange. Wie viele tausend Männer waren wohl in Rochlitz, das nun zu einem Schlachtfeld geworden war? Manchmal schien der Lärm anzuschwellen, wurde dann wieder leiser, doch irgendwann verstummten alle Mordgeräusche.
Stille.

Was dann folgte, war vollkommen unberechenbar: Hufschläge und Stiefel auf dem Pflaster, die immer näher kamen. Wer würde nun gleich die Tür öffnen? Würden die Besatzer sich nun rächen und schlimmer gebärden als je zuvor? Herzog Albrecht Alcibiades würde sie wahrscheinlich schwer bestrafen, denn er konnte sich denken, wem er diesen kurfürstlichen Angriff zu verdanken hatte. Was würde dieser Mann mit ihr tun, wenn er der Sieger war? Würde er ihre Jungfrauen verschonen? Elisabeths Innerstes krampfte sich zusammen. Bünau drückte sie fest an sich, doch trotz seiner tröstlichen Nähe spürte sie den Schlag ihres eigenen Herzens deutlich bis zum Hals. Die Finsternis lag wie Blei auf allen Seelen. Nur das Keuchen, Husten und Weinen zeugte von den vielen Menschen, die verzweifelt versuchten zu hoffen.

Die Hufschläge kamen ganz nah. Eine Reiterschar musste jetzt im Schlosshof stehen. Bünau hielt Elisabeth fest, die Angst schnürte ihr die Kehle zu. Würde sie in wenigen Augenblicken frei sein oder würde sie wünschen, nie geboren zu sein?

„Heda!“ schallte es von draußen, dann polterte jemand an die Kellertür. „Öffnet!“

„Euer Gnaden? Sollen wir gehen und die Tür öffnen?“ fragte Bünau.

„Ja!“ erwiderte sie. Sie wollte tapfer klingen, aber es misslang ihr. „Wartet, Bünau. Ich gehe mit Euch. Ich sollte dort stehen, wenn…“

„Nein, Euer Gnaden, bitte, bleibt hier unten.“

„Ich will mir nicht vorwerfen lassen, ich sei feige gewesen.“ Er seufzte resigniert, dann sagte er: „Euer Gnaden, nehmt meinen Arm!“

Sie tat es und spürte erleichtert, wie er seine Hand beruhigend auf ihre legte. Seine Berührung tat unendlich wohl. Sie hoffte inständig, dass dies nicht die letzte wohltuende Berührung ihres Lebens war. Gemeinsam tasteten sie sich die steile Kellertreppe hinauf. Von oben war noch immer Poltern zu hören, das erst aufhörte, als Bünau den Riegel beiseite schob. Er öffnete die Tür, doch es wurde nicht viel heller, denn dort stand der Kurfürst.

„Elisabeth, der Tag gehört uns!“ Elisabeth warf sich schluchzend in seine ausgebreiteten Arme. Er ließ sie nicht lange weinen.

„Elisabeth, uns bleibt keine Zeit. Moritz ist schon auf dem Weg. Er kommt

von Mittweida her mit seiner Armee gezogen. Du musst hier weg."
Elisabeth starrte ihn an. Sie hatten sich lange nicht gesehen. Der Krieg hatte auch den Kurfürsten verändert. Natürlich war er noch immer riesig, doch der Krieg hatte ihn müde gemacht, wie man an seinem Gesicht deutlich sehen konnte.

Du musst hier weg!

Diese Worte fielen noch einmal wie Kanonenkugeln in Elisabeths Seele.

Weg!

Und dann ging alles ganz schnell. Nur das Notwendigste packte sie ein, in der Hoffnung, bald wieder zurück zu kommen. Dann stahlen sie sich davon wie Diebe. Der Kurfürst begleitete sie mit seinem Heer; seinen Gefangenen Markgraf Albrecht Alcibiades nahm er mit sich. Der Markgraf hatte einen Ausfall gewagt, um dem Kurfürsten in einer Schlacht vor der Stadt zu begegnen, aber dieser hatte ihn durch einen Flankenangriff überrascht und in die Flucht geschlagen. Dabei war es ihm gelungen, den Markgrafen gefangen zu nehmen.[139]

Elisabeths Jungfrauen, Bünau, Engelschall und Kirchmeyer begleiteten sie ebenfalls. Am liebsten hätte sie alle ihre Rochlitzer mitgenommen, aber da hatte der Kurfürst ihr Einhalt geboten und zum Aufbruch gedrängt. Er musste sich selbst wieder zurückziehen, denn Moritz kam gemeinsam mit seinem Bruder August und einem etliche tausend Mann starken Heer.

Es war schon beinahe dunkel; ein schlechter Zeitpunkt, um zu einer Reise aufzubrechen, aber ihnen blieb keine Wahl. Wenn Moritz schon so nahe war, mussten sie fort. Elisabeth ritt durch das obere Tor, zwischen den beiden Jupen, hinaus in die Nacht. Sie schaute auf zu den beiden mächtigen Türmen. Die Jupen hatten sie lange beschützt, wie Schutzmäntel, von denen ihr Name hergeleitet war. Sie hatten Schutz geboten vor dem Krieg, vor Beschuss, doch nun konnten sie ihr keinen Schutz mehr bieten, denn Moritz kam. Ausgerechnet vor dem Mann, den sie immer geliebt hatte wie einen Sohn, den sie auf ihrem Schoß mit Süßigkeiten gefüttert hatte, vor diesem Mann musste sie fliehen.

Schweigend und riesengroß ragten die Türme in den Himmel. Elisabeth

139 Herrmann, Johannes; 2003, S. 88.

schaute zurück, als sie über die große Brücke zum Wald und hinab zur Mulde ritt. Dann schoben sich die Äste der Bäume vor die Türme, immer mehr, bis die Türme nur noch zu erahnen waren, und schließlich hatte der Wald die Türme verschluckt[140].

Moritz kam erst am Abend des folgenden Tages in Rochlitz an. Als er von der vernichtenden Niederlage seiner Truppen vor Ort gehört hatte, wusste er sofort, dass es Albrecht Alcibiades wohl nicht gelungen war, Elisabeths Nachrichtenfluss rechtzeitig zu kappen. Offensichtlich hatte sie einen Hilferuf absetzen können, aber das sollte nun für immer vorbei sein. Er gab seinem Pferd die Sporen, dass das Blut spritzte. Sein Zorn kannte kaum noch Grenzen und erfuhr eine Steigerung, als er seine erschlagenen Männer an der Furt fand.

Er stürmte in die Stadt, in der nur noch Überreste der sechstausend Mann starken Armee zu finden waren. Er ritt weiter ins Schloss, niemand leistete ihm Widerstand. Er rannte mit gezücktem Schwert die Treppe hinauf, keiner hielt ihn auf. In der Herzoginnenstube, in der sie ihn auch zuweilen empfangen hatte, war kein Mensch mehr. Alles war still. Ebenso leer war ihre kleine Schreibstube. Sie war schon weg. Mit rasendem Herzen stand er nun da, wo er einmal mit ihr gesessen und ihr sein Leid geklagt hatte. Er hatte ihr vertraut. Sie hatte ihn verraten. Als sein Blick auf die blaue Schleife fiel, die er ihr einmal geschenkt hatte - und bei Gott, wie peinlich war es ihm immer gewesen, dass sie ihn jedes mal an diese kindische Begebenheit erinnerte - setzte sein Verstand aus. Er packte die Schleife als sei sie ein lebendiges kleines Tier, das er in seiner Hand zerquetschen könnte, doch der Stoff war weich und nachgiebig in seiner Hand. Er wollte sie zerreißen, sie war zu fest. Da nahm er sein Schwert und schnitt sie in Stücke. Keuchend und heulend nahm er auch noch die kleinsten Stücke, um sie auf seiner scharfen Klinge zu zerschneiden. Er schnitt und schnitt, und schließlich waren die Stücke nur noch winzige Fetzen, und er schnitt sich in die Hand. Das Blut und der Schmerz brachten ihn nicht zu sich, sondern lediglich in einen anderen Aggregatzustand der Raserei: Er hieb mit seinem Schwert alles

140 Zu den Ereignissen in Rochlitz siehe: Elisabeth, die „Herzogin zu Rochlitz“ in: Udo Baumbach, Schloss Rochlitz; Fürstliche Residenz, Witwensitz, Verbannungsort.Leipzig 2002.

kurz und klein, was er finden konnte. Den Tisch, die Stühle, das Tintenfass fegte er an die Wand. Verrat! Verrat! Wie hatte er diese Frau jemals lieben können! Er hatte ihr vertraut, in ihr die Mutter gesehen, die er sich immer gewünscht hatte, er hatte ihr sein Innerstes offenbart, seine Wünsche, seine Schwächen. Er schrie und tobte, bis seine Knöchel wundgeschlagen waren und er nur noch weinend in der Mitte der Stube zu Boden sank.
Wie hatte das passieren können? Elisabeth musste also einen Hilferuf an den Kurfürsten geschickt haben, so viel war klar. Aber wieso hatte der Kurfürst gesiegt? Es konnte nicht sein, was nicht sein durfte, und so entspann sich in Moritzens aufgewühltem Geist langsam eine Geschichte, die ihm immer plausibler wurde: Elisabeth musste Albrecht abgelenkt haben. Wahrscheinlich hatte sie ihn verführt - ja, nur so konnte es gewesen sein. Sie war zwar viel älter als er, aber noch immer eine schöne Frau. Und dann? Hatte sie ein Fest gefeiert? Vielleicht eine Hochzeit? Ja, so musste es wohl gewesen sein. Immerhin hatte sie ein Frauenzimmer mit fünfzehn Jungfrauen, da wurde doch sicher ständig geheiratet. Ja! Und zu der Hochzeit hatte sie alle Offiziere und Hauptleute eingeladen. Es wurde sicher getanzt und noch mehr gezecht bis mitten in die Nacht oder sogar bis zum frühen Morgen. Und als alle wichtigen Männer betrunken waren, hat sie vermutlich dem Kurfürsten ein Signal zum Angriff zukommen lassen. Nur so konnte es gewesen sein. So wollte Moritz es verbreiten.[141]

Nördlingen, 10. März 1547, im kaiserlichen Lager

„Und wie steht es? Ist die Herzogin endlich gefangen?" fragte der Kaiser den Herzog von Alba, der gerade einen sächsischen Boten empfangen hatte. Auf schlechte Nachrichten reagierte die Kaiserliche Majestät äußerst empfindlich, und so holte Alba zunächst tief Luft, um wenigstens diesen einen

141 Diese Version, die sich lange Zeit hartnäckig in Geschichtsbüchern gehalten hat, wurde mit großer Wahrscheinlichkeit von Moritz verbreitet, um die Niederlage zu erklären. Eine Hochzeit kann jedoch nicht stattgefunden haben, da Elisabeth alle ihre Ausgaben in ein Buch eingetragen hat, in dem Ausgaben für eine Hochzeit nicht zu finden sind. Baumbach, Udo; S. 87.

Augenblick des Aufschubs zu haben.
„Eure Kaiserliche Majestät, unsere Truppen wurden bei Rochlitz leider geschlagen“, begann er.
„Nein! Wie konnte das geschehen?“ Schrie der Kaiser und ballte die Fäuste. Und weiter berichtete Alba alles, wie Moritz es dem Boten aufgetragen hatte: die fatale Hochzeit, das Gelage, die Ränke und Listen der Herzogin, in die sich alle verstrickt hatten.
„Dieses Weib! Muss ich mich wirklich selbst um die Gefangennahme eines Weibes kümmern?“ knirschte der Kaiser im höchsten Zorn. Hier war Alba erleichtert, eine gute Nachricht im Ärmel zu haben: „Eure Kaiserliche Majestät, die Herzogin ist geflohen. Der Kurfürst hält Rochlitz nicht besetzt, sondern ist von dort abgezogen. Den Markgrafen Albrecht Alcibiades hat er als Gefangenen mit sich geführt. Herzog Moritz selbst ist nun in Rochlitz.
„Immerhin…“, sagte der Kaiser schon etwas ruhiger. „Wohin ist die Herzogin geflohen?“
„Nach Westen. Wir nehmen an, dass sie in Hessen bei ihrem Bruder ist.“
„Und der Kurfürst ist in Sachsen… Je weiter dieses Weib fort ist, desto besser. Sie wird nicht mehr die Möglichkeit haben, ihn mit Nachrichten zu unterstützen. Jetzt werde ich den Schmalkaldischen Bund endgültig zerschlagen. Am 5. April sollen sich alle meine Truppen in der Stadt Eger treffen. Von dort aus werden wir nach Sachsen ziehen.“

Kassel, 24. März 1537

„Kassel!“ rief der Kutscher laut und vernehmlich. Die Närrin ließ ihre Elfriede in die Höhe schnellen und schnarren: „Sie haben ihr Ziel erreicht!“
„Närrin, bitte!“ stöhnte Elisabeth. Ausgerechnet Elfriede konnte sie im Moment gar nicht gebrauchen. Just in diesem Augenblick begann Carlotta zu bellen, wovon die beiden Kater Karl und Paul erwachten und sich streckten. Auch die Tiere hatten die Reise gut überstanden.
Wie glücklich war Elisabeth früher immer gewesen, wenn man ihr erlaubt hatte, nach Hessen zu reisen. Wie freudig hatte sie ihrer Ankunft entgegen-

gefiebert. Nun war es anders. Voller Angst hatte sie jede vertraute Wegmarke registriert, die Stunden gezählt, überlegt, wie lange sie noch unterwegs wären und hatte beständig nach dem Wetter geschaut. Einzig Carlotta und die beiden Kater, die abwechselnd auf ihrem Schoß schliefen, konnten sie für eine Weile ablenken und beruhigen. Glücklicherweise war wenigstens das Wetter schön. Man hätte meinen können, sie seien zu einer langen Vergnügungsreise unterwegs, zu einer Brautfahrt, wenn sie nicht unterwegs einen Gefangenen abgeliefert hätten und inmitten einer Schar von schwer bewaffneten Söldnern gereist wären. Albrecht Alcibiades saß nun gefangen in Altenburg. Elisabeth hatte gesehen, wie man ihn gefesselt auf einem Wagen transportiert hatte. Sein Blick hatte dabei unverwandt auf ihr gelegen, so sonderbar, dass Elisabeth sich schnell abgewandt hatte. Der Kurfürst hatte darauf bestanden, Elisabeth einen starken Begleitschutz mitzugeben, denn mittlerweile war in ganz Sachsen und Thüringen bekannt, dass Elisabeth die Schmalkaldischen Truppen mit ihren Briefen unterstützt hatte; feindliche Söldner hätten mit ihr sicher kurzen Prozess gemacht, wenn sie sie aufgegriffen hätten. Je weiter sie nach Westen und endlich nach Hessen gekommen waren, desto sicherer hatten sie sich gefühlt. So sicher, dass Elisabeth das letzte kleine Stück des nun Weges sogar selbst ritt. Der Kaiser konnte ihnen nicht gefährlich werden, denn er würde auf seinem Weg nach Sachsen mit Sicherheit eine andere Route nehmen.

„Elisabeth!“ Es war Philipp, der ihren Namen rief. Er eilte zu ihr, um ihr vom Pferd zu helfen. Sie fiel in seine Arme. Noch niemals war sie so erleichtert gewesen, ihren Bruder zu sehen. Und auch er war überglücklich, sie unversehrt in die Arme schließen zu können. Sie weinten beide und hielten sich sehr lange fest.
„Du lebst! Mein Gott, du lebst und bist frei“, flüsterte sie.
„Dasselbe kann ich dir sagen, mein Schwesterchen. Ich bin hier fast gestorben aus Angst um dich.“ Behutsam wischte er ihr die Tränen aus dem Gesicht. Er küsste sie so zärtlich auf die Wangen, dass Christine, die vom Fenster aus das Geschehen beobachtete, neidisch wurde.
„Der Kurfürst hat uns alle gerettet. Ihm und seinem tapferen Eingreifen

verdanken wir unsere Freiheit und unser Leben."
Philipp schaute auf und ließ seinen Blick über Elisabeths kleine Hofgesellschaft, drei Dutzend Söldner und Knechte schweifen.
„Habt Dank! Habt alle Dank!"
Die Männer waren abgesessen und auch die Hofdamen hatten die Reisewagen verlassen, um in der Abendsonne die Glieder zu recken. Der Anführer des Begleitschutzes verneigte sich vor Philipp.
„Euer Gnaden, es ist uns eine Ehre, die Herzogin wohlbehalten zu Euch zu bringen."
Der Mann sah erschöpft aus, erschöpft von weit mehr als nur dem Weg hierher. Philipp befahl die Söldner in ihre Unterkünfte und bat Elisabeth mit all ihrem Gefolge ins Haus. Kirchmeyer und Engelschall nahmen die Kisten mit den Kanzleiunterlagen an sich, um sie gleich in der hessischen Kanzlei unterzubringen. Bünau folgte als letzter, sehr still.
Die Prinzen und Prinzessinnen standen drinnen aufgereiht wie die Orgelpfeifen, um ihre Tante zu begrüßen. Die beiden großen Söhne, Wilhelm und Ludwig, erwiesen ihr eine Höflichkeit, die so akkurat war, dass Elisabeth ein eisiger Hauch anwehte. Irritiert schaute sie ihren Bruder an, der dies jedoch nicht wahrzunehmen schien. Allein Barbara lächelte sie ehrlich an, während die Kleinen eine natürliche Scheu vor der fremden Tante hatten. Christine neigte wortlos ihren Kopf, ohne Elisabeth anzuschauen. Offensichtlich zürnte sie ihr noch immer wegen Philipps Doppelehe und war nicht von dem Glauben abzubringen, Elisabeth habe all dies verschuldet. So verlief das Abendessen in angespannter Stille, und Elisabeth war erleichtert, als Christine sich endlich zurückzog. Auch ihren Hofdamen erlaubte sie zu gehen und setzte sich allein mit Philipp ans Feuer.
„Nun? Was gibt es bei dir? Haben wir noch Hoffnung?" fragte Elisabeth.
„Ach, Elisabeth, ich will dir nichts verheimlichen. Es sieht schlecht aus. Seit geraumer Zeit versuche ich, den Kaiser zu Verhandlungen zu bewegen, aber der Kaiser verlangt immer wieder nur, dass ich mich auf Gnade und Ungnade ausliefern soll, aber ich fürchte, dass es schon zu spät ist, die vorherigen Verhältnisse wieder herzustellen."
Elisabeth hob die Brauen und sah zur Seite. Wer hätte gedacht, dass der Sä-

belrassler sich nach den friedlichen Verhältnissen von früher sehnen würde? Aber sie wollte kein Salz in seine Wunden streuen, sondern fragte: „Und Moritz? Wie steht er mittlerweile zu dir?"

Philipp schaute sie einen schweren Atemzug lang an.

„Er will, dass ich mit dem Kaiser einen Versöhnungsfrieden schließe."

Elisabeth schnalzte ärgerlich mit der Zunge.

„Damit er den Kurfürsten kalt stellen kann und der Kaiser ihm die Kurwürde überträgt. Das ist sein erklärtes Ziel. Du liebe Güte! Sind wir eine Familie oder was?"

Philipp stöhnte auf und stellte den Becher, den er eben noch an die Lippen setzen wollte, auf den kleinen Tisch zwischen ihnen.

„Die Forderungen, die Moritz stellt, sind einfach abscheulich; ganz so, als wolle er gar keinen Frieden. Es sind einige Unverschämtheiten darunter, aber der Gipfel ist wohl, dass ich mich an einem Kampf gegen den Kurfürsten beteiligen soll."

„Er wird sich beim Kaiser einen Namen machen wollen, denn dieser wird ihm die Kurwürde auch nicht auf einem silbernen Tablett servieren."

„Heinrich Lersner, den ich immer wieder zu Moritz schicke, hat mir berichtet, dass Moritz eine ganze Stunde lang über meine Antwort auf seine unverschämten Forderungen gewettert hat.[142] Er war keineswegs begeistert, dass ich ihn gleich wieder losgeschickt habe. - Was ist?" fragte Philipp etwas ungehalten, als ein Diener eintrat.

„Vergebt mir, Euer Gnaden, hier ist ein Brief aus Dresden."

„Dafür darfst du gerne stören. Gib her!" sagte Philipp jovial und neigte sich seinem Diener sogar entgegen. Mit eifrigen Fingern hatte Philipp das Siegel erbrochen und die Pergamentstreifen zerrissen.

„Von Agnes!" sagte er, dann las er laut:

Ich würde mich sehr freuen zu wissen, dass es Euch gut geht. Meinem Gemahl und mir geht es den Umständen entsprechend noch gut. Noch immer ist Krieg und Elend im Land, aber ich hoffe bald auf Frieden und Freude.

Es ist mir ein solcher Trost, dass Ihr Euch von dem Kurfürsten getrennt und gegen meinen Herrn und Gemahl nichts unternommen habt.

142 Herrmann, Johannes; 2003, S. 95.

„Das war nicht meine Absicht gewesen, sondern ist eher aus Geldmangel geschehen, liebes Töchterlein", murmelte Philipp.

Es ist wahrhaftig kein christliches Werk, das Land so sehr zu verderben, und die Herzogin von Rochlitz hat dabei eine so üble Rolle gespielt...

„Lies nur weiter, Philipp. Ich weiß, dass Agnes nicht gut auf mich zu sprechen ist."

... eine so üble Rolle gespielt, dass selbst die Landsknechte auf sie schimpfen. Es ist uns allen eine Schande, dass wir eine solch...

„Ja? Was bin ich denn für eine?" fragte Elisabeth bissig.

... eine solche böse Frau in unserem Geschlecht haben.

„Verzeih, Elisabeth. Ich werde ihr schreiben."

„Nein, nichts dergleichen wirst du tun. Der kleinen Kröte werde ich bei Gelegenheit selbst den Kopf waschen. Als wäre es meine Schuld, dass das Land so heimgesucht wurde. Hätte Moritz denn unbedingt ins Land des Kurfürsten einfallen müssen? Er hat es auf Befehl des Kaisers getan, er konnte nicht anders; ja, ja; aber das kommt eben davon, wenn man allzu sehr die Nähe eines so mächtigen Mannes sucht. Karl ist ein Puppenspieler. Er wird Moritz so lange hinhalten und ihm gnädig sein, bis Moritz alle seine Wünsche erfüllt hat. Und wenn Moritz für den Kaiser nicht mehr wichtig ist, wird er gehen können. Aber ob er dann mit der Kurwürde geht, steht in den Sternen. Ich würde mich nicht darauf verlassen, dass der Kaiser ihm so ohne weiteres die Kurwürde gibt. Das wird noch darauf ankommen, ob ein Kurfürst Moritz dem Kaiser wirklich von Nutzen sein wird. Aber lass hören, was dein liebreizendes Töchterlein noch schreibt."

Erinnert Euch Eurer Lande, Leute und Kinder und demütigt Euch vor dem Kaiser. Wenn Ihr das tut, so ist es weder Schande noch Untreue, denn es haben vor Euch schon andere Kurfürsten und Fürsten getan, ohne dass es ihnen zu Schande und Untreue gereicht hätte.

Ich habe den König selbst angeschrieben und er hat mir ganz gnädig geantwortet, dass Ihr Demut suchen solltet. Ich weiß nicht, ob ich Euch damit einen Gefallen getan habe, aber ich habe es aus treuem Herzen getan.

Als gehorsame Tochter flehe ich Euch nochmals an, Euch zu bedenken und De-

mut zu suchen. Bitte antwortet mir bald und bleibt unter Gottes Schutz und Schirm. Lasst mich Eure liebe Tochter bleiben und grüßt die Mutter von mir, Eure Tochter Agnes[143]

„Na dann, Wohlsein!“ giftete Elisabeth und hob ihren Becher. Der Wein war köstlich und legte sich wie Balsam auf Elisabeths Gemüt. Da Christine ihr nicht aus dem Sinn ging, fragte sie: „Was wird aus mir? Wo kann ich wohnen?“

„Du kannst selbstverständlich hier wohnen, Elisabeth. Du bist meine Schwester und bei mir immer willkommen.“

Da Elisabeth jedoch wusste, dass Christine ganz anderer Meinung war, erwiderte sie: „Philipp, ich danke dir für deine Gastfreundschaft, aber ich denke, ich sollte wieder einen eigenen Bereich haben, in dem ich wohnen kann. Zwei Hausherrinnen tun nicht gut. Ich möchte weder in Kassel noch in Marburg lange bleiben. Hättest du nicht einen Ort für mich, an dem ich wohnen kann bis in Sachsen wieder Ruhe eingekehrt ist und ich zurück nach Rochlitz kann?“

Philipp dachte für eine Weile nach, dann setzte er abrupt seinen Kelch ab, als habe er plötzlich eine gute Idee: „Was hältst du von Schmalkalden? Dort gibt es den Hessenhof, ein sehr stattliches Gebäude, das dir sicher gefallen wird. Es ist sogar so schön, dass es von manchen als Schloss bezeichnet wird. Es ist geradezu fürstlich, denn dort haben immer viele der Fürsten gewohnt, wenn wir in Schmalkalden getagt haben. Manchmal haben wir uns auch direkt dort im Hessenhof versammelt. Du siehst, das Haus ist repräsentativ. Und Schmalkalden selbst ist nicht irgendein verschlafenes Nest, wie du weißt. Es liegt zentral auf wichtigen Handelsrouten, du würdest also an Gütern nichts vermissen. Außerdem ist die Stadt durch die Eisenverarbeitung sehr reich, kann sich einige steinerne Häuser und gute Verteidigungsanlagen leisten. Und was dir am Hessenhof nicht gefallen sollte, kann ich gerne für dich ändern.“

„Schmalkalden…“, sagte Elisabeth nachdenklich, als drehe sie das Wort in ihren Gedanken hin und her.

„Und - was dich auch sehr freuen wird - es gibt dort eine sehr lebendige

143 PKMS 3, Dokument Nr. 426, S. 303

Gemeinde, in der du dich sicher wohl fühlen wirst. Die Kirche ist wunderschön..."
„Du preist mir die Stadt an wie saures Bier!" sagte Elisabeth nun leicht ärgerlich, worauf Philipp begütigend erwiderte: „Nein, so ist es nicht. Schmalkalden ist wirklich eine schöne, große, bedeutende Stadt, in der du auch für mich nach dem rechten sehen könntest. Du müsstest dir zwar die Herrschaft mit dem Henneberger teilen, denn mit ihm müssen wir uns die Herrschaft über Schmalkalden teilen, aber ich bin sicher, dass du die Richtige bist, der ich diese Aufgabe anvertrauen kann."
„Ach ja, die leidige Geschichte mit der Doppelherrschaft. Er soll mir nur nicht zu viel dreinreden, dann werden wir uns schon verstehen."
„ Mach dir keine Sorgen, der Henneberger ist selten dort und sehr friedlich."
„Ja, dann gehe ich nach Schmalkalden." Sie sagte es nicht fröhlich, sondern eher mit Wehmut, was Philipp aufhorchen ließ.
„Der Schmalkaldische Bund ist zerschlagen, niemand weiß, ob und wann sich ein solches Bündnis wieder zusammenfinden wird. Vielleicht möchte ich einfach aus alter Anhänglichkeit an den Bund in Schmalkalden wohnen, dort, wo vor sechzehn Jahren alles so hoffnungsvoll begonnen hat. Es hätte alles so gut weitergehen können, wenn nicht..."
„Schweig, Elisabeth, schweig", flüsterte Philipp gequält.

In Hessen, Mitte März 1547

Es war schon Mitte März, als die beiden Wandergesellen Reinhard und Joseph durch Hessen zogen. Es waren schlechte Tage, um auf Wanderschaft zu sein, obwohl in diesem Jahr ein zeitiger Frühling gekommen war. Schon längst blühten die Schneeglöckchen, hier und dort sah man schon beackerte Felder von Bauern, die entweder sehr mutig, sehr unwissend oder sehr optimistisch waren. In Zeiten wie diesen wusste niemand, ob er das Saatgut, das er heute ausbrachte, nicht an den Krieg verschwendete. Aber nichts desto trotz sangen die Vögel in den frühen Morgenstunden, als beharrten sie darauf, dass die Welt wie jedes Jahr ihren Lauf nehmen müsse. Dass sie aus den Fugen war, wussten nur die Menschen.

Die Nächte verbrachten Reinhard und Joseph am liebsten in abgelegenen Schobern und mieden die großen Landstraßen, denn dort waren ihnen nicht nur Menschen begegnet, die sie davor warnten, nach Sachsen zu reisen, sondern auch Männer des Landgrafen, die Truppen aushoben und denen jedes Mittel recht war. Immer wieder geschah es, dass gerade Wandergesellen von ihnen einfach mitgenommen und ins Heer gepresst wurden. Der Landgraf war offensichtlich sehr verzweifelt, dass er jetzt schon Männer von der Straße weg holte, die im Kriegshandwerk vollkommen unerfahren waren. Diese Gefahr wurde immer größer, je weiter sie nach Osten kamen, denn dort hatte sich der Krieg schon eingenistet und fraß alles, was ihm in die Quere kam.

Aus Sachsen hörten sie nur Schreckliches. Dresden war noch weitgehend unversehrt, doch wie ging es Anni? Sie mochte jetzt dreißig Jahre zählen. Hatte sie inzwischen ein Kind bekommen? War sie gar im Kindbett gestorben? Anni war die einzige Mutter, die ihnen geblieben war. Sie mussten wissen, wie es ihr ging, ob sie noch lebte, vielleicht Hilfe brauchte. Dessen wollten sie sich beide erst vergewissern, bevor sie nach Siegburg zurückgingen. Wenn Anni vielleicht Witwe war, konnten sie sie bestimmt überreden, mitzukommen. Natürlich wünschten sie ihrem Ehemann nicht den Tod, so schlimm war er nicht gewesen, aber liebevolle Fürsorge gehörte nicht zu seinem Repertoire. Und so überlegten sie sich immer wieder, wie es wohl aussähe, wenn sie alle zusammen in Siegburg in einem großen, schönen Haus wohnen würden. So lange waren sie nun schon unterwegs, an keinem Ort länger als drei Monate, hatten viele Menschen kennen gelernt, sie gemocht, manche nicht gemocht, wenige verabscheut. Sie sehnten sich unendlich danach, sesshaft zu sein, für immer mit den Menschen zu leben, die ihnen lieb und wert waren. Dazu gehörten nicht nur Johanna und Bärbel, sondern für sie beide auch Anni, die für sie gesorgt und sie beschützt hatte, wenn ihre Schwiegermutter gar zu heftig über die Jungs hatte herfallen wollen, das alte Gewitteraas. Friede ihrer Asche! Reinhard hoffte im Stillen nur, dass Bärbel auch wirklich bereit war, Joseph zu heiraten, wenn sie wieder in Siegburg waren. Für ihn war es allzu offensichtlich gewesen, dass Bärbel nur mit Joseph gespielt und ihn gar nicht für voll genommen hatte. Aber Joseph wollte davon nichts hören; deshalb schwieg Reinhard und befühlte nur immer wieder den kleinen Ring, den Johanna ihm in den Saum seiner Jacke eingenäht hatte, und den sie erst tragen wollte, wenn er wieder wohlbehalten vor ihr stand. Das wollte Reinhard um jeden Preis.

Es war noch viel zu früh im Jahr, als dass sie sich im Wald hätten ernähren können, und so waren sie gezwungen, sich immer wieder in die Nähe der Straße zu wagen. Die Sonne durchflutete den Morgendunst mit ihrem gleißenden Licht, als sie in ein Tal kamen, wo ein einsames Gehöft stand. Der von den glitzernden Wiesen aufsteigende Dunst war so dicht, dass man das Haus und die kleinen Ställe, die sich daran schmiegten, nur erahnte. Alles war still, offenkundig schliefen die Menschen noch. Es war zu still, zu friedlich.

„Aber zu dieser Stunde sollte längst Rauch aufsteigen." Joseph klang ängstlich.

„Du meinst, sie sollten uns schon einen heißen Brei gekocht haben? Der Meinung bin ich allerdings auch. Lass mal nachsehen. Wir werfen die Langschläfer aus den Betten."

Doch je näher sie kamen, umso deutlicher nahmen sie einen widerwärtig-süßlichen Geruch wahr. Als dieser nicht mehr zu leugnen war und so durchdringend wurde, dass er mit Sicherheit nicht von einer verwesenden Maus

herrührte, blieb Joseph wie angewurzelt stehen.
„Ich geh nicht weiter. Nein, Reinhard. Lass uns da nicht hingehen. Und schau nur! Die Gatter sind kaputt, hier hat sich schon seit Wochen kein Mensch mehr um irgendwas gekümmert."
„Ich geh trotzdem nachschauen."
Auf dem Hof saß ein Schwarm Krähen. Als Reinhard sich näherte, flogen sie ärgerlich krächzend auf und gaben den Blick frei auf einen Kadaver, den Reinhard noch mit Mühe als Hund erkennen konnte. Vorsichtig ging er ins Haus. Er fürchtete, hier könnte die Familie liegen, doch niemand war da. Alles war leer; ganz so, als wäre die Familie hinaus aufs Feld an ihre Arbeit gegangen. Nur die vielen Spinnweben und die Mäuse zeigten, dass hier schon lange nicht mehr die Hand einer Bäuerin für Ordnung sorgte. Unter Reinhards Füßen knarrte Holz und machte die gespenstische Stille umso deutlicher. Ein Spinnrad stand in der Ecke, der darauf gesponnene Faden war fein und glatt, auf dem Boden lag eine Puppe. Reinhard hob sie auf und legte sie sorgfältig, als sei sie ein winziges Kind, auf den Tisch. War da nicht etwas? Hatte da nicht jemand…? Er lauschte. „Ist da jemand?" Keine Antwort, keine Spur von einem Menschen. Er ging hinaus zu Joseph und winkte ihm.
„Du kannst kommen. Auf dem Hof liegt nur ein toter Hund. Hier sind keine Menschen."
Langsam kam Joseph über die Wiese näher.
„Hier, schau, ich hab noch etwas Korn gefunden. Das könnten wir in der Handmühle dort hinten mahlen und auf dem Herd zu Fladen backen. Willst du das tun? Dann vergrab ich den Hund dort draußen."
Joseph nickte stumm und machte sich an die Arbeit, doch als Reinhard ein paar Schritte nach draußen gegangen war, kam Joseph hinter ihm her.
„Ich bleib nicht da drinnen. Ich weiß ganz genau, dass da schreckliche Dinge passiert sind." Er zitterte am ganzen Leib.
„Dann bleib mit mir hier draußen und wir machen alles gemeinsam."
Irgendwo in einem Schuppen fand Reinhard eine Schaufel und eine Hacke, machte damit ein Loch im Garten, in das er den Hund hineinschleifte. Joseph sah ihm nur von weitem zu, aber Reinhard hörte, wie er würgte.

Ihnen beiden war nicht wohl in dem Haus, aber der Hunger und das Bedürfnis, einen warmen Schlafplatz zu haben, waren stärker als ihre Furcht. Als sie abends noch am Herdfeuer saßen und in die Flammen starrten, sagte Joseph: „Ich glaube, das ist der Krieg. Das Leben hört einfach auf zu existieren. Hier ist der Kreislauf unterbrochen, denn hier wird niemand mehr säen, ernten, essen, nach dem Wetter schauen, sich freuen, wenn die Sonne scheint und dafür sorgen, dass genügend Feuerholz für den Winter da ist. All diese Dinge, die uns so gewöhnlich erscheinen, wenn es uns gut geht, diese Dinge sind erloschen wie das Licht einer Kerze. Das Leben ist fort. Vielleicht wäre den Menschen sogar wohler, wenn sie tot in ihrem Haus liegen würden. Wer weiß, wo sie sind, was die Männer, die hier waren, mit ihnen gemacht haben. Vielleicht sind sie schon tot oder wünschen es sich sehnlichst."

„Joseph, bitte hör auf, dir darüber Gedanken zu machen. Lass uns einfach nur daran denken, dass unser Leben weitergeht, dass wir essen, schlafen und wandern; dass wir bald bei Anni sind und danach vielleicht mit ihr nach Siegburg ziehen, um dort endlich zu heiraten."

„Aber wenn wir nur an uns denken, wer soll dann an die armen Menschen denken, für die das Leben vorbei ist oder für die das Leben, das man sie zu führen zwingt, schlimmer ist als der Tod. Wer wird an uns denken, wenn es uns eines Tages so ergehen wird, dass wir nicht mehr an uns selbst denken können?"

Ausgestattet mit vier Fladenbroten und den kläglichen Resten, die sie noch in der Vorratskammer gefunden hatten, machten sich die beiden am nächsten Tag auf den Weg.

Auf ihrer Wanderung begegneten sie noch oft Menschen, an die niemand mehr dachte und die es auch nicht mehr für sich selbst tun konnten. In der Nähe der Straße sahen sie junge Männer, die man an Bäumen aufgehängt hatte; Männer, die sich geweigert hatten, dem Landesherrn als Kriegsknechte zu dienen. Nun hingen sie dort an den Ästen - wie Früchte des Krieges. Joseph weinte bitterlich und hätte sie am liebsten begraben, doch Reinhard hatte ihn fortgezogen, nur fort von diesen grausigen Bäumen.

Beinahe hatten sie die Grenze zu Thüringen erreicht, ihre Vorräte waren aufgezehrt, da schlug das Wetter um. Es wurde empfindlich kalt, und sie sahen sich gezwungen, doch wieder zur Straße hin zu wandern, um dort auf ein Dorf, eine Stadt und eine Schenke zu hoffen. Als eisig kalter Regen einsetzte, kam ihnen die kleine Schenke sehr gelegen, die sie am Rande eines Städtchens fanden. Sie war leer bis auf drei Männer, die Karten spielten. Reinhard und Joseph fragten nach Unterkunft und boten an, mit Schreinerarbeiten dafür zu bezahlen. Der Wirt war es einverstanden, zeigte auf sein Mobiliar, das in beklagenswertem Zustand war, woraufhin man sich einigte, dass das Ausbessern von fünf Bänken und vier Tischen für eine Mahlzeit und ein Nachtlager genügte. Während sich die beiden an die Arbeit machten, flüsterte der Wirt seinem Burschen etwas ins Ohr, und der Junge machte sich davon.

Es war schon spät, als die beiden sich endlich an einen der reparierten Tische setzten durften, um ihren Lohn zu empfangen. Immerhin ließ sich der Wirt da nicht lumpen und hatte sogar jedem ein kleines Stück Wurst auf den Teller gelegt.

Schließlich gingen sie in ihre Kammer. Das einzige Bett war einigermaßen sauber, doch als Joseph die Decke zurückschlug, stutze er: „Schau mal, Reinhard, hier hat jemand einfach das Bettlaken zerrissen.“ Das Bettlaken war so kurz, dass ein gutes Stück des schmutzigen Strohsackes sichtbar war. „Das ist sonderbar! Egal, ich bin hundemüde, lass uns schlafen“, sagte Reinhard und warf sich auf den Strohsack, aus dem eine Staubwolke aufstieg.

Sie waren schon fast eingeschlafen, da wurden sie unsanft geweckt. Männer standen in der Stube; unverkennbar waren es Söldner, denn sie waren bewaffnet.

„Heda! Woher kommt ihr?“ rief einer und schlug mit der Reitgerte auf die Decke ein, unter der sich Joseph und Reinhard zusammengerollt hatten.

„Was wollt Ihr? Wir haben Euch nichts getan!“ rief Joseph ängstlich.

Die Männer lachten laut, doch es klang ganz und gar nicht lustig.

„Los! Raus aus den Betten!“ Die beiden gehorchten.

„Wir sind einfache Schreinergesellen auf der Wanderschaft. Wir haben kein Geld bei uns. Fragt den Wirt; wir haben für Essen und Bett mit Arbeit be-

zahlt", versuchte Reinhard die Situation noch irgendwie zu retten, doch ihm war längst klar, was diese Männer wollten.
„Woher ihr kommt, will ich wissen!" schrie der Mann nun. Er sah schrecklich aus, bärtig, wild und sehr ernsthaft ungewaschen. Seine Kameraden waren nicht viel besser als er.
„Wir sind Sachsen. Dorthin wollen wir zurück, denn unsere Wanderzeit ist beinahe um. Wir kommen von Westen her, aus dem Rheinland. Bis Ende Februar waren wir in Siegburg."
„Aus Sachsen seid ihr? Das kommt uns sehr gelegen. Dorthin wollen wir nämlich ziehen und brauchen noch gute Führer."
„Aber das könnt Ihr doch auch freundlich sagen, Herr. Wir zeigen Euch gerne den Weg nach Sachsen."
Reinhard wollte Joseph noch warnen, doch die Faust des Mannes kam viel zu schnell. Joseph fiel mit blutendem Gesicht nach hinten aufs Bett.
„Joseph!" schrie Reinhard.
„Nehmt die beiden Schwachköpfe mit!"
Dann griff einer der Söldner nach dem Laken und riss zwei breite Streifen ab.
„Hier! Die legt ihr euch als Schärpen über die linke Schulter und knotet sie an der rechten Hüfte. Wenn wir auf feindliche Soldaten treffen, sollen sie wissen, auf wen sie zu schießen haben!" Wie in einem bösen Traum gehorchten die beiden. Dem Wirt, der in der Tür stand, warf der Hauptmann ein Geldstück zu.
Nun geschah, was Reinhard und Joseph immer gefürchtet hatten: Sie mussten selbst als Söldner dienen und wussten nicht einmal, in wessen Diensten und auf welcher Seite sie stehen würden.
Joseph hatte einige Zähne verloren, sein Mund blutete am nächsten Tag noch immer.
Der Mann, der ihn so geschlagen hatte, hielt es für eine besondere Demütigung, ihn zum Küchenjungen zu machen, der dem Koch zur Hand gehen sollte, doch Joseph war darüber sehr erleichtert. Schon wollte er aufbegehren, weil man Reinhard bei den Kanonen haben wollte, doch Reinhard bedeutete ihm mit einer flehentlichen Geste zu schweigen. Es wäre alles

nur schlimmer geworden.
Sie zogen in Richtung Osten, um das kurfürstliche Heer zu verstärken, wie es hieß. So lange waren Joseph und Reinhard immer Seite an Seite unterwegs gewesen, nun hatte man sie getrennt. Erst im abendlichen Lager, das auf einer Lichtung aufgeschlagen wurde, konnten sie wieder miteinander reden. Joseph war noch damit beschäftigt, das Geschirr zu waschen, als Reinhard zu ihm kam.
„Komm, ich helf dir!“ sagte er und nahm auch schon einen Lappen, um das Geschirr zu trocknen.
„Danke!“ Joseph strahlte ihn an. Reinhard musste die Augen senken bei diesem Anblick, denn Josephs Mund sah schlimm aus; trotzdem strahlte er. Reinhard war froh, dass es schon dunkel war, denn so konnte Joseph nicht die Tränen sehen, die ihm vor Wut in die Augen geschossen waren. Den ganzen Tag hatte er den Rücken des Hauptmanns, der Joseph das angetan hatte, mit seinen Blicken durchbohrt. Der Kerl war einfach widerlich, ließ Joseph aber nun in Ruhe. Außer ihnen waren noch zwei Männer höchst unfreiwillig dabei; auch ihnen hatte der Hauptmann klar gemacht, dass er beim geringsten Fluchtversuch keine Gnade kennen würde.
„Wie geht es dir hier?“ fragte Reinhard leise.
„Du kannst ruhig laut sprechen. Ich will heim, aber davon abgesehen geht es mir hier gut. Der Koch meint es gut mit mir. Hast du genug gegessen? Ich kann dir noch was geben.“
Reinhard hörte den Stolz, der in Josephs Stimme mitschwang. Er hatte nun die Möglichkeit, seinem Freund etwas Gutes zu tun und tat es mit Freude.
„Danke, wir hatten genug. Es hat übrigens gut geschmeckt. Hast du das ganz alleine gekocht?“
„Nein. Ganz alleine für dreißig Männer kann niemand kochen.“
„Joseph! Bist du fertig?“
„Nein, Herr, aber gleich. Mein Freund hilft mir.“
Josephs Worte klangen sonderbar verwaschen seit er seine Vorderzähne eingebüßt hatte.
„Gut! Du kannst dann schlafen gehen, wenn du fertig bist“, sagte der Koch, der nicht so aussah, wie man sich einen Koch vorstellte. Er war nicht dick

und gemütlich, sondern schlacksig; er hatte keine dicken, roten Arme, bei deren Anblick man an Braten dachte, sondern seine Arme waren dünn und weiß, mit vielen roten Härchen bedeckt. Er trocknete sich die Hände ab und winkte den beiden jungen Männern, näher zu kommen.
„Hier ist noch ein kleiner Nachtisch für die ganz besonderen Gäste“, sagte er zwinkernd, indem er drei Schnapsbecher füllte.
„Nich lang schnacken, Kopf in'n Nacken!“ war seine Empfehlung. Als Joseph zögerte, sagte er: „Trink du nur langsam. Das tut der Wunde gut, auch wenn es erst mal höllisch brennen wird. Sei vorsichtig.“
Joseph war vorsichtig, aber verzog trotzdem das Gesicht und wimmerte, als der Schnaps in die noch immer offene Wunde floss.
„Ihr klingt so friesisch“, sagte Reinhard, als er dem Koch den Becher zurückgab.
„Wieso hast du das erkannt?“
„Auf unserer Wanderschaft waren wir dort auch. Wie hat es dich hierher verschlagen?“
„Das willst du gar nicht wissen!“ wehrte er ab und füllte die Becher noch einmal, doch Joseph schüttelte den Kopf.
„Danke, Herr. Ich denke, meine Wunde ist jetzt sehr sauber.“
„Lasst uns schlafen gehen. Der Hauptmann wird uns morgen wieder früh rausschmeißen.“

Auf ihrem Weg, der sie immer weiter nach Osten führte, gesellten sich beinahe täglich neue Männer zu ihnen, Rotten, die sich zu Fähnlein zusammenschlossen, die dann ein Regiment ergeben sollten, das dem Kurfürsten diente. Vor allem waren es Hakenschützen, Söldner, die so reich waren, dass sie sich eine Hakenbüchse leisten konnten. Diese Männer gefielen sich sehr in ihren prächtigen Kleidern, und stolz trugen sie weiße Schärpen aus feinem Stoff. In kleinen Gruppen paradierten sie durch das Lager, fachsimpelten über Schießpulver, die Länge ihrer Büchsen und dergleichen, wobei oft genug Streit entstand. Dann und wann machten sie Schießübungen, wobei sie immer viel Aufhebens machten um das Laden ihrer Hakenbüchsen. Dann steckten sie mit großem Zeremoniell die langen Haken in die Erde, auf denen die Büchsen zum besseren Zielen zu liegen kamen und schossen. Sobald sich der Rauch gelegt hatte, wurde jeder einzelne Schuss kommentiert. Das war ihr liebster Zeitvertreib, gleich nach Bier und Kartenspiel.

So gerne hätten Reinhard und Joseph in Gotha ihre Familie besucht, doch das war nicht erlaubt. Glücklicherweise schien Gotha unversehrt zu sein. Während Joseph weiterhin bei dem Koch arbeitete, viele Kollegen bekam, die gleich ihm dünn und schmächtig waren, wurde Reinhard in das Bestükken und Abfeuern von Kanonen eingewiesen. Er hätte gerne darauf verzichtet.

„Schaut her, Männer!“ sagte der Hauptmann. Es war glücklicherweise nicht der, der Joseph geschlagen hatte, sondern ein neuer, der vor ein paar Tagen in Jena dazugekommen war. „Das sind Feldschlangen!“ Er strich dabei liebevoll mit der Hand über die langen, schlanken Hälse, die sogar mit Ornamenten verziert waren. „Mit den Feldschlangen kann man gezielt die Zinnen frei mähen. Sie sind zwar nicht so stark wie die großen Kanonen; mit den Feldschlangen durchbricht man keine Stadtmauern, aber man kann damit fein zielen. Das werdet ihr alles noch erleben.“

Und noch lange erklärte er den Unterschied zwischen Kanonen, Mörsern und Haubitzen, geriet ins Schwärmen, als er von der Belagerung und Beschießung der Stadt Wolfenbüttel erzählte und hatte glänzende Augen, als er beschrieb, wie eine Kanonen zu laden war. Der Mann liebte sein Handwerk wahrhaftig. Ausführlich beschrieb er die Vorteile von Traubengeschützen: Viele kleine Kanonenkugeln waren um einen Bolzen herum angeordnet. Wenn sie auf ihr Ziel trafen, töteten sie nicht nur einen einzigen Mann, sondern verwundeten viele.

„Wenn nur einer stirbt, dann ist nur einer weg und hält die Klappe. Wenn aber viele verwundet werden, wälzen sie sich schreiend am Boden, ihre unversehrten Kameraden stürzen zu ihnen, um ihnen zu helfen. Damit hat man viel mehr Feinde aus dem Kampfgeschehen geholt und hat leichteres Spiel. - Und das alles mit nur einem einzigen Schuss. Ist das nicht großartig?“

Reinhard wurde übel. Er hörte nicht mehr hin, als der Mann genau erklärte, dass man das eingefüllte Pulver mit einem Setzkolben feststoßen müsse. Dass man dabei genau darauf zu achten hatte, wie viel man hineintat und von welcher Qualität das Pulver war, denn dies bestimmte die Schussweite. Dann kam eine Holzscheibe ganz passgenau in die Öffnung, direkt vor das Pulver, danach ließ man die Kugel hineinrollen[144].

„Aber vorsichtig, vorsichtig!“ mahnte der Hauptmann, wobei er das *o* sehr lange zog.

Reinhard bekam den Befehl, diese Holzscheiben herzustellen. Nach verschiedenen Musterscheiben - denn keine Kanone war wie die andere - musste er nun unzählige Scheiben passgenau zurechtschnitzen. Was hätte man mit dem Holz alles anfangen können! Man hätte doch Möbel bauen können, Wiegen, Tische und Stühle, aber nein, Reinhard schnitzte diese vermaledeiten Scheiben. Beim Sägen und Schnitzen stellte Reinhard sich krampfhaft vor, er stelle Topfdeckel und Untersetzer her, so war es einigermaßen erträglich.

Einmal besuchte ihn Joseph bei dieser Arbeit. Auf dem Karren daneben lagen Kanonenkugeln, fein säuberlich gemeißelt aus Stein. Joseph berührte sie vorsichtig mit den Fingerspitzen.

„Wie glatt sie sind. Perfekt rund“, murmelte er. „Diese Kugeln müssen wahre Meister angefertigt haben. - Die Hände sollen ihnen abfallen!“ fügte er dumpf hinzu.

„Joseph!“ sagte Reinhard gequält. „Ich mache hier im Moment nichts anderes. Ich werde sterben, wenn ich mich weigere. Vielleicht ging es diesen Steinmetzen genau so. Wahrscheinlich wurden sie auch gezwungen und hätten lieber Fenstereinfassungen, Treppengeländer und Taufsteine gemeißelt.“

„Du hast recht, Reinhard. Verzeih mir. Aber glaubst du wirklich, dass alle Männer, die jemals Kanonen hergestellt haben - und erst recht die Männer, die Kanonen erfunden haben - dass man sie alle sofort erschossen hätte, wenn sie sich geweigert hätten? Kann man so viele Männer erschießen? Hätten die Männer, die Kanonen erfunden haben, das nicht für sich behalten können? Oder wenn ein Herrscher ein solches Monstrum in Auftrag gibt,

144 Braasch-Schwersmann, Ursula (Hrsg.) Landgraf Philipp der Großmütige (1504 - 1567) Hessen im Zentrum der Reform. Begleitband zu einer Ausstellung des Landes Hessen. Marburg 2004, S. 270 f.

hätten sie sich nicht ganz einfach blöd anstellen können?"
„Aber die müssen auch ihre Familien ernähren."
„Was soll denn aus Kindern werden, die vom Tod ernährt werden?"
„Ach, Joseph, ich glaube, du bist zu gut für diese Welt."

Je mehr das Heer anwuchs, desto schlechter wurde die Versorgung, vor allem, weil die Armee durch das ohnehin vollkommen ausgeblutete Thüringen zog. Sie waren dabei, als ein Mann aufgehängt wurde, weil er versucht hatte zu fliehen. Sie sahen, wie Söldner auf einem einsam liegenden Gehöft über eine Frau herfielen, deren Eltern bereits erschlagen vor dem Ziegenstall lagen. Joseph wollte einschreiten, doch Reinhard hielt ihn zurück.
„Was glaubst du wohl, was die mit dir machen, wenn du der Frau hilfst?"
„Aber wir sind doch zu zweit!" beharrte Joseph und starrte Reinhard fast ein wenig böse an.
„Das sind zehn Männer. Die haben uns beide erschlagen, bevor wir auch nur eine Hand an die Frau legen." Damit zerrte er Joseph fort, hinter ein Haus, von wo sie das Geschehen nicht mehr sehen konnten. Die Frau hörten sie immer noch schreien.
„Nichts sagen, heißt ja sagen. Nichts tun, heißt mitmachen!" fauchte Joseph. Da war plötzlich alles still. Joseph lief hinüber in den Hof, wo die Frau nun allein am Boden lag. Regungslos. Still. Tot. Zwischen ihren Beinen breitete sich ein dunkelroter Fleck aus. Joseph ging zu ihr, Reinhard folgte ihm. Selbst in ihrem zerschlagenen Gesicht war noch zu erkennen, dass sie eine hübsche junge Frau gewesen war. Wie wohl ihr Mund, der jetzt zahnlos und blutig - wie fremd - in ihrem Gesicht klebte, ausgesehen hatte wenn sie gelacht hatte? schoss es Reinhard durch den Kopf.
Erschüttert kniete Joseph bei ihr nieder, strich ihr behutsam übers Haar, dort, wo Blut und Schmutz es nicht verklebten. Die Frau hatte rote Locken, Sommersprossen und grüne Augen, die nun in den Himmel starrten. Joseph neigte sich über sie, schaute ihr in die Augen, dann nahm er ihre Hand in seine, drückte sie liebevoll an seine Lippen, an seine Brust und flüsterte: „Sag doch was, du Schöne! Wie heißt du? - Kannst du uns vergeben? - Nein, du kannst nicht mehr vergeben. Ich werde mir selbst niemals vergeben kön-

nen. Niemals.“ Zärtlich streichelte er ihre Wangen; da war alles Blut aus dem Körper der Frau gewichen, ihre grünen Augen wurden sonderbar hell. „Was siehst du nun, du Schöne? Siehst du deine Eltern im Himmel? Deinen Bräutigam? Deine weißen Augen sehen nun kein Leid mehr. Ich flehe dich an, bitte für unsere verlorenen Seelen.“ Wimmernd brach er über der Frau zusammen.

„Joseph, komm!“ sagte Reinhard, indem er Joseph bei den Schultern nahm und aufrichten wollte, doch Joseph klammerte sich weinend an die Tote.

„Wir werden ihr die letzte Ehre erweisen und sie begraben. Mitsamt ihren toten Eltern, die dort drüben liegen.“

„Gut, das machen wir, aber dann kommst du mit mir!“

Gemeinsam suchten sie Spaten und Schaufel, um ein Grab auszuheben - groß genug für drei - und betteten die Familie hinein, die Tochter zwischen ihre Eltern. Als Reinhard das Grab schon zuschaufeln wollte, sprang Joseph noch einmal hinein und legte die Hände der Tochter in die Hände ihrer Eltern.

„So sind sie vielleicht zur Kirche gegangen, als hier noch alles gut war. So sollen sie auch in die Ewigkeit gehen. Jetzt können wir das Grab schließen.“

Joseph musste sich immer wieder übergeben, doch da so gut wie nichts in seinem Magen war, würgte er nur trübe Brühe hervor. Tagelang konnte er nicht sprechen. Reinhard redete ihm immer wieder gut zu, tröstete ihn so lange, bis er schließlich flüsterte: „Ich weiß nicht, ob ich Bärbel jemals werde berühren können. Das war das mit Abstand Grauenhafteste, was ich jemals erlebt habe. Lieber möchte ich tot sein, als das noch einmal zu sehen.“

Das Essen wurde immer knapper und sie mussten sich selbst versorgen. Joseph blieb im Lager; er wollte sich nicht versorgen. Als Reinhard mit einem Kanten Brot zurückkam, den er unbedingt mit ihm teilen wollte, fragte er: „Woher hast du das?“

„Iß!“

„Hast du das bezahlt?“

„Iß, ich hab’s bezahlt.“ Und in Gedanken fügte er hinzu: „Mit meinem Gewissen, meiner Seele." Er wusste, dass er diese Bilder niemals aus seinem Kopf würde verbannen können. Er schloss die Augen, die Bilder wurden umso intensiver.

So sehr hatten sie sich darauf gefreut, endlich nach Sachsen heimzukehren, so oft hatten sie sich ausgemalt, wie sie über die alte steinerne Brücke, die direkt aufs Schloss zuführte, gehen würden, über altbekannte Straßen, in denen ihnen vielleicht schon die ersten vertrauten, unveränderten Gesichter begegneten, wie Anni sie empfangen und umarmen würde. Und all die leckeren Dinge, die dann sicher auf dem Tisch standen, zur Feier des Tages. Und nun? Nun fürchteten sie sich davor, in Sachsen anzukommen und zu sehen, wie ihre Heimat verwüstet war. Wie würde Dresden aussehen? Hatte der Krieg auch ihre schöne Heimatstadt heimgesucht? Sie marschierten auf Dresden zu, die Gegend kam ihnen immer vertrauter vor, ebenso die Sprache der wenigen Einheimischen, denen sie begegneten.

„Mach dich heim! Dummer Bub!" sagte eine alte Frau zu Reinhard. Sie ahnte offensichtlich nicht einmal, wie sehr er sich danach sehnte.

In Altenburg stießen sie zu dem Heer des Kurfürsten, doch lagerten sie dort nicht lange. Es hieß, der Kaiser sammle seine Truppen in Eger. Aus Gründen, die weder Reinhard noch Joseph verstand, brach der Kurfürst Anfang April auf und zog in Richtung Dresden. Am siebten April kam das kurfürstliche Heer auf einem Hügel vor Dresden an, und sie bekamen den Befehl, ein Lager aufzubauen. Das Lager erstreckte sich weit; Zelt an Zelt stand da, überall stiegen Rauchfahnen friedlich in die Luft, nur der Klang der Schmiedehämmer kündigte an, dass der Kurfürst nicht hier her gekommen war, um den Frühling zu genießen.

Reinhard suchte Joseph und fand ihn glücklicherweise noch immer bei dem freundlichen Friesen.

Der junge Mann war völlig aufgelöst.

„Reinhard, meinst du, dass der Kurfürst Dresden beschießen und erobern will?"

Joseph wusste selbst, dass das eine dumme Frage war, doch er schien von Reinhard wider alle Vernunft eine andere Antwort zu erwarten.

„Wir können doch nicht auf Anni schießen“, wimmerte Joseph. „Was sollen wir denn tun?“
„Du bleibst bei mir“, sagte der Koch. „Von dir wird keiner verlangen, dass du auf irgendwen schießt. Ich werd sagen, dass du nur mit Karotten umgehen kannst, aber nicht mit einer Kanone. Versteck dich hier zwischen den Kisten und verhalte dich ganz ruhig, dann werden wir schon sehen. Aber was dich angeht, Reinhard… dir kann ich nicht helfen.“
Joseph und Reinhard schauten hinunter auf Dresden, erkannten die Türme des Schlosses und der Kirchen, hörten sogar die Glocken der Kreuzkirche läuten, sahen die Elbe friedlich dahinfließen, sahen Lastkähne auf der Elbe, erkannten die Brücke, über die sie aus der Stadt hinausgewandert waren und über die sie mit frohen, leichten Herzen wieder nach Dresden hatten hineinwandern wollen. Die engen Gassen mit den strohgedeckten Häusern konnte man nur erahnen, doch was Feuer und Kanonen dort anrichten würden, das wusste man.
Anni! Reinhard und Joseph konnten nichts anderes mehr denken. Den beiden war klar, dass sie in der Nacht nach Dresden mussten. Lieber wollten sie riskieren, aufgehängt zu werden, als dass sie Anni töteten. Es genügte ein Blick, und sie hatten sich darauf verständigt, doch da erschien der Hauptmann - der ganz schreckliche. Ihn begleiteten zwei Söldner. An diese beiden wandte er sich nun mit den Worten: „Nun schaut genau zu, was ich mit diesen beiden Schwachköpfen machen werde. Wisst ihr, man zerbricht Menschen am besten, indem man ihnen mit einem dicken Knüppel auf ihre schwächsten Stellen schlägt, auf ihre wundesten Punkte. Und was wäre wohl das allerschlimmste für unsere beiden Dresdener?“ Er stolzierte mit geschwollener Brust um Reinhard und Joseph herum und betrachtete sie verächtlich. „Was ist wohl eure schwächste Stelle? Wovor habt ihr am meisten Angst? Wo tut es euch am meisten weh? Hm?“ fragte er, als habe er plötzlich Mitgefühl. Als Joseph und Reinhard schwiegen, sagte er sehr leise: „Ich weiß schon, wo ich euch am schmerzhaftesten treffen kann, denn ich bin über die Maßen klug. Das Schlimmste, was ihr euch vorstellen könnt, wäre, auf Dresden zu schießen, nicht wahr? Auf eure Heimatstadt, eure Verwandten, die ihr sicher noch in Dresden habt. So nah seid ihr nun bei ihnen,

könnt hinunterschauen auf die Stadt. Eure Heimat ist zum Greifen nah und doch werdet ihr sie nicht sehen können.“ Ganz dicht war das Gesicht des schrecklichen Hauptmannes nun vor ihren Augen. Der Mann war abgrundtief hässlich in seiner Bösartigkeit. Teuflisch sanft fuhr er fort: „Aber etwas anderes werdet ihr sehen. Ihr werdet sehen, wie Dresden brennt, denn ihr beiden werdet die Kanonen abfeuern.“
In diesem Moment war Reinhard vollkommen überzeugt, dass dieser Mann wahnsinnig war. So viel Bösartigkeit konnte nur krank sein. „Nehmt sie und bindet sie, dass sie nur nicht entkommen. Es wird mir ein Vergnügen sein, sie zu zerbrechen. “ Damit traten die Söldner vor, die ihn begleitet hatten und nahmen die beiden Dresdener mit wie Gefangene. Die Nacht verbrachten sie angekettet an die Kanonen, deren Schlünde schon auf Dresden gerichtet waren.
„Wieso gibt es Menschen, die so sind?“, flüsterte Joseph.
„Ich könnte den Kerl umbringen. Und zwar ganz langsam“, knurrte Reinhard. „Der Kerl ist doch krank im Kopf!“
„Ich glaube, er ist vor allem krank in seinem Herzen.“

Der nächste Tag war ein klarer, sonniger Frühlingstag. Früh bellten die Hauptleute die Befehle durchs Lager. Von weitem sahen Reinhard und Joseph sogar den Kurfürsten, dessen Beine deutlich dicker waren als ihre eigenen Bäuche. Wie in einem Alptraum nahmen sie wahr, wie sich das Heer formierte, die Kanonen noch einmal ausgerichtet wurden. Das Schießpulver, das in gut abgedeckten Kisten auf Karren lagerte, wurde aufgedeckt, die Kanonenkugeln wurden herbeigeschafft, ebenso die Holzscheiben, die Reinhard hergestellt hatte.
„Ihr werdet jetzt beim Laden dieser Kanone helfen!“ Reinhard schaute müde auf. Da stand wieder der ekelhafte Hauptmann vor ihnen und spuckte aus. Ein Söldner löste ihre Ketten.
„Herr, wir kommen aus Dresden. Ihr könnt doch nicht verlangen, dass wir Dresden…“ weiter kam Joseph nicht, doch diesmal beschränkte sich der Hauptmann darauf, ihn anzubrüllen. „Wenn sich einer von euch weigert, lasse ich den anderen direkt vor die Kanone binden. Ist das klar!“

Sie starrten den Kerl entsetzt an. „Los jetzt! An die Arbeit! Und ich will dabei zusehen. Ich will sehen, wie der Schmerz euch zermalmt!"
Gemeinsam füllten Reinhard und Joseph unter der Aufsicht eines Kanoniers das Pulver ein, stießen es fest, setzten die Holzscheibe davor und ließen dann vorsichtig die Kugel hineinrollen.
„Du! Zünde die Lunte an!" Der Hauptmann riss dem Kanonier die Fackel aus der Hand und hielt sie Reinhard hin.
Er sah Joseph an, der leise den Kopf schüttelte.
„Wird's bald!" Der Hauptmann packte Joseph und schob ihn schon zum vorderen Ende der Kanone, doch da hielt Reinhard die Fackel an die Lunte, es zischte kurz und nach wenigen Augenblicken bebte die Erde unter dem Donnerschlag. Joseph wurde ohnmächtig, der Hauptmann ließ ihn fallen wie ein schmutziges Hemd. Reinhard wollte zu ihm, doch der Hauptmann zwang ihn zurück. In diesem Moment schoss die Nachbarkanone ihre tödliche Ladung nach Dresden. Wieder und wieder schossen nun die vielen Kanonen, hallte ihr Donner hinunter nach Dresden, wo bereits Feuer ausgebrochen war. War es Einbildung oder hörte Reinhard tatsächlich die Menschen dort unten in der Stadt bis hier hinauf schreien? Es stank nach Pulver und Feuer, nach Angst. Endlich meinte der Hauptmann, seine Anwesenheit sei an anderer Stelle vonnöten, sodass Reinhard sich um Joseph kümmern konnte. Sobald sich der widerliche Kerl abgewandt hatte, stürzte Reinhard zu seinem Freund und drehte ihn auf den Rücken. An seinem Hals sah er noch die Schlagader pulsieren, er lebte noch. Reinhard drückte ihn an sich, da kam Joseph wieder zu sich. Seine Lippen bewegten sich, doch seine Worte gingen unter im Tosen der Kanonen.
Es dämmerte bereits, als sich der Pulverdampf legte. Der Hauptmann kam und fesselte Reinhard und Joseph wieder an die Kanonen. Befriedigt stellt er fest, dass er die beiden offenbar vollkommen vernichtet hatte, denn sie ließen alles ohne Widerstand geschehen. Ja, es wirkte immer sehr nachhaltig, Menschen an ihrer empfindlichsten Stelle zu treffen.
Dresden brannte. Das Lager war so gut wie leer, denn der Kurfürst hatte die Stadt zur Plünderung freigegeben.[145]

145 Siehe Ulbricht, Sabine; 2010, S. 136

Unterdessen war der Kaiser mit seiner Armee aus Eger aufgebrochen und marschierte sehr zielstrebig auf Sachsen zu.

Siegburg, Anfang April 1547

Es war sehr still im Hause Delgen. Johannas Vater Alfred Delgen lag aufgebahrt in der Stube, die Familie saß bei ihm, um ihm die letzte Ehre zu erweisen. Es war schnell gegangen mit ihm; vor kaum vierzehn Tagen hatte er sich mit einem schweren Husten ins Bett gelegt. Gestern hatte er die letzte Ölung empfangen und war dann friedlich eingeschlafen. Doch zuvor hatte er die Hände seiner Frau genommen, feste gedrückt und gesagt: „Frau, mach dir keine Sorgen. Für dich und Johanna ist gesorgt. Ich hab für euch Geld zurückgelegt. Rutger wird es euch geben. Ich werdet auch ohne mich ein schönes Leben haben."
Darauf hatte die Mutter noch viel mehr geweint und ihn gefragt, wie denn ihr Leben schön sein könne ohne ihn, aber das hatte er schon nicht mehr gehört.

Am Tag nach der Beerdigung saßen sie beim Morgenimbiß. Johanna und ihre Mutter löffelten lustlos ihre Grütze, Jutta versuchte die beiden zu trösten, was ihr jedoch kaum gelang. Peter und sein Vater Rutger waren an diesem Morgen besonders mürrisch - es war wohl ihre Art, ihre Trauer zu zeigen, wie Johanna dachte, aber sie wurde ein sonderbares, ungutes Gefühl einfach nicht los. Als sie fertig waren und ihre Tante Trine den Tisch abräumte, schlug Onkel Rutger mit der flachen Hand auf den Tisch und sagte: „So! Ihr beiden packt jetzt eure Sachen und dann bring ich euch fort."
Die Frauen starrten ihn an.
„Onkel Rutger? Wir möchten nicht fort", erwiderte Johanna erstaunt.
„Was ihr möchtet, ist mir vollkommen gleich. Ich will dass ihr verschwindet, und zwar so schnell wie möglich. Ihr glaubt doch nicht im Ernst, dass ich euch hier durchfüttere."
„Davon kann keine Rede sein. Mein Vater hat uns beiden Geld vererbt."

„Da hat dein Vater auf seinem Sterbebett gelogen!“ sagte Onkel Rutger mit einem hämischen Grinsen.
„Peter?“ wandte sich Johanna mit zitternder Stimme an ihren Cousin, doch der fauchte: „Du hast gehört, was mein Vater gesagt hat. Und ich will euch auch nicht mehr im Haus haben.“
Tante Trina machte sich sehr angelegentlich mit dem Geschirr zu schaffen, aber Johanna sah, dass sie den Kopf schüttelte. Ob über ihre eigene Naivität oder die Grausamkeit Onkel Rutgers konnte Johanna nicht sagen. Mutter Adelheid hatte die ganze Zeit nur stumm auf den Tisch gestarrt.
„Ich hab immer gewusst, dass du ein Raffalles bist, aber dass du deinem toten Bruder eine Lüge unterstellst, das ist der Gipfel der Niederträchtigkeit.“
„Vater, ich bitte dich, das kannst du doch nicht machen. Die beiden können doch hier bleiben“, rief Jutta.
„Ach, damit die beiden guten Katholikinnen uns als Ketzer verpfeifen?“ gab ihr Bruder Peter zurück.
„Das ist doch Unsinn! Was geht nur in euren Köpfen vor? Seid ihr vollkommen von Sinnen?“
„Wir sind vollkommen bei Verstand, nur du nicht. Und wenn du nicht augenblicklich schweigst, dann kommst du mit weg.“
„Sag, wohin du sie bringst! Ich will es wissen.“
„Sie kommen ins Bergische, zu meinem Bruder auf den Bauernhof“, sagte nun Tante Trine.
„Aber wieso? Wieso…“, wollte Jutta noch wissen, da traf sie die flache Hand ihres Vaters im Gesicht.
„Schweig jetzt oder ich bring dich gleich mit dorthin.“
Johannas Mutter war in diesem Moment abrupt aufgestanden. „Komm, Johanna, wir gehen. Was hier geschieht, ist so widerwärtig und unwürdig, dass ich mit diesem Menschen ohnehin nicht mehr unter einem Dach leben möchte.“
Und mit einer geradezu adligen Würde, die Johanna noch niemals bei ihrer Mutter beobachtet hatte, ging sie hinaus. Johanna folgte ihr die Treppe hinauf. Gemeinsam suchten sie ein paar Dinge zusammen, von denen sie

glaubten, dass sie sie benötigen würden, wie etwas Wäsche zum Wechseln, einen Kamm, eine Schürze, ein Tuch, das der Vater einmal von einer Reise mitgebracht hatte.

„Ausgerechnet zu Tante Trinas Bruder. Den hab ich einmal gesehen, das hat mir schon gereicht. Und jetzt sollen wir für den Kerl die Mägde spielen oder was?" flüsterte Johanna.

„Wenn dein Vater wüsste, dass wir auf dem Bett, in dem er gestorben ist, nun diese paar Sachen zusammenraffen und dann aus dem Haus geworfen werden..."

Johanna sah ihre Mutter an. Nach diesen Worten hätte sie erwartet, dass sie schluchzend zusammensank, aber ihr Gesicht war wie aus Stein; dabei bewegten sich ihre Hände, als verrichteten sie eine alltägliche Arbeit. Sie öffnete ihr Schmuckkästchen - es war schon leer. Sie zeigte es Johanna.

„Gründliche Arbeit, die Herrschaften. Respekt! Komm, lass uns gehen. Wir haben nichts mehr, aber unsere Würde wollen wir uns noch bewahren. Wir tun so, als kämen wir widerstandslos mit, aber es gibt sicher eine Möglichkeit zu fliehen."

„Nichts dergleichen werdet ihr tun, ihr verdammten Weiber!" Peter hatte sie gehört und packte Johanna so hart am Arm, dass sie aufschrie. „Was fällt dir ein? Lass mich los!"

„Was mir einfällt? Das fragst du noch? Mir fällt jetzt endlich das ein, was ich schon lange tun wollte!" Und damit schlug er auf sie ein, dass Johanna beinahe das Bewusstsein verlor. Wie von ferne hörte sie ihre Mutter schreien. Als Johanna am Boden lag, leerte Peter den Wasserkrug über ihr aus. Johanna war froh, dass ihm nicht das Nachtgeschirr in die Finger gefallen war. Dann zog er sie an den Haaren hoch und stieß sie vor sich die Treppe hinunter, die Mutter folgte entsetzensstarr.

Unten in der Küche saß Jutta weinend auf der Bank.

„Auf Wiedersehen, Jutta. Wenn Reinhard im Mai kommt, dann sag ihm bitte wo er mich finden kann, und grüß Bärbel von mir", sagte Johanna mühsam, während sie sich Blut von der Lippe wischte.

„Auf Wiedersehen, Johanna, Tante Adelheid. Und ich werde den beiden sagen wo ihr seid."

„Nichts dergleichen wirst du tun! Wehe!“ sagte ihr Vater und hob drohend die Hand.

„Auf Wiedersehen!“ sagte Tante Trina, doch Johanna und ihre Mutter würdigten sie keines Blickes.

Die beiden Männer ließen es sich nicht nehmen, die Frauen gemeinsam mit dem Leiterwagen hinauszufahren, als hätten sie Angst, die beiden Frauen könnten einem alleine gefährlich werden, ihn gar überwältigen und davonfahren. Johanna und ihre Mutter saßen hinten auf dem Wagen, was nicht sehr bequem war. Außerdem blickten sie nach hinten, schauten zurück auf ihr Haus, auf den Marktplatz, sahen das Leben dort weitergehen als sei nichts geschehen. Sie sahen Bekannte, die ihnen erstaunt hinterher winkten als seien sie unterwegs zu einer kleinen Lustreise. Sahen sie denn nicht die Verletzungen in Johannas Gesicht? Sollten sie rufen? Um Hilfe bitten? Doch sie waren wie gelähmt und konnten sich nicht rühren. Es dauerte nicht lange und sie hatten Siegburg hinter sich gelassen. Die Stadt wurde immer kleiner, die Abtei konnte man noch eine Weile sehen, doch dann schoben sich die dicht bewaldeten Berge dazwischen und nichts erinnerte mehr an das Leben, das sie bisher geführt hatten. Die einzige Hoffnung, die Johanna hatte, war Reinhard.

Sie holperten lange ins Bergische Land hinein. Je länger sie fuhren, umso weniger Hoffnung hatte Johanna, dass sie irgendwie nach Siegburg zurückkommen oder dass Bärbel sie finden und ihnen helfen könnte. Schließlich gab sie diese Hoffnung auf und hielt mit ihrer Mutter Ausschau nach einem Bauernhof, der wohl der Hof des unbekannten Onkels sein könnte. An so vielen schönen, ordentlichen Höfen zogen sie vorbei; an dem hässlichsten, heruntergekommensten Hof hielten sie an. Räudige Katzen strichen umher, Hühner, die sich gegenseitig kahl gehackt hatten, scharrten im Dreck. Das Haus verdiente kaum die Bezeichnung Haus, sondern war von dem windschiefen Stall, aus dem Ziegen meckerten, nicht zu unterscheiden.

„He, Schwager! Bist du zu Hause?“ rief Onkel Rutger. „Ich hab dir was mitgebracht.“ In der Tür erschien Tante Trinas Bruder. Sofort verstanden Johanna und ihre Mutter, weshalb man diesen Menschen niemals besucht oder nach Siegburg eingeladen hatte. Der Mann war eine grauenerregende

Erscheinung. Johanna hatte noch niemals zuvor einen Menschen gesehen, der so über und über mit Dreck bedeckt war. Als er breit grinste, entblößte er eine Handvoll brauner Zahnstummel.
„Meine Schwägerin und ihre Tochter kommen, um bei dir zu arbeiten. Wie ich sehe, brauchst du jede Hand."
„Das ist schön von dir! Immer her mit den hübschen Frauen."
Johanna wurde übel.
„Übrigens, mein lieber Schwager, darfst du gerne dafür sorgen, dass kein anständiger Mann sie jemals zur Frau begehrt!"

Meißen, 22. April 1547[146]

Der Kämmerer Hans von Ponickau und Oberhofmarschall Heinrich von Schönberg saßen auf ihren Pferden und schauten zu, wie die kurfürstliche Armee, bestehend aus etwa sechstausend Fußsoldaten und gut tausend Reitern die große, hölzerne Brücke passierten. Nur der Lärm der Stiefel, Wagenräder und Hufe ließ ahnen, wie viele Menschen unterwegs waren, denn nur hier und dort verrieten schwankende Laternen, dass der Zug noch lange nicht zu Ende war. Erst als alle Männer, Pferde und Wagen, der Tross mit den Händlern, Quacksalbern und Hübschlerinnen am rechtselbischen Ufer angekommen waren, gaben sie den Befehl, die Brücke in Brand zu setzen.

146 Siehe zu den folgenden Begebenheiten Held, Wieland; 1547 Die Schlacht bei Mühlberg/ Elbe. Beucha 1997, S. 79 ff.
Allerdings ist dabei anzumerken, dass Wieland Held hier und da eine etwas unsichere Quelle ist, da er an manchen Stellen alte Irrtümer übernimmt. Der Falkenberger Stadtchronist Klaus Wackernagel hat sich hier als eine korrigierende Quelle von unschätzbarem Wert erwiesen, da er ausschließlich Augenzeugenberichte zitiert, von denen manche in der Forschung bisher keine Berücksichtigung fanden. Außerdem ist er als Falkenberger Bürger mit den örtlichen Begebenheiten vollkommen vertraut und überprüft jede Aussage in Forschungstexten auf ihren Wahrscheinlichkeitsgehalt. Manchmal stellt sich dabei heraus, dass die in Forschungstexten aufgestellten Behauptungen einer näheren Betrachtung nicht standhalten; z. B. wenn es um die Unterkunft des Kaisers, Fluchtwege, Ortskenntnisse der Beteiligten oder die militärische Kompetenz des Kämmerers Hans von Ponickau geht. Nicht nur an dieser Stelle möchte ich Herrn Wackernagel für seine fabelhafte Hilfe und Unterstützung herzlich danken. A.Z.

Zu diesem Behufe gingen einige Männer auf die Brücke, wo sie Pech vergossen, das sie mit Fackeln entzündeten. Dann eilten sie ans Ufer, denn gleich schlug die Lohe hoch in den nächtlichen Himmel. Das trockene, alte Holz war dem Feuer ein willkommener Fraß, und bald stand die ganze Brücke in Flammen. Sogar die Albrechtsburg, die hoch oben über der Elbe auf ihrem Felsen thronte, wurde in ein höllisches Licht getaucht.

„Denkst du, dass uns das etwas nutzen wird?“ fragte Ponickau und streichelte seinem Pferd, das vor dem Feuer zurückschrecken wollte, den Hals.

„Das wird den Kaiser zumindest für eine Weile aufhalten. Aber hier und dort gibt es auch Furten über die Elbe. Es ist nicht vollkommen ausgeschlossen, dass er uns hier auf dieser Seite angreift“, erwiderte Heinrich von Schönberg.

Ponickau, der vor wenigen Stunden erst von einem Feldzug gegen die Stadt Freiberg nach Meißen gekommen war, hatte an dem Kriegsrat, der am Vorabend in Meißen stattgefunden hatte, nicht teilgenommen. Nach allem, was Heinrich von Schönberg erzählt hatte, war es wohl hoch hergegangen bei der Besprechung. Bei der Nachricht, dass der Kaiser schon sehr nah sei und einen Angriff auf Meißen plane, hatten nicht alle Männer einen kühlen Kopf bewahren können. Meißen war eine gut befestigte Stadt, und die erfahrenen Heerführer hatten dem Kurfürsten geraten, sicher in Meißen zu bleiben, doch wie so oft hatte sich der Kurfürst gegen das bessere Wissen seiner Kriegsräte durchgesetzt und den Abmarsch befohlen.

„Was für ein Irrsinn, diese sichere Stadt zu verlassen und hinaus ins freie Feld zu ziehen! Glaubst du, dass wir Wittenberg erreichen, bevor uns der Kaiser stellt?“ Schönberg ärgerte sich maßlos, dass er sich nicht hatte durchsetzen können gegen den Kurfürsten. Schon während des Feldzuges in Süddeutschland war oft wertvolle Zeit verstrichen, und die Entscheidungen, die man nach endlosen Debatten geführt hatte, entsprachen dann schon nicht mehr der aktuellen Lage. Es war zum Verzweifeln.

„Der Kaiser ist nahe. Wahrscheinlich näher als uns lieb ist. Es ist zu schlimm, dass die Herzogin von Rochlitz uns nun nicht mehr mit Nachrichten versorgen kann. Sie hätte uns sicher alles genau mitteilen können.“

„Ja, du hast recht. Es kommen zwar nach wie vor Boten mit Nachrichten an, aber man weiß nicht, wie verlässlich sie sind. Wenn wir doch nur sicher wüssten, wo der Kaiser steht, dann könnten wir gezielter reagieren. Einen Gewaltmarsch müssen wir unseren Männern zumuten, damit wir so viele Meilen wie möglich zwischen uns und den Kaiser bringen. Einfach zur Sicherheit."

Ponickau pflichtete ihm mit einem Nicken bei und fügte hinzu: „Zur Not haben wir immer noch die Schwimmbrücke." Er deutete mit dem Kinn elbaufwärts, wo die Pontons der schwimmenden Brücke längst außer Sicht waren. „Wenn der Kaiser uns hier auf dieser Seite zu nahe kommt, können wir übersetzen und die Brücke abtreiben lassen."

„Dann können wir nur hoffen, dass wir früh genug Wind davon bekommen, denn sechstausend Kriegsknechte und tausend Reiter über eine wacklige Schwimmbrücke zu bringen, dürfte eine Weile dauern. - Was ist eigentlich mit Thumshirm? Gibt es Nachrichten von ihm?"

„Keine guten, wie ich heute früh erfahren habe. Herzog Moritz hat alle wichtigen Übergänge über die Mulde besetzt und Thumshirm so den Weg aus dem Erzgebirge abgeschnitten."

Schönberg knurrte einen Fluch. „Kein Nachschub aus dem Erzgebirge! Weder Männer noch Geld! Das ist bitter. Lange werden wir die Söldner nicht mehr bezahlen können."

„Es sind genügend darunter, die für ihre Überzeugung und ihren Glauben kämpfen; andere wurden ausgehoben - auf die eine oder andere Art, und natürlich sind auch einige dabei, die einfach nur für Sold kämpfen. Ganz gleich wie, wir müssen Wittenberg erreichen."

„Glaubst du wirklich, dass es uneinnehmbar ist - das Bethlehem der Reformation[147], wie manche sagen?" Schönberg klang skeptisch und stieß bei seinem Freund offensichtlich auf die gleichen Zweifel, denn statt einer Antwort rückte sich Ponickau umständlich im Sattel zurecht und blies geräuschvoll die Luft aus. „Der Kurfürst scheint davon zumindest überzeugt, sonst hätte er dort nicht seine Familie untergebracht. Aber... sicher kann man das nicht sagen. Der Kurfürst ist ein guter Christenmensch mit einem schier unerschütterlichen Gottvertrauen. Das ist sehr löblich, aber ich wür-

147 Herrmann, Johannes; 2003, S. 89.

de mich doch lieber auf meine Kenntnisse und militärischen Erfahrungen verlassen, als darauf, dass Gott uns schon irgendwie helfen wird." Das Feuer hatte mittlerweile die gesamte Brücke erfasst. Es war ein sonderbares Schauspiel, grauenhaft und prächtig zugleich.

„Dennoch finde ich es wichtig, dass der Kurfürst unerschütterlich ist oder zumindest scheint, denn das beruhigt die Männer. Im Heer kursieren Gerüchte: Der Kaiser stehe schon bei Oschatz und plane bald einen Angriff."

„Ja, ich hab davon gehört. Die Angst davor spiegelt sich in den Gesichtern der Männer wider. Sie hatten es alle eilig, über die Brücke zu kommen. Es heißt, der Kaiser habe eine Armee, die uns zahlenmäßig weit überlegen sei."

„Das ist nicht sicher. Aber trotzdem müssen wir uns auf alles vorbereiten, müssen wachsam sein, Geländevorteile ausnutzen."

„Wenn wir denn Geländevorteile haben."

„Wir beide kommen bald in bekanntes Gebiet. Mein Gut ist zwar in Falkenberg - noch einige Meilen von hier, aber in der Region, die vor uns liegt, waren wir oft genug auf der Jagd."

„Ich kann nur hoffen, dass dort nicht wieder eine Jagd stattfindet, bei der wir die Beute sind. - Was ist mit deiner Familie? Ist sie noch in Falkenberg?"

„Ich hab Dorothea und die Kinder in Sicherheit gebracht. Der Krieg wird zwar nicht in die Nähe von Falkenberg kommen, aber in diesen unsicheren Zeiten kann man nie wissen."

Die beiden Freunde starrten für eine Weile stumm in die Flammen, deren Hitze bis zu ihnen strahlte. Als die Brücke mit einem lauten Krachen barst und in die Elbe stürzte, wendeten sie schnell ihre Pferde, damit die Tiere nicht scheuten.

Obwohl Reinhard und Joseph zwischen einigen Tausend Soldaten längst ein ziemliches Stück den Fluss hinab marschiert waren, zuckten sie beim Bersten der Brücke zusammen. Noch lange hatten sie die Hitze des Feuers im Rücken gespürt, nun war es zischend im Fluss erloschen. Sie wagten nicht, darüber zu sprechen, sondern schauten sich nur stumm an. Mit jedem Schritt beteten sie um ihre Rettung, um ihre sichere Ankunft in Wittenberg, um Frieden, um ihr Überleben.

Mühlberg, 23. April 1547

Es war um die Mittagszeit des 23.April, als der Kurfürst mit seiner Armee von Osten her die Stadt Mühlberg durchquerte, um westlich der Stadt in einem Baumgarten das Lager aufzubauen. Die Männer waren vollkommen erschöpft. Die ganze Nacht hindurch waren sie marschiert, um so viel Raum wie möglich zwischen sich und den Feind zu bringen. Es war ein Samstag, und der Kurfürst versprach, dass der morgige Sonntag geheiligt sein sollte. Einen Tag der Ruhe, der Erholung und des Friedens wollte er seinen Männern gönnen. Die Aussicht auf Frieden schien inmitten der blühenden Bäume[148] sehr real. Wer hätte unter blühenden Kirschbäumen an Krieg denken können? Joseph schaute stumm hinauf in die Blütenpracht, die sich über ihren Köpfen spannte, soweit das Auge reichte. Es war beinahe, als seien sie im Himmel. Selbst die grauenhaften Ereignisse vor Dresden schienen plötzlich weit weg, wie ein böser Traum.

„Lass uns morgen zum Gottesdienst gehen“, schlug Joseph vor. „Ich habe gehört, der Kurfürst wird in seinem Zelt einen Gottesdienst abhalten lassen, und wir waren so lange nicht mehr im Gottesdienst. Vielleicht können wir von außen ein wenig zuhören.“

„Ja, Joseph, das ist wahr. Es ist wie ein kleines Stück Frieden. Wir werden in den Gottesdienst gehen und wenigstens für diese Zeit im Frieden stehen.“

„Wenn wir doch nur erst wieder weg könnten von diesem Heer. Glaubst Du, dass wir überleben, wenn es wirklich zu einer Schlacht kommen sollte?“

Reinhard seufzte schwer auf. „Ich kann nur hoffen, dass es zu einer Schlacht gar nicht kommen wird. Vielleicht werden wir in ein paar Tagen Wittenberg erreichen, und vielleicht wird es dort zu Friedensverhandlungen kommen. Dann können wir in Frieden abziehen und keiner wird uns nach dem Leben trachten, wenn wir gehen.“

„Ja, das wäre das Beste. Dann würden wir zuallererst nach Dresden gehen, um nach Anni zu schauen, nicht wahr? Sie ist sicher geflohen, als die Zeiten

148 Heutzutage blühen die Bäume in der Gegend um Mühlberg sehr viel später. Damals war das Klima jedoch sehr viel milder, so dass sogar in der Dresdener Gegend Feigenbäume wuchsen und reichlich Frucht trugen. Siehe dazu die Chronik von Anton Weck.

so gefährlich wurden.“
„Ja, Joseph, ganz sicher ist sie das. Aber selbst wenn es zu einer Schlacht kommen wird, dann wird der Feldmarschall Wolf von Schönberg[149] unser Leben nicht leichtfertig aufs Spiel setzen. Ich bin sicher, er weiß was er tut.“

Schirmenitz, 24. April 1547

Der Kaiser hatte am 23. April erfahren, dass der Kurfürst aus Meißen abgezogen sei. Also hatte er gegen Mitternacht seine Truppen wecken und weitermarschieren lassen, um den Kurfürsten so schnell wie möglich zu erreichen. Nachdem die kaiserlichen Truppen die ganze Nacht marschiert waren, gelangten die Fußknechte und die leichte Reiterei am Morgen des 24. April gegen neun Uhr in Schirmenitz an. Geführt wurden sie von den Herzögen Moritz, August und Alba. Der Kaiser selbst war mit den Geschützen und der schweren Reiterei noch nicht herangekommen.
Nebel lag um das Dorf herum; in den aufgeweichten Gassen war er so dicht, dass man kaum drei Häuser weit schauen konnte. Die Geräusche, die einem dörflichen Morgen eigen sind, erfüllten die Luft: Hähne krähten, Gänse flüchteten schnatternd vor den Reitern, in den Ställen wurden die Kühe und Ziegen gemolken. Aus den Häusern hörte man das Mahlen der Handmühlen. Es duftete schon nach Frühling.
Heinrich Lersner, der Moritz schon in Chemnitz aufgesucht hatte, war von Philipp wieder zurück zu Moritz geschickt worden. Nun drückte Lersner sich auch in Schirmenitz herum und hoffte, ein Wort mit Moritz reden zu können, doch Moritz war viel zu beschäftigt. Er und sein Bruder August kümmerten sich um ein Quartier, und bald saßen sie mit dem Herzog von Alba bei einem Frühstück im Haus des Pfarrers Johann Faust.
Eine Magd trug deftige Eier mit Speck auf, dazu dunkles Brot und Bier.
„Wenn ich den edlen Herrschaften noch etwas…“ begann der Pfarrer, doch Moritz hob die Hand.

149 Zum besseren Verständnis möchte ich hier anmerken, dass es in dieser Schlacht zwei Freiherren von Schönberg auf kurfürstlicher Seite gab: Zum einen den Oberhofmarschall Heinrich von Schönberg, zum anderen den Feldmarschall Wolf von Schönberg.

„Wir wünschen, alleine zu speisen. Wenn ein Bote kommt, schicke er ihn herein."
Unter einer tiefen Verbeugung zog sich der Pfarrer zurück und konnte gerade verhindern, dass sein Sohn Lorenz[150], ein Bursche von vielleicht fünfzehn Jahren, noch einen neugierigen Blick in die Stube warf.
Nachdem sie das Mahl beendet hatten, brachen sie auf, um das Gelände zu erkunden. Daran durfte Heinrich Lersner sich nicht beteiligen, und so hatte er wieder keine Gelegenheit, mit Moritz zu sprechen.
Sie ritten gemeinsam mit einigen Spaniern hinunter zur Elbe, wo der Nebel noch immer dicht über dem Wasser lag. Nur schemenhaft war das andere Ufer zu erkennen, und auf dem Wasser lag etwas... eine Schwimmbrücke! Da hallten Schüsse durch den Morgennebel - der Fußtrupp, der die Brücke bewachte, hatte sie entdeckt und feuerte mit Büchsen. Dies rief die Spanier auf den Plan, die beim Vortrab waren. Endlich Berührung mit dem Feind! Darauf gierten sie schon seit Wochen! Es schien, als schössen sie nur um des Schießens willen in den Nebel hinein, doch immerhin ließen sich die kurfürstlichen Männer, die die Schwimmbrücke bewachten, von den Pontons vertreiben.
Doch ganz wollte man die Brücke nicht aufgeben, und so trennten die Kurfürstlichen die Pontons der Brücke voneinander, offenbar in der Hoffnung, sie nicht in feindliche Hände fallen zu lassen, indem sie sie flussabwärts treiben ließ. Mit einiger Bewunderung sahen Moritz, August und der Herzog von Alba nun, wie einige Spanier um jeden Preis die Brücke retten wollten: Sie warfen ihre Kleidung ab, um schwimmend, mit ihren Degen zwischen den Zähnen, die Pontons der Brücke zu erreichen. Dies gelang ihnen tatsächlich, wie die Herzöge bewundernd feststellten, denn die Wachen auf den Pontons fielen nach kurzem Kampf. Wer dann noch flüchten konnte, wurde von den kaiserlichen Hakenschützen erschossen.[151]

150 Erinnerungen des späteren Schirmenitzer Pfarrers Lorenz Faust. (in: Die schwarze Elster/ Nr. 133, 1910) Auch dieser Text wurde mir von Klaus Wackernagel zur Verfügung gestellt. (A.Z.)
151 siehe Held, Wieland; Brief Kaiser Karls V. an seine Schwester vom 25. April 1547.

Mühlberg, 24. April 1547

Unterdessen saß der Kurfürst in dem zur Kirche ausgestatteten Zelt, um einer Predigt über den guten Hirten zu lauschen, unter dessen Schutz er sich vollkommen sicher wähnte. Das Lied „Ein feste Burg ist unser Gott", sang er mit Inbrunst und Überzeugung. Der Pfarrer sprach außerdem von der Verteidigung des wahren Glaubens und einem sicheren Sieg über den Kaiser.
„Aber was ist, wenn doch die anderen recht haben?" flüsterte Joseph, der mit Reinhard dicht gedrängt zwischen vielen anderen Söldnern stand. „Ich bin sicher, der Kaiser hält heute auch einen Gottesdienst ab und ist dabei überzeugt, dass Gott ihm den Sieg schenken wird."
„Das wird Gott allein entscheiden. Aber wer weiß das schon? Und selbst wenn es in diesem Zwist irgendwann einen Sieger geben wird, weiß man immer noch nicht, ob wirklich Gott dafür gesorgt hat. Die Truppen des Kaisers sind sicher nicht viel besser als die kurfürstlichen, und wir haben gesehen, was sie den Menschen antun. Ich zweifle ehrlich gesagt, dass Gott irgendjemanden unterstützen wird, der seine Mitmenschen auf so grauenhafte Art quält. Ich denke viel eher..."
Doch Reinhard konnte seinen Satz ebenso wenig zu Ende bringen wie der Pfarrer, denn ein Bote drängte sich durch die Menge bis zum Kurfürsten und rief: „Sie kommen, sie kommen!"
„Wo sind sie?" fragte der Kurfürst mit einer Ruhe, als ginge es um die Ankunft von Gauklern.
„Auf der anderen Seite der Elbe."
Der Kurfürst winkte ab. „Schickt ein paar Reiter zur Beobachtung hin." Und zum Pfarrer gewandt sagte er: „Fahrt fort, fahrt fort. Wir stehen in Gottes Hand und werden ganz und gar auf ihn allein vertrauen."
Der Pfarrer - war er kleingläubig oder realistisch? - beendete den Gottesdienst rasch. Nach einem eiligen Segen verschwand er.
„Lass uns auch gehen. Ganz schnell!" flüsterte Joseph. „Wir sollten bei den ersten sein, die aufbrechen, wenn der Kaiser uns verfolgt."
Sie waren noch nicht in ihrem Lager angekommen, da hörten sie Schüsse. Unwillkürlich griff Reinhard nach dem Ring, der noch immer sicher im

Saum seiner Jacke steckte. Er musste, musste überleben. Die Gedanken an Johanna gaben ihm Trost und zermürbten ihn gleichzeitig. Was, wenn sie doch nicht auf ihn gewartet hatte? Wenn sie nun glaubte, dass sie ihm gleichgültig war oder gar dachte, dass er sie längst in den Armen einer anderen Frau vergessen hatte? Er musste diese Sache überstehen. Er schaute Joseph an. Bleich und zitternd stand er da, als immer mehr Schüsse fielen. Das Summen der Bienen in den Kirschbäumen über ihnen war plötzlich nicht mehr zu hören.

„Ich hab Angst", wimmerte Joseph. „Und ich will heim. Ich will heim."

„Joseph, bitte, hab keine Angst. Ich werd dich beschützen. Lass uns zusammenbleiben, wenn es geht, aber wenn ich an eine andere Stelle kommandiert werde, wo es gefährlicher ist, dann bleib du in Sicherheit."

„Aber dann hab ich ja noch viel mehr Angst. Dann hab ich Angst um mich und noch viel mehr um dich. Ich glaub nicht, dass ich das aushalten werde."

„Du musst! Und wenn ich sterbe, dann wirst du alleine zurück nach Dresden gehen. Du musst!"

Tatsache war, dass dreißig kurfürstliche Reiter zur Elbe geritten waren, um zu sehen, was dort los war. Als die kaiserlichen Reiter ihrer ansichtig wurden, schossen sie, ritten ins Wasser hinein so weit sie eben konnten und schossen wieder. Die kurfürstlichen Reiter waren auch nicht faul und erwiderten das Feuer. Dass die Schwimmbrücke zu dieser Zeit schon in kaiserlicher Hand war, entging den kurfürstlichen Reitern. Während dies geschah, saß der Kurfürst beim Frühstück und befahl mit vollem Mund, die Kaiserlichen mit zwei Kanonen zu beschießen. Zwei Kanonen hielt er für vollkommen ausreichend, denn er glaubte nicht, dass der Kaiser schon mit allen Truppen heraufgezogen sei.

Auf kaiserlicher Seite

Mittlerweile war der Kaiser mit weiteren Truppen, Reiterei und der leichten Artillerie in Schirmenitz angekommen und ritt an die Elbe, um von weitem das Lager des Kurfürsten zu inspizieren. Dort traf er auf Moritz,

August und den Herzog von Alba. Es war ein wunderbarer Sonntagmorgen, Vögel sangen, auf den Wiesen glänzte der Tau, und die Spinnweben zwischen den Grashalmen sahen aus wie Diademe. Die Sonne hatte den dichten Nebel aufgelöst und gab den Blick auf die andere Seite der Elbe frei. Nur der Fluss selbst hüllte sich noch in seinen dichten Schleier. Auf der anderen Seite konnte man Mühlberg erkennen, vor der Stadtmauer die strohgedeckten Hütten der armen Leute, und ein paar Steinwürfe davon entfernt das kurfürstliche Lager in einem Baumgarten.

„Es sieht recht hübsch aus, das Lager des Kurfürsten, wie es da unter den blühenden Kirschbäumen liegt", sagte der Kaiser mit einem leisen Anflug von Spott.

„Wir könnten es mit den Feldschlangen erreichen, Euer Kaiserliche Majestät", sagte Moritz.

„Und mit den Hakenschützen ebenso", fügte der Herzog von Alba hinzu. „Sollen wir die nötigen Befehle geben?"

Der Kaiser schaute die beiden jungen Männer an. „Das wird nicht nötig sein. Die entsprechenden Befehle habe ich bereits gegeben. Die Feldschlagen und vierhundert Hakenschützen werden dem Breznbauch das Frühstück vom Teller blasen."

Die ersten, die über die eroberte Schwimmbrücke gingen, griffen einen Hufschmied aus dem kurfürstlichen Heer auf und schleppten ihn vor den Kaiser, der gerade von seinem Ausritt zurückkam. Es bedurfte keiner Gewalt, ihn zum Reden zu bringen.

„Sag uns, wie viele Männer der Kurfürst hat!" herrschte Moritz den Mann an, der nicht aufzuschauen wagte.

„Es sind etwa sechstausend Fußsoldaten, dazu eintausend Reiter, Herr."

„A la poursuite!" ordnete der Kaiser an.

„Verfolgen!" hallte der Befehlt weiter, und so setzten die ersten Geschwader über die Brücke.

Die Schwimmbrücke war für die vielen tausend Männer und Pferde zu schmal. Viel zu lange hätten sie warten müssen, um alle hinüber zu kommen. Außerdem wagten sich viele Pferde nicht auf den schwankenden Bo-

den und scheuten, selbst als ihre Reiter ihnen die Sporen gaben. Da entdeckten umherschwärmende Reiter eine Furt, nicht weit von Mühlberg entfernt. Ein Weg führte direkt dorthin, und alle machten sich auf zur Furt. So auch Heinrich Lersner, in der Hoffnung, sich zu Moritz drängen zu können. Geschickt lenkte er sein Pferd so durch die Fußsoldaten, dass er tatsächlich gemeinsam mit Moritz am Ufer der Elbe ankam. Da sprach Moritz ihn schon an: [152]„Lersner, ich hoffe, wir werden heute dem Krieg ein Loch machen", sagte er, aber er klang nicht wie ein Mann, der sich auf einen strahlenden Sieg freut.
„Ja, Euer Gnaden. Ich hoffe sehr, dass der Krieg heute ein Ende finden wird. Dieser Streit macht mir zu schaffen."
Gemeinsam setzten sie über die Furt.
„Lersner, ich habe das Lager des Kurfürsten gesehen. Würdet Ihr mit einer Botschaft von mir zu dem Kurfürsten reiten?"
„Ja, Euer Gnaden. Was soll ich ihm sagen?"
„Ein letztes Friedensangebot."
Lersner konnte nur hoffen, dass dieses Friedensangebot etwas weniger unverschämt war als die Angebote, die Moritz bisher seinem Schwiegervater unterbreitet hatte.

Auf kurfürstlicher Seite

Der Kurfürst hatte vom Frühstückstisch aus angeordnet, mit zwei Kanonen das Feuer zu eröffnen. Glücklicherweise wurde Reinhard nicht zu den Kanonen beordert, sondern konnte bei Joseph bleiben. Gemeinsam packten sie also ihre Habseligkeiten zusammen, um für einen schnellen Abmarsch gerüstet zu sein. Dann halfen sie dem freundlichen Friesen, der mit dem Zusammenpacken der Kochgeräte sehr viel mehr Arbeit hatte als die einfachen Soldaten.
„Wohin soll der große Kessel?" fragte Reinhard.
Er sah den Friesen antworten, sah, dass sein Mund sich bewegte, doch er hörte nicht, was er sagte, denn ein Sirren kam näher und wurde immer lau-

152 Siehe PKMS 3, Dokument 530, S. 376 f. H. Lersner in einem Brief an Landgraf Philipp.

ter. Der Friese streckte seinen Arm aus, um Reinhard zu zeigen, wohin der Kessel auf dem Karren gehörte, doch da war er plötzlich weg. Verschwunden in einem ohrenbetäubenden Knall und einem Beben, das Reinhard und Joseph zittern machte. Der Friese war weg. Dort, wo er eben noch gestanden hatte, lag etwas, das mit einem Menschen nichts mehr gemein hatte. Joseph geriet völlig außer sich. Mit weit aufgerissenen Augen starrte er auf die Überreste des Friesen, starrte auf seine eigenen Hände, sein Hemd, seine weiße Schärpe, wo Blut und Körperfetzen des Mannes hingen. Er schrie und schrie. Reinhard kam als erster wieder zur Besinnung. Überall im Lager bot sich ihnen das gleiche Bild: zerfetzte Menschen, Gerätschaften, zersplitterte Bäume, Bäume, die krachend umfielen und ihre blühenden Kronen auf die Erde schlugen; dazwischen fliehende, schreiende Männer. In kurzen Abständen schlugen immer mehr Kanonenkugeln ein; der Kaiser musste mit mindesten sechs Kanonen schießen. Dazu feuerten nun Hakenschützen in die flüchtenden Männer hinein. Reinhard zerrte Joseph mit sich fort, hinein in die Stadt, in der man vielleicht für eine Weile sicher war. Neben ihnen fielen Männer zu Boden, blutend, schreiend, mit großen roten Flecken auf den Rücken, oder sie fielen stumm zu Boden, mit zerschossenen Schädeln. Sie erreichten die Hütten vor der Stadt, aus denen die Menschen ebenfalls in die Stadt hineinflüchteten. Wie durch ein Wunder erreichten sie tatsächlich das Stadttor, drängten sich mit all den anderen Menschen hinein in die engen Gassen, wo auch unter der Mühlberger Bevölkerung Panik ausgebrochen war. Es war klar, dass dies nur ein Anfang war.
„Wo ist Wolf von Schönberg? Wo?“ rief der Kurfürst. „Er muss den Rückzug organisieren.“
„Euer Gnaden, Wolf von Schönberg laboriert schon seit einiger Zeit mit einer Wunde am Bein. Wo er ist, kann ich Euch nicht sagen“, erwiderte ein Söldner.
Der Kurfürst schaute sich um, dann schoss sein dicker Zeigefinger auf Hans von Ponickau los.
„Hans von Ponikau, Ihr werdet den Rückzug organisieren. Ich übertrage Euch hiermit das Oberkommando. Ihr werdet Euch mit Ruhm und Ehre bedecken, da bin ich mir ganz sicher. Organisiert den Rückzug, ich selbst

weiß nicht weiter." Damit wandte sich der Kurfürst ab und ließ Hans von Ponikau stehen. Dieser atmete tief durch und blickte sich von seinem Pferd herab um. Die Söldner vertrauten auch ihm, denn schließlich hatte er viele Kameraden vor Freiberg zum Sieg geführt[153]. Ponikau befahl: „Zuerst zieht die Magdeburger Fahne[154] ab, damit sie die Geschütze und die Munition in Sicherheit bringen. Ihnen werden die Fußknechte folgen. Zum Schluss folgt die Reiterei mit dem Kurfürsten, um den Rückzug zu sichern. Wir werden über Torgau nach Wittenberg ziehen."

„Kennt Ihr denn den Weg dorthin?" fragte einer der Söldner. „Um uns nach Wittenberg zu führen, waren sieben Jäger bestellt, die allerdings erst morgen kommen werden. Wir können nicht auf sie warten."

„Die sieben Jäger hätten wir uns sparen können", erwiderte Ponickau mit einem Lächeln. „Ich kenne das Gebiet, also seid getrost."

„Siehst du, die Reiterei wird uns beschützen, Joseph. Wir werden überleben, weil wir bei den Fußknechten mitmarschieren können", flüsterte Reinhard. Joseph zitterte noch immer am ganzen Körper und benutzte seine inzwischen sehr schmutzige weiße Schärpe, um sich das Gesicht abzuwischen. Von überall her hörten sie Ächzen und Keuchen, Verwundete schrien. Eine unüberschaubare Menschenmenge drängte sich mittlerweile in den Straßen der Stadt. Reinhard und Joseph hatten sich an eine Hauswand gestellt. Durch das offene Fenster drang Weinen. Überdeutlich nahm Reinhard plötzlich den Duft von Haferbrei wahr. Im Fenster stand sogar ein kleiner Topf mit Blumen. Sonderbar, dass ihm ausgerechnet jetzt solche kleinen Dinge auffielen, die so alltäglich, jedoch an einem solchen Tag etwas

153 Laut Wieland Held war Hans von Ponickau vollkommen unerfahren in militärischen Dingen und hatte keinerlei Ortskenntnis. Dabei bezieht er sich auf Ponickaus Bericht von der Schlacht in der PKMS. Klaus Wackernagel weist jedoch nach, dass Ponickau sehr wohl mit der Gegend vertraut war, da er mit Schönberg befreundet war, der ein Gut in Falkenberg besaß. Die beiden Männer waren so enge Freunde, dass sie sogar am selben Tag geheiratet hatten. Da man davon ausgehen darf, dass die beiden Männer auf der Jagd waren, waren sie sicherlich mit der Gegend zwischen Mühlberg und Falkenberg vertraut. Ponickau selbst hat sich nach der Niederlage gerechtfertigt, indem er behauptete, er habe keinerlei Kenntnisse und sei bloß Kämmerer. PKMS 3, Dokument Nr. 520, Seite 367.

154 Fahne bezeichnet hier eine Einheit eines Heeres.

Besonderes waren, da sie noch vor Sonnenuntergang ausgelöscht sein würden. Die Familie, das Haus, der Herd, alles.
Als man schon die Stadttore schließen wollte, erschien ein Bote aus dem kaiserlichen Lager, begleitet von einem Trompeter, dessen Signal zwischen den Mauern widerhallte: Heinrich Lersner war Moritzens Befehl gefolgt und hatte sich tatsächlich einen Weg zum Kurfürsten gebahnt. Die Menge teilte sich vor ihnen. Die Pferde waren nass, ebenso die Reiter bis an die Stiefel. Offensichtlich hatte man die Furt gefunden. Nur ein Verräter konnte sie ihnen gezeigt haben[155], davon war der Kurfürst überzeugt.
Der Kurfürst, der den Boten als den hessischen Kanzleibeamten Lersner erkannte, richtete sich auf und rief: „Lersner, was bringst du?"
„Herzog Moritz hat mir befohlen, zu Euch zu gehen und Euch zu sagen, dass der Kaiser mit aller Macht da ist."
Wie zum Beweis seiner Worte schlug in diesem Moment wieder eine Kanonenkugel ein, ganz nah vor der Stadt.
„Der Herzog sagt, es sei für Euer Gnaden unmöglich, diesen Tag zu überstehen und davonzukommen. Wenn Euer kurfürstliche Gnaden Euch mit allen, die bei Euch sind, ergeben wollt, so will Herzog Moritz sich beim Kaiser für Euch einsetzen, damit der Kaiser Euch gnädig sei."
Dabei ließ er einen vielsagenden Blick schweifen über die vollkommen erschöpften Männer, unter denen viele Verwundete waren, die sich mit letzter Kraft oder mit der Hilfe ihrer Kameraden in die Stadt geschleppt hatten. Die Männer hielten den Atem an. Es wurde still, als wolle man der Hoffnung Raum geben. Kapitulation, Frieden, Leben. Die Männer hingen an den Lippen des Kurfürsten, der nun gleich darüber entscheiden würde, ob sie nun glimpflich davonkommen oder von der Übermacht des Kaisers niedergemacht würden. Wie irre starrten unzählige Augenpaare auf den Kurfürsten. Sie alle wollten leben, einfach nur leben. Es war so still, dass man plötzlich leises Schniefen und Wimmern hörte, und noch immer hatte der Kurfürst sich nicht entschieden, sondern starrte Lersner finster an. Je länger er zögerte, umso geringer ward die Hoffnung auf eine Kapitulation.

155 Auch dies ist wohl in den Bereich der Legende zu verbannen, da Furten leicht erkennbar sind anhand der Wege, die zu ihnen führen. Der Verrat eines Bauern wurde als Erklärung für die Niederlage mit herangezogen, so Klaus Wackernagel.

Da erwiderte der Kurfürst: „Lersner, das sind keine Worte, mit denen man einen Kranken tröstet."
„Was soll denn jetzt dieser Unsinn?" flüsterte Reinhard. „Er ist nicht krank, sondern so gut wie tot! Kann er nicht einsehen, dass es keinen Sinn mehr hat?" Doch gleich bereute er seine Worte, denn Joseph starrte ihn mit ängstlichen Augen an und wimmerte nur: „Ich will heim!"
Endlich sprach der Kurfürst: „Wir werden Euch die Antwort heute Abend geben. Bleibt mit dem Trompeter solange bei Uns."
Ein ohnmächtiges Stöhnen ging durch die Männer, denn sie wussten, dass der Kaiser sich nicht bis zum Abend vertrösten lassen würde.

Auf kaiserlicher Seite

Als Lersner nicht zurückkam, deutete Moritz dies als Absage und ritt zurück nach Schirmenitz; wie gerne hätte er dem Kaiser die Nachricht einer Kapitulation überbracht. Die Kaiserliche Majestät saß auf einem mit Pelzen ausgelegten Lehnstuhl in der Frühlingssonne, umringt von seinen Granden. Für Moritz machten sie eine Gasse frei. Die umstehenden Männer traten näher, unter ihnen auch Kuno und Friedrich Magnus zu Solms.
„Euer Kaiserliche Majestät, der Kurfürst hat Lersner nicht zurückgeschickt."
„Das dürfen wir wohl als ein Nein deuten. Es sieht ganz so aus, als halte er sich für unverwundbar, dieser Breznbauch. Wir wollen ihn eines besseren belehren." Der Kaiser klang zufrieden; ganz so, als habe er auf eine abschlägige Antwort seines Gegners gehofft.
„Wenn der Kurfürst glaubt, der Segen Gottes ruhe auf ihm, dann wird er eine Lektion zu lernen haben, die Wir ihm gerne erteilen." Und zu Moritz gewandt fuhr er fort: „Seine Männer sind also die Nacht zuvor marschiert? Sie genießen die Ruhe?"
„Ja, Euer Kaiserliche Majestät. Er hat tatsächlich nicht mehr als sechstausend Männer. Und Mühlberg… ist nicht sonderlich gut befestigt."
„Dann werden wir sie aus ihrer sonntäglichen Ruhe reißen, um ihnen eine ewige Ruhe zu geben. So leicht, wie der Kurfürst es Uns macht, könnten Wir geradezu beleidigt sein", scherzte der Kaiser. Schmunzeln und leises

Lachen, denn kaiserliche Scherze waren ziemlich rar.
„Gut gemacht, Herzog Moritz. - Aber ist das nicht auch ein Zeichen, dass Gott Uns Unsere Feinde in die Hände fallen lassen wird wie überreife Äpfel? Zum Ruhm und zur Ehre Gottes und der heiligen katholischen Kirche werden wir mit Gottes Hilfe den Sieg erringen. Die ganze Welt soll sehen, auf wessen Seite der Allmächtige kämpft."
Kuno war skeptisch und zischte seinem Freund zu: „Ach - wir stehen hier für den Ruhm und die Ehre der katholischen Kirche? Wie gut, dass der Kerl das erwähnt. Da bin ich ja beruhigt. Und ich hatte schon befürchtet, wir stehen hier blöd rum und müssen gleich irgendwelche armen Kerle erschießen für irgendeine völlig sinnlos gequirlte Hühnerscheiße."
„Was? Was hast du eben gesagt?" Friedrich Magnus zu Solms war entsetzt. Noch bevor Kuno ein weiteres Wort von sich geben konnte, hatte Friedrich Magnus ihn am Ärmel gepackt und weggezerrt. Er hoffte nur, dass die anwesenden Spanier nichts verstanden und die Deutschen nichts gehört hatten.
„Was der Kerl da erzählt. Das ist gequirlte Hühnerscheiße. Der kann diesen Ruhm- und Ehre-Scheiß doch nicht wirklich ernst meinen!"
„Doch, tut er!" versuchte Friedrich Magnus so ruhig wie möglich zu sagen.
„Es werden hunderte, wenn nicht tausende Fußknechte im Staub verrekken."
„Kuno, es hat die ganze Nacht geregnet, sie werden wohl kaum im Staub verrecken."
„Dann eben im Morast. Aber verrecken werden die alle auf jeden Fall. Natürlich nicht die, die eine Rüstung tragen. Und hat der Kaiser nicht immer wieder betont, dass er keinen Religionskrieg führt, sondern nur den Frieden und die Einheit des Reiches wieder herstellen will?"
„Ich denke, er steht hier auch für seinen Glauben an Gott, an die Heilige Dreifaltigkeit."
„Die Heilige Dreifaltigkeit? Soll das jetzt hier so eine Art Gottesdienst für die Heilige Dreifaltigkeit sein? Ich nehme an, Euer Gnaden sprechen vom Gottvater des Gemetzels, seinem Sohn, dem Fürsten der Finsternis und dem Geist der Heiligen Einfalt. Das ist die Dreifaltigkeit, die hier angebetet

wird. Und sonst garnix."
„Du hast ja recht, grauenhaft recht hast du! " Friedrich Magnus atmete schwer aus und schaute seinen Freund an. „Ich wollte, es wäre anders. Wir haben uns hier verkauft mit Leib und Seele und dienen einem blutrünstigen, eisenfressenden Gott. Lass uns hier so gut wie möglich durchkommen und so wenig Schaden wie möglich anrichten."
„Was hast du vor? Willst du etwa den Kaiser behindern?" flüsterte Kuno mit einem begeisterten Glitzern in den Augen.
„Nein, natürlich nicht. Ich will hier einfach nur gemeinsam mit dir und heiler Haut davonkommen. Ich geh zurück und höre, was der Kaiser noch zu sagen hat."
„Stimmt; es ist immer besser zu wissen, was auf einen zukommt. Aber keine Angst; ich komm nicht mit und werd auch nichts mehr sagen. Ich such mal was Essbares."
„Besorg uns auch die roten Schärpen, die wir für den Kampf brauchen, damit man uns als Kaiserliche erkennt."
„Gut, mach ich, aber... vielleicht will ich gar nicht als Kaiserlicher erkannt werden. Und außerdem wissen wir doch gar nicht, ob die anderen nicht vielleicht auch rote Schärpen tragen."
„Die anderen werden mit Sicherheit keine roten Schärpen tragen, weil der Kaiser immer Rot trägt. Darauf hat man sich geeinigt." Friedrich Magnus verlor langsam die Geduld. Die Zeit drängte, auch wenn Kuno recht hatte. Aber Kuno war noch nicht fertig: „Aha! Aber wenn man schon miteinander gesprochen hat, um sich auf die Farben der Schärpen zu einigen, wieso hat man dann nicht einfach weiter miteinander gesprochen, um sich dann auch noch darauf zu einigen, dass man sich nicht gegenseitig umbringt?"
„Kuno! Du hast ja recht, aber mach jetzt schnell!" rief Friedrich Magnus schließlich ärgerlich, wobei er sich am meisten darüber ärgerte, dass Kuno so offensichtlich recht hatte. Friedrich Magnus ging wieder zurück zu der Gruppe, doch mittlerweile waren so viele Männer hinzugetreten, dass er nur mit Mühe verstand, was der Kaiser sagte: Man würde den Kurfürsten verfolgen, wobei sie ihn westlich flankieren würden, um ihn von dem Weg nach Torgau abzudrängen.

Auf kurfürstlicher Seite

In Mühlberg formierte sich eilig die Magdeburger Fahne, wie Hans von Ponickau es befohlen hatte. Die Männer waren eifrig bei der Sache, denn jeder wollte beim Abmarsch ganz vorne mit dabei sein. Schließlich machten sie sich durch das Stadttor am anderen Ende der Stadt davon. Dass ausgerechnet die Geschütze als erstes transportiert wurden und damit die Geschwindigkeit der gesamten Truppe bestimmten, war vielleicht ein erster Fehler. Quälend langsam kroch das Heer hinaus aus der Stadt, Reinhard und Joseph schauten sich immer wieder um, doch auf der anderen Seite regte sich nichts, auch das Schießen hatte aufgehört. Die Mühlberger ahnten, was ihnen bevorstand und verließen ebenfalls in Scharen ihre Stadt, nur fort von dem Ort, in dem sich der Kurfürst versteckt hatte - wofür sich der Kaiser bitter rächen würde, soviel war sicher. Sie verfluchten den Kurfürsten, dass er sich ausgerechnet ihre Stadt ausgesucht hatte.
Im Westen, auf der Straße, die nach Torgau führte, waren überall feindliche Soldaten, wie Späher berichteten. Also musste man den Weg direkt nach Norden nehmen und darauf hoffen, sich bald nach Westen bewegen zu können. Auf dem Weg nach Norden gab es kleine Dörfer und Weidezäume. Letztere wurden von der Vorhut abgebrochen, um das Marschieren in Heeresformation zu gewährleisten. Sie waren schon eine ganze Weile marschiert; Joseph beruhigte sich langsam, denn noch immer war die Nachhut nicht in Sicht. Das konnte nur bedeuten, dass der Kaiser nicht so nahe war, wie man erst befürchtet hatte. Wenn sie nur erst Torgau erreichten! Eine Flucht war unmöglich, denn wieder war der schreckliche Hauptmann bei ihnen und hatte ein strenges Auge auf sie. Sie marschierten gerade durch das zweite Dorf, da hörten sie Schüsse und kurz darauf sprengten Reiter heran. Es war ihre eigene Nachhut. Die schweren Pferde ließen mit ihrem vollen Galopp die Erde beben. Reinhard packte Joseph und drückte ihn in eine Häusernische, doch kurz vor den eigenen Fußknechten zügelten die Reiter ihre Pferde. Da ritt ihnen Hans von Ponickau entgegen.
„Halt! In Gottes Namen haltet an, sage ich“, schrie er.
„Vergebt uns Herr, wir wurden angegriffen, konnten die kaiserliche Reite-

rei aber zurückschlagen."
Ein Aufstöhnen ging durch die Männer, in welchem sich die Angst vor dem nahen Feind mit der Erleichterung über diesen kleinen Sieg mischte.
„Wo ist der Kurfürst?"
„Hält sich abseits." Man konnte deutlich hören, was der Mann von einem sich abseits haltenden Kurfürsten hielt.
Drei Männer waren in diesem Scharmützel gestorben. Ihr Blut hatte die Schärpe und das Wams des schrecklichen Hauptmannes rot gefärbt. Dieser Vorfall beschleunigte den Abzug noch. Reinhard und Joseph gingen nun direkt vor der Reiterei. Sie rochen die Pferde, doch es war ein anderer Duft als Reinhard ihn sonst von Pferden kannte. Diese Pferde schienen Angst auszudünsten. Den Tieren teilte sich die Angst ihrer Reiter mit. Wenn er sich umsah, konnte er die schreckensweiten Augen der Tiere, ihre geblähten Nüstern sehen, den Schaum vor ihren Mäulern.

Auf kaiserlicher Seite

Moritz wusste nur zu gut, wohin der Kurfürst flüchten würde: ins gut befestigte Torgau. Dazu durfte es nicht kommen, denn eine Belagerung dieser trutzigen Anlagen konnte sich hinziehen. Also galt es nun, den Kurfürsten von diesem Weg abzudrängen, fort von Torgau, fort von der Elbe. Also flankierten sie das kurfürstliche Heer von Westen her. Tatsächlich wich man ihnen aus und nahm den geraden Weg nach Norden. Von Mühlberg aus führte eine Straße nach Norden durch verschiedene kleine Ortschaften; hinter Falkenberg begann ein Waldgebiet, das man die Lochauer Heide[156] nannte. Wenn der Kurfürst diesen Wald erreichte, könnte er fliehen, sich verstekken, entkommen! Sie trieben ihre Pferde an, um den Feind zu überholen. Moritz kannte das Gebiet von früheren Reisen. Wenn der Kurfürst auf den Feldern hinter Falkenberg sein Heer wieder in Gefechtsformation bringen könnte, dann würde er seine Haut teuer verkaufen. Sie mussten diese Felder zuerst erreichen, dann würden sie das Heer in die Zange nehmen; die we-

156 Heute heißt dieses Gebiet Annaburger Heide. Die Bezeichnung „Heide" meint in dieser Gegend grundsätzlich ein Waldgebiet, in Gegensatz zu anderen Gebieten, wo man unter „Heide" eine offene, baumlose Landschaft versteht.

nigen Reiter wären keine ernstzunehmenden Gegner und die Fußsoldaten konnte man niederreiten und niederschießen; diejenigen, die dann noch standen, konnte man zur Not mit dem Schwert niedermachen.

Auf kurfürstlicher Seite

Reinhard und Joseph schauten sich um. Dort drüben, kamen dort nicht Reiter? War die kurfürstliche Reiterei so weit auseinandergezogen, dass man die Reiter auf der anderen Seite des Feldes kaum erkennen konnte? Doch da merkten sie, dass die Reiter hinter ihnen unruhig wurden. Das dort drüben waren keine Kameraden, das war der Feind. So nahe waren sie!

Heinrich von Schönberg ritt mit schwerem Herzen durch Falkenberg, sein Falkenberg, seine Heimat. Direkt an seinem Gut ritt er vorbei. Vorbei an dem Tor, durch das er so oft geritten war; manchmal mit Hans von Ponickau nach einer guten Jagd. Wie oft war er mit seiner Dorothea durch dieses Tor gefahren.
Dort unter den Bäumen hatten seine Kinder so gerne gespielt. Würden sie wieder zurückkehren können? Als Erwachsene, gar alte Menschen noch hier an diesem Ort sein? Würde der Krieg etwas übrig lassen von seinem Gut, das den Namen Heimat verdiente? Er konnte nur darum beten.

Auf den Feldern hinter Falkenberg wurde eine notdürftige Heeresordnung hergestellt. Jenseits der bestellten Felder begann der Wald, den man die Lochauer Heide nannte. Schon hatte die Vorhut mit dem Geschütz und der Kriegskasse den Wald erreicht, da stockte das Heer, denn im Wald war ein schnelles Vorankommen nicht möglich. Die letzten würden die Hunde beißen, soviel war Reinhard und Joseph klar - und sie waren bei den letzten, die sich in die Schlachtordnung einfügen mussten.
Hier ließ Hans von Ponickau die Reiterei Halt machen und versammelte die Hauptleute zu einem Kriegsrat[157]. Im Angesicht des Feindes wurde nun ein

157 Siehe hierzu Wackernagel, Klaus; Die Lokalisierung der Entscheidungsschlacht. In: Niederlausitzer Studien, Heft 38, Cottbus 2012. Seit einigen Jahren befindet sich dort eine Gedenkstätte.

schneller Entschluss gefasst: Die Reiterei sollte den Feind in geschlossener Formation angreifen, damit Fußtruppen, Kriegskasse und Geschütz derweil in Sicherheit gebracht werden konnten. Heiser bellte Ponickau seine Befehle über das Feld, das für die meisten Männer sicher zum Grab werden würde - soviel sah er bald ein, denn der Feind war schier übermächtig. Es waren spanische, neapolitanische und albertinische Kürassiere, die nun immer dichter aufschlossen - schwere Reiterei, gut ausgebildet und noch besser bewaffnet.
Ohne dass jemand einen Befehl gegeben hätte, sprengten plötzlich zwei Reitergeschwader hinaus aufs Feld, dann folgten alle anderen. Reinhard und Joseph spürten die Erde beben unter den Hufen der schweren Pferde, dann prallten die feindlichen Linien mit seelenzerfetzendem Lärm aufeinander.
Der Gestank der Angst lag wie eine alles erstickende Wolke über dem Schlachtfeld. Es stank nach aufgewühlter Erde, nassem Leder und Kleidung, die an ausgemergelten Männerleibern kaum getrocknet, schon wieder nass geregnet war; nach Schießpulver, Kot und Blut. Die Angst klebte wie ein schwarzer Schatten an jedem einzelnen Mann, dämpfte jeden Atemzug, schnürte jede Brust ab und lähmte jeden Gedanken, der nicht unmittelbar ums Überleben kreiste. Reinhard und Josef duckten sich, um dem Tod zu entgehen, der heute das besonders große Sensenblatt aufgesteckt hatte. Vor ihnen tobte die Schlacht, von überall hörte man das Klirren von Schwertern, Schüsse und Schreie - Kampfgebrüll, das immer mehr in Entsetzensschreie und schließlich in Schmerz und Gewimmer überging, das von den Schüssen der Kürassiere übertönt wurde. Vor ihnen lag die Lochauer Heide, doch dazwischen waren noch mindestens dreitausend Fußknechte, die auch alle den rettenden Wald erreichen wollten.
„Oh, mein Gott, ich will heim! Ich will doch nur heim zu Bärbel und sie heiraten und mit ihr Kinder haben. Ich habe Angst!“ wimmerte Josef und schaute Reinhard an. Reinhard schaute sich um nach einem Versteck, an dem man diese Schlacht überleben könnte, denn den Wald würden sie nicht schnell genug erreichen. Die Heeresordnung hatte sich längst aufgelöst. Dort drüben stand ein Karren, den die Fuhrknechte in ihrer Eile wohl aufgegeben hatten, weil die Räder im Schlamm festgefahren waren.

Das Schlachtfeld hinter Falkenberg

„Los! Da hinüber!“ sagte Reinhard und zog Joseph an der Hand mit sich fort.
Er sah und sah doch nicht. Er erlaubte es diesen Bildern nicht, bis ins Innere seines Verstandes vorzudringen und wirklich zu begreifen, was er sah. Nein, es gab keinen sicheren Ort auf diesem verdammten Feld. Keinen Ort, an dem man sich verbergen konnte, an dem man nicht kämpfen musste und nicht in Gefahr war. Jeder weitere Atemzug, den man tat, war wie ein Wunder. Er wollte nicht sterben. Er wollte nicht, dass diese Bilder das letzte seien, das sich vor dem Tod in seine Seele brannte. Mit diesen Bildern wollte er nicht in die Ewigkeit gehen. Er zwang sich, an Johanna zu denken, fühlte nach dem Ring, der nach wie vor im Saum seiner Jacke steckte, während er unter dem zerfetzenden Lärm der Pistolen zu dem Karren rannte. Gerade als sie dort ankamen, zuckte Joseph zusammen und stürzte aufschreiend in die Schlammpfütze, in der der Karren steckte. Reinhard schaute sich um: Da stand der schreckliche Hauptmann. Seine rauchende Pistole war noch immer auf Joseph gerichtet. Seine weiße Schärpe war blutrot.
„Josef!“ Reinhard zog seinen Freund aus dem Dreck und drehte ihn auf den Rücken. Aus Josefs Augen sprang Reinhard die nackte Panik entgegen, seine Lippen zitterten, seine Hände presste er auf seinen Bauch und stieß hervor: „Ich will heim, ich will heim, ich will heim!“ Und immer wieder sagte er nur diesen einen Satz, bis seine Kräfte nachließen und er nur noch „Heim!“ sagen konnte. Reinhard nahm eine seiner nassen Hände. Auch ohne hinzusehen wusste er, dass Josefs Hand nicht nass von dem Wasser der Schlammpfütze war.
„Josef, ich bin bei dir. Es wird alles gut. Ich bring dich heim.“
Josef weinte und wimmerte nur noch. Reinhard wagte kaum auf Josefs Bauch zu schauen, doch aus den Augenwinkeln sah er genug: Ein dunkelroter Fleck breitete sich auf seinem Hemd aus, auf der linken Seite seines Bauches. Den Lärm der Schlacht hörte Reinhard nur noch wie von ferne. Er sah Josef an, dessen entsetzt verkrampfte Gesichtszüge sich langsam entspannten, als gebe er auf.
„Bärbel!“ wimmerte er und schluchzte auf, was ihm fürchterliche Schmerzen bereitete.

„Du wirst zu ihr kommen. Du wirst sie heiraten. Du wirst mit ihr Kinder haben. Ganz viele. Und du wirst ihr das Haus bauen, das du dir vorgestellt hast. Du wirst einen Garten haben, in dem ihr Obst anbaut und Gemüse, und ihr werdet einen Kirschbaum haben. Und Birnen und Äpfel. Und Bärbel wird dir jeden Tag einen Kuchen backen. Du wirst immer genug zu essen haben und zu Weihnachten einen Tannenbaum in der Stube..." Reinhard hatte immer schneller gesprochen und gar nicht gemerkt, dass ihm selbst die Tränen über die Wangen liefen und ein krampfhaftes Weinen ihn schüttelte.
„Grüß Bärbel von mir!" Josef drückte Reinhards Hand, dann atmete er ganz ruhig. Reinhard strich Josef die schmutzigen, nassen Haare aus der Stirn. Wie weich sein Haar war. Plötzlich war Friede eingekehrt auf diesem jungen Männergesicht, in dem nur noch ab und an die Augen aufflackerten, als sähen sie ganz andere Dinge als dieses Schlachtfeld. Vielleicht sah er Bärbel, vielleicht seine richtige Mutter, seine Heimat, einen Sommertag, den er mit Reinhard badend am Fluss verbracht hatte. Der Druck seiner Hand ließ nach und erlosch schließlich ganz. Reinhard schloss ihm die Augen und umarmte ihn. Da fühlte er sich plötzlich an der Jacke gepackt.
„Na, warte! Du wolltest wohl fliehen! Dich werde ich..." Reinhard sah nur zu gut, was der schreckliche Hauptmann vorhatte, denn er hob seinen Säbel. Reinhard duckte sich und schloss die Augen in Erwartung des Todes. Nun würde er wenigstens gemeinsam mit Joseph in die Ewigkeit gehen. Er klammerte sich an ihn. Seine einzige Hoffnung war, dass der Hauptmann gut treffen möge, um ihm einen schnellen Tod zu bescheren. Der Mann zerrte noch einmal an seiner Jacke, der Stoff zerriss, und Reinhard krallte seine zitternden Hände in Josephs Körper. Betend schloss er die Augen. Würde der Hauptmann ihm wirklich einen gnädigen Tod gönnen? Oder würde er ihn nur verstümmeln, ihn liegen lassen bis er nach Stunden der Todesqual endlich erlöst war? Worauf wartete der verdammte Kerl?
„Hab ich dich nun noch einmal an einem ganz wunden Punkt getroffen? Sein Tod schmerzt dich sicher mehr als dein eigener es jemals könnte, nicht wahr? Leben sollst du und immer an diesen Augenblick denken. Und zum Andenken werde ich dir noch eine schöne Wunde verpassen."

Gerade in diesem Moment galoppierten unzählige Pferde heran, unter deren Hufe die Erde erzitterte. Näher und näher kam die alles zerstörende Woge auf ihn zu, denn die kaiserlichen Kürassiere hatten die kurfürstlichen Reiter dergestalt hart zurückgedrängt, dass diese panisch flüchteten. Da fühlte Reinhard einen sirrenden Luftzug, und im selben Moment ließ der Hauptmann ihn los. Was hatte dieser widerwärtige Kerl nun mit ihm vor? Reinhard wagte nicht aufzuschauen, sondern hielt noch immer Joseph fest umklammert. Er presste sich hinter den Karren, um vielleicht den Pferdehufen zu entgehen. Als sei er im Auge eines Sturmes, ließ das Beben plötzlich nach, schon wollte Reinhard den Kopf heben, doch da folgten die feindlichen Reiter. Ein grauenhafter Lärm hub nun von neuem an, denn im Wald waren die kurfürstlichen Reiter in die eigenen Fußtruppen hineingeritten, dicht verfolgt vom Feind. Dort brach nun ein fürchterliches Gemetzel los, in dem offenbar niemand mehr Freund und Feind unterschied und die Befehle der Hauptleute untergingen. Da wagte Reinhard endlich, die Augen zu öffnen: Er sah die Schlammpfütze, aus der der Hauptmann ihn sonderbar starr anglotzte. Reinhard hob den Kopf und schaute sich um; da gewahrte er, dass der Körper des Hauptmanns zwei Schritte entfernt lag. Aus dem Wald drangen Schreie, die sich tief in seine Seele brannten. Mit letzter Kraft hob er sich seinen toten Freund auf den Rücken, denn schon rückten die nächsten feindlichen Geschwader nach. Und Reinhard rannte. Rannte über das zerstampfte, blutige Feld, durch Kriegsgebrüll und Schmerzensschreie. Er rannte zwischen der im Wald tobenden Schlacht und den immer näher galoppierenden feindlichen Kürassieren um sein Leben. Immer wieder spürte er dumpfe Schläge im Rücken, wenn Kugeln seinen toten Freund trafen. Er rannte, bis er endlich auf einem unberührten Feld angekommen war, rannte weiter bis zu einem Wald; er rannte durchs Unterholz, durch Dornenranken und Wasserläufe, rannte, bis seine Brust zu bersten drohte und er zu Boden fiel. Seine Hände krampften sich in das dicke, weiche Moos; zitternd und wie in einem irren Krampf wimmernd klammerte er sich an das Moos, als sei es eine letzte Verbindung zu einer Welt, in der es Leben gab, Frieden, Licht.

Hans von Ponickau und dem Hauptmann Wolf von Creutz gelang es noch, dem Kurfürsten zur Flucht zu verhelfen, dann wurden sie so hart bedrängt, dass sie sich trennen mussten. Ponickau ließ sich von seinem Pferd gleiten - so konnte er sich besser verstecken -, und lief in Richtung Torgau, schaute sich immer wieder um, ob er nicht doch irgendwo den Kurfürsten gewahrte, doch nirgends sah er seinen Herrn.

Als Wolf von Schönberg, der sich trotz seiner Wunde bis dorthin geschleppt hatte, sah, dass nichts mehr zu retten war, flüchtete er mit Wolf von Creutz, Heinrich Lersner und einigen anderen durch die Nacht. Als sie die Hügelgräber erreicht hatten, wähnten sie sich in Sicherheit, denn nur von Ferne hörte man noch die Hakenbüchsen. Bis hierher würde sich keine Kugel verirren. Sie würden sich bis Sonnewalde durchschlagen.

Von ferne hörte Kurfürst Johann Friedrich den Lärm der Schlacht und hoffte zu entkommen, um wenigstens Herzberg zu erreichen. Dort könnte er sich zumindest verschanzen und verteidigen, wenn der Kaiser bis nach Torgau kam. Aber ob er Wittenberg noch erreichen würde? Der gute Creutz hatte die Feinde abgelenkt, und Ponickau war abgedrängt worden; nun war der Kurfürst allein auf sich gestellt.
Es war schon dunkel, von ferne sah er noch die aufblitzenden Pistolen, hörte ihr Knallen wie ein festliches Feuerwerk. Er trieb sein erschöpftes Pferd mit den Sporen an. Wieso hatte Gott ihn nicht erhört? Hatte er ihn verlassen? So sehr hatte er sich eingesetzt für den wahren Glauben, und nun musste er zusehen, wie sein weit unterlegenes Heer vollständig aufgerieben wurde - von einem papistischen Ketzer! Das konnte nicht mit rechten Dingen zugehen. Verrat, Zauberei mussten im Spiel sein, sonst hätte der Kaiser niemals so mächtig werden können. Hatte er am Ende doch recht? Sollte doch der katholische Glaube die wahre Religion und der Papst in all seiner Ausschweifung ein gottgefälliger Mann sein? Nein! Das durfte nicht sein. Johann Friedrich schrieb diese abstrusen Gedanken seinem überanstrengten Gehirn zu, das nun in den schwarzen Schatten der Bäume allerlei Dämonen heraufbeschwor. Grinsten ihm dort nicht Teufel entgegen? War

das die Versuchung, gegen die er stetig angebetet hatte? Wollte Gott ihn nun prüfen? Aber musste der Herr ihn denn unbedingt prüfen, indem er ihm den Boden unter den Füßen entzog und ihn in eine nicht enden wollende Leere fallen ließ? Ja, Johann Friedrich hatte das Gefühl zu fallen. War das noch sein Pferd? Oder war es eine Ausgeburt der Hölle, eine apokalyptische Kreatur, die ihn nun ins Verderben ritt? Da hörte er Reiter hinter sich. Es waren beileibe nicht seine eigenen Leute, denn sie riefen sich auf Spanisch etwas zu. Die Bluthunde hatten seine Spur aufgenommen. Er hörte Schüsse, sein Pferd wieherte sonderbar schreiend auf - es war getroffen. Er stieß dem verwundeten Tier die Sporen in die Flanken, es versuchte, die unmäßige Last seines Herrn noch weiterzutragen, da wurde es wieder getroffen und brach ein. Der Kurfürst fiel zu Boden, kam mit Mühe auf die Füße und rannte keuchend weiter, nur weiter. Er warf sich ins Unterholz, doch da waren seine Verfolger bereits herangekommen. Er war nicht in der Lage, sein Schnaufen zu unterdrücken, zu schwer wog die Last seines Körpers auf der Lunge, zu ungewohnt war die Anstrengung gewesen. Es waren Spanier, die ihn in einem Waldgebiet, das man „den Schweinert" nannte, stellten wie ein Stück Wild. Mit klopfendem Herzen sah er sich von ihnen umringt. Da erst schienen sie zu verstehen, welch kostbare Beute sie soeben gemacht hatten, denn sie johlten höhnisch, während sich einer vor ihm tief verneigte. Doch so leicht wollte sich der Kurfürst nicht geschlagen geben. Obwohl die Männer ihre Schwerter auf ihn gerichtet hatten, zog er nun sein Schwert und wollte in einem heldenhaften Kampf lieber sterben als sich ergeben. Nun waren die Spanier in einem Dilemma: Sie wussten, dass sie für einen toten Kurfürsten zwar nicht getadelt würden, doch für einen lebendigen Kurfürsten würde der Kaiser sie deutlich loben und sein Lob mit klingender Münze ausdrücken. Sie machten sich einen Spaß daraus, den erschöpften Mann zu foppen, indem sie ihn zu wütenden Ausfällen provozierten, die sie ins Leere laufen ließen. Einer ließ seinen Säbel wie zu einem Spiel durchs Gesicht des Kurfürsten fahren.

„Cuidado! Que no lo mates![158]" rief einer, während sie den Kurfürsten wie einen Spielball zwischen sich hin und her stießen und sich über sein Keu-

158 Vorsicht! Töte ihn nicht!

chen amüsierten. Aber vorsichtig waren sie doch, denn noch immer hielt der Kurfürst sein Schwert in der Hand und war bereit, eher tot als lebendig in die Hände seiner Feinde zu fallen.
„Wir werden Uns niemals ergeben! Niemals!“ schrie er zornig, was lediglich dazu führte, dass die Spanier noch lauter auflachten, als habe er einen besonders gelungenen Scherz gemacht.
„Was geht hier vor?“ rief plötzlich jemand. Es war der Ritter Thilo von Trotha, der nun herangekommen war und nur schemenhaft erkennen konnte, dass man hier einen hohen Adligen gestellt hatte.
„Wer seid Ihr?“ rief er den Mann an, auf den die Spanier nun ihre Schwerter richteten, um ihn an weiteren Kampfhandlungen zu hindern.
„Ich bin Kurfürst Johann Friedrich“, keuchte der Mann, der sich vergeblich bemühte, seine Würde zu wahren.
„Euer Gnaden, die Schlacht ist vorbei. Der Tag ist des Kaisers. Ergebt Euch nun.“ Der Kurfürst blickte wild um sich. Nach einem schweren Atemzug, der ihn übermenschliche Anstrengung kostete, sagte er: „So sei es.“

Die Nacht war still, als man den Kurfürsten durch den Schweinert in Richtung Falkenberg schleppte. Erst als sie näher an die Lochauer Heide kamen, hörte man schon deutlich, wo die Schlacht stattgefunden hatte. Die Schreie und das Stöhnen der Sterbenden empfing sie dort, wo Tausende gestorben waren, und wo die Lebenden die Toten beneideten. Nicht ein Lufthauch regte sich in den Bäumen, nur hier und dort fiel das Mondlicht bleich auf den Weg und beleuchtete die Gesichter der Toten. Verfolgten ihn nicht diese sonderbar weißen Augen? Klagten ihn nicht die im Todesschrei erstarrten Münder an? Hände streckten sich zitternd nach den Männern aus, die sich ihren Weg über Leichen und Sterbende bahnten. Und wieder stellte Johann Friedrich sich nur die eine Frage, um die sein ganzes Denken schon seit Stunden kreiste: Wieso hatte Gott ihn verlassen? Wieso hatte Gott den Sieg dem Antichristen geschenkt? Was hatte er falsch gemacht? Hatte er nicht inbrünstig genug gebetet? Hatte er nicht gottesfürchtig genug gelebt? Nein, er war ganz sicher nicht kleingläubig gewesen, denn ganz und gar hatte er sich in Gottes Hand, unter seinen Schutz gestellt. Er hatte… Der quälende

Gedankenkreis des Kurfürsten wurde jäh unterbrochen, als ein Spanier mit seinem Schwert einen Verwundeten erlöste, der sich auf dem Weg vor ihnen herschleppte. Der Mann brach mit einem letzten Röcheln zusammen und blieb still liegen. An der weißen Schärpe war der Mann als kurfürstlicher Söldner zu erkennen. Und nun schaute sich der Kurfürst um: Der Waldboden war bedeckt mit Männern, die weiße Schärpen trugen. Sie schritten wie durch ein Massengrab.

Als sie aus dem Wald heraustraten, bot sich ihnen auf den Feldern vor Falkenberg ein noch schlimmeres Bild: Hier, wo die feindlichen Reitergeschwader aufeinandergeprallt waren, beleuchtete der Mond ungehindert das ganze Ausmaß des Schreckens. So weit das Auge reichte, lagen auch hier Tote und Sterbende, Männer und Pferde, Kurfürstliche und Kaiserliche endlich friedlich vereint. Hier und dort zogen Gruppen von Spaniern über das Feld, bargen ihre Kameraden und erlösten diejenigen, für die jede Hilfe zu spät kam. Ein Pferd galoppierte vorüber; es war Ponickaus Hengst, wie Johann Friedrich am Wappen erkannte. Ponickau - ihm hatte er sein Heer anbefohlen. Er hatte versagt. Der Kurfürst vermutete und wünschte ihn unter den Toten.

Nicht weit von Falkenberg entfernt an einer Wegegabelung unter hohen Bäumen, sah der Kurfürst schemenhaft eine Gruppe von Reitern. Das waren sie tatsächlich - die apokalyptischen Reiter! Die Pferde schnaubten in der kühlen Abendluft, und für einen Moment schien es, als glühten ihre Augen. Die blank polierten Rüstungen der Reiter schimmerten im Mondlicht auf, prachtvoll, grausig. Johann Friedrich stockte. Da stieß ihm einer der Spanier die Faust in den Rücken und trieb ihn weiter vorwärts.

„Adelante! El Emperador te espera![159]"

El Emperador - das konnte nur der Kaiser sein; der Feind, der Antichrist. Schon oft hatte Johann Friedrich ihn auf Reichstagen gesehen. Sie waren sich distanziert aber respektvoll begegnet. Würde der Kaiser nun die Spanier zurechtweisen, gar bestrafen, die einen Kurfürsten so schlecht behandelten?

Der schwarze Hengst des Kaisers warf seinen Kopf und wieherte auf, als die

---

159 Vorwärts! Der Kaiser wartet auf dich!

Gruppe mit ihrem Gefangenen ankam. Stumm saß der Kaiser im Sattel und schaute den Gefangenen an, der mit Mühe herankeuchte.
Dort kam kein Kurfürst, sondern ein Elender, der vergeblich versuchte, seine Würde zu bewahren. Noch trug er seine kostbare Rüstung, aber er war verwundet und hinkte. Auch sein Gesicht zeigte deutliche Spuren des Kampfes, der bei seiner Gefangennahme stattgefunden hatte. Ein Auge war blau, seine Lippen blutig geschlagen, ein Hieb von einer scharfen Klinge verlief quer über Wange und Nase. Schmutzig und erschöpft wie er war, trat er mit bemüht festen Schritten vor den Kaiser, der von seinem Bruder und seinen Hauptleuten flankiert wurde. Johann Friedrich vermied es, allzu genau zu schauen, wer da auf den hohen Rössern vor ihm saß. War Moritz dabei? Ganz sicher war dieser schmächtige Emporkömmling dabei, denn dieses Schauspiel würde er sich nicht entgehen lassen. Johann Friedrich war nicht gewillt, sich demütigen zu lassen. Er war ein Kurfürst, von Gottes Gnaden! Daher räusperte er sich und sagte dann mit fester Stimme: „Ich bin Euer Römischer Majestät Gefangener, bitt Euer Kaiserliche Majestät um ein fürstlich Gefängnis."
Das war zu viel für König Ferdinand. „Er wagt Ansprüche zu stellen! Wieso hat man ihm noch nicht die Rüstung abgenommen? Nehmt sie ihm ab, sofort!"
Die Spanier waren nicht zimperlich, als der Kurfürst sich protestierend wehrte. Mit geübten Handgriffen nahmen sie ihm Halsberge, Brust- und Rückenpanzer, Arm- und Beinzeug ab.
„Er soll vor seinem christlichen Kaiser niederknien!" forderte König Ferdinand.
Da straffte sich der Kurfürst und richtete sich stolz auf. „Ich will verhandeln und nicht..." Weiter kam er nicht.
„Arrodillarte[160]!" herrschten die Spanier ihn an und drückten ihn zu Boden. Fast hatten einige der Männer Mitleid mit ihm. Auch Moritz, der sich nach der gewonnenen Schlacht beim Kaiser eingefunden hatte, um Meldung zu machen, war unter ihnen. Früher hatte er den Kurfürsten gehasst und sich nichts sehnlicher gewünscht, als ihm die Demütigungen heimzuzahlen, die

160 Knie nieder!

dieser ihm zugefügt hatte. Es war nun nichts mehr übrig von einem Gegner, den zu hassen sich gelohnt hätte. Es war nichts von ihm übrig. Gar nichts.
Da sprach der Kaiser bedrohlich ruhig: „Ein fürstliches Gefängnis wollt Ihr? Nun, wie Ihr es verdient habt. Führt ihn hin. Wir wissen uns wohl zu halten."[161]

Schirmenitz, 25. April 1547 einige Stunden nach Mitternacht.

Kaiser Karl V. ritt mit seinem Bruder Ferdinand und den Hauptleuten zurück in sein Quartier in der Pfarrei Schirmenitz. Er war so aufgeräumt und geradezu fröhlich, was sonst nicht seine Art war. Aber dieser Tag, an dem man den Kurfürsten gefangen genommen hatte, war einfach dazu gemacht, die Laune eines Kaisers bis zum Übermut zu steigern.
Als er vor der Pfarrei in Schirmenitz ankam, sprang er elegant vom Pferd und rief seinen ihn erwartenden Männern zu: „Rüstet mir das Mahl, denn ich bin den ganzen Tag auf der Jagd gewesen und habe ein Schwein gefangen, das sehr fett ist."
Die Männer johlten ihm Beifall.
Obwohl es eigentlich in wenigen Stunden Zeit war für ein Frühstück, wurde wie bei einem abendlichen Festmahl geschlemmt und gezecht. Der Kaiser feierte mit seinen Granden einen großartigen Sieg, den nur Gott ihm geschenkt haben konnte. Kurfürst Johann Friedrich verbrachte die Nacht im Schweinestall, denn dies hielt der Kaiser für das angemessene Gefängnis. Diesen Ort hielt auch Kuno für angemessen, um die roten Schärpen loszuwerden, und Graf Friedrich Magnus zu Solms fragte nicht weiter nach.
Am nächsten Tag setzte man den Gefangenen gemeinsam mit Herzog Ernst von Braunschweig und Grubenhagen auf einen Wagen, der von dem spanischen Obersten Alfonso de Vives und dessen spanischen Hakenschützen streng bewacht wurde. Der Wagen holperte dem kaiserlichen Tross hinterher nach Wittenberg - dem Bethlehem der Reformation, wie manche sagten. Für den Kaiser war die Stadt weniger ein Bethlehem als ein Sumpf, den man trockenlegen musste.

161 Held, Wieland; 1997, S. 98

Blick auf die Schlosskirche zu Wittenberg, an deren Tür Luther der Sage nach seine 95 Thesen anschlug.

Vor Wittenberg, Anfang Mai 1547

Als der Kaiser mit seinem Heer vor Wittenberg zog, rüstete sich die Stadt, in der der gewesene Kurfürst Truppen stationiert hatte, zur Verteidigung. Darüber konnten die Männer, die von dem Sieg vor der Lochauer Heide noch immer beflügelt waren, nur lachen.
Sie bauten ihr Lager vor der Stadt auf, Moritzens Einheiten lagerten beim Pulverturm, die kaiserlichen und königlichen Truppen beim Friedholz.[162]

Nun war geschehen, was man in Wittenberg immer befürchtet hatte. Schon längst war die Universität geschlossen und Melanchton hatte mit einem großen Teil der Studenten die Stadt verlassen, um wenigstens einen Kern der Reformation zu bewahren, damit auf sicherem Boden der Samen erneut aufgehen konnte. Johannes Bugenhagen[163], der in Wittenberg die Nachfolge Luthers angetreten hatte und sich um die Gemeinde kümmerte, war geblieben. Als er von der Belagerung erfahren hatte, lief er zum Schloss, um die Kurfürstin zu treffen. Wusste sie schon, dass man ihren Gemahl gefangen hatte? Sie wusste es, denn als Bugenhagen eintrat, schaute sie ihn mit rotgeweinten Augen an.
„Bugenhagen, wie kann das sein? Stehen wir denn nicht unter Gottes Schutz? Hat Gott uns vergessen und verlassen?"
Sie stand an dem Fenster, von wo aus man das Lager sehen konnte.
„Euer Gnaden, so dürft Ihr nicht denken. Gott hat uns nicht verlassen. Ich bin sicher..."
Da zerrissen Schüsse die Luft. Direkt unter dem Fenster, wo die Kurfürstin und Bugenhagen standen, feuerten die Männer in das kaiserliche Lager. Da schrie die Kurfürstin auf und klagte so laut, dass die Männer unter ihnen ihr Rufen hörten, als sie ihre Hakenbüchsen erneut luden. Glücklicherweise hatten die Schüsse im zu weit entfernten Lager keinen Schaden angerichtet und das Feuer wurde nicht erwidert. Aus der Stadt hörte man Schreien und Wehklagen.

162 Held, Wieland; 1997, S. 104

163 Siehe dazu den Augenzeugenbericht von Johannes Bugenhagen, in: Held, Wieland; 1997, S. 154 ff.

„Was wird der Kaiser mit uns allen tun? Er wird uns ebenso als ungehorsam ansehen und bestrafen."

„Euer Gnaden, wir alle waren dem Kurfürsten gehorsam und haben treu zu ihm gestanden. Das wird man uns zugute halten müssen, wenn noch Vernunft und menschliches Blut vorhanden sind. Fasst Euch nun, ich fürchte, ich kann nicht länger bei Euch bleiben, sondern muss draußen sehen, dass ich das Schlimmste verhüte."

Als Bugenhagen das Schloss verließ, kamen ihm schon die Wittenberger Räte entgegen.

„Der Kurfürst hat sich dem Kaiser ergeben und will, dass auch wir uns ergeben. Wir sollen die Stadt dem katholischen Kaiser übergeben!" riefen sie.

„War ein Bote da?" vermutete Bugenhagen.

„Ja. Hier, lest selbst. Der Kurfürst schreibt, dass der Kaiser uns zusichert, dass wir unsere Religion behalten dürfen, und wer aus Wittenberg abziehen möchte, darf gehen und mitnehmen, was sein ist."

Bugenhagen schaute in die erregten Männergesichter. Viele Frauen hatten sich mittlerweile dazugesellt und wollten hören, was ihr Pfarrer ihnen raten würde.

„Ihr glaubt dem Kaiser nicht", stellte Bugenhagen fest.

„Wir wissen doch alle, was passiert, wenn kaiserliche Truppen eine Stadt besetzen oder durchs Land ziehen. Sie morden, rauben und plündern. Es sind Teufel, und dort, wo nichts mehr zu holen ist, zünden sie den Menschen das Dach über den Köpfen an. Man wird nicht halten, was man uns zusagt. Wir wollen diese Stadt nicht übergeben, sondern uns wehren bis zum letzten Mann. Das teilt Ihr dem Kurfürsten mit."

„Liebe Freunde und Brüder, es ist kein guter Rat, dieses oder jenes in dieser Sache zu schreiben. Geht hinaus und beratschlagt mit unserem gnädigsten Herrn, dem Kurfürsten. Seine Gnaden hat uns lieb und verlöre lieber sein Leben, als uns etwas Schädliches zu raten."

„Dann lasst die Glocken läuten, damit die Leute in die Kirche kommen. Ermahnt sie zum Gebet, dass Gott wolle guten Rat geben in diesen Nöten", verlangte einer der Räte.

Das tat Bugenhagen. Wie oft hatte er schon die Glocken von Sankt Marien

gehört. Immer und immer wieder waren sie ihm ein froher Ruf gewesen, zum Gottesdienst zu kommen, um Gottes Wort zu hören oder zu verkünden. Mit welch freudigem Herzen hatte er die Glocken begrüßt, als er nach langen Jahren im Ausland endlich wieder seine Wittenberger Glocken gehört hatte. Und heute? Hatten sie heute nicht einen anderen Klang? Dünn, zaghaft, wehmütig?
Es fiel ihm schwer, auf die Kanzel zu steigen. Die Angst saß ihm im Hals, doch er wusste, dass er sich nun bewähren musste. Die Worte von Gottes Schutz durften keine leeren Worte sein. Heute war der Tag, an dem diese Worte auf die Probe gestellt wurden.
Bugenhagen hatte nun das Pult der Kanzel erreicht und richtete sich auf. Die Kirche war bis zum letzten Platz gefüllt, doch waren es heute keine ruhigen, freundlichen Gesichter, die sich ihm entgegenstreckten, begierig, das Evangelium zu hören. Heute wollten die Menschen seinen weltlichen Rat, sie wollten wissen, was sie in den nächsten Tagen tun sollten. Es ging nicht um Gleichnisse und Nächstenliebe, schon gar nicht um Jesu Wunder. Es ging darum, ob sie in den kommenden Tagen überleben würden oder nicht; und auf welche Weise dies am besten zu bewerkstelligen war.
Und so sprach Bugenhagen nicht wie ein Prediger, sondern wie ein Redner auf dem Rathaus: „Liebe Freunde, so danken wir nun lieber Vater, deiner Gnaden, dass du uns mit deiner väterlichen Strafe dahin gebracht hast, dass wir uns alleine auf deine Barmherzigkeit in Christo Jesu verlassen müssen. Darum, weil dir unsere Not nun alleine vor die Türen deiner Stadt gekommen ist, so sei nun mit Gnaden bei deinen armen Kindern, und harre mit ihnen aus. Sei mit deinem Heiligen Geist bei unserem Kurfürsten und bei uns; gib uns guten Rat, damit wir errettet werden."
Da fiel das Volk auf die Knie und betete so ernsthaft zu Gott, dass Bugenhagen sicher war: Gott würde ihre Gebete erhören.
Das war ein außerordentlich frommer Wunsch.
Am Tag nach der Schlacht machte sich der Blumberger Bauer Georg Dorn auf, um in der Stadt Hain[164] vor dem Rat folgendes auszusagen[165]:

164 heute Großenhain

165 Auszugsweise zitiert nach der Schilderung des Georg Dorn vor dem Rat der Stadt Hain. In: Held, Wieland; 1997, S. 152 f.

„Gestrenger, ehrenfester, lieber Herr Hauptmann: Ich komme in meinem großen Jammer und Leid zu Euch nach Hain. Dazu treibt mich meine gewaltige herzeleidige Not. Die mordenden Krieger haben mich verjagt, mir all das Meine genommen, wiewohl ich es gering achte. Aber das Allerhöchste und Herzlichste, mein liebes Weib und die Kinder haben sie angebunden, geschlagen und gezwungen zu sagen, wo das Geld ist, Kleider, Bettzeug, Zinngeschirr und aller Hausrat. Mit viel harten Schlägen haben sie es anzeigen müssen, und alles haben die Krieger mitgenommen. Auch Notzucht und viele Wunden verursacht, die nicht zu beschreiben sind. Sie haben mir meine Tasche vom Leib gerissen, in der ich vierzehn Taler Geldes hatte, die ich mit großem Schaden ausrichten musste, da unserem Dorf eine Brandschatzung von hundert Talern auferlegt war.
Nach Gefechten ist in Mühlberg bald Feuer ausgebrochen, und die Stadt ist vollkommen niedergebrannt. Man sagt, dass wenige Menschen, jung oder alt, davongekommen sind. Man muss fliehen und kann noch nicht zurück, denn die Spanier zogen zurück und belagerten die Dörfer Koßdorf, Lehndorf, Brottewitz, Martinskirchen und Altbelgern; sie stehlen, das weiß ich wahrlich, gewaltig zu großer Schande und Schaden und Verderb armer Leute."

Anstatt Wittenberg zu beschießen und anzugreifen, begann der Kaiser nun im Feldlager, mit dem gewesenen Kurfürsten Johann Friedrich zu verhandeln, doch dieser wollte seine Haut teuer verkaufen. Die beiden Kontrahenten hätten unterschiedlicher nicht sein können: Der Kaiser, groß, schlank, geradezu hager, gekleidet in würdevolles Schwarz; ihm gegenüber saß Johann Friedrich, den man nur noch einen Herzog nannte. Sein Leibesumfang schien ihm wie eine Festung zu sein, in der er sich verschanzte. Seine behäbige Art hatte für den agilen Kaiser etwas unerhört Provozierendes, wie er dort thronte und noch immer glaubte, er könne Bedingungen stellen. Zumindest einen Teil der ernestinischen Erblande wollte Johann Friedrich für seine Kinder retten. Der Kaiser ließ sich auf nichts ein, ein Wort gab das andere und schließlich ließ eine entnervte kaiserliche Majestät den gewesenen Kurfürsten Johann Friedrich von Sachsen zum Tode verurteilen wegen

vielfältigen Landfriedensbruches, beharrlichen Ungehorsams, Rebellion und Verachtung der kaiserlichen Hoheit[166]. Selbst dies nahm Johann Friedrich gefasst hin und saß wenig später schon wieder beim Schachspiel.
Das Todesurteil über den ehemaligen Kurfürsten verbreitete sich wie ein Lauffeuer im Lager und gelangte auch nach Wittenberg hinein. Nicht nur die Wittenberger waren erschrocken. Auch Moritz war entsetzt, dass der Kaiser offenbar tatsächlich den Kurfürsten hinrichten wollte. Wollte der Kaiser das wirklich oder war das nur ein Druckmittel gewesen, um die Stadt ohne einen einzigen Schuss einzunehmen? Darauf wollte Moritz es nicht ankommen lassen. Dass er den Kurfürsten dem Kaiser ausgeliefert hatte, würde man ihm schon schwer genug ankreiden, aber wenn der Kaiser den Kurfürsten hinrichtete, dann würde ganz Sachsen ihn, Moritz, als den Mörder ansehen und den Kurfürsten als Märtyrer. Glücklicherweise war er evangelisch, sonst hätte man aus ihm nach der Hinrichtung gar einen Heiligen gemacht.

Friedrich Magnus zu Solms war nach der Schlacht vor der Lochauer Heide ein anderer geworden. Er konnte stundenlang stumm im Sattel sitzen und nur auf den Hals seines Pferdes starren. Kuno versuchte vergeblich, ihn aufzuheitern und hielt sich schon längst zurück mit Kommentaren zum Sinn und Zweck von Schärpen und Schlachten.
Friedrich Magnus hatte bereits die Anweisungen des Kaisers weitergegeben und seinen Männern befohlen, das Lager aufzubauen und einzurichten. Kuno würde die Ausführung beaufsichtigen, also hatte er Zeit, sich wichtigeren Dingen zu widmen. Er suchte Herzog Moritz und fand ihn in dessen Zelt, das in der Nähe des kaiserlichen Zeltes aufgebaut war. Gerade diktierte er seinem Schreiber einen Brief, offenbar an Landgraf Philipp, denn Friedrich Magnus hörte, wie Moritz diktierte: „Das Geschütz, die Hauptfahnen und die Wagen wurden erbeutet und viele Adlige gefangen. Dafür danke ich Gott. Wenn Ihr Euch nun mit dem Kaiser vertragt, wird das Reich Frieden haben. Ich empfehle aber[167]... Solms, was gibt es?"
„Kann ich Euer Gnaden einen Augenblick sprechen?"

166 PKMS 3, S. 398
167 Siehe PKMS 3, Dokument Nr. 526, S. 373 f.

Herzog Moritz nickte.
„Euer Gnaden, darf ich offen sprechen?"
„Ihr dürft niemals anders als offen sprechen", erwiderte Herzog Moritz und setzte sich, ohne dem kleinen Grafen zu erlauben, sich zu setzen. Damit waren die Verhältnisse geklärt: Offenheit war schon in Ordnung, solange sie nicht kritisch war. Der Schreiber, der selbstverständlich saß, wandte sich leise feixend ab.
„Euer Gnaden, ich mache mir Sorgen wegen des ehemaligen Kurfürsten. Glaubt Ihr wirklich, dass der Kaiser ihn hinrichten lassen wird?"
An Moritz' Gesicht konnte Friedrich Magnus allzu deutlich erkennen, dass er sich auf dünnem Eis bewegte. Deshalb schwieg er und schaute den Herzog an.
„Solms, Ihr habt mir gute Dienste geleistet. Ich danke Euch für Eure Sorge, aber... wolltet Ihr nicht Euren Abschied nehmen? Ihr könnt Euch morgen bei meinem Schreiber Euren Lohn abholen."
Daraufhin nickte Moritz, was für Friedrich Magnus das Zeichen war, sich ohne ein weiteres Wort zurückzuziehen. Er hörte noch, wie Moritz weiterdiktierte: „Ich empfehle, zur Schonung von Land und Leuten die Verhandlungen fortzusetzen und biete weiterhin meine Dienste an."

„Und was hat er gesagt?" wollte Kuno wissen, als Friedrich Magnus zurück in sein eigenes Lager kam. „Konntest du ihm ins Gewissen reden?"
„Nicht direkt, Kuno, nicht direkt. Wir brechen morgen auf, zurück nach Lich."
„Na endlich!" sagte Kuno. „Dann musst du ihn ja schwer beeindruckt haben, den Herzog und zukünftigen Kurfürsten. Und eines sag ich dir: Ich ziehe nie wieder mit dir in irgendeinen verdammten Krieg. Nie wieder!"
„Ich auch nicht, Kuno. Ganz sicher nicht. Lass uns nach Hause gehen und dort all unsere Kraft und Sorge darauf verwenden, dass es meinen Untertanen gut geht. Und wer weiß... vielleicht kann ich ein kleines Paradies schaffen, in dem es friedlich und gerecht zugeht. Ich will einen Ort erschaffen, in dem nicht der recht hat, der am lautesten brüllt und am härtesten um sich schlägt. Ich will, dass die leisen Töne der Vernunft gehört werden."

Kuno verdrehte seufzend die Augen. Der Kerl war einfach unverbesserlich! Und während Moritz noch weitere Schreiben an die Räte der wichtigsten Städte diktierte, in denen er anmahnte, den Sieg allein Gott zuzuschreiben und nicht daran zweifelte, dass man gemeinsam mit ihm - Moritz - Frohlokkungen haben und das Te Deum singen werde[168], hauste die Soldateska weiter im Umland - so sehr, dass sich die Räte der Stadt Dresden gezwungen sahen, am 14. Mai folgenden Brief an Moritz zu schreiben:
Nach Frauenstein kamen fünf berittene Spanier mit einem vollbeladenen Wagen. Als das Volk sich ihm näherte, hörte man drinnen ein Winseln. Man fand zwei junge Mädchen, beide nicht über zehn Jahre. Sie baten um Hilfe und Rettung. Ein Mädchen soll so zugerichtet sein, dass es nicht gehen kann. Die Spanier wurden verhaftet, auf die Mädchen wird acht gegeben. Gleiche Klagen kommen vielfach von den Bauern. Die Adligen haben solche Furcht, dass sie mit Weib und Kindern in die Städte gehen, da sich keiner auf seinem Gut sicher fühlt. Auch haben sie keine Knechte und Pferde, um sich zu schützen. Wenn, was Gott verhüte, der Feind sich stärkt, wird es Euer Gnaden und dem ganzen Land nicht zu kleinem Nachteil gereichen. Wir bitten Euer Gnaden, dies dem Kaiser mitzuteilen und bitten, diese Beschwerungen abzuwenden, damit jeder bei seinem Eigentum sicher ist. Wir bitten Euer Gnaden, uns mitzuteilen, was gegen die gefangenen Spanier zu unternehmen ist, was mit dem geraubten Gut geschehen soll und ob wir die Mädchen, die in der Gegend um Zwickau geraubt wurden, wieder zu ihren Eltern und Freunden schicken und ihnen etwas von den Sachen geben sollen.[169]
Moritz fluchte, als er den Brief las. Er musste darauf irgendwie reagieren, das war ihm klar. Aber wie würde der Kaiser reagieren, wenn er - Moritz - sich zum Richter über spanische Söldner aufschwang? Die Sache musste warten.

Nach dem Todesurteil machte sich Johann Friedrich keine Hoffnungen, dass der Kaiser für seine Nachkommen ein wenig von den ernestinischen

---

168 Siehe PKMS 3, Dokument Nr. 525, S. 372 f.
169 PKMS 3, Dokument Nr. 565, S. 400

Gebieten übrig lassen würde. Erst als seine Gemahlin Sibylle im Heerlager erschien und vor dem Kaiser auf Knien um Gnade bat, keimte Hoffnung in Johann Friedrich auf, denn der Kaiser hatte Sibylle sehr freundlich empfangen, sie von ihren Knien aufgehoben und ihr Trost zugesprochen. Ihr Blick fiel bei dieser Begebenheit auch auf Moritz, der noch nie so viel Hass und Kälte in den Augen einer Frau gesehen hatte. Es war lange her, dass er in Torgau seine Ausbildungszeit verbracht hatte, aber er war dort gewesen, hatte täglichen Umgang gehabt mit dem Mann, den er nun ans Messer geliefert hatte - so sah es Sibylle. Es stand deutlich in ihrem Gesicht geschrieben. Dass auch Moritz sich für seinen Vetter verwandte, ahnte weder Sibylle noch Johann Friedrich.

Die kaiserlichen Räte, allen voran Antoine Perrenot de Granvelle, fädelten einen Vertrag ein, der vor allem Moritz mit den Zähnen knirschen ließ. Zwar verlor der gewesene Kurfürst Johann Friedrich neben seiner Kurwürde auch einen großen Teil seiner Lande, doch Moritz gewann nicht nur. Er musste für die Kurwürde einen hohen Preis zahlen: Die Söhne Johann Friedrichs behielten einen gewissen Teil der Gebiete; alle Gebiete, die bisher unter böhmischer Lehenshoheit gestanden hatten, fielen an König Ferdinand zurück, wie das Vogtland, die Reußischen Herrschaften und die ehemaligen Grafschaften Eilenburg, Leisnig und Colditz. Moritz musste den Söhnen Johann Friedrichs jedes Jahr ein Einkommen von fünfzigtausend Gulden durch die ihnen verbliebenen Ämter garantieren; außerdem - das schmerzte ihn besonders - sollte er hunderttausend Gulden Altschulden seines verhassten Vetters übernehmen.

Die Teilung der Gebiete war so unklar formuliert - der Besitz, der Moritz zustand, ergab sich aus den Gebieten, die Johann Friedrichs Söhnen nicht zustanden, wobei viel Spielraum für Auslegungen war - dass es in Zukunft immer wieder zu Streitereien kommen musste. Der Kaiser wusste genau, was er tat, denn auf diese Weise ließ er den lutherischen Moritz nicht zu mächtig werden. Weshalb sollte der Kaiser einen so ehrgeizigen, kühnen und mutigen Protestanten mit so viel Macht ausstatten? Die Kräfteverhältnisse in Mitteldeutschland sollten nicht vollkommen aus dem Gleichgewicht geraten; ebendies schützte auch das Leben Johann Friedrichs, denn er war ein beständiges Druckmittel gegen Moritz. Sollte Moritz zu übermütig werden, konnte der Kaiser den Vetter noch immer frei lassen, damit er vereint mit seinen Söhnen einen Gegenpol zu Moritz bildete.[170]

Am 19. Mai unterschrieb Johann Friedrich von Sachsen die Kapitulation, worauf der Kaiser das Todesurteil in ewige Gefangenschaft umwandelte. Moritz sah genau hin, als sein Cousin die Urkunde unterschrieb. Dieser musste seinen Blick bemerkt haben, denn als er aufschaute, huschte ein Lächeln über sein Gesicht, das von der großen Narbe entstellt war. War es hämisch? Natürlich war auch ihm klar, dass Moritz beileibe nicht das erreicht hatte, was er sich vorgestellt hatte.

Man sicherte der Wittenberger Bevölkerung zu, dass nur eine deutsche Besatzung in die Stadt gelegt würde und das Eigentum der Bürger unangetastet bleibe. Am 23. Mai verließ die ernestinische Besatzung die Stadt, worauf man die Stadtschlüssel dem Kaiser aushändigte. Erst zwei Tage später machte sich der Kaiser mit einigen hohen Herren auf in die Stadt, die er am liebsten von der Landkarte getilgt hätte; es herrschte Totenstille, kein Mensch war zu sehen. Nur das Schlagen der Hufe war zu hören. Sie kamen zum schwarzen Kloster, ritten in den weitläufigen Hof und standen schließlich vor dem Schmuckportal, das die Jahreszahl 1540 trug. Das war sieben Jahre her. Wie anders hatten die Bewohner dieses Hauses damals in die Zukunft geblickt! Die Knechte, die den Kaiser begleiteten, gingen voraus ins Innere des Hauses. Man konnte nie wissen, ob nicht doch noch jemand hier wohnte, der dem katholischen Kaiser nach dem Leben trachtete, aber alles war still. Katharina Lutherin war mitsamt ihren Kindern und dem Gesinde geflüchtet.

Sonderbar; alles sah aus wie in einem völlig normalen Haushalt. Da hingen Töpfe und Pfannen über dem Herd, ein langer Tisch stand da mit Bänken, Geschirr, Besteck, Wäsche, alles war vorhanden; ganz so, als seien die Bewohner nur für einen Augenblick fortgegangen. Was war das für ein Grusel, der den Kaiser nun anflog? Was hatte er erwartet? Dass im Hause dieses Mannes, den er hasste, wie er sonst niemanden auf der Welt hasste und verachtete, überall Zeichen der Ketzerei zu sehen wären? Alles schien ganz

170 Herrmann, Johannes; 2003, S. 91 ff.

gewöhnlich und doch erschien es dem Kaiser bizarr, in diesen Stuben umherzugehen, in denen der entlaufene Mönch mit seiner ebenso entlaufenen Nonne in geradezu grotesker Sünde gelebt hatte. Zumindest das Schlafgemach musste doch irgendwie anders... Nein, das war auch ein ganz gewöhnliches Schlafgemach mit einem Himmelbett, Truhen, Vorhängen... In den Sonnenstrahlen, die durch die Fenster fielen, schwebten winzige Stäubchen; eine Fliege summte immer wieder gegen die Butzenscheiben. Mit einer schnellen Handbewegung zerquetschte der Kaiser die lutherische Fliege, so wie er gerne Katharina Lutherin zerquetscht hätte. Dass er ihrer nun nicht habhaft werden konnte, ärgerte ihn maßlos, denn er hatte sich schon ausgemalt, was er mit dieser Frau und ihrer Höllenbrut anstellen würde. Er würde schon einen Weg finden, sich zu rächen.

Dann führte sein Weg in die Schlosskirche. Hier hatte also die Ketzerei ihren Anfang genommen. An diese Tür hatte der Mann angeblich seine fünfundneunzig Thesen angeschlagen. Kaiser Karl erinnerte sich sehr lebhaft an Luther; damals auf dem Reichstag in Worms, im Jahre 1521 war es gewesen. Der kleine Mönch war so unerschrocken aufgetreten, als glaube er wirklich, er stehe unter Gottes Schutz allein. Wie hatte er damals als Kaiser nur so nachgiebig sein können? Er hätte damals schon alles daransetzen müssen, diesen Mann zu verurteilen und zu verbrennen, koste es was es wolle. Damals wollte er nicht die deutschen Fürsten vor den Kopf stoßen, allen voran Kurfürst Friedrich den Weisen. Wenn der Mann auch nur geahnt hätte, was dieser Luther noch alles anrichten würde, er hätte wahrscheinlich höchst selbst die Fackel an den Scheiterhaufen gehalten. Dann wäre ihm und Deutschland einiges erspart geblieben. Aber der Mönch, der so offensichtlich nicht mit den Gepflogenheiten der großen Welt vertraut war, hatte die große Welt verändert.

Der Kaiser trat ein in die kühle Stille der Kirche. Es war ein Bau von beeindruckender Architektur. Durch bunte Glasfenster flutete das Licht, malte bunte Flecken auf den weißen Stein der mächtigen Säulen, die hinaufstrebten, um in einer schier unendlich scheinenden Höhe ein filigranes Dekkengewölbe zu halten. Alles war fein gearbeitet und zeugte von erlesener Handwerkskunst; seien es die Steinmetzarbeiten oder die Schnitzereien

an der Kanzel und im Chorgestühl. Doch die umhergleitenden Blicke des Kaisers suchten nicht nach Kunstschätzen. Schließlich hatte er entdeckt, wonach er gesucht hatte: das Grab des Reformators. Ein schlichter Stein mit einer Platte kennzeichnete das Grab des Mannes, der die Welt aus den Angeln gehoben hatte. Still blieb der Kaiser davor stehen.
Einer der Knechte lief schon nach draußen - er wollte Brecheisen und Pikkel aus einem der umliegenden Häuser holen und kam bald darauf zurück. Die Schläge zerrissen die Stille und hallten dumpf zwischen den Mauern. Es brauchte nicht viel, und die Grabplatte wurde zur Seite geschoben. Das war nicht nur der leicht süßliche Geruch, der den Menschen an die Vergänglichkeit alles Irdischen gemahnt.
„Das ist der Pestgestank der Hölle!“ keuchte der Kaiser und hielt sich die Hand vor den Mund. Seine Entourage hustete und würgte. Unten in der Gruft stand der Sarg, der die Gebeine Martin Luthers enthielt.
„Zu, macht das Grab wieder zu!“ befahl der Kaiser kurz mit einer geradezu hektischen Handbewegung.
„Aber Euer Kaiserliche Majestät!“ ereiferte sich nun Herzog Alba. „Sollen wir nicht die Gebeine des Ketzers herausnehmen und auf dem Marktplatz verbrennen?“
Mit einem Blick auf den Sarg sagte der Kaiser: „Ich führe Krieg gegen die Lebenden, nicht gegen die Toten!“
Dann wandte er sich ab und ging davon.

Am 4. Juni wurde Moritz in einer feierlichen Zeremonie zum Kurfürsten ernannt. Sein Schwager Herzog Erich von Braunschweig-Calenberg trug bei der Zeremonie eine Fahne vor sich her - eine Ehre, auf die vor allem seine Gemahlin Sidonie sehr stolz war, als sie davon erfuhr. Moritz stand inmitten eines Meeres von ihm zujubelnden Männern. Hätte er nicht glücklich sein sollen? Hätte sein Herz, sein Innerstes nicht jubeln müssen? Er war am Ziel, doch sah das Ziel nun anders aus als er es sich immer wieder erträumt hatte. Er wurde nun Kurfürst und des Reiches Erzmarschall genannt. Alles, was noch folgen musste, um ihn tatsächlich als Kurfürsten zu legitimieren, war jedoch keine reine Formsache. Er musste nicht lange darüber nachdenken, um zu wissen, dass es von diesem Zenit, auf dem er gerade stand, nur noch bergab gehen konnte. Der Kaiser würde sich nicht mehr lange hier vor Wittenberg aufhalten, sondern sein Augenmerk nach Hessen richten, wo der zweite Geächtete des Schmalkaldischen Bundes stand. Wenn Moritz die volle Legitimation als Kurfürst haben wollte, musste er weiterhin dem Kaiser dienen und gegen seinen eigenen Schwiegervater zu Felde ziehen. Wenn er sich weigerte, würde das ungeahnte Konsequenzen haben. Hier stand er nun unter der heißen Junisonne, vor der Lutherstadt Wittenberg und schwitzte in seinen prächtigen Gewändern. Hier im Feldlager jubelte man ihm noch zu, aber wie würden ihm seine Untertanen begegnen?

Dresden, Anfang Juni 1547

Als Moritz mit seinem ganzen Tross in Dresden einzog, bewahrheiteten sich seine schlimmsten Befürchtungen. Die Menschen standen stumm da und starrten ihn feindselig an. Hier und dort waren Spottlieder zu hören, aus der Menge schallten auch immer wieder die Rufe *Judas!* Doch er blickte starr geradeaus. Es war für ihn ein geradezu unwirklicher Moment, wie er durch die Menge seines Volkes ritt und nur Feindseligkeit und Verachtung spürte. Es waren doch seine Untertanen! Sie hätten ihn lieben sollen, doch stattdessen verachteten sie ihn. Diese Menschen, die nichts wussten, nichts verstanden von seinen Beweggründen, seinen Entscheidungen, dem ungeheuren Spannungsfeld in dem er schon seit Jahren stand. Wie gerne hätte er mit allen Menschen Frieden gehabt, aber das war vollkommen unmöglich in seiner Situation. Wie süß erschien ihm ein Leben als einfacher Mann, als ein braver Handwerker, der tagsüber arbeitete und nachts den Schlaf des Gerechten schlief. Er selbst kämpfte bei Tag und grübelte bei Nacht. Moritz versuchte, den Blicken der Menschen standzuhalten; es gelang ihm nur mit größter Mühe.

Niemand bemerkte den erschöpften, zerlumpten Mann, der sich mit gesenktem Haupt durch die Menschenmenge drängte. Seine Schritte wurden immer schneller, je näher er dem Handwerkerviertel kam. Er sah die Zerstörungen, die vor kurzem die Kanonen des Kurfürsten angerichtet hatten - Kanonen, die er abgefeuert hatte. Reinhard betete unablässig, dass Anni unversehrt war, dass sie noch mit ihrem Ehemann in dem Haus wohnen konnte, weil die Kanonenkugeln und das Feuer es verschont hatten. Er rannte, als er in die Straße einbog, rannte an all den anderen verbrannten Häusern vorbei und brach schließlich vor dem Haus zusammen, auf das er all seine Hoffnung gesetzt hatte. Niemand sonst war in der Straße. Was hätte hier auch jemand tun sollen? Hier gab es nichts mehr zu tun. Hatte er die Kanone abgefeuert, die das Viertel hier in Brand gesteckt hatte? Es durfte nicht sein. Es standen nur noch ein paar Wände, das verkohlte Dach war eingestürzt - hatte es Anni unter sich begraben? Er schrie und wimmerte, er kroch auf allen vieren dorthin, wo die Tür gewesen war, durch die er glücklich und selig hatte hineingehen wollen in das Haus, das ihm trotz seiner teilweise schwierigen Bewohner doch lieb geworden war. Er räumte verkohlte Bretter zur Seite, kroch weiter, sah sich um und wusste nicht, ob er wirklich finden wollte, wonach er suchte. Ein zerbrochener Becher fiel ihm in die Hände. Er erkannte das Muster, erkannte, dass es ein Becher war, aus dem er oft getrunken hatte. Nun lag er zerbrochen in der Asche, in einem verkohlten Haus. Reinhard kauerte am Boden und schlug mit der Stirn immer wieder in eine dicke Schicht Asche, bis er husten musste und kaum noch Luft bekam. In seinem Gesicht mischten sich Tränen, Rotz und Asche zu einer schmerzverzerrten Maske.

Er wusste nicht, wie lange er mitten in der Asche gelegen hatte, als ihn plötzlich jemand an der Schulter berührte.

„Heda! Du kannst doch hier nicht bleiben. Wer bist du?"

Mit einem Schrei wandte sich Reinhard zu dem Menschen um. In panischer Angst schob er sich rückwärts. Hatte ihn doch jemand als Fahnenflüchtling erkannt? Würde man ihn jetzt erschießen?

„Wer bist du und was suchst du hier in diesem Haus?"

Der Mann, der vor Reinhard stand, war ein Nachbar gewesen, der wohl zurückgekommen war, um nach brauchbaren Resten zu suchen, vielleicht auch, um das Unbegreifliche zu begreifen.

„Heiner? Bist du das?"

„Wer bist du? Wieso kennst du meinen Namen?“
„Ich bin Reinhard. Weißt du was mit Anni passiert ist? Sie lebt doch noch, nicht wahr?“ flehte er.
„Ja, ja, natürlich lebt sie noch. Mensch, Reinhard, dich hätte ich nicht erkannt. Komm mit, ich bring dich zu ihr.“
Der Nachbar Heiner stützte ihn und ging mit ihm langsam durch die stille Gasse, hinüber in Straßen, die unversehrt waren und in denen bescheidene, aber schmucke Häuser standen. Heiner klopfte an eine solide und mit vielen Schnitzereien verzierte Tür. War Anni als Dienstmagd in diesem Haus untergekommen? Drinnen wurden Schritte laut, Frauenschritte.
Als sich die Tür öffnete und Reinhard endlich das Gesicht sah, nach dem er sich gesehnt hatte, brach er wieder in Schluchzen aus und stürzte in Annis Arme.
„Komm, hilf mit!“ sagte sie zu Heiner. Gemeinsam brachten sie Reinhard in eine Stube, wo sie ihn auf eine Bank legten.
„Danke, Heiner, ich komm jetzt klar“, sagte Anni und beugte sich über Reinhard. Ein Mann trat in die Stube, als Heiner schon gegangen war.
„Du liebe Güte, was hast du denn da aufgelesen?“ Es klang eher freundlich, ein wenig scherzend.
„Das ist Reinhard, mein Stiefsohn, von dem ich dir erzählt habe. Reinhard, das ist mein Mann Paul. - Dass du endlich wieder da bist! Wir haben uns immer solche Sorgen gemacht, jeden Tag für dich und Joseph gebetet. Wo ist Joseph?“ Die letzten Worte hatte sie mit einer sehr dünnen, ängstlichen Stimme gesprochen.
Und während sie ihm das Gesicht wusch, wie sie es vor vielen Jahren schon getan hatte, brach alles aus Reinhard heraus, der Krieg, seine unendliche Schuld, die ihn schier erdrückte. Er hatte Joseph nicht beschützt, er hatte ihn dem Tod preisgegeben. Sein Blut klebte an seinen Händen. Er hob seine Hände wie zum Beweis und starrte sie an, als seien sie kein Teil von ihm, sondern etwas Fremdes, Grauenerregendes.
„Und mit diesen Händen habe ich eine Fackel an die Lunte einer Kanone gehalten, die auf Dresden gerichtet war. Auf dich, Anni, auf dich!“ Er klammerte sich schreiend an sie. Auch Anni weinte und wiegte ihn sanft, strei-

chelte sein schmutziges Haar und achtete nicht darauf, dass ihr Kleid ganz schmutzig wurde.
„Reinhard, so darfst du nicht denken! Es war der Krieg, der Joseph getötet hat. Und sieh, uns ist nichts passiert. Paul hat mich in Sicherheit gebracht."
Paul strich Anni liebevoll übers Haar. Reinhard sah es und brachte ein Lächeln zustande.
„Wo bist du die ganze Zeit gewesen? Diese Schlacht war doch schon Ende April. Wir haben hier davon gehört."
„Ich hab es nicht gewagt, mich unter Menschen blicken zu lassen. Fahnenflüchtige werden erschossen oder aufgehängt. Ich hatte Angst, dass mich jemand erkennt. Außerdem wollte ich Joseph noch begraben. Diesen letzten Dienst wollte ich ihm noch erweisen." Die Bilder stiegen wieder in ihm auf; noch einmal sah er alles vor sich: Josephs schmächtigen Körper, getroffen von Kugeln, die eigentlich ihn hätten töten müssen. Trotzdem war Josephs Gesicht noch immer ruhig und friedlich, ganz wie in dem Moment als er gestorben war. Im Wald hob er mit bloßen Händen eine Grube aus. Es kostete ihn unendliche Mühe; der Hunger, der ihn seit Tagen peinigte, machte dies nicht leichter. Er wollte Joseph nicht einfach so in die Erde legen, ganz ohne Sarg; deshalb zog er seine Jacke aus und hüllte Joseph darin ein. Die weißen Schärpen riss er sich selbst und Joseph ab und warf sie weit von sich. Zum letzten Mal fühlte er den Ring, der im Saum eingenäht war, dann schloss er das Grab langsam wieder. Noch lange hatte er auf dem Grab gelegen, sich dann aber zurückgezogen und versteckt, als spanische Söldner sich genähert hatten. Außerdem wehte vom Schlachtfeld mittlerweile ein grässlicher Gestank herüber, und immer wieder hörte er kreischende Krähen und sich um die Beute streitende Tiere. Als ein Fuchs mit einer abgerissenen Hand im Maul an ihm vorbeizog, wandte Reinhard sich ab. Er konnte nicht Tausende beerdigen. Die Falkenberger würden sich der Toten erbarmen und sie in Massengräbern bestatten.
„Aber ich wollte doch unbedingt sehen, wie es dir geht, bevor ich wieder nach Siegburg zurückkehre." Er zwang seine Gedanken nun in die Gegenwart mit Anni.
„Es geht mir gut. So gut wie niemals zuvor in meinem Leben." Anni hatte

Tränen in den Augen, als sie Paul anschaute. „Wir haben vor einem Jahr geheiratet. Mein erster Mann starb, kurz nachdem ihr weg wart. - Aber sag mir doch, wieso du zurück nach Siegburg willst."

„Dort habe ich jemanden kennen gelernt." Und er erzählte die ganze Geschichte von Johanna und dem Ring. „Ich konnte Joseph doch nicht so armselig, ohne Sarg und ohne Feier beerdigen. Und außerdem wollte ich ihm irgendetwas Kostbares mitgeben. Glaubst du, dass Johanna das verstehen und mich trotzdem heiraten wird?"

„Ja. Reinhard, das wird sie ganz sicher." Anni weinte nun noch heftiger und konnte lange nicht aufhören. Joseph, der kleine, zarte Joseph, der niemals fähig gewesen war, einem anderen etwas Böses auch nur zu wünschen, ausgerechnet er hatte so grausam umkommen müssen. Sie wiegte Reinhard wie ein Kind in ihren Armen, und zum ersten Mal seit langer, langer Zeit, fühlte Reinhard, wie sich sein Körper entspannte.

„Mama", flüsterte er. Anni erschien ihm wie ein Wunder. Eine Frau, die unversehrt war, gesund, glücklich; wie ein Wesen aus einer Welt, die er früher einmal gekannt hatte, die ihm aber nun gänzlich verschlossen war. Ob Johanna sie ihm wieder öffnen könnte?

„Mein kleiner, großer Reinhard. Vielleicht werde ich deine Frau einmal kennen lernen. Ich wäre so glücklich, dich wieder zu sehen oder zumindest von dir zu hören. Schreib uns, gib deinen Brief einem Wandergesellen mit."

„Das werde ich. Ich hoffe nur, dass Johanna noch auf mich wartet. Ich hatte ihr versprochen, im Mai wieder bei ihr zu sein. Ich wollte schon längst verheiratet sein. Aber ich wollte zuerst dich sehen und schauen wie es dir geht. Weißt du was von Frieda in Gotha?"

„Frieda und Johannes geht es gut in Gotha. Frieda hat mittlerweile auch ihre eigene Familie und ist glücklich. Du musst Dir keine Sorgen um die Familie machen." Das war gelogen, denn sie hatte schon lange keine Nachrichten mehr von ihrer Schwester und ihrem Cousin, sondern wusste nur, dass auch Gotha vom Krieg heimgesucht worden war.

„Und natürlich wolltest du auch wieder ein Einheimischer werden, der die Walz hinter sich hat."

„Ja, das wollte ich. Ich will Johanna ein guter Ehemann sein, der für sie

sorgen kann. Ihr Vater ist ein reicher Töpfer, ich muss schon großes Glück haben, wenn ich sie überhaupt bekomme."
„Ich kann dir helfen, mein Junge", sagte Paul. „Ich kenne den hiesigen Zunftmeister ganz gut."
Da knurrte Reinhards Magen sehr laut und vernehmlich.
„Du hast sicher Hunger!" rief Anni. „Wie konnte ich daran nicht sofort denken? Jetzt wird erst mal richtig gegessen!"
Reinhard liebte diese Frau!

Halle, 19. Juni 1547[171]

Moritz war nervös. Er stand vor der Neuen Residenz und trat von einem Bein aufs andere. Inständig hoffte er, dass Philipp erscheinen würde. Er hatte seinen Schwiegervater angefleht, sich dem Kaiser auf Gnade und Ungnade zu unterwerfen. Auf Philipps Nachfrage, was es denn mit der Ungnade genau auf sich haben könnte, hatte er ihm nur ausweichend geantwortet, dass dies eher ein Kanzleischnörkel als eine ernst zu nehmende Drohung sei. Nun, da nichts mehr ging, war Philipp bereit, die Forderungen des Kaisers anzunehmen. Er war bereit, sich dem Kaiser und dem Reichskammergericht zu unterwerfen, er wollte auf alle Bündnisse verzichten, seine Festungen und alle seine Geschütze übergeben, ferner sämtliche Kriegskosten bezahlen, die sich auf einhundertfünfzigtausend Gulden beliefen, wobei noch nicht die Schadloshaltung der übrigen Gegner eingeschlossen war. Das hatte Moritz ein gutes Stück Arbeit gekostet. Buchstäblich bis zum letzten Augenblick hatte Landgraf Philipp sich bemüht, dem Kaiser doch noch militärisch zu begegnen, was schließlich zu hektischen Absagebriefen geführt hatte. Moritz hoffte, dass die Briefe, in denen der Landgraf die Stadt Magdeburg und den französischen König von seinen Kapitulationsabsichten unterrichtet hatte, noch rechtzeitig angekommen waren.

Trotz seiner desolaten Lage hatte Philipp noch einige Forderungen durchsetzen können: Nach dem Fußfall war er aus der Acht entlassen und wieder in seinen fürstlichen Stand eingesetzt. Damit war er nicht mehr vogelfrei und konnte wieder als legitimer Fürst sein Land regieren. Außerdem hatte er sich für seinen Fußfall vor dem Kaiser ausgebeten, dass dieser im kleinen Kreis stattfinden sollte.

Da sah Moritz seinen Schwiegervater kommen. Mit der Eleganz, die er schon als kleiner Junge an dem Landgrafen bewundert hatte, sprang Philipp vom Pferd.

„Nun kommt, bringen wir es hinter uns!“ sagte er leichthin und schlug das aufgerollte Papier, in dem der Text für die Kapitulation notiert war, spiele-

171 Siehe zu diesen Vorgängen Fritz Wolff: Der Weg in die Gefangenschaft. In: Landgraf Philipp der Großmütige 1504 - 1567; Hessen im Zentrum der Reform. Ursula Braasch-Schwersmann, Hans Schneider, Wilhelm Ernst Winterhager (Hrsg.)

risch auf Moritz' Schulter. Moritz konnte nur stumm nicken, dann geleitete er seinen Schwiegervater hinauf in den Langen Saal der Neuen Residenz. Allein dies hätte Philipp schon stutzig machen können, doch erst, als er vor der Tür des Langen Saales stand, der seinen Namen zu recht trug, und Geraune zahlloser Stimmen hörte, dämmerte es ihm, dass die Kaiserliche Majestät einen großen Rahmen für angemessen hielt. Ein Zurück gab es nicht, denn schon hatten sich hinter Philipp zwei Wachen postiert, die ihn in den Saal drängten. Der Anblick traf ihn wie ein Schlag. Der Saal schien ihm unendlich lang; der Thron des Kaisers, der am anderen Ende stand, eine Weltreise entfernt. Dazwischen wogte eine Menschenmenge, wie sie schlimmer nicht hätte sein können. Alle waren sie gekommen, alle seine Feinde waren hier, um zu sehen, wie Philipp sich vor dem Kaiser demütigte. Philipp schaute in das Gesicht des Deutschmeisters Wolfgang Schutzbar, den er im Zuge der Reformation damit beauftragt hatte, sämtliche Reliquienbilder und die Gebeine der Heiligen Elisabeth aus der Marburger Elisabethkirche zu entfernen - eine schwere Demütigung für den streng katholischen Mann. Philipp hob sein Kinn und schaute so würdevoll wie möglich über ihn hinweg, doch da traf sein Blick ein anderes Gesicht, das er keineswegs zu sehen wünschte: Graf Reinhard zu Solms war da, ein Hesse, der treu dem Kaiser diente.

Er wollte sich abwenden und blickte nur in ein anderes Augenpaar, aus dem die Häme blitzte. Die Menge wollte ihm kaum einen Durchgang frei geben, der Saal nahm kein Ende.

„Macht Platz, gebt den Weg frei für den Landgrafen!" riefen die Wachen ein ums andere Mal; trotzdem blieben die Menschen direkt vor Philipp stehen, um ihm in die Augen zu schauen. Die Wachen drängten Philipp durch die Menschenmenge immer weiter nach vorn, hinein in dieses Meer aus feindlichen Gesichtern, die sich ihm immer ärger hohnlachend entgegenstreckten. Der ganze Raum schien ihm plötzlich angefüllt mit widerlich verzerrten Fratzen, die Erinnerungen heraufbeschworen an Taten, auf die er einst stolz gewesen war. Nun hatte sich das Blatt gewendet, und die Welt schaute auf ihn als einen Verbrecher. Zorn wallte in ihm auf. Schon glaubte er, er habe das Schlimmste hinter sich, da sah er Herzog Heinrich von

Braunschweig-Wolfenbüttel, den er so lange in seiner Festung Ziegenhain gefangen gehalten hatte. Dieser hatte sich ihm auf Gnade und Ungnade ausgeliefert, und er hatte ihn die volle Wucht seiner Ungnade spüren lassen. Natürlich war der Mann hier, denn das Schauspiel wollte er sich auf keinen Fall entgehen lassen, und er hatte sich einen guten Platz gesichert, ganz vorn am Thron, um nichts zu verpassen. Philipps Zorn wurde nur noch heißer.

Da stand Philipp nun vor Kaiser Karl V. Für einen Moment sahen sich die beiden in die Augen. Das Papier, das Philipp nun entrollte, war zerknittert und feucht von seinem Schweiß. Er räusperte sich, trotzdem klang seine Stimme dünn, und er musste die ersten Worte wiederholen.

„Wir Landgraf Philipp von Hessen…"

„Lauter!" rief jemand vom anderen Ende des Saales. „Wir können Euch nicht hören!" Der ganze Saal brach in Gelächter aus. Philipp räusperte sich noch einmal, seine Kiefer waren für einen Moment fest aufeinandergepresst, dann fuhr er fort: „Wir ergeben Uns der Kaiserlichen Majestät auf Gnade und Ungnade und wollen vor dem Kaiser einen Fußfall tun. Für die gnädige Verzeihung werden Wir uns als gehorsamer Fürst so dankbar erweisen, dass der Kaiser künftig mit Uns zufrieden ist. Wir erkennen den Kaiser als unseren obersten Herrn an und tun, was einem untertänigen, gehorsamen Fürsten gegen den Kaiser gebührt. Wir werden Uns immer treu an den Kaiser halten und vollstrecken, was immer der Kaiser für Frieden und Einigkeit der deutschen Nation verordnet.

Wir werden den Justitien des kaiserlichen Kammergerichtes gehorsam sein. Das Uns Gebührende werden Wir zum Unterhalt beitragen.

Mit allen treuen Reichsständen werden Wir Hilfe gegen die Türken leisten und das gute Vornehmen des Kaisers immer unterstützen.

Wir werden alle Bündnisse, besonders das Schmalkaldische, innerhalb und außerhalb der deutschen Nation aufgeben. Wir werden künftig kein Bündnis machen, das den Gehorsam gegen König und Kaiser ausnimmt. Den Feinden des Kaisers werden Wir keinen Wandel in Unserem Lande gestatten, sondern sie vertreiben."

Die Schrift schwamm vor Philipps Augen. Er fühlte, wie alles in ihm sich zusammenkrampfte. Seine Kehle war trocken und spröde, seine Zunge klebte ihm am Gaumen, doch trotzdem musste er fortfahren, all diese grauenhaften Dinge zu lesen. Er musste jetzt stark bleiben; auf keinen Fall wollte er sich vor seinen Feinden eine Blöße geben, indem er sich von seinem Zorn fortreißen ließ und damit zeigte, wie tief er in seinem Stolz verletzt war. Bewusst wappnete er sich und setzte eine leicht höhnische Miene auf.

„Wir werden alle Befestigungen außer Ziegenhain und Kassel schleifen lassen. Wir werden die Hauptleute und Kriegsleute mit den besten Eiden zur Treue gegen den Kaiser verpflichten, dass sie die verbliebenen Festungen auch dann dem Kaiser halten, wenn der Landgraf gegen den Kaiser handelt."

Das Herz blutete ihm, als er an seine Festungen dachte, doch der Kaiser war unerbittlich gewesen.

Dann kam Philipp auf den Herzog von Braunschweig zu sprechen. Er blickte starr auf das Papier, als er las: „Wir werden Herzog Heinrich freilassen und ihn vor den Kaiser bringen. Dem Herzog werden wir sein Land zurückgeben. Wir werden Uns mit dem Herzog über Schäden und Interessen vertragen."

Zum Schluss las Philipp noch: „Kurfürst Moritz von Sachsen, Kurfürst Joachim von Brandenburg und Herzog Wolfgang von Zweibrücken sollen sich in gebührender Form verschreiben, dass die Artikel gehalten werden. Halten Wir sie nicht, werden sie mit Heeresmacht und allen Mitteln Uns dazu zwingen helfen.[172]"

Dann fiel er vor dem Kaiser auf die Knie. Dabei traf sein Blick Herzog Heinrich. Mit einem höhnischen Lächeln erhob sich Philipp, ohne dass der Kaiser ihn dazu aufgefordert hätte.

Das war ein schwerer Fehler.

Karl V. schaute sauer drein und drohte ihm mit dem Finger: „Ich will dich Lachen lehren!"

Das Lächeln erstarb nur langsam auf Philipps Gesicht. Die letzten Reste davon verflüchtigten sich, als der Kaiser ihm nicht die Hand reichte, wie es die Zeremonie erfordert hätte. Philipps ausgestreckte Hand blieb im Raum hängen wie ein fauliger Apfel an einem dürren Ast.

Der Kaiser erhob sich sogar und verließ den Saal. Da verschränkte der

---

172 PKMS 3, Dokument Nr. 634, S. 441 f.

Braunschweiger Herzog mit einem siegessicheren Lächeln die Arme. Sein Gesicht zeigte deutlich, wie sehr er sich darauf freute, Philipp als Gefangenen des Kaisers zu sehen.
Als Philipp sich umwandte, schaute er in all die Gesichter, die das Schauspiel so sehr genossen hatten. Sie grinsten ihm entgegen, doch er schritt hoch erhobenen Hauptes durch die Menschenmenge hindurch, die sich auf seinem Rückweg vor ihm teilte. Er zuckte unmerklich zusammen, als hinter ihm dröhnendes Gelächter laut wurde. Er blieb hart, er ging nicht schneller, sondern verließ gemessenen Schrittes den Langen Saal.

Am Abend, als er mit Moritz und Kurfürst Joachim von Brandenburg in der Unterkunft des Herzogs von Alba beisammen saß und zechte, erschien ihm die ganze leidige Sache nur noch wie ein böser Traum.
„Um meine Festungen ist es mir wahrlich leid. Ich hatte oft keinen anderen Trost als Gott und meine Festungen. Dass ausgerechnet dieser Reinhard zu Solms sie schleifen soll, bringt mich in Harnisch. Aber wehe ihm! Sobald ich zurück in Hessen bin, will ich ihm das Leben schon schwer machen. - Auf meine Festungen!“ rief er kämpferisch und hob seinen Becher.
„Auf die hessischen Festungen!“ erwiderten die anderen, mehr weinselig als kämpferisch, bevor sie ihre Kelche hinabstürzten. Keiner bemerkte, dass der Herzog von Alba sehr mäßig trank und bei Philipps letzten Worten eine Augenbraue gehoben hatte.
Es war schon nach Mitternacht, als Moritz sagte: „Lasst uns nun nach Hause gehen, bevor wir zu betrunken sind und vielleicht noch auf der Straße auffallen. Das würde kein gutes Licht auf uns alle werfen.“
Kurfürst Joachim von Brandenburg pflichtete ihm bei, doch Philipp war anderer Meinung.
„Heute gibt es so viel Grund zu feiern. Lasst uns wenigstens noch diesen einen Krug leeren. Hier - ich schenke Euch allen selbst ein. Da seht Ihr, es sind noch genau vier Becher voll. Zum Wohl!“ Er lallte schon und konnte sich nicht mehr ganz so sicher auf den Beinen halten.
Dann war auch diese Runde ausgetrunken und die Fürsten erhoben sich. Als Philipp sich anschickte, ebenfalls zu gehen, erhob sich der Herzog von Alba.

„Euer Gnaden, Ihr könnt nicht gehen. Ihr müsst hier in meinem Gewahrsam bleiben."
„Ich soll was?" fragte Philipp, der das noch für einen Scherz hielt.
„Der Kaiser hat Euch mir unterstellt. Ich bin für Euch verantwortlich, und Ihr bleibt hier bei mir in meinem Gewahrsam. Eine Kammer ist schon vorbereitet für Euch, es wird Euch an nichts fehlen."
„Das könnt Ihr nicht tun, Herzog Alba. Das ist nicht rechtens", widersprach Moritz.
„Das war so nicht ausgemacht, das werden wir nicht zulassen", ereiferte sich Kurfürst Joachim von Brandenburg. „Wir haben uns verbürgt, dass der Landgraf nicht festgehalten wird. Das hat uns der Kaiser zugesichert. Das haben wir schriftlich. In der Erklärung steht eindeutig, dass der Landgraf nicht mit einigem Gefängnis zu bestrafen sei, was eindeutig heißt, dass er gar nicht gefangen gehalten werden darf."
„Ich habe hier eine Abschrift des bewussten Vertrages. Seht selbst nach! Dort steht, dass der Landgraf nicht mit ewigem Gefängnis zu bestrafen ist. Das heißt, dass er für eine unbestimmte Zeit festgehalten wird, aber nicht ewig."
Er hielt ihnen den Vertrag hin, den sie gemeinsam mit den kaiserlichen Räten aufgesetzt hatten. Dort hieß es tatsächlich „ewiges Gefängnis". Moritz hielt das Papier ins Licht. Hatte da einer nur falsch abgeschrieben oder hatte da jemand absichtlich im Nachhinein den *i*-Punkt und den kleinen Bogen des *n* mit einem Messerchen weggekratzt und mit einem weiteren winzigen Bogen aus dem Wort „einigem" das Wort „ewigem" gemacht? Er konnte es nicht sagen.[173]
Die lauten Stimmen hatten die Wachen des Herzogs auf den Plan gerufen. Als sie erschienen, die Hände an den Schwertern, hob nicht nur der Herzog die Hand, zum Zeichen, dass man ihrer nicht bedürfe, sondern auch Philipp gebot den beiden Kurfürsten Einhalt.
„Wir werden Uns dem Kaiser ausliefern", sagte er betont würdevoll. „Geht nun. Wir wollen keinen Streit."
„Der Kaiser ist sich bewusst, dass ich mich für Eure Freiheit verbürgt habe. Dass Ihr festgehalten werdet, ist gegen jede Abmachung", beharrte Moritz.

173 siehe dazu Wolff, Fritz; 2004, S. 125 und Herrmann, Johannes; 2003, S. 95. Diese Frage ist nach wie vor nicht geklärt.

„Dann wird es wohl nicht lange dauern. Geht nun. In ein paar Tagen bin ich wieder bei Euch und wir fahren gemeinsam nach Dresden zu Kurfürstin Agnes.“

Kassel, Ende Juni 1547

Es war ein warmer Sommertag, die jüngeren Kinder spielten mit Elisabeth, der Närrin und Gertrud draußen im Burghof. Die kleine Barbara gehörte nun schon zu den Älteren. Sie war elf Jahre alt, der zehnjährige Ludwig wollte sich von ihr nichts mehr sagen lassen, aber der kleine Philipp, den man einmal den zweiten nennen würde und die kleinen Schwestern Elisabeth und Christine ließen sich willig von Barbara zeigen, wie man den Ball werfen musste. Ludwig hatte eine Weile zugeschaut und war dann auf die Suche nach seinem großen Bruder Wilhelm gegangen, obwohl diesem seine Gesellschaft auch nicht angenehm war, denn der Vater hatte ihn schon mit Regierungsgeschäften betraut.

Anna hatte die schreckliche Geschichte ihrer ersten Verlobung überwunden und vor drei Jahren den Herzog und Pfalzgrafen Wolfgang von Zweibrükken geheiratet. Sie hatte ihm schon eine Tochter geschenkt und ging wieder schwer. Im Oktober sollte das Kind zur Welt kommen. Natürlich beobachtete sie aus der Ferne, wie es Sidonie erging und konnte sich einer gewissen Schadenfreude nicht erwehren, denn Sidonie war weder schwanger noch glücklich geworden in ihrer Ehe.

Christine saß mit einer Handarbeit im Kreise ihrer Kammerfrauen im Schatten. Auch sie war schon wieder guter Hoffnung. Da kam ein Bote und brachte einen Brief. Elisabeth hatte ihn nur aus den Augenwinkeln gesehen.

„Tante Elisabeth, Ihr seid dran!“ rief Barbara und warf den Ball.

„Ja, Liebes, warte…“, rief Elisabeth über die Schulter, als sie auf die weinende Christine zuging. Ihre Kammerfrauen versuchten sie zu trösten, doch Christine weinte umso heftiger.

„Was steht in dem Brief?“

„Hier, lies ihn.“ Sie hielt ihr den Brief entgegen. Elisabeth tobte vor Zorn.

„Wie kann man es wagen? Moritz hat sein Ehrenwort gegeben, dass Philipp nach dem Fußfall vor dem Kaiser - das allein ist doch schon grausam genug, dass ein protestantischer Fürst vor einem katholischen Kaiser auf die Knie fallen soll! - wieder in Gnaden aufgenommen ist. Und nun ist er gefangen. Wahrscheinlich wird er nach ein paar Wochen wieder frei gelassen, aber wie demütigend wird diese Gefangenschaft sein. Wird der Kaiser ihn fürstlich halten? Oder wird man ihm einfache Gemächer anweisen, wie sie hier von unserer Dienerschaft bewohnt werden?"
„Ach, Elisabeth, ich habe so eine schlimme Vorahnung in mir, als sollte ich ihn nicht wiedersehen", schluchzte Christine.
„Christine, bitte, so darfst du nicht denken. Denk an dein Kind!"
Aber gerade der Gedanke an das Kind ließ Christine nur noch mehr schluchzen.
„Wer weiß, wann das Kind seinen Vater sieht?"
„Mutter, was ist mit Vater?" fragte Barbara, die mit den Geschwistern nun die Mutter umringte.
„Ach, meine armen Kleinen. Der Vater ist gefangen."
Das verstanden die Kinder nicht, sahen aber, dass es etwas sehr Schlimmes sein müsse, wenn die Mutter so sehr darüber weinte und begannen nun auch zu weinen. Christine umarmte die beiden jüngeren, und Barbara schmiegte sich an Elisabeth.
„Wir müssen irgendetwas tun. Wir können doch nicht untätig hier herumsitzen und warten. Ich will an Moritz und den Kaiser schreiben, dass Philipp unverzüglich freigelassen werden muss. Das ist doch sicher gegen jedes Gesetz."
„Elisabeth! Nichts dergleichen wirst du tun!" Christine war laut und ärgerlich, wie Elisabeth sie noch niemals erlebt hatte. „Wer weiß, was du mit deinen Briefen schon alles angerichtet hast. Ach, hättest du noch niemals auch nur eine einzige Zeile geschrieben, dann wäre uns jetzt allen wohler!" Christine hatte sich erhoben und rauschte davon. Elisabeth sah ihr kopfschüttelnd nach. Wie konnte sie nur solchen Unsinn reden? Sie war schwanger, und der Vater ihres Kindes war gefangen. Das musste man ihr wohl zugute halten. Aber hinter dieser Anschuldigung schien mehr als das zu stecken,

ganz so, als hätte sich in Christine ein Zorn aufgestaut, der sich nun Bahn brach. Wilhelm und Ludwig hatten das Geschehen von ferne beobachtet, aber genügend begriffen.
„Daran ist nur diese Kreatur in Spangenberg schuld“, knurrte Wilhelm laut genug, sodass Elisabeth es noch hören konnte. Elisabeth erschrak, als ihre Blicke sich trafen, denn sie hatte nicht geglaubt, dass ein so junger Mensch so hasserfüllt schauen könnte.
„Wilhelm! Ich will nicht, dass Sie Ihren Vater…“
„Ich rede nicht von meinem Vater“, fauchte er und fügte ein verächtliches „Euer Gnaden!“ an.
„Ich rede von dieser widerwärtigen Kreatur in Spangenberg. Und Ihr habt das eingefädelt!“ Dann drehte er sich um und ging davon. Ludwig folgte ihm, nachdem auch er Elisabeth mit seiner ganzen Verachtung bedacht hatte.
Die Kleinen standen da und schauten sie vorwurfsvoll an. Was nun vor sich gegangen war, hatten sie ebenso wenig verstanden wie die Botschaft in dem Brief, aber sie spürten, dass die Mutter und die älteren Brüder Elisabeth die Schuld gaben.
„Nehmt die Kinder mit nach drinnen. Für heute haben sie genug gespielt“, wies Elisabeth die Ammen an.
Barbara folgte ihnen nicht. „Ich glaube nicht, dass Ihr schuld seid, liebe Tante.“
„Danke, Barbara!“ Elisabeth strich ihr über die Wange. Sie wollte noch etwas sagen, aber da eilte Barbara schon den anderen hinterher. Wie lange noch würde sie auf ihrer Seite stehen? Nachdenklich schaute Elisabeth den Kindern nach. Da gesellte sich die Närrin zu ihr: „Manchmal muss es uns genügen, dass nur wir allein die Wahrheit kennen“, sagte die Närrin.

Donauwörth, 23. Juli 1547

Wenn Philipp doch nur eine Kammer gehabt hätte, wie einer seiner geringsten Diener oder eine Kate wie einer seiner Bauern! Elisabeths schlimmste

Befürchtungen blieben weit hinter der Fantasie des Kaisers zurück, der sich nach seinem Triumph stolzer denn je gebärdete.[174] Während der ehemalige Kurfürst Johann Friedrich, der sich bis zum Schluss gewehrt und den man gefangen vor den Kaiser geschleppt hatte, ein Patrizierhaus direkt neben dem kaiserlichen Quartier bewohnte, hatte Philipp, der sich dem Kaiser aus freien Stücken ausgeliefert hatte, auf den zahlreichen Stationen des quälend langsamen Fußmarsches draußen vor den Städten in Armenhäusern oder mit den Söldnern im Feldlager genächtigt. Die Spanier, die ihn bewachten, hatten die abscheulichsten Krankheiten, stanken und waren immer auf der Suche nach Streit. Capitán Guevara, der für Philipp verantwortlich war, konnte sich unter einem Landgrafen, was man ihm mit „conde provincial" übersetzt hatte, nichts vorstellen, und schon gar nicht war er in der Lage, hinter diesem Titel einen ehrfurchtgebietenden Fürsten zu erkennen. Zumal Philipp all seiner Würde beraubt war, krank und elend. Als er erkannte, dass einige seiner spanischen Mitbewohner sogar die Pest hatten, befürchtete er das Schlimmste für sich.

Tagsüber hatte man ihn auf einer alten Mähre reiten lassen, während Johann Friedrich in einem Kammerwagen gefahren wurde. Nun, da sie in Donauwörth angelangt waren, hatte man ihn endlich in einer anständigen Herberge untergebracht, doch seine Bewacher waren so gewissenhaft, dass sie ihm sogar beim nächtlichen Wachwechsel die Bettdecke vom Leib rissen, um den ablösenden Kameraden anzuzeigen, dass der Gefangene tatsächlich noch da war. An Schlaf war ohnehin nicht zu denken, denn er teilte das Zimmer nach wie vor mit Spaniern, die mit ihren Krankheiten sehr freigebig waren; die Pest hatten sie aber wohl nicht, wie Philipp mittlerweile hoffen durfte, denn sonst wären sie schon längst alle gestorben.

Er schrieb Briefe an Moritz, in denen er seine verzweifelte Lage schilderte und um Erleichterung der Haftbedingungen und ein baldiges Ende der Haft bat: vergeblich. Moritz bedauerte alles sehr und versprach, sich beim Kaiser für ihn einzusetzen, doch konnte er beim Kaiser nicht allzu fordernd auftreten, da seine Stellung keineswegs gefestigt war.

Je weiter sie nach Süden zogen, desto mehr erhärtete sich Philipps Verdacht,

174 Zu den folgenden Schilderungen siehe Wolf, Fritz; 2004, S. 126 ff.

dass man ihn ganz aus Deutschland verschleppen wollte. Wenn er erst in Italien war, dann war eine baldige Freilassung sehr unwahrscheinlich und Hilfe so gut wie unmöglich.

Irgendwo in der Eifel, im Herbst 1547

Reinhard hatte seinen Hunger mit Bucheckern, Brombeeren und Pilzen gestillt. So lange war er schon unterwegs, hatte einen großen Bogen um Hessen gemacht, um nur nicht als Fahnenflüchtling erkannt zu werden. Dass sich niemand mehr für ihn interessieren könnte, wagte er nicht zu hoffen und wollte sicher sein, dass man ihn nicht doch noch erschießen oder aufhängen konnte. Das reichliche Essen, das Anni ihm eingepackt hatte, war nicht genug gewesen für die lange Wanderschaft. Die beiden hatten ihm zwar auch Geld mitgegeben, aber er wagte sich nicht so weit an Menschen heran, um sich etwas zu kaufen. Die Gegend, die er nun durchwanderte, war gebirgig, karg und reich an Buchenwald, der unter einem strahlend blauen Himmel golden leuchtete. Es hätte ihm eine Lust sein können, hier zu wandern, hätte er nicht bei jedem Geräusch, das auf Menschen hindeutete, Angst bekommen und sich versteckt. Doch immer stellte er fest, dass es nur ein trockener Ast war, den der Wind vom Baum gefegt hatte oder ein Tier auf Nahrungssuche.

Der Herbst schritt voran, die Tage wurden kürzer und kühler, doch Reinhard hatte Siegburg noch immer nicht erreicht. Er hielt sich nun nach Norden und hoffte, dass dies richtig war. Die Nächte waren nun schon empfindlich kalt und feucht. Er fror erbärmlich, obwohl Anni ihm einen warmen Mantel mitgegeben hatte. Der Gedanke an sie ließ ihn lächeln. Am liebsten hätte sie ihm auch noch ein Pferd und eine schimmernde Rüstung mitgegeben, damit er bei seiner Johanna einen guten Eindruck machen konnte. Aber was für einen Eindruck konnte er schon machen, wenn er den Ring gar nicht mehr hatte?

Er war inmitten seines Frühstücks erwacht: zwischen Bucheckern und Pilzen. Nachdem er sich satt gegessen hatte, stand er auf und streckte sich.

Dabei bemerkte er, dass sich aus dem langsam verwehenden Frühnebel ein Kirchturm erhob. Klein und gedrungen, aber es war ein Kirchturm, auf dessen Spitze ein Hahn in der Morgensonne blitzte. Eine einsame Kirche hier mitten im Wald? Aber nein, dort tauchten jetzt auch schemenhaft Häuser aus dem Nebel auf, Zäune, ein Birnbaum... Birnen wären eine wunderbare Abwechslung! Es war noch alles still. Sollte er es wagen? Langsam schlich er vorwärts, angestrengt die Gegend absuchend, ob nicht doch irgendwo ein Mensch käme, aber nichts regte sich. Je näher er dem Birnbaum kam, der - wie Reinhard nun erkannte - mitten auf einem kleinen Dorfplatz stand, desto klarer wurde ihm, dass ihm hier wohl keine Gefahr mehr drohen konnte: Das Dorf war verlassen, verwüstet, leer, und nun schlug ihm auch der Geruch von verkohltem Holz entgegen. Was er für Dächer gehalten hatte, waren nur noch Giebel von abgebrannten Dachstühlen. Riesige schwarze Flecken über den Kirchfenstern zeugten von dem Feuer, das auch die Kirche nicht verschont hatte. Sie war ausgebrannt, nur der Turm war unversehrt geblieben. Nirgendwo war ein Mensch zu sehen, weder tot noch lebendig, alles war still. Nur eine bunte Katze schlich um die Ecken. Reinhard kniete nieder und lockte sie; sie kam tatsächlich und schnurrte, als er sie streichelte. Er sah sich um. Es war ein kleines Dörfchen gewesen, nicht mehr als ein Weiler, aber mit einer eigenen Kirche. Reinhard erhob sich und ging zur Kirche, worauf die Katze ihm folgte. Die hölzerne Tür war verkohlt und aus den Angeln gebrochen, der Innenraum war leer und schwarz, nur hier und dort konnte man noch unversehrte Mauerreste erkennen, ein steinernes Taufbecken und den ebenfalls steinernen Altar. Hier wehte kein Weihrauch mehr, nur noch der Gestank nach nassem, verkohlten Holz. Reinhard ging auf den Altar zu. Wie viele Brautpaare mochten hier wohl gegangen sein in den letzten Jahrzehnten? Wie viele Jünglinge und Mädchen des Dorfes hatten sich schon vorgestellt, diesen Weg zu gehen, den er gerade ging, am Arm den über alles geliebten Menschen? Vorbei, vorbei. Niemals wieder würden hier Brautpaare gesegnet oder Kinder getauft werden. Das letzte, was hier wohl noch geschehen war, waren Beerdingungen, wie die vielen frischen Gräber draußen bezeugten. Die Menschen hatten den Toten die letzte Ehre erwiesen und waren dann fortgezogen, vielleicht

in den Schutz einer Stadtmauer. Sämtlicher Altarschmuck war fort, wahrscheinlich geraubt oder verbrannt, denn die Gemeinde hatte sich aus zwei dicken Ästen ein grobes Kreuz zusammengezimmert und an den schwarzen Altar gelehnt. Das Querholz war leicht nach oben gebogen und sah aus, als hielte es seine Arme gen Himmel. Diese einladende Geste des schlichten Kreuzes hatte etwas so Freundliches, Friedliches inmitten dieser Zerstörung, dass Reinhard wie angewurzelt stehen blieb. Vergebung, Vergebung! hallte es in seinem Kopf, so laut, dass er sich umschaute, woher die Stimme wohl gekommen sei, aber die Kirche war leer. Nur die Katze strich ihre Wange an der zerstörten Tür. Vergebung. War das nicht das Einzige, dessen es bedurfte? Wie konnten Menschen nur so starrsinnig an ihrem Hass festhalten; an einem Hass, den sie mit Gott zu rechtfertigen suchten?
Reinhard sank vor dem Kreuz auf die Knie und faltete die Hände. Er brachte kein Gebet zustande, sondern nur ein Stammeln, das irgendwann in Weinen überging. Er erschrak, als ihn etwas am Bein berührte, aber es war nur die Katze, die aufgrund seiner schnellen Bewegung Reißaus nahm. Er wischte sich die Tränen ab und lockte die Katze wieder zu sich her. Sie ließ sich streicheln und sogar auf den Arm nehmen. Ihr lautes Schnurren tat ihm wohl. Er ging mit ihr nach draußen, wo die Katze wieder ihre eigenen Wege gehen wollte und er setzte sie hinab zur Erde, denn schließlich brauchte er jetzt beide Hände für die Birnen, die gelb und saftig an dem Baum hingen und auf der Erde lagen. Ein paar späte Wespen labten sich noch an den süßen Früchten, deren schwerer Duft Reinhard das Wasser im Mund zusammenlaufen ließ. Sie schmeckten köstlich. Er glaubte, noch niemals so süße Birnen gegessen zu haben und aß, bis ihm übel wurde. Da packte er sein Bündel voll bis nichts mehr hineinpasste, füllte noch seine Taschen bis zum Rand und nahm in seine freie Hand noch drei Birnen, dann zog er weiter. Er war noch nicht weit gegangen, da merkte er, dass die Katze ihm folgte.
„Na, willst du Gesellschaft haben? Ich auch!“ Dies schien die Katze als Einladung zu verstehen und eilte mit erhobenem Schwanz auf ihn zu.

Im Bergischen, Ende Oktober 1547

Johanna ächzte, als sie den Wassereimer auf den Brunnenrand wuchtete. Ihr Rücken schmerzte höllisch bei jeder Bewegung, ihr war schwindlig und übel; trotzdem forderte der Bauer nach wie vor die schwersten Arbeiten von ihr und ließ auch noch immer nicht von ihr ab, obwohl schon offensichtlich war, dass Johanna schwer ging. Nicht einmal ihre Mutter hatte er verschont. Sie hatten versucht zu fliehen, waren aber nicht weit gekommen und der Bauer hatte sie so fürchterlich zugerichtet und eingesperrt, dass ein erneuter Fluchtversuch unmöglich war. Und selbst wenn, wohin hätten sie fliehen sollen?

Anfangs hatte Johanna noch auf Reinhard gehofft, immer wieder Ausschau gehalten nach ihm, ob er nicht doch noch käme, aber mit der Hitze des Sommers hatten sich ihre Hoffnungen verflüchtigt, die ihr mittlerweile kühn und lächerlich vorkamen. Ihre Zeit verklebte zu einem zähen Brei aus Schmutz und Erniedrigung; allein am Wandel der Jahreszeiten und der immer größer werdenden Wölbung ihres Leibes erkannte sie, dass die Zeit verging. Sollte sie überhaupt hoffen, den Winter oder die Geburt zu überleben? Wenn sie dies überstand, würde ohnehin nur ein weiteres Jahr folgen, in dem sie auf nichts weiter als den Tod hoffte. Sie trug den Eimer ins Haus. Ihre Mutter war schon seit über einer Woche krank und so schwach, dass sie das Bett nicht verlassen konnte. Sie machte ihr einen heißen Kräuteraufguss und trug ihn in die Kammer. Sie schlich auf Zehenspitzen, aber die Mutter war wach und schaute ihr entgegen.

„Wie fühlst du dich?"

„Je elender ich mich fühle, umso glücklicher bin ich. Wie gerne würde ich sterben, aber ich will dich nicht alleine lassen, mein Kind."

„Ich will auch nicht, dass du stirbst, aber dann hätte es wenigstens eine von uns endlich gut."

„Wo ist der Kerl?"

„Ich weiß es nicht. Ich glaube draußen irgendwo. Wenn man ihn nicht hört und sieht, riecht man ihn, und im Moment rieche ich ihn auch nicht."

Sie stützte ihre Mutter und hielt ihr den dampfenden Becher an die Lippen.

Die beiden genossen diesen Moment der Stille und des Friedens miteinander.

„Wie geht es dir, mein Kind?"

„Geht schon. Ich hab Angst vor der Geburt, und um ehrlich zu sein, habe ich auch Angst vor dem Kind. Was, wenn es ihm ähnlich sieht und genau so ist wie der Kerl?"

So vertieft waren sie in ihr Gespräch, dass sie nicht hörten, wie er sich anschlich. Erst als die Augen ihrer Mutter schreckensweit wurden, merkte Johanna, dass er hinter ihr stand. Er packte sie und zerrte sie fort von ihrer Mutter. Johanna fiel zu Boden.

„Was soll das? Bist du verrückt geworden? Mach das du wegkommst!" schrie sie und versuchte aufzustehen, verhedderte sich aber in ihren Röcken, was der Bauer ausnutzte. Er stieß sie wieder zu Boden.

„Raus hier!" schrie Johanna. „Meine Mutter ist krank, siehst du das denn nicht?"

Er riss sie vom Boden hoch und drückte sie gegen die Wand.

„Warum bist du denn immer so unfreundlich zu mir?" fragte er, als sei er ein großzügiger Dienstherr und Johanna eine höchst undankbare Magd.

„Vielleicht, weil der Schafsbock besser riecht als du!"

Sein Handrücken traf sie hart an der Wange und schleuderte ihren Kopf gegen die Wand. Ihr wurde schwarz vor Augen. Dann fühlte sie seine Hand an ihrem Hals. Er sah befriedigt, wie ihr Körper jede Anspannung verlor, wie sie wimmernd zusammensank.

Johanna hörte ihre Mutter schreien. Sie wusste, was kommen würde: Er würde nicht eher loslassen, als bis sie ihr Bewusstsein beinahe verlor. Wie durch einen Schleier nahm sie nun wahr, dass ein riesiger Schatten hinter dem Bauern auftauchte. War das nun doch der gnädige Tod? Sie hörte einen dumpfen Schlag, worauf die Hand an ihrer Kehle verschwunden war. Röchelnd rang sie nach Atem, fühlte plötzlich einen Arm, der sich um ihre Schultern legte und sie langsam wieder aufrichtete. Da war eine Frau, deren Duft Johanna bekannt vorkam. Mit immer klarer werdenden Sinnen nahm sie nun wahr, wie ein großer, breitschultriger Mann den Bauern schlug wie ein Besessener. Er prügelte so unbarmherzig auf den Bauern ein, dass die

Knochen knackten. Der Bauer lag am Boden, und der Mann trat ihm in den Wanst, in die Rippen und gegen den Kopf.
„Reinhard! Hör auf, du bringst ihn ja um!" schrie die Frau, in deren Armen Johanna lag. Da erst ließ der Mann von dem Bauern ab und wandte sich den Frauen zu. Es war tatsächlich Reinhard, der sich nun zu Johanna kniete und sie in die Arme nahm.
„Ich bin jetzt da. Ich bin bei dir, Liebes", flüsterte er und drückte sie fest an sich. Johanna klammerte sich schreiend an ihn. Sie schrie und weinte und lachte gleichzeitig, sodass Jutta und Reinhard schon um ihren Verstand fürchteten.
„Reinhard! Reinhard! Mein Gott, wie sehr hab ich auf dich gewartet und gehofft!" brachte sie endlich heraus.
„Ihr nehmt alles mit, was irgendwie wertvoll ist, holt die Tiere aus dem Stall, legt Decken auf den Leiterwagen, damit wir die Mutter warm und sicher transportieren können. Den Rest mach ich."
Dann ging alles ganz schnell: Nachdem auf dem Leiterwagen ein Lager für die Mutter bereitet war, trug Reinhard sie hinaus. Unterdessen holte Jutta die Ziegen aus dem Stall und tat die Hühner, derer sie habhaft werden konnte, in Körbe. Als die Frauen auf dem Wagen saßen, sagte Reinhard: „Ihr fahrt zur nächsten Kreuzung und wartet dort auf mich. Ich bin gleich bei euch. Und passt auf die bunte Katze auf. Sie gehört zu mir."
Und dann war es ihm, als stehe ein heilgebliebener Teil seines Selbst neben ihm und beobachte das Tun seines zerstörten Selbst mit Grauen. All die Grausamkeit, die er im Krieg hatte erleben und mit ansehen müssen, brach sich Bahn. Er ging wieder hinein zu dem Bauern, brach ihm mit einem Knüppel die Arme und Beine, zerrte ihn zum Herd, band ihn dort an und legte alles was brennbar war in die Glut. Eine Flamme schlug immer höher, Reinhard fütterte sie mit dem hölzernen Geschirr, den Schemeln, bis sie schließlich gefährlich hoch aufloderte, was der Bauer mit angstverzerrtem Gesicht verfolgte.
„Du Satan! Mach mich los."
„Ich Satan?" Reinhard lachte böse. „Ja, ich bin Satan und jetzt bereite ich dir eine Hölle, wie du sie verdienst."

Reinhard hob wieder den Knüppel, der Bauer zuckte zusammen, doch diesmal schlug Reinhard nicht zu, sondern fegte das Feuer auf den hölzernen Fußboden, wo es die frische Nahrung gierig verschlang.
Nachdem er sich vergewissert hatte, dass die Fesseln hielten, ging Reinhard hinaus und schloss die Tür hinter sich. Durchs Fenster beobachtete er noch, wie das Feuer um sich griff, dem Bauern immer näher kam. All sein Zerren und Reißen an den Fesseln nützte ihm nichts, schließlich erfasste ihn das Feuer. Er schrie auf, so laut und grauenhaft, dass sein Schrei in Reinhards Ohren gellte, doch Reinhard stand da und starrte durch das Fenster in die Hölle, in der der Bauer verbrannte. Erst als die Hitze zu groß wurde, ging Reinhard ein paar Schritte zurück. Es dauerte eine ganze Weile, bis der Mann endlich aufhörte zu schreien, dann atmete Reinhard erleichtert auf und ging davon.

„Was hast du mit ihm gemacht?" fragte Jutta, mit Blick auf den Feuerschein über dem Wald.
„Mach dir keine Sorgen, erfroren ist er nicht", erwiderte Reinhard und setzte sich auf den Bock des Leiterwagens, wo Johanna ihn erwartete. Die bunte Katze saß schon auf ihrem Schoß, wo sie behaglich schnurrte. Als er Johanna vorsichtig an sich drückte, spürte er, dass sie vor ihm zurückschauderte.
„Hast du Angst vor mir?"
Sie antwortete nicht.
„Du musst keine Angst vor mir haben. Nur die, die dir etwas Böses wollen, die sollten Angst haben!" Und liebevoll fügte er hinzu: „Ich bin jetzt da, Johanna", flüsterte er noch einmal, dann nahm er die Zügel in die Hand und schnalzte mit der Zunge.
Es war schon spät gewesen, als sie losgefahren waren, und nun brach die Nacht herein. Also mussten sie sich ein Gasthaus suchen, wo sie ihr Fuhrwerk und die Tiere unterbringen konnten.
„Aber wir haben kein Geld", flüsterte Johanna.
„Aber ich", erwiderte Reinhard, glücklich, seiner Braut eine erste Annehmlichkeit bieten zu können.
Als sie in einem schönen, geräumigen Zimmer saßen, die Tiere von dem

Knecht des Hauses versorgt wurden und eine Magd nicht nur köstliches Essen, sondern auch warmes Wasser zum Waschen aufs Zimmer brachte, fragte Johanna fassungslos: „Wie viel Geld hast du eigentlich?"
„Ich war zwischendurch in Dresden bei Anni. Sie hat mir Geld für die Reise mitgegeben, aber ich hab es die ganze Zeit aufgehoben und gespart. Und auf einer Reise mit dir gemeinsam geb ich es umso lieber aus."
Johanna schaute sich in der sauberen, hübsch eingerichteten Kammer um, als müsse sie sich erst wieder vergegenwärtigen, dass es tatsächlich solche Räume gab. Sie hatte immer wieder versucht, etwas Ähnliches wie Ordnung in den Bauernhof zu bringen, doch der Bauer hatte seine helle Freude daran gehabt, alles wieder zu besudeln und zu zerstören.
„Bist du jetzt satt?"
„Ja, danke. Ich glaube, ich kriege keinen Krümel mehr runter."
„Magst du dich jetzt hinlegen?"
Johanna nickte. Reinhard war so liebevoll und fürsorglich, als sei er jetzt ein anderer Mensch, der nichts gemeinsam hatte mit dem Mann, der eben einen anderen Mann halb erschlagen und lebendig verbrannt hatte. Als hätte er ihre Gedanken erraten sagte er: „Du musst jetzt keine Angst mehr haben. - Und vor mir schon gar nicht."
„Was ist eigentlich passiert, wieso kommst du erst jetzt und warum mit Jutta?"
„Ich war… im Krieg", sagte er leise. Und noch leiser berichtete er kurz von Josephs Ende.
„Heute früh kam er dann bei uns an", sagte Jutta, als Reinhard aufgehört hatte zu weinen. „Du hättest ihn sehen sollen, Johanna. Ins Haus kam er gestürmt und hat nach dir geschrien und ob du ihn heiraten willst, jetzt gleich sofort." Da mussten sie doch alle lachen; sogar die Mutter, der es zusehends besser ging, konnte lächeln.
„Ich hab übrigens noch Neuigkeiten für Euch. Erstens ist mein Vater vor ein paar Wochen gestorben. Immer wenn die Männer aus dem Haus waren, habe ich alles durchsucht, bis ich das Testament deines Vaters gefunden hatte. Er hat euch beiden wirklich genug Geld vermacht, dass ihr schön davon leben könnt. Ich hab es versteckt. Ich als Frau konnte damit nicht vor

Gericht ziehen, und gegen Peter kam ich nicht an. Aber jetzt, wo du bald verheiratet bist und einen Vormund hast, könntest du dein Recht einklagen, Johanna", erzählte Jutta.
„Und? Willst du mich noch heiraten? Auch wenn ich den Ring bei Joseph gelassen habe?"
„Willst du mich denn noch haben? Auch wenn ich …?" sie schaute auf ihren Bauch.
Er nickte.
„Na dann - ist ja alles gut", sagte Jutta und klatschte ihre Hände auf die Oberschenkel. „Ich bin hundemüde und geh schlafen. Gute Nacht."

Als sie am nächsten Tag nach Siegburg kamen, war Peter außer sich.
„Ich dachte schon, das Fuhrwerk sei gestohlen und du entführt!" schrie er, als Jutta vom Wagen sprang.
„Und wie kannst du es wagen, diese… Leute wieder ins Haus zu holen? Hast du gar keinen Respekt vor den letzten Wünschen unseres Vaters?" fügte er zischend hinzu, als er gewahrte, wen Jutta mitgebracht hatte.
Reinhard stieg sehr bedächtig vom Kutschbock, half Johanna herunter und trug die Mutter ins Haus, ohne auf Peter zu achten. Beim Anblick ihrer Schwägerin schrie Tante Trina auf, doch Reinhard achtete nicht auf sie, sondern trug seine zukünftige Schwiegermutter hinauf in ihr altes Gemach. Als er wieder herunterkam, hatten der Knecht und die Magd schon die mitgebrachten Tiere versorgt; Johanna und Jutta saßen am Tisch, Peter stand mit verschränkten Armen an der Wand und starrte die beiden böse an. Tante Trina tat wieder sehr beschäftigt mit irgendeiner Hausarbeit.
„Wieso?" war das einzige Wort, das Reinhard in die Küche warf.
Stille.
„Wieso?" donnerte Reinhard und zerschlug einen Krug auf dem Tisch. „Wieso habt ihr meiner Braut das angetan? Ihr und ihrer Mutter! Wieso? Antwortet mir gefälligst!"
„Ich habe nichts getan, ich war nur meinem Mann gehorsam", wimmerte Trina. Aber Peter wollte sich so leicht nicht geschlagen geben. „Was glaubst du, was sie mit Leuten machen, denen man nachsagt, sie seien Protestanten?

Denkst du wirklich, ich will mich hier als Ketzer verbrennen lassen?"
„Sei protestantisch und damit glücklich. Oder sei katholisch und damit ebenso glücklich. Mir ist es gleich", sagte Reinhard dumpf.
Peter kniff die Augen zusammen. „Das klingt, als sei dir alles gleichgültig, auch dein Seelenheil. Sag mir... woran glaubst du eigentlich selbst?" fragte er herausfordernd, ganz so als sei er einem finsteren Geheimnis auf der Spur, das er bei Bedarf gegen Reinhard verwenden wollte. Da kam Reinhard bedrohlich leise auf ihn zu: „Ich glaube nur an eines: Dass Gott jeden Menschen zutiefst verabscheut, der in seinem Namen die Hand gegen seinen Nächsten erhebt. Ich war in einem Krieg, in dem Protestanten gegen Katholiken gekämpft haben. Ich wurde gezwungen mitanzusehen, wie Menschen zerquetscht, zerschossen und zermalmt wurden." Er stand nun ganz dicht vor Peter, packte ihn am Hemd und drückte ihn mit einem Ruck gegen die Wand. Peter schluckte, als er Reinhards Augen so dicht vor sich sah, kalt und hart vor Hass. Und mit gepresster Stimme fuhr Reinhard fort: „Ich wurde im Namen Gottes gezwungen, auf meine Heimatstadt zu schießen, in der meine Verwandten um ihr Leben kämpften. Ich habe in den Dörfern Bauern gesehen, denen man in Gottes Namen die Bäuche aufgeschlitzt hat, um ihnen in Gottes Namen mit ihren eigenen Gedärmen die Hände zu fesseln. Ganze Landstriche sind verbrannt und entvölkert; für viele Jahre wird dort kein Mensch mehr die Ernte einfahren. Ich war in einem Krieg, in dem im Namen Gottes unzählige Frauen vergewaltigt und Kinder getötet wurden. In diesem Krieg habe ich nicht nur meinen besten Freund verloren, sondern auch längst mein Seelenheil, wenn ich jemals eines besessen haben sollte. Ich habe so viel Tod, Blut, Zerstörung und Elend gesehen, dass ich kaum noch an irgend etwas glauben kann. Nur daran, dass Gott Menschen hasst, die seinen Namen missbrauchen, um ihre Macht, ihr Geld und ihre Besitzungen zu sichern. Ich frage nicht danach, ob jemand Protestant, Katholik, Muslim, Jude oder sonst was ist. Kein Mensch weiß, wie viele Religionen es noch auf dieser Erde geben mag, die alle für sich beanspruchen, die einzig richtige zu sein. Mir ist es vollkommen gleich, wen oder was einer anbetet. Selbst wenn du ein Hexer wärst und das bisschen Stroh in deinem hässlichen Schädel anbeten würdest, wäre es mir gleich."

Es war schon wieder Frühling, der Mai war fast vorbei, es wurde an manchen Tagen richtig warm. Reinhard und Johanna, die nun ein Ehepaar waren, hatten sich von Johannas Erbe ein Haus mit einer Werkstatt gekauft und eingerichtet, Reinhard hatte einiges ausgebessert und neue Möbel angefertigt. Das Kind, das Johanna zur Welt gebracht hatte, war nicht lebensfähig gewesen und schon nach drei Tagen gestorben. Zu viel hatte Johanna während ihrer Schwangerschaft durchgemacht und zu wenig gegessen. Auch die Mutter lebte mit ihnen dort, und sie alle genossen die stillen, friedlichen Tage. Jutta kam ab und an zu Besuch, Peter und Trina sahen sie nicht, außer in der Kirche, und nicht einmal dort sprachen sie miteinander.
Dass Joseph nicht zurückgekommen war, hatte Bärbel keineswegs in tiefste Trauer gestürzt, denn sie hatte längst einen anderen Mann geheiratet. In gewisser Weise war Reinhard froh, dass Joseph das nicht erleben musste. Ohnehin war er von Anfang an der Ansicht gewesen, dass diese Frau seiner nicht wert gewesen wäre. Dass Bärbel sich nicht bemüht hatte, etwas über Johannas Schicksal zu erfahren und ihr zu helfen, verstärkte seinen Groll noch; auch Johanna selbst sah in ihr keine Freundin mehr.
Eines Tages, als Johanna in die Werkstatt kam, saß Reinhard auf einem Schemel; den Hammer, mit dem er wohl gerade gearbeitet hatte, hielt er noch in der Hand. Stumpf starrte er vor sich hin.
„Was ist los? Reinhard?“ fragte Johanna leise.
„Er war weg. Plötzlich war er weg“, sagte Reinhard tonlos, noch immer vor sich hinstarrend. Johanna legte ihre Hände auf seine Schultern. „Wer, Reinhard? Wer war weg?“
„Der Mann vor mir, der Friese. Er war plötzlich weg.“ Er ließ den Hammer los und schlang seine Arme um ihren Leib. Er barg sein Gesicht an ihrem Bauch, fühlte ihre Brüste an seiner Wange und atmete gierig ihren Duft ein. Sie duftete nach Leben, frischer Luft, Erde, nach den Blüten in ihrem Garten und dem hellen Leinen, das sie trug. Er spürte, wie ihre Hände über sein Haar strichen. Da begann er zu weinen. Leise nur, doch dann immer lauter, bis er schrie und mit seinem Schrei doch nicht den Donner der Kanonen übertönen konnte. Er weinte und glaubte, er könne die Bilder aus seinen Augen waschen, doch hatten sie sich unauslöschlich in sein Gedächt-

nis gebrannt. Wieder hörte er das Pfeifen, das immer näher kam und immer schriller wurde. Er sah wieder den Friesen vor sich, wie er Anweisungen gab, und im nächsten Moment sah er die unkenntlichen Überreste des Mannes. Ausgelöscht, zerstampft - weg.
„Der Krieg frisst Menschen. Er schlingt sie in seinen riesigen Rachen hinein, in dem von überall her die Schlünde von Kanonen drohen. Spieße, Hellebarden, Schwerter sind seine Zähne, mit denen er die Leiber von Männern zerfleischt. Und wem es gelingt, sich zu ducken, zu verstecken, sich hervorzustehlen zwischen den alles zermalmenden Kiefern dieser Bestie, der wird die Spuren ihrer Zähne für lange an seinem Leib tragen, in seiner Seele jedoch auf ewig."
Johanna hatte seine Worte kaum verstanden, so leise hatte er gesprochen, doch dann schrie er gequält auf. Er schrie und erstickte seinen Schrei an ihrem weichen Leib.
Reinhard hielt Johanna so fest umschlugen, dass es ihr wehtat. Aber sie hielt auch ihn fest. Sie wartete geduldig, bis sein Schreien und Weinen leiser wurde, bis die atemlosen Krämpfe, die ihn schüttelten, langsam verebbten.
„Ich bin da, Reinhard. Ich bin da und alles ist gut. Du bist zu Hause!"
„Und du? Ich habe dich nicht beschützt. Mehr als einmal haben wir mit angesehen, wie Söldner Frauen vergewaltigt haben. Und dir ist das gleiche passiert. Ich habe dich nicht beschützt. Kannst du mir das verzeihen?"
„Das war auch nicht deine Schuld, Reinhard." Für eine Weile schien sie zu überlegen. Schon seit Monaten waren sie verheiratet, hatten aber beide noch nicht den Mut gefunden, den letzten, entscheidenden Schritt zu tun.
„Er hat meinen Körper berührt, aber nicht meine Seele", flüsterte Johanna. Und nach einem kurzen Atemzug, in dem sie Mut zu schöpfen schien, fuhr sie fort: „Lass es uns jetzt bei Tag versuchen, im Licht. Lass mich dich sehen, anschauen. Ich will nicht, dass dieses Böse noch immer Macht über unser Leben, über unsere Liebe hat. Komm!"

Der Hessenhof in Schmalkalden

Schmalkalden im November 1548

Herzogin Elisabeth hatte sich unterdessen keineswegs gelangweilt. Während Christine zu den Reichstagen nach Augsburg und Speyer fuhr, um vom Kaiser höchst selbst Philipps Freilassung zu erflehen, hatte sich Elisabeth um ihre Nichten und Neffen gekümmert, die davon keineswegs alle begeistert gewesen waren. Vergeblich hatte Christine gefleht, oft genug wurde sie gar nicht vorgelassen und abgewiesen mit dem Bescheid, der Kaiser sitze gerade Meister Tizian Modell für ein Gemälde. Als Christine dies in die Heimat berichtete und auch Elisabeth davon las, konnte sie nicht umhin, Meister Tizian die Gicht in die Finger zu wünschen. („Was sitzt der Kerl da blöd rum und lässt sein hässliches Gesicht malen, das kein Mensch sehen will! Er soll mir Rochlitz zugestehen und meinen Bruder freilassen!") Doch Philipp konnte nur immer weiter hoffen, hoffen und hoffen. Das fiel ihm immer schwerer. Sein Handlungsspielraum war auf ein Minimum beschränkt - immerhin war es ihm möglich, das Augsburger Interim abzulehnen, das der Kaiser auf dem letzten Reichstag erlassen hatte, einen Reichstagsabschied, der bis zum nächsten Konzil für Frieden zwischen den Religionen sorgen sollte. Karl wollte dadurch Ruhe und Frieden im Reich sichern, doch indem er es allen recht machen wollte, stieß er alle vor den Kopf: Die Rechte der Protestanten wurden zwar nicht aufgehoben, aber stark beschnitten. Daher lehnten viele Protestanten das Interim ab. Vielen Katholiken, die das Luthertum nach wie vor als eine zu vernichtende Irrlehre ansahen, ging der Kaiser nicht hart genug gegen die Protestanten vor. Folglich lehnten auch sie das Interim ab.

Doch dies war nicht der einzige Schlag ins Wasser: Mit einem Reichsbund wollte der Kaiser überdies ein zweites Werkzeug erschaffen, um Ruhe und Frieden im Reich zu sichern. Reichs*bund* war ein schöner Name für ein ganz auf kaiserliche Bedürfnisse zugeschnittenes Regelwerk, das mindestens für die kommenden zwölf Jahre alle Absprachen, die die Stände untereinander getroffen haben mochten, außer Kraft setzen würde. Aber die Stände hatten ihn durchschaut und verweigerten ihm die Zustimmung. Dies besserte weder die kaiserliche Laune noch Gesundheit, und so wurde der Kaiser, der

nun langsam einsehen musste, dass der Gipfel seines Triumphes ziemlich weit hinter ihm lag, mit Gichtanfällen und fiebriger Gelbsucht aufs Lager geworfen. Alles was nach monatelangem Ringen dabei herauskam, war ein Vertrag, in dem die Stände ihm Baugeld für die Grenzbefestigung gegen die Türken und einen überschaubaren Vorrat an Geld zubilligten[175].
Kurfürst Moritz hatte das Augsburger Interim zwar angenommen, doch war ihm klar, dass er dies nicht in Sachsen würde durchsetzen können, ohne Aufstände zu provozieren. Also ließ er von Philipp Melanchton einige Artikel ausarbeiten, von denen die Sachsen allerdings auch nur wenig begeistert waren. Immerhin blieb in Sachsen alles ruhig, nur in Süddeutschland, wo sich manche Städte rundheraus weigerten, das Interim anzunehmen, ging der Kaiser mit Waffengewalt vor.

All dies erfuhr Elisabeth über Umwege, aus Briefen von Kasseler Bediensteten, die ihr wohlgesonnen waren. Sie selbst hatte sich in Kassel die Finger wund geschrieben, um Philipp zu helfen, doch sie hatte irgendwann kapituliert. Auch um ihr Rochlitz wiederzubekommen, hatte sie unermüdlich an den Kaiser geschrieben. Das hatte ihr zutiefst widerstrebt, und mehr als einmal hatte ihre Feder sehr hässlich übers Papier gekratzt und den Bogen verdorben, aber sie musste sich selbst geradezu Gewalt antun, wenn sie endlich wieder zurück in ihre Heimat wollte. Außerdem setzten sich er gute alte Engelschall, auch der Bischof von Arras und Joachim von Brandenburg für sie ein - vergeblich. Der Kaiser blieb hart. Agnes hatte ihm einen Brief geschrieben, in dem sie ihm zu seinem Sieg gratuliert und über die Niederlage des Schmalkaldischen Bundes frohlockt hatte, und der Kaiser sah es noch immer als Elisabeths Machwerk an, dass man Albrecht Alcibiades in Rochlitz gefangen genommen hatte[176].
Es gab sonst niemanden mehr, der Elisabeth unterstützen konnte, denn der Schmalkaldische Bund war zerschlagen, Philipp und Johann Friedrich gefangen, Moritz hatte sich stark von ihr distanziert und war nicht bereit, ihr

175 Schulin, Ernst; Kaiser Karl V. Geschichte eines übergroßen Wirkungsbereiches. S. 121 ff.
176 Fuckel, Arthur; Herzogin Elisabeth von Rochlitz, die Schwester Landgraf Philipps des Großmütigen. In: Zeitschrift des Vereins für Hennebergische Geschichte und Landeskunde in Schmalkalden. Heft XVI, Hrsg. 1911. S. 25 f.

Rochlitz zurückzugeben. Doch Elisabeth wollte Rochlitz nicht aufgeben - zumal das Schloss jetzt unbewohnt war. Dort residierte niemand; es war also nach Elisabeths Ansicht pure Bosheit, dass sie dort nicht sein durfte.

Rochlitz. Wie eine eisige Welle schlug das Heimweh über ihr zusammen. Noch war es dunkel, noch konnte sie sich einfach einbilden, dass dies Rochlitz war, dass sie gleich mit ihrem Hofstaat, mit all ihren Jungfrauen, unten in der Hofstube die Morgensuppe einnehmen würde. Sie konnte sich einbilden, dass der Krieg wie ein schlimmer Traum vorübergezogen war und keine Schäden hinterlassen hatte, die nicht mit ein paar hundert Gulden zu reparieren gewesen wären, dass alles gut war, dass Frieden herrschte und sie später in der Kapelle einen lutherischen Gottesdienst würde hören können. Doch in die gnädige Finsternis, die so viel Raum für schöne Bilder ließ, drang schließlich das Morgenlicht. Das Haus erwachte mit seinen ganz eigenen Geräuschen. Die Dielen knarrten hier anders, die Kirchturmglocken schlugen die Stunde in einem fremden Ton, aus der Stadt, die hier viel näher war als in Rochlitz, hörte sie Geräusche, die sie nicht einordnen konnte. Vielleicht war es eine Schmiede, vielleicht auch ein... egal! Zumindest hörte sie Gertruds gleichmäßiges Atmen, die Närrin, Sophie und Luisa ,die Zwergin, lagen ganz still, nur ab und an seufzte eine im Schlaf. Von ihren fünfzehn Hofdamen waren ihr nur diese vier geblieben. Da klopfte es an der Tür. „Euer Gnaden?“

„Ja?“

„Ihr hattet befohlen, Euch um acht Uhr zu wecken.“

„Es ist gut. Wir sind wach. Sie kann uns das Frühstück bereiten.“

„Ich schicke gleich eine Magd zum Feuermachen“, sagte die Dienerin noch, dann hörte Elisabeth ihre sich entfernenden Schritte. Kurz darauf kam eine Magd mit einem Arm Feuerholz, das sie geschickt im Ofen schichtete. Elisabeth sah ihr vom Bett aus zu, wie sie mit dem Schlageisen Funken schlug, den Zunder entzündete und die feinen Späne, die sie zuunterst gelegt hatte, vorsichtig entflammte. Behutsam blies sie die Flämmchen an, und bald lag ein warmer Schein auf ihrem Gesicht. Sie schloss die Ofentür, lauschte noch einen Moment auf das immer stärker werdende Lodern der Flammen, dann zog sie sich mit einer Verbeugung zurück.

Es dauerte eine ganze Weile, bis die Wärme den Raum erfüllte. Die Magd war inzwischen zurückgekehrt, um nach dem Feuer zu schauen und hatte sogar einen großen Krug warmen Wassers mitgebracht. Seufzend erhoben sich die Frauen, um sich zu waschen und gegenseitig beim Ankleiden zu helfen. Dann gingen sie hinüber in die Stube, um die Morgensuppe einzunehmen. Etwas widerstrebend musste Elisabeth zugeben, dass sie köstlich war, obwohl ein fremder Koch sie zubereitet hatte, auch das warme Dünnbier war nicht zu verachten, und so schaute sie sich schließlich ganz zufrieden in ihrem neuen Haus um. So viel kleiner war nun ihr Hofstaat, nur noch die vier Hofdamen, genauer gesagt zwei Hofdamen, die Närrin und die Zwergin hatte sie mitnehmen können, alle anderen waren zu ihren Eltern zurückgekehrt, als die Zeiten ruhiger geworden waren und man recht gefahrlos über Land reisen konnte. Hofmarschall Heinrich von Bünau war ihr ebenfalls treu geblieben, wahrte aber nun eine sonderbar gläserne Distanz, als sei zwischen ihnen beiden niemals etwas vorgefallen; nur zuweilen bemerkte Elisabeth, dass seine Augen unverwandt auf ihr ruhten. Wenn sich ihre Blicke dann begegneten, wandte er sich zwar ab, doch so langsam, als fordere er sie leise auf, einen erneuten Schritt zu wagen. Dieser Gedanke war Elisabeth durchaus nicht unangenehm. Doch dies mochte Zeit haben. Zuerst wollte sie sich ihr neues Heim anschauen und ließ sich gerne von der Hauswirtschafterin Magda führen. Magda war eine große, schlanke Frau mit grauem Haar und dunklen Augen. Sie hatte eine ruhige, selbstsichere und doch distanzierte Art, die Elisabeth sehr angenehm war.

„Möchten Euer Gnaden nun das Haus[177] sehen?“ fragte sie mit einer leichten Verbeugung.

„Gerne, Magda. Kommt ihr mit?“ fragte Elisabeth ihre Damen, und auch Bünau schloss sich an.

---

177 Aus heutiger Sicht ist es sehr schwer zu sagen, wie die Aufteilung der Räume zu Elisabeths Zeiten war. Auch über die unmittelbare Umgebung des Hauses herrscht Unklarheit; so gibt es widersprüchliche Ansichten, ob die Mauer zwischen Hessenhof und Kloster bereits stand oder nicht.

Außerdem hatte das Auffüllen des Bodens um den Hessenhof zu Elisabeths Zeit bereits begonnen und war gegen 1555 abgeschlossen. Zuvor waren die Iweinmalereien also ebenerdig gewesen.

Der Hessenhof, in dem der Schmalkaldische Bund getagt hatte und in dem viele Bündnismitglieder während der Tagungen gewohnt hatten, war ein stattliches Haus. Der Sockel und das Untergeschoss waren aus Bruchsteinen gemauert, darauf saß ein Stockwerk aus gefälligem Fachwerk. Zur Straße hin hatte das Haus nur eine kleine Tür. Eine repräsentative Einfahrt, groß genug, um mit der Kutsche hinein zu fahren, wäre Elisabeth lieber; das konnte man noch ändern. An den hinteren Teil des Hauses schlossen sich zwei Flügel an, die einen windgeschützten Hof umrahmten, in den die Abendsonne schien - wenn sie denn irgendwann einmal wieder scheinen würde, schließlich war es November. In diesen Hinterhof schauten sie nun aus den Fenstern in den weitläufigen Garten, der sich dahinter erstreckte.
„Unser Garten hier geht in den Garten des Klosters über. Es gibt keine Mauer dazwischen, sondern nur Grenzsteine, irgendwo im Gras versteckt", erklärte Magda. „Es ist sehr schön, im Sommer hier draußen zu sitzen, sehr still und friedlich." Ihrer Stimme hörte man an, dass sie die Stille liebte.
„Und nun habe ich noch etwas besonderes für Euer Gnaden", fuhr Magda mit einem Blitzen in den Augen fort. „Folgt mir!" Geschickt entzündete sie ein paar Laternen und verteilte sie an die Damen, dann stieg sie ein paar ungleichmäßige Stufen hinab, hinein in ein nach feuchtem Stein duftendes Zwielicht, die von den Laternen ein wenig erhellt wurde.
„Gibt es da unten größere Weinvorräte?" wollte die Närrin wissen.
„Auch, aber etwas noch besseres", sagte Magda geheimnisvoll. Schließlich waren sie an der untersten Stufe angelangt und hoben ihre Laternen, um ihre Umgebung zu erkunden.
„Was ist das?" rief Elisabeth entzückt.
„Das sind uralte Wandmalereien, die Geschichte des Ritters Iwein und seiner Frau Laudine."
Im flackernden Licht konnten sie schemenhaft die immer wiederkehrende Figur eines Ritters erkennen, in einem ganzen Zyklus: im Turnier, zu Pferd mit Lanze, vor einer Burg, mit einem Burgfräulein mit wehendem Schleier, sogar ein festlich gedeckter Tisch - die Hochzeitstafel des edlen Paares - war an der Stirnseite in der Rundung zu erkennen. Das brachte die Närrin auf eine Idee: „Der Raum hier bietet genügend Platz für uns alle. Wir stellen

einen Tisch hinein und feiern hier unten schöne Gelage", rief sie aufgeregt. „Wer hat diese Bilder hier an die Decke gemalt?"
„Das weiß man nicht mehr, Euer Gnaden, es ist schon viel zu lange her. Hier in diesem Haus hat sich die Heilige Elisabeth von ihrem Gemahl verabschiedet, bevor dieser ins Heilige Land zog."
Ein eigentümliches Gefühl flog Elisabeth an. Ihre Ahnfrau, deren Namen sie erhalten hatte, war hier gewesen, und nun durfte sie selbst in diesem Haus wohnen, in diesen Räumen sein, in denen die Heilige, die damals noch nicht heilig gewesen war, umhergegangen war. Über dreihundert Jahre war das her, doch Elisabeth dachte unwillkürlich darüber nach, wie es wohl der damals zwanzigjährigen Elisabeth gegangen sein mochte, als sie sich von ihrem Gemahl verabschiedet hatte, ohne zu wissen, ob sie ihn jemals wiedersehen würde. Immerhin war sie schwanger gewesen.
„Wir werden sehen. Vielleicht können wir hier im Sommer sitzen und etwas trinken, wenn es draußen zu heiß ist", erwiderte Elisabeth und wandte sich zur Treppe. Ihr war nicht nach Feiern zumute, und schon gar nicht unter einem Hochzeitsbild.
Als sie alle wieder aus dem Keller heraufgestiegen waren, schaute Magda aus der Vordertür.
„Da zeigt sich tatsächlich die Sonne. Zeit für einen Spaziergang in die Stadt?"
Elisabeth seufzte auf, doch Gertrud hakte sich bei ihr unter und sagte: „Nun lasst uns die Stadt anschauen. Sie ist sehr schön, wie ich hörte, und gestern Abend war es schon dunkel, als wir ankamen. Da konnten wir kaum etwas sehen. Also...?"
„Nun gut!" erwiderte Elisabeth und ließ sich ihren Mantel bringen. Nachdem sich alle ihre Trippen unter die Stiefel geschnallt hatten, traten sie auf den Neumarkt hinaus. Elisabeth schaute sich um und blickte auf Fachwerkhäuser, den Turm einer Kirche. Die Straßen und Gassen waren trocken und so machte sie sich mit Magda und ihrem kleinen Hofstaat auf, ihre neue Heimat zu erkunden, wie sie es vor zehn Jahren in Rochlitz getan hatte. Der Gedanke an Rochlitz versetzte Elisabeth einen Stich. Wie mochte es dort nun aussehen? Wie ging es ihren Rochlitzern? Würde sie Moritz vielleicht doch noch umstimmen können - irgendwann? Gertrud schien ihre Gedan-

ken erraten zu haben, denn sie sagte: „Kommt, Euer Gnaden. Schmalkalden ist ein schöner Ort, an dem wir uns auch wohlfühlen können. Lasst es uns nun ein wenig erkunden."

Mit einem Lächeln erklärte sich Elisabeth einverstanden und ließ sich von Gertrud immer wieder auf besonders schöne Fachwerkhäuser oder eines der vielen Steinhäuser aufmerksam machen. Ihnen begegneten freundliche Menschen, die sie neugierig anblickten und grüßten. Wahrscheinlich hatte sich schon die Kunde von der Ankunft der landgräflichen Schwester verbreitet. Bünau hatte sich ebenfalls angeschlossen, um zu erfahren, wo man in der Stadt Papier, Federn und Tinte kaufen konnte.

Je näher sie der Kirche kamen, desto intensiver wehte ihnen der typische Marktgeruch entgegen, eine Mischung aus Obst, Gebratenem, Brot und dergleichen mehr. Magda hatte einen großen Korb am Arm, um einzuholen, was noch benötigt wurde. Die Kirche war ein mächtiger Bau aus hellem Stein. Doch erschien die Fassade nicht wuchtig, denn überall fanden sich filigrane Steinmetzarbeiten, die den hohen Wänden etwas Leichtes, Feines verliehen. Jedes der spitzen Fenster hatte seine eigene Verzierung und wies sicher ein leuchtend-buntes Bild auf, wenn man es von innen betrachtete. Elisabeth konnte nicht umhin, die Kirche sehr schön und auf eine gewisse Weise anziehend zu finden.

„Sollten wir nicht gleich in die Kirche hineinschauen?"

„Bei dem schönen Wetter?" fragte die Närrin etwas ungehalten, die sich lieber im Freien aufhielt und für Elisabeths Beterei ohnehin nicht viel übrig hatte.

„Eben deshalb! Was glaubt ihr, wie schön die Fenster aussehen werden, wenn jetzt die Sonne drauf scheint."

Magda verabschiedete sich vor dem reich verzierten Doppelportal. „Wir sehen uns dann auf dem Markt wieder. Ich werde Euch sicher finden."

Dann ging Elisabeth mit ihrem kleinen Hofstaat in die Kirche, wo sie von einer kühlen Dämmerung empfangen wurden. In den Duft nach Kerzen und kalten Steinwänden mischte sich noch etwas, das Elisabeth nicht definieren konnte, was aber allen evangelischen Kirchen eigen war, in denen nicht der Weihrauch alles übertönte. Es schien eine Mischung aus Staub, Zeit und

Kerzenwachs zu sein. Und wie wunderbar wurde Elisabeth auch hier an Rochlitz erinnert. Wie in ihrer Rochlitzer Schlosskapelle und in der Kunigundenkirche zu Rochlitz strebten auch hier Säulen in die Höhe, um sich an der weißen Decke zu verzweigen. Zwar war die Decke hier nicht mit Blumenornamenten ausgemalt - man konnte schließlich nicht alles haben - aber in gefälliger Symmetrie schmückten Verstrebungen das unendlich hoch erscheinende Deckengewölbe. An den Verbindungen prangten Zunftwappen, denn die Zünfte hatten viel gespendet, damit die Kirche so groß und so prächtig hatte erbaut werden können. Sogar eine Empore gab es, auf der in der Westseite eine Orgel thronte.
Die Morgensonne fiel durch die Fenster und brachte die bunten Scheiben im Osten zum Leuchten. Dort fiel Elisabeths Blick auf einen schlichten Altar und dunkles Chorgestühl. Ob sie der Stadt wohl ein Altarbild spenden sollte? Würde ihr Geld dafür reichen?
„Was ist das für ein Doppelwappen dort?“ fragte Sophia, indem sie auf eine dunkle Truhe wies, die unter der Kanzel stand.
„Lass mal sehen“, sagte die Närrin. „Links sehe ich einen Löwen - das wird wohl das hessische Wappen sein. Und auf dem rechten Wappen haben wir Geflügel und einen Helm mit einem Harlekin oben drauf. - Sehe ich das richtig, Herrin? Diese Leute halten viele Hühner und haben Sinn für Humor - am Ende bin ich noch mit ihnen verwandt.“
„Untersteh dich, mit diesen Leuten verwandt zu sein. Das sind die Henneberger“, erklärte Elisabeth; in ihren Worten schwang schon eine Kampfansage mit.
„Ach, das sind doch die, mit denen Ihr Euch die Herrschaft hier teilen müsst, nicht wahr?“ legte die Närrin nach. Elisabeth warf ihr einen gewittrigen Blick zu, doch sie ließ nicht locker. „Wie kam es eigentlich dazu, dass Schmalkalden zwei Herren hat?“
„Das ist Jahrhunderte her. Vor zweihundert Jahren gehörte Schmalkalden den Burggrafen zu Nürnberg. Die Burggrafen verkauften Schmalkalden an eine Henneberger Witwe. Das Geld dafür konnte sie aber nicht alleine aufbringen, und so bat sie ihre hessischen Verwandten, ihr noch Geld zu geben. Leihen konnte sie es nicht, denn sie hätte es wahrscheinlich nicht

zurückzahlen können. Also kauften die Henneberger Witwe und die Hessen gemeinsam Schmalkalden und legten eine Doppelherrschaft fest[178]. Wer wofür zuständig ist, wurde meines Wissens nie genau geregelt", schloss Elisabeth ihren Vortrag.
„Wie vorausschauend! Da bleibt doch jede Menge Raum für Auslegungen und Streitereien", rief die Närrin heiter und fuhr dann unvermittelt fort: „Lasst uns doch endlich nach draußen gehen. Ich glaube, auf dem Marktplatz sind Gaukler." Damit waren alle einverstanden.
Der Anblick des bunten Marktes zauberte nun doch ein Lächeln auf Elisabeths Gesicht. Es war ganz gleich, ob man in Sachsen oder in Hessen war, Markt war Markt, und hier wie dort wurde gefeilscht, angepriesen, gestritten. Wie überall gackerten auch hier die Hühner in ihren Käfigen, schnatterten die Enten und zischten die Gänse, die feilgeboten wurden. Wie auf jedem Markt zeigten sich die Bürgerfrauen nicht nur, um sich mit den nötigen Waren und dem neusten Tratsch zu versorgen, sondern auch, um gesehen zu werden. Und natürlich waren auch Straßenjungs nicht weit, die sich ohne Geld mit dem Nötigsten versorgen wollten. Die Närrin hatte gleich die Gaukler entdeckt und klatschte ihnen Beifall für ihre Jonglage, tat auch eine nicht zu kleine Münze in ihren Hut.
Da kam ihnen Frau Magda entgegen, die schon einige Einkäufe erledigt hatte. Vieles würde Elisabeth von den ihr zustehenden Ländereien bekommen, doch Köstlichkeiten wie Zucker und Gewürze, mussten hier auf dem Markt erstanden werden, und damit war Schmalkalden nach wie vor bestens ausgestattet. Ganz zu schweigen von den Schmalkalder Artikeln, wie feinste Nähnadeln und andere filigrane Metallarbeiten. Auch wenn Schmalkalden nun politisch an Bedeutung verloren hatte, war diese Stadt mit ihren vielen steinernen Häusern und wohlhabenden Bürgern noch immer reich durch Handwerk und Handel.
„Schaut, Herrin, ich habe Kardamom und Zimt gekauft. Da werde ich einen schönen Kuchen backen, der Euch sicher schmecken wird. Ich gehe nun schon voraus. Für wann soll ich ein Mittagsmahl richten?"
„Ich denke, dass wir auch bald kommen. Wir essen dann um ein Uhr."

178 siehe Lehmann, Kai; Die Plünderung der gefürsteten Grafschaft Henneberg im Jahr 1554. Hildburghausen 2005, Fußnote Nr. 209, S. 54.

„Gut. Ich hab eine leckere Überraschung für Euch“, sagte Magda mit einem geheimnisvollen Lächeln und verschwand durch die Menge.
„Und Herrin? Meint Ihr nicht, wir könnten uns hier alle wohlfühlen?“ sagte Gertrud aufmunternd.
„Ach, Gertrud, ich weiß, du meinst es gut. Lass mir Zeit.“

Doch die Zeit meinte es nicht gut mit Elisabeth. Sie wurde krank, dadurch sehr unleidlich, was den Dienst der Hofdamen sehr erschwerte. Bünau tat sein Bestes, die Wogen, die zwischen Elisabeth und dem Henneberger immer wieder hochschlugen, zu glätten. Es waren lächerliche Kleinigkeiten, wie beispielsweise der beiderseitige Anspruch auf einen Vogelherd oder der Bau einer hennebergischen Mühle ganz in der Nähe einer hessischen Mühle; dann war ein hessischer Schäfer von einem hennebergischen beleidigt worden.
Dinge, über die Elisabeth zu anderen Zeiten die Hände über dem Kopf zusammengeschlagen und milde gelächelt hätte. Aber nun fiel es ihr schwer, langmütig zu sein, weil ihr bald aller Mut fehlte.

Jahre vergingen, in denen Elisabeth sich darauf beschränken musste, ihrem Bruder liebevolle Briefe zu schreiben. Hintergründe, politische Begebenheiten konnte sie ihm nicht schildern, denn die Briefe wurden streng kontrolliert. Ohnehin erfuhr Elisabeth jetzt nur noch vage, was vor sich ging. Kaufleute und Wandergesellen brachten manchmal Nachrichten mit, doch wusste Elisabeth nicht, ob sie sich auf die Leute verlassen konnte. Oft wussten die Leute auch nur lokale Sensationen zu berichten, wie Mordfälle und darauffolgende spektakuläre Hinrichtungen. Der große Zusammenhang europäischer Politik ging an Kaufleuten und Wandergesellen vorbei.

Als Christine nach schwerer Krankheit im April 1549 in Kassel starb, überlegte Elisabeth lange, ob sie ihrem Bruder überhaupt davon schreiben sollte, doch die Kinder hatten den Vater bereits vom Tod der Mutter unterrichtet. Elisabeth hatte gedacht, diese Nachricht sei zu schlimm für Philipp, dessen Lage ohnehin verzweifelt genug war, doch überraschenderweise war

es Philipp, der aus seinem schrecklichen Gefängnis heraus immer wieder tröstende Briefe schrieb.
Wenige Monate später - es war schon Sommer - saß Elisabeth an ihrem Schreibtisch und starrte gedankenverloren hinaus in den Garten. Unwillkürlich tastete ihre Hand dabei nach Moritz' blauer Schleife, die immer auf ihrem Schreibtisch in Rochlitz gelegen hatte, aber hier tastete ihre Hand ins Leere. Vor ihr lag ein Vertrag, den sie mit Moritz geschlossen hatte[179]. Nach langen Briefwechseln war er endlich bereit gewesen, sich mit ihr zu versöhnen, doch hatte Elisabeth gleich gespürt, dass es ihm keine Herzensangelegenheit war, mit ihr Frieden zu schließen. Der Groll, den er gegen sie hegte, saß tief in ihm - zu tief, als dass sie ihn hätte besänftigen können. Rochlitz hatte sie nun endgültig aufgeben müssen, alle Hoffnungen, in die Heimat zurückzukehren, konnte sie nun begraben. Gulden und Groschen waren es, die er ihr zur Entschädigung auszahlte. Aber konnte das die Heimat ersetzen? Moritz versprach in diesem Vertrag auch, sich für eine Aussöhnung zwischen ihr und dem Kaiser einzusetzen. Der Kaiser! Was sollte sie denn mit dem Kaiser Karl V.? Der Kater Karl, der gemeinsam mit seinem Bruder Paul die vielen langen Reisen unbeschadet überstanden hatte, döste in der Sonne auf den warmen Dielen. Dieser Karl genügte ihr vollkommen.
„Moritz!" flüsterte Elisabeth. „Mein kleiner Moritz!" Er sah in ihr nicht mehr eine mütterliche Freundin, schon gar keinen Ersatz für seine unterkühlte Mutter Katharina. Sie hatte nicht nur sein Vertrauen verloren, sondern ihn.

Kurz nach Neujahr 1551 kamen schlechte Nachrichten: Ein Befreiungsversuch war gescheitert und hatte dazu geführt, dass man Philipp in die Niederlande verschleppt hatte. Neben Philipps Sohn Wilhelm IV. war angeblich auch Moritz an dem Befreiungsversuch beteiligt gewesen. Sollte das tatsächlich wahr sein? Sollte er endlich den wahren Charakter des Kaisers erkannt haben? So viele Gerüchte waren im Umlauf...
Angeblich hatte der Kaiser beschlossen, Schmalkalden zu zerstören und dem Erdboden gleichzumachen, aber dies geschah nicht, und so ging man in Schmalkalden wieder zum Tagesgeschehen über, das aus Arbeit, Sonn-

179 PKMS 4, Dokument Nr. 398, S. 453.

tagen, Werden und Vergehen bestand. Die Schmalkaldener waren beileibe nicht böse über die wieder eingekehrte Ruhe, und auch Elisabeth war erleichtert, dass die Zeiten nun friedlicher wurden. Allerdings hätte sie sich ab und an etwas angenehmen Zeitvertreib gewünscht, der sie von ihren Gebrechen abgelenkt hätte. Ja, in letzter Zeit stand es nicht zum Besten um ihre Gesundheit. Ihre Zähne plagten sie mit heftigen Schmerzen. Ihr war oft so unwohl, dass sie sich kaum aus dem Bett erheben konnte. Und so wie sie in Rochlitz Nachrichten gesammelt hatte, sammelte sie nun Rezepte gegen all ihre Leiden; seien es nur die Angaben der Zutaten oder bereits die zubereitete Tinktur - Elisabeth sammelte mit beängstigendem Eifer alles, dessen sie habhaft werden konnte. Ihre Hofdamen beobachteten durchaus mit Sorge, dass sie ganze Schränke mit Arzneien füllte, schwiegen aber. - So viel Gesundheitswahn konnte nicht gesund sein.
Mit Margarete in Spangenberg hielt Elisabeth einen lockeren Kontakt. Natürlich hatte Margarete auch vom Tod der Landgräfin erfahren und blickte nun einer hoffnungsvollen Zukunft am Hof zu Kassel entgegen. Dazu äußerte sich Elisabeth in ihren Briefen nicht, denn so, wie sie Wilhelm in Kassel erlebt hatte, konnte sie Margarete nur davon abraten, auch nur einen Fuß an den Hof zu setzen.
Nach wie vor sorgte man für sie - das hatte Philipp alles geregelt - Anschläge waren nicht zu befürchten, denn Wilhelm hatte sicher andere Dinge zu tun, als sich um die Zweitfrau seines Vaters zu kümmern.

Doch eines Tages kamen wandernde Handwerksburschen nach Schmalkalden, die wahrhaft Abenteuerliches zu berichten wussten: Offenbar hatte Moritz sich mit dem französischen König Heinrich II. verbündet und die kaisertreuen Städte im Süden angegriffen[180]. Der Kaiser war von dem Angriff so überrumpelt worden, dass ihm nichts anderes übriggeblieben war, als zu flüchten. Der Kaiser war geflüchtet. Vor Moritz! Das war so ungeheuerlich, dass Elisabeth diese Wandergesellen, die aus dem Süden gekommen waren und vieles mit eigenen Augen gesehen hatten, immer wieder befragte. Sie saß in ihrem Garten, Bünau stand an ihrer Seite, vor ihr die drei junge

180 Zu den folgenden Ereignissen siehe Herrmann, Johannes; 2003, S. 201 ff.

Burschen, die schon seit einer Weile auf der Walz waren.
„Ja, Euer Gnaden, es war so, wie wir erzählt haben. Wir haben zu dieser Zeit gerade in Innsbruck gearbeitet, als es dort hieß, Kurfürst Moritz und der französische König kämen mit einem Heer, das viele Tausend Mann stark sei, gegen Innsbruck gezogen. Natürlich hatten wir Angst, dass es zum Kampf kommt, und wir wollten die Stadt schon verlassen, aber dann haben wir gesehen, dass der Kaiser mit seinen Männern flüchtet. Bei Nacht und Nebel haben sie ihn in einer Sänfte aus der Stadt getragen. Das alles sah sehr überstürzt und unwürdig aus", sagte einer der Gesellen, ein Zimmermann, der seine beiden Kameraden um Haupteslänge überragte.
„Ja, Euer Gnaden. Und stellt Euch vor, drei Spanier haben auf einem Pferd gesessen, so eilig haben sie sich davongemacht", ergänzte sein Kamerad, ein kleiner, dicker Schmied.
„Habt ihr den ehemaligen Kurfürsten gesehen? Hat der Kaiser ihn mitgenommen auf seiner Flucht?"
„Euer Gnaden, wir wissen ja nicht, wie der ehemalige Kurfürst aussieht, aber da war ein sehr dicker Mann, von dem es hieß, es sei ein Gefangener des Kaisers gewesen."
„Und? War er frei?"
„Ja, Euer Gnaden. Wir haben ihn am nächsten Tag gesehen, aber er hat die Stadt dann auch verlassen."
„Das könnte der ehemalige Kurfürst Johann Friedrich gewesen sein, Euer Gnaden", sagte Bünau und lächelte Elisabeth aufmunternd zu.
„Wir wollen abwarten. Ich bin sicher, Johann Friedrich wird mir bald schreiben. Sobald er wieder zu Hause ist, wird man ihm sicher mitteilen, dass ich in Schmalkalden bin. - Fahrt fort, was wisst ihr noch?"
„Herzog Moritz und der französische König haben die zurückgelassenen Güter des Kaisers an ihre Truppen verteilen lassen."
Hier musste Elisabeth doch lachen. „Der Teufelskerl! Auch wenn er den Kaiser nicht im Feld geschlagen hat, so lässt er doch keinen Zweifel, dass der gute alte Karl eine schwere Niederlage einstecken musste. - Wir danken euch. Hier ist ein kleiner Lohn für eure Mühen", sagte sie und reichte jedem der drei ein gutes Geldstück. Sie bedankten sich mit tiefen Verbeugungen

und zogen davon. Wahrscheinlich ins nächste Wirtshaus.
„Hoffnung, Hoffnung, Bünau! Wenn Johann Friedrich frei ist, dann kann es nicht mehr lange dauern, bis auch mein Bruder wieder zurück ist."
„Das denke ich auch, Euer Gnaden. Es kann nun nicht mehr lange dauern. Herzog Moritz hat sich offenbar sehr verdient gemacht", fügte er leise hinzu.
„Oh, ja, lieber Bünau, das hat er. Mein Moritz", sagte Elisabeth in einem so wehmütigen Ton, dass Bünau schon überlegte, ob er die Hoffnung auf Rochlitz vielleicht laut aussprechen sollte, doch dann biss er sich auf die Lippen und schwieg lieber. Er ging zurück ins Haus, wieder an seine Arbeit, während Elisabeth durch den Garten streifte. Die Veilchen waren schon längst verblüht, und so musste Elisabeth mit Gänseblümchen Vorlieb nehmen.

Der Sommer des Jahres 1552 hatte sich verabschiedet und einem goldenen September den Weg bereitet, der eine reiche Obsternte bereithielt. Elisabeth spazierte in der Sonne durch den Garten, der bis zum Kloster reichte. Die Obstbäume verströmten ihren süßen, überreifen Duft; hier und dort langte Elisabeth hinauf in die Äste, um sich Pflaumen zu pflücken. Wie süß sie waren. Das weiche Fruchtfleisch zerging auf der Zunge. Von weitem konnte Elisabeth die Mägde sehen, die in dem geschützten, sonnigen Teil hinter dem Haus saßen, und Pflaumen kernten. Die Närrin war auch dabei - schließlich mussten die Pflaumen probiert werden. Als Dank machte sie ihre Späße und ließ ihre Elfriede schnarren. Da kam plötzlich ein Reiter in den Hof, offensichtlich ein Bote, denn Elisabeth sah, dass er aus seiner Satteltasche etwas der Närrin reichte, die ihr gleich darauf entgegeneilte.
„Herrin, ein Brief aus Marburg. Ich bin sicher, es gibt gute Nachrichten!"
Hastig zerbrach Elisabeth das Siegel, faltete den Brief auseinander, zerriss ihn fast dabei, überflog die Zeilen und verstummte.
„Herrin, was ist?"
Elisabeth konnte vor Tränen kaum sprechen. „Er ist frei! Er ist auf dem Weg nach Marburg", stammelte sie unter Freudentränen. „Und er wird bald kommen und mich hier besuchen." Und im nächsten Moment fiel Elisabeth ihrer Närrin um den Hals und drückte sie an sich.

Elisabeths schwacher Gesundheitszustand ließ im Moment eine Reise nach Marburg oder Kassel nicht zu, also musste sie sich noch eine Weile gedulden, bis Philipp seine dringlichsten Geschäfte würde erledigt haben und Zeit fände, sie zu besuchen. Er war frei, es ging ihm gut - das musste fürs erste genügen. Bei jedem Reiter, jeder Kutsche, die vor dem Haus hielt, hoffte sie, er möge es sein und wurde immer wieder enttäuscht. Aber Philipp würde so bald keine Zeit haben, sie zu besuchen, denn schließlich musste er sich nach fünf Jahren der Abwesenheit erst einmal einen Überblick verschaffen über alles, was sein Sohn Wilhelm in der Zwischenzeit getan hatte. Ob der Junge sich die Zügel so einfach wieder aus der Hand würde nehmen lassen? Wie ging es Philipp? Hatte die Gefangenschaft ihm mehr zugesetzt als er verkraften konnte, war er gar gebrochen? Solche Gedanken beschäftigten Elisabeth immer wieder.
„Da ist ein Reiter, Euer Gnaden“, sagte die Närrin.
„Ja, ich kann es mir schon denken. Sicher ist es nur wieder ein Bote.“
„Er ist aber deutlich besser gekleidet als ein Bote, Herrin. Aber ich denke nicht, dass es der Landgraf ist. Der Reiter dort unten ist etwas dick. - Du liebe Güte, Ihr müsst Euch ansehen, wie behäbig er vom Pferd steigt. Ich hoffe nur, der Gaul fällt dabei nicht um. - Aber was ist denn mit Carlotta los? Schaut Euch das an, sie kläfft und wedelt mit dem Schwanz wie verrückt. Was für ein Schauspiel!“
Elisabeth hielt es nicht für nötig, zum Fenster zu gehen, um einen dicken, alten Mann vom Pferd steigen zu sehen, der von Carlotta angekläfft wurde. Zu beschäftigt war sie außerdem mit einer Reihe von Zettelchen, auf denen man ihr Rezepturen für Arzneien notiert hatte, die sie gerade nach Anwendungsgebieten ordnete.
„Erkältung... wo hatte ich gleich den Stapel mit den Erkältungen?“ murmelte sie, und indem sie die vor sich ausgebreiteten Stapel überflog, fuhr sie leise fort: „Gelenkschmerzen, Zahnschmerzen, Hautausschläge - ach, hier sind die Erkältungen.“
„So wie der Mann dort unten aussieht, könnt Ihr gleich alle Eure Rezepte an ihm ausprobieren“, kicherte die Närrin, denn der ältere Herr streckte nun mühsam seinen Rücken; einen so langen Ritt war er offenbar nicht mehr

gewohnt. Schließlich klopfte der Herr an die Tür.
Es dauerte nicht lange, und eine der Mägde kam die Treppe herauf gerannt. „Euer Gnaden! Euer Gnaden!“ rief sie immer wieder. „Dort unten steht ein Mann, der behauptet, er sei der Landgraf. Er sieht aber so anders aus. Euer Gnaden, ich weiß nicht, was ich tun soll. Wenn Euer Gnaden sich bitte die Mühe machen könnten…“
„Aber Liese, was machst du für ein Geschrei. Wo ist Magda?“
Elisabeth hatte sich erhoben und wollte gerade selbst gehen, um nach dem Besucher zu sehen, da kam dieser schon die Treppe herauf. Carlottas Winseln konnte man schon von weitem hören. Da stand ein älterer Herr mit stämmigen Beinen, beträchtlichem Leibesumfang, einem aufgedunsenen Gesicht, das wenig Schönes hatte. Der Hund auf seinem Arm leckte ihm das Gesicht und die Hände, winselte und bellte in höchster Freude. Elisabeth starrte ihn misstrauisch an. Sollte sie die Knechte rufen? Aber der Mann war sehr kostbar gekleidet, und für Carlotta schien er ein alter Bekannter zu sein.
„Elisabeth!“ sagte er, und im nächsten Augenblick warf sie sich in die Arme ihres Bruders, lachte und weinte gleichzeitig, küsste ihn immer wieder, nahm sein Gesicht, das sich so sehr verändert hatte, zwischen ihre Hände, schaute ihm in die Augen, in denen sie ihren kleinen Bruder wiedererkannte. Carlotta geriet nun vollkommen außer sich, denn Philipp hatte sie fallen gelassen, um Elisabeth zu umarmen, worauf Carlotta an den beiden hochsprang und einen ohrenbetäubenden Lärm machte.
„Wenigstens haben sie ihn in der Gefangenschaft gut gefüttert“, flüsterte die Närrin und stieß dabei Gertrud in die Seite, die auch herbeigeeilt war.
„Ich denke, wir sollten die beiden jetzt alleine lassen“, erwiderte Gertrud, ebenso leise und bedeutete allen, den Raum zu verlassen. Carlotta wollte sich nicht abführen lassen, also nahm Philipp sie wieder auf seinen Arm und setzte sich zu Elisabeth auf eine Bank am Fenster.
„Wo ist dein Gefolge? Du bist doch nicht ganz alleine hier her gekommen?“
„Sie sind in der Stadt und kaufen ein. Wir wollten dich nicht so einfach überfallen und dir den Keller leer fressen.“
„Da hättet ihr viel zu tun. Es geht mir gut hier. Vielen Dank, Brüderchen,

dass du so gut für mich gesorgt hast. Aber nun berichte mir, wie kam es, dass du frei gekommen bist? Hatte der Kaiser ein Einsehen?"

„Eher nicht[181]. Nur auf massiven Druck hin hat er mich freigelassen, aber davon später. Meine Abreise hat sich immer wieder verzögert, einmal musste ich sogar wieder zurück - ich fürchtete schon das Schlimmste - aber schließlich gab es doch kein Halten mehr. Am 9. August konnten die Gesandten meines Sohnes mich in Brüssel begrüßen. Dann ging es weiter über Jülich, Köln und Siegen zurück in die Heimat." Er atmete schwer auf; das Wort Heimat klang aus seinem Mund wie eine Steigerung des Paradieses. Elisabeth ergriff seine Hand und drückte sie zärtlich.

„Es verging keine Stunde, in der ich nicht an dich gedacht, für dich gebetet habe. Ich habe von einem Befreiungsversuch gehört. Wieso ist der gescheitert?"

„Es war alles vorbereitet, aber irgendwer hatte wohl Wind davon bekommen, denn an just jenem Tag wurde ich in meiner Kammer festgehalten. Da war ich noch in Mecheln. Ich saß hilflos in meiner Kammer und hörte draußen Kampflärm, Schwerterklirren und Schreie. Es gab ein fürchterliches Blutbad - sei ohne Sorge, Moritz wurde dabei nicht verletzt - und ich konnte nichts weiter tun, als mir in meiner Ohnmacht die Fäuste an den Wänden blutig schlagen. Diesen Fluchtversuch hat der Kaiser natürlich sehr übel genommen. In den Jahren zuvor hatte ich mich ganz still verhalten, immer in der Hoffnung, dass dies den Kaiser gnädig stimmen würde, aber die Gnade des Kaisers ist noch flatterhafter als Fortuna. Schließlich musste ich einsehen, dass der Kaiser mich nicht freilassen wollte, also haben wir es selbst versucht."

„Aber wie hast du dich mit Moritz verständigt?"

„Ich durfte Boten empfangen, die dann heimlich Briefe von mir in ihren Ärmelaufschlägen oder unter ihren Hüten mit nach draußen genommen haben. Das war natürlich gefährlich. Wahrscheinlich haben die Wachen doch etwas gemerkt, sich aber mir gegenüber nichts anmerken lassen, damit sie mich in Sicherheit wiegen konnten. So sehr ich mich vorher um Gnade bemüht hatte, so tief ließ der Kaiser mich nun fallen und hat mich wieder wie

181 Zu den folgenden Schilderungen siehe Fritz Wolf: Der gefangene Landgraf. In: Braasch-Schwersmann, 2004.

einen Landfriedensbrecher und Hochverräter angesehen. Der ganze Vorfall wurde untersucht. Der Kaiser hatte den Leiter der Untersuchungen, den Präsidenten des Rates zu Brüssel, sogar angewiesen, mich zu foltern, doch das hat der Mann nicht getan. Nein, Elisabeth, weine bitte nicht. Er hat mich wirklich nicht angerührt." Philipp rückte näher an seine Schwester, um sie in die Arme zu nehmen. „Was für ein Glück, dass du von alldem nichts erfahren hast. Du hättest dir die Augen ausgeweint. Aber sieh, nun bin ich bei dir und alles ist gut. Ich bin gesund und unversehrt."
Aber es dauerte eine ganze Weile, bis Elisabeth sich wieder beruhigt hatte.
„Bist du sicher, dass ich weiter erzählen soll?"
Als sie nickte, fuhr er fort: „Als sie dann kamen und mich wieder fortschleppten, fürchtete ich schon, sie würden mich nach Spanien bringen. In diesem Glauben ließen sie mich auch, aber ich habe natürlich an der Wegstrecke merken können, dass wir nach Westen fuhren und nicht nach Süden." In Anbetracht ihrer verweinten Augen wollte er lieber nicht näher berichten, wie übel ihm die spanischen Wachen in den Niederlanden mitgespielt hatten. Auch dass man das Fenster seines winzigen Zimmers vernagelt hatte und die Bretter nur dann abnahm, wenn draußen die Hinrichtung eines Mitwissers der gescheiterten Befreiung stattfand, verschwieg er ihr lieber.
„Weißt du, ich wollte unbedingt, dass sich Kurfürst Moritz in Kassel für mich als Bürge einstellt. Nur so glaubte ich, den Kaiser umstimmen zu können."
Elisabeth sah ihn stirnrunzelnd an.
„Ja, denk darüber wie du willst, ich dachte, es sei eine gute Lösung. Aber die jungen Herren haben es sich dann doch anders überlegt und mich sogar aus ihren Plänen ganz herausgehalten, mich nicht einmal mehr eingeweiht."
„Was ist mit Moritz? Konnte er es denn einfach so riskieren, sich offen gegen den Kaiser aufzulehnen?"
„Einfach war es sicher nicht für ihn, aber noch schlimmer war für ihn die Schande, in die der Kaiser ihn sozusagen gebracht hat. Dank ihm stand Moritz da wie ein Verräter, denn Moritz hatte mich dazu gebracht, mich vor dem Kaiser zu demütigen. Der Kaiser hatte Moritz versprochen, dass ich

meine Freiheit behalten würde, aber der Kaiser gab nichts mehr auf sein gegebenes Wort. Die Schande des Verrats blieb aber an Moritz haften. Aber trotzdem hat er es bewerkstelligt, sich an die Spitze eines Bündnisses zu setzen, das die Nachfolge des Schmalkaldischen Bundes würdig antritt. Ja, unser lieber Moritz hat sich vollkommen geändert. Er hat endlich begriffen, dass der Kaiser ein falscher Hund ist. Du weißt vielleicht, dass Magdeburg sich noch lange nicht ergeben hatte, selbst nach der Schlacht im April 1547 vor der Lochauer Heide, in der unsere Bündnistruppen aufgerieben wurden. Soweit ich weiß, hat sich Moritz darum gerissen, Magdeburg für den Kaiser zu belagern. Die ganze Zeit hat er offiziell im Namen des Kaisers mit den Magdeburgern verhandelt, um einen Krieg gegen die Stadt zu vermeiden. Aber gleichzeitig führte Moritz geheime Verhandlungen mit den Magdeburgern, die gegen den Kaiser gerichtet waren. Schließlich hat er sich mit anderen deutschen Fürsten gegen den Kaiser erhoben. In Torgau haben sie sich getroffen, dann in Chambord an der Loire mit dem französischen König, denn dieser ist auch kein Freund des Kaisers."

„Ein regelrechter Fürstenaufstand[182] - und Moritz war der Führer! Ich kann dir nicht sagen, wie stolz ich auf ihn bin. Erzähl mir noch mehr von ihm. Ich bin so begierig von ihm zu hören."

„Zunächst hatte er es nicht leicht. Überall wurden Spottlieder auf ihn gesungen, man nannte ihn nur den Judas, sogar sein eigener Hofmusiker hat angeblich eine Motette gedichtet, mit der er in dieselbe Kerbe schlägt. Das muss ihn sehr tief verletzt haben."

„Ja, das denke ich mir. Besonders, dass du ihn damals benutzt hast, um Heinrich von Braunschweig-Wolfenbüttel einzufangen, hat ihn tief verletzt. - Ich will nicht mit dir streiten, aber das musste ich jetzt sagen! - Im Grunde hat ihn der Kaiser in Bezug auf dich und Johann Friedrich noch einmal auf dieselbe Art und Weise benutzt. Wieder hatte er gute Absichten - wenn man einmal von seinem Streben nach der Kurfürstenwürde absieht - ganz sicher wollte er nicht, dass du in Gefangenschaft gerätst und noch weniger wollte

182 Alle Ereignisse und Hintergründe des Fürstenaufstandes zu beschreiben, würde den Rahmen des Romans sprengen. Siehe dazu bitte u.a.: Fuchs, Martina und Rebitsch, Robert (Hgg.): Kaiser und Kurfürst. Aspekte des Fürstenaufstandes 1552. Münster, 2010. Johannes Herrmann, 2003, S. 175 ff.

er, dass Johann Friedrich zum Tode verurteilt wird, aber wieder legte man ihm seine Bemühungen falsch aus. Niemand glaubte ihm, dass er das alles nicht wollte, und dass der Kaiser ihn übers Ohr gehauen hat. Und vermutlich dachte sich der Kaiser, dass er jemanden, der schon einmal wie ein Verräter ausgesehen hat, auch ein zweites mal wie einen Verräter aussehen lassen kann. Wie geschickt und grausam von dem Kaiser, sich darauf zu verlassen, dass alle Welt in Moritz den Verräter sehen würde, und so verdunkelte kein Schatten den Glanz der kaiserlichen Majestät. Wieder hat Moritz gegen Riesen gekämpft."

„Ja, für alle sah es so aus, als habe er das Evangelium und das Luthertum verraten. Aber nach und nach ist es ihm gelungen, eine neue sächsische Landeskirche aufzubauen. Trotz des Augsburger Interims wird der Gottesdienst in Sachsen grundsätzlich in deutscher Sprache gehalten, es gibt keine Heiligenverehrungen, und Priesterehen sind erlaubt. Agnes hat es allerdings auch noch zu spüren bekommen. Sie wurde in Torgau, wo sie mit ihrem Hofstaat für eine Weile lebte, sehr scheel angesehen. Die Torgauer haben sie und ihren Hofstaat so sehr angefeindet, dass Moritz ihr erlaubt hat, mit ihrem Frauenzimmer für eine Weile auf die Burg von Weißenfels zu ziehen."

Dazu wollte Elisabeth lieber schweigen, denn die Anfeindungen ihrer Nichte hatten sie selbst damals schwer getroffen.

„Er selbst war für eine Weile in Italien, hat sich dort mit der Musik und der Kunst der Renaissance beschäftigt, wohl auch den einen oder anderen einflussreichen, kaiserfeindlichen Mann kennen gelernt. Herkules von Ferrara ist ein solcher Mann - er scheint Moritz tief beeindruckt zu haben, denn er hat sogar vorgeschlagen, dass mein Sohn Ludwig an den Hof von Ferrara gehen sollte, um die Sprache dort zu lernen. Und - du wirst es kaum glauben - er hat versucht, eine Ehe zwischen seinem Freund Albrecht Alcibiades und der ältesten Tochter des Hauses, Lukrezia Ferrara, zu vermitteln."

„Und ist daraus etwas geworden?"

„Noch nicht. Man muss wohl noch ein wenig abwarten."

„Wie geschickt er ist! Meinst du nicht, dass er sich das von mir abgeschaut hat? Ich habe auch immer gerne lutherische Ehen gestiftet. Verstehst du? Ehen, die in die Zukunft weisen. Nun will er seinen Freund Albrecht mit der Tochter eines Kaisergegners verbinden. Albrecht hat schließlich auch auf der Seite des Kaisers gekämpft, obwohl er lutherisch ist. Wenn Albrecht die Tochter eines italienischen Kaisergegners heiratet, hat er Albrecht vollkommen auf seine Seite gezogen, denn dann wird Albrecht nicht gegen ihn kämpfen können." Nach einer stillen Weile fuhr sie leise fort: „Was meinst du, ist Albrecht mir sehr böse, dass er in Rochlitz gefangen genommen wurde?"

„Kein Soldat lässt sich gerne gefangen nehmen. Schon gar nicht von einer Frau."

„Ich selber habe ihn nicht gefangen genommen!" empörte sich Elisabeth. „Ich habe lediglich einen Hilferuf an den Kurfürsten geschickt. Außerdem konnte ich da noch gar nicht wissen, dass es Albrecht Alcibiades war, der mein Rochlitz besetzen würde. Bei Moritz und Albrecht stehe ich auch da wie eine Verräterin. Ich habe doch niemanden verraten! Wie konnte Moritz mir denn Verrat vorwerfen? Ich würde so gerne zurück nach Rochlitz, aber mein Rochlitz habe ich wohl für immer verloren. Alles, was ich im Schmalkaldischen Krieg getan habe, habe ich für die Reformation getan. Ich habe gehofft, dass ich den Krieg dadurch verkürzen könnte. Du kannst dir kaum vorstellen, wie viel Kraft es mich gekostet hat, all diese Briefe zu schreiben. Ich bin mitten in der Nacht aufgestanden, habe geschrieben und geschrieben, bis ich vor lauter Erschöpfung nicht mehr konnte. Und immer hatte ich die schreckliche Angst, dass der Krieg mir auch mein Rochlitz heimsuchen und zerstören würde. Als dann wirklich die vielen Soldaten auftauchten, da habe ich nach nichts gefragt, sondern nur die vorbereiteten Briefe losgeschickt. Moritz hat das alles falsch verstanden! Ich wollte ihm nichts Böses, niemals. Ich bin so verzweifelt darüber, dass ausgerechnet mein Moritz, mein süßer kleiner Moritz, so böse auf mich war, dass er denkt, dass ausgerechnet ich ihm in seine tiefste Wunde hineingeschlagen habe. Wie könnte ich ihn denn so sehr verletzen? Wäre es nicht grausam und geradezu barbarisch, jemanden absichtlich dort zu verletzen, wo es ihn am schlimmsten trifft? Und das traut er mir zu? Mir, die ich ihn doch immer geliebt habe wie einen Sohn. Er ist doch für mich der Sohn, den ich nie hatte."

Erschüttert saß Philipp neben seiner Schwester und nahm sie schließlich fest in seine Arme. Er hätte nicht gedacht, dass dieser Schmerz nach wie vor so gegenwärtig war in ihrem Leben. Wie sehr hatte sie sich immer Kinder gewünscht. Nicht nur zu ihrer Pflichterfüllung, sondern zu ihrer Herzensfreude. Sie war niemals über ihre Kinderlosigkeit hinweggekommen; das wurde Philipp plötzlich schmerzlich klar. Moritz war ihr ein Trost gewesen; dass er sich zwar auf sehr spröde Art und Weise mit ihr versöhnt hatte, sie jedoch an seinem Leben, seiner Entwicklung und seinen Erfolgen, die Elisabeth durchaus auch auf ihre eigenen Fahnen schreiben wollte, nicht mehr teilhaben ließ, verletzte sie zutiefst.

„Verzeih mir bitte, Elisabeth. Ich wollte deinen Schmerz nicht neu aufwühlen. Soll ich dir lieber etwas anderes erzählen?"

„Nein, nein, bitte, erzähl mir weiter von Moritz. Ich will trotzdem hören, wie es ihm geht. Vielleicht bin ich tatsächlich mehr seine Mutter als ich dachte, denn trotz allem liebe ich ihn noch immer und kann keinerlei Groll gegen ihn hegen. Berichte mir weiter, ich bitte dich!"

Und zögernd - immer Elisabeths Gesicht beobachtend - fuhr er fort: „Als er aus Italien zurückkam, hat er gleich den Umbau seines Dresdener Schlosses in Angriff genommen. Agnes schrieb mir, ich würde es nicht wiedererkennen. Teile wurden abgerissen, neu erbaut, und das ganze Schloss erstrahlt nun weiß mit kunstvollen schwarzen Zeichnungen. Sgraffito heißt die Technik. Moritz hat dafür extra Handwerker aus Italien mitgebracht. Und du wirst es nicht glauben: Die beiden Männer, die das Schloss von außen so kunstvoll gestaltet haben, wurden von Moritz in erster Linie als Musiker angestellt. Ja, er legt größten Wert auf die schönen Dinge, die es für uns Menschen geben kann, wie Musik, Kunst, Architektur."

„Ich bin so stolz auf ihn. Denkst du nicht, dass er auch vieles davon von mir hat, bei mir gelernt hat?" fragte Elisabeth unter Tränen.

„Ganz sicher, Elisabeth. Und ich bin auch sicher, dass er das im Grunde seines Herzens weiß. Er weiß, was er dir zu verdanken hat."

„Wenn ich doch nur einmal nach Dresden kommen könnte, um es mir anzuschauen, um ihm zu sagen, wie stolz ich auf ihn bin und wie sehr ich ihn liebe... Aber meine Gesundheit lässt das nicht zu. Eine so weite Reise wäre wahrscheinlich mein Tod."

„Bist du hier denn gut versorgt mit Medizin, mit Ärzten?“
„Das könnte besser sein. Da schau!“ sagte sie und zeigte auf den Tisch, wo sie ihre Rezeptesammlung ordnete, „ich behelfe mir meist selbst.“
„Dann will ich dir einen tüchtigen Arzt schicken.“
„Ja, bitte, das wäre wirklich gut. - Erzähl mir noch mehr. Mehr von Moritz. Wie war das genau mit dem Aufstand der Fürsten gegen den Kaiser?“
Philipp musste ein wenig lächeln, denn Elisabeth hing förmlich an seinen Lippen, um Neuigkeiten über ihren Liebling zu erfahren.“
„Er hat das alles sehr geschickt angefangen[183]. Zunächst hat er im letzten März die Regierungsgewalt in Sachsen an seinen Bruder August übertragen. Dieser hat dann dem Kaiser die vollkommene Neutralität Sachsens zugesichert, während Moritz bereits mit Truppen gegen den Kaiser unterwegs war. Er traf mit den anderen Verbündeten zusammen, und gemeinsam bildeten sie ein Heer von 37000 Mann.“
Elisabeth pfiff durch die Zähne. „Donnerwetter! Und dem Kaiser blieb dann nur noch übrig, Verhandlungen anzubieten, denn wenn mich nicht alles täuscht, kämpfen seine Truppen doch in den Niederlanden und in Italien, nicht wahr?“
„Genau! Und deshalb verhandelte Moritz mit König Ferdinand. Mit ihm hat er sich schon immer besser verstanden als mit Karl.“
„Wahrscheinlich sind sich diese beiden gar nicht so wesensfremd. Es hat etwas Verbindendes, wenn man im Schatten übermächtiger Eichen aufwächst. Moritz hatte seine Mutter, Ferdinand einen kaiserlichen Bruder.“
„Da magst du wohl recht haben. Moritz und Ferdinand sind sich einig geworden. Religionsfreiheit, Frieden, meine Freilassung - all dies war festgelegt worden, aber der Kaiser wollte den Vertrag nicht annehmen. Also ist Moritz mit seinen Truppen weiter nach Süden gezogen, hat die Ehrenberger Klause in Tirol erobert. Da war er dem Kaiser in Innsbruck schon sehr gefährlich nahe. So nahe, dass dieser fliehen musste.“
„Ja, das habe ich gehört. Es muss eine sehr klägliche Flucht gewesen sein. Fahrende Handwerksgesellen haben mir davon berichtet. Es hieß, drei Spanier hätten auf einem Pferd gesessen.“

183 Zu den folgenden Schilderungen siehe bitte Sabine Ulbricht, 2010, S. 147 ff.

Philipp lachte. „Ja, das hat man mir auch erzählt. Moritz hat sich aber nicht mit Verfolgungsjagden aufgehalten, denn dann hätte er vielleicht am Ende den Kaiser gefangen nehmen müssen. Aber er sagte, für einen so großen Vogel habe er keinen Käfig."

„Das stell ich mir gerade bildlich vor. Die Gitterstäbe müssten auch ziemlich eng sein für den dürren Kaiser."

„Moritz hat ihm sogar noch ein paar Tage Vorsprung gelassen und ist erst Ende April in Innsbruck eingezogen."

„Er muss wohl das Hab und Gut des Kaiser genommen haben, um seine Truppen zu bezahlen. Damit hat er endgültig den Ruhm des Kaisers zerstört, mit dem dieser sich nach der Schlacht gegen den Kurfürsten geschmückt hatte. Da hätte dieser Tizian sich sein Bildchen auch sparen können. Ach Philipp, ich bin so froh, dass Moritz sich nun doch auf unsere Seite gestellt hat. Ich kann dir nicht sagen, wie viele Tränen ich darüber vergossen hatte, dass er gegen dich gekämpft hat, wie sehr ich für ihn gebetet habe."

Für eine Weile schwiegen sie beide, alles war still, nur eine Fliege taumelte immer wieder gegen die Fensterscheibe; von draußen klang plötzlich ein Hahnenschrei.

„Was hat Moritz dann getan?" forschte Elisabeth weiter.

„Er hat sich mit König Ferdinand in Passau getroffen. Die beiden haben einen Vertrag ausgehandelt, der das Augsburger Interim aufhebt und das Luthertum dem Katholizismus gleichstellt."

„Tatsächlich? Das haben sie ausgehandelt? Und der Kaiser, was hat der Kaiser dazu gesagt?"

„Er hat den Vertrag unterzeichnet - zähneknirschend, aber immerhin. In drei Jahren soll dann ein Konzil stattfinden, bei dem die Einzelheiten geklärt werden."

„Da wird er sich noch ein paar Hintertürchen offenlassen, und wer weiß, was in drei Jahren ist."

„In drei Jahren wird Moritz sicher nicht schwächer werden. Er ist ein junger Fürst auf dem Höhepunkt seiner Macht und seines Ansehens. - Ich bin sehr stolz auf meinen Schwiegersohn."

„Ich bin auch stolz auf ihn, so stolz, als wäre er mein eigener Sohn." Sie at-

mete schwer auf, bevor sie fortfuhr: „Wie war es, als du wieder nach Hessen kamst?“
„Die Kinder haben mich sehr zärtlich begrüßt. Wilhelm ist ein Mann geworden, in dessen Händen die Regierungsgeschäfte sehr gut aufgehoben waren. Aus den Kindern sind junge Leute geworden. Aber meinen jüngsten Sohn zu sehen, den Christine zur Welt gebracht hat, als ich schon gefangen lag, das hat mich tief bewegt. Der kleine Georg ist gesund und kräftig. An seine Mutter erinnert er sich kaum.“ Philipp hatte sehr leise gesprochen, nach einem schweren Atemzug, der mehr wie ein Aufschluchzen klang, fuhr er fort: „Ich war nicht da, als sie starb. Als ich nach Kassel kam, war dies mein erster Gang. Ich bin zu ihrem Grab gegangen und habe dort gebetet.“
Elisabeth wurde etwas unruhig, denn einen solchen Gefühlsausbruch ihres Bruders hätte sie nicht erwartet. Schließlich hatte er sich zu Lebzeiten seiner Gemahlin nicht sehr freundlich über sie geäußert und ihr zudem noch eine zweite Ehefrau zugemutet. Dass er sie an ihrem Grab dafür um Vergebung gebeten hatte, konnte Elisabeth nur hoffen.
„Was wird nun aus Margarete? Wirst du sie jetzt an den Hof holen?“
„Wilhelm hat sehr energisch klar gemacht, dass er dagegen ist und Margarete auf gar keinen Fall im Schloss haben will.“
„Und die anderen Kinder? Was haben sie dazu gesagt?“
„Sie haben ins gleiche Horn gestoßen. Wilhelm hatte nach Christines Tod genügend Zeit, über alles nachzudenken und die Geschwister auf seine Seite zu ziehen. Wenn ich Margarete an den Hof holen wollte, würde ich ein tiefes Zerwürfnis mit meinen Kindern riskieren. Es sind eben keine Kinder mehr, sondern junge Leute, die ihre eigenen Ansichten haben.“
„Weiß Margarete schon, dass sie auch nach Christines Tod nicht an den Hof kommen darf? Das hat sie sich doch immer so vorgestellt, nicht wahr?“
Philipp seufzte schwer auf. „Das werde ich ihr in den folgenden Tagen noch sagen müssen. Von hier aus werde ich über Spangenberg wieder zurück nach Kassel reisen. Ein wenig Angst ist mir schon davor.“
„Sei liebevoll mit ihr. Sie hat viel durchgemacht.“
„Ich weiß, Elisabeth. Ich habe ihr viel zugemutet. Aber ab jetzt soll es auch wieder bessere Tage für sie geben.“

Da wurde es drunten laut.
„Ah, ich denke, mein Gefolge ist zurück mit den Schlemmereien."
„Dann will ich die Tafel decken lassen und wir wollen ein Festmahl halten."

Spangenberg, Ende September 1552

Es war noch immer warm und sonnig, als Philipp mit seinem Gefolge in Spangenberg ankam. Auch die Spangenberger erkannten ihn nur an dem Wappen, das an der Tür des Kammerwagens aufgemalt war, so sehr hatte Philipp sich verändert. Er stieg aus und verschwand nach huldvollem Winken mit seinem Gefolge in dem stattlichen Fachwerkhaus, wo er bereits in großer Aufregung erwartet wurde. Noch während er die Treppe hinaufstieg, wo die privaten Gemächer seiner Zweitgemahlin lagen, hörte er eilige Kinderschritte, Flüstern, das Rascheln von Gewändern. Als er das große Gemach betrat, in dem Margarete ihre Abende zu verbringen pflegte, erblickte er seine Ehefrau und sechs Kinder; fünf Söhne und eine Tochter. Die großen Buben verneigten sich, die kleine Margaretha machte mit ihrer Mutter einen Hofknicks.
„Aber, aber, ihr Lieben!" rief Philipp aus. „Nicht so streng, so steif. Wir sind doch nicht bei Hofe." Die Kinder blickten ihre Mutter an. Als Margarete nickte, nahmen sie dies als Erlaubnis, den Vater zu begrüßen, indem sie auf ihn zugingen, sich noch einmal verbeugten und „Guten Tag, Herr Vater!" sagten.
„Wie groß ihr alle geworden seid!" rief Philipp fassungslos aus.
„Ihr wart lange nicht da, Herr!" sagte Margarete leise.
Beinahe wie ein Hauptmann seine Truppen inspiziert, schritt Philipp nun die Reihe seiner Söhne ab: „Philipp, mein Großer. Elf Jahre bist du nun alt, nicht wahr? Wenn ich richtig gerechnet habe."
„Ja, mein Herr Vater", erwiderte der Junge, der seinem Vater sehr ähnlich sah - zumindest so, wie Philipp vor seiner Gefangenschaft ausgesehen hatte.
„Herrmann! Auch du bist gewachsen." Er schaute dem Knaben ins Gesicht, worauf dieser die Augen niederschlug.

„Herrmann, schau den Vater an, wenn er mit dir spricht", sagte Margarete sanft. Der Junge gehorchte und schaute Philipp nun aus großen, etwas ängstlichen Augen an, doch Philipp war schon weitergegangen zu Christophel Ernst und fragte diesen nach seinen Lieblingsfächern. Auch er wandte seinem Vater nur ein verschrecktes, blasses Gesicht entgegen.
„Er liest sehr gerne und rechnet gut", antwortete Margarete für ihn. „Und unsere kleine Margaretha stickt schon sehr schön und fleißig", fuhr sie fort, wobei sie ihre Hand stolz auf die Schulter ihrer Tochter legte. Albrecht versteckte sich in den Kleiderfalten seiner Mutter; selbst als Philipp sich zu ihm kniete und ihn mit schmeichelnden Worten zu locken versuchte, blieb er hinter Margarete stehen und lugte nur ein wenig hinter ihrem Rock hervor.
„Er ist Fremden gegenüber sehr scheu", erklärte Margarete. „Schaut hier; den kleinen Philipp Conrad habt Ihr noch gar nicht kennen gelernt." Sie hob ihm den Jüngsten entgegen, den sie zur Welt gebracht hatte, als Philipp schon in Gefangenschaft gewesen war. Philipp wollte ihn auf seine Arme nehmen, doch das Kind begann so sehr zu schreien, dass Margarete ihn wieder zu sich nehmen musste.
„Wartet einen Augenblick, ich will die Kinder versorgen, dann bin ich gleich wieder da." Margarete verschwand mit der ganzen Kinderschar, die offensichtlich erleichtert war, dem fremden Mann nicht mehr Rede und Antwort stehen zu müssen.

„Verzeiht, Euer Gnaden, sie haben Euch lange nicht gesehen", entschuldigte Margarete ihre Kinder, als sie wieder zurückkam. Sie waren nun allein miteinander - ein Moment, nach dem Philipp sich länger als fünf Jahre lang gesehnt hatte. Forsch trat er auf sie zu, um sie in seine Arme zu schließen. Er presste sie an sich, fester und inniger als Margarete es ertragen konnte. Er achtete nicht darauf, dass sie seine Umarmung nicht erwiderte, sondern ihre Hände gegen ihn stemmte in einem fruchtlosen Versuch, sich zu befreien. Schließlich ließ er sie los, sie wollte schon aufatmen, doch er hatte sie nur für einen kurzen Augenblick freigegeben, um sie sogleich auf seine Arme zu nehmen und ins Schlafzimmer zu tragen.
„Euer Gnaden, Ihr habt Euch so sehr verändert!" flüsterte sie, als er die Tür

zum Schlafgemach aufstieß. „Ich erkenne Euch kaum wieder“, versuchte Margarete ein Gespräch zu beginnen.
„Ich erkenne dich sehr gut, meine Frau, mein Weib“, sagte er heiser und drückte ihr einen festen Kuss auf die starren Lippen.
„Euer Gnaden, die Kinder!“ flüsterte Margarete.
„Ja, mein Weib! Kinder!“ erwiderte Philipp.
Sie versuchte, in seine Augen zu schauen, um vielleicht etwas Unverändertes an ihm zu entdecken, doch sein Blick war starr auf das Bett gerichtet.

Nur wenige Augenblicke später hatte Margarete ihre ehelichen Pflichten erledigt und schaute auf den schlafenden Philipp, der neben ihr im Bett lag. Es war später Nachmittag, die Sonne schien noch hell ins Zimmer, doch Margarete hatte nicht das Gefühl, ihren Ehemann zu erkennen. Dort lag ein Fremder. Er sah anders aus als der Philipp, den sie gekannt hatte, er roch anders, seine Hände fühlten sich anders an auf ihrem Körper; sonderbar tastend, suchend. Sie war nicht mehr die knabenhaft schmale Siebzehnjährige, in die er sich verliebt hatte, für die er Himmel und Erde in Bewegung gesetzt hatte, sondern sie war eine Frau von dreißig Jahren, die sechs Kinder zur Welt gebracht hatte. Sechs Schwangerschaften, sechs Geburten hatten ihrem Körper alles Knabenhafte genommen. Sie war eine reife Frau, eine Mutter, die für ihre Kinder sorgte. Fünf Jahre lang hatte sie ihn nicht gesehen, nur wenige Briefe hatte sie erhalten und schreiben können; immerhin war das Geld regelmäßig gekommen, so dass sie und die Kinder weder Not noch Bedrängnis zu leiden gehabt hatten.
Und fünf lange Jahre war er bei keiner Frau gewesen. Dafür war er überraschend ruhig und behutsam zu Werke gegangen. Margarete war mittlerweile realistisch genug, um zu wissen, dass seine jahrelang aufgestaute Leidenschaft sich schon längst anderswo entladen hatte. Wahrscheinlich war sie über eine niederländische Hure hereingebrochen, die Margaretes vollstes Mitgefühl hatte. Als sie sich aufsetzte, spürte sie, wie sein Samen aus ihr herauslief. Sofort legte sie sich wieder hin. Dass nun das nicht enden wollende Empfangen und Gebären wieder beginnen sollte, erfüllte sie einerseits mit Angst. Andererseits würde sie in Zukunft im Schloss zu Kassel ihre Kinder

zur Welt bringen können, bestens versorgt von den Ärzten des Landgrafen. In dieser Gewissheit zog sie die Decke näher an ihr Kinn und schmiegte sich zurück in die Kissen, um sich schönen Träumen von ihrem zukünftigen Leben als Landgräfin im Schloss zu Kassel hinzugeben.

Es dämmerte bereits, als Philipp wieder erwachte. Er hob den Kopf und sah Margarete durchs Zimmer gehen, in der Hand einen Stapel Leinentücher, die sie auf einer Truhe ablegte. Auf Zehenspitzen trat sie dann ans Bett.
„Ihr seid wach, wie schön. Es gibt gleich ein Abendessen. - Ein kleines Festessen!“ fügte sie hinzu und lächelte sogar dabei.
„Was tust du da?“ fragte er, als Margarete nicht nur die Truhe öffnete, um das Leinen hineinzulegen, sondern auch den Schrank, aus dem sie mehrere Leinenstapel in die Truhe packte. Das tat sie mit einer sehr zielgerichteten Geschäftigkeit, die ein hohes Maß an Entschlossenheit verriet.
„Ich packe!“ lautete daher die selbstverständliche Antwort.
„Wieso packst du? Willst du verreisen?“ Er hatte sich nun im Bett aufgesetzt und angelte nach seinen Hosen, die auf dem Boden lagen. Margarete machte keinerlei Anstalten ihm dabei zu helfen, sondern war nach wie vor mit „Packen“ beschäftigt.
„Wir kommen jetzt alle mit Euch nach Kassel. Schließlich bin ich jetzt Eure einzige Ehefrau.“ Mit diesen Worten schloss sie die Truhe, die nun bis zum Rand gefüllt war und setzte sich darauf. In ihrem Lächeln lag nicht nur freudige Erwartung, sondern auch eine Willenskraft, die Philipp bei ihr noch nie beobachtet hatte. Das irritierte ihn. Maßlos.
„Moment, Moment! Du packst, weil du mit nach *Kassel* willst?“ Er sprach den Namen seiner Hauptstadt aus, als sei es der letzte Ort, an dem ein vernünftiger Mensch sein wolle.
„Oder Marburg, je nachdem, wohin Ihr jetzt reist. Aber ich dachte, Ihr würdet jetzt nach Kassel reisen, denn Ihr müsst Euch wieder einarbeiten in Eure Regierungsgeschäfte.“
In diesem Moment betrat eine der Mägde den Raum, und mit einer tiefen Verneigung vor dem Fürsten, der sich seine Hosen gerade hochzog, fragte sie: „Soll ich die Töpfe und Pfannen auch einpacken, Herrin?“

„Nein, natürlich nicht, Dummchen. In Kassel und in Marburg sind Töpfe und Pfannen genug. Pack nur die Speisen und Vorräte ein, das wird genügen.“

Mit einer weiteren Verbeugung vor Philipp machte sie sich wieder davon. Philipp wollte etwas sagen, doch da hörte er schon die Magd auf der Treppe rufen: „Die Töpfe und Pfannen bleiben hier!“

Er warf Margarete einen sehr finsteren Blick zu, den diese nicht zu deuten wusste.

„Deine Töpfe und Pfannen bleiben hier, ebenso deine Wäsche, deine Kleider, deine Kinder und du selbst auch.“

Margarete starrte ihn an. Sie schluckte hart, sie runzelte die Stirn, sie atmete heftig ein, aber nichts konnte die eisige Welle abfangen, die jetzt über sie hereinbrechen würde.

Auch Philipp rang mit sich. Er hatte es ihr nicht gleich am ersten Tag sagen wollen, aber machte es denn Sinn, diesen Schlag aufzuschieben?

„Schau, Margarete, in Kassel sind meine Kinder...“

„Eure Kinder sind auch hier in Spangenberg“, rief sie, bereits schluchzend.

„Meine Kinder in Kassel sind nun erwachsene Leute, und sie wollen es nicht dulden, dass du an den Hof kommst.“

„Aber Eure Gemahlin zur rechten Hand hat doch ihr Einverständnis gegeben. Alle hatten damals ihr Einverständnis gegeben. Sogar Doktor Luther hatte nichts gegen unsere Ehe. Ihr habt mir gesagt, dass all dies in Ordnung sei, dass ich zu Euch kommen dürfte, sobald Eure erste Gemahlin tot sei. Nun ist sie tot und ich bin jetzt Eure einzige Gemahlin, Eure erste Gemahlin, die rechtmäßige, die Landgräfin“, stammelte Margarete verzweifelt. Sie brach in so heftiges Weinen aus, dass Philipp sich nun bemüßigt fühlte, zu ihr zu gehen. Er zog sie von der Truhe hoch, auf der sie noch immer saß und nahm sie in die Arme.

„Schau, Kleines, es hat sich so vieles geändert in der Zwischenzeit. Natürlich hast du nun den ersten Platz in meinem Herzen - den hattest du schon immer“, fügte er schnell hinzu. „Aber meine Söhne aus meiner ersten Ehe haben mir sehr unmissverständlich erklärt, dass sie dich nicht akzeptieren werden am Hof. Sie alle haben auch schwere Zeiten hinter sich. Es war für

Wilhelm nicht leicht, in meiner Abwesenheit das Land zu regieren, aber er ist hineingewachsen. Natürlich will er jetzt nicht einfach aufgeben, was er sich in den Jahren meiner Gefangenschaft erarbeitet hat. Es hat mich schon genügend Mühe gekostet, ihm in den Regierungsgeschäften die Zügel wieder aus der Hand zu nehmen. Als ich ihm sagte, dass ich dich nun an den Hof holen wolle, geriet er außer sich. Er sagte, seine Mutter habe ihm auf dem Sterbebett bekannt, dass sie nur unter Todesangst meiner zweiten Ehe zugestimmt habe. Da sei für ihn klar gewesen, dass er dich auf keinen Fall am Hof dulden wolle. Er wolle dir zwar nicht nach dem Leben trachten, aber in seiner Nähe wolle er dich auch nicht haben."

„Todesangst? Was habt Ihr getan? Habt Ihr sie tatsächlich gezwungen?" Das Entsetzen in ihrer Stimme war nicht zu überhören.

„Nein, natürlich nicht", erwiderte er ausweichend, „aber ich muss gestehen, dass ich einen leichten Druck auf sie ausgeübt habe..." Margarete wollte sich nicht weiter vorstellen, wie dieser leichte Druck ausgesehen hatte.

„Wie konntet Ihr nur?" flüsterte Margarete und wand sich aus seinen Armen. „Habt Ihr auf Doktor Luther auch einen *leichten Druck* ausgeübt?"

„Du würdest dich am Hof gar nicht wohl fühlen", versuchte Philipp nun ein Ablenkungsmanöver von seinen damaligen Machenschaften. „Schau dich doch um! Deine Magd kommt einfach so ins Zimmer gerannt, während ich mich noch ankleide. Hier ist alles so..."

„Schlicht und einfach?" hakte Margarete nach. „Wenn es Euch hier zu schlicht und einfach ist, dürft Ihr mich gerne mit dem größten Luxus ausstatten, den die Welt zu bieten hat. Ich hätte nichts dagegen." Wieder stemmte sie ihre Fäuste in die Taille, genau wie damals, als sie ihn hatte abblitzen lassen; aber nun war ihre Taille alles andere als knabenhaft schmal, und Philipp fühlte sich von ihrem Widerstand keineswegs magisch angezogen. Er knurrte einen Fluch. Auch Margarete hatte sich verändert.

„Du wirst hier bleiben. Es dient nur deinem Schutz. Glaub mir, dass es besser ist für dich, wenn du hier bleibst. Glaub es mir einfach."

„Was kann ich Euch noch glauben? Was habt Ihr mir damals nicht alles erzählt! Alle Welt sei zufrieden mit unserer Verbindung, alles sei rechtens und in Ordnung. Ich dürfe an den Hof kommen, sobald ihr Witwer wäret. Es

war alles gelogen. Alles!“
Diese Erkenntnis war zu grauenhaft, als dass sie sich in Tränen hätte auflösen können, und so starrte Margarete ihren Ehemann nur ausdruckslos an. Und trotzdem musste sie diesem Mann dankbar sein, der sie versorgte, und musste beten, dass ihm nichts zustieß, denn ohne seinen Schutz wäre sie verloren. Sie konnte nur hoffen, dass er lange genug leben würde, bis auch alle ihre Söhne zu Männern geworden waren, die sich selbst verteidigen konnten.

Jagdschloss Radeberg, 6. Dezember 1552[184]

„Endlich wieder in Sachsen. Nun will ich hier bleiben, mich um mein Land kümmern, meine Gemahlin..." Moritz murmelte die Worte vor sich hin, sein Rat Christoph von Carlowitz und der Geheimsekretär Damian von Sibottendorf hörten ihn nicht, denn zu laut ratterten die Räder der Kutsche auf der Straße. Heilfroh waren auch sie, als endlich ihr Ziel in Sicht war. Ihr junger Herr hatte dem böhmischen König zugesagt, ihn im Kampf gegen die Türken zu unterstützen. Das hatte er getan, doch in Ungarn war er so schwer erkrankt, dass er schon glaubte, sich nicht wieder zu erheben. Auf dem Weg zurück nach Hause hatten sie immer wieder befürchtet, sie brächten nur noch den Leichnam zurück, doch hing Moritz so zäh an seinem Leben, dass er sich zusehends erholte, je näher man Sachsen kam.

Endlich hielt die Kutsche, und schon kam Agnes aus dem Haus gelaufen, als habe sie die ganze Zeit nur am Fenster gestanden, um ihren Gemahl herbeizusehnen. Das hatte sie in den letzten Wochen tatsächlich mehr oder weniger getan. Anna, ein Mädchen von mittlerweile acht Jahren, folgte ihrer Mutter, hielt sich aber dann doch ein wenig zurück, denn der Vater war ihr fremd geblieben. Ohnehin war sie ein eigenartiges Kind, das eine gute Weile brauchte, um zu Fremden ein Zutrauen zu fassen. Und bis dies bei ihrem Vater hätte geschehen können, war dieser meist schon wieder abgereist. Dass ihre Schulter von Geburt an leicht deformiert war und sie ein wenig humpelte, machte ihr Leben nicht leichter. Stumm stand sie nun da und beobachtete, wie die Mutter den Vater unter Tränen begrüßte, ihm aus der Kutsche half und ihn sogar stützte, um ihn ins Haus zu geleiten.

Carlowitz neigte sich zu ihr hinab. „Sind Sie froh, den Herrn Vater wieder bei sich zu haben?"

Es sollte mehr eine Feststellung als eine Frage sein. Umso verwunderter war Carlowitz, als das Kind nur mit den Schultern zuckte und sich ohne ein weiteres Wort umdrehte, um irgendwo im Garten zu verschwinden - ohne Mantel, ohne Haube. Carlowitz würde eine Dienerin hinter ihr her schikken, um sie entweder einzukleiden oder einzufangen.

---

184 Zu den folgenden Ereignissen s. Ulbricht 2010, S. 149 ff und Herrmann, Johannes; 2003

Moritz wurde ins Schlafzimmer gebracht, wo Agnes bereits alles vorbereitet hatte: Medizin, kräftigende Speisen, gewürzten Wein und Torgauer Bier; auch heiße Steine lagen im Bett, wie Moritz wohlig aufstöhnend bemerkte. „Jetzt wird alles gut, nicht wahr?" flüsterte Agnes, als sie endlich mit ihm alleine war. „Jetzt bleibst du bei mir, für immer." Sie saß auf der Bettkante und hatte seine Hand in ihre genommen, wobei sie ihn mit einer Mischung aus ängstlichem Hoffen und Zweifeln anschaute. Er erwiderte den Druck ihrer Hand sehr zärtlich.

„Ja, Agnes. Jetzt bleibe ich bei dir. Nie wieder wirst du dir um mich Sorgen machen müssen. Wir haben in Passau einen Vertrag geschlossen, der Frieden garantiert. Ich kann dir nicht sagen, wie sehr ich Gott dafür danke. Frieden, Frieden, das ist doch das einzig Erstrebenswerte auf dieser Welt. Nie wieder will ich kämpfen müssen, sondern gemeinsam mit dir genießen, was ich für uns geschaffen habe. Ich habe es satt, das ewige Streiten, Kämpfen, das Lagern in Zelten, die im Sommer zu heiß sind und im Winter zu kalt. Ich will unsere Schlösser genießen. Moritzburg, das wunderschöne Moritzburg; unser Dresdener Schloss... Wir werden nur noch lauter gute Tage haben, meine Liebste, das verspreche ich dir. Ich hab uns ein kleines Paradies erschaffen; das wollen wir genießen."

Agnes hielt noch immer seine Hand. Wie rau und schwielig sie war. Mit dieser Hand hielt er sein Schwert. Schon oft hatte sie ihn in Turnieren kämpfen sehen, doch niemals im Krieg, im Ernstfall. Ein wenig schauderte sie vor dieser Seite ihres Gemahls, die er vor ihr zu verbergen suchte. Nur ab und an blitzte sie hervor, wenn er seinen Jähzorn auch in ihrer Gegenwart nicht bezähmen konnte.

„Und ich verspreche dir, dass ich dir noch einen Sohn schenken werde", sagte sie kaum hörbar und wagte nicht, ihn dabei anzuschauen.

„Agnes, du weißt, dass ich dich liebe. Mit oder ohne Sohn. Du bist meine Frau, mein Weib; mit dir will ich alt werden - in Frieden und Liebe."

„Das werden wir, mein Moritz", sagte sie uns küsste seine Hand.

Dank ihrer liebevollen Pflege erholte Moritz sich gut und war bald so weit wieder hergestellt, dass er auf die Jagd gehen konnte. Das Weihnachtsfest feierten sie still und sehr ruhig in Radeberg.

Inständig hoffte Agnes, er habe ihr ein Geschenk gemacht, das sie ihm in neun Monaten wieder zurückgeben könnte, doch längst stand die Fastnacht vor der Tür und Agnes hatte nicht diese süßen Vorahnungen, wie sie sie bei ihren ersten beiden Kindern gehabt hatte. Trotzdem war sie zuversichtlich, denn sie waren beide noch jung. Mit Gottes Hilfe würden sie noch lange leben und viele Kinder haben können. Moritz blieb jetzt bei ihr. Für immer - so hatten es sich beide zumindest vorgestellt. Ausgerechnet der Waffenbruder und Freund Albrecht Alcibiades war es, der Moritz dazu zwang, Agnes wieder zu verlassen; und zwar auf eine Art und Weise, die Moritz dazu veranlasste, ihm die Freundschaft zu kündigen: Markgraf Albrecht Alcibiades war mit den Bestimmungen des Passauer Vertrages keineswegs einverstanden, denn er hätte seine kürzlich eroberten Gebiete zurückgeben und Frieden schließen müssen. *Frieden!* Frieden war das letzte, was er gebrauchen konnte. Krieg war seine Arbeit, sein Handwerk, sein Broterwerb. Wobei sein Erwerb sich nicht allein auf Brot beschränkte, sondern mehr als ausreichende Mengen an Fleisch, alle erdenklichen Köstlichkeiten, Luxus und Frauen einschloss. Ihm genügte sein Brandenburg-Kulmbachsches Territorium nicht im mindesten, sondern er sah sich als Herzog von Franken, auf einem Gebiet, das die Bistümer Würzburg, Bamberg und Nürnberg einschloss. Da diese Bistümer nicht herrenlos, sondern von Bischöfen besetzt waren, die begreiflicherweise an ihren Ämtern und den damit verbundenen Annehmlichkeiten hingen, hatte Albrecht ihnen den Krieg erklärt. Um diesen zu vermeiden, hatten sie sich auf Verträge eingelassen, die erkleckliche Zahlungen an Albrecht einschlossen. Der Kaiser hatte diese Verträge für null und nichtig erklärt und den Städten bei Strafe verboten, sie zu erfüllen. Über Albrecht wurde die Acht verhängt und der Kaiser legte den betroffenen Städten und Bistümern nahe, sich zu einem Bündnis gegen Albrecht zusammenzuschließen. Er selbst gedachte nicht, gegen Albrecht vorzugehen; vielmehr nahm er über Herzog Alba Kontakt mit Albrecht auf, denn Albrecht verfügte über ein großes Söldnerheer, das dem Kaiser von größtem Nutzen sein würde, denn nach einer kurzen Friedenszeit waren Kaiser Karl und der französische König wieder zu ihrer alten, liebgewonnenen Tradition zurückgekehrt und führten Krieg miteinander.

Während Moritz und Agnes sich ihren süßen Träumen von einem friedlichen Leben zu zweit hingaben, überzog Albrecht mit einem regelrechten Raubkrieg mordend, plündernd und brandschatzend erst das Frankenland, dann Mainz, Trier und schließlich auch Norddeutschland. Als Moritz davon im April 1553 Kunde erhielt, war er außer sich.
„Wie kann er es wagen, diesen Frieden zu brechen?“ Er fegte einen Weinkelch vom Tisch, der scheppernd an der Wand landete. Normalerweise wäre Agnes verärgert gewesen über neue Rotweinflecken an den Wänden - es gab derer einige - doch nun ahnte sie, dass Moritz sein Versprechen von einem friedlichen Leben nicht würde halten können. Carlowitz und Sibottendorf machten zudem sehr ernste Mienen.
„Wir müssen eingreifen, sonst scheitert der Passauer Vertrag“, wagte Carlowitz anzumerken.
„Ich weiß“, erwiderte Moritz, schon etwas ruhiger. „Aber wie sollen wir es finanzieren? Mit Söldnern? Albrecht hat so viel Beute gemacht, dass er wahrscheinlich über ein riesiges Heer verfügt.“
„Wie wäre es mit Freiwilligen aus den sächsischen Adelsfamilien? Das wäre eine Möglichkeit“, schlug Sibottendorf vor.
„Ja, so soll es sein. Dann schreibt und verschickt die nötigen Briefe. Es muss jetzt schnell gehen, bevor Albrecht noch mehr Schaden anrichtet. Wenn mein Heer groß genug ist, kann ich ihn vielleicht zu Verhandlungen zwingen“, sagte er mit einem Seitenblick auf Agnes, die bleich und schweigend zugehört hatte.
Carlowitz und Sibottendorf verneigten sich zum Abschied. Als Agnes und Moritz alleine waren, setzte sich Moritz zu seiner Frau und nahm ihre Hände in seine. Als er ihr ins Gesicht schaute, sah er deutlich, wie tapfer sie ihre Tränen hinunterschluckte.
„Kannst du mir verzeihen, dass ich mein Versprechen nicht halten kann?“
Nun brach Agnes doch in Tränen aus. „Wieso musst immer du alles regeln? Gibt es denn keinen anderen, den man schicken könnte? Du hast dich gerade so gut erholt. Auch wenn es nicht zu einem Kampf kommt, so habe ich doch Angst um dich. Allein wenn das Wetter für längere Zeit schlecht ist, wird dich das in Gefahr bringen.“

„Agnes, ich kann nicht anders. Und ich bin nicht irgendwer. Ich bin einer der wichtigsten Fürsten des deutschen Reiches; als solcher bin ich gezwungen einzugreifen, wenn jemand den Landfrieden bricht. Außerdem bin - oder war ich zumindest - mit Albrecht befreundet. Wenn ich ihm gegenüberstehe, dann wird er sicher einlenken. Ich kann mir nicht vorstellen, dass er es zu einer Schlacht kommen lassen will. Und ich will es schon gar nicht."
„Was ist nur in diesen Albrecht gefahren? Wieso ist er nicht mehr dein Freund?"
„Ich kann es dir nicht sagen. Ich kenne ihn nicht wieder. Der Krieg geht ihm über alles; er ernährt ihn, und so ist er immer wieder bei anderen Dienstherren zu finden. Beim Kaiser, bei mir; er kämpft für England, für Frankreich, den Königsberger Bund; bald kämpft er wohl wieder für den Kaiser gegen Frankreich. Wahrscheinlich würde er auch für den Teufel kämpfen, wenn der ihm nur genügend Geld gäbe."
„Was für ein schrecklicher Mann. Dass man Krieg wollen kann... Krieg kann man doch nicht wollen!" stieß Agnes verzweifelt hervor. „Versprich mir, dass du wiederkommst. Versprich es mir!" Ihre Worte klangen so flehend, so ängstlich, dass Moritz sie in die Arme nahm und fest an sich drückte.
„Und wenn wir dann wieder beisammen sind, dann werden wir sicher auch einen Sohn haben, nicht wahr? Moritz, ich will zu einer Kur in einen Badeort gehen, denn ich habe gehört, dass das helfen soll, wenn Frauen sich mit dem Empfangen schwer tun."
„Ja, mein herzliebes Weib, das ist gut. So lange wird der Kriegszug nicht dauern, aber ich will dir schreiben, wann ich wo bin, und wir werden uns treffen, damit ich Dir das Bad segnen kann."

Es war ein regnerischer, windiger Tag, als Moritz im Schlosshof, wo sich schon viele Adlige seines Kurstaates versammelt hatten, sein Schlachtross bestieg. Diesmal hatte er kein Söldnerheer aufgestellt, sondern seine Adligen zu den Waffen gerufen. Zudem hatte Herzog Heinrich von Braunschweig-Wolfenbüttel sich bereiterklärt, ihn zu unterstützen, nicht zuletzt, weil Herzog Erich von Braunschweig-Calenberg auf der Seite des Markgrafen kämpfte, in der Hoffnung, das Land Heinrichs seinem eigenen

einzuverleiben. Dies bedeutete für Moritz nicht nur gewonnene Truppenstärke, sondern auch, dass er in den Augen des Braunschweiger Herzogs reingewaschen war von jeglichem Verdacht auf Verrat. Moritz war erleichtert gewesen, als er den Herzog nach seiner langen, hessischen Gefangenschaft wohlauf gesehen hatte und dieser sogar bereit gewesen war, mit ihm zu sprechen und sich zu versöhnen.
Agnes musste sich zwingen, ihre bangen Vorahnungen niederzukämpfen und den Frühlingsregen als ein gutes Zeichen zu verstehen.
„Es wird das letzte Mal sein, Agnes, das verspreche ich dir!" sagte er, als er sich zu ihr hinabbeugte. Sein Pferd wieherte auf und zerrte an der Trense, worauf ein leises Zungenschnalzen genügte, um das Tier zu beruhigen.
Agnes fühlte nun nicht die raue Haut seiner Hand auf ihrer Wange, sondern das feste Leder und das Eisen seines Panzerhandschuhs. Das Eisen hinterließ einen dünnen Kratzer in ihrem Gesicht - sie bemerkten es beide nicht.
„Ich bin bald zurück, Agnes. Bald!" Und im nächsten Augenblick war er nicht mehr Moritz, der Ehemann, sondern Moritz der Feldherr, der mit lauter Stimme den Abmarsch befahl.

Merseburg, 20. Juni 1533

Hochgeborene Fürstin, herzliebes Weib,
ich habe nicht wenig Bekümmernis, dass ich so lange kein Schreiben von Dir bekommen habe. Ich habe Sorge, dass es Dir nicht gut geht, herzliebes Weib. Die Sachen in diesen Landen entwickeln sich zu einem sinnlosen Krieg, denn der Markgraf stärkt sich in Braunschweig mit Truppen.
Außerdem zieht das Kriegsvolk Erichs von Braunschweig - unseres Schwagers! - mitsamt dem Kriegshaufen von Heideck von Franken wieder herein, sodass ich wahrlich Sorge habe, der Krieg könnte auch in mein Land vordringen. Also ist es erforderlich, dass ich mich darum kümmere. Ich sammle Truppen soviel ich in der Eile zuwege bringe und werde mich zu wehren wissen. Könnte ich Frieden haben, so wäre es mir am liebsten; kann es nicht sein, so geschehe Gottes

gnädiger Wille. Ich hoffe, er wird mich nicht verlassen. Obgleich meiner Feinde so viele sind als Sterne am Himmel, so weiß doch Gott, dass ich ihnen keine Ursache gegeben habe.
Markgraf Albrecht Alcibiades gibt mir in seinen Briefen viel gute Worte, ich glaube ihm aber nicht.
Wollte Gott, ich könnte bei Dir sein; ich wollte nichts lieber als das. Ich will allen menschlichen Fleiß darauf verwenden, den Krieg abzuwenden und Dir mein Versprechen zu halten, dass ich bei Dir bleib. Wenn ich aber für meine Verwandten und Untertanen diesen Krieg führen muss, so bitte ich dich, mir dies nicht zu verdenken. Es ist nur recht und billig, dass ein Hirt mit aller Kraft seine Schäflein verteidigt. Wo meine Kraft nicht ausreicht, da helfe mir Gott, Amen.
Ich ziehe heute in Richtung Sangerhausen, um die dort ausgehobenen Truppen zu besichtigen. Wenn Du nach Bad Langensalza kommst, hätte ich es nicht allzu weit zu Dir und könnte kommen, denn der Markgraf kommt sicher nicht näher als XV Meilen heran.
Schreib mir, wenn Du ankommst. Ist es möglich, so will ich allen Fleiß darauf verwenden, dass ich zu dir komme und Dir das Bad segne.
Ich befehle Dich Gott, der helfe uns mit Freuden wieder zusammen und geb uns Gnad, dass wir hinfort noch lang, lang, lang beisammen wohnen und das verrichten, was wir beide uns schon so lange gewünscht haben, Amen.
Datum Merseburg, den XX. Juni
M Churfürst[185]

Sangerhausen, 21. Juni 1553

Hochgeborene Fürstin, herzliebes Weib,
ich hab sehr gerne vernommen, dass Du - Gott hab Lob - gesund und froh angekommen bist. Wollte Gott, ich wäre auch dort bei Dir. Gestern habe ich von Merseburg aus an Dich geschrieben und berichtet, wie sehr das böse Leben in

185 Etwas gekürzt übertragen nach PKMS 6, Dokument Nr. 620, S. 990 f.

Deutschland Überhand nimmt. Gott gebe seine Gnade, dass es schnell vorbei ist. Wenn ich im Krieg bin, so ist es mir sehr leid, und ich brauche viele Leute, die mir helfen. Du musst dir keine Sorgen machen um meine Gesundheit, denn ich habe hier Leute bei mir, die gut kochen, sieden und braten. Aber wie diese Speise Dir und den Deinen, die Du bei Dir hast, schmecken würde, das kannst Du Dir wohl selbst ausrechnen. Das rede ich aber nicht, weil ich Dich nicht gerne bei mir haben würde, egal wo ich gerade bin. Aber leider ist es nicht möglich, denn es kann sich nun alle Stunde zutragen, dass wir in die Nähe des Feindes kommen. Nichts desto minder will ich tun, was ich kann, dass wir uns wieder sehen. Deshalb komm von Bad Salza aus nach Kindelburg, dass Du bis Freitag zeitig da wärst. Da will ich mich beeilen, auch dort zu sein, es sei Tag oder Nacht, denn Gott weiß, ich wäre lieber bei Dir als Du glauben möchtest. Gott geb, dass Dir das Bad wohl bekommen sei. Das will ich mit Gottes Hilfe segnen.
Gott behüte Dich vor allem Übel, Amen, und helfe uns mit Freuden wieder zusammen, Amen.
Datum, Sangerhausen, Mittwoch den XXI. Junius im Jahr LIII.
M Churfürst[186]

Feldlager bei Einbeck, 3. Juli 1553

Was Wir in Ehren und treuer Liebe Gutes vermögen, wollen wir mitsamt freundlichem Erbieten unserer Hochgeborenen Fürstin und freundlichen lieben Gemahlin wünschen. Wir geben Euer Lieben freundlicher Meinung zu erkennen, dass Wir durch die Verleihung göttlicher Gnade noch bei guter Gesundheit sind und mit unserem Kriegsvolk allhier bei Einbeck angekommen sind, wo wir uns daselbst zu Felde gelagert haben. Nunmehr wollen wir den Feind treffen; der allmächtige Gott wolle uns zu unserem rechtschaffenen Vorhaben Glück und Sieg verleihen.
In Unserem Lager haben Wir etliche Briefe, an denen Uns sehr viel gelegen ist; da sie im Feld leicht in falsche Hände geraten können, haben Wir dieselben in

186 Übertragen nach PKMS 6, Dokument Nr. 623, S. 994 f.

ein Paket verschnüren lassen, das Hans Puschhausen Euch zusenden wird. Wir bitten freundlich, Euer Lieben wolle diese Briefe sorgfältig aufbewahren und sie niemandem zustellen, bis Wir Euer Lieben ein Schreiben senden, das Wir mit unserer eigenen Hand unterzeichnet haben. Wir befehlen von Herzen alles in den Schutz des Allmächtigen; der wolle uns beide nach erlangtem Sieg und gutem Frieden mit Freuden wiederum zueinander helfen.
Datum in Unserem Lager bei Einbeck, den 3. Tag Julii Anno etc. 53
Von Gottes Gnaden Moritz Herzog zu Sachsen, des Heiligen Römischen Reiches Erzmarschall und Churfürst.
M Churfürst
m pp ss[187]

Zwischen Sievershausen und Arpke, 9. Juli 1553

Markgraf Albrecht Alcibiades von Brandenburg-Kulmbach stand gut verborgen zwischen Bäumen auf einem kleinen Hügel und ließ seinen Blick über die Ebene schweifen, in der Kurfürst Moritz von Sachsen offensichtlich ahnungslos lagerte. Albrecht war sehr zufrieden mit seinen Truppen, die in großer Zahl hinter ihm lagen. Sie hatten seit Jahren nichts anderes getan als zu kämpfen und standen nun einem eilig zusammengewürfelten Heer gegenüber, das zwar über mehr Reiter verfügte, aber deutlich weniger Fußtruppen. Die meisten dieser kursächsischen Adligen hatten wahrscheinlich noch nie gekämpft, auf keinen Fall waren sie so geübt, aufeinander eingespielt und verstanden sich so blind, wie es Albrechts Truppen taten. Fast erschien es ihm unehrenhaft, mit solcher Übermacht einem Feind zu begegnen, doch hielt er sich nicht lange mit solchen Bedenken auf - schließlich wollte er Moritz vernichtend schlagen. Über die Briefe und Verwarnschriften, die er mit ihm kurz zuvor noch gewechselt hatte, konnte er nur lachen. Moritz hatte noch immer nicht begriffen, dass Verhandlungen nichts brachten. Albrecht fragte sich, wie viele Niederlagen und wie viel Verrat Moritz noch brauchte, um das endlich einzusehen. Albrecht war sicher, dass er nur ein weniges würde tun müssen, damit alles getan war. Was er dann

187 Übertragen nach PKMS 6, Dokument Nr. 648, S. 1022 f.

mit einem gefangenen Kurfürsten anstellen könnte, würde sich finden. Ob Moritz überhaupt schon wusste, wie nah sie sich waren? Wahrscheinlich hatte auch er seine Kundschafter ausgeschickt, aber Albrecht Alcibiades lag mit seinem Heer außer Sicht hinter einem Hügel, von dem aus ein Überraschungsangriff ein Leichtes war.

„Sie haben mehr Reiter als wir", stellte Herzog Erich von Braunschweig-Calenberg fest, der nun mit den anderen Söldnerführern Claus Berners und Graf Christoph von Oldenburg zu dem Markgrafen getreten war.

„Das habe ich auch schon gesehen. Also werden wir die Reiter des Kurfürsten hier zu diesem Wäldchen locken, in dem wir schon die Hakenschützen postiert haben. - Berner, das übernehmt Ihr. - Die Hakenschützen werden zuerst die Reiter von den Pferden mähen, denn wenn wir alle ihre Pferde erschießen, versperren uns die toten Gäule den Weg, wenn wir stürmen. Über Männerleichen rennt es sich leichter als über tote Pferde."

„Er rechnet noch nicht mit uns, und selbst wenn seine Kundschafter uns gesehen haben, so wird er nicht mit einem Angriff rechnen. Wahrscheinlich hofft er immer noch auf Verhandlungen!" lachte Graf Oldenburg.

„Wir werden dem großen Verhandler nun tüchtig einheizen. Ich bin gespannt, was für mich dabei herausspringt - vielleicht kann ich ihm Torgau abpressen. Ich kann mich noch sehr gut daran erinnern, wie ich mit Moritz nach der Kapitulation in Wittenberg nach Torgau geritten bin. Der ganze Tross war unterwegs: der Kaiser, der böhmische König, die Spanier... ach, ich kann sie nicht alle aufzählen. Und mit dem gewesenen Kurfürsten Johann Friedrich sind wir nach Torgau eingeritten. Das hatte den Breznbauch sicher geschmerzt, dass er nun sein eigenes, prächtiges Schloss als Gefangener sehen musste. Dem Kaiser gefiel das Torgauer Schloss: ‚Ein wahrhaftig kaiserliches Schloss' rief er aus, als wir in den Schlosshof einritten. - Da fällt mir ein: Grämt es Euch nicht, Herzog Erich, dass Ihr nun gegen Euren eigenen Schwager kämpfen müsst? Wie bringt Ihr es Eurer liebreizenden Gemahlin bei, wenn Ihr ihren Bruder getötet habt?"

Dass Sidonie alles andere als die Liebe ihres Gemahls reizte, war ein offenes Geheimnis. Spätestens seit dem fatalen Auftritt, den sie gemeinsam mit ihrer Mutter in den Niederlanden inszeniert hatte, um ihren Gemahl, der sie längst verlassen hatte, wieder an sich zu binden, wusste man allenthalben, dass Erich keine glückliche Ehe führte. Seinerzeit war Sidonie gemeinsam mit ihrer Mutter dem sich über Gebühr vergnügenden Gemahl über mehrere Stationen nachgereist und hatte ihn - verkleidet in holländische Trachten - überrumpelt und zur Rede gestellt. Hoch und heilig hatte der tief gedemütigte Erich damals Besserung gelobt, sein Wort jedoch bei allernächster Gelegenheit wieder gebrochen[188].

Über Herzog Erichs Gesicht breitete sich bei dieser Frage ein fieses Grinsen. „Da Ihr alle wisst, wie sehr ich meine liebe Gemahlin Sidonie schätze, grämt und betrübt es mich natürlich außerordentlich, meinen Schwager erschlagen zu müssen. Und außerdem kämpft noch ein Braunschweiger Herzog auf der anderen Seite. Um den ist es mir noch weniger leid. Schließlich will ich sein Land haben, wie es mir meine Frau Mutter nahegelegt hat."

„Und Ihr seid ein gehorsamer Sohn!" feixte Berner.

„Leise! Laut lachen werden wir heute Abend am Lagerfeuer, wenn wir die Sachsen rösten!" mahnte Albrecht. „Los jetzt! Auf die Posten; bringt die Geschütze in Stellung."

Als gegen ein Uhr mittags das Feuer von Albrecht Alcibiades eröffnet wurde, war Moritz noch damit beschäftigt, seine Fußtruppen heranzuführen. Schnell gab er den Befehl, die Kanonen in Stellung zu bringen und erwiderte das Feuer. Seine Vorhut war schon unterwegs in Richtung Arpke, als sie feindliche Reiter erspähten und angriffen. Wie von Albrecht Alcibiades geplant, verfolgten sie die feindlichen Reiter und merkten zu spät, dass sie in eine Falle geraten waren: Auf ihrer rechten Flanke fielen die Männer tot von ihren Pferden. Dadurch löste sich die Formation dergestalt auf, dass die markgräflichen Reiter die Reihen durchdrangen und eine heillose Flucht unter den Kurfürstlichen auslösten. Wer sich retten konnte, flüchtete immer weiter, nur fort von dieser sommerlichen Wiese, die in wenigen Augenblicken in ein Schlachtfeld verwandelt worden war. Trossknechte spannten die Pferde aus, um sich auf ihnen zu retten; Fliehende und Verfolger rasten nun in die nachfolgenden Truppen, wo sie ein weiteres Blutbad anrichteten.

---

188 Siehe dazu Helga-Maria Kühn, Hannover 2006, S. 53 ff.

Moritz war zu weit entfernt, um direkt eingreifen zu können, konnte auch nicht gleich erkennen, was vor sich ging; erst als einer seiner Männer zu ihm hetzte und schrie: „Herr, wir sind verloren! Die Schlacht ist verloren!", erkannte er, dass Albrecht Alcibiades ein ebenso geschickter wie skrupelloser Feldherr war. Er schaute Herzog Heinrich an. „Keine Verhandlungen. Er will einfach nicht", stieß Moritz hervor. „Wir dürfen die Männer jetzt nicht ohne Hoffnung lassen. Ich will mich an ihre Spitze setzen und vor ihnen allen in die Schlacht reiten."
Moritz war sonderbar zumute; als habe nicht er selbst diese Worte gesagt, sondern als habe jemand anders sie gesprochen. Noch während ein großer Teil seines Heeres sich auflöste, bestieg er sein Schlachtross, ließ sich Schwert und Schild reichen. In seinem Inneren tobte es. Er hasste diesen Albrecht, der ihn nun zwang, so viele Menschenleben zu opfern. Männer, die genau wie er selbst, Frauen und Kinder zu Hause zurückgelassen hatten, Mütter, Töchter, Bräute... Er wollte nur dieses eine Mal noch kämpfen. Nur dieses eine Mal! Nie wieder wollte er sich in eine Rüstung zwingen lassen, nie wieder Agnes alleine lassen mit ihrer Sorge und ihrer schrecklichen Angst um ihn. Seine Augen schweiften über die vielen Tausend Männer, die ihn umstanden, doch er sah vor sich nur Agnes: Agnes, wie sie ihm in Radeberg entgegenläuft, dort an seinem Bett sitzt. All die Geräusche, die Schüsse, die noch immer zu ihm herüberhallen, die Schreie, das Stampfen der Pferde nimmt er nur noch wie durch einen dichten Schleier wahr. Er sieht noch einmal den Maskenball, den er im Februar mit ihr gefeiert hat. Und dann gehen seine Gedanken zurück in ihre ersten Tage miteinander. Wie man sie einander vorstellt, dabei genau wissend, dass man sie füreinander bestimmt hat. Er erinnert sich an die große Erleichterung, die sich seiner bemächtigt, dass man ihm dieses brave, liebreizende Mädchen als seine Braut zuführt. Er denkt noch einmal an den Ritt von Dresden nach Hessen, sieht noch einmal Agnes in ihrem Brautstaat, wie sie ihn anlächelt und wie sie errötet, als er sie in der Hochzeitsnacht entkleidet. Auch die bitterbösen Briefe seiner Mutter kommen ihm noch einmal in Erinnerung, dann diese unsäglichen Momente, als seine Schwester ihn an der Hand ins Zimmer der Mutter führen muss, wo er erstarrt in wortloser Angst ihre Strafpredigt

über sich ergehen lässt. Er sieht Agnes noch einmal im Kindbett, wie sie ihn aus völlig erschöpften Augen anlächelt und ihm seinen Sohn entgegenhält. Dieses Bild will er noch einmal haben. Bald, wirklich, tatsächlich. Er will noch einmal aus ihren Armen einen Sohn empfangen, der all das weiterführen wird, was er begonnen hat. Nur noch diese eine Schlacht, dann wird alles getan sein...

Unter seiner Rüstung, die ihn vor dem Feind schützte, blieb all dies seinen Männern verborgen. Alle sahen nur, mit welcher Ruhe der junge Kurfürst sein Pferd bestiegen hatte und nun seine Truppen überblickte. Sein Fahnenträger, der genau wusste, dass er ein besonders beliebtes Ziel der gegnerischen Schützen war, richtete die Fahne auf zum Zeichen, dass sich nun die Männer unter ihrem Feldherrn zu sammeln hatten. Und tatsächlich gelang es ihm und dem Herzog von Braunschweig, wieder eine Heeresformation herzustellen. Doch damit hatte ihr Gegner offensichtlich gerechnet. Die beiden Heere rückten gegeneinander vor, bis sie das Weiße im Auge des Feindes erkennen konnten. Moritz sah aus den Augenwinkeln, dass alles nach seinen Anordnungen lief: Auf der rechten Seite stießen seine Fußtruppen mit zwei Reitergeschwadern gegen die Markgräflichen vor und bedrängten sie so stark, dass viele schon flüchten wollten. Doch da griff Albrecht Alcibiades beherzt ein und zwang seine Truppen zu einem erneuten Angriff.

Moritz wusste die Augen all seiner Männer auf sich. Er schaute sich um: Aus ihren Gesichtern sprang ihm die Angst entgegen. Da richtete er sich im Sattel hoch auf, hob sein Schwert und brüllte so laut er konnte. Dann gab er seinem Pferd die Sporen und preschte seinen Männern voran. Sie folgten ihm, das wusste er. Diese Schlacht wollte er gewinnen; er musste sie gewinnen! Dann hätte er für alle Zeiten Frieden geschaffen.

Doch da fühlte er plötzlich einen brennenden Schmerz in seiner Lendengegend. Ihm war, als brenne seine Rüstung von innen, als fließe heißes Pech durch seinen Körper, doch er konnte nicht darauf achten. Nicht jetzt, nicht in diesem Moment, in dem alles auf dem Spiel stand. Er musste seine Männer nun zur Verteidigung führen. Der Angriff des Markgrafen wurde nicht nur abgewehrt, sondern es gelang sogar, diese feindliche Flanke vollkommen aufzureiben. Dies hatte zur Folge, dass sich das markgräfliche Heer

völlig zur Flucht wandte. Moritz setzte ihm mit seinen Männern nach. Wen sie erreichten, wurde niedergemacht. Moritz sah den Sieg so gut wie sicher. Noch immer fielen Schüsse, aber der Tag gehörte ihm! Er hatte die Schlacht gewonnen, den Krieg! Die letzte Schlacht, die er schlagen wollte, hatte er voller Ehre gewonnen. Er schaute sich keuchend um, die Sonne lag gleißend auf dem blutigen Feld, überall blitzte sie auf den blanken Rüstungen toter oder verwundeter Ritter. Unter seinem Harnisch hob und senkte sich seine Brust in hektischem Atem. Sein Schwert sank. Langsam verhallte der Donner der Kanonen und ließ einen bodenlos erscheinenden Raum für die Schreie der Sterbenden und Verwundeten, die Moritz' Seele zerrissen. Das Brennen in seinem Unterleib kam ihm mit einem mörderischen Schlag zu Bewusstsein. War er getroffen? Ja, so musste es wohl sein! Er war getroffen worden; irgendwo in seinem Unterleib steckte eine Kugel, die für den höllischen Schmerz verantwortlich war. Er rang nach Atem. Es gelang ihm, sein Pferd zu wenden, da kam Herzog Heinrich auf ihn zugeritten.
„Der Tag ist unser!" rief er frohlockend, doch als Moritz schwieg, nicht einmal sein Visier hochklappte, ahnte der Herzog schon, dass es nicht zum Besten um den Kurfürsten stand.
„Was ist Euch? Ihr seid doch nicht etwa verwundet?"
Moritz konnte nur noch nicken.
„Dann kommt schnell zum Arzt, hier herüber. Bis zu unserem Feldlager am Vogelherd ist es nicht weit, nur wenige Augenblicke zu Pferd."
Weder der Herzog noch Moritz ahnten, wie schwer die Verletzung war. Inmitten von Versehrten ritten sie langsam hinüber zum Lager. Um sie herum schleppten sich Männer mit blutenden Wunden voran, manche wurden von ihren Kameraden gestützt. Etliche brachen zusammen, still. Vor dem Zelt, in dem die Feldscher schon viele andere Verwundete behandelten, ließ Moritz sich vom Pferd gleiten. Im Angesicht seiner Männer biss er die Zähne zusammen und bemühte sich, nicht aufzustöhnen, als er in seiner schweren Rüstung auf der Erde landete. Der Schmerz raubte ihm fast die Sinne. Der Herzog stützte ihn und schlug die Plane des Zeltes zurück, aus dem schreckliche Schreie drangen. Drinnen bot sich ihnen ein grauenerregendes Bild: Auf notdürftig aufgestellten Betten und Pritschen lagen Männer

in ihrem Blut, auf dem Boden lagen abgetrennte Gliedmaßen, Arme, Beine, Hände. Gerade als Moritz hereinkam, sägte einer der Ärzte einem Mann den vollkommen zerfetzten Arm ab, während fünf seiner Kameraden ihn festhielten.

„Hier her, Euer Gnaden, hier ist eine Pritsche für Euch“, es war Moritz' Leibarzt Dr. Neefe, der ihm entgegenkam. Er trocknete sich die Hände gerade an einem blutverschmierten Tuch ab, bevor er dem Herzog half, Moritz auf ein Bett zu legen Dort zogen sie ihm die Rüstung aus. Nun schrie Moritz auf, doch ging sein Schrei ohnehin unter in den Schmerzensschreien, die aus zahllosen Kehlen drangen und sich zu einem grauenhaften Chor vereinigten. Es schien ihm eine endlose Quälerei, bis man ihm endlich all sein Rüstzeug abgenommen hatte. Schnell hatte der Arzt die Wunden gefunden. Jemand musste Moritz von einem erhöhten Standpunkt aus erwischt haben, denn von oben her war eine Kugel in seinen unteren Rücken eingedrungen und am Oberschenkel wieder ausgetreten. Vermutlich hatte einer der Schützen, die sich in dem Wäldchen versteckt hatten, von einem Baum aus auf ihn geschossen. Dr. Neefe wechselte einen Blick mit Herzog Heinrich, bevor er so vorsichtig wie nur irgend möglich die Wunde auswusch und verband.

„Wann seid Ihr verwundet worden, Euer Gnaden?“

„Ich weiß es nicht, es ist vielleicht eine Stunde her, genau kann ich es nicht sagen.“

„Genau so sieht die Wunde aus!“ Der Tadel war nicht zu überhören. „Ihr habt viel Blut verloren. Ihr hättet gleich zu mir kommen sollen[189].“

„Ich hätte doch meine Männer nicht im Stich lassen können. Schließlich bin ich hier nicht zur Kur.“

Dass Moritz auf den sanften Tadel seines Arztes nicht mit Jähzorn, sondern einem Scherz reagierte, stimmte die Männer sehr besorgt.

„Die Blutung ist gestillt. Ihr müsst jetzt wieder zu Kräften kommen, Euer Gnaden. Versucht etwas Wein zu trinken; hier ist auch Brot. Für kräftigere Nahrung will ich gleich sorgen.“

„Wenn meine Wunde nun versorgt ist, solltet Ihr Euch wieder um die an-

189 Siehe PKMS 6, Dokument Nr. 670/5, S. 1059

deren Verwundeten kümmern. Geht nur", sagte Moritz. Der Arzt sah den Herzog an. „Kann ich den Kurfürsten in Eurer Obhut lassen?"
„Ich werde bei ihm bleiben, seid unbesorgt. Falls wir Euch benötigen, rufe ich Euch."
Unter Mühe trank und aß Moritz ein wenig, dann ruhte er für eine Weile, während Herzog Heinrich scheinbar still an seinem Bett wachte. Herzog Heinrich war unruhig, denn seine Söhne hatten sich noch nicht bei ihm gemeldet. Besorgt schaute er immer wieder zum Eingang des Zeltes, seine Söhne herbeisehnend, Karl Victor und Philipp Magnus, achtundzwanzig und sechsundzwanzig Jahre alt. Elf Kinder hatte seine Gemahlin ihm geschenkt, davon sieben Söhne. Von diesen sieben Söhnen hatte er bereits vier zu Grabe getragen. Julius, der jüngste verbliebene Sohn, war zu Hause geblieben. Wie sehr hatte er sich geärgert, dass er nicht mitgedurft hatte, aber der Herzog war unerbittlich gewesen. Natürlich hatten die älteren Brüder ihm seinen Kummer nicht leichter gemacht und ihn verspottet, dass er schön brav zu Hause bleiben musste, während sie mit dem Vater in den Krieg ziehen durften. Man brachte sie auf Bahren zum Feldlager am Vogelherd. Noch ehe der Diener im Zelt bei Herzog Heinrich auch nur ein Wort gesprochen hatte, kannte dieser die Botschaft. Wie in einem Alptraum erhob er sich, um dem Diener hinaus zu folgen. Dr. Neefe kümmerte sich derweil um Moritz. Nichts nahm Heinrich mehr wahr, was um ihn herum vorging. Wie betäubt ging er hinüber zu der kleinen Gruppe von Männern, die sich stumm vor ihm teilte, als er ankam. Dort lagen seine Kinder, bleich und still, die Gesichter fremd und starr. Ihre gebrochenen Augen schienen ihn vorwurfsvoll anzustarren; er wagte nicht, sie ihnen zu schließen. Er sank zwischen ihnen nieder, auch er gebrochen.

Als er später wieder zu Moritz kam, brauchte dieser ihn nur kurz anzuschauen, um zu wissen, dass er weit mehr verloren hatte, als ein Mensch ertragen kann. Stumm drückte er ihm die Hand, dann verlangte er einen Schreiber.
„Ich will den Hergang der Schlacht diktieren. - Wer weiß, wie viel Zeit mir noch bleibt. Holt mir auch meinen Beichtvater Albinus."

Johann Albinus erschien[190]. Als er seinen Herrn so elend liegen sah, erschrak er zutiefst und musste sich große Mühe geben, tröstende Worte zu finden.
„Bitte, nehmt mir die Beichte ab", flüsterte Moritz.
Albinus nickte Herzog Heinrich zu, der sich sogleich entfernte. Moritz schaute den Pater aus ängstlichen Augen an. So hatte Albinus seinen Schützling noch nie gesehen. Moritz war bleich, seine Augen schienen noch heller als sonst; sein Blick eigentümlich weit weg.
„Ich habe heute geflucht... ich habe Männer getötet. Vor drei Tagen habe ich in einem Wirtshaus zu viel Wein getrunken und geflucht. Ich habe..."
Moritz' Stimme wurde immer schwächer. Da unterbrach ihn der Pater sanft und sagte: „Ihr müsst jetzt nicht alle Eure Sünden aufzählen. Stellt nur Euer Herz rechtschaffen gegen Gott und zweifelt nicht an seiner Gnade. Gott ist ein Erkenner aller Herzen. Gott wird Euch all Eure Sünden um seines lieben Sohnes Willen verzeihen."
Noch in der Nacht diktierte Moritz tatsächlich den langen Bericht. Dies verlangte ihm so unendlich viel Kraft ab, dass er wieder Albinus kommen ließ, der sich redlich um Trost bemühte. Dr. Neefe, der immer wieder nach der Wunde sah, hatte den Eindruck, als tröste Albinus sich auch selbst. Offenbar ahnte er schon, dass Moritz nicht mehr lange leben würde. Wie in einer fiebrigen Gier sog Moritz die Worte seines Beichtvaters in sich auf. Wenn dieser glaubte, Moritz sei eingeschlafen, schwieg er, um ihn nicht zu wecken. Doch dann regte sich Moritz wieder und bat ihn mit immer schwächer werdender Stimme, weiterzusprechen.
Am nächsten Tag ging es Moritz keineswegs besser. Er war so erschöpft gewesen, doch trotz der Schmerzen hatte er kaum geschlafen. Dennoch bestand er darauf, Sibottendorf wieder zu diktieren. Er musste, musste unbedingt noch dafür sorgen, dass man Albrecht Alcibiades gefangen nahm, damit dieser nicht noch weiteren Schaden anrichtete. Wenn dieser Mann in Freiheit blieb, dann war die Schlacht, der Sieg, der Tod so vieler Männer, umsonst gewesen.
An den Amtmann Christoph von Schönfeld und den Schosser zu Langensalza: Wir haben gestern den Sieg über Markgraf Albrecht Alcibiades errungen und

190 Siehe dazu PKMS 6, Dokument Nr. 678, S. 1072 ff.

das Feld behalten. Der Markgraf ist entkommen. Er wird versuchen, heimlich in seine Lande zu kommen, um weiter Unruhe zu stiften und Deutschland ins Verderben zu bringen. Ihr werdet in Eurem Ort und in allen Orten in Thüringen anordnen, dass man auf Albrecht acht gibt. Wenn er heimlich passieren will, soll er festgehalten werden[191].

Den folgenden Tag - es war der 10. Juli - brachte Moritz unter immer schlimmer werdenden Schmerzen dahin. Kaum noch nahm er wahr, was um ihn herum geschah; die Schreie der anderen Verwundeten hatten noch immer nicht nachgelassen, immer neue kamen herzu oder wurden auf notdürftig zusammengeschusterten Bahren gebracht und mussten versorgt werden; es nahm kein Ende, es waren Tausende, die sich in die mittlerweile entstandene Zeltstadt schleppten.
Albinus durfte kaum noch von Moritz' Seite weichen, so sehr gierte der Sterbende nach tröstenden Worten. Die Nacht brachte zwar eine angenehme Kühle nach dem heißen Tag, aber keine Linderung der schrecklichen Schmerzen. Unter Aufbietung all seiner Willensstärke ließ Moritz nun seine Vertrauten rufen und diktierte sein Testament, das Christoph von Carlowitz mit zittriger Hand aufschrieb. Die Männer umstanden das Sterbebett ihres Fürsten und hielten ihre Tränen nicht zurück.
Alles regelte Moritz: Sein Land übergab er seinem Bruder August, der nun seine Nachfolge antreten würde. Die Fürsorge für Agnes legte er ihm ans Herz und bestimmte auch, dass unter die Räte, die in seinem Dienst gestanden hatten, dreißigtausend Gulden verteilt werden sollten. Er dachte sogar daran, dass die Menschen in seinem Land von dem vielen Wild großen Schaden hatten und bat seinen Bruder, sich auch besonders um dieses Problem zu kümmern, wie er es vor Gott und seinem Gewissen verantworten könne, damit die Not der Menschen gelindert würde. Außerdem sollten den Menschen vor Ort vier Wochen nach seinem Tod zweitausend Gulden zur Entschädigung gegeben werden.
Schließlich bestimmte er, dass der Ring, den er am Finger trug, wieder an Agnes überstellt würde, mit allen anderen Dingen, die er besessen habe.

191 PKMS 6, Dokument Nr. 671, S. 1063

„Schreibt, dass wir Unsere liebe Gemahlin freundlich segnen lassen in tröstlicher Hoffnung, dass wir mit der Zeit nach Gottes gnädiger Verleihung in jener Welt wieder einander sehen wollen, Amen. Dies alles zu Urkund haben wir diesen unseren letzten Willen mit Unserer Hand unterschrieben. Geschehen im Feldlager bei Sievershausen, den elften Tag Juli noch vor Aufgang der Sonnen, Anno etc. LIII. Im Beisein unseres Hofpredigers Herrn Johann Albinus, Joachim von Gerstorf, Sigmund von Miltitz, Wolf Tiefsteter, Obristen; Tiel von Trotta unseres Stallmeisters; Hans Kaspar von Ruxleben, Doktor Johann Neefe und Christoph von Carlowitz, durch den wir solches haben schreiben lassen."
Darauf tauchte Carlowitz die Feder noch einmal in die Tinte und hielt sie seinem Fürsten hin. Die Männer halfen Moritz behutsam auf, damit er unterschreiben konnte. Seine Unterschrift war kaum zu erkennen, daher fügte Carlowitz den Zusatz m pp sp hinzu - mit unsicherer Hand bewirkt[192]. Erschöpft ließ Moritz die Hand sinken.
Noch einmal sah Neefe nach der Wunde und stellte mit größter Besorgnis fest, dass die Wunde sich entzündet hatte. Nun war es nur noch eine Frage von Stunden. In seiner Pein bäumte sich Moritz auf und schrie: „Mein Gott, wie lange bleibst du aus! Willst du nicht bald ein Ende machen?"
Er war kaum noch bei Sinnen vor Schmerzen. Man hob ihn aus seinem Reisebett auf einen Stuhl, damit ihm dies vielleicht Erleichterung verschaffe, doch es wurde nur schlimmer. Nach wenigen Augenblicken legte man ihn wieder zurück auf sein Bett.
Als Albinus ihm in die Augen schaute, waren sie schon gebrochen.
„Euer Kurfürstliche Gnaden, sprecht mir nach: Vater, in deine Hände befehle ich dir meinen Geist."
Nun schien Moritz sich zu ermannen und sprach mit kräftiger Stimme die Worte nach. Albinus fuhr fort: „Wenn Ihr sterben wollt wie ein christgläubiger und seliger Mensch, so gebt mir ein Zeichen."
Mit letzter Kraft nickte Moritz. Dann fiel sein Kopf zur Seite. Kurfürst Moritz von Sachsen war tot[193].

192 PKMS 6, Dokument Nr. 674, S. 1066 ff. Kriegstestament des Kurfürsten Moritz. Sievershausen 1553 Juli 11, noch vor Aufgang der Sonne.
193 PKMS 6, Dokument Nr. 678, S. 102 ff.

Boten ritten übers Land. Sie alle hatten schwer zu tragen an den Briefen, die sie trugen, doch keiner trug so schwer wie der Mann, der zu Agnes unterwegs war, um ihr den Ring ihres Gemahls zu bringen. Ihr Entsetzen war nicht zu benennen, ihr Schmerz so grenzenlos, dass sie glaubte, selbst sterben zu müssen, um sich Erleichterung zu verschaffen. Tagelang saß sie nur noch am Fenster, drehte den Ring in ihren Händen und starrte hinaus auf die Straße, auf der Moritz wieder zu ihr gekommen wäre. Dann schaute sie wieder den Ring an, betrachtete ihn von allen Seiten, ließ ihn auf ihren Daumen gleiten, der zweimal hineingepasst hätte. Niemals wieder würde jemand diesen Ring ausfüllen. Er war leer, und er blieb leer.

Schmalkalden, Ende Juli 1553

Es war schon heller Vormittag, als Elisabeth die Augen aufschlug, doch es blieb dunkel um sie herum. War es noch Nacht? Nein, denn die Turmuhr schlug doch zehn Uhr. Es konnte nicht zehn Uhr abends sein. Wieso war es so dunkel?

„Gertrud? Wieso ist die Sonne noch nicht aufgegangen? Wieso ist es noch so finster?“ flüsterte sie ins Dunkel hinein.

„Aber Euer Gnaden, es ist doch heller Tag. Schaut doch nur!“ erwiderte Gertrud, indem sie auf ihre Herrin zutrat. Elisabeth wandte sich zu ihr um.

„Aber Ihr seht mich doch, nicht wahr? Ihr habt eben Euren Kopf zu mir gedreht.“

„Ich weiß, wo du bist, weil die Dielen knarren, auf denen du läufst. So mach doch endlich Licht an!“ fügte sie ungeduldig hinzu.

Da erschrak Gertrud. „Euer Gnaden, es ist hell. Die Sonne scheint. Schaut Euch doch nur um! Seht Ihr denn nicht?“

„Was redest du für dummes Zeug, Gertrud?“ sagte Elisabeth, doch ihre Stimme klang schon sehr ängstlich.

„Ihr seht mich tatsächlich nicht?“ fragte Gertrud, die ihre Hände vor Elisabeths Gesicht bewegte. „Mein Gott, sollte Euch der Schmerz über die schlimme Nachricht das Augenlicht gekostet haben? So kommt doch zu Euch!“ flehte Gertrud. Da erschien Magda mit einem Tablett.

„Euer Gnaden, Ihr solltet nun etwas essen, damit Ihr nicht völlig verfallt. Drei Tage habt Ihr nun so gut wie nichts gegessen. Ich hab Euch etwas ganz Leichtes gemacht. Ein ganz klein wenig…“

„Magda, sag mir, ist es wirklich hell da draußen?“

„Aber ja, Euer Gnaden. Die Sonne steht schon hoch am Himmel, es ist ein wunderschöner Sommertag. Ich bitte Euch, kommt doch wieder ins Leben.“

„Ich seh nichts, für mich ist alles finster. Die ganze Welt ist finster, denn Moritz, mein lieber, kleiner Moritz ist tot. Gefallen in der blutigsten Schlacht der Reformationszeit“, murmelte Elisabeth tonlos. „Tot, tot, mein kleiner Moritz, mein Sohn, den ich niemals haben konnte. Er ist mir nun genom-

men." Wieder schlug sie die Hände vors Gesicht und schluchzte dergestalt hemmungslos, dass Gertrud und Magda sich zu ihr setzten und sie gemeinsam zwischen sich in die Arme nahmen.
„Lasst mich! Ich will nichts essen, und ich will auch keine Sonne sehen. Wie könnte auch die Sonne für mich noch scheinen, wenn Moritz tot ist?" Sie ließ sich zurück ins Bett fallen, wo sie sich wimmernd zusammenkrümmte. Gertrud deckte sie fürsorglich zu. „Ich bleib bei ihr. Lass das Tablett hier, ich will sehen, was sich machen lässt", sagte sie zu Magda.
Es vergingen weitere drei Tage, in denen Elisabeth kaum trank, noch weniger aß und nicht bereit war, das Bett zu verlassen, außer um ihre Notdurft zu verrichten. Gertrud, die Närrin, Sophia und Luisa kümmerten sich rührend um sie. Die Närrin ließ ihre Elfriede ruhen und machte nur die notwendigsten Scherze; Luisa schrieb an den Landgrafen, dass er Hilfe schaffen müsse, während Sophia die Rezeptesammlung nach Arzneien für Augenleiden durchforstete. Sie fand aber nichts, das auf Elisabeths Zustand gepasst hätte. Blindheit als Folge eines schweren Schicksalsschlages war so außergewöhnlich, dass es nirgendwo beschrieben war, ganz zu schweigen von einer dafür vorgesehenen Arznei. Ein von Philipp geschickter Arzt wusste auch keinen Rat - das hatte die Närrin schnell bemerkt, denn er probierte allerhand sonderbare Dinge aus, die selbst die Närrin zu närrisch fand.
Nicht einmal Bünau wollte sie bei sich haben, was dieser durchaus mit Erleichterung nahm, denn Elisabeth war schon längst eine andere geworden. Nichts war mehr übrig von der Frau, die mutig ihr Gebiet verteidigte, und erst recht war nichts mehr übrig von der unbeschwerten Frau, die ausgelassen feiern konnte. Er vergrub sich in Papieren und war froh, wenn sie ihn in Ruhe ließ.
Es vergingen weitere Tage, bis Elisabeth bereit war, ihr Bett und schließlich auch das Haus zu verlassen, um in der Sonne zu sitzen. Den letzten Brief, den Moritz ihr geschrieben hatte, trug sie immer bei sich, faltete ihn auseinander, Gertrud las ihn von Anfang bis zum Ende, und musste sogleich wieder von vorn beginnen. Am 1. Juli hatte er ihr noch aus Osterode geschrieben, dass er mit Albrecht Alcibiades lieber in Freundschaft geblieben wäre. Aber dieser habe alle gütlichen Handlungen ausgeschlagen und wolle

sich gegenüber den Verbündeten des Passauer Vertrages nicht freundlich erklären. Albrecht habe ihm einen Brief geschrieben, den Moritz nur als Absage an alle Verhandlungen verstehen könne. Weitere Verhandlungen würden vergeblich sein. Moritz befahl die Sache Gott und dem Glück und bat Elisabeth, sie möge es dabei belassen[194].

Dieses Blatt hatte Moritz zwar nicht eigenhändig geschrieben, aber immerhin selbst unterzeichnet. Er hatte es berührt. Nur wenige Tage vor seinem Tode. Ob er sehr gelitten hatte? Ja, das hatte er, so viel hatte sie erfahren, dass er sich mit seiner Schusswunde noch zwei Tage gequält hatte, bevor er gestorben war. Wie sehr hätte sie ihm einen anderen Tod gegönnt: als alter Mann zu Hause in seinem Bett, umringt von Kindern, Schwiegerkindern und Enkeln. Gott hatte anders entschieden. Wieso? Damit haderte Elisabeth beständig.

Als nach einigen Wochen endlich ihre immer wiederkehrenden Weinkrämpfe seltener wurden, stellte sich auch nach und nach ihr Augenlicht wieder ein. Zuerst konnte sie nur schemenhaft Dinge wahrnehmen, dann immer deutlichere Umrisse erkennen, bis sie schließlich wieder beinahe so gut sehen konnte wie vorher. Ihr Augenlicht hatte sie wieder, doch seither hatte sich ihres Körpers und ihrer Seele eine sonderbare Schwäche bemächtigt, die sie nicht wieder überwand. Sie blieb müde, übellaunig, zog sich immer mehr in sich selbst zurück und vereinsamte zusehends.

*

Albrecht Alcibiades war nicht der Mann, der sich lange mit Gewissensbissen aufhielt. Bereits am 12. Juli hatte er sich befleißigt, an Moritz' Hauptleute wie folgt zu schreiben:

Nachdem sich am Sonntag, dem 9. Juli zwischen mir und Moritz, sowie seinen Verbündeten eine Schlacht zugetragen hat, in der auf beiden Seiten viele gefangen oder getötet wurden, begehre ich nun zu wissen, ob die Gefangenen von meinen Leuten bei Moritz' Leuten oder bei Herzog Heinrich sind, denn ich will über ihre Freilassung verhandeln. Auch ich habe Grafen und andere Adlige ge-

194 PKMS 6 Dokument Nr. 645, S. 1020

fangen. Man soll nach altem Kriegsbrauch einen gegen den anderen oder nach ihrer monatlichen Besoldung austauschen.
Auch habe ich Adlige und Knechte der Pfaffen gefangen und will sie in den Austausch mit einbeziehen, da sie und Moritz' Leute verbündet sind. Weil Moritz gestorben ist, sollen sich die Empfänger meines Briefes gegen mich erklären, ob sie den Krieg gegen mich fortsetzen wollen.
Ich erwarte eure Antwort.[195]

Nein, man würdigte ihn keiner Antwort[196]. Überhaupt bedachte man ihn mit so wenig Aufmerksamkeit, dass er sich nicht nur aus dem Staub machen, sondern wieder erstarken und Truppen um sich sammeln konnte. Zu allem Unglück tat er dies in der Grafschaft Henneberg, die mitten im deutschen Reich strategisch günstig lag. Doch die Grafschaft verband mit ihren Pässen durch den Thüringer Wald und dem Flusstal der Werra nicht nur die fränkischen und niedersächsischen Gebiete, in denen der Krieg hauptsächlich tobte, sondern bot einen weiteren Vorteil, den Albrecht Alcibiades zu nutzen gedachte: Dort wohnte Herzogin Elisabeth. Dass sie sich die Herrschaft mit dem Henneberger teilen musste, war ihr mit Sicherheit nicht recht. Aus einem Zwist ließ sich immer Nutzen schlagen. Aber die Tatsache, dass Elisabeth seit siebzehn Jahren Witwe war, wollte Albrecht waidgerecht ausschlachten.
Am 1. Dezember 1553 war er vom Kammergericht in die Acht erklärt worden. Jeder, der ihm half, ihn gar versteckte, machte sich strafbar und konnte seinerseits mit der Acht belegt werden. Am 20. Dezember erließ das Gericht den Befehl zur Vollstreckung der Acht an den Fränkischen, Bayerischen, Kurrheinischen, Oberrheinischen, Schwäbischen und Obersächsischen Reichskreis und damit an alle Gebiete, die sich zu einem Bündnis gegen Albrecht zusammengeschlossen hatten[197], weil sie von ihm ganz besonders übel heimgesucht worden waren. Doch leider taugte diese Einung sehr wenig: Die Acht sollte in Form von Strafzahlungen vollstreckt werden,

195 Siehe PKMS 6, Dokument Nr. 680, S. 1076
196 Zumindest habe ich in der PKMS keine gefunden. (A.Z.)
197 Siehe Lehmann, Kai; 2005, S. 48 f.

allerdings war man sich überraschenderweise keineswegs einig, wie man mit Albrecht weiter zu verfahren hatte. Schließlich war er ein Mann von hohem Stand, an dem man sich nicht die Finger verbrennen wollte. Außerdem verhielt sich der Kaiser trotz der ausgesprochenen Acht neutral. Die Gerüchte über die Aussöhnung zwischen dem Kaiser und dem Markgrafen waren also offensichtlich nicht aus der Luft gegriffen. Dass der Kaiser das riesige Heer des Markgrafen gegen den französischen König einzusetzen gedachte, lag für viele auf der Hand. Also verhielten sich auch viele Reichsstädte neutral, die alle auf den Kaiser schauten. Solange dieser sich nicht für eine Partei entschied, wollten sich auch die Reichsstädte nicht entscheiden, denn irgendwann auf der falschen Seite zu stehen, war ganz und gar nicht gut, wie der Schmalkaldische Krieg gezeigt hatte.
Und so kam es, dass auf dem in Nürnberg einberufenen Kreistag kaum ein Mitglied der Einung erschien. Aus der Henneberger Grafschaft hatte man Eberhardt Wolf entsandt, ihn aber ohne Vollmacht gelassen, so dass er keinerlei Entscheidungen zur Vollstreckung der Acht hätte treffen können. Damit war er nicht der Einzige, und so ging man unverrichteter Dinge wieder auseinander. Albrecht lachte sich derweil ins Fäustchen. Während dieser ganzen Zeit musste die Einung ihre eigenen Söldnertruppen bezahlen, denn ohne diese Truppen hätte Albrecht vermutlich alles an sich gerissen, dessen er habhaft werden konnte. Während des Winters wurden die Truppen auf ihre Winterquartiere rund um Schweinfurt verteilt. Trotz Proviantzufuhr - auch aus der hennebergischen Grafschaft - reichte der Proviant für die Söldner nicht, vom Sold ganz zu schweigen. Kurzfristig unbesoldete Söldner sind missmutig; langfristig unbesoldete Söldner stellen eine ernste Gefahr für ihr Umfeld dar. Die Söldner der Einung plünderten das Umland; als dort nichts mehr zu holen war, drohten sie, sich ihren Sold mit Gewalt von den umliegenden Bistümern zu holen, und nur mit Mühe gelang es der Einung, das nötige Geld aufzubringen, um die Söldner ruhig zu stellen.[198]

Mittlerweile war der Sommer dem Herbst gewichen. Markgraf Albrecht Alcibiades zog mit seinen Truppen durch hennebergisches Gebiet und hielt

198 Siehe Lehmann, Kai; 2005, S. 31 ff.

in der beschaulichen Stadt Ilmenau einen Musterplatz ab, um neue Söldner zu werben. Er hatte guten Zulauf, denn es gab genügend junge Burschen, die nichts zu verlieren hatten und sich von dem hohen Sold, den Albrecht versprach, locken ließen. Außerdem gebärdeten sich seine Söldner geradezu majestätisch, taten ganz so, als gehörte ihnen die Welt, was in vielen den Wunsch weckte, auch zu diesen Männern zu gehören, die sich einfach nahmen, was sie wollten.

Ilmenau, das wie Schmalkalden auch zur hennebergischen Grafschaft gehörte und weder politisch noch militärisch dem Markgrafen etwas entgegenzusetzen hatte, verhielt sich so ruhig, dass Albrecht seinen Rittmeister Hesel von Grumbach nach Schmalkalden schickte, um auch dort einen Musterplatz abzuhalten. Im Gepäck hatte Grumbach einen Brief, den Albrecht Alcibiades an Herzogin Elisabeth geschrieben hatte, und der seinem Herrn Tür und Tor öffnen sollte.
Als Grumbach vor dem Hessenhof hielt, war ihm klar, dass es ihm nicht leicht gelingen würde, die Herzogin zu überzeugen. Er hatte seinen besten Staat angelegt, sein langes dunkles Haar gewaschen und sogar gekämmt, ebenso den Bart etwas gestutzt und bot damit zwar immer noch einen verwegenen, aber ausreichend zivilisierten Anblick.
„Euer Gnaden, dort draußen steht ein Herr, der Euch sprechen möchte. Es sei ihm eine Herzensangelegenheit, Euch einen Brief zu überreichen", sagte Magda, in deren Stimme Misstrauen schwang. Elisabeth seufzte. Ihr war wieder nicht wohl an diesem Tag. Wieder war sie nur mit Mühe und Schmerzen aufgestanden und wollte nichts weiter als ihre Ruhe. Dass nun ein Eindringling diese Ruhe störte, war ihr nicht recht.
„Sag ihm, er soll dir seinen Brief geben und wieder verschwinden."
„Mit Verlaub, Euer Gnaden, das habe ich bereits versucht. Aber er lässt sich nicht abweisen. Wie gesagt: es sei ihm eine Herzensangelegenheit, Euch diesen Brief persönlich zu geben."
„Dann soll er ihn in Gottes Namen heraufbringen. Aber warte, bis ich läute."
Elisabeth ließ sich Zeit. Viel Zeit. Bei Blicken aus dem Fenster sah sie, dass

der Mann geduldig wartete. Schließlich, als sie der Meinung war, sie sei ordentlich genug angekleidet und ihre Frisur sitze ganz passabel, schickte sie Gertrud hinunter und ließ den Mann heraufbitten.
Hesel von Grumbach kam. Wohl wissend, dass sein breitkrempiger Hut ihm gut zu Gesicht stand, nahm er ihn erst ab, als er vor der Herzogin stand. Er verneigte sich tief, wobei er ihr den Brief des Markgrafen entgegenhielt.
„Ein Brief von meinem Herrn, Markgraf Albrecht Alcibiades", sagte er. Gertrud hielt den Atem an. Wie konnte dieser Mann es wagen, diesen Namen auch nur zu erwähnen, geschweige denn einen Brief dieses Menschen zu bringen, der verantwortlich war für Moritz' Tod?
Dieser Ansicht war auch Elisabeth, denn sie sagte mit sehr bedrohlicher Ruhe: „Wir wünschen keinen Brief dieses Herrn zu lesen und empfehlen Euch, das Weite zu suchen. So schnell und so weit als möglich."
Hier sank Hesel von Grumbach auf die Knie. „Euer Gnaden glauben doch nicht den widerwärtigen Anschuldigungen, die man gegen meinen Herrn vorbringt? Euer Gnaden, mein Herr würde sein Leben geben, könnte er seinen Freund Moritz nur wieder lebendig machen."
„Für Euch ist er immer noch der Kurfürst von Sachsen und nicht einfach Moritz", knirschte Elisabeth.
„Vergebt mir, wir standen uns sehr nahe; daher rührt meine etwas vertrauliche Rede. - Wenn ich Euer Gnaden nun auf Knien bitten dürfte, den Brief meines Herrn zu lesen…"
„Ihr dürft mich gerne bitten, doch ob ich Eurer Bitte nachkommen werde, ist eine andere Sache. Lasst den Brief da und entfernt Euch."
„Sehr wohl, Euer Gnaden." Grumbach erhob sich, worauf Gertrud ihm den Brief abnahm. Als er schon nach einigen Verbeugungen an der Tür war, drehte er sich noch einmal um: „Erlauben mir Euer Gnaden, dass ich morgen wieder komme? Mein Herr wünscht sich nichts sehnlicher als eine Antwort von Eurer Hand."
„Und ich wünsche nichts sehnlicher, als in Ruhe gelassen zu werden. Guten Tag!" fauchte sie.
Noch während seine Schritte auf der Treppe verhallten, ballte Elisabeth ihre Fäuste und rief: „Diese Fleisch gewordene Morgenurinprobe wagt es tat-

sächlich, mir einen Brief zu schreiben! Mir! Ich will seinen Kopf auf einem Spieß!"
„Herrin, Ihr solltet Euch nicht so aufregen! Soll ich den Brief in den Ofen werfen?"
„Ich will mich jetzt aufregen!" rief sie und ließ keinen Zweifel an ihrer Absicht. „Gib mir den Brief."
Sie riss ihn aus Gertruds Hand und zerbrach das Siegel, als habe sie Albrechts Knöchel zwischen ihren Fingern. „Hör dir das an. Dieser Kerl schreibt: *Euer hochwohlgeborene Fürstin, auf den Knien meines Herzens sende ich Euch diesen Brief, in zitterndem Bangen, ob meine Worte Eingang finden werden in Euer Ohr. Niemand bedauert den Tod des großartigen Kurfürsten Moritz so sehr wie ich.*
„Ach, tatsächlich? Hat er schon meinen Bruder gefragt oder Agnes, die er so früh zur Witwe gemacht hat oder mich selbst?"
Wie Euer Gnaden sicher wissen, standen wir uns sehr nahe. Niemals hatte ich einen verlässlicheren Waffenbruder als den Kurfürsten. Dass wir uns einmal in Waffen gegenüberstehen würden, hat niemand mehr bedauert als ich selbst, der ich diesen Mann aufrichtig geliebt und bewundert habe.
Es ist mir unendlich weh ums Herz, dass wir beide in diesen Krieg hineingepresst wurden, für den wir beide nichts konnten.
„Hört, hört! Er konnte nichts für diesen Krieg! Dass ich nicht lache!"
Ich will nichts lieber, als wieder gutzumachen, was ich Euch an Schmerz bereitet habe. Da ich mit dem Kaiser in bestem Einvernehmen stehe, habe ich ihn auf Euch und auf Rochlitz angesprochen.
„Dass er es wagt, mich auf Rochlitz anzusprechen! Wenn er in der Jauchegrube geblieben wäre, aus der er hervorgekrochen ist, dann könnte ich jetzt noch immer in Rochlitz wohnen."
Er war zunächst noch zögerlich, doch wenn Ihr es wünscht, dann will ich hartnäckig bleiben und Rochlitz diesmal für Euch erobern, um es Euch zu Füßen zu legen, wenn Ihr es mir nur erlauben wollt.
„Das glaubt er doch wohl selbst nicht!"
Ich schreibe Euch diesen Brief, um mich wenigstens in Euren Augen reinwaschen

zu können. Zu viele gibt es, die falschen Verleumdern mehr glauben als mir selbst. Da Ihr wisst, wie es Moritz ergangen ist, dass man ihn fälschlicherweise als Judas beschimpft hat, vertraue ich ganz und gar darauf, dass Ihr mich anhören werdet. Es ist mir eine tiefe Herzensangelegenheit, dass wenigstens Ihr meine aufrichtige Liebe für Moritz erkennt und nicht in mir seinen Mörder seht. Vor allem dieser Vorwurf schmerzt mich über alle Maßen. Wie gerne hätte ich mein eigenes Leben hingegeben, wenn ich nur das seine hätte retten können.

In aufrichtiger Liebe,
Markgraf Albrecht Alcibiades von Brandenburg-Kulmbach

„Du liebe Güte, was für ein widerwärtiger Blödsinn. Da wird mir übel."
„Soll ich den Brief jetzt ins Feuer werfen?" fragte Gertrud. Elisabeth zögerte. „Nein, lass. Ich werd ihn am geheimen Örtchen zu brauchen wissen."

In der kommenden Nacht tat Elisabeth fast kein Auge zu, sondern wälzte sich nur hin und her. Sie hatte wieder Kopfschmerzen und dieses unbestimmte Unwohlsein, das sich ihrer immer wieder bemächtigte. Der Brief ging ihr nicht aus dem Kopf. Wie kam dieser Alcibiades ausgerechnet auf die Idee, ihr zu schreiben? Wieso war es ihm eine solche Herzensangelegenheit, wenigstens vor ihren Augen als ein aufrichtiger Mensch dazustehen? Aber nicht dies hatte Elisabeths Schlaflosigkeit ausgelöst, sondern ein Wort, das ihr noch immer vor Augen stand, wie der Markgraf es niedergeschrieben hatte: Rochlitz.
Rochlitz, dachte sie immer wieder. Zurück nach Rochlitz. Vor ihrem inneren Auge tauchte ihr Schloss auf, wie sie es von der anderen Seite der Mulde oft gesehen hatte: majestätisch über dem kleinen Fluss thronend, unter strahlend blauem Himmel. Sie glaubte sogar, noch einmal die Wiesen zu riechen, auf denen ihre Bauern Heu geerntet hatten. Sie hatte es immer geliebt, von ihrer Schreibstube aus über Rochlitz zu schauen, die Schlossvorstadt, die Mulde, die Auen. Ihre Schreibstube... Wie es dort wohl jetzt aussah? Ob man nun ihr geheimes Gemach entdeckt hatte? Das Heimweh

brandete über sie hinweg wie eine eisige Welle. Still, um ihre Hofdamen nicht zu wecken, weinte sie in ihr Kissen. Rochlitz. Wie sehr sehnte sie sich danach! Als sie wieder ruhiger wurde, beschloss sie, den Brief, den sie auf dem geheimen Örtchen noch nicht benutzt hatte, wieder in ihr Zimmer zu holen, um ihn noch einmal zu lesen. Vielleicht verriet Albrecht sich mit einer Formulierung und offenbarte unbewusst trügerische Absichten? War es tatsächlich so, wie man ihr berichtet hatte? War Albrecht Alcibiades wirklich der skrupellose Söldnerführer, der sogar vor einem Krieg mit Moritz, seinem alten Kameraden und Waffenbruder, nicht zurückschreckte? Wie oft schon hatte sie es selbst erlebt, dass es immer zwei Wahrheiten gab? Wer glaubte denn, dass sie selbst keine Schuld traf an Philipps Doppelehe? Wer glaubte Philipp, dass er Margarete nur aus den lautersten Gründen geheiratet hatte? Wer hatte damals Moritz geglaubt, dass er Herzog Heinrich nicht verraten hatte? Wer hatte ihm geglaubt, dass er mit dem Kaiser freien Abzug für Philipp ausgehandelt hatte, dass es der Kaiser gewesen war, der den Vertrag gebrochen hatte? So viele Beispiele gab es, in denen nichts so war wie es schien. Sollte sie wirklich noch einmal den Fehler machen und jemanden nicht anhören? Jemanden verurteilen, über den die Welt schon ihr Urteil gesprochen hatte? Wäre es nicht christlich, ihn anzuhören? Ihm die Möglichkeit zu geben, seine Wahrheit zu erzählen, ihm dabei in die Augen zu sehen, um selbst zu prüfen, ob er die Wahrheit sprach?

Als am nächsten Tag Hesel von Grumbach wieder erschien, ließ sie ihm nur ausrichten, dass sie bereit sei, seinen Herrn zu empfangen. Elisabeth stand mit Albrechts Brief am Fenster und schaute hinunter auf die Straße, wo Grumbach wieder sein Pferd bestieg. Sie wusste nicht, wie oft sie den Brief an diesem Morgen schon auseinandergefaltet und wieder und wieder gelesen hatte. Jede einzelne Zeile las sie, jedem Wort mit dem Finger folgend, als wolle sie erspüren, was wirklich hinter diesen Worten stand. Waren sie die Wahrheit? Und immer wieder blieben ihr Blick und ihr Finger an dem Wort *Rochlitz* haften. Rochlitz. Elisabeth flüsterte das Wort vor sich hin, als könne sie ihm dadurch Leben einhauchen. Rochlitz. Im Geist ging sie wieder durch die Räume, bemerkte mit Entsetzen, dass ihre Erinnerung an

ihre alte Heimat Lücken aufwies. Wohin hatte die kleine Tür links neben ihrer Schreibstube geführt? Auf welchem Weg war man auf den kleinen Altan über der Mulde gekommen?
Einmal nur noch ihr Rochlitz wiedersehen, schauen, wie es ihren Bediensteten ergangen war. Ob sie noch lebten? Rochlitz…

Es dauerte keine drei Tage, bis Albrecht Alcibiades vor ihr stand. Elisabeth war verwundert über die Ähnlichkeit, die er mit Moritz aufwies. Vielleicht waren es aber weniger seine Gesichtszüge, sondern mehr der rötliche Bart, den er ebenso lang trug, wie Moritz es getan hatte. Er war ein stattlicher Mann in einer Rüstung, die einem Kurfürsten Ehre gemacht hätte. Aus glänzend poliertem, schwarzen Metall war sie geschmiedet und war keiner dieser bereits aus der Mode gekommenen Plattenpanzer, die dem Ritter kaum Bewegungsfreiheit boten, sondern bestand aus übereinandergelegten breiten Bändern, die es einem starken Kämpfer erlaubten, sich wendig und schnell zu bewegen. Auch jetzt bewegte er sich, als trage er lediglich ein Leinenhemd, denn er verneigte sich mit einer Leichtigkeit vor Elisabeth und so tief, dass sie schon dachte, er wolle gleich vor ihr auf die Knie stürzen. Doch der Markgraf richtete sich mit der ganzen Würde eines verkannten Ehrenmannes auf und schaute ihr direkt in die Augen.
„Euer Gnaden, ich kann Euch nicht sagen, wie unendlich dankbar ich bin, dass ich nun hier vor Euch stehen darf.“ Dabei atmete er schwer auf, als lägen ganze Granitbrocken auf seiner Brust, worauf die Närrin ihre Stirn in Falten legte.
„Wir haben Euch erlaubt zu kommen. Nun seid Ihr hier. Sprecht also!“ forderte Elisabeth ihn kühl auf.
„Darf ich es wagen, Euch zu bitten, mich anzuhören? Mich Euch zu erklären? Es ist alles so verworren und mir selbst kaum begreiflich, wie es dazu kommen konnte. Es erscheint mir beinahe wie ein böser Traum, aus dem ich endlich wieder erwachen will, Herrin.“ Während dieser beinahe geflüsterten Rede hatte er zu Boden geschaut. Seine Augen hatten wie in irrer Verzweiflung den Fußboden abgesucht, als könnte er dort eine Antwort finden auf die Fragen, die seit Monaten sein Hirn zermarterten.

„Ich wurde in diesen Krieg hineingezwungen", stieß er dann plötzlich hervor und wagte nun endlich wieder, Elisabeth anzuschauen. Dass sie ihre Arme verschränkte und ihn sehr streng anschaute, löste bei ihm einen Sturm der Verzweiflung aus.
„Herrin, ich flehe Euch an. Schenkt mir Euer Ohr, nur für eine Weile und urteilt dann selbst, ob hier ein verwerflicher Mensch vor Euch kniet oder ein Mann, der für seine Ehre kämpft." Für einen Moment schwieg er. Dann fuhr er fort: „Ihr kennt doch Herzogin Elisabeth von Braunschweig-Calenberg."
„Die Mutter dieses Herzogs Erich, der meine Cousine Sidonie geheiratet hat?"
„Eben die. An Eurem Gesicht kann ich nur zu deutlich erkennen, dass auch Ihr diese Frau nicht schätzt. Sie bestand darauf, dass ihr Sohn sich die Lande von Herzog Heinrich von Braunschweig-Wolfenbüttel unterwerfen sollte. Ohne mich wissen zu lassen, gegen wen ich Krieg zu führen hätte, hat Erich mich zu einem Vertrag genötigt. Ich konnte nicht ahnen, dass Euer Kurfürst Moritz einen Vertrag mit Herzog Heinrich hat. So wurden wir beide in diese Schlacht gedrängt, ohne zu wissen, dass wir uns in Waffen gegenüberstehen würden. Zu spät habe ich das erkannt. Zu spät!" Die letzten Worte hatte er laut gerufen und sich dabei an seine gepanzerte Brust geschlagen. Elisabeth und ihr kleiner Hofstaat zuckten zusammen.
„Der Kerl macht eindeutig zu viel Lärm für meinen Geschmack. Das ist ja eine Vorstellung, mit der er auf jedem Jahrmarkt auftreten könnte!" flüsterte die Närrin Luisa zu, die diese Bedenken teilte.
„Hört gefälligst auf mit Eurem blödsinnigen Geschepper, das hält ja kein Mensch aus!" sagte sie dann laut. „Doch sagt mir, werter Herr, hattet Ihr nicht mit dem Kurfürsten Briefe ausgetauscht, in dem dieser Euch immer wieder um Verhandlungen gebeten hatte? Der Kurfürst selbst hat meiner Herrin geschrieben, dass er gerne mit Euch in Freundschaft geblieben wäre, aber dass Ihr nicht an Verhandlungen interessiert wart." Alcibiades warf der Närrin einen sehr kurzen, hasserfüllten Blick zu, hatte seine Gesichtszüge aber gleich wieder so weit unter Kontrolle, dass er zu seinem verzweifelten Gesichtsausdruck zurückkehren konnte.

„Da hat sie recht!“ pflichtete Elisabeth ihr bei.
„Euer Gnaden, ich sagte Euch doch, dass ich in diesen Krieg gezwungen wurde. Als ich erkannte, dass Moritz mein Gegner war, da konnte ich nicht mehr zurück.“ Er weinte herzzerreißend. Dann schaute er auf wie ein gehetztes Tier, das sich von seinem Jäger gestellt sieht. „Lasst mich das alles wieder gut machen. Lasst mich Euch und Euren Hofstaat zurück nach Rochlitz bringen. Erlaubt mir dies, ich flehe Euch an.“
„Wie wollt Ihr das bewerkstelligen?“ fragte Elisabeth misstrauisch; ihre Arme hatte sie noch immer verschränkt und sich sogar ein paar Schritte von ihm entfernt.
„Lasst es mich Euch erklären“, flüsterte Alcibiades, und indem er sich zu Elisabeths Hofdamen umschaute, fügte er hinzu: „Allein.“
Elisabeth zögerte, dann nickte sie ihren Damen zu, die sich ins Nebengemach verfügten und die Tür schlossen. Sie blieben aber direkt dahinter stehen; zudem hatte Luisa genau die richtige Größe, um durchs Schlüsselloch zu schauen. Wie in einem Theater sah sie nun, was sich im Gemach der Herzogin abspielte: Allein mit Elisabeth schien sich der Markgraf nun zu entspannen, warf noch einen kurzen Blick über die Schulter, hin zu der Tür, hinter der die Damen lauschten, um dann mit ein paar schnellen Schritten auf Elisabeth zuzugehen.
„Vergebt mir, dass ich damals Rochlitz besetzt hatte. Wie gerne hätte ich Euer schönes Rochlitz verschont. Erst recht als ich sah, wie glücklich Ihr dort wart.“
„Eure Betrübnis habt Ihr damals aber sehr gut zu verbergen gewusst“, spottete Elisabeth nur.
„Es war auch Moritz, der mir den Auftrag erteilt hatte. Ich konnte nicht anders, als seinem Befehl zu gehorchen. Ich weiß, Ihr habt ihn geliebt wie einen Sohn, aber … hat er Euch auch geliebt wie eine Mutter? - Moritz und ich waren damals noch Freunde, und ich habe ihm alles geglaubt. Euren Verrat an ihm musste ich ihm glauben, aber in der tiefsten Tiefe meines Herzens wusste ich, dass eine Frau wie Ihr keinen Verrat begehen kann. Auch er hat Euch falsch verstanden. Hattet Ihr jemals die Möglichkeit, Euch wirklich mit ihm auszusöhnen? So tief einander zu vergeben, dass wirklich

kein Schatten mehr übrig war? Ich empfinde es als meine Pflicht, Euch zu ersetzen, was Euch damals genommen wurde."

„Wollt Ihr mir etwa Moritz ersetzen, den ich liebte wie einen Sohn?" rief Elisabeth nun aufgewühlt.

„Aber Euer Gnaden, ich dachte, Ihr hättet bemerkt, dass ich nicht mit den Augen eines Sohnes auf Euch schaue, sondern mit den Augen eines... Mannes." Die letzten Worte hatte er sehr leise gesprochen und Elisabeth dabei prüfend angesehen.

(„Die Stelle des Narren ist in diesem Hause schon besetzt!" stellte die Närrin hinter der Tür flüsternd klar.)

Elisabeth runzelte die Stirn, schüttelte den Kopf, als müsse sie sich vergewissern, dass sie richtig gehört hatte. Er schaute sie an, abwartend, beobachtend. (Luisa fand seinen Blick eindeutig lauernd.)

„Und ich muss gestehen, noch niemals erschien mir eine Frau so sehr begehrenswert wie Ihr damals auf Schloss Rochlitz. Ich wart so ängstlich und gleichzeitig so tapfer; Ihr habt Euch vor Eure Jungfrauen gestellt, wie ein guter Feldherr, der seine Soldaten vor einem sinnlosen Sterben bewahren will. Auch wenn Ihr nur wenige Jahre älter seid als ich („Es sind mindestens zwanzig!" sagte Gertrud hinter der Tür.) so seid Ihr doch eine schöne Frau, die es wert ist, erobert zu werden. Ich muss gestehen, dass es mir damals eine geheime Lust bereitet hatte, Euch mit dem Schwert zu erobern. Eure Angst, die Ihr nicht aus Euren Augen verbannen konntet, stachelte meine Lust nur noch mehr an, aber selbstverständlich habe ich mich bezwungen, denn ..."

„Wer sagt mir, dass Ihr Euch nicht dafür rächen wollt, dass ich den Kurfürsten damals zu meiner Hilfe rief und er Euch gefangen setzte?" schnitt Elisabeth ihm das Wort ab.

Nun trat Albrecht so nahe an sie heran und flüsterte so leise, aber die Frauen im Nebengemach spitzten atemlos die Ohren.

„Es hat mir unfassbar leid getan, dass es der Kurfürst war, der mich gefangen nahm und nicht Ihr selbst, meine Herzogin. Aber ich hab mich gefühlt wie Euer Gefangener; das war ein süßer Trost in meinem Gefängnis. So wusste ich doch, dass mir niemals etwas Böses geschehen würde, denn ich fühlte

mich unter Eurem Schutz."
(„Wenn der blöde Kerl noch weiter solch widerlichen Unsinn labert, muss ich brechen", kündigte die Närrin an.)
Er wartete, bis die Worte in Elisabeths Innerstes gefallen zu sein schienen, dann fuhr er fort: „Wenn Ihr mir nun erlaubt, sorge ich gerne dafür, dass Ihr zurück nach Rochlitz kommt. Der Kaiser will, dass ich ihn bei seinem Feldzug gegen den französischen König unterstütze. Er braucht mich sehr dringend und wird sich mir gegenüber mehr als großzügig zeigen. Rochlitz wird für ihn nur ein kleiner Teil meines Lohnes sein. Wie gerne werde ich Rochlitz an Euch übergeben, Herrin!"
Elisabeth tat einen schweren Atemzug, als der Name ihrer alten Heimat fiel. Das hatte Alcibiades genau gesehen, weshalb er die Zeit für gekommen hielt, sein eigentliches Anliegen vorzubringen: „Aber dafür brauche ich neue Männer, die ich auch hier in Schmalkalden ausheben will. Ich kann Euch versichern, dass wir eine Armee sind, in der Disziplin und Ordnung an oberster Stelle stehen. Ihr werdet nicht einmal merken, dass wir da sind. - Dürfte ich mich auch jetzt wieder unter Eurem Schutz wissen, damit ich hier in Schmalkalden einen Musterplatz abhalten kann?"
(„Jetzt schaut er drein wie Carlotta, wenn sie ein Leckerli will", sagte Luisa hinter der Tür.)
„Dann haltet Euren Musterplatz hier ab. Ich will Euch nicht im Wege stehen", erlaubte Elisabeth nach einigem Zögern. Albrechts Dankbarkeit kannte keine Grenzen, und die Damen hinter der Tür waren fassungslos.
„Euer Gnaden, darf ich hoffen, dass Ihr mir verziehen habt? - Ich wäre der glücklichste Mensch unter der Sonne."
„Ich habe zumindest nicht mehr das Bedürfnis, Euch zu vierteilen. Das sollte Euch für den Augenblick genügen."
Er schien etwas unsicher, ob er darüber lachen dürfe, tat es dann aber doch nicht, sondern verneigte sich zum Abschied besonders tief und verschwand scheppernd.
Im selben Moment platzten die Hofdamen durch die Tür und redeten alle gleichzeitig.
„Ich möchte ihn nach wie vor vierteilen; und nicht nur das, ich könnte ihn

auch noch rädern und verbrennen! Herrin, Ihr werdet diesem Kerl doch nicht glauben? Das ist doch der Gipfel der Unverfrorenheit! Wie kann er es wagen, Euch solche Lügen aufzutischen? Wenn Ihr diesen Abschaum noch einmal ins Haus lasst, muss ich ernsthaft an Eurem Verstand zweifeln!" Den letzten Satz hatte die Närrin gesagt, doch Elisabeth machte nicht den Eindruck, als habe sie etwas davon gehört. Sie stand am Fenster und schaute hinunter auf die Straße, wo Albrecht Alcibiades gerade aufsaß. Sein Atem und der Atem seines Pferdes dampften in der eisigen Luft. Als er aufschaute, gewahrte er am Fenster die Damen. Sein freundliches Winken wurde nur von Elisabeth erwidert, die Närrin zeigte ihm ihre geballte Faust.

Auch dem Rat der Stadt Schmalkalden war der Musterplatz ein Dorn im Auge[199]. Daher schrieben sie an ihre beiden Herren, den Grafen von Henneberg und Landgraf Philipp von Hessen, um sie davon zu unterrichten. Bedenken hatten beide Herren, denn sie wussten, dass die Erlaubnis, einen Musterplatz abzuhalten, für die Truppen der Einung wie eine Unterstützung des Markgrafen aussah. Graf Wilhelm IV.[200] von Henneberg wollte auf jeden Fall neutral bleiben, um seine Grafschaft vor der Rache markgräflicher Gegner zu schützen - aber konnte das gelingen? Philipp sah auch die Gefahr, die von einem Musterplatz ausging, doch fürchtete er, dass ein Verbot Tumult nach sich ziehen könnte. Wenn Alcibiades schon begonnen hatte, Männer zu rekrutieren, dann würde er sich nicht so einfach aus der Stadt vertreiben lassen. Selbst wenn das gelänge, würde er sicher mit seinen Truppen zurückkehren, und wer hatte schon die Mittel, einem Albrecht Alcibiades die Stirn zu bieten - einem Geächteten, dem selbst der Kaiser Vergebung und Verhandlungen anbot, da er sich dessen Heeres zu bedienen gedachte?

In den beiden folgenden Tagen hörte und sah man nichts von Albrecht Alcibiades. Bis auf Elisabeth wurde er von niemandem im Hessenhof vermisst, vor allem weil man mit den Vorbereitungen für das Weihnachtsfest

199 Siehe zu diesen Vorkommnissen Lehmann, Kai; 2005, S. 54 ff.

200 Achtung: In dieser Zeit gab es zwei Mal Wilhelm IV. Neben Graf Wilhelm IV. von Henneberg-Schleusingen war auch der älteste Sohn Philipps ein Wilhelm IV.

beschäftigt war. Der vierte Advent war schon vorüber und Magda war noch lange nicht zufrieden mit den Vorräten an Wintergemüse, Gebäck, Fleisch, Pasteten, Würsten und Naschereien. Vor allem letztere verschwanden immer wieder auf vollkommen rätselhafte Weise, worauf sich die Närrin ganz und gar keinen Reim machen konnte, wie sie immer wieder beteuerte - noch mit vollen Backen kauend. Der Duft aus der Küche war aber auch zu verführerisch, denn Elisabeth hatte Magda mit mehr Geld ausgestattet, um feinste Gewürze aus dem fernen Orient zu besorgen. Der Duft von Kuchen und Pasteten zog durchs ganze Haus, mischte sich mit dem Duft frisch gezogener Bienenwachskerzen und dem Geruch der Holzfeuer, die in den Öfen brannten und in ihrer unmittelbaren Umgebung für wohlige Wärme sorgten. Den Eisblumen, die an allen Fenstern reichlich blühten, konnten die Öfen jedoch kaum etwas anhaben, denn draußen war es bitterkalt; so kalt, dass der Atem der Menschen nachts gefror und die Bettdecken morgens mit einer hauchfeinen Eisschicht überzogen waren. Sonderbarerweise war Elisabeth nicht erkältet, sondern fühlte sich sogar so frisch und kräftig, dass sie allein zu einem kleinen Spaziergang aufbrach. Die Sonne schien auf einen kristallenen Garten herab. Alles war mit Raureif überzogen und blitzte in der Sonne. Die Bäume waren nun nicht mehr schwarz, sondern blendeten Elisabeth mit ihrem funkelnden Licht. Die aufgeplusterten Meisen, die auf den Zweigen hin und her hüpften, ließen dann und wann glitzernde Kaskaden nieder regnen. Die vertrockneten langen Halme, die letzten Gemüseblätter auf den Beeten, die vor kurzem noch so traurig ausgesehen hatten, schienen neues Leben bekommen zu haben, denn sie waren wie mit Diamanten besetzt. Elisabeth atmete tief die kalte Luft ein. Lange stand sie einfach nur da, hatte ihr Gesicht der Sonne zugewandt, die sogar ein wenig wärmte, und genoss den Anblick der schlafenden Natur. Konnte so viel Pracht denn wirklich tot sein? War es nicht vielmehr so, dass die Natur schon jetzt beinahe barst mit neuem Leben, das nur darauf wartete, einen einzigen warmen Hauch zu verspüren? Mit knirschenden Schritten ging Elisabeth hinüber zu einem der Bäume. Dort bog sie einen Zweig zu sich herab, um ihn genau zu betrachten. Winzig kleine Plättchen aus Eis funkelten farbig, ja tatsächlich in den Farben des Regenbogens. Sie hauchte

den Zweig an, die Plättchen schmolzen und gaben den Blick frei auf eine Knospe, die hellbraun und prall war, voller Leben. In diesem Moment hörte sie Schritte hinter sich. Der Markgraf stand schon wenige Schritte hinter ihr. So sehr war sie versunken gewesen in den Anblick der Knospe, dass sie ihn bis zuletzt nicht bemerkt hatte.
„Euer Gnaden, ist die Natur nicht die beste Allegorie für das Leben, sogar für die Liebe? Schaut! Neues Leben, wo man es gar nicht erwartet."
„Ja, es ist erstaunlich", erwiderte sie. „Ich bin überrascht, dass Ihr solche kleinen, unscheinbaren Dinge bemerkt. Schließlich bewegen Euch doch ganz andere, viel größere Gedanken."
„Mündet nicht auch der größte Gedanke letztlich immer wieder nur in eines? Ich rekrutiere Männer, um zu kämpfen, schlage... mich." Beinahe hätte er von geschlagenen Schlachten gesprochen, doch glücklicherweise konnte er dieses Wort hinunterschlucken. Auf keinen Fall wollte er Elisabeth an die Schlacht erinnern, bei der Moritz gestorben war. „Ich verdinge mich beim Kaiser, werde von ihm fürstlich entlohnt, aber wozu das alles? - Wusstet Ihr, dass Moritz mich mit einer Tochter des Herzogs Herkules von Ferrara verheiraten wollte? Er hatte sogar seinen Geheimsekretär Damian von Sibottendorf nach Ferrara geschickt, um darüber zu verhandeln[201]. Aber leider wurde nichts daraus. Wünscht sich ein Mann - und sei er selbst der Kaiser - nicht einfach nur ein Weib, ein Heim, in dem er ruhen kann? Kinder?"
Er beobachtete genau Elisabeths Gesicht. Das letzte Wort hatte sie getroffen. Es war nur ein kurzes Zucken ihrer Augen gewesen, doch damit hatte sie sich schon verraten.
„Wusstet Ihr, dass der Kaiser sich in Andalusien einen Palast hat bauen lassen? Mitten hinein in einen bereits bestehenden, maurischen Palast mit wunderschönen Gärten? Man nennt diesen Ort die Alhambra. Er muss sagenhaft schön sein, und doch hat der Kaiser dort niemals gewohnt mit seiner Gemahlin, obwohl er sich sehr danach sehnt, wie er mir einmal schrieb. Aber er ist der Kaiser. Ich bin nur ein kleiner Markgraf, der weit mehr Herr seiner selbst und seines Lebens ist, als ein großer Kaiser es jemals sein könnte. Auch ich sehne mich nach einem Heim, einem Weib und ... Kin-

201 Herrmann, Johannes; 2003, S. 127 und PKMS 5, Dokument Nr. 154, S. 301 f.

dern.“ Das letzte Wort hatte er nur gehaucht. „Macht das, was ein Mann tut, nicht erst dann wirklich Sinn, wenn er es mit einem Weib, einer Gefährtin, teilen kann? Wenn er es weitergeben kann an seinen Sohn? Liebste Herzogin, lehrt einen Krieger wie mich, was Eingang findet in Euer Frauenohr. Schon lange schwärme ich für Euch. Zunächst war es nur eine jugendliche Schwärmerei, wie ein Jüngling für eine unerreichbare Frau schwärmt. In Rochlitz schient Ihr mir so nah, so greifbar nah. Hätten wir da nicht schon die Weichen ganz anders stellen sollen?“
Sie sah ihn an. Seine blauen Augen waren gerade auf sie gerichtet. Er zwinkerte nicht, sondern schaute ihr so fest wie möglich in die Augen. Elisabeth fühlte sich plötzlich mädchenhaft erröten und schlug die Augen nieder.
„Könnt Ihr verstehen, dass ich Euch fürchtete?“
„Ich kann verstehen, dass ein so großes Heer wie meines Furcht verbreitet. Aber könntet Ihr meine Stärke auch als Euren Schutz verstehen? Nichts möchte ich lieber, als Euch zu beschützen. - Wisst Ihr eigentlich wie wunderschön Ihr seid, wenn Ihr lächelt?“

„Ich platze gleich! Schau dir das an, Gertrud!“ rief die Närrin, die vom Fenster aus genau beobachtete, was im Garten vor sich ging. Gertrud kam und schnalzte ungehalten mit der Zunge, als sie beobachten musste, wie Albrecht Alcibiades ganz nah an Elisabeth herantrat. Nun hob er sogar ihr Kinn, damit sie ihm ins Gesicht schauen musste.
„Jetzt platze ich. Jetzt! Pfui Teufel, ich möchte brechen! Wenn ich nicht so viele leckere Sachen gegessen hätte, die ich unbedingt in meinem Bauch behalten will, würde sich jetzt absichtlich brechen! Los! Wir gehen da jetzt hin!“
„Nichts dergleichen wirst du tun. Wenn du dich da jetzt einmischst, wird alles nur noch schlimmer. Was würdest du denn tun wollen?“
„Ihm meine Elfriede um die Ohren schlagen!“
„Närrin! Dieser Mann tut seit vielen Jahren nichts anderes als Leute umzubringen. Das Echo wirst du nicht überleben. Und so wie das da gerade aussieht, glaube ich kaum, dass die Herrin ihn daran hindern wird.“
„Ja, da magst du recht haben. Meine Narrenkappe schützt mich im Moment

nicht, denn die Herrin selbst hat sie sich aufgesetzt. Wir können nun nichts anderes tun als abzuwarten, bis sie wieder zu Verstand kommt. - Schau dir das an, jetzt lässt sie sich auch noch von ihm küssen. Wenn ich da noch einen Augenblick länger zusehe, werde ich schwermütig." Nach einem resignierten Seufzer fügte sie hinzu: „Komm, lass uns in die Küche gehen. Da muss sicher irgendwas probiert werden."

Draußen im Garten glaubte Elisabeth zu schweben. So lange hatte sie sich nach etwas gesehnt, aber nicht einmal genau benennen können, wonach sie sich gesehnt hatte. Albrecht duftete nach Mann, und Elisabeth sog diesen Duft gierig in sich auf. Er hatte seine Arme fest um sie geschlungen, so fest, dass es ihr fast den Atem nahm. Seine Lippen waren fordernd und achteten nicht auf Elisabeths allenfalls halbherzigen Widerstand. Seine Hände! Um Himmels Willen, was tat er mit seinen Händen! Elisabeth rang hastig nach Atem.

„Albrecht, ich bitte Euch! Doch nicht hier! Nicht jetzt! Geduldet Euch, kommt heute Abend zu mir."

„Heute Abend? Das scheint mir tausend Jahre weit entfernt! Aber... ich will dir gehorchen, schöne Herrin." Er presste sie noch einmal an sich und ging, nur um nach wenigen Schritten noch einmal auf sie zuzueilen und sie erneut in seine Arme zu nehmen, sie an sich zu drücken und zu küssen.

„Albrecht, bitte!"

„Sehr wohl, Euer Gnaden, ich gehe. Dürfte ich vielleicht doch schon am Nachmittag wiederkommen?"

„Nein! Ich sagte heute Abend. Und jetzt geht!"

Da ging er endlich, wandte sich um, winkte und lachte. Elisabeth winkte zurück, dann ging sie ins Haus, ein seliges Lächeln auf ihren Lippen, und es kostete sie keinerlei Mühe, eine innere, warnende Stimme zu überhören.

„Euer Gnaden, seid Ihr sicher, dass Ihr Euer Augenlicht wieder habt? Ich hab den Eindruck, dass meine Elfriede mit ihren Holzaugen mehr sieht als Ihr", sagte die Närrin, die am Eingang schon auf Elisabeth gewartet hatte.

„Was soll das, Närrin?" fauchte Elisabeth ärgerlich, als sie sich den Mantel

von Gertrud abnehmen und die Trippen abstreifen ließ.
„Euer Gnaden, wir machen uns Sorgen. Wirklich sehr große Sorgen. Seid Ihr denn wirklich sicher, dass Alcibiades es ehrlich meint? Er ist ein berüchtigter Söldnerführer…“
„Könnt Ihr mir denn nicht dieses kleine Glück gönnen? Endlich habe ich in meinem Leben auch einmal ein wenig Glück. Ich weiß, dass er ein Söldnerführer ist, aber Ihr könnt Euch nicht vorstellen, was für ein wunderbarer Mann er ist…“ Die Worte erstarben auf ihren Lippen, als sie in die erstarrten Gesichter ihrer Hofdamen schaute. Auch Luisa und Sophia waren gekommen, beide mit sehr ernsten Gesichtern.
„Was ist? Darf ich denn nicht glücklich sein? Könnt ihr euch überhaupt vorstellen, wie es ist, so lange verwitwet zu sein? Und glaubt ihr wirklich, der Krieg sei spurlos an mir vorüber gegangen? All diese Zeit der Angst, des Bangens. Bis zur vollkommenen Erschöpfung habe ich geschrieben. Und alles war sinnlos. Jetzt ist die Gelegenheit, dass ich in diesem Leben auch noch ein wenig glücklich sein kann, und es wird die letzte Gelegenheit sein. Worauf soll ich denn noch warten? Ich habe es mir in den schweren Jahren wahrhaftig verdient, glücklich zu sein. Und ich will es jetzt sein. JETZT! Er wird mich zurück nach Rochlitz bringen. Uns alle! Und dann wird dort Frieden herrschen.“
Hier hob die Närrin die Hände, die anderen verdrehten die Augen.
„Der Kerl streicht Euch allenfalls einen Schornstein innen schwarz, sonst nix!“
„Ihr gönnt mir mein Glück nicht, ihr seid nur neidisch! Aber ich fühle mich zum ersten Mal seit langer Zeit wieder vollkommen gesund und kräftig. Darf ich das etwa nicht? Ich kann euch gar nicht sagen, wie satt ich diese ewigen Veilchen habe. Ich will keine Veilchen mehr sehen. Ich bin noch nicht tot! Nein, ich lebe, und das will ich endlich wieder einmal spüren. Ich will keinem toten Jugendfreund mehr nachtrauern, der mir vor Jahrzehnten Veilchen vor die Tür gelegt hat. Ich will einen lebendigen Mann. Jetzt!“
Die letzten Worte hatte sie geschrien und sich dabei das Medaillon, das sie in all den Jahren ständig getragen hatte, vom Hals gerissen. „Seht euch das an! Uralt, verstaubt und blass sind diese Veilchen. Ich will sie nicht mehr.“
Damit schleuderte sie das Medaillon zu Boden, wo es auf dem harten Stein

zersprang. „Lasst mich in Frieden! Ich will heute nichts mehr von euch hören und sehen."
Sie eilte die Treppe hinauf. Nach wenigen Augenblicken war von oben Poltern und das Zerspringen von Geschirr zu hören. Offenbar hatte sie auch die Vase zerbrochen, die wie immer mit Veilchen auf ihrem Tisch gestanden hatte. Darauf folgte verzweifeltes Schluchzen.
„Ich habe den Eindruck, dass meine Elfriede sogar mehr Verstand in ihrem Holzkopf hat als unsere Herrin."

Den Tag über gingen die Hofdamen wie auf Zehenspitzen. Elisabeth war nicht bereit, ihr Zimmer zu verlassen; Magda musste ihr Speisen und Trank hinaufbringen.
Es war noch nicht einmal später Nachmittag, als Albrecht Alcibiades wieder vor dem Hessenhof abstieg. Magda war gerade mit einem Tablett zu Elisabeth unterwegs, also nahm Albrecht es ihr kurzerhand ab und klopfte selbst an die Tür, die Magda ihm hatte weisen müssen.
Oben war es still. So still, dass die Hofdamen sich keinen Reim drauf machen konnten, was vor sich ging.
„Ich muss hier raus. Lasst uns spazieren gehen, sonst weiß ich nicht, wen ich zuerst schlagen soll - diesen Mistkerl oder unsere Herrin", knurrte die Närrin. Schnell hatten die vier sich angekleidet und die Trippen unter ihre Stiefel geschnallt. Es dämmerte bereits, als sie auf die Straße traten; sie fröstelten in dem eisigen Wind und zogen die Schultern hoch, worauf sie einander kurz anblickten.
„Sollen wir wirklich gehen?"
„Ja, kommt, in irgendein Wirtshaus."
Als sie in die Nähe der Kirche kamen, sahen sie schon, was auf dem Altmarkt an der Kirche los war: In der Ratsstube wurde offensichtlich gemustert, denn auf dem Marktplatz sah man unglaublich viele Männer, zu Fuß, zu Pferd, die sich allesamt für Albrecht Alcibiades schlagen wollten.
„Die Wirtshäuser werden allesamt randvoll mit Söldnern sein."
„Sollen wir in die Kirche gehen?"
„Ja, wieso nicht? Dort werden wir sicher unsere Ruhe haben und einen kla-

ren Gedanken fassen können."
Die Stille der Stadtkirche tat ihnen allen gut, zumindest für einen Moment.
„Was können wir tun? Können wir denn überhaupt irgendetwas tun?" fragte Gertrud.
„Ich fürchte nicht", erwiderte die Närrin und schaute sehr ernst in die Runde. Sie hatten sich vor einen der Seitenaltäre gestellt, um ungestört zu sein. In der Kirche waren außer ihnen nur wenige Menschen.
„Sie wird ihren guten Ruf ganz und gar verlieren", flüsterte Sophia.
„Wenn es nur das wäre, dann wäre ich erleichtert. Es geht um weit mehr als den guten Ruf unserer Herrin. Verstehst du denn nicht? Sie unterstützt einen geächteten Mann, gegen den sich so mächtige Bistümer wie Nürnberg, Bamberg und Würzburg vereinigt haben. Unsere kleine Grafschaft Henneberg, die auch zu dieser Einung gehört, täte gut daran, sich zumindest neutral zu verhalten. Wir sind zu schwach, um Albrecht zu bekämpfen. Und wir sind zu schwach, um dem Zorn der Einungspartner die Stirn zu bieten. Denn der wird unweigerlich über uns hereinbrechen, wenn wir den Markgrafen unterstützen. Das einzig Sinnvolle, das die Grafschaft Henneberg tun kann, ist, die Bündnispartner davon zu unterrichten, dass Albrecht die zentrale Lage Hennebergs für seine Machenschaften ausnutzt und dass wir ihm nichts entgegenzusetzen haben. Wir sollten der Einung unsere Lage verdeutlichen und sie eher um Hilfe bitten, anstatt ihren Feind zu unterstützen. Das Kriegsglück ist sehr wechselhaft. Für den Fall, dass es auf der Seite des Markgrafen ist, könnten wir hier vielleicht glimpflich davonkommen. Wenn es aber auf der Seite der Einung ist, dann gnade uns Gott. Wenn sich der Krieg hier abspielt, dann können wir froh sein, wenn wir überleben. Aber wenn die Truppen der Einung siegen, werden wir sehr wahrscheinlich wünschen, tot zu sein."
„Du hättest ihre Beraterin werden sollen, nicht ihre Närrin", sagte Luisa.
„Ich bin froh, ihre Närrin zu sein. So sitzt mein Kopf etwas fester auf meinen Schultern."
„Lasst uns Kerzen anzünden und für unsere Herrin beten, dass ihr ein Licht aufgehen möge."

Nein, Elisabeth ging kein Licht auf. Sie war nicht mehr bereit, auf ihr Glück noch länger zu warten, sondern wollte sich an dieser letzten Möglichkeit mit aller Gewalt festkrallen. Sie befahl ausdrücklich, dass man die markgräflichen Reiter und Söldner in die Stadt hinein und passieren lassen solle[202]. Selbst die vielen Kerzen, die an Weihnachten das Haus erhellten, warfen nicht den geringsten Schein in ihr vor Liebe verstocktes Herz. So liebevoll hatte sie immer die Neujahrsgeschenke für ihre Hofdamen und die Dienerschaft ausgesucht, in diesem Jahr hatte sie einfach Magda beauftragt, für alle etwas zu besorgen. Das fiel auf und wurde mit resignierten Seufzern kommentiert. Wie sollten sie das Fest der Liebe und des Friedens feiern, wenn Elisabeth so böse mit ihnen war, dass sie nicht einmal selbst Geschenke aussuchte, wie sie es immer getan hatte? Der Weihnachtsabend wurde mit einem üppigen Essen und vielen Gästen gefeiert. Sogar die Dienerschaft durfte an diesem Abend in dem großen Saal mitfeiern, in dem vor Jahren noch der Schmalkaldische Bund getagt hatte. Albrecht kam und hatte sogar Neujahrsgeschenke dabei - recht kostbare Dinge, in deren Besitz er mit Sicherheit gewaltsam gekommen war.
„Habt Ihr den Kopf der Frau abgeschlagen, um ihr diese Kette vom Hals zu nehmen?“ fragte die Närrin, als Albrecht ihr eine dünne Halskette aus Gold mit einem nicht zu kleinen Anhänger überreichte. Als Albrecht sie böse anfunkelte, fügte sie hinzu: „Seid bedankt, edler Herr. Ich will sehen, dass ich das gute Stück zu Geld machen und meiner Herrin ein wenig Verstand kaufen kann.“ Damit verschwand sie schnell zwischen all den Gästen, die sich in der von Essens- und Kerzenduft wabernden Luft drängten. Von diesem Widerling wollte sie sich nicht kaufen lassen.
Elisabeth dagegen war bester Laune. Sie aß viel und trank noch mehr, tanzte ausgelassen, und man hörte immer genau, wo sie war, denn ihr Lachen schallte durch alle Räume. Es war noch nicht allzu spät, da hörte man ihr Lachen nicht mehr, und auch Albrecht war verschwunden…

Mitte Januar - Albrecht war gerade abgereist - erhielt Elisabeth einen Brief von Philipp, dem dieser eine Kopie eines Schreibens beigefügt hatte, in wel-

202 Siehe Lehmann, Kai; 2005, S. 58 und Anm. 221.

chem Herzog Heinrich die Begebenheiten schilderte, die zu Moritz' Tod geführt hatten. Nach einer sehr förmlichen und überaus höflichen Anrede, in der er sie unter anderem mit *hochgeborene Fürstin* ansprach, begann er mit größter Vorsicht, Elisabeth darauf hinzuweisen, dass Albrecht Alcibiades nicht der Mann sei, den man in vollem Umfang unterstützen sollte. Seiner *freundlichen, lieben Schwester* riet er dringend, sich vorzusehen und *bezüglich des Markgrafen vorsichtig zu handeln, um das abzuwenden, was ihm* - Philipp -, *seinen Landen und Leuten zu Nachteil und Beschwerung gereichen möchte.*

Dies wollen Wir Euer Lieben in treuer, brüderlicher und freundlicher Wohlmeinung nicht vorenthalten. Euer Lieben brüderliche Treue zu beweisen, sind wir geneigt.

Datum, Immenhausen, 7. Jannuary anno 54.[203]

So geschickt, so vorsichtig hatte er geschrieben, denn er wusste, wie Elisabeth auf harsche Kritik reagierte. Und was harsch war, bestimmte sie höchst selbst. Und diesen Brief empfand sie als sehr harsche Kritik. Sie war keineswegs gewillt, darauf einzugehen, sondern ließ ihn eine Weile liegen.

Unterdessen mehrten sich die Beschwerden der hennebergischen Bevölkerung über Drangsalierungen durch markgräfliche Söldner, denn Hesel von Grumbach betrieb vor allem zwischen Wasungen und Barchfeld das höchst einträgliche Geschäft der Wegelagerei. Die Söldner, die nicht über Pferde verfügten, um solche Strecken zurückzulegen, wegelagerten notgedrungen an den Stadttoren Schmalkaldens, um eine Art Zoll von allen zu erheben, die die Tore passieren wollten, ganz gleich in welche Richtung. Nach getaner Arbeit kehrten alle in den Hessenhof zurück, um dort mit der Herzogin zu feiern.

Nun war das Maß für Graf Wilhelm IV. von Henneberg-Schleusingen voll. Er schrieb an Philipp und bat um Maßnahmen, die nicht nur Hesel von Grumbach das Handwerk legen, sondern die Markgräfler allgemein aus der

203 HstAMr, Nr. 69, Blatt 1: Lgf. Philipp an Hz. Elisabeth v. Rochlitz vom 7. Januar 1554. Dieser und alle weiteren zitierten Briefe wurden mir von Herrn Kai Lehmann zur Verfügung gestellt. Herzlichen Dank!

Grafschaft Henneberg vertreiben sollten.
Wenn Landgraf Philipp vielleicht dreißig Jahre jünger gewesen wäre, hätte er sicher nicht gezögert, einzugreifen, doch er war alt und bequem geworden und wog erst alles Für und Wider sorgsam ab. Da er erfahren hatte, dass Albrecht bei seinen Verwandten im Norden finanzielle und militärische Unterstützung organisiert hatte, zog Philipp es vor, Ruhe zu bewahren. Daher schrieb er an den verzweifelten Grafen Wilhelm, dass die Grumbachschen Werbungen durchaus eine sehr ernste Gefahr darstellten, dass er selbst nichts dagegen habe, wenn Hesel von Grumbach oder Albrecht Alcibiades durch Schmalkalden zögen und eine Nacht dort lagere. Alles andere hätte bedeutet, dass er hätte handeln müssen. Er forderte den Grafen auf, eine Gesandtschaft mit einer Botschaft zu Albrecht zu schicken - vom Verbleib der Männer war jedoch auch nach mehreren Tagen nichts bekannt. Und so konnte Albrecht Alcibiades, der von seiner Mission im Norden zurückgekehrt war, am 2. Februar bei Herrenbreitungen die Truppen besichtigen, die Hesel von Grumbach ausgehoben hatte.
Elisabeth empfing ihn glückselig im Hessenhof.
„Nun berichte mir, meine Süße! Was hat sich in der Zwischenzeit hier zugetragen?“ fragte Albrecht, während er sich den Hut vom Kopf nahm und mit der Hand durch die langen Haare fuhr. Das tat er sehr ausgiebig; dabei bemerkte er mit einem Anflug von Belustigung, dass Elisabeth sich auf eine Bank gesetzt hatte und ihm strahlend bedeutete, sich neben sie zu setzen. Er tat es und musste beinahe lachen, als sie seine Hände in ihre nahm und ihn aufs zärtlichste anlächelte.
„Es ist alles in Ordnung. Wir müssen uns keinerlei Sorgen machen. Meinem Bruder habe ich dargelegt[204], wie hoch du wieder in der Gunst des Kaisers stehst, dass du bei seiner Schwester in den Niederlanden ein- und ausreitest - wie du es mir berichtet hattest. Und ich habe ihn gefragt, ob wir einen Freund wie dich verstoßen sollten, nur weil du geächtet bist. Nicht einmal der Kaiser gibt etwas auf die Ächtung gegen dich, die er selbst ausgesprochen hat. Es wäre also vollkommen widersinnig, dir nicht zu helfen. Dem

---

204 HstAMr, Nr. 69, 56f.(mit eingelegten Zettel =58): Elisabeth v. Rochlitz an Lgf. Philipp vom 28. Februar 1554.

Henneberger ist das wohl nicht so leicht begreiflich zu machen. Ihm habe ich geschrieben, dass die Männer, die er für deine Söldner hält, meine berittenen Diener sind[205]. Nun berichte du mir! Was hat sich getan?"
Nun erwiderte er ihr Lächeln und erzählte: „Der Kaiser ist einverstanden, dass ich Rochlitz bekomme und dir schenke, sobald der Kriegszug gegen Frankreich siegreich beendet ist. Das hat er mir geschrieben."
„Wo ist der Brief? Ich will es mit meinen eigenen Augen lesen."
„Der Kaiser hat mich gebeten, die Briefe, die er mir schreibt, zu vernichten. Diesem Befehl muss ich nachkommen. Aber du kannst mir glauben, meine Liebste - schließlich habe ich es schwarz auf weiß gesehen. Rochlitz ist nicht mehr weit - wenn wir nur erst den Krieg gewonnen haben. Und dann..." Hier senkte der Markgraf seine Stimme zu einem heiseren Raunen, „dann werden wir beide in Rochlitz gute Tage haben, das verspreche ich dir bei meiner Ehre."
Danach war er durchaus bereit, Elisabeth einen kleinen Vorgeschmack auf die guten Tage zu gewähren.
Vor allem machte er sich selbst gute Tage in der Gegenwart, aß, trank und liebte im Hessenhof, dass es eine Art hatte. Bei den Hofdamen hatte er nur einen einzigen Annäherungsversuch gewagt, der mit so bissigem Spott abgewehrt worden war, dass er sich fortan auf die Herrin des Hauses beschränkte. Und Elisabeth? Elisabeth war überglücklich, denn zum ersten Mal seit langer, langer Zeit fühlte sie sich tatsächlich geliebt und begehrt von einem Mann. All ihre Krankheiten waren verschwunden, sie fühlte sich so frisch und gesund, so kräftig, wie sie sich nur als sehr junges Mädchen in Marburg gefühlt hatte. Hoffnung keimte in ihr auf, sie gab sich den süßesten Vorstellungen hin: Sie lebte mit Albrecht in Rochlitz, und sie würde einen Sohn haben. Sie war zwar schon über fünfzig und es ging ihr schon seit einigen Jahren nicht mehr nach der Weiber Weise; aber gab es nicht in der Bibel die Geschichte von Sarah, die mit neunzig Jahren ihren Sohn Isaak gebar[206]? Wieso sollte ihr das nicht möglich sein - wenn sie nur lange genug betete? Sie schaute Albrecht an und sah einen ehrenwerten, stattlichen Mann, zu dem sie aufschauen konnte. Er war so ganz anders als Johann. Johann war

205 Siehe Lehmann, Kai; 2005, S. 62, Anm. 238.
206 Genesis 17, 17 - 19

so ängstlich, zurückhaltend, geradezu scheu gewesen, vor allem in Auseinandersetzungen mit Herzog Georg. Elisabeth erinnerte sich mit Schaudern daran, wie sehr Johann manchmal gezittert hatte, wenn er von einer „Unterredung“ mit seinem Vater gekommen war.

Albrecht war aus einem vollkommen anderen Holz geschnitzt. Er nahm sich was er wollte und setzte seinen Willen durch, auch gegen den größten Widerstand. Mit ihm an ihrer Seite würde sie nie mehr aus Rochlitz fort müssen. Rochlitz... Wie lange es wohl dauern würde, bis sie wieder dort war? Ob sie schon im kommenden Jahr wieder in ihrer Schreibstube sitzen würde? Doch nie wieder würde sie dort verzweifelte Briefe schreiben, dessen war sie sich sicher. Vielmehr würde sie schöne Briefe schreiben, Kontakte pflegen, vielleicht doch wieder ein Turnier abhalten und Rochlitz zu dem Glanz verhelfen, den es verdiente.

Nach kurzer Zeit musste sich Albrecht sehr schweren Herzens verabschieden, denn die Pflicht rief ihn in die Mark Brandenburg. Es war kalt und regnerisch, doch Elisabeth ließ es sich nicht nehmen, ihren Markgrafen draußen zu verabschieden. Sein Schlachtross war schon gesattelt, seine Männer waren schon aufgesessen. Interessiert schauten sie ihrem Anführer zu, der so kühn war, sich eine Herzogin zu erobern.

„Ich komme zu dir zurück, meine Liebste, sobald ich kann.“ Er nahm sie fest in seine Arme und küsste sie vor aller Augen.

„Ich werde in der Zwischenzeit keinen Atemzug tun können, ohne mich in deine Arme zu wünschen.“

„Bist du sicher, dass man uns in die Stadt einlassen wird, wenn wir zurückkommen?“

„Natürlich! Schließlich hören die Schmalkaldener auf meine Befehle und nicht auf irgendeinen Henneberger, der in Schleusingen sitzt und Briefe schreibt. Du kannst dich ganz auf mich verlassen“, fügte sie mit einem Lachen hinzu.

„Erlaubst du mir, dass ich dir dann einen... Ring mitbringe?“

Sie schenkte ihm einen langen und innigen Kuss. „Das sollte dir Antwort genug sein, Liebster.“

Dann schwang er sich in den Sattel, und Elisabeth winkte ihm hinterher, bis

sie ihn nicht mehr sah.
„Da reitet er nun hin, der jugendliche Held. Auf zu neuen Abenteuern!" schnarrte Elfriede so dicht neben Elisabeth, dass diese zusammenzuckte.
„Närrin! Was soll das?"
„Ich wollte unserem zukünftigen Herrn und Gebieter auch winken. - Das gehört sich doch schließlich so. - Wird jetzt langsam wieder Vernunft einkehren oder wollt Ihr die Narrenkappe noch ein wenig aufbehalten?"
„Er wird zurückkommen!" fauchte Elisabeth. „Merk dir das. Er wird zurückkommen, und dich werde ich ganz sicher nicht mit nach Rochlitz nehmen." Wutentbrannt ließ sie die Närrin stehen und verschwand im Haus.

Während Albrecht nun also nach Norden zog und dabei in allen Gebieten, durch die er kam, neue Söldner anwarb, blieb Hesel von Grumbach in Schmalkalden, um noch mehr Reiter in markgräflichen Sold zu nehmen[207]. Was Grumbach nicht wusste: Landgraf Philipp von Hessen war in der Zwischenzeit mehrfach von König Ferdinand von Böhmen aufgefordert worden, dem markgräflichen Treiben ein Ende zu bereiten, und Philipp hatte nur darauf gewartet, dass Albrecht endlich verschwinden möge, denn er fürchtete, Albrecht könne sich mit seinem gesamten Heer gegen ganz Hessen wenden, wenn er in seiner Anwesenheit allzu deutliche Maßnahmen gegen ihn ergriff. Dass ausgerechnet König Ferdinand den hessischen Landgrafen dazu aufforderte, während der Kaiser sich ruhig verhielt, legte beredtes Zeugnis von den Spannungen ab, die nicht erst seit dem Passauer Vertrag zwischen den beiden Brüdern herrschten.
Philipp erließ also ein Mandat, das es den Bürgern der Stadt und des Amtes Schmalkalden unter Strafe verbot, sich in fremde Solddienste zu begeben[208]. Außerdem ließ er ab Februar fünfundzwanzig Berittene durch die Henneberger Grafschaft streifen, die jegliche Werbungen Grumbachs unterbinden sollten. Doch was konnten fünfundzwanzig Berittene schon ausrichten gegen die markgräflichen Reiter, deren Anzahl sprunghaft stieg? Sie schienen nur so aus dem Boden zu wachsen, denn binnen weniger Wochen waren aus

207 Siehe Lehmann, Kai; 2005, S. 60.
208 Siehe Lehmann, Kai; 2005, S. 61.

fünfzig Reitern vierhundert geworden.
Philipp ahnte nicht nur, sondern wusste allzu gut, wem er dies zu verdanken hatte. Elisabeth unterstützte Hesel von Grumbach als einen Diener ihres Albrechts. Es musste wohl etwas dran sein, an diesen sonderbaren Gerüchten, Elisabeth und Albrecht seien ein Paar, denn was, wenn nicht Liebe, befähigte einen Menschen zu vollkommenem Irrsinn?

Die Truppen der Einung, die das von markgräflichen Söldnern besetzte Schweinfurt belagerten, wurden nun aufmerksam, denn angesichts eines solchen erneuten Truppenaufgebots des Feindes war ein Angriff auf die Belagerer mehr als wahrscheinlich. Der Befehlshaber schrieb einen streng mahnenden Brief an den henneberger Grafen Wilhelm IV. und drohte sogar mit einer Strafexpedition gegen die Grafschaft, doch anstatt die Situation zu erklären und Hilfe für Gegenmaßnahmen zu erbitten, gab Wilhelm nur eine ausweichende Antwort. Er leugnete das Bestehen von Musterplätzen in seiner Grafschaft rundheraus und gab nur zu, dass zuweilen Reiter durch sein Land zögen. Er beteuerte lediglich seine Neutralität und versicherte, dass alle Handlungen, die den Markgrafen unterstützten, vom hessischen Landgrafenhause ausgingen[209].
Und während sich die Obrigkeit stritt, blieb Hesel von Grumbach und seinen Mannen genügend Zeit, immer mehr Söldner zu werben, die natürlich versorgt werden mussten. Der Sold, der einem frisch geworbenen Söldner gezahlt wurde, war nicht üppig, also versorgten sich die Männer selbst im Umland und pressten aus der hennebergischen Bevölkerung das letzte heraus. Als dann die Truppen der Einung von der henneberger Grafschaft Proviant forderten, konnte Graf Wilhelm IV. nur ablehnen, da die Menschen nichts mehr hatten. Nun war das Fass kurz vorm Überlaufen. Den entscheidenden Tropfen fügte Hesel von Grumbach hinzu, indem er die Bergwerke und Metallhütten in Arnstadt, Gräfenthal und Schwarza plünderte und brandschatzte. Diese gehörten zum Bistum Nürnberg, wo man sich genau berichten ließ, wohin die räuberischen Truppen des Markgrafen nach ihren Beutezügen zurückkehrten: nach Schmalkalden in der Grafschaft Henne-

209 Siehe Lehmann, Kai; 2005, S. 64.

berg. Eine Strafexpedition war nun unausweichlich.
Dass eine Strafexpedition zu erwarten war, ahnte Albrecht Alcibiades, rechnete aber noch nicht so bald damit; also kehrte er nach Schmalkalden zurück. Tatsächlich hatte er einen Ring dabei, dessen Erwerb ihn nicht mehr Mühe gekostet hatte als ein paar Drohworte, doch die Wirkung bei Elisabeth war enorm. Nicht nur, dass sie ihm nun alles glaubte, was er ihr erzählte, nein, sie machte seine Befehle zu ihrer Herzensangelegenheit und widersetzte sich den ausdrücklichen Befehlen ihres Bruders, den Markgrafen mitsamt seinen Söldnern gewaltsam zu vertreiben. Am 20. März gab auch Graf Wilhelm IV. den Befehl, den Markgrafen mit Unterstützung der Bevölkerung aus der Grafschaft zu werfen. Das Schreiben gelangte in Elisabeths Hände, da sie vor Ort die Regierungsgewalt innehatte.
„Wie kann er es wagen?" schrie sie erbost, was Albrecht ein belustigtes Lächeln abnötigte. Sie hatten gemütliche Stunden verbracht, und Elisabeth war glücklicherweise schon angekleidet gewesen, als der Bote gekommen war.
„Komm, steh auf und setz dich an meinen Schreibtisch. Dem Henneberger wollen wir einen schönen Brief nach Schleusingen schicken." Er gehorchte. Diese Frau war nun in ihrem Element.
„Uns wurde glaubhaft berichtet, dass Euer Lieben…"
Albrecht kratzte mit der Feder eilig über das Papier.
„Soll ich wirklich *Euer Lieben* schreiben?"
„Selbstverständlich. Gerade wenn man jemanden ganz und gar nicht ausstehen kann, schreibt man *Euer Lieben*. Also weiter: … dass Euer Lieben den Ihren den Befehl gegeben haben, den Unseren in Schmalkalden nicht nur Obdach zu verwehren, sondern sie sogar totzuschlagen und zu verhaften[210]."
„Erst totschlagen und dann verhaften? Ist das nicht ein wenig sonderbar?" fragte Albrecht.
„Das ist nicht nur sonderbar, sondern ziemlich blöd. Aber das hat die Herrin sicher absichtlich eingefügt. Schließlich soll man ja glauben, dass Ihr den Brief selbst geschrieben habt", sagte die Närrin, die vor wenigen Augenblik-

210 GHA (Gemeinschaftliches Hennebergisches Archiv im Thüringischen Staatsarchiv Meiningen) II, 547, 39: Markgraf Albrecht an Graf Wilhelm vom 21.3. 1554. Siehe Lehmann, Kai; 2005, S. 67, Anm. 260

ken unbemerkt ins Zimmer gekommen war.
„Raus!“ rief der Markgraf, doch die Närrin wandte sich gleichmütig an ihre Herrin.
„Euer Gnaden, seid Ihr sicher, dass Ihr dem Henneberger einen solchen Bescheid geben wollt? Der Boden hier wird langsam heiß. Eine Strafexpedition ist nunmehr unausweichlich und kann jeden Tag über uns hereinbrechen. Ich habe es eben auf der Straße gehört. Die Menschen haben Angst. Die Räte befürchten das Schlimmste.“
Hier wurde der Markgraf hellhörig. „Tatsächlich? Eine Strafexpedition?“
Elisabeth bekam es nun doch mit der Angst zu tun, denn sie schwieg und sah ihre Närrin ernst an.
„Du musst keine Angst haben, Liebste. Ich werde dich und die deinen beschützen.“ Er nahm sie in die Arme, um sie fest an sich zu drücken, was Elisabeth geschehen ließ. Die Närrin verdrehte nur die Augen und ging davon.
„Ich werde nun Verstärkung holen. In drei Tagen bin ich mit eintausendfünfhundert Berittenen wieder hier, um dich und die Stadt zu verteidigen; das verspreche ich dir. Dir soll niemand auch nur ein Haar krümmen.“
„Dann geh, Liebster. Ich glaube, wir sollten keine Zeit verlieren. Wenn du früh genug wieder da bist, werden es sich die Einungstruppen vielleicht von vornherein anders überlegen und gar nicht erst einmarschieren.“
„Ja, Elisabeth. Das ist klug gedacht. Ich sollte dich in meinen Beraterstab aufnehmen.“
„Da bin ich doch schon längst“, erwiderte sie scherzend. „Aber nun geh, denn je eher du gehst, desto eher bist du wieder hier.“
Nachdem die Närrin gegangen war, hatte sie das ausgeführt, was sie schon vor einer Weile vorbereitet hatte: Luisa und Sophia würden in einem Kammerwagen, begleitet von bewaffneten Knechten, zu Sophias Eltern zurückkehren. Es hatte sie lange Überzeugungsarbeit gekostet, bis die beiden zugestimmt hatten. Gertrud bestand darauf, zu bleiben. Und so verschwanden in der kommenden Nacht eine Hofdame und eine Zwergin spurlos; erst am nächsten Morgen erfuhr Elisabeth davon und regte sich natürlich fürchterlich auf.
„Wir haben sie nur in Sicherheit gebracht. Und ich denke, das sollten wir

anderen auch langsam tun", wagte die Närrin vorzuschlagen.
„Wieso sollten wir uns in Sicherheit bringen? Man ist nirgendwo so sicher wie hier in Schmalkalden. Albrecht kommt hierher zurück und beschützt uns alle. Glaubt ihr wirklich, es wagt sich jemand in eine Stadt, in der ein Albrecht Alcibiades lagert? Wieso seid ihr nur so kleingläubig? Ich gehe nicht. Wenn ihr unbedingt wollt, dann könnt ihr auch gehen, aber ich bleibe", stellte Elisabeth klar.
„Dann werden wir auch bleiben", sagte Gertrud.
„Ja. Irgendwer muss ja auf Euch aufpassen", fügte die Närrin hinzu.

Von den fieberhaften Bemühungen, die Graf Wilhelm IV. unternahm, um das Schlimmste von der Grafschaft abzuwenden, sah und hörte Elisabeth kaum etwas. Vielmehr sorgte sie sich, dass Albrecht früh genug zurück sei und ausreichend Söldner mitbringe, denn angeblich waren Teile der Einungstruppen bereits an der Grenze der Grafschaft aufmarschiert.
Tatsächlich rückten die Truppen der Einung unter der Führung von Achim Pentz bereits gegen die Stadt Meiningen vor[211]. Die Stadttore wurden geschlossen, denn Graf Wilhelm IV. hatte allen Städten den Befehl gegeben, keine Truppen in die Städte einzulassen, die man nicht bändigen könne. Die Mauern wurden mit der Bürgerwehr besetzt, doch Pentz belagerte die Stadttore, um die Herausgabe markgräflicher Söldner zu erpressen. Das Feuer, das er auf die Stadt eröffnete, wurde von den Mauern herunter dergestalt heftig erwidert, dass Pentz Verhandlungen anbot. Die Stadträte, die sich darauf einließen, Pentz außerhalb der Stadt zu Verhandlungen zu treffen, wurden sofort gefangen gesetzt. Dadurch erübrigten sich die Verhandlungen, und die Stadttore wurden geöffnet.
Die Truppen wüteten in der Stadt, als wollten sie jeden einzelnen Bewohner, jede einzelne Bewohnerin all das büßen lassen, was Albrecht Alcibiades zuvor angerichtet hatte. Als die Truppen am nächsten Morgen abzogen, war Meiningen kaum wiederzuerkennen. Bei ihrem Auszug warfen die Söldner sämtliche Fensterscheiben ein, die sie auf ihrem Weg noch erreichen konnten, dann ließen sie die Stadt schreckensstarr zurück. Achim Pentz schlepp-

211 Zu diesen Vorkommnissen siehe Lehmann, Kai; 2005, S. 71 ff.

te die beiden Bürgermeister der Stadt und zwei Ratsmitglieder als Geiseln mit, falls er sich noch einmal Einlass in Meinigen verschaffen müsste.

Am 5. April bezog Achim Pentz Quartier in Herrenbreitungen, seine Truppen verteilte er auf die umliegenden Dörfer Wernshausen und Fambach. Gezielt streute er Gerüchte, dass Verstärkung für ihn bereits unterwegs sei. Am Morgen des 6. April blieben die Stadttore Schmalkaldens verschlossen. Die Närrin, Gertrud und Elisabeth gingen über den Markt, der menschenleer war. Hier herrschte der Ausnahmezustand. Man hätte ohnehin nichts kaufen können, denn Graf Wilhelm IV. hatte alle Lebensmittelvorräte entfernen lassen, da Schmalkalden das Hauptziel der Pentzschen Truppen darstellte. Man konnte nur hoffen, dass die Lebensmittel irgendwo sicher genug versteckt waren, denn bis zur nächsten Ernte dauerte es noch eine ganze Weile. Die drei Frauen fühlten sich auf schreckliche Weise an den Krieg um Rochlitz erinnert. Auch hier standen alle Zeichen auf Krieg. Die Närrin, die schon längst ihr Narrengewand gegen ein unauffälliges Kleid eingetauscht hatte, huschte hinüber zur Stadtmauer, wo die Bürgerwehr sich versammelt hatte und in angespannter Nervosität Achim Pentz und sein Strafgericht erwartete. Auch Kanonen hatte man schon in Stellung gebracht. Elisabeth und Gertrud suchten den Kommandeur auf. Die Männer waren so mit ihren Vorbereitungen beschäftigt, dass niemand die Närrin bemerkte, die sich eine Treppe hinaufgeschlichen hatte, um durch eine der unteren Schießscharten zu sehen. Alles schien ruhig und friedlich; man hätte diesen Morgen für einen gewöhnlichen Frühlingsmorgen halten können, wenn nicht über die Wiesen eine Armee heranmarschiert wäre.
„Euer Gnaden, was tut Ihr hier?“ fragte der Kommandeur entgeistert, als er Elisabeths ansichtig wurde.
„Ich bin gekommen, um meinen Beitrag zur Verteidigung der Stadt zu leisten. Und ich bin hier, um Euch zu sagen, dass der Markgraf in weniger als zwei Tagen mit eintausendfünfhundert Mann hier sein wird. Das ist eine wichtige Information, wenn wir mit dem Feind verhandeln.“
„Wir? Heißt das, Ihr wollt ebenfalls mit Achim Pentz sprechen? Es genügt, wenn wir uns in Gefahr bringen. Das kann ich nicht verantworten.“

„Ich kann das selbst verantworten", entgegnete Elisabeth leicht ungehalten. „Glaubt Ihr etwa, Herzog Georg von Sachsen habe mich seinerzeit zum Vergnügen zu Verhandlungen mitgenommen? Ich bedauere es außerordentlich, aber ich muss sagen, dass ich auch im Krieg meine Erfahrungen gesammelt habe."
„Aber wenn Euch etwas geschieht!" versuchte der Kommandeur einen letzten Einwand.
„Seid beruhigt, ich bin schließlich die Schwester des Landgrafen. Wer mir zu nahe tritt, wird von meinem Bruder zur Rechenschaft gezogen werden. Und nun berichtet mir!"
„Achim Pentz hat gestern Meiningen verwüstet. Er wird jeden Moment hier sein, wenn er..."
Da schallte es von der Stadtmauer: „Sie kommen! Sie sind in Sicht. Nur noch eine halbe Stunde Fußmarsch entfernt."
Der Kommandeur sah Elisabeth und Gertrud an. Als er aus seinen Augenwinkeln auch noch sah, dass die Närrin sich auf die Mauer geschlichen hatte, knurrte er: „Alles auf Eure Verantwortung!" Damit ging er davon, um seinen Männern die nötigen Befehle zu erteilen.
Achim Pentz kam. Er hielt direkt auf die Stadt zu. Die Närrin krampfte ihre Hände in ihr Kleid. Sie wollte aufstehen und fliehen, doch sie konnte nicht. Wie gelähmt stand sie an der Mauer, nahm plötzlich überdeutlich den Geruch der nassen Steine wahr und konnte nicht anders, als diese Armee anzustarren, die immer näher rückte. Sie hörte die Männer oben auf der Stadtmauer, hörte Befehle der Hauptmänner, die metallischen Geräusche der Waffen, und nun war Achim Pentz mit seinem Heer so nahe herangekommen, dass man auch das Wiehern der Pferde hörte, die Stiefel unzähliger Männer auf dem nassen Boden, das Schaben der Rüstungen.
Doch dann geschah etwas Sonderbares: Achim Pentz führte seine Männer kurz vor Schmalkalden nicht weiter auf die Stadt zu, sondern in einem Bogen um sie herum. Das war verwirrend, und zunächst vermutete man eine Kriegslist, doch als das Heer schließlich außer Sichtweite gezogen und auch nach über einer Stunde nicht wieder aufgetaucht war, machte sich endlich Erleichterung breit. Offensichtlich waren sie hinter Hesel von Grumbach

und Albrecht Alcibiades selbst her, die durch den Thüringer Wald geflohen waren.
„Das ist eine List. Bleibt hier in Stellung! Ich bin sicher, dass er zurückkommen wird“, sagte Elisabeth zu dem Kommandeur, der seine Männer schon ins Wirtshaus schicken wollte. Und richtig!
Gerade als die Bürgerwehr die Mauern verlassen wollte, kamen die feindlichen Truppen wieder in Sicht. Offenbar hatte Pentz seine Truppen kurz hinter der Stadt wenden lassen, um eben diesen Moment abzuwarten, wenn die Alarmbereitschaft nicht mehr gegeben war. Schon läuteten wieder die Alarmglocken, und die Männer nahmen ihre Posten wieder ein.
„Jetzt sind Verhandlungen das Mittel der Wahl. Meint Ihr nicht?“ sagte Elisabeth zu dem Kommandeur. Dieser schaute sie nur finster an und strich sich seinen Bart.
Die Närrin war neben Gertrud getreten und nahm sie in die Arme, denn nun mussten sie zusehen, wie Elisabeth, umringt von einigen Herren des Stadtrates, hinaus vor die Stadt ging, um mit Achim Pentz zu verhandeln. Kein Geräusch war in der Stadt zu hören, so atemlos gespannt blickten alle Männer der Bürgerwehr hinaus in Richtung Weidenbrunn, von wo Achim Pentz gekommen war. Soweit sie erkennen konnten, wurden Elisabeth und die Schmalkalder Stadträte nicht gefangen genommen.

„Herzogin Elisabeth persönlich, die Schwester des hessischen Landgrafen, wenn mich nicht alles täuscht!“ empfing Achim Pentz seine Gäste höhnisch. Seine Männer lachten. Beifallheischend schaute er sich um und blickte dabei befriedigt in Männergesichter, aus denen die Kriegslust sprang. Sie alle waren bewaffnet und warteten nur darauf, an Schmalkalden zu zeigen, was sie von Städten hielten, die den Feind unterstützten. „Sagt nur, Ihr seid gekommen, um mich um Gnade anzubetteln.“
„Davon kann keine Rede sein!“ sagte Elisabeth scharf. „Wir sind nicht gekommen, um zu betteln, sondern wir wollen Euch lediglich ein paar Dinge mitteilen.“
„Als da wären?“
„Der Markgraf wird spätestens in zwei Tagen hier sein - mit eintausend-

fünfhundert Mann." Elisabeth hatte die Zahl betont langsam und deutlich ausgesprochen.
„Und das soll mich beeindrucken? Da müsst Ihr schon mehr bieten, Gnädigste!" höhnte Pentz. „Ich bin nämlich nur die Vorhut. Der Rest der Einungstruppen, die bis vor kurzem noch vor Schweinfurt gelegen haben, ist auf dem Weg hierher."
„Ich bin noch nicht fertig, wenn Ihr erlaubt!" fauchte Elisabeth. „Außerdem lege ich Euch nahe, in Eure Überlegungen die Tatsache mit einzubeziehen, die Ihr eingangs bereits ganz richtig erwähnt hattet: Ich bin die Schwester des hessischen Landgrafen. Und wenn Ihr mitsamt Euren Männern in Schmalkalden lagern wollt, und dabei auch nur eine einzige Fensterscheibe, ein einziger Tonkrug zu Bruch geht, oder am Gewand meiner Närrin auch nur ein einziges Glöckchen schief sitzt, dann wird der Landgraf von Hessen über Euch kommen. Ich denke, ich habe mich klar genug ausgedrückt. Also? Werdet Ihr nun abziehen?"
Stille.
Achim Pentz und seine Männer sahen einander an, dann blickten sie hasserfüllt auf diese Frau, die vor ihnen stand und sie spöttisch anlächelte.
„Das darf ich dann wohl als ein Ja werten", beendete Elisabeth die Stille. „Ich wünsche den Herrschaften noch einen schönen Tag. Und das Vergnügen… war ganz meinerseits!" Damit wandte sie sich zum Gehen, der Rat der Stadt kam hinterdrein.
Natürlich hatte man die ganze Zeit beobachtet, was draußen geschehen war; nun, als die kleine Abordnung mitsamt der Herzogin wieder durch das Stadttor kam, bestürmte man sie mit Fragen.
„Wir müssen nun abwarten, aber ich denke nicht, dass sie einen Angriff wagen werden."
Und so geschah es tatsächlich. Durch Fernrohre konnte man erkennen, dass Achim Pentz sich gestenreich mit seinen Männern beratschlagte; dann - nach einer endlos scheinenden Stunde - wandte er sich mit seinem gesamten Heer doch zum Gehen.

Schmalkalden war gerettet, doch der Zorn der Söldner, die sich um die Beute betrogen fühlten, die sie in Schmalkalden erhofft hatten, entlud sich mit vervielfachter Heftigkeit über den Dörfern des Umlandes. Während man in Schmalkalden erleichtert war, ja sogar ein ganz klein wenig zu feiern wagte, dass man verschont geblieben war, wüteten die Söldner der Einung im Umland ohne jegliches Maß. Der Schrecken, den sie verbreiteten, war so ungeheuerlich, die Grausamkeit, mit der die Männer wüteten, so namenlos, dass sich die Dörfer des Werratales lange Jahre nicht davon erholen sollten. Unzählige Wohnhäuser, Scheunen und Ställe gingen in Flammen auf, vor allem, als schließlich Achim Pentz tatsächlich von den gesamten Truppen der Einung unterstützt wurde. Ein ganzes Heer kämpfte gegen nichts anderes als unbefestigte Dörfer, unbewaffnete Bauern und schutzlose Frauen. Verbrannte Erde war vielerorts alles, was noch übrig blieb.

„Wo bleibt er denn, um Himmels Willen?“ rief Elisabeth immer wieder.
„Euer Gnaden, Ihr lauft schon Rillen in die Dielen. Ich glaube nicht, dass er noch kommt“, sagte die Närrin, die gerade damit beschäftigt war, ihrer Elfriede ein neues Gesicht zu malen. Das alte war schon ganz verblasst gewesen.
„Die Söldner verwüsten die Grafschaft und er treibt sich sonst wo herum! Er hatte mir versprochen, wiederzukommen, mich zu beschützen, uns alle, Schmalkalden, die ganze Grafschaft.“
„...die ganze Welt!“ vervollständigte die Närrin den Satz, während sie scheinbar hochkonzentriert ihrer Elfriede neue Lippen malte.
„Wahrscheinlich hat er vielen Frauen versprochen, wiederzukommen. Sicher kommt er auch immer wieder, wahrscheinlich mehrmals am Tag - von der Nacht ganz zu schweigen -, aber eben nicht hier.“
„Närrin!“ schrie Elisabeth erbost und ging hinaus, noch immer laut und ärgerlich schimpfend.
„Du liebe Güte! Jetzt hat Elfriede einen ganz verkniffenen Mund. Die Zeiten sind wahrlich schlecht, wenn nicht einmal ein Narrenstab fröhlich lachen kann“, murmelte die Närrin. Als sie mit ihrem Werk fertig war und es betrachtete, war sie selbst überrascht, wie schreckensweit Elfriedes Augen

aussahen. Seufzend räumte sie ihre Malutensilien fort.
„Tja, Elfriede, hier sind wir nun. Was soll aus uns noch werden?"
„Pass auf, dass die Herrin aus mir kein Brennholz macht", schnarrte Elfriede. „Da wäre ich schon zufrieden."
„Ja, Elfriede, wir werden alle bescheiden im Alter. Erst konnte ich nicht mehr so hoch springen, jetzt springe ich gar nicht mehr, sondern bin froh, wenn ich mit beiden Beinen fest auf der Erde stehen kann. Wir können hier nur noch auf unser Gnadenbrot hoffen. - Aber dass genug Leckereien dabei sind, dafür müssen wir schon selbst sorgen. Ich wette, der großmütige Herr Landgraf hat wieder eine Fuhre mit Wildbret, Quittenbrot und Einbecker Bier heranschaffen lassen. Da muss bestimmt was probiert werden. Also, auf in die Küche."

*

Just in diesem Moment machte Markgraf Albrecht Alcibiades von Brandenburg-Kulmbach, der die Thüringischen Wälder längst hinter sich gelassen hatte, eine kleine Rast. Die Mark Brandenburg war nicht mehr weit, schon witterte Albrechts Pferd den Stall.
„Wie habt Ihr es nur bewerkstelligt, dass die Herzogin Euch so großzügig unterstützt hat?" fragte Hesel von Grumbach, nachdem der einen kräftigen Schluck Wein genommen hatte.
Diese Frage beantwortete Albrecht Alcibiades mit einem Spruch, der ebenso bösartig wie unanständig war und die Dankbarkeit alter, einsamer Frauen zum Gegenstand hatte.

*

Es dauerte lange, bis Elisabeth begriff, dass zwar Schmalkalden gerettet war, aber dass der Rest der hennberger Grafschaft das doppelte Leid zu tragen hatte. Noch länger dauerte es, bis sie endlich begriff, dass Albrecht Alcibiades niemals wiederkommen würde. Als sie erfuhr, dass er keineswegs mit Söldnern zu ihrer Rettung unterwegs war, sondern keinen Gedanken an sie

oder gar Rochlitz verschwendete, traf sie dies wie ein Fausthieb. Sie sank erbleichend auf den nächsten Stuhl. „Er kommt nicht?“ stammelte sie.
„Nein, Euer Gnaden. Wie es aussieht, kommt er nicht“, sagte Bünau leise. In den letzten Tagen hatte er wieder öfter bei Elisabeth gesessen und lange mit ihr gesprochen, worauf Elisabeth sich immer sehr nachdenklich zurückgezogen hatte. Nun war die Erkenntnis unausweichlich: „Nie mehr? Die Truppen der Einung werden genau beobachten, ob er kommt oder nicht. Und wenn er uns im Stich lässt, dann werden sie ärger wüten als im Rest der Grafschaft. Und ich bin dran schuld. Ich! Er hat doch versprochen, uns alle zu beschützen... Rochlitz!“ Dann brach sie in Tränen aus und war nicht mehr zu beruhigen. Sie schrie und begriff nicht, dass sie selbst es war, die schrie. Sie hörte nur, dass da jemand schrie, der nicht mehr aufhören konnte zu schreien. Während sie ins Bodenlose fiel, zerquetschte eine eisige Klaue ihr Innerstes, zermalmte ihre Eingeweide, bis nichts mehr davon übrig war; bis nichts mehr von ihrem Dasein, ihrem Selbst übrig war. Der Schmerz war so allumfassend, so überwältigend, dass sie Angst hatte, darin zu ertrinken... oder... hatte sie wirklich Angst vor dem Tod? Sollte sie ihn nicht vielmehr willkommen heißen? Vielleicht hörte dann der Schmerz auf, dieser unerträgliche Schmerz, der sie umgab, sie einhüllte und erstickte wie eine schwarze Wolke. Sie nahm nur noch sehr ungenau wahr, was um sie herum vorging. Man brachte sie in ihr Schlafzimmer, in ihr Bett. Sie hörte wie aus weiter Ferne, dass die Närrin sagte: „Halt, wir bringen sie in unser Bett. Ihr eigenes stinkt sicher noch nach diesem Scheißkerl.“ Dann wurde es Nacht um Elisabeth.

Es dauerte Tage, bis Elisabeth ansprechbar und bereit war, Nahrung zu sich zu nehmen. Die Närrin und Gertrud saßen an ihrem Bett, hielten ihre Hand oder legten ihr ein kühlendes Tuch auf die Stirn.
„Sag jetzt bloß nicht, du hättest es gleich gesagt, Närrin!“
„Ich sag doch gar nix.“
„Aber du denkst es.“
„Nein, auch das nicht. Gedacht und sogar gesagt habt Ihr es. Und ich würde Euch niemals widersprechen, denn gesagt hatte ich es tatsächlich gleich.“

„Närrin!“ sagte Elisabeth müde.
„Ihr habt angefangen! Aber wie dem auch sei, wir sind froh, dass Ihr wieder redet.“
„Hat man schon etwas von Luisa und Sophia gehört?“
„Sophia konnte als Hofdame bei einer ihrer Schwestern unterkommen und durfte sogar Luisa mitbringen. Den beiden geht es gut.“
„Das war gut so. Ihr hättet alle gehen sollen, als es noch möglich war.“
„Ich hab Euch doch gesagt, dass irgendwer auf Euch aufpassen muss. Deshalb sind wir geblieben.“ Sie grinste Elisabeth an, aber ihrer Herrin war nicht zum Scherzen zumute.
„Oh, mein Gott! Was habe ich getan? Ich habe nicht nur euch alle in Gefahr gebracht, sondern auch die Grafschaft den schlimmsten Plünderungen und Grausamkeiten preisgegeben, die man sich nur vorstellen kann. Und Albrecht kommt nicht mehr zurück, um uns oder Schmalkalden oder irgendein Dorf in der Grafschaft zu beschützen. Wie könnte mir das jemand verzeihen? Ich kann es mir selbst nicht verzeihen! Wie konnte ich nur so furchtbar blind sein?“
„Ihr habt Euch nach Liebe gesehnt; das tut jeder Mensch. Und es gibt Menschen, die das ausnutzen. Sich nach Liebe zu sehnen ist doch kein Frevel.“
„Aber dass ich diese Liebe ausgerechnet bei jemandem gesucht habe, der alles verraten hat, was mir in meinem bisherigen Leben so lieb und teuer war! So sehr habe ich mich immer für den Frieden eingesetzt. Du weißt, Närrin, dass ich alles, wahrhaftig alles getan habe, um endlich Frieden herzustellen, aber nichts hat es genützt. Es gab und gibt immer mehr Krieg. Vergeblich sind alle unsere Bemühungen um Frieden, um Liebe… vielleicht letztlich auch um eine reine Seele, die ins Himmelreich einziehen wird. Für alles werde ich mich verantworten müssen. Für alles.“

Elisabeth erholte sich von diesem Schlag nicht mehr. Die Schmerzen, ihre Schwäche, ihr Unwohlsein kehrten mit solcher Heftigkeit zurück, dass sie das Bett für lange Zeit nicht mehr verlassen konnte.[212] Philipp versuchte sie

212 siehe zu Elisabeths Leiden: Jütte, Robert; Die Leiden der Elisabeth von Rochlitz, der Schwester Philipps des Großmütigen. In: Quantität und Struktur: Festschrift für Kersten Krüger zum 60. Geburtstag. Rostock 1999. Ab S. 337.

aufzuheitern, indem er ihr eine Spieluhr und einen Papageien schickte, sie auch immer wieder mahnte, die Ratschläge der Ärzte ernst zu nehmen und zu befolgen. Besonders letzteres war nötig, denn Elisabeth forderte immer neue Ärzte an, befolgte jedoch nur die Ratschläge, die ihr angenehm waren, nahm nur die Medizin zu sich, die ihr schmeckte und jagte schließlich jeden Arzt zum Teufel, der ihr nicht half. So hatte sie bereits einige Ärzte verschlissen. Philipps Apotheke war für Elisabeth letztlich nur ein Trost, aber keine wirkliche Hilfe, denn auch dort gab es in erster Linie bittere Medizin zu kaufen, die sie nur sehr ungern nahm und die nicht den seelischen Schmerz betäuben konnte, der Elisabeth quälte.
Dass der Kaiser abgedankt hatte, nahm sie ohne Kommentar zur Kenntnis. Nichts, was nun in der großen Politik geschah, hätte Einfluss haben können auf ihr Leben.
Albrecht Alcibiades hatte keines seiner Versprechen eingelöst, schon gar nicht hatte er ihr zu einem Kind verholfen. Alles, was er ihr hinterlassen hatte, war die Syphilis, die bei Elisabeth jedoch glücklicherweise einen milden Verlauf zeigte. So mild, dass sie standhaft abstritt, überhaupt die Syphilis zu haben. Philipp sprach ihr gut zu und erwähnte in einem seiner Briefe, dass sie es doch zugeben solle, da schließlich auch unschuldige Kinder von dieser Krankheit befallen würden. Elisabeth beharrte darauf, dass sie nicht die Syphilis habe und keinerlei Quecksilberbehandlung bedürfe[213]. So vegetierte sie monatelang dahin. Dem Siechenhaus vor der Stadt vermachte sie in dieser Zeit die ansehnliche Summe von eintausendsechshundert Talern, die jährlich ausgezahlt werden sollten[214].
Als im Mai 1555 Agnes mit Herzog Johann Friedrich II. von Sachsen, einem Sohn des ehemaligen Kurfürsten, verheiratet wurde und schon im November desselben Jahres unter sonderbaren Umständen starb, trauerte Elisabeth ehrlich. Manche sagten, Agnes sei im Kindbett gestorben, andere behaupteten, ein Fieber sei die Ursache gewesen, und hier und dort munkelte man

213 Jütte, Robert; 1999, S. 342.

214 siehe dazu und zu anderen Begebenheiten aus Elisabeths Schmalkaldener Zeit: Arthur Fuckel: Herzogin Elisabeth von Rochlitz, die Schwester Philipps des Großmütigen. In: Zeitschrift des Vereins für Hennebergische Geschichte und Landeskunde in Schmalkalden. Heft XVI. Hrsg. 1911, Schmalkalden, Selbstverlag des Vereins.

sogar, Agnes sei vergiftet worden. Mit Sicherheit war sie im Jenseits mit ihrem Moritz wieder glücklich vereint; darauf hoffte Elisabeth für die beiden.

Bünau, der Elisabeth zwanzig Jahre lang so treu gedient hatte, erkrankte 1556 schwer. Obwohl er alles befolgte, was Elisabeths Ärzte ihm auftrugen und er sehr gewissenhaft die Medizin einnahm, die Gertrud aus der Apotheke geholt hatte, ging es ihm immer schlechter. Nun lag er schon seit drei Tagen im Bett. Elisabeth hatte sich zu ihm gesetzt und hielt sogar seine Hand, denn es ging wohl zu Ende mit ihm. Liebevoll streichelte sie seine Hand, was er mit leisen Bewegungen seiner Finger erwiderte. Zum ersten Mal betrachtete sie seine Hand, die so lange Jahre für sie geschrieben hatte.
„Da sind noch immer Tintenflecken auf Eurem Daumen und Eurem Zeigefinger", bemerkte sie mit einem Lächeln.
„Ja, diese Flecken gehen nicht mehr weg", erwiderte er mit schwacher Stimme. „Ich hab schon oft versucht, sie zu entfernen, aber die Tinte steckt zu tief in meiner Haut. - Ich hab fast immer gerne für Euch geschrieben."
„Und die Zeit, in der Ihr nicht gerne für mich geschrieben habt, könnt Ihr mir die verzeihen?"
„Es gibt nichts zu verzeihen, Elisabeth. Ich hab mir in dieser Zeit sehr große Sorgen um Euch gemacht."
„Aber trotzdem habt auch Ihr nicht gesagt, dass Ihr den Markgrafen gleich durchschaut hättet."
„Hatte ich das denn? Wer kann sich schon anmaßen zu behaupten, er durchschaue einen Menschen? Spielen wir nicht ein wenig Gott, wenn wir meinen, wir wüssten alles über einen anderen Menschen, könnten sein Mienenspiel und seine Reaktionen erklären? Maßen wir uns damit nicht an, das Herz und die Seele eines Menschen zu kennen, zu erklären? Aber wer außer Gott kann das schon? Und ist es nicht so am besten? Gott allein sieht in die Seelen und Herzen der Menschen. Das ist sein alleiniges Recht, denn er allein ist in der Lage, jede Seele und jedes Herz mit Liebe zu betrachten. Könnten wir Menschen wahrhaftig in die Seelen und Herzen unserer Mitmenschen schauen, wir täten es überheblich und urteilend. Auch das Herz eines Markgrafen vermag Gott mit Liebe anzuschauen."

Die Närrin, die wieder einmal unbemerkt gelauscht hatte, erhob sich leise und ging, um den Pfarrer zu holen. Sie eilte, denn sie war überzeugt, dass es mit Bünau sehr bald zu Ende sei. Derart milde konnte nur einer auf die Menschheit blicken, der bereits mit beiden Beinen im Jenseits stand.
Als der Pfarrer und die Närrin eintraten, weinte Elisabeth und küsste Bünaus Hände.
„Komme ich etwa zu spät?" fragte der Pfarrer erschrocken.
„Zu spät ist hier vieles, aber nicht Euer Erscheinen", sagte Elisabeth.

Nach Bünaus Tod verschlechterte sich Elisabeths Zustand noch mehr. Nicht nur körperlich verfiel sie zusehends, sondern auch ihr Geist wurde schwach. Die Teufelsvisionen, die sie heimsuchten, plagten nicht nur sie selbst, sondern ängstigten auch alle anderen im Hause.

Nach zwei weiteren Jahren drang die Nachricht von Albrechts Tod nach Schmalkalden. Er war im letzten Sommer bei seiner Schwester Kunigunde in Pforzheim an einer sonderbaren Krankheit gestorben, wie Philipp in einem Brief berichtete.
„Ging es langsam oder schnell?" wollte die Närrin wissen.
„Es war eine sehr seltene Krankheit mit Symptomen, die sich langsam verstärkt haben."
„Also langsames Siechtum! Da bin ich aber beruhigt!" rief die Närrin glücklich. Sie saß an Elisabeths Bett, spielte mit ihrer Elfriede und genoss die letzten Strahlen der winterlichen Sonne, die durch die Butzenscheiben fielen. Es war der 6. Dezember des Jahres 1557.
„Dass Ihr auf diesen Kerl hereingefallen seid, Herrin, darüber komme ich einfach nicht hinweg."
„Schweig, Närrin! Schweig!" sagte Elisabeth ruhig. „Ich komme selbst nicht darüber hinweg. Nur zu gerne habe ich ihm geglaubt. Gar zu schön waren seine Worte. Aber ich kann es mir selbst nicht verzeihen, dass ich ihn nicht durchschaut habe. Ich war damals schon über fünfzig und habe mir von einem Mann, der mein Sohn hätte sein können, nur zu gerne erzählen lassen, was für eine schöne Frau ich sei." Sie lachte bitter. „Dabei war die

Zeit, in der ich einmal schön gewesen bin, längst vorbei, genau wie meine Jugend, meine Zeit der Fruchtbarkeit.“ Sie hielt für eine Weile inne, als müsse sie ihre Worte sorgfältig abwägen, bevor sie fortfuhr: „Ist es wirklich die Schönheit, die wir meinen, wenn wir die Jugend mit neidischen Augen betrachten? Oder die Gesundheit? Die Fähigkeit, aus einem tiefen Sessel mühelos aufzustehen? Ist das wirklich alles? Ich glaube, es ist nicht weniger als die Welt, die wir Alten der Jugend neiden. Die Welt, die nur der Jugend offen steht, die sich uns Alten aber mehr und mehr verschließt, mit jedem Jahr ein bisschen mehr, weil wir uns selbst eine Welt geschaffen haben, oder vielmehr uns von unseren Eltern durch Heiratspflichten und dergleichen eine Welt geschaffen wurde, in der wir zu leben gezwungen sind. Eine Welt, die unendlich öde ist, deren Geheimnisse nur noch aus bösen Überraschungen bestehen.
Was soll ich mit jungen Beinen, die laufen und springen könnten? Das hat man mir schon lange verboten, als meine Beine noch laufen und springen konnten. Die Welt will ich zurück, und zwar eine Welt, die ich mir selbst erschaffe. Ich würde alles darum geben, könnte ich noch einmal von vorn beginnen, wie auf einem leeren Blatt schreiben, zeichnen, malen, was mir allein gefällt. Zu oft wurde mir die Hand geführt und ich wurde gezwungen, mein leeres Blatt mit Dingen zu füllen, die mich unendlich traurig gemacht haben. Kein Messer ist so scharf, dass es all diese Dinge wegschaben könnte. Man hat nur die Feder in der Hand und unauslöschbare Tinte, man hat nur diesen einen Bogen Papier, den man füllen kann - und doch legt sich immer wieder eine Hand um die eigene, die führt und führt, streng und unnachgiebig.“
„Aber das war nicht immer so, Herrin. Denkt doch nur an Rochlitz. Da hattet Ihr die Feder fest in der Hand.“
„Das mag schon sein, aber dann hat mir der Krieg die Feder aus der Hand gewunden. Damals habe ich schon geahnt, dass der Krieg alles zerstören würde, was mir so lieb und wert geworden war. Rochlitz - wie unendlich glücklich war ich in Rochlitz. Es waren die schönsten Jahre meines Lebens.“
„Aber hier in Schmalkalden können wir es uns doch auch schön machen. Freut Ihr Euch denn gar nicht auf Weihnachten? Ich wette, Magda hat mit

Gertrud wieder ganz köstliche Dinge gebacken, die unbedingt probiert werden müssen. Soll ich mal gehen und nachschauen?"
Elisabeth lachte schwach. „Ja, schau mal nach und bring mir etwas mit." Das ließ sich die Närrin nicht zweimal sagen. Als die Frauen mit dem noch warmen, köstlich duftenden Gebäck kamen, schien Elisabeth zu schlafen. Sie stellten es neben ihr auf einem kleinen Tisch ab und wollten gerade wieder gehen, da rührte sich Elisabeth.
„Macht das Fenster auf, es ist ja so unerträglich heiß hier drinnen!" rief sie aus.
Gertrud ging und öffnete das Fenster. Mit der frischen Luft schien die Dämmerung von draußen ins Zimmer zu strömen, doch da war noch etwas im Raum. Wie eine Ahnung hing es in der Luft, wie ein Schatten huschte es vorbei. Es war wie eine unhörbare Melodie, die man nicht mit den Ohren hört. Da war noch jemand in den Raum getreten, ernst und dunkel, eine Macht, die alles verstummen ließ. Die Närrin schaute sich um, als könne sie etwas erkennen, und ohne einen Blick auf Elisabeth werfen zu müssen, flüsterte sie: „Der Tod ist hier. Ich geh und hole den Pfarrer."
Gertrud schlug ihre Hand vor den Mund, um ihren Schrei zu ersticken. Elisabeth räusperte sich mit trockener Kehle. Nur mit Mühe fasste Gertrud sich wieder und fragte: „Euer Gnaden, wollt Ihr etwas trinken?"
„Ja, Gertrud. Gib mir einfach etwas kaltes Bier."
Ein Rest stand noch auf dem Tisch. Gertrud hielt ihrer Herrin den Becher an die Lippen und half ihr zu trinken. Als der Becher leer war, schob Elisabeth ihre Bettdecke fort.
„Euer Gnaden, Ihr werdet Euch erkälten, bitte lasst mich die Bettdecke wieder auf Euch legen."
„Gertrud, mir ist schrecklich heiß. Ich hab das Gefühl zu ersticken." Sie seufzte schwer auf. „Die kalte Luft tut mir gut. - Die Närrin ist gegangen, um den Pfarrer zu holen, nicht wahr? Sie hat es gespürt. Spürst du es denn gar nicht?"
„Doch Euer Gnaden, ich spüre, dass da etwas ist, das ich nicht nennen kann, das mir Angst macht." Sie weinte.
„Du musst nicht weinen, Gertrud. Ich glaube, ich habe ihn schon begrüßt,

denn er ist mir willkommen. Ich will gerne mit ihm gehen. Er sieht so hell und freundlich aus, ja, sein Gesicht leuchtet geradezu."
Im Haus hörte man schon Schritte auf der Treppe. Der Pfarrer kam und hatte das Abendmahlsgerät dabei. Leise versammelten sich alle Hausbewohner um Elisabeths Lager, vor dem der Pfarrer nun auf einem kleinen Tisch den Kelch und den Hostienteller stellte. Alle waren da: die Knechte und Mägde, von denen einige zum ersten Mal in der herzoglichen Stube standen und sich ihre schmutzigen Hände an ihren Kleidern abwischten. Magda, die eben noch in der Küche gebacken hatte und deren Gesicht leichte Mehlspuren zeigte. Gertrud und die Närrin, die an Elisabeths Bett saßen und ihre Hände hielten. Kerzen flackerten auf dem kleinen Tisch und ließen den goldenen Kelch aufblitzen. Gemeinsam sprachen sie die Gebete, alle empfingen das Abendmahl, und niemand hielt seine Tränen zurück. Elisabeth atmete immer schwächer, konnte aber noch auf alle Fragen des Pfarrers antworten, die dieser ihr stellte, um ihre Seele sicher ins Jenseits zu geleiten. Und wie eine Kerze immer kleiner und kleiner wird, wie ein Docht schließlich im Wachs ertrinkt und ganz erlischt, so erlosch auch Elisabeth.

Epilog

Mit einem feierlichen Trauergefolge, wie es die Stadt selten sah, wurde Elisabeth aus Schmalkalden geleitet: Die Geistlichkeit, die Schulen, die hennebergischen und hessischen Beamten, der Rat und die Bürgerschaft mit ihren Frauen schritten ihrem Sarge nach bis zum Fambacher Berg, von wo man sie dann in das hessische Stammland überführte.[194]
Erschüttert nahm Philipp die sterblichen Überreste seiner Schwester in Marburg in Empfang. In der Kirche ihrer Ahnfrau wurde Elisabeth unter großer Anteilnahme der Marburger Bevölkerung beigesetzt. Die Närrin und Gertrud weinten sehr und konnten einander kaum trösten. Die beiden kamen gemeinsam an einem sächsischen Hof unter.

194 Fuckel, Arthur; 1911, S. 28

Ob Elisabeth mit Albrecht Alcibiades tatsächlich ein Verhältnis hatte, lässt sich nicht zweifelsfrei belegen. Aus ihren Briefen geht hervor, dass sie ihn unterstützt hat und dass sie mit großer Wahrscheinlichkeit unter Syphilis litt. Aufgrund dieser Recherchen habe ich mir erlaubt, den beiden eine Liebschaft anzudichten, denn es erschien mir die plausibelste Erklärung für ihre Unterstützung.
Manche ihrer Zeitgenossen und nachfolgende Generationen nahmen sie mit ihrem Bruder Philipp in eine Art moralische Sippenhaft und fällten ein harsches Urteil über sie. Für Jahrhunderte fiel sie der Vergessenheit anheim. Erst im 21. Jahrhundert, zum 500. Jubiläum der Reformation, erkennt man Elisabeths Wert für die Reformation und erinnert sich wieder an sie.

Graf Friedrich Magnus zu Solms kehrte mit seinem Freund Kuno wohlbehalten nach Hessen zurück. Mit seinem Onkel Reinhard teilte er sich das Erbe des Großvaters, wobei ihm Laubach zufiel, das er zu seiner Residenz ausbaute. Als fortschrittlicher und voraus denkender Mensch gründete er in Laubach eine Lateinschule, um genügend Beamte für seine Verwaltung zu haben. Dabei übernahm er für die begabten Söhne armer Familien das Schulgeld. Außerdem führte er in Laubach die Reformation ein. Mit dem Abendmahlskelch, den seine streng katholische Mutter Anna einst der Gemeinde gestiftet hatte, feierten die Laubacher das erste Abendmahl in beiderlei Gestalt.

Margarete von der Saale gebar Philipp noch zwei weitere Söhne und eine Tochter. Bei Hof wurde sie niemals zugelassen. Voller Verbitterung schrieb sie an Philipp: *Ich begehre nicht mehr, bei Euer Gnaden zu sein. Zuviel zerreißt den Sack; bin ich Euer Gnaden nicht gut genug für eine eheliche Frau, so dünke ich mich viel zu gut, unter der großen Zahl Eurer bösen Huren zu sein. Ich muss die Schämschuhe austun, ich komme sonst um Leib und Seele. Euer Gnaden erweise mir die Gnade, die Euer Gnaden ihren alten Pferden und Hunden tun, doch mir als einem Menschen, dass ich die betrübte Zeit möge unterhalten werden. Nehmt die zwanzigtausend Gulden und alles, was ich habe. Ihr habt mich um den höchsten Schatz gebracht, den ich gehabt habe, das ist meine Ehre und mein guter Ruf, darum haben mit Euer Gnaden gebracht. Gott sei 's befohlen*[195].

In Spangenberg kaufte Philipp ihr noch ein größeres Haus, den sogenannten Burgsitz, doch leider ist unklar, ob sie in das Haus noch einziehen konnte, bevor sie starb. Heute wird der Burgsitz durch ein bemerkenswertes Projekt liebevoll restauriert.

Reinhard und Johanna lebten glücklich miteinander und hatten viele Kinder, für die sie eine bessere Zukunft erhofften. Eine Zukunft gab es nur noch für wenige folgende Generationen: Den protestantischen Böhmen wurden im Jahre 1618 entscheidende Rechte aberkannt. Ihren Unmut darüber äußerten sie, indem sie die katholischen Beamten kurzerhand aus dem Fenster warfen. Obwohl die Herren sanft auf einen Heuhaufen fielen (böse Zungen behaupten, es sei ein Misthaufen gewesen), löste der Prager Fenstersturz den Dreißigjährigen Krieg aus, an dessen Ende in manchen Teilen Deutschlands nur noch ein Drittel der Bevölkerung übrig war. Um das daniederliegende Land wieder zu bevölkern, wurde mancherorts Männern erlaubt, eine zweite Ehefrau zu nehmen, wobei man sich auf Landgraf Philipp von Hessen berief.

195 Karl E. Demant, Die hessische Erbfolge in den Testamenten Landgraf Philipps des Großmütigen und der Kampf seiner Nebenfrau um ihr Recht. In: Hessisches Jahrbuch für Landesgeschichte 17. 1967, S. 176.

Bibliographie

Baumbach, Udo: Schloss Rochlitz. Fürstliche Residenz, Witwensitz, Verbannungsort. Leipzig 2002.

Ders. in: **1000 Jahre Rochlitz. Festschrift.** Rochlitz 1995.

Blaschke, Karlheinz (Hrsg.): Moritz von Sachsen - Ein Fürst der Reformationszeit zwischen Territorium und Reich. Internationales wissenschaftliches Kolloquium vom 26. - 28. Juni 2003 in Freiberg (Sachsen). Quellen und Forschungen zur sächsischen Geschichte, Band 29. Leipzig/ Stuttgart 2007.

Braasch-Schwersmann, Ursula; Schneider, Hans; Winterhager, Wilhelm Ernst (Hrsg.): Landgraf Philipp der Großmütige 1504 - 1567. Hessen im Zentrum der Reform. Begleitband zu einer Ausstellung des Landes Hessen. Marburg/ Neustadt an der Aisch 2004.

Brandenburg, Erich (Hrsg.): Politische Korrespondenz des Herzogs und Kurfürsten Moritz von Sachsen. Erster bis sechster Band, Berlin 1982 (Reprint).

Busto, Bernabé de: Geschichte des Schmalkaldischen Krieges. Busto war ein Sekretär des Kaisers. Entdeckt und gedruckt wurde der Text 1938; er liegt ausschnittweise vor in einer Übersetzung von Dr. Christopher Wertz.

Duller, Eduard: Neue Beiträge zur Geschichte Philipps des Großmüthigen; Darmstadt 1842

Fischer, Fritz und Stutterheim, Eckart von: Zur Herkunft der Katharina von Bora, Ehefrau Martin Luthers; In: AfV, Archiv für Familienforschung. Die Zeitschrift für Familienforscher; 9. Jahrgang, Heft 1/ 2005.

Fuchs, Martina und Rebitsch, Robert (Hgg.): Kaiser und Kurfürst. Aspekte des Fürstenaufstandes 1552. Münster, 2010.

Fuckel, Arthur: Herzogin Elisabeth von Rochlitz, die Schwester Landgraf Philipps des Großmütigen. In: Zeitschrift des Vereins für Hennebergische Geschichte und Landeskunde in Schmalkalden. Heft XVI, herausgegeben 1911.

Gebhardt, Armin: Moritz von Sachsen. Skrupelloser Retter des Protestantismus. Marburg 2007.

Geyerberg, M. Lucas: Des wolgebornen Grauen und Herrn/ Herrn Friedrich Magnußen/ Grauen zu Solms/ Herrn zu Müntzenberg und Sonnenwald Leben/ Regiment und Abschied/ durch M. Lucam Geyerberg/ Predigern in Laubach 1574 eigenhändig verzeichnet.

Greschat, Martin: Martin Bucer. Ein Reformator und seine Zeit (1491 - 1551). Münster 2009.

Held, Wieland; 1547 Die Schlacht bei Mühlberg/ Elbe. Beucha 1997.

Herrmann, Johannes: Moritz von Sachsen (1521 - 1553) Landes-, Reichs- und Friedensfürst. Beucha 2003.

Issleib, S.: Philipp von Hessen, Heinrich von Braunschweig und Moritz von Sachsen in den Jahren 1541 - 1547. Sonderabdruck aus dem Jahrbuch des Geschichtsvereins für das Herzogtum Braunschweig. II (1903). Wolfenbüttel 1904. Verlag Julius Zwissler.

Jütte, Robert: Die Leiden der Elisabeth von Rochlitz, der Schwester Philipps des Großmütigen. In: Quantität und Struktur: Festschrift für Kersten Krüger zum 60. Geburtstag. Rostock 1999.

Köttelwesch, Sabine: Geliebte, Gemahlinnen, Mätressen. Verein für hessische Geschichte und Landeskunde e.V. 1834 Kassel - Zweigverein Hofgeismar. Hofgeismar 2004.

Kohler, Alfred: Karl V. 1500 - 1558. Eine Biographie. München 1999.

Kühn, Helga-Maria: Eine unverstorbene Witwe. Hannover 2009

Lehmann, Kai: Die Plünderung der gefürsteten Grafschaft Henneberg im Jahr 1554. Hildburghausen 2005.

Lemberg, Margret: Alltag und Feste in den Residenzen Kassel und Marburg. In: Landgraf Philipp der Großmütige von Hessen und seine Residenz Kassel. Hrsg.: Heide Wunder, Christina Vanja, Berthold Hinz. Marburg 2004.

Meller, Harald (Hrsg.): Fundsache Luther, Archäologen auf den Spuren des Reformators, Halle 2009

Ogger, Günter: Kauf dir einen Kaiser. Die Geschichte der Fugger. Hamburg 2013.

Pfau, Clemens: Führer durch das Rochlitzer Schloss. Rochlitz 1928.

Richhardt, Dirk: Der Bigamist aus reinem Gewissen. In: Norbert Stieniczka (Hrsg.): Mit dem Glauben Staat machen. Beiträge zum evangelischen Philippsjahr 2004. Quellen und Studien zur Hessischen Kirchengeschichte. Band 12, Darmstadt und Kassel 2005.

Rockwell, William Walker: Die Doppelehe des Landgrafen Philipp von Hessen. Leipzig 1903.

Rous, Anne-Simone: Der Nachrichtendienst von Herzogin Elisabeth im Schmalkaldischen Krieg 1546/ 47. Vortrag auf der internationalen Tagung der „International Intelligence History Association“, 1. - 3. Juni 2012, Ecole Militaire (Paris). Der Aufsatz erschien in englischer Sprache im Journal of Intelligence in History 2 (2013).

Schulin, Ernst: Kaiser Karl V. Geschichte eines übergroßen Wirkungsbereiches. Stuttgart 1999.

Schwennicke, Detlev: Europäische Stammtafeln, Neue Folge. Vittorio Klostermann, Frankfurt am Main 1999.

Signon, Helmut: Köln macht Geschichte. Frankfurt am Main 1977

Tracy, James D.: Der Preis der Ehre: Die Finanzierung der Feldzüge Kaiser Karls V., S. 155. In: Karl V. 1500 - 1558. Neue Perspektiven seiner Herrschaft in Europa und Übersee. Hrsg: Alfred Kohler, Barbara Haider und Christine Ottner unter Mitarbeit von Martina Fuchs. Wien 2002.

Ufer, Peter: Der große Gogelmosch, Das Wörterbuch der Sachsen. Edition Sächsische Zeitung, Dresden 2010.

Ulbricht, Sabine; Fürstinnen in der sächsischen Geschichte. 1382 - 1622. Beucha 2010.

Wackernagel, Klaus: Die Lokalisierung der Entscheidungsschlacht. In: Niederlausitzer Studien, Heft 38, Cottbus 2012.

Werl, Elisabeth: Aus dem Jahrzehnt der Herzogin Elisabeth; in: Bernstein, Albert (Hrsg.) Buch der Landschaft Rochlitz, Rochlitz 1936, S. 171 ff.

Werl, Elisabeth: Elisabeth, Herzogin zu Sachsen, die Schwester Landgraf Philipps von Hessen. Eine deutsche evangelische Frau der Reformationszeit. I. Jugend in Hessen und Ehezeit am sächsischen Hof zu Dresden. Inaugural - Dissertation, Weida in Thüringen 1937.

Wolff, Fritz: Der Weg in die Gefangenschaft. In: Landgraf Philipp der Großmütige 1504 - 1567; Hessen im Zentrum der Reform. Ursula Braasch-

Schwersmann, Hans Schneider, Wilhelm Ernst Winterhager (Hrsg.)
Wolters, Gottfried (Hrsg.) ars musica, Wolfenbüttel 1965.
Wunder, Heide; Vanja, Christina; Hinz, Berthold (Hrsg.): Landgraf Philipp der Großmütige und seine Residenz Kassel. Marburg 2004.
Zotz, Thomas: Adel, Bürgertum und Turniere in deutschen Städten. S. 450 ff. In: Josef Fleckenstein (Hrsg.), Das ritterliche Turnier im Mittelalter. Göttingen 1985.

Danke! Danke! Danke!

Danke an alle, die mich in der Zeit des Recherchierens und Schreibens so großartig unterstützt haben und ohne deren Hilfe diese Buch nicht hätte entstehen können.

Danke, Frank! Für Deine unermüdliche Unterstützung mit Rat und Tat, mit unendlicher Geduld und vielen wunderschönen Fotos, die ich leider nur zu einem winzigen Teil im Buch unterbringen konnte.
Danke, liebe Familie, für alles.

Herzlichen Dank, liebe Frau Dr. Anne-Simone Rous für die ausgiebige Hilfe und die Übermittlung der Geheimschriften, der dechiffrierten Briefe und des Vortrags; besten Dank für viele ausführliche Antworten.

Außerdem danke ich sehr herzlich Herrn Klaus Wackernagel, dem Stadtchronisten von Falkenberg/ Elster für seine kompetente Unterstützung, Geduld, viele Telefonate und Texte und die Führung über das Schlachtfeld.

Besten Dank auch an die Teams des Adels Archivs Marburg, des Schlösserlandes Sachsen und des Schlosses Wilhelmsburg in Schmalkalden.

Herrn Volker Pohlenz danke ich ganz besonders herzlich ich für das Gemälde auf Seite 273. Fotografiert wurde das Gemälde von Sven Bartsch; besten Dank auch an ihn. Das Original hängt im Vogtshaus zu Oschatz.

Danke an all die vielen lieben Menschen, die ich gar nicht alle nennen kann oder die nicht namentlich genannt werden möchten, deren Hilfe mir aber sehr viel bedeutet und die ich sehr zu schätzen weiß.

Anja Zimmer

Personenregister

Hinweis: Die von mir erfundenen Personen oder Umstände sind kursiv gedruckt.

Agnes, Prinzessin von Hessen, Herzogin/ Kurfürstin von Sachsen, 1527 - 1555, Tochter von Christine und Philipp von Hessen, Ehefrau von Moritz von Sachsen, Elisabeths Nichte.

***Albert Gutmann**, Stiefsohn von Anna und Friedel Gutmann, Ehemann von Hilda Gutmann.*

***Ammetsberger**, Kaufmann in Rochlitz, lutherisch.*

***Anna Gutmann**, 1485 - 1541, Ehefrau von Friedel Gutmann, Mutter von Anni und Frieda, Stiefmutter von Reinhard und Joseph. Schwester von Karl Schreuer.*

Anna, Prinzessin von Hessen, Pfalzgräfin von Zweibrücken, 1529 - 1591. Tochter von Christine und Philipp von Hessen, Elisabeths Nichte.

Anna, Prinzessin von Sachsen, 1544 - 1577, Tochter von Moritz und Agnes.

Anna von der Saale, Hofmeisterin bei Elisabeth, Mutter der Margarete von der Saale.

***Anni Gutmann**, Tochter von Anna und Friedel Gutmann, Friedas Schwester, neben ihrer Mutter Anna ist Anni eine weitere Ersatzmutter für Reinhard und Joseph.*

Barbara, Prinzessin von Hessen, Herzogin von Württemberg-Mömpelgard (das heutige Montbéliard) 1536 - 1597, Tochter von Christine und Philipp von Hessen. Elisabeths Nichte.

Bünau, Heinrich von, ca. 1490 - 1556. Elisabeths Hofmarschall. *Man sagt den beiden auch eine Affäre nach, zu beweisen ist dies allerdings nicht, weshalb ich mich auf Andeutungen beschränkt habe.*

Christine, Landgräfin von Hessen, 1505 - 1549, Tochter von Herzog Georg dem Bärtigen und Ehefrau von Philipp dem Großmütigen.

***Elfriede** Narrenstab von Elisabeths Närrin, zuweilen mit seherischen Fähigkeiten ausgestattet.*

Elisabeth, Gräfin von Mansfeld-Vorderort, Ehefrau von Herzog

Friedrich von Sachsen, „dem Blöden“.

***Frieda Gutmann**, Tochter von Anna und Friedel Gutmann, Annis Schwester, neben ihrer Mutter Anna ist auch Frieda eine weitere Ersatzmutter für Reinhard und Joseph.*

***Friedel Gutmann**, Ehemann von Anna Gutmann, Vater von Anni und Frieda Gutmann, Stiefvater von Albert, Reinhard und Joseph.*

Friedrich, Herzog von Sachsen, „der Blöde“, 1504 - 1539, Sohn von Herzog Georg, Bruder von Herzog Johann, Schwager von Elisabeth.

Georg, Herzog von Sachsen, „der Bärtige“ 1471 - 1539, Schwiegervater von Landgraf Philipp und Herzogin Elisabeth.

***Gertrud, Hofdame bei Elisabeth, später Hofmeisterin**, enge Vertraute Elisabeths, Freundin der Närrin.*

***Heinichen, Ambrosius**, Bürgermeister von Mittweida.*

Heinrich, Herzog von Sachsen, „der Fromme“ 1473 - 1541, Vater von Sibylle, Aemilia, Sidonie, Moritz, Severinus, August, Bruder von Herzog Georg, Schwiegervater von Agnes.

***Hilda Gutmann**, Ehefrau von Albert Gutmann.*

Johann, Herzog von Sachsen, 1498 - 1537, Elisabeths Ehemann, Sohn von Herzog Georg und Bruder von Landgräfin Christine von Hessen.

***Joseph Junker**, Stiefsohn von Anna und Friedel Gutmann, bester Freund von Reinhard Schreuer.*

Katharina, Herzogin von Sachsen, 1487 - 1561, Ehefrau von Herzog Heinrich dem Frommen, Mutter von Sibylle, Aemilia, Sidonie, Moritz, Severinus, August. Schwägerin von Herzog Georg, Schwiegermutter von Agnes, Elisabeths und Philipps Tante.

Leubnitz, Christoph, Ratsherr und Wirt in Rochlitz, lutherisch.

***Leubnitz, Dorothea**, Ehefrau von Christoph Leubnitz, lutherisch.*

***Lichtenhain, Graf**,* Heiratskandidat für Margarete von der Saale.

Margarete von der Saale, 1522 - 1566, Hofdame bei Elisabeth, Tochter von Anna von der Saale, Ehefrau „zur linken Hand“ von Landgraf Philipp von Hessen.

***Mechthild**, Hofdame bei Elisabeth*

***Menzel**, Ratsherr in Rochlitz, katholisch.*

Moritz, Herzog/ Kurfürst von Sachsen 1521 - 1553, Ehemann von Agnes von Hessen, Schwiegersohn und Cousin von Christine und Philipp von Hessen. Elisabeths Cousin und „Ziehsohn“.

Närrin, *mit richtigem Namen heißt sie auch „Elisabeth“. Sie ist nach ihrer eigenen Meinung der einzig vernünftige Mensch in diesem gesamten Mysterienspiel und Elfriedes Besitzerin.*

Philipp, Landgraf von Hessen, „der Großmütige“ 1504 - 1567

Reinhard Schreuer, ** 1526, Sohn von Karl und Katha Schreuer, Stiefsohn von Anna und Friedel Gutmann, bester Freund von Joseph Junker.*

Prinius, *Ratsherr in Rochlitz, lutherisch.*

Saemann, Hannes, *Bauer in Rochlitz, lutherisch.*

Walburga, *Hofdame bei Elisabeth.*

Wilhelm IV., Prinz von Hessen-Kassel, 1532 - 1592, Sohn von Christine und Philipp von Hessen.

Zebicker, Paul, Bürgermeister von Rochlitz.

Über die Autorin: Anja Zimmer, geb. 1968 in Lich/ Hessen schloss ihr Studium in Germanistik und Theologie mit dem Magistertitel ab.

In ihrem Frauenzimmer Verlag, den sie 2002 gründete, sind bisher zwei Märchenbücher, fünf Romane und ein Reisebericht erschienen.

Heute lebt sie im Rheinland und ist auf Lesereisen in ganz Deutschland unterwegs.

Schloss Rochlitz, Herzoginnenstube, an der Vitrine mit Elisabeths Briefen.

Der erste Teil der Elisabeth-Biographie: Elisabeths Jahre in Dresden:

Dresden im Jahre 1526: In einer Zeit, in der allein der Besitz lutherischer Schriften unter Strafe steht, bekennt sich die junge Herzogin Elisabeth immer offener zur Reformation und schafft sich erbitterte Feinde am Hof ihres streng katholischen Schwiegervaters, Herzog Georg zu Sachsen.
Mit unzähligen Briefen versucht Elisabeth, den Frieden zwischen ihrem Schwiegervater und ihrem protestantischen Bruder, Landgraf Philipp von Hessen, zu wahren, doch dies wird ihr als Spionage ausgelegt und sie verliert die Gunst Herzog Georgs. Als Elisabeths Widersacher ihr Ehebruch unterstellen, fällt sie vollends in Ungnade, und Herzog Georg droht sogar, sie einmauern zu lassen...
Dieser Roman ist ein Plädoyer für religiöse Toleranz, das auch heute nichts von seiner Aktualität eingebüßt hat. Die Autorin schildert ein bewegtes Frauenleben in einer Zeit voller Gegensätze und Abgründe, wobei sie immer den großen Kontext deutscher Geschichte im Blick behält.

Printausgabe: ISBN 978-3-937013-13-8; 14,95 € [D], 15,95 € [AU]
ebook ISBN 978-3-937013-10-7
Format DIN A 5, 516 Seiten € 10,99.
www.Frauenzimmer-Verlag.de

Hinweis für den Buchhandel: Das Sortiment des Frauenzimmer Verlages ist gelistet im VLB (Verzeichnis lieferbarer Bücher), bei KNV und IBU. Außerdem können Sie über www.buchhandel.de bestellen oder direkt unter www.Frauenzimmer-Verlag.de

Ein biographischer Roman über Elisabeths Mutter, Anna von Hessen

„Das Kind ist mein und gehet mir zu Herzen."

Hinter diesem Satz verbirgt sich der hartnäckige Kampf einer Mutter um ihren Sohn.

Anna von Mecklenburg ist fünfzehn Jahre alt, als sie im Oktober des Jahres 1500 mit Wilhelm II. von Hessen verheiratet wird. Die Hoffnungen, mit denen das temperamentvolle Mädchen diese politische Ehe eingeht, sind bald zerstört. Mit ihrem Mann, den sie mit „Sie" und „Herr" ansprechen muss, verbindet sie wenig. Als Wilhelm stirbt, ist Annas Sohn - der zukünftige Landesherr - vier Jahre alt. Wilhelm übergibt in seinem Testament Anna und ihre beiden Kinder der Vormundschaft Ludwigs von Boyneburg - Annas ärgstem Feind. Anna fürchtet um das Leben ihres Sohnes und beginnt einen Kampf, in dessen dunklen Stunden sie zu ihrer Stärke findet.

ISBN 978 - 3 - 940855 - 13 - 8
Dieses Buch erscheint in Zusammenarbeit mit dem Dryas Verlag, Frankfurt.
Format: 12 cm x 19 cm, 520 Seiten, 5 s/w Aufnahmen von Schauplätzen. 11,95 €.
Als Ebook in allen gängigen Shops erhältlich für 8,99 €.

WWW.FRAUENZIMMER-VERLAG.DE

Band 1:
Die Dubliner Studentin Hanna bekommt den Auftrag, für eine alte Lady handschriftliche Manuskripte abzuschreiben. Was für sie zunächst wie ein langweiliger Job aussieht, läßt sie eintauchen in eine Zeit, in der Druiden gegen das immer stärker werdende Christentum kämpfen. Hanna nimmt Anteil am Geschick von Sklaven und Königen, Nonnen und Druiden. Doch spürt sie auch, dass diese Geschichte nicht nur der Vergangenheit angehört. Auf geheimnisvolle Weise scheinen die Zeiten ineinander zu fließen und die Geschehnisse in der Geschichte auf ihr eigenes Leben überzugreifen.

Band 2:
Die Dubliner Studentin Hanna geht noch einmal zu der geheimnisvollen Lady, um einzutauchen ins Irland des sechsten Jahrhunderts: Abt Matthew, ein eifriger Missionar der Römischen Kirche, ist am Ziel seiner Wünsche. Als Berater eines schwachen Hochkönigs ist er der eigentliche Herrscher über die Insel.
Doch es gibt auch eine junge keltische Kirche, die ein Christentum lebt, das noch stark mit dem alten Naturglauben der Kelten verbunden ist. Gnadenlos werden die getauften Druidinnen und Druiden von Matthew verfolgt. Als die Frau des Hochkönigs bei heidnischen Ritualen ertappt und verurteilt wird, kommt es zu einem erbitterten Kampf, in dem niemand mehr dem anderen vertrauen kann.
„Wer auf den Spuren der Kelten wandert, wird diese Bücher als Meilensteine empfinden." Wetzlarer Neue Zeitung.

Als Ebook in allen gängigen Shops erhältlich für 13,99 €;
Printausgabe in zwei Bänden 19,60 €; über www.Frauenzimmer-Verlag.de

Anja Zimmer

Märchen für mutige Mädchen...

...und solche, die es werden wollen.
Diese Märchen sind anders. Denn sie erzählen von abenteuerlustigen Prinzessinnen, Mädchen, die in die Welt hinausziehen, um ihr Glück zu suchen. Sie sitzen nicht brav zu Hause am Spinnrad und warten auf den Helden, sondern ziehen selbst los, um Prinzen zu befreien und sich ihren Platz in der Welt zu erobern.
Ein Märchenbuch, das Mädchen und Frauen Mut machen will, neue Wege zu gehen.
ISBN 978-3-937013-03-9
Taschenbuch; 11 x 17 cm, 96 Seiten; 6,80 €

Christel Gottwals und Anja Zimmer

Märchen für mutige Menschen...

... und solche, die es werden wollen.
Diese Märchen erzählen von Menschen, die ihrem Schicksal trotzen und sich auflehnen gegen Ungerechtigkeit und Unterdrückung. Sie nehmen ihr Leben selbst in die Hand und machen sich auf, die Wahrheit hinter den Dingen zu entdecken. Das kann Welten bewegen - kleine und große.
ISBN 978-3-937013-07-7
Taschenbuch, 11 x 17 cm, 96 Seiten; 6,80 €.

Die CD zu den „Märchen für mutige Menschen" finden Sie auf

WWW.FRAUENZIMMER-VERLAG.DE

Der Ort, an dem der Mensch geboren wird, wirkt auf geheimnisvolle Weise das ganze Leben lang

Monika wächst in den fünfziger und sechziger Jahren auf einem hessischen Bauernhof in einer Großfamilie auf. Das Mädchen in der knallroten Latzhose und mit den geflochtenen Zöpfen ist im ganzen Dorf zu Hause.
Zu allen Jahreszeiten durchstreift sie eine verzauberte Natur. Auf dem Hof hält sie sich am liebsten in den Ställen bei den Tieren auf. Mit der Schule und dem Herrn Lehrer hat sie so ihre Probleme. Lebensweisheiten übernimmt sie daher lieber von ihrem heißgeliebten Großvater Konrad.
Monika ist pfiffig und bekommt so einiges mit, was eigentlich nicht für Kinderaugen und -ohren bestimmt ist. Munter erzählt sie von den Erlebnissen der Familienmitglieder, deren kleinen und großen Geheimnissen sowie den verschiedenen Skandalen, die sich in dem idyllischen Dörfchen am Waldrand ereignen.

Claudia Grimm wurde 1957 in einem kleinen Dorf geboren. Sie studierte Kunstpädagogik und Germanistik. Heute lebt und arbeitet die promovierte Literatur- und Medienwissenschaftlerin im Tessin am Lago Maggiore.

ISBN Ebook 978-3-9524210-1-7, € 7,49.
ISBN Printausgabe 978-3-9524210-0-0, € 14,90.

eine
STARKE
FRAUEN
geschichte
500 Jahre
Reformation
01. Mai —
31. Oktober 2014
Schloss Rochlitz
www.schloss-rochlitz.de
www.facebook.com/Schloss.Rochlitz